통변의 새 경지를 연

한밝 新四柱學

정상으로 가는 길

'표출신, 투출신, 합신'
이것은 통변의 새 경지를 여는
열쇠로 전무후무한 사주학의
일대 혁명이다. 여기에서는 삼대
비법의 활용법을 공개한다.

통변의 새 경지를 연

한밝 新四柱學

정상으로 가는길

한밝 김용길 지음

뱅크북

머리말

이 세상엔 신기하고 놀라운 재주를 지닌 사람들이 많다. 마찬가지로 사주 명리학을 취급하는 이들 중에도 세인들을 깜짝 놀라게 하는 특별한 지식(비법)을 지닌 분들이 더러 있다.

찾아온 사람의 사주만을 보고 배우자와 자녀의 띠를 알아맞춘 것으로 소문난 박 도사가 있었다. 또 사주 일주와 찾아온 시간을 대비시켜 방문객의 현재 정황과 과거 등을 족집게처럼 집어낸 자칭 마야 스님이 있었다. 박 도사의 특기는 <진여비결>이라 하고 마야스님의 비술을 <마야비법>이라 부른다.

두 사람은 이미 저세상 사람이지만 그들이 활용했던 술수는 시중에 나돌고 있다. 많은 역인(易人)들이 이것을 비싼 값으로 구입하여 연구했다. 그러나 그 어느 누구도 작고한 두 사람만큼 두각을 나타내지 못하고 있다.

그것은 '그런 비법이란 것'도 완전치 못한데다가 자기 것으로 만드는 자질과 노력이 부족했고 이끌어 줄 스승을 만나지 못했기 때문으로 여겨진다.

필자가 공개한 삼대비법(표출신, 투출신, 합신) 역시 마찬가지다. ≪한밝 신사주학≫이 알려진 후 수없이 많은 전화를 받았는데 그 독후감은 크게 두 가지였다.

'이때까지 오리무중이었는데 이젠 막혔던 것이 확 뚫리는 것 같고 길이 보이는 것 같습니다.'

'무언가 알 것 같은데 실제 활용이 쉽지 않습니다.' 였다.

가까운 곳에 있는 이들은 필자에게 와 직접 지도를 받을 수 있겠으나 멀리 있는 분들에겐 어려운 일이다. 그래서 삼대비법의 활용을 좀 더 쉽게 이해하도록 보충했고 새로이 개발된 이론과 그 활용 방법을 실었다.

이럼에 따라 직업론과 내정법 및 개운법(開運法) 등은 나중으로 미루게 되었다. 따라서 ≪한밝 신사주학≫을 공히 독파한 독자라면 반드시 자신의 역학적 안목과 실력을 한 단계 더 끌어올릴 수 있을 것이다.

2008년 9월 한밝   김 용 길

차 례

一. 육친론(六親論)에 대한 새로운 고찰

'인간은 환경의 동물이다.'

이 말은 인간의 운명은 그가 처해있는 환경에 의해 결정된다는 뜻이다. 부모, 형제, 처, 자식으로 말하는 육친관계 역시 환경이다. 그러므로 좋은 부모를 만난 연유로 해서 잘사는 부모덕 있는 사람도 있고 그렇지 못한 경우도 있다. 그리고 좋은 배우자를 만나 행복된 삶을 누리는 사람이 있는가 하면 배우자 잘못 만나 신세 망친 사람도 있게 된다.

따라서 사주팔자를 살펴 기본적 인간관계인 육친에 대한 좋고 나쁜 것 등을 파악한다는 것은 아주 중요한 일이다. 사주 명리학이 생겨난 이후부터 지금까지의 육친관계에 대한 육신(六神)적 설정은 대충 다음과 같다.

육신 (六神)	인수	비견, 겁재	식신, 상관	재성	관(官)
남자	모친	형제, 이복형제	조모, 장모	부친, 처	자식
여자	모친	형제, 이복형제	자식	부친	남편, 애인

그런데 위와 같은 설정에 따라 많은 사주를 풀어보면 어떤 것은 적중되기도 하나 꼭 그렇지 않은 경우를 아주 많이 경험하게 된다. 특히 배우자관계에서 더욱 심하다. 뿐 아니라 관성(官星)이 없는 여명과 재성이 없는 남명(男命)도 있으며 식신과 상관, 인수와 비견겁재가 없는 사주도 아주 많은데 이럴 땐 어떻게 그 육친관계를 살펴야 할 것인가 하는 문제가 있다. 이런 문제점과 그에 따른 의혹은 전배 학자들에 의해서도 제기 되었다. 그래서 궁통보감의 저자는 이렇게 그런 의문에 대한 돌파구를 찾으려 했다.

'용신이 자식성이고 희신이 처성(妻星)이다.' 그러나 궁통보감의 이런 시도역시 실제 감명에 있어 우리들의 여러 의문들은 시원하게 풀어주지 못하고 있다. 이러므로 오랫동안 명리를 파고든 사람들까지도 육친관계의 이모저모를 정확하게 말하지 못하고 있는 실정이다.

사주팔자라는 것이 한 개인의 운명을 나타내는 것이고 그것을 정확히 읽을 수 있는 것이 사주풀이의 목적이다. 그런데 맞기도 하고 틀리기도 하는 이때까지의 육친적 설정은 결함이 있는 것이 분명하거나 운용에 따른 미숙함이 있어서 일 것이다. 따라서 이장에서는 정확한 육친을 찾는 방법을 설명하기로 한다.

1. 合은 사물 생성의 원인이다

역(易)은 음양론(陰陽論)부터 시작된다. 즉 음과 양이란 이질적인 성질을 지닌 것이 서로 만나 융합함에 따라 사물이 생겨나 그 생성운동을 질서 있게 진행하게 된다는 것이 역(易)의 본뜻이다. 그러므로 '음양상합이 만물지도(陰陽相合而萬物之道)'라 말하게 된 것이다. 이런 상합지도(相合之道)를 가장 알기 쉽게 잘 나타낸 것이 아래의 양의 태극도이다.

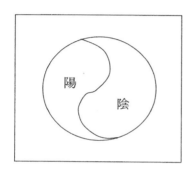

이 그림에 대한 주(周)나라 이후부터 이때까지의 해석은 음과 양을 대립적인 것으로 보았다.

그런다음 음(陰)보다 양(陽)을 우위에 두었는데 이를 존양억음(尊陽抑陰)사상이라 한다. 즉 음(陰)은 땅, 여자, 신하, 소인, 이족(夷族)이고 양(陽)은 하늘, 남자, 군주, 대인, 하족(夏族; 漢族의 원류)으로 설정했다. 그런 다음 양(陽)은 존귀하므로 받들려져야 하며 음은 비천하므로 억제되어야 한다는 것이다. 이런 대립적이고 불평등적인 역(易)해석은 본래는 이족(夷族)이었지만 하족화(夏族化)된 주(周)나라가 천자(天子)의 나라였던 이족(夷族)의 상(商)나라를 멸망시키고 천하의 종권(宗權)을 잡기위한 사상적 명분으로 행해진 것이다.

바로 주(周)나라의 역(易)해석이다. 이를 지금의 우리는 주역(周易)이라 말하는데 주문왕(周文王)과 주공(周公)에 의해 이뤄진 것이다. 이것은 후일 철저한 종주(宗周)주의자였던 공자에 의해 계승되었고 봉건왕조를 지탱하는 사상적 주체가 되었다. 그러나 양의 태극도는 이질적인 성질을 지닌 상대성이 5:5의 비율로 만나야만 완전한 하나(一)를 이룰 수 있음을 나타내고 있다. 즉 음과 양이 5:5의 비율인 것은 평등을 말하고 있으며 이런 상합이야말로 완전한 하나가 되어 화합을 이룰 수 있음을 말하고 있는 것이다.

따라서 사주팔자의 배우자 관계는 원칙적으로 음과 양의 합을 취해야 역(易)의 음양지도에 어긋남이 없을 것이다. 그런데 남명(男命)의 양일간(陽日干)과 여명(女命) 음일간(陰日干)일 때는 상합하는 합신(合神)이 배우자가 된다. 그러나 남명(男命) 음일간(陰日干)과 여명(女命) 양일간(陽日干)일 때는 정관성과 정재성이 합신(合神)이 되는 다소 모순적인 문제가 발생된다.

즉 음일간(陰日干)의 남명(男命)일 경우는 자식성인 정관이 나와 합하는 배우자가 되고 여명(女命) 양일간(陽日干)의 경우엔 부친성에 해당되는 재성(財星)이 배우자가 되는 황당하기까지 한 문제가 발생되는 것이다. 그래서 도입된 것이 관성을 여명의 남편으로 하고 재성을 남명의 처(妻)로 하자는 설정이었다. 무릇 평등을 전제로 한 음과 양의 상합은 화합하여야만 사물을 생할수 있다. 그렇지만 상합의 과정에는 서로 적당히 견제하는 작용력이 있어야만 하므로 위의 설정은 매우 타당하다.

그러나 모든 사람들의 상합이 5:5의 평등을 전제로 하여 이뤄지지 않는 것처럼 사주팔자의 구성 역시 그러하다. 그러므로 불화와 시비가 파생되고 갈등과 모순이 따르게 되어 관성과 재성이 남편과 처가 되지 않는 현상이 벌어지게 되는 것이다.

이러함에도 불구하고 이때까지의 명리학자들은 앞사람이 설정한 '정재는 처고 정관은 남편이다.' 에만 매달려 왔다. 즉 생극(生剋)관계보다 합(合)이 우선임을 망각했다는 말이다. 따라서 재관(財官)이 없거나 그 힘이 미약하여 제 구실을 못할 때는 합신을 찾아야 할 것이다. 그리고 뚜렷한 재관(財官)이 있더라도 합신의 동태를 살펴야하는데 몇몇 실례로 검증하기로 한다.

예1)

```
                    40 30 20 10
己 丙 甲 丙   여   庚 辛 壬 癸   대운
丑 寅 午 午        寅 卯 辰 巳
```

신왕하기 그지없는 위 사주의 남편성인 정관은 시지 丑中의 癸水이다. 火土의 기운이 강열하여 癸水가 맥을 추지 못하므로 남편 운이 좋지 못할 것임은 초보자들도 쉽게 알 수 있다. 丑中 癸水 정관만을 나의 배우자로 보면 30살부터의 辛金대운은 癸水정관을 생해주므로 남편관계는 별문제 없다. 그리고 辛金이 정재이고 년간의 강열한 丙火에 합을 당하므로 손재운이라 말할 것이다. 그러나 이 사주는 辛金이 일간 丙火의 합신이므로 배우자이다. 그러므로 30살에 부부이별하게 되었다.

예2)

```
辛 丙 戊 丙   여   甲 乙 丙 丁   대운
卯 辰 戌 戌        午 未 申 酉
```

이 사주의 관성은 일지 辰中癸水이다. 土多하고 辰戌冲까지 있다. 따라서 남편운이 좋지 못해 그 남편이 흉사하기까지 할 수 있는 팔자라 감명하기 쉽다. 그러나 이 사주의 남편은 년월지 戌中에서 투출된 시간의 辛金이다. 辛金이 년지 戌에서 투출되었고 년간 丙火 비견과 먼저 합했으므로 상처(傷妻)한 남자의 후실로 가게 되었다.

　辛金의 첫 배필인 년간 丙火는 년월지 戌에 입고되었고 丙戌 년주가 백호살이므로 흉사(凶死)했다. 월간 戊土는 남편의 전처 소생인 딸자식인데 戊戌이 나의 자식궁인 시지 卯와 합(卯戌)을 맺으므로 내가 맡아 키우게 되었다.

예3)

```
                    37 27 17  7
庚 乙 癸 癸    남    己 庚 辛 壬    대운
辰 酉 亥 巳          未 申 酉 戌
```

　이 사주의 처를 년지 巳中戊土로 보면 결혼하자마자 그 처가 교통사고 및 길거리에서 큰 사고를 당해 사라지거나 이별하게 된다. 즉 巳가 왕한 亥水의 충을 당하고 있다. 그러나 합신을 배우자로 하게 되면 이 사주의 처는 일간과 합을 맺고 있는 시간의 庚金이다. 그리고 庚金의 상관인 년월간의 癸水는 남자자식이다. 庚대운에 결혼하여 아들 두 명 낳고 별 탈 없이 잘살고 있는 사람의 명조이다.
　乙酉일이 庚과 합하여 굴복되는 상(乙庚合化金)이므로 본인의 성격은 내성적이며 처의 성질은 강하다. 공처가(?)로 지내고 있다.

예4)

```
                    32 22 12  2
壬 癸 甲 戊    남    戊 丁 丙 乙    대운
子 酉 子 申          辰 卯 寅 丑
```

　이 사주엔 처를 뜻하는 재성이 일점도 없다. 그러므로 평생 마누라없이 홀로 지낼 팔자라 말하기 쉽다. 그러나 년간 戊土가 일간 癸의 합신이 되므로 이것이 나의 배우자인 처다. 그런데 허약하기 그지없는 戊土가 월간 甲木상관의 극을 받고 있다. 따라서 이 사람은 욕설 및 제 잘난척하는 언동(상관의 성질)으로 처(戊)를 능멸하며 피해를 주게 되는데 甲木이 양인을 얻는 卯대운이었다.

戊대운에 또 다른 합신이 나타나자 딴 여성을 알게 되었고 甲木이 발동하는 甲申년에 戊土가 충극되어 본처와 이혼하게 되었다. 戊土가 생하는 申酉金이 자식이므로 일남일녀를 두었다.

A. 배우자 찾는 순서

1) 일간과 합하는 천간을 먼저 취하고 다음으론 일간과 명암합하는 지지중의 장간을 찾는다.

예1)

```
                    29 19  9
丙 甲 甲 庚   여   辛 壬 癸   대운
寅 午 申 子        巳 午 未
```

이 사주는 월지 申金있고 년간 庚金 있으나 일지 午中己土가 甲일간과 명암합하므로 나의 남편성이다. 庚申관성이 申子로 水局되었고 旺火에 극되어 쓸모없이 되었기 때문에 버리고 合神

을 배우자로 하는 것이다. 따라서 午대운에 결혼했다. 일지 午中 己土는 불(寅午火局)에 타고남은 재 같은 흙이므로 그 남편의 피부색깔은 흑인처럼 검다.

이처럼 합신을 나의 배우자로 하게 되면 자식성은 월간 甲木이 된다. 즉 己土가 나의 관성이므로 己土를 극하는 甲木을 남편의 관성이 되는 자식으로 봐야 된다는 말이다. 따라서 이 사주는 자식두지 못할 팔자다. 월간 甲木은 절지인 申에 앉아있고 년간 庚金의 충극을 받아 깨어졌다. 그리고 시지의 寅中甲木은 寅午火局으로 변하여 없어졌기 때문이다.

위 사주를 이때까지의 육친적 설정으로 보면 월간 甲木은 형제성이고 시간 丙火와 일지 午火는 자식성이 된다. 따라서 형제 사별하게 되고 자식은 많이 둬야 할 것이다. 그러나 이 사람의 실제 가족사항은 딸 여섯에 아들하나 있는 집안의 넷째 딸이다. 어려서 이별했거나 유산낙태 하나 없는 형제 운이다. 그리고 자식운은 낙태 한 번 한 이후로 자식을 낳지 못해 양녀하나를 키우고 있다.

그러면 庚申金은 무엇일까? 이 역시 나의 배우자성인 己土에서 봐야 한다. 즉 己土 남편의 상관(庚申)이므로 남편의 조모(祖母)이다. 따라서 남편의 조모는 남편의 부친(년지 子水)를 낳은 후 사망했고 남편의 부친은 서모 밑에 자라게 되었다. 월지 申金이 시아버지의 서모이다. 그리고 庚申金은 남편인 己土의 상관이고 남편궁인 午火에서 보면 재성(財星)이 된다.

그런데 월지 역마 申中에서 투출된 년간 庚金이 월간 甲木을 충극하고 있다. 즉 쇠붙이 연장(庚)으로 재목(甲)을 다듬고 잘라 모양을 만드는 상이다. 그러므로 그 남편은 타향 타국에서 쇠붙이 연장을 들고 일하는 기술자로 생활하던지 나무제품을 취급하는 사람이다.

예2)

```
癸 戊 壬 戊   여   戊 己 庚 辛   대운
亥 子 戌 戌        午 未 申 酉
```

이 사주는 시지 亥中甲木 편관이 있다. 따라서 이것을 남편성
으로 보기 쉽다. 그러나 시간의 癸水가 戊土일간과 合하므로 이
것이 남편이다. 시간의 癸水 남편성은 년간 戊土와 쟁합하고 있
는데 이는 내가 후실(後室)이 아니면 남편과 이별하게 됨을 나
타낸다.

戊午대운에 癸水(夫星)와 쟁합함이 발동되었고 일지 남편궁을
子午충하므로 이혼하게 되었다. 癸水가 남편이므로 癸水를 극하
는 土가 자식이 되어 戊土일간과 똑같은 딸만 셋 두게 되었다.

일시지 子亥에서 투출된 월간 壬水는 부친성이기도 하고 애인
및 후부(後夫)인가에 대해선 표출신의 개념을 알고 난후에 이해
될 것이므로 여기선 생략한다.

예3)

```
                    45 35 25 15  5
辛 丙 丙 乙   여   辛 庚 己 戊 丁   대운
卯 寅 戌 酉        卯 寅 丑 子 亥
```

이 사주엔 관성인 水가 없다. 따라서 일간 丙火와 간합하는
합신을 찾아야 되는데 년지 酉中辛金 있고 시간에 辛金이 있다.
이럴때 천간에 있는 합신을 먼저 취한다. 년지의 酉中辛金은 월
간 丙火와 명암합하므로 언니의 남편이고 딴 여자의 남자다.

시간 辛金이 卯도화살위에 앉아 있으므로 남편과는 연애로 결
혼했다. 그리고 부궁(夫宮)인 辛卯가 월주 丙戌과 천간지합하므

로 남편(辛)은 나와 합하기 전에 유부녀와 관계있었던지 아니면 나와 결혼 후에 유부녀와 바람피우게 된다. 시주 辛卯가 발동되는 辛卯대운에 그런 일이 벌어지게 된다.

예4)

```
                    38 28 18 8
己 辛 辛 甲    남    乙 甲 癸 壬    대운
亥 巳 未 申          亥 戌 酉 申
```

부부궁인 일시가 巳亥충되어 있고 년간 甲木정재가 申절지에 앉아 월지 未에 입고되며 월간 辛金의 극까지 받고 있다. 따라서 배우자 운이 좋지 않을 것임을 금방 알 수 있다. 그러하지만 년간 甲木은 나의 처가 아니고 월간 辛金 비견의 처이다. 나의 처는 월지 未中乙木이고 未中에서 투출된 시간의 己土가 처의 표출신이다.

乙木편재가 처성이므로 그 처는 한 번씩 만나는 애인같은 여자이며 未에 입고되어 있으므로 건강이 아주 나쁜 사람이다. 년간 甲木이 시간 己土와 합을 맺어 시지 亥에 장생을 얻으므로 나중엔 타인의 처가 나의 본처 노릇하게 된다.

戌대운에 월지 未를 刑하므로 뿌리 뽑힌 乙木이 월간 辛金과 戌中辛金에 극을 받게되어 처가 간병(肝病)으로 신음하게 되었다. 그러다가 월지 未中乙木 편재(처)가 사지(死地)인 亥에 앉는 乙대운 壬戌년(38살)을 만나 간암으로 처 사망했다. 또 乙대운은 처의 표출신인 시간의 己土를 극하므로 처에겐 대흉하다.

일지 巳中丙火가 辛일간의 합신이 되어 처가 될 것 같으나 巳午未로 午를 협공하여 관국(官局)을 형성하므로 처성이 될 수 없다. 관성으로 기신인 월간 비견을 제압해야하므로 공무원 출신인데 상처한 그 이듬해 癸亥년에 일지 巳를 冲하여 관국이 무너져 퇴직하게 되었다.

예5)

```
                    52 42 32 22 12 2
丁 戊 戊 戊    여    壬 癸 甲 乙 丙 丁    대운
巳 辰 午 子          子 丑 寅 卯 辰 巳
```

戊土일주가 극왕하여 종왕격이다. 조열한 土는 쓰일 수 없는데 일지 辰中에 癸水가 있으므로 해서 조토(燥土)됨을 면했다. 년지 子中壬癸水는 왕한 세력을 지닌 午火의 충을 받아 일지 辰과 辰子로 합세할 수 없다.

왕신에 따르는 격은 왕신을 충극함을 크게 꺼린다. 그러나 이 사주처럼 水가 土를 윤택하게 해줄 때는 그렇지 않다. 즉 일지 辰中癸水가 土를 土답게하는 아주 중요한 존재라는 말이다. 따라서 이 사람은 辰中癸水 정재를 무엇보다 아끼는 구두쇠이다.

丁巳 丙대운까지는 왕신을 도우므로 부잣집에 태어나 어려움 없이 자랐다. 그러나 辰대운에 일지 辰을 형하여 형출된 辰中癸水가 년월간 戊土에 합거되므로 부모가가 몰락하여 고생하게 되었다.

일지 辰中癸水가 일간 戊와 명암합하므로 辰中乙木 관성이 비록 약하나 남편성이 될 수 있다. 하지만 나의 남편궁인 일지 辰中癸水가 년월의 戊土와 명암합하므로 남편은 딴 여성과도 부부인연을 맺게 된다.

실제로 이 여성과 이혼한 후 교포 여성과 위장 결혼했다. 그런 후 미국 영주권을 얻게 되자 교포여인과 이혼하고 이 여성과

재결합하게 되었다. 남편의 입장에선 3번 결혼한 셈이 되니 연월일간의 戊土가 辰中癸水와 3번 명암합한 까닭이다. 그 남편이 이 여성에게로 돌아오게 된 것은 辰中乙木관성은 癸水없인 살수 없기 때문이다. 따라서 이 사주는 일지 辰을 형충함을 크게 꺼린다.

일지 辰中乙木이 투출되는 乙대운에 결혼했다. 乙卯대운은 旺土를 극하므로 흉하다 할 것이다. 그러나 乙卯木은 旺한 戊土를 극할 수없고 오히려 戊土에 뿌리를 내리게 된다. 따라서 이 대운에 그 남편이 조폐공사에 취직하여 평안한 삶을 살았다.

그러나 甲寅대운은 왕한 戊土와 충극하게 되어 그 남편이 실직했고 하는 일마다. 막혔다. 그러다가 끝내 고국을 등지고 타국으로 떠나게 되었다. 만일 시간에 丁火가 없었다면 크게 흉했을 것이나 丁火가 甲戊간의 충극을 해소하는 역할을 했기 때문에 대흉하지 않았던 것이다.

癸대운은 연월일간과 쟁합하므로 손재 및 부부이별이 따른다로 해석하기 쉽다. 그러나 비록 쟁합하지만 癸水는 일주인 戊辰을 따른다. 즉 戊辰일주가 癸水를 합하여 입고시킨다. 그러므로 여러 사람과의 치열한 경쟁속에서 치부하게 되었다. 흔히 이처럼 심한 쟁합이 되면 무조건 나쁘다로 단순하게 해석하는 경향이 많다.

그러나 쟁합(爭合)이라는 말은 서로 가질려 경쟁한다는 것인데 이의 승패와 득실은 쟁합하는 천간이 타고 앉아 있는 지지에 의해 결정된다. 만일 일주가 戊午이고 월주가 戊辰이라면 치열한 경쟁 끝에 재물은 戊辰월주가 취하게 된다. 이런 간합과 쟁합은 아주 변화가 많으므로 간합(干合)편에서 다루기로 하겠다.

丑대운에 부친성인 년지 子水를 합하여 戊寅년 51세에 부친 사별했다. 壬대운은 3개의 戊土와 충극되는 군비쟁재가 되나 壬

水가 시간의 丁火와 합을 맺어 탐합망충 되므로 흉하지 않았다. 그러나 子대운은 대흉할 것이다.

예6)

				48	38	28	18	8	
丁	甲	甲	癸	여	己	戊	丁	丙	乙	대운
卯	辰	子	未		巳	辰	卯	寅	丑	

甲木일주가 子月에 태어났고 신왕하다. 따라서 시간의 丁火로 旺木의 기운을 설하며 조후 역할하는 용신으로 한다. 년지 未土 역시 길신이다. 관성이 없는 甲木일주는 년지 未中己土와 명암합하므로 이를 남편성으로 삼는다. 그러나 未中己土 남편성이 월간 甲木과 명암합하고 지지끼리도 도화살을 띠고 암합한다. 그러므로 남편은 바람기 심한 사람이고 나는 후처의 팔자다.

자식궁인 시(時)가 공망이며 일지 辰中癸水가 투출하여 식신 상관을 극하므로 자식을 낳지 못한다. 시간의 丁火 남자 자식은 년지 未에 뿌리를 둔 것으로 월간 甲木(夫의 전처)과 남편(未中己土) 사이에 태어난 자식이다. 辰대운에 배우자궁인 일지와 辰辰자형하고 乙丑년에 년지 未(남편궁)을 충하므로 이혼할까한다. 년지 未中己土는 언니의 남편이기도 하다.

※ 일지는 배우자궁이고 나의 아랫도리인 자궁(子宮)이기도 하다. 그러므로 일지에 자식성을 극하는 인수가 있고 이것이 투출하여 식신 상관을 극하게 되면 자식과는 인연이 없는 것이다. 마찬가지로 일지 상관이 투출되어 관성을 극하면 남편과 생사별하게 된다.

예7)

```
                    33 23 13  3
戊 辛 乙 己   여   己 戊 丁 丙   대운
戌 酉 亥 丑        卯 寅 丑 子
```

　辛酉일주가 亥月에 태어났으나 己丑 戊戌의 土가 많아 신왕이
다. 월지 金水상관격으로 조후해줄 丙火 및 丁火가 필요하다. 관
성은 시지 戌中에 丁火있으나 남편으로 삼기엔 너무나 허약하
다. 그러므로 버리고 일지 酉中庚金과 명암합하는 월간 乙木을
남편성으로 삼는다. 이리되면 戌中丁火는 숨겨둔 정부(情夫)며
남의 남자다. 戌中에는 丁火와 비견인 辛金이 있기 때문이다.
　부성(夫星)인 乙木이 亥역마위에 앉아 있으므로 남편은 타향
에서 오다가다 만났으며 그 남편은 배타는 선원 및 운전업을 하
게 된다. 사주 전국이 냉한하므로 관성인 火를 좋아하는데 寅대
운에 시지 戌과 寅午戌로 火局을 이루려고 협공된 午火가 도
화살이 되어 수많은 외간 남자와 합정하게 되었다.

예8)

```
乙 乙 庚 己   남   丙 丁 戊 己   대운
酉 亥 午 丑        寅 卯 辰 巳
```

　乙木일주가 午月에 태어나 월지 상관격이다. 己土편재가 년간
에 앉아 월지 午에 득록하고 년지 丑에 뿌리 두어 강하다. 그러
므로 乙木일간의 처성이 될듯하다. 그렇지만 시지 酉에 뿌리 둔
월간 庚金이 나타나 乙木일간과 합을 하고 있다. 그리고 일시지
는 처자식궁이므로 월간 庚金을 나의 배우자로 하게 된다.
　庚金이 午도화지에 앉아 있으므로 연애 결혼했다. 그러나 비

견이 시간에 앉아 월간 庚金을 쟁합하고 있다. 이리되면 월간 庚金의 정은 시간 乙木에게로 향하게 되니 시지에 酉金이 있어 庚의 강력한 뿌리가 되기 때문이다.

즉 庚金의 입장에서 보면 일주 乙亥와 합하는 것보다 시주 乙酉와 합하는 것이 힘을 얻을 수 있기 때문이다. 따라서 월지 午도화가 발동되는 丙대운이 일간과 월간과의 乙庚合을 깸으로 처가 바람나 외간남자(시간 乙木)와 붙어 도망가게 되었다.

이때까지의 육친해석대로 보면 丙대운은 庚金 정관을 상하게 하므로 직장퇴직, 관재구설이 있게 된다로 말할 수밖에 없을 것이다.

2) 일간과 간합 명암합하는 것이 없을 때 일지와 육합 및 암합하는 것을 찾는다. 일간에서 보면 일지는 육신(肉身)이다. 그러므로 일지와의 합은 내 육신과의 결합이 된다. 이런 경우엔 정신적으로 잘 맞지 않고 그저 육신(肉身)의 합만을 맺고 살아가는 사람이 많다.

예1)

					48	38	28	18	8	
甲	丁	己	丁	여	甲	癸	壬	辛	庚	대운
辰	酉	酉	亥		寅	丑	子	亥	戌	

丁火일주가 신약하여 시간의 甲木으로 용신하는 사주다. 丁火

의 관성은 년지 亥中壬水이다. 그러나 년간에 丁火 비견이 앉아 년지 亥中壬水와 자좌 명암합하므로 년지 亥中壬水 정관은 언니의 남편이고 친구의 남편이다. 나의 남편은 일지 酉와 합하는 시지 辰中癸水이다. 시지 辰이 시간 甲木의 뿌리가 되고 甲木은 丁火일주를 유정하게 생해 주므로 좋은 남편이다. 이런 구조일 때 丁巳년을 만나 년지 亥水를 충하면 대부분의 역술인들은 '당신 남편이 사고 안당하면 딴 여자와 합정한다.'로 말한다.

그러나 년지 亥는 언니 및 여동생의 남편이므로 형부 및 제부(弟夫)에게 그런 일이 닥치게 된다. 그리고 나에겐 딴 남자(外夫)가 합정하자고 찾아오는 일이 생기게 된다.

예2)

				여	46	36	26	16	6
丙	乙	癸	戊		戊	己	庚	辛	壬	대운
戌	卯	亥	子		午	未	申	酉	戌

乙卯일주가 亥月에 태어나 신왕하므로 시간의 丙火 상관으로 조후하고 시지 戌土로서 제습하는 용신으로 하는 사주다. 따라서 왕한 세력을 지닌 월간의 癸水가 사주의 병이고 용신(丙)의 병이다. 그런데 시지 戌中에서 투출된 년간의 戊土가 癸水를 합하므로 병이 있고 약이 있는 사주가 되었다. 이렇게 戊癸합으로 병을 잡아주고 있을 때는 합을 깨는 운을 꺼린다.

이 사주의 관성은 시지 戌中에 있는 辛金이나 불투되었으며 卯戌 合火가 되어 金氣가 발동되지 못하므로 남편성으로 삼을 수 없다. 따라서 일지 卯와 합하는 시지 戌이 남편이다. 金이 나타나지 못하므로 그 남편은 속내를 드러내지 않는 사람이고 말수가 없다.

戊土가 남편이면 辛金은 남편의 표현력인 상관이 되기 때문이다. 그리고 戊土 회용신이 남편성이 되므로 남편은 내게 좋은 역할을 하게 된다. 또 戊中戊土가 년간에 투출되었으므로 남편의 표출신이다. 酉도화운에 남편만나 庚대운에 정관성이 乙木일주와 합하므로 26세에 결혼했다. 己대운은 土가 되어 癸水를 충극하므로 대부분의 역술인들은 좋을 것으로 감정할 것이다. 그러나 己土대운은 癸水를 충극하여 戊癸合을 깨므로 대흉하다. 이런 대운중에 乙丑년(37살)을 만나 시지 戌을 형하여 卯戌合을 풀고 乙木은 년간 戊土(夫表出神)를 극하여 그 남편이 비명횡사하게 되었다. 뿐 아니라 戊土는 원칙적인 재성(財星)이므로 재산 또한 크게 상실했다.

이처럼 재(財)가 남편성이 되면 남편 없어지면 재물도 없어지고 사업이 망하면 남편도 골로 가는 것이다. 그러나 戊午대운부터는 부동산 및 건축관계 업으로 크게 치부할 것이다. 이 사주의 주인공은 丙寅년에 상담하러 왔는데 지금까지 매년 어김없이 찾아오고 있는 사람이다.

예3)

```
                        31 21 11  1
丙 乙 辛 丁    여    乙 甲 癸 壬    대운
戌 巳 亥 未         卯 寅 丑 子
```

乙木일간이 亥月에 태어나 조후하는 丙丁火와 제습하는 조토(燥土)가 필요하나 이 사주는 火土가 너무 많아 오히려 병이 되고 있다. 이 사주엔 乙木일주와 간합하는 庚金 정관성이 일지

巳中에 암장되어 있다. 그러나 巳亥충으로 인해 장생지(庚은 巳에 長生)가 충파되어 庚金이 제 역할하기 어렵게 되어 있다.

그런중에 일지 巳에서 시간의 丙火가 투출되어 金氣를 더욱 제극한다. 그러므로 일지 巳中庚金을 버리고 일지 巳中丙火와 명암합하는 월간 辛金을 남편성으로 하게 된다. 그러나 이 또한 丙丁火에 극되어 생자별부(生子別夫)를 못 면하게 되어 있다.

丑대운에 월간 辛金이 뿌리를 얻게 되어 남자 나타나 동거생활 했다. 乙대운의 乙木은 丁火를 생하고 乙辛충이 되어 남편과 이별하게 되는데 辛巳년(34살) 만나 巳亥충이 발동되고 丙辛합이 발동되므로 이혼하게 되었다.

원명에 丙辛합이 있으면 운에서 丙辛을 만나면 丙辛합이 발동되는데 이 문제는 간합(干合)편에서 설명하기로 한다.

예4)

```
                      34 24 14  4
  戊 戊 己 戊   여   乙 丙 丁 戊   대운
  午 戌 未 戌        卯 辰 巳 午
```

이 사주는 그야말로 흙더미로 이뤄진 사주로 종왕격이라 말한다. 관성인 木은 월지 未中에 乙木이 있으나 바짝 마른 흙속의 乙木인데다 戌未형을 받아 완전히 깨어지고 말았다. 따라서 쓸모없는 乙木정관이며 사주 상황 역시 나무 한포기 자라기 어려운 팔자다.

그러나 배우자에 대한 상황은 未中乙木을 보면 안되고 일지 戌과 암합(午中丙火와 戌中辛金)하는 시지 午火를 배우자궁으로 하여 그 동태를 살펴야 한다. 따라서 午中丙火가 투출되는 24세부터의 丙대운에 배우자감이 나타난다. 그러하지만 시지 午가 월지 未와 午未로 합했고 午中己土가 월간에 나타나있는 구조이므로 이미 여자가 있는 유부남이다.

壬戌년(24세)에 남자 만났다. 癸亥년(25세)에 유부남인것을 알게된 이 사주 주인공이 남자를 혼인빙자 간음으로 고소하게 되었다. 세운간 癸가 대운간 丙(夫표출신)을 극하고 사주 천간과 군비쟁재 및 쟁합이 되어서이다.

예5)

```
                        51 41 31 21 11  1
   丁 辛 己 壬    여    癸 甲 乙 丙 丁 戊    대운
   酉 酉 酉 辰          卯 辰 巳 午 未 申
```

월일시지에 辛金일간이 록을 얻어 취록격이라 말하기도 한다. 旺한 辛金은 壬水에 설하기를 좋아하므로 壬水가 용신이다. 이 사주의 시간에 丁火관성이 있어 남편성이 될듯하나 연월일시 그 어디에도 뿌리가 없으므로 왕한 금의 관성 역할은 할 수 없다. 따라서 일지와 육합하는 년지 辰을 남편궁으로 하고 辰中乙木을 남편으로 하게 된다.

辰이 월지 酉 시지 酉와도 합을 맺으므로 남편은 나와 결혼 전에도 여자가 있었고 혼인 후에도 여자가 있게 된다. 남편궁 辰에서 보면 월일시지 酉가 도화살되므로 남편은 여성 편력이 아주 심한 바람둥이다. 그러나 하얀 닭(辛酉)이 흑룡(壬辰)을 만나 봉(鳳)이 용(龍, 辰)을 만난 격이 되었고 辰은 나의 용신인 壬水의 뿌리가 된다. 그리고 辰(용)에서 보면 구슬(酉)을 얻은 격이 된다. 즉 용이 여의주(如意珠)를 얻은 격이다. 그러므로 서로

에게 도움이 되는 유정한 부부관계가 되어 화목하게 잘살게 되었다.

21세부터의 丙火정관운에 일간과 합을 지으므로 결혼상대가 나타났다. 그러나 丙午대운은 壬水용신을 돕지 못하고 기신인 己土를 강하게 하므로 애로와 고생이 아주 많았다.

乙대운은 남편궁인 년지 辰中에 있던 乙木이 투출된 운이고 己土 기신을 충극하므로 이때부터 남편의 하는 일이 잘되었고 살만해졌다. 巳대운은 己土가 뿌리를 얻게 되어 흉하나 巳酉로 반금국을 맺어 대흉함을 면했다. 이 대운 丁卯년에 폐결핵에 걸렸으나 2년간의 투병 끝에 회복되었다. 甲대운은 월간 己土를 합거시켜 평안하고 좋았다. 辰대운은 壬水 용신의 뿌리가 되어 길하나 원명의 辰酉합이 발동되므로 남편에게 많은 여성이 따랐다.

초심자들은 시간의 丁火편관을 남편성으로 보기 쉬운데 이는 남편이 아니고 남편의 시동생 및 외부(外夫) 그리고 며느리이다. 辛金은 丁火를 싫어하는데 이처럼 만나게 되면 시동생을 싫어하게 되고 무서워하게 된다. 그리고 시동생의 피해를 입기도 하며 신체에 흉터 있게 되며 화상(火傷)당하게 된다.

그리고 뿌리 없이 약한 丁火와 辛金이 만나는 이런 구조는 거울에 자신의 모습을 비춰보길 좋아하며 영적 감각이 발달하여 거울에 사물의 모습이 보이는 듯 선명하고 영특한 꿈을 꾸게 된다. 이런 물상적 통변은 뒷장에서 자세히 다루기로 하겠다.

예6)

己 辛 戊 戊　 남　 甲 癸 壬 辛 庚 己　 대운
丑 丑 午 午　　　　 子 亥 戌 酉 申 未

이 사주는 土多하여 辛金이 묻혀버린 격이다. 그러나 火生土 土生金으로 모든 기운이 辛金일주에게로 집중되고 있다. 일시지 丑이 癸水를 머금고 있어 길신 역할하므로 좋은 부인을 둘 수 있고 자식 또한 착하고 좋다. 그런데 이 사주엔 재성이 하나도 없다.

따라서 부친과 처(여자)에 대한 문제를 풀기 어렵다. 이럴 때 는 부모궁인 월주에서 부친덕의 유무를 보고 배우자궁인 일지 에서 처에 대한 선악을 보는 것이 이때까지의 방법이었다.

이에 따르면 월주 戊午는 기신이므로 부모덕이 없으며 일지 丑은 길신이므로 처덕은 있을 것이다. 로 감정된다. 그러나 이런 사항뿐이고 그 외의 문제들은 알 수 없다. 다만 편정인이 투출 되어 어머니외에 또 어머니 있게 됨은 알 수 있다. 그러나 한밝 식 합신의 논리를 도입하면 년월지 午中丙火가 일간 辛金 및 일 지 丑中辛金과 명암합 및 암합하므로 이것을 처성으로 삼는다.

년월지 午火가 도화살이고 쌍으로 있으므로 이 사람은 일찍 (년지에 도화 合神 있으므로)부터 이성관계 있었고 많은 여성과 인연 맺게 됨을 알 수 있다. 이 사주는 뒷장에서 좀 더 보충설명 하기로 하고 생략한다.

3) 일지는 배우자 궁이다. 그러므로 여기에 있는 일간 합신과 여기서 투출된 것을 중요하게 봐야한다.

예1)

```
                    41 31 21 11  1
己 辛 丁 甲   여   壬 癸 甲 乙 丙   대운
丑 未 丑 午       申 酉 戌 亥 子
```

辛金 일간이 丑月에 태어나 신왕하므로 꺼리는 丁火라도 조후되므로 용신으로 할 수밖에 없다. 그런데 년지 午中에 丙丁火가 있고 일지 未와 午未로 육합하고 있으며 월간에 丁火가 있다. 이럴땐 일지 未中에서 투출되어 있는 월간 丁火를 본남편으로 보고 년지 午中丙丁火는 월지 丑中辛金과 명암합하므로 남의 남자로서 나와 합정하는 관계로 본다.

월간 丁火는 월지 丑에 앉아 입묘되어 백호살을 이루고 있으며 일주와 丑未충하고 있으므로 남편은 병약하고 흉사한다. 甲대운에 일지에서 투출된 己土와 甲己합하므로 결혼했다.

戌대운에 丑戌未 삼형이 이뤄지는데다가 월간 丁火가 입고(入庫)되므로 丁火남편이 득병했다. 또 대운지 戌이 월지 丑을 형하여 년일지간의 午未合을 성립시키므로 외부(外夫)와 만나게 되었다. 癸대운에 남편이 사망한다.

예2)

```
                    45 35 25 15  5
辛 乙 乙 己   남   庚 辛 壬 癸 甲   대운
巳 丑 亥 卯       午 未 申 酉 戌
```

乙木 일간이 亥月에 생했고 亥卯 木局 있는데다가 월간 乙木 있어 신왕하다. 시지 巳中丙火로 조후하고 戌土로 제습해야 되는 사주다. 처를 뜻하는 재성은 년간 己土 편재가 일지 丑中에

서 투출되어 있다. 그리고 시지에 巳中戊土가 있다. 시지 巳中에는 庚金이 있어 일간 乙木과 명암합하고 일지와도 암합 반삼합하여 유정하므로 巳中戊土 정재가 본처 일 것 같다.

그러나 이럴 땐 일지 丑中에서 투출된 己土편재가 첫째부인인데 배우자궁인 일지에서 투출되었기 때문이다. 그러나 년간 己土는 亥卯 木局의 중심지에 앉아 월간 乙木의 충극을 받으므로 이별하게 되고 시지 巳中戊土(두 번째 여자)를 만나 해로하게 된다.

시간 辛金은 일지 丑中에서 투출되었음으로 첫 번째 여자의 표출신이고 그 사이에 낳은 남자자식이다. 乙木에 辛金은 좋지 못한 관계의 편관이므로 본처는 악독한 사람으로 일간에게 큰 피해를 입히는 역할을 하게 된다. 시지 巳역마에 조후 역할하는 丙火와 제습해주는 戊土가 있으므로 타향타국에서 기술(丙火)로 생활하게 된다.

未대운에 일지 배우자궁을 沖하여 부부별거 및 불화 있었다. 庚대운은 시지 巳역마의 표출신이므로 타향타국에 가서 직장생활 했으며 乙丑년에 타향의 여인 만나 본처와 이혼하러 온 사람이다.

예3)

					46	36	26	16	6	
庚	辛	癸	戊	여	戊	己	庚	辛	壬	대운
寅	酉	亥	寅		午	未	申	酉	戌	

신약 金水상관격이다. 년지 寅中丙火 정관과 시지 寅中丙火 정관이 모두 일간과 명암합 한다. 즉 남편성인 정관이 년지 시

지에 두 개나 있다. 일지 酉中庚金이 시간에 있고 그 아래에 정관인 丙火가 寅中에 있으므로 이것이 나의 본남편이 될듯하다. 그러나 여기선 년지 寅中丙火가 나와 합하여 아이 낳고 산 본남편이고 첫 남자다. 월주 癸亥는 식신상관으로 나의 자궁이며 자식성인데 이와 합하는 것이 남편이기 때문이다.

시지 寅中丙火는 庚金겁재의 남자이면서 나와 명암합하는 애인 및 후부(後夫)다. 寅亥합하면 寅中丙火는 그 기운이 없어지게 되는데다가 일지 酉가 寅을 겁살하고 있다. 따라서 남편이 타향여행길에서 겁살 맞고 사망하게 되는데 년월간 戊癸合火가 되어 간신히 화기(火氣)를 유지하고 있다. 그러나 未대운에 寅木이 입고되어 흉한데다가 壬戌년(44세) 만나 월지 亥中壬水 역마상관이 발동되고 戊癸合을 깨어 남편이 설악산 등반도중 추락하여 숨졌다. 시지 寅中戊土가 투출되는 戊대운에 유부남 애인 만나 늦게까지 잘 지내고 있다.

예4)

<pre>
                    37 27 17 7
辛 戊 戊 庚   여   甲 乙 丙 丁   대운
酉 戌 寅 辰   戊 亥 子 丑
</pre>

일지 戌中戊土가 월간에 있고 그 아래에 있는 寅木관성이 일지와암합하면서 寅戌로 합을 맺으려하고 있다. 따라서 월지 寅中甲木이 본남편 일 것 같다. 그러나 이 사주는 년지 辰中乙木 정관이 남편이다. 이는 辰中에 癸水가 있어 일간 戊와 명암합하기 때문이다. 즉 일간과 합하는 재성을 우선으로 보는 것이다.

년지 辰은 일지와 辰戌충이고 년간에 庚金이 앉아 乙木을 합거하려 노리고 있다. 이럴 땐 辰戌충이 발동되는 운에 그 남편이 사망하게 된다. 亥대운에 월지 寅을 합하여 辰戌충이 발동되므로 이때에 남편과 사별했다. 甲대운은 월지 寅에서 투출되었으므로 이때에 떠돌이 유부남(寅역마) 만났다.

보충설명, 년지 辰中癸水는 월간 戌와도 명암합하고 辰中에는 또 乙木 정관성이 있다. 그러므로 남의 남자며 언니의 남자일 것 같다. 그러나 자식궁인 시지 酉中庚金이 년간에 있고 년시지와 辰酉로 합하고 있다. 그러므로 년지 辰中乙木은 나와 合情하여 아이 낳은 남편이 된다.

예5)
```
乙 辛 丙 乙   남
未 未 戌 未
```

일지 未中乙木이 년 시간에 투출되어 있다. 그러므로 년간 乙木이 첫 여자이고 시간의 乙木은 두 번째 부인이다. 乙未가 백호살되고 일점의 水氣가 없는데다가 丙戌월주가 백호살되어 형을 하고 있다. 따라서 첫 부인 사별하고 두 번째 부인 역시 흉사할 팔자다.

예6)
```
乙 丁 辛 辛   남    乙 丙 丁 戊 己 庚   대운
巳 酉 丑 酉         未 申 酉 戌 亥 子
```

일지 酉中에 있던 辛金이 년월간에 투출되어 있고 巳酉丑으로 재국을 이루고 있다. 그러므로 두 번 결혼하게 되며 많은 여자

와 인연 있을 것 같다. 그러나 음간이 종하게 되면 종하는 것이 일간 노릇하게 되므로 시간의 乙木이 처가 되고 丁, 巳의 火가 자식이 된다. 따라서 평생 자기 부인하나만 보고 살았다. 종재격 되고 대운까지 좋아 큰 부자였는데 乙未대운 癸亥년에 巳酉丑 재국이 파괴되어 사망하게 되었다.

종신(從神)을 일간으로 하여 육친관계를 보는 문제에 대해선 변격사주의 통변편에 그 타당한 실례를 들어 검증키로 하겠다.

예7)

丙 庚 戊 乙　여　壬 辛 庚 己　대운
戌 辰 寅 亥　　　午 巳 辰 卯

庚辰괴강일주가 丙戌 백호살의 충을 만나 남편 사별할 팔자 다. 월지 寅中丙火있고 시간에 丙火와 시지 戌中丁火 관성이 있 다. 이런 관성중에 월지 寅中丙火가 나와 함께 아이 낳고 살던 첫 남자다. 그것은 일지 辰中戊土가 월지 위 월간에 앉아 있어 서이다. 그런데 寅中丙火는 寅亥합으로 인해 죽게 되므로 년지 亥中壬水가 투출되는 壬대운에 남편이 술에 취해 귀가도중 길 거리에서 얼어 죽었다. 시간의 丙火는 시지 戌中辛金과 명암합 하므로 유부남 애인이다.

B. 부모 찾는 법

1) 재성(부친)은 있으나 인성(모친)이 없을 때는 재성과 간합, 명암합, 육합, 암합하는 것을 찾는다. 즉 간합신을 찾고 이것이 없으면 명암합하는 것을 찾는다. 간합 및 명암합하는 것마저 없을 땐 육합하는 것을 취하고 다음으로 암합하는 것을 취한다.

예1)

```
                    38 28 18  8
癸 丙 戊 壬   남   壬 辛 庚 己   대운
巳 子 申 子        子 亥 戌 酉
```

인수성이 하나도 보이지 않는다. 따라서 월지 申中庚金 편재와 합하는 것을 찾아보면 년지와 일지의 子水가 암합(申中戊土와 子中癸水)하고 있다. 따라서 년지 子中癸水는 부친의 첫 여자이며 일지 子中癸水(시간에 투출되어 있다)는 부친의 두 번째 여자이며 나의 생모이다. 그런데 시간의 癸水(친모)는 시지 巳中戊土와 자좌 명암합하고 있다. 따라서 부친 사후(死後) 모친 개가하게 되었는데 월간 戊와 시간 癸水가 戊癸合火되어 진짜 불(火)이 아닌 가화(假火)를 이루므로 진짜가 아닌 씨 다른 형제 있게 되었다.

이 사주 주인공은 필자에게 명리학을 배웠던 제자인데 여러 곳에서 감정을 받아 보았더니 모두가 '시지 巳에 丙火가 득록했고 월간 戊土가 巳에 뿌리를 둠으로 火土운을 만나야 좋으며 金水운은 불길하다.' 는 것이었다. 그러나 이 사주는 종살격이나 가종격인데 월주 戊申과 시주 癸巳가 천간지합하고 있으며 일지 子水가 월지 申과 반수국하여 떨어져 있는 사이를 가깝게 하여 합을 성립시켜서이다.

즉 戊土는 합을 탐해 水를 극하는 역할을 잊게 되었고 시지 巳또한 巳申으로 합하여 火의 본성을 망각하려 하기 때문이다. 그러나 戊癸合火된데다 시지 巳中丙火의 기운이 완전히 없어지지 않으므로 왕한 水와 水火상극을 이루고 있다. 따라서 火土를 도와주는 戊대운에 심장관계 질환으로 큰 곤액을 당했다.

이처럼 없어져야할 화기(火氣)가 없어지지 않은 채 왕한 수(水)와 부딪치게 되면 항상 불안하게 되고 얼굴색은 붉은 빛을 띠게 된다. 충극된 火의 기운은 직상(直上)하기 때문이다.

예2)

```
              22 12 2
壬 壬 己 戊   남    壬 辛 庚   대운
寅 午 未 寅          戊 酉 申
```

壬일주가 未月에 태어났다. 시간에 壬水 하나뿐이고 그 어디에도 비견 겁재와 인수가 없을 뿐 아니라 뿌리 될 만한 것도 없다. 따라서 종살격이다. 이리되면 종신인 土를 극하는 寅中甲木이 사주의 병이다. 이 사주엔 모친을 뜻하는 金인성이 하나도 없다. 따라서 부친성을 찾아 이와 합하는 것을 모친성으로 해야 한다.

부친성인 편재는 년지 寅 시지 寅中에 丙火가 있고 일지 午中

에도 丙火가 있다. 이중에서 일지 午中丙火를 취한다. 寅中丙火는 본기(本氣)가 아니고 午中丙火가 본기이기 때문이다. 그런데 일지 午中에 있던 己土가 월간에 투출되어 부친의 표출신이 되어있다. 따라서 己土와 명암합하는 년지 寅中甲木이 모친성이 된다. 하지만 모친성인 甲木이 사주의 병이다. 그러므로 이 사주 주인공은 모친 덕이 없게 된다. 庚申대운에 년지 寅이 충극되어 모친과 이별하게 되었다. 이 사주는 뒷장 변격사주 편에서 더 자세히 해설한다.

예3)

```
丁甲辛辛   남   戊己庚   대운
卯寅卯巳        子丑寅
```

甲木 卯月生으로 일지 寅과 시지 卯 양인을 얻어 아주 신왕하다. 년월간 辛金 정관은 뿌리 없으므로 쓰지 못하고 시간의 丁火 상관으로 旺木의 기운을 설해야 하니 가상관격이다. 이리되면 甲木일주는 辛金을 못마땅하게 여기고 극하게 된다. 이 사주도 모친성인 인수가 없다. 따라서 부친성을 먼저 찾아 그 합신을 살펴야 모친에 대한 이모저모를 파악 할 수 있다.

戊土편재가 부친성인데 년지 巳中戊土 있고 일지 寅中戊土 있으나 년지 巳中戊土를 부친성으로 한다. 그런데 부친궁인 년지 巳에는 丙火가 장간되어 있으며 이것이 년월간의 辛金과 명암합한다. 그러므로 년간 辛金은 부친의 첫 여자이고 일간 가까이 있는 월간 辛金이 부친의 후처며 나의 생모다.

甲木일주는 辛金의 극제를 받지 않으려 할 뿐 아니라 丁火 상관으로 극하기까지 한다. 그러므로 모친을 좋아하지 않으며 모친과 사별하게 된다. 이 사주의 처(妻)는 년지 巳中戊土일것 같다. 그러나 내 육신인 일지와 寅巳형될뿐 아니라 그 어떤 합도 맺지 못한다. 그러므로 쓸 수 없고 일지와 명암합하는 년월간의 辛金 정관을 처성으로 한다. 따라서 첫 부인 사별하고 재취가게 되나 역시 해로 못하게 된다.

그리고 이 사람의 처(辛)는 폭언 폭행을 수없이 당하게 되며 오들오들 떨면서 지내게 된다. 丁火상관이 卯양인에 앉아 천하에 겁난것 없는 사람으로 성나면 두 손에 쌍칼 들고 설친다.

예4)

```
癸 丙 辛 丙    남
巳 申 丑 戌
```

이 사주는 재성은 있지만 모친성인 木인성이 없다. 따라서 일지 申金편재(부친성)과 육합하는 시지 巳를 모친성으로 보게 된다. 시지에 巳火 모친성이 앉아 약한 일주의 록이 되므로 모친은 장수하며 내게 큰 도움을 주게 된다. 巳火는 원칙적으론 형제성이다. 그러므로 이 사람은 형제의 덕도 있다.

혹자는 '비견형제와 모친성이 동일하다니 그것은 모순이다.'로 말할 것이다. 그러나 이런 것을 모순으로 본다면 여자일 경우 나의 재성을 탈취하는 비견겁재를 시아비로 보는 것도 사리에 맞지 않는다. 따라서 고정된 인식을 깨고 변화에 따르는 것이 역(易)의 본뜻임을 염두에 두어야 할 것이다.

시지 巳中에서 투출된 丙火가 년지 戌위에 앉아있고 년시지간에 巳戌 귀문관살을 이룬다. 이런 구조는 모친인 巳가 투출시킨 丙火 일간과 그 형제(월간 丙火)를 위해 신불(神佛)을 모셔놓고 있음을 나타낸다.

예5)

<pre>
                34 24 14 4
戊 癸 癸 戊   남   丁 丙 乙 甲   대운
午 丑 亥 子   卯 寅 丑 子
</pre>

癸丑백호 일주가 亥月에 태어났고 亥子丑 水方局 있는데다가
癸水가 월간에 투출되어 아주 水旺하다. 따라서 시지 午中에 뿌
리를 둔 년시간의 戊土로 왕한 水의 기세를 막아주며 제습해주
어야 한다. 시지 午中丙火 편재가 부친이다. 모친을 뜻하는 인수
는 나타나 있지 않으나 일지 丑中에 암장되어 있다. 亥子丑으로
水旺하면 辛金은 물에 빠지게 되어 그 명이 길지 못하다. 그런
데다가 백호살에 해당되어 그 모친이 아이 낳다 사망하던지 물
에 빠져 사망하게 된다. 이처럼 일주가 백호살되고 여기에 辛金
모친이 입고되어 왕양한 물에 가라않는 구조는 내가 태어난 직
후 모친을 극하게 하는 살모지명(殺母之命)이다. 따라서 일지
丑中己土 투출되는 己丑년(2살)에 모친 사별하게 되었다. 세운
간 己土는 년월의 戊癸합을 깨고 세운지 丑은 시지 午中丙火와
암합하여 원명 일시간의 丑午 암합을 깨었기 때문이다.

  즉 원명의 丑午 암합은 부친과 모친의 합인데 이런 암합은 합
력이 아주 약하므로 午와 합하는 未가 오던지 丑이 와서 또다시
암합을 하게 되면 그 합이 깨어져 부모가 이별하게 된다.

  甲대운은 戊癸合을 甲戊로 충극하여 깨므로 좋지 못한 세월이
다. 그리고 子대운은 시지 午를 충하여 충출된 丙火가 癸水에
상하게되어 부친 신상에 흉한 일이 생기게 된다. 이런 운중에
己亥년(12살)만나 일시간의 戊癸合을 깨므로 부친이 비명횡사하
게 되었다. 백호살이 흉하게 작용될 때 그 지지중에 있던 장간

이 투출되는 운에 흉사가 발생된다. 이것을 필자는 흉사신(凶死神)발동이라 이름한다. 이런 흉신, 사신의 발동현상에 대해선 뒷장에 자세히 설명하기로 하겠다.

2) 인성(印星)은 있으나 재성 없을 때는 모친성인 인성과 간합, 명암합, 육합, 암합하는 것을 찾는다. 그리고 때에 따라 월간의 인수를 부친성으로 본다.

예1)

```
              29 19  9
戊 辛 辛 丙    남   甲 癸 壬    대운
子 巳 丑 申         辰 卯 寅
```

辛巳일주가 丑月에 태어나 신왕하다. 일지 巳中에 뿌리둔 년간 丙火가 조후용신이며 억부용신이다. 그러나 사주에 일점의 木氣없고 월간 辛金에 기반당해 그만 나쁘게 되었다. 부친성인 木이 없으므로 일지 巳中戊土 인수와 명암합, 암합하는 시지 子水가 부친이 된다. 火가 필요한 사주에 子水는 기신이 되므로 부친 덕이 없을 뿐 아니라 부친으로 인하여 흉함을 많이 당하게 된다. 그리고 이 사주의 처는 일간과 합하는 년간 丙火이고 일지 巳中丙火이다. 그리고 시간의 戊土는 일지 巳에서 나왔으므로 처의 표출신이다. 따라서 첫 번째 여자와는 이별하게 된다.

예2)

```
                  26 16  6
甲 丁 丙 甲   여   癸 甲 乙   대운
辰 未 子 辰        酉 戌 亥
```

　　丁火일주가 신약하다. 따라서 甲木으로 生丁火하고 월간 丙火
로 도와야 되는 팔자다. 부친성인 재성이 없으므로 甲木인수(모
친)와의 합신을 찾아야 한다. 일지 未中己土가 甲木과 명암합하
므로 부친성이다. 甲戌대운 戌대운에 일지 未를 戌未로 형했다.
형출된 己土(부친성)는 년시간 및 대운간 甲木과 쟁합되어 사라
진다. 그러므로 부친 이별하는데 대운지 戌中丁火가 투출되는
丁卯년(24살)이 응기되어 부친 사망했다.

예3)

```
                  36 26 16  6
己 丙 乙 己   여   己 戊 丁 丙   대운
丑 午 亥 亥        卯 寅 丑 子
```

　　이 사주엔 부친을 뜻하는 재성은 시지 丑中辛金이 있을 뿐 명
확하게 나타난 것이 없다. 따라서 월간 乙木 인수를 부친성으로
본다. 인수라는 말은 부모, 존장, 스승을 뜻하는 것이다. 따라서
꼭 모친만을 뜻하는 것이 아니다. 그리고 월주는 부모궁인데 천
간은 양(陽)이므로 월간에 있는 인수를 부친성으로 볼 수 있는
것이다. 만일 지지에 巳酉申이 있다면 월간 乙木이 巳酉申중의
庚金과 명암합 할 수 있으므로 이때는 乙木을 모친성으로 봐야
한다.

　　그러나 이 사주는 시지 丑中의 辛金과 乙木은 아무런 합도 맺
지 못하고 있으며 지지끼리도 육합, 암합을 맺지 못한다. 그러므

로 시지 丑中辛金은 부친이 될 수 없고 부친의 형제인 고모 및 숙부는 될 수 있다. 따라서 乙木이 부친이 되면 년간 己土와 시간 己土는 乙木이 뿌리내릴 수 있는 재성이 된다. 그러므로 년간 己土는 부친의 첫 여자이고 시간 己土는 부친의 두 번째 여자이면서 나의 친모다. 乙木 부친성이 년월지 亥에 12운으로 사(死)가 되므로 부친과는 일찍 사별하게 된다.

　※ 사(死), 절(絶), 묘고(墓庫)가 이 사주처럼 겹쳐 있으면 해당 육친과는 사별하게 된다. 3살 되던 辛丑년에 부친과 사별했다. 辛金은 약한 乙木을 충극하는 데다가 일간 丙火를 丙辛으로 합하여 乙木의 생기를 빼앗기 때문이다. 즉 겨울(亥月)의 乙木은 丙火가 있어야만 따뜻함을 얻어 살 수 있으나 丙火가 꺼지면 乙木은 추위에 얼어 죽는다.

2. 표출신(表出神)

대표로 나타나 있는 육신(神)이라는 뜻이다. 이는 이때까지의 명리학 서적엔 없는 것으로 필자가 이를 붙인 것인데 지지에 들어있던 장간이 천간에 투출되어 있음을 말한다. 흔히 투간되었다고 말하는 것과 동일할 것 같으나 그 내용은 전혀 다르다. 이 이론은 지지중에 들어있는 여러 간(干)중에서 천간에 투출된 것이 제일 크게 힘을 발휘한다. 에 근거한 것으로 다음과 같이 비유할 수 있다.

戌이란 가정에 戊土와 辛金 그리고 丁火라는 각각의 성질을 지닌 가족이 살고 있다. 그런데 이중에서 辛金이 세상 밖으로 머리를 내밀면 戊土와 丁火는 자신의 역할과 성질을 잠시 잊고 辛金을 밀어주기 위해 모든 힘을 쏟는 인간사와 같다. 바꿔 말하면 辛金이 戌이란 가정을 대표하는 존재로서 세상에 나와 행세한다고 볼 수 있다. 실제 사주를 들어 보면 다음과 같다.

예1)
```
辛 壬 丙 甲   여
亥 申 子 戌
```

이 사주는 혹한이 몰아치는 子月의 壬水로서 아주 신왕하다. 그러므로 월간 丙火는 조후가 되고 년지에 있는 조토(燥土)인 戌은 왕한 물을 막아주고 제습하는 역할을 하므로 길신이다. 그리고 戌中丁火는 일간과 명암합하고 있으므로 戌中戊土는 남편성이다. 따라서 그 남편(戌中戌土)은 좋은 역할을 할 수 있다. 그러나 戌中戌土가 투간되지 못하고 병이되는 水를 생해주는 辛金이 투출되어 戌土의 대표 역할을 하는데 이런 경우를 일러 辛金을 戌土의 표출신이라 하는 것이다.

따라서 그 남편인 戌土가 내보이는 행동(戌土에서 辛은 상관)은 일간에게 아주 좋지 못하게 작용되는 것이다. 즉 남편(戌)의 행동(辛)은 병신(病神)인 水를 생하고 일지 申과 상해(相害; 申亥) 작용까지하여 일간인 壬水를 아주 나쁘게 만드는 것이다.

예2)

```
                81 71 61 51 41 31 21 11  1
戊 庚 癸 己   여   壬 辛 庚 己 戊 丁 丙 乙 甲  대운
寅 寅 酉 未       午 巳 辰 卯 寅 丑 子 亥 戌
```

이 사주는 년지 未中乙木이 일간과 명암합하며 未中丁火는 정관성이 된다. 그러므로 丁火가 남편이다. 그러나 未中에 있던 己土가 년간에 투출되어 남편의 표출신이 된다. 따라서 남편은 함부로 하는 나의 행동(癸水 상관)을 싫어하여 극제하려 하는 사람이고 외견상으로 어질게 보인다. 己土가 인수성이므로 해서이다.

그리고 己土에서 보면 월간 癸水는 편재성(부친)인데 이것이 戊癸合을 당했고 己土에 충극되었으므로 남편은 부친을 일찍 사별한 사람이다.

예3)

```
甲 丁 乙 己   여
辰 亥 亥 酉
```

월지 亥있고 일지 亥있으며 亥中에는 壬水정관성 있고 甲木
인수성이 있다. 일간 丁火가 월일지 亥中壬水와 두 번 명암합하
므로 재혼격이고 여러 남자 거치는 팔자다. 그런데 월일지에 있
는 남편궁 亥에서 투출된 甲木이 시간에 앉아 약한 丁火를 생해
주려 하고 있다. 따라서 甲木이 남자의 표출신되어 만나는 남자
마다 엄마처럼 자상하게 나를 도와주려 한다. 그러나 습한 甲木
이 丁火를 생하기 어려우므로 실질적인 도움은 크지 않다.

그리고 남편성의 표출신인 甲木이 년간 己土와 합하고 있으며
지지끼리도 辰酉로 도화 합을 맺고 있다. 甲木이 앉은 시지 辰
에서 보면 년지 酉는 도화살이다. 그러므로 찾아오는 남자들은
내 옆에서 나를 돕는듯하지만 항상 멀리에 있는 진짜 마누라 감
을 찾으려 바람피우게 된다. 甲木에서 보면 년간의 己土가 진짜
처성이기 때문이다.

예4)

```
                          42 32 22 12  2
  丙 戊 乙 己   여      庚 己 戊 丁 丙   대운
  辰 午 亥 亥            辰 卯 寅 丑 子
```

이 사주의 부친성은 월지 亥中壬水 편재이고 모친성은 일지
午中丁火이다. 그런데 일지 午中에서 투출된 己土가 년간에 있
고 또 午中丙火는 시간에 있다. 따라서 모친의 표출신은 년간
己土이고 시간의 丙火다. 년간 己土(모친의 표출신)은 년지 亥
中甲木과 명암합하고 월지 亥中甲木과도 명암합한다. 이런 구조
는 모친의 첫 남자는 년지 亥中甲木이고 두 번째 남자가 나의
부친이기도 하다. 즉 모친은 전부(前夫)와 헤어지고 후부(後夫)
와 만나 나를 낳은 것이다.

午中己土와 丙火중에서 己土는 모친(丁)의 식신이므로 모친의 행위를 나타낸다. 그러므로 丙火보다 己土를 취해 모친의 살아온 과정을 보는 것이다. 시간에 丙火(모친의 표출신) 있으므로 늦게까지 모친과 함께 살게되며 모친의 덕도 있다. 일지는 나의 몸(肉身)이므로 년간 己土 겁재는 나의 표출신도 겸한다. 따라서 자존심과 주체성 강한 성격이며 모친 팔자와 같은 삶을 살게된다.

예5)

```
                        48 38 28 18  8
   庚 辛 戊 戊   남    癸 壬 辛 庚 己    대운
   寅 巳 午 寅         亥 戌 酉 申 未
```

일지 巳中에 丙火 자식성이 있다. 일지의 자식은 나와 같은 아들이다. 그런데 巳中戊土가 년월간에 나란히 나타나 있다. 따라서 년간 戊土는 첫 아들이고 월간 戊土는 둘째 아들이다. 戊 대운은 자식성인 火官이 입고되는 운이고 일지 巳와는 巳戌로 귀문관살을 이룬다. 따라서 자식이 입고(入庫)되어 애태우는 운이다. 甲子년(46세) 만나 월주 戊午를 천충지충하므로 차자(次子)가 교통사고를 크게 당했다.

예6)

```
   壬 癸 壬 己   여
   戌 未 申 丑
```

월지 申金은 모친인 인수인데 여기서 월시간의 壬水가 투출되어 있다. 따라서 모친 두 분이다. 일지 未中乙木이 월지 申中庚

金과 암합하므로 未中丁火 편재가 부친성이다. 일지 未中己土가 년간에 나타나 있으므로 이것이 첫 남자이다. 년지와 일지가 丑未충하므로 그 인연은 깨어지고 시지 戌中戊土 상처남을 만나 해로하게 된다.

예7)
```
己 庚 乙 乙    여
卯 寅 酉 未
```

년지 未中丁火 정관있고 未中己土가 일지 寅中甲木과 암합하며 未中乙木은 일간 庚과 명암합한다. 그러므로 未中丁火가 남편이다. 그런데 未中에 같이 있던 乙木이 년월간에 두 개나 투출되어 庚일간과 쟁합하고 있다.

즉 년월간의 乙木은 남편인 未中丁火의 표출신이다. 따라서 두 번 결혼하게 된다. 그리고 한 구멍(未)에서 두 개가 동시에 나왔으므로 그 남편은 쌍둥이 남동생이 있게 되었다. 즉 이 여성은 쌍둥이 남자형제중의 한 사람과 결혼했다.

예8)
```
丙 己 壬 丙    남
寅 未 辰 戌
```

시지 寅中甲木 관성은 자식인데 여기서 년간과 시간의 丙火가 투출되었다. 따라서 첫 딸(년간 丙) 낳았고 막둥이 딸 낳았다. 그런데 년간 丙火는 년지 戌에 입고되며 丙戌년주가 백호살되었다. 이런데다가 월주 壬辰의 충을 받게 되어 큰딸 사별하게 되었다.

막둥이딸(시간의 丙)은 장생지 寅에 앉아 있으므로 총명하며 용모단정하다. 그러나 일지 未와 寅未로 귀문살을 이루므로 신경예민,정서불안 및 우울증 등의 정신적 장애가 있게 된다. 또 월간 壬水정재는 부친이고 년간 丙火는 부친의 첫 여자인데 丙戌백호살이 壬辰의 충을 받아 일찍 사별했다.

예9)

```
戊 己 戊 戊    여
辰 卯 午 子
홍염
```

己土일주가 午月에 태어나 아주 신왕하다. 따라서 무엇보다 더위를 식혀주고 己土를 윤택하게 해줄 물(水)이 필요하고 겁재를 막아줄 木을 원하게 된다. 조후시켜줄 재성은 년지 子水이나 월지 午의 충을 맞아 박살났고 시지 辰中癸水만 남아있다. 그런데 시지 辰은 일간 己土의 홍염살이므로 조열함을 풀기위해 바람피우게 되고 물장사 및 유흥업으로 진출하게 된다.

남자를 뜻하는 관성은 일지 卯가 있으나 습토와 물(水) 없으면 卯木이 말라 죽게 되므로 시지 辰과 卯辰으로 반방합하여 활로를 찾으려 한다. 그러므로 일지 卯木은 능력없는 남편이며 물(돈) 많은 여자를 찾으려 바람피우게 된다. 따라서 辰中에서 투출된 년월시간의 戊土는 관성(남자)의 표출신이 된다.

년간 戊土는 첫 번째 남자이며 년지 子中癸水와 합하므로 유부남이다. 월간 戊土는 월지 午에 앉아 양인을 얻었으므로 성질 강하며 큰 수술및 부상을 당했거나 감옥에 갇혔던 전력을 지닌 사람이다. 시간 戊土 세 번째 남자는 돈도 있으며 바람기 많은 유부남이다.

예10)

```
戊 辛 辛 辛   남   丁 戊 己 庚   대운
子 丑 卯 亥       亥 子 丑 寅
```

　이 사주에서는 모친을 뜻하는 인수성이 제일 약하다. 일지 丑
中己土있고 시간에 戊土 인수가 있다. 따라서 정편인이 일주와
유정하게 자리 잡고 있다. 이런 정편인중에 니의 친 모친은 일
지 丑中己土이다. 월지 卯中甲木정재가 부친성이고 이것과 丑中
己土가 암합하기 때문이다. 그런데 일지 丑中에 있던 辛金이 년
월간에 투출되어 있다. 그러므로 辛金은 모친의 표출신이 된다.
따라서 모친 두 분 있게 된다.

　년간 辛金은 친모인데 년지 亥水에 설기되고 亥水는 월지 卯
와 합하여 辛金을 절(絶)에 이르게 하며 일지 丑에 입고된다. 따
라서 친모(辛)는 아이(년지 亥)낳다 산망(産亡)했다. 일지 丑中
에서 투출된 辛金이 년간에 있으므로 10여세 전에 모친 사별한
것이다.

　이 자료는 이석영선생의 사주첩경에서 발췌한 것인데 이 선생
의 해석은 다음과 같다. '戊土 인수가 약한데다 3개의 辛金에 설
기태다하므로 그 모친이 산망한 것이다.' 매우 타당한 설명이다.

　그러나 엄밀히 그 육친관계를 살펴보면 월지 卯中甲木 재성이
부친이고 이와 암합하는 己土편인이 부친의 정재가 되고 나의
생모가 된다. 따라서 생모에 대한 문제는 시간의 戊土가 아니라
일지 丑中己土의 상황을 살펴야 정확할 것이다.

　戊土 정인은 후모이며 모친의 오래비이다. 寅대운에 모친 죽
고 후모왔는데 己土편인(모친)은 寅에 사지(死地)가 되고 戊土

인수는 寅에 장생지가 되어서이다.

예11)

丙 庚 辛 丙　남
戌 申 丑 辰

이 사주는 월지 丑中己土 정인이 모친성이다. 따라서 월간 辛
金은 모친의 표출신 역할한다. 辛金이 고(庫)인 월지 丑에 앉아
있고 년간 丙火와 丙辛합하여 년지 辰(辛金의 묘)로 입묘한다.
그런데다가 시주 丙戌백호살이 모친을 丙辛합하면서 戌丑으로
형한다. 戌은 화고(火庫)인데 이것이 백호살되어 모친(辛)을 합
형(合刑)하므로 그 모친이 폭탄 맞아 숨졌다.

그리고 월간 辛金 겁재는 원칙적으로 여동생 및 누나이다. 따
라서 여형제 역시 음독하여 사망하던지 폭탄 및 화재(火災) 또
는 열병(홍역)으로 사망하기도 한다.

월지 丑은 己土의 묘지이고 金의 고(庫)인데 여기에 있던 癸,
辛, 己가 천간에 투출되면 고신(庫神)발동이 되어 해당 육친에
흉사 흉액이 따르게 된다. 이 고신(庫神)에 대해선 뒷장에 별도
로 설명하기로 한다.

예12)

丙 戊 壬 甲　남
辰 辰 申 寅

戊辰일주가 丙辰시를 얻어 신왕하다 할 것이나 월지 申이 일
시지 辰과 申辰 반수국하고 있으며 월간에 壬水가 투출되어 水

의 세력이 강왕하다. 따라서 재다신약을 못 면한다. 년주 甲寅은
일간 戊와 같은 양간이므로 남자자식이다. 년지 寅中에서 투출
된 시간의 丙火가 자식의 표출신이다. 재다신약에는 관성이 기
신이 되나 자식의 표출신인 丙火가 일간을 돕는 희신이므로 무
엇보다 소중하고 귀여운 자식이다.

그런데 흉신인 월지 申이 년지 寅(자식궁)을 충했으며 흉신발
동했다. 申흉신중의 壬水가 월간에 투출되어 있으므로 이것을
흉신(凶神)발동이라 하는 것이다. 이리되면 뿌리를 상하게 된
시간의 丙火는 申辰 水局에 강왕해진 壬水의 충극을 면할 길 없
게 된다. 이런 구조는 이 사람에게 사랑스런 자식이 배타고 가
다가 물에 빠져 죽는 끔찍한 사고로 나타났다.

**※ 흉신 발동 및 사신(死神)발동에 대해선 뒷장에서 다루
기로 한다.**

예13)

```
辛 壬 丙 甲   남    辛 庚 己 戊 丁   대운
丑 戌 寅 子         未 午 巳 辰 卯
```

이 사주의 자식성은 일지 戌中戊土이고 시지 丑中己土이다.
그런데 일시지 戌丑中의 辛金이 시간에 나타나 있으므로 이것
이 자식의 표출신이다. 그런데 辛金은 丑에 앉아 입고(入庫)되
어 있으며 寅戌 火局으로 강왕해진 월간 丙火에 의해 합거되고
있다. 월시간의 천간끼리는 일간을 사이에 두고 떨어져 있으므
로 간합되지 않는다고 말한다.

그러나 이 사주의 경우에는 월주 丙寅이 일주 壬戌과 寅戌로
반삼합하면서 암합(戌中辛과 寅中丙)하므로 해서 가까이 다가와
丙辛合이 이뤄진다. 이런데다가 일지 戌이 백호살(壬戌)되어 시

지 丑을 형하고 있다. 따라서 그 자식이 폭발물(戌) 사고로 인해 흉사(凶死)하게 되었다. 丙辛합이 발동되는 辛未대운 때였다.

예14)

```
辛 丁 戊 乙    여    癸 壬 辛 庚 己    대운
亥 丑 寅 丑          未 午 巳 辰 卯
```

이 사주의 자식성은 년지 丑中己土 식신과 월간 戊土상관 그리고 일지 丑中己土이다. 그런데 丑中己土는 丑에 묘(墓)이고 월지 寅에 사지(死地)가 되어 있는데다가 丁丑백호살에 해당되고 있다. 그러므로 딸자식과 사별할 수 있는 명이다. 사주전체의 강약으로 보면 土는 약하지 않으나 12운으로 보면 그렇다.

그런데 丑中에 있던 辛金이 시간에 나타나 딸자식을 대표하는 표출신이 되어 시지 亥水역마에 설기되며 일지 丑과 亥..子..丑 방합을 지으며 입고되고 있다. 이런 구조는 딸자식이 물에 빠져 죽는 일로 나타났는데 癸未대운 때였다.

예15)

```
庚 壬 癸 丙    여    戊 己 庚 辛 壬    대운
子 子 巳 寅          子 丑 寅 卯 辰
```

壬水일간이 巳月에 태어났으나 일시지에 子水양인을 얻었고 시간에 庚金있고 월간에 癸水 있어 신왕하다. 따라서 월지 巳中戊土로 용신해야 하나 巳中에서 戊土대신에 庚金이 나타나 있으므로 불미스런 팔자다. 즉 巳中戊土가 남편이고 巳中에서 투출된 시간의 庚金 편인이 남편의 표출신인데 庚金이 水를 생하

여 신왕사주를 더욱 신왕하게 한다. 그러므로 남편덕 없을 뿐 아니라 사별까지 하게 되는데 丑대운에서이다.

庚金에서 보면 일시지 子에 12운으로 사(死)가되며 년지 寅에 절(絶)이 된다. 이리되면 묘고(墓庫)운이 오면 그 남편이 사망한다. 그리고 약할 데로 약한 庚金은 월지 巳에 장생하고 있는데 이럴 땐 巳를 형충하는 운도 좋지 않다.

그리고 년지 寅中甲木이 딸자식이고 년간 丙火가 딸의 표출신이다. 그런데 년지 寅은 월지 巳에 겁살되고 刑 되었으며 년간 丙火는 일시지에 뿌리를 둔 월간 癸水에 극되고 있다. 따라서 딸자식을 잃게 되는데 癸水가 丙火를 극하므로 그 딸이 물에 빠져 죽게 되었다.

3. 투출신(透出神)

　　이것역시 지지에서 투출된 간(干)을 말한다. 그러나 사주지지에 들어있던 장간이 사주팔자의 연월일시에 투간된 것을 말함이 아니고 사주지지 및 운지(運支)에 있던 장간이 운간(運干)에 나타남을 말한다. 가령 壬寅일주 일 때 寅中丙火가 나타나는 운은 일간의 뜻이 丙火편재에게로 향하며 편재(사업, 재물 및 여인)에 대한 일이 발생되며 戊土운은 신체적 부상과 고통 그리고 관사(官事)와 직업문제가 발생된다. 일지 외에도 연월시지에 있던 장간이 투출된 운(運)역시 그 지지에 따른 일이 발생되는데 예를 들면 다음과 같다.

예1)

```
                    37 27 17  7
丁 辛 甲 乙    남    庚 辛 壬 癸    대운
酉 未 申 酉         辰 巳 午 未
홍염      홍염
```

　　신왕사주로 일지 未에 뿌리 두고 甲乙木의 생을 받는 시간의 丁火 편관으로 용신하는 사주다. 따라서 丁火를 돕는 운에는 직장생활하게 되는데 공직(公職)계통이다. 도화살되는 午대운에 연애했고 시간 丁火가 득록하므로 취직했다. 년시지 酉홍염살이 투출신되어 나타난 辛대운에 결혼했다. 또 辛운은 년간 乙木 편재를 제거하여 甲木정재만 남게 되므로 결혼 운이다. 혼잡 되었을 땐 하나를 제거해야 한다.

庚대운은 년 시지 酉홍염살에서 투출된 겁재이다. 따라서 외정(外情)으로 염문을 뿌리다가 크게 손해 볼 운이다. 대운간 庚이 일지 재고(財庫)에서 투출된 년간의 乙木을 합거시키고 월간 甲木 역시 충극하기 때문이다.

위 사주는 년시지에 홍염살있고 천간에 정편재가 앉아 있다. 따라서 애인 두게 되는 팔자임을 쉽게 알 수 있다. 庚대운 壬戌년(37세)에 이 사람의 부인이 찾아왔다. 홍염살이 겁재(庚)로 투출된데다가 壬戌년의 세운간 壬水는 시간 丁火를 합했으며 세운지 戌은 일지 재고(財庫)인 未를 戌未로 형함을 살핀 필자가 입을 열었다.

'아주머니 남편은 공무원일것 같은데 맞습니까?' '예 맞심니더.' 눈만 껌뻑거리며 필자의 입만 쳐다보고 있던 수더분하게 생긴 여인이 황급히 대답했다. '그렇다면 동(東)구청이나 동래(東來)쪽에 있는 구청이나 동사무소에 근무하겠군요.' 甲乙木이 丁火를 생하기에 이렇게 말한 것이었다. '예! 동래구청에 근무합니다.' 여인이 눈알을 좌우로 굴리더니 대답했다.

'남편께서는 작년(辛酉년)에 여자를 알았는데 큰 손재수와 퇴직까지 하게 될 운이라… 아마도 여자에게 빠져 다방 아니면 음식점하나 차려 주었을 것 같습니다. 만일 그리했다면 여자도 사라지고 돈도 날아가며 나중엔 퇴직까지 해야 할 것 같습니다.' 움찔 놀라는 기색을 보이던 여인의 눈동자가 좌우로 몇 번 왔다 갔다 하더니 입을 열었다. '아저씨! 우리 집 사정을 남에게 듣고 그렇게 말하는 것이지요?' 얄미운 소리에 부화가 치밀어 오르는 것을 억지로 참고 상담을 마쳤다. 물론 丁亥생인 부인의 사주 또한 참작하여 풀었다.

예2)

```
             47 37 27 17  7
辛 丙 丙 庚   여   辛 壬 癸 甲 乙   대운
卯 申 戌 寅        巳 午 未 申 酉
도화 역마    홍염
```

이 사주를 투출신의 개념을 도입하면 17세부터의 甲木 편인운
에 연애했음을 알 수 있다. 년지 寅(홍염살)중의 甲木이 17세부
터의 대운간에 나타나 있기 때문이다. 申편재 대운에 년지 寅
(홍염살)을 충하므로 남자의 모친 및 부친의 반대로 인해 사랑
(홍염살)이 깨어졌다. 역마성인 일지 申中壬水가 투출된 壬水대
운에 돈 벌기 위해 부지런히 쫓아다니게 되었으며 이동과 변동
이 심했다.

예3)

```
           36 26 16  6
戊 己 癸 辛   여   丁 丙 乙 甲   대운
辰 未 巳 卯        酉 申 未 午
```

己土일간 巳月生으로 아주 신왕이다. 년지 卯木으로 왕한 土
를 소토해볼까 하나 면도칼 같은 년간 辛金이 극제한다. 따라서
쓸 수 없을 뿐 아니라 딸 하나 낳고나면 이별된다. 월간 癸水가
시지 辰에 통근했고 辛金의 생을 받으므로 시급한 조후로 쓸 수
있다.

년지 卯中甲木이 일간과 명암합하므로 첫 남자다. 그리고 시
지 辰中乙木이 두 번째 남자인데 癸水를 머금고 있으므로 제법
돈도 있으며 내게 도움 되는 사람이다. 다만 시간의 戊土와 辰

中癸水가 명암합하므로 유부남 및 과거 있던 남자다. 시주 戊辰 (백호살)은 오빠이고 월지 巳中丙火는 모친이며 일지 未와 암합 (巳中庚金과 未中乙木)하는 나의 합신이다. 甲午대운은 巳午未 방합되어 癸水는 증발되고 己土는 조열해지므로 부친(癸) 죽고 어렵게 살았다.

乙대운은 년지 卯와 일지 未와 시지 辰中에서 투출되었다 즉 년지 卯 일시지 未辰의 乙木이 투출되는 운이다. 따라서 남자가 같이 살자고 나타나며 오빠(戊辰)에 대한 문제가 발생되는데 戊辰이 백호살이고 乙未대운이 시주 戊辰과 3급 소용돌이를 이루므로 오빠에게 대흉한 일이 생긴다. 그리하여 19살에 남자만나 동거생활 했으며 16세에 오빠가 약 먹고 자살했다.

未대운은 년지 卯木이 입고되며 未中己土와 암합하므로 남자에게 딴 여자가 생기게 되는데 庚戌년 가을에 이별하게 되었다. 세운간 庚은 상관이고 세운지 戌이 일지 未를 형하고 년지 卯를 합거시켰기 때문이다. 丙대운은 년간 辛金을 합한다. 이리되면 辛金이 합을 탐해 고개 내미는 木을 극하지 않으므로 남자 나타났다. 또 丙火가 월지 역마 巳의 투출신이 되므로 신변에 이동 변동사가 있게 된다. 관성이 年下(年支)에 있고 시지 辰에 있으므로 년하(年下)의 남자와 인연 있게 된다.

예4)

					44 34 24 14 4	
乙	壬	乙	辛	남	庚 辛 壬 癸 甲	대운
巳	子	未	丑		寅 卯 辰 巳 午	

壬水일간이 未月 염천에 태어나 신약하다. 따라서 년간 辛金

인수로 용신하며 일지 子水로 약한 일간을 도와야 되는 구조다. 월지 未中丁火는 처성이고 고모이며 己土는 자식성이다. 그런데 월지 未中에 있던 乙木이 월 시간에 투출되어 처와 고모 그리고 자식의 표출신 역할을 하고 있다. 헌데 월간 乙木은 未에 앉아 백호살되어 있고 월주 辛丑에게 천간지지로 충극되고 있다. 따라서 고모 한 분 일찍 흉사했고 첫 딸 잃게 되는 팔자다.

배우자궁인 일지 子中에 있던 壬水가 투출되는 24세부터의 壬대운에 결혼 상대자 나타나게 되었고 월지 未中丁火가 투출 발동되는 丁卯년(27세)에 결혼했다. 년주 辛丑이 희신이므로 년지 丑과 삼합하는 乙巳생 여자 만났다. 년간 辛金은 모친인데 丑에 앉아 있으며 상관(日干 壬水)을 보므로 모친은 소(丑)고집 있고 말 잘하고 욕 잘한다. 壬辰대운은 약한 일간을 도우며 그 뿌리가 되므로 발전운이고 좋다.

辛대운 역시 壬일간을 도와 길하며 卯대운은 乙木 상관이 득록하며 일지 子水를 刑한다. 그러므로 퇴직 및 직장에 염증 느끼게 되고 부부간에 불화있으며 수술사도 따른다. 庚대운은 壬水 일간을 생하므로 좋다. 그러나 이 庚은 시지 巳에서 투출된 것이므로 부친(巳中丙火)의 표출신이다. 따라서 부친의 건강에 대한 문제가 발생되는데 庚이 대운지 寅에 절(絶)되고 월시간의 乙木과 乙庚합되므로 부친 사망운이다.

乙酉년 만나 부친인 시지 巳火가 巳酉로 합하여 사(死)에 임하고 세운간 乙木이 다시한번 대운간 庚金(父表出神)을 합거하여 부친 사망했다. 庚寅대운은 년주 辛丑과 1급 소용돌이를 이루며 일주 壬子와도 2급 소용돌이를 이루게 된 것도 하나의 원인이다.

예5)

```
                    55 45 35 25 15  5
己 辛 戊 戊   남   甲 癸 壬 辛 庚 己   대운
丑 丑 午 午       子 亥 戌 酉 申 未
```

이 사주는 년월지 午火가 직상하여 戊土를 생하고 또 午中己土가 시간에 투출되어 戊土와 함께 辛金을 생하고 있다. 火生土 土生金으로 사주의 모든 기운이 오직 일간 辛金에게만 집중되고 있다. 그러나 토다금매되어 일간이 몹시 답답하게 되어있다. 그러므로 火土가 사주의 병이되며 일시지 丑中辛金은 旺土의 기운 설해주는 희신이며 癸水는 조열함을 풀어주는 조후용신이다.

따라서 년월주 戊午는 일간의 기신이므로 부모덕이 없으며 아랫사람과 또래의 덕은 있다. 사주 천간에 정편인이 있고 일시지 丑에 辛金일주가 12운으로 양(養)이 되므로 이 사람은 두 어머니 있으며 남의 키움을 받게 되는 명조이다.

그런데 이 사람이 태어난 시점인 午月은 염천(炎天)인데다 辛金일주가 꺼리는 丁火가 들어있다. 그런데다가 년지 午까지 있어 午午로 자형되며 일지 丑과 어울려 丑午탕화살을 이루고 있다. 이런 상황은 모든 것들이 땡볕에 목말라하는 시점인데다 총포소리 요란하며(午午自刑, 丑午탕화) 칼바람(戊午, 戊午)이 씽씽거리는 물상을 나타내고 있다. 그리고 바짝 마른 산과 들(戊, 己)에는 먹을 곡식(財) 한포기 보이지 않으며 씨앗을 뿌려도 자랄 수 없게 되어있다. 즉 이 사람은 전쟁터 같은 살벌한 공간적 환경에서 태어나 배고프고 어렵게 살아감을 말하고 있다.

그런데다가 초년운인 己未 역시 기신되어 辛金은 旺土에 억눌려 겨우 숨만 붙어있는 형국이다. 그리고 己未대운은 조토이므로 비단 辛金일간에게만 나쁜 영향을 끼칠 뿐 아니라 사주 전체

를 나쁘게 한다. 즉 일간 辛金 뿐 아니라 나의 형제 및 동료(日時支 丑中辛金)에게도 좋지 않은 영향을 준다. 이것은 이 사람이 태어나서 14세까지의 세월은 내가 내어난 곳에 살던 여러 사람(同胞)에게도 힘들고 어려운 혼란기였음을 말하고 있다.

이 사주 주인공은 청산리 전투의 영웅인 김좌진 장군의 아들로 태어난 김두환씨이다. 그는 1918년생으로 일제(日帝)가 이 땅에 군화발로 들어와 중국과 만주를 집어 삼키기 위해 삼천리 강토를 전진기지로 삼을 때였다. 따라서 이 땅 대부분의 사람들은 가난과 억제에 허덕이며 그들이 들이미는 총칼에 시달리며 살았다. 김두환씨 역시 유아기에 남에게 맡겨져 己未대운까지는 집도 절도 없이 굶주림에 허덕이는 또래들과 함께 거지 생활을 하게 되었다.

庚申대운은 旺土의 기운을 설해주는 좋은 운되어 또래의 덕을 얻어 뒷골목세계의 왕초로 발돋움하게 되었다. 辛酉대운은 일시지 丑과 酉丑금국을 지어 기신인 旺土의 기운을 더욱 설해주므로 본인은 물론 또래(同胞)들에게도 희망을 가질 수 있는 살만한 운이 되었다. 따라서 辛대운 乙酉년(27세)에 일제의 압제에서 벗어나게 되었다. 그러나 庚寅년(33세)에 세운지 寅이 년월지와 寅午로 반화국을 이루고 일시지 丑과 탕화살을 이루게 되어 화염이 충천하므로 6. 25라는 사변을 만나게 되었다. 그러나 壬대운 壬辰년이 되자 화기(火氣)는 억제되어 휴전이 되었고 비로소 동포들은 생기를 찾게 되었다.

癸대운은 일시지 丑中의 癸水가 투출되는 운으로 오뉴월 가뭄에 소낙비 만나는 격되어 불에 타 헐벗은 산과들도 새싹이 돋아나는 옥토로 바뀌기 시작한다. 따라서 이 대운에 박정희 정권이 시행한 경제개발 정책으로 국민들은 게으르고 나태함에서 벗어나 옥토가 된 산과 들을 가꾸기 시작했다.

예6)

$$48\ 38\ 28\ 18\ \ 8$$

庚辛庚丙　여　乙丙丁戊己　대운
寅酉子戌　　　未申酉戌亥

辛金일간 子月生으로 금수상관격이다. 년간 丙火 년지 戌土 그리고 시지 寅木이 희신이다. 시지 寅中甲木 정재가 부친이고 년간 丙火정관은 부친의 표출신이며 년지 戌中戊土가 모친이다. 즉 일간 辛金은 戌中戊土 모친의 딸자식이기도 하며 모친의 표출된 모습이다. 일간과 모친의 표출신이 같으므로 나는 모친을 쏙 빼닮았다. 겁재(庚)가 좌우에 있으며 재(寅)을 타고 앉아 있는데다가 丙火(부친의 표출신)에서 보면 월간 庚金과 시간 庚金은 첩이고 애인이다. 따라서 부친은 바람기 심한 사람으로 내게 이복형제까지 만들어 준 사람이다.

丙戌이 백호살이고 亥대운에 丙火(부친의 표출신)가 절(絶)을 만나 부친과 사별했다. 년간 丙火는 나의 남편인데 부친의 표출신을 겸하므로 부친과 똑같은 남편이다. 즉 丙火 남편에서 보면 庚辛庚으로 여자가 많다. 丙火가 앉아있는 戌에서 일간 辛이 투출되어 丙辛합하므로 내가 본처고 월간 庚과 시간 庚은 남편의 첩이며 애인이다. 丙火가 나의 일지 酉에서 사(死)가 되고 시지 寅에는 장생이 되므로 두 번째 애인(시간 庚)에게 붙어산다.

丁酉대운이 년주 남편궁과 1급 소용돌이 되고 丙火가 세운지 酉와 명암합하므로 酉대운부터 남편에게 딴 여자 생겼다. 寅木이 財星이라 의류계통으로 생활한다. 丙대운에 시지 寅中丙火가 투출이므로 유부남 애인 생긴다.

예7)

					55 45 35 25 15 5	
戊	庚	庚	丙	남	丙 乙 甲 癸 壬 辛	대운
寅	戌	子	子		午 巳 辰 卯 寅 丑	

庚金일간 子月生되어 월지 금수상관격이다. 시지 寅에 뿌리
둔 년간 丙火로 조후하고 일시지 戌寅에 뿌리 둔 시간의 戊土로
제습하니 필요한 것이 모두 투출되어 좋다. 그러나 시지 寅이
공망이며 寅과 丙火가 너무 멀리 떨어져 있음이 좋지 않다. 즉
년간 丙火가 시지 寅에게 가까이 가기 위해선 넘어야 하는 고달
프고 먼 여정이다. 따라서 부(富; 戊)는 가까이 있지만 자식과
관록은 멀리 있는 상이라 귀함은 없다.

시지 寅中甲木 편재가 처성(妻星)이고 년간 丙火는 처의 표출
신이며 자식이다. 년지 子中癸水가 일지 戌中戊土와 암합하는
합신이다. 년간에 처의 표출신 丙火 있고 년지에 합신이 있으므
로 20세 전에 결혼하고 아이 낳게 되는데 子中壬水가 투출되는
壬대운 甲午년(19세)에 동거 생자(生子)했다.

辛丑, 壬대운은 금수(金水)운이라 고생 막심했고 癸대운에 시
간 戊土와 戊癸合하여 건축보조재 업을 시작했다. 이때까지는
희용신인 戊土가 癸水에 합되면 희용신인 戊土가 제 역할을 상
실하는 것으로 알고 있다. 그러나 癸水는 卯에 앉아 약하고 戊
土는 시지 寅에 장생을 얻어 강하므로 戊土가 발동 작용한다.
이런 간합에 대해선 누누이 설명했으나 다시 한 번 더 강조하는
바이다.

이 경우처럼 희용신인 戊土가 癸水를 만나 발동되면 토지, 토목
공사, 높은 땅(戊)이 움직여 돈(癸)이 된다. 즉 戊土를 체(体)로 하
고 이와 상대되는 癸水를 용(用)으로 하는 통변을 해야 한다.

癸水는 일간 庚에서 보면 상관이나 나의 회용신인 戊土에서 보면 돈 및 재물이 된다. 따라서 고물(古物) 쓰다버린 물건(癸)을 토목공사, 토지(戊)에 붙여(戊癸)주는 업으로 치부하게 되었다.

卯대운은 년월지 子를 刑하나 일지 戊과 卯戌합되어 화기(火氣)를 도우므로 이리 비틀고 저리 부딪쳐도 돈이 따랐다. 甲대운은 丙火生했고 시지 寅中甲木이 투출되어 돈 있다는 표시가 나타났으니 이때부터 부자소리 듣기 시작했다. 辰대운은 일지 戊을 충하여 손실과 부부불화가 있었다.

乙巳대운의 乙木이 丙火를 생하므로 좋을 것 같다. 그러나 乙巳대운은 일주 庚戌과 5급 소용돌이를 이루고 시주 자식궁(戊寅)과 3급 소용돌이를 이루며 탐합(乙庚合)망생(乙木不生丙火)한다. 그러므로 이별과 갈등 그리고 번민이 따르는 흉한 운이다. 그리고 乙대운은 월일간의 庚과 쟁합되어 庚과 庚이 서로 박터지게 싸우게 된다.

즉 일간 庚金에서 보면 월간 庚金이 형제와 동업자 및 동료이기도 하지만 아들의 애인(丙에서 庚은 편재)이기도 하다. 그러므로 동료형제 및 동업자와 치열한 경쟁이 있게 되며 아들의 애인 역시 받아들이지 않게 된다.

이런 운중에 癸亥년(49세) 만났다. 세운간 癸水는 시간 戊를 합거함과 동시에 년간 丙火 자식을 극하고 세운지 亥는 시지 寅과 합하여 시간 戊土의 생기를 끊는다. 그리고 나의 회용신인 丙 戊는 세운지 亥에 12운으로 절(絶)에 해당되어 이별이 따른다. 그래서 아들이 애인과 결혼하는 것을 극렬하게 반대하게 되었고 여기에 실망한 아들은 약 먹고 죽음으로서 그 아비에게 반항하게 되었다.

巳대운은 庚金 일주의 장생운이고 일지 戊과 巳戌로 귀문관살을 이룬다. 그러므로 극도의 정서불안과 정신적 혼란이 따르며 종교 및 정신세계에 의지하여 새롭게 살아 보려하게 된다.

　※ 이 사람은 자식을 그렇게 보낸 후 하던 업을 정리하고 역술공부를 했다한다.

예8)

```
              55 45 35 25 15  5
甲甲庚甲  남   丙乙甲癸壬辛  대운
戊子午戊      子亥戌酉申未
  亥
```

　甲木일주 午月生으로 午戌 화국까지 이루어 맹렬한 화기가 위로 오르고 있다. 따라서 제살태과격(制殺太過格)이다. 일지 子와 시지 戊사이에 亥水를 협공하여 강한 화기를 누르고 있다. 癸酉대운에 庚金이 뿌리를 얻고 癸水가 더위를 식혀주므로 경찰에 투신하여 즐거운 세월 보냈다.

　戊대운에 午戌 화국이 성립 발동되어 일지 子를 충하므로 교통사고로 다리 불구되었다. 乙대운에 월간 庚金이 합거되어 퇴직했고 역술인으로 변신했다. 子戊사이에 亥를 공(拱)하여 戊亥 천문살을 구성해서이다. 乙대운은 여동생(乙)이 亥(대운지)에 사(死)가 되고 월간 庚金과 합되어 여동생이 사망했다.

　亥대운은 협공된 亥水가 진실되는 운되어 외로운 子水가 午火에 충거되므로 癸亥년(50살)에 모친 사망했다. 월지 午中己土가 처(妻)이고 子午충되므로 처와 모친은 원수같이 부딪치며 살았다.

　午中丙火 투출되는 丙대운에 사망했다. 丙은 甲木의 사지(死地)인 午의 투출신이고 이것이 내 용신인 庚金을 충극했기 때문이다. 심장마비로 죽었다.

예9)

```
            38 28 18  8
庚 辛 壬 丁   남   戊 己 庚 辛   대운
寅 酉 寅 未       戌 亥 子 丑
```

辛酉일주가 寅月에 태어나 월지 정재격이다. 일지 酉中庚金이 시간에 앉아 정재 파격되었다. 년간 丁火 편관으로 겁재를 제거 해야 한다. 그러나 월간에 壬水가 丁火를 합하여 무용지물로 만 들었다(대운에서라도 丙, 丁火를 만나야 좋아진다).

따라서 불미스런 운명이다. 년월지 寅未가 귀문살이고 년월간 이 서로 합해 나쁘게 되었으므로 불면증, 정서불안등의 정신병 있게되며 또라이(돌아버린 사람)기질 있게 된다. 그런데다 월시 지 寅재성은 일지 酉와 원진이며 겁살까지 맞고 있다.

이러므로 무엇하나 이루기 어려운 답답한 팔자다. 辛丑, 庚子 대운에 유복치 못한 가정에서 부모간의 불화를 지켜보며 자랐 다. 亥대운 壬午년(36살)되어 丁壬합이 발동되어 또라이 증세 나타났고 폭력범으로 감방갔다. 癸未년 甲申년 乙酉년 내리내리 안 좋다.

40살되는 丙戌년까지 결혼도 못하고 있다. 戌대운은 월시지 寅이 발동되었으나 辛金이 戊土에 파묻히는 상이므로 아무것도 안 된다. 요리사 생활 잠간 했다한다.

예10)

```
            43 33 23 13  3
庚 丙 壬 癸   여   丁 丙 乙 甲 癸   대운
子 午 戌 卯       卯 寅 丑 子 亥
```

丙午일주가 午戌화국되어 있고 년지 卯木이 卯戌合하여 화국
에 가담하므로 신왕이다. 시지 子에 뿌리 둔 월간 壬水로 용신
한다. 년간 癸水 있어 관살 혼잡되어 있다. 원칙적으로는 정관성
이 남편이 되나 여기선 월간 壬水가 남편이다. 일주와 午戌로
연결되어서이다. 관성의 뿌리인 시지 子水가 충되어 부부불화의
팔자다.

　丑대운 庚午년(28세) 결혼했다. 년간 癸水를 합거하는 戊戌生
이 남편이다. 丙寅대운 좋지 않다. 丁대운은 월간 壬水를 합거하
여 남편에게 흉한일 생긴다. 丙戌년되어 午戌 화국이 이뤄지고
子午충이 발동된다. 이리되면 충출된 午中丁火가 월간 壬水를 합
하여 남편에게 불미스런 일이 따르며 그로인해 부부이별이다. 丁
火가 壬水 남편을 상하므로(합하여) 남편이 화상을 크게 입고 입
원하게 되었다. 卯대운에 夫死別할 것인데 壬辰년이 될 것 같다.

예11)

```
              47 37 27 17  7
戊 丁 乙 戊   남   庚 己 戊 丁 丙   대운
申 酉 丑 戌        午 巳 辰 卯 寅
```

　丁火일주 丑月에 태어나 극신약하므로 왕한 세력을 지닌 金에
종할 수밖에 없다. 년지 戌中丁火 있어 일간의 뿌리가 될듯하나
丑戌형으로 상처받았다. 월간 乙木이 丁火를 생한다하나 역시
뿌리없는 乙木이고 겨울의 축축한 나무되어 丁火를 생하지 못
한다. 따라서 가종격이다.

　음간 종재격이므로 일지 酉金이 주체가 되니 월간 乙木은 처
성이 되고 火는 자식성이 된다. 辰대운에 처성인 乙木이 뿌리를
얻고 辰酉로 일지와 합하므로 결혼 운인데 庚午년(33살)에 乙庚

합하여 결혼했다. 金을 따라 금속계통의 직업이다. 巳대운은 火되어 불길하나 巳酉丑 金局이뤄 모면이다. 庚대운은 주체인 庚이 午火 기신위에 앉아있고 일주와 3급 소용돌이 그리고 시주와 2급 소용돌이를 구성하여 불길하다. 그런데다 월간 乙과 합을 맺어 월지 丑에 입고된다. 이렇게 흉한데다 丙戌년(49살) 만나 일주와 1급 소용돌이 구성되어 생명의 위급함을 당했다.

丙火가 기신되었고 대운지 午와 년지 戌 그리고 세운지 戌과 午戌 火局되는데 월지 丑의 형을 맞아 화고(火庫)가 터져 화상(火傷)당했다. 辛卯月이었다.

예12)

```
              27 17  7
庚丁乙甲   남   戊丁丙   대운
子丑亥午       寅丑子
```

丁火일간이 亥月에 태어나 亥子丑 水局 있으나 년지에 午록을 얻었고 월지 亥中甲木이 년간에 나타나 있으므로 종하지 않는다. 따라서 천간으론 木火운이 좋고 지지로는 木火운뿐아니라 土운도 좋다. 旺한 水가 병이 되므로 水를 제압해주는 土가 좋은 것이다. 이처럼 국(局)을 이뤘을 때는 그 원신이 되는 水가 천간에 나타남을 제일 꺼린다.

용인격(用印格)이라 시간의 庚金이 기신이 되므로 부친(庚)과 그 뜻이 맞지 않게 되며 여자를 얻던지 여자 문제로 인해 큰 화를 초래하게 된다. 겨울 추울 때의 丁火요 子時 어둠속의 丁火인데다 용인격이므로 교육자로 진출할 팔자다.

丙火대운 吉했고 子대운은 년지 午를 冲하여 좋지 못하나 일지 丑과 합하므로 그 화가 크지 않았다. 丁丑대운 좋았다. 이때

동아대학을 졸업하고 미국에 유학 가서 학위를 땄다. 戊寅대운의 戊는 시간의 庚金 기신을 생하므로 불길한데다 이 戊寅대운은 일주 丁丑 그리고 시주 庚子와 4급, 2급으로 소용돌이를 구성하여 크게 흉하다. 게다가 丁火일간이 일지 丑에 묘(墓)고 시지 子에 절(絶)되어 있는 상태에서 대운지 寅에 사(死)를 만나므로 생명에 위험한 일이 생기게 된다.

이런 운중에 癸亥년(30살)을 만났다. 亥子丑 水局에서 투출한 癸편관은 일지 丑 묘신(墓神) 시지 子 절신(絶神)이 발동된 것이기도 하다. 따라서 사경에 처하게 되는데 자신의 결혼문제로 부친과 다투고 난후 약 먹고 자살했다. 壬戌月 이었다.

癸亥년 3월경 이 사람의 모친이 찾아와 자신의 큰아들이라며 내놓은 사주다. 사주를 살핀 필자가 이름을 물었더니 김 이철(金二哲)이라 했다. 그래서 둘째 아들입니까? 하고 물었다.

'아니요, 첫째 아들인데요.' '그러면 둘째 아들 이름은 무엇입니까?' '김 태철(金泰哲)이라 합니더.' '운(대운세운)도 좋지 않은데다 이름마저 큰 아들 노릇 못하고 둘째가 큰아들 역할하게 지어졌으니 큰아들에게 크게 좋지 못하겠습니다.' '크게 좋지 못하다니 구체적으로 어떻게 안 좋은지 말해주세요.' 시큰둥한 말투였다.

'그렇게 말씀하시니 보이는 데로 말하겠습니다. 작은 아들이 큰 아들 역할하게 된다면 큰아들은 능력을 상실한 사람이 되던지 잘못하면 죽을 수도 있다는 말입니다.' 필자는 하기 싫은 말을 억지로 내뱉었다. '글쎄요? 도저히 믿기지 않습니다. 동아대학을 졸업하고 미국 모 대학에서 박사학위를 받고 귀국해 모 대학에 교수로 임용될 날만을 기다리고 있는 상태라 언제될지 그것이 궁금하여 왔는데 멀쩡한 내 아들을 두고 재수 없는 엉뚱한 소리만 하는군요.' 퉁명스레 말하며 코웃음까지 치는 그녀였다.

천금같은 자식이 죽을 수도 있다는 말에 어느 엄마가 기분 좋을까. 이것을 헤아린 필자는 한발 물러서며 말했다. '사주팔자에서 오는 올해 운과 그 이름이 너무 불길하여 조심하라는 뜻에서 말씀드린 것이니 너무 언짢아 마십시오.' 한참동안 볼 부은 얼굴로 눈만 껌뻑거리던 그녀가 역시 퉁명한 언사로 입을 열었다. '이름 또한 좋지 않다니 개명이나 한번 해볼까하는데 이름값은 얼마입니까?' '15만원입니다.' '뭐요! 이름 하나 짓는데 무슨 돈이 그렇게 많이 듭니까? 한 5만원만 받고 그냥 하나 지어주소.' 사실 24여 년 전의 15만원은 상당히 큰 금액이었다. 그러나 그 당시 몇 백억 정도의 재산을 지닌 사람이었고 사람 이름 하나 잘 지어 흉함을 넘길 수만 있다면 그 정도는 별것이 아니라고 생각했기에 요구한 액수였다.

아들 사주 보기 전에 그녀와 남편의 사주를 보고 큰 부자인 것을 짐작했고 그녀 역시 긍정했는데 자식의 흉함을 두고 흥정하려는 그 태도에 기분이 상한 필자는 고개를 흔들었다. '안됩니다. 단 한 푼도 깎을 수 없습니다.' 그녀는 필자를 한참동안 노려보더니 획 일어서서 나갔다. 꽝하고 방문 닫는 소리가 유난히 크게 들려왔다. 그렇게 갔던 그녀가 다시 찾아왔다.

甲子년 2월경이었는데 자신보다 나이 많아 보이는 여자 한 명을 달고왔다. 따라온 여자가 물어 볼 것을 다물어 보고난 후 손자이름을 지어주길 청했다. 작명비로 5만원을 요구했다. 그랬더니 옆에 앉아 있던 이철(二哲) 엄마가 중얼거렸다. '이렇게 5만원에 이름 지어 주면서… 왜 나한테는 그렇게 빡빡하게 굴었는 기요. 그때 그냥 내말대로 해줬더라면 그런 일도 안 생겼을지 모르는데'

푸념하듯 원망하는 그녀의 중얼거림에 기분이 상한 필자는 하던 작명을 멈추었다. 그러자 작명 부탁한 아주머니가 얼른 입을 열었다. '아저씨요, 이 동생 큰 아들이 작년에 어미 가슴에 못 박고 멀리 가버렸답니다. 작년 10월이니 아직 몇 달되지도 않았심니더.'

돈이 아까워 자식의 목숨을 놓고 홍정하더니 이제 와서 누굴 탓하고 있소. 목구멍에까지 차올랐던 이 말을 꿀떡 삼키고 말았다. 자식을 잃은 에미의 찢어진 가슴이 떠올랐기 때문이었다. 나중에 자살하게 된 연유를 들었는데 다음과 같았다. 아들에겐 고등학교 때부터 연애하던 여성이 있었다. 서로가 너 아니면 안된다며 자기들끼리 결혼 맹세까지 한 사이였다. 그런데 가난한 처녀집 형편을 탐탁치 않게 여긴 부친의 완강한 반대가 있었다. 그래서 밤새 부친과 다투게 되었고 끝내 돈만 아는 부친에게 지을 수 없는 큰 상처만 남겨 주고 되돌아 올 수 없는 길을 가게 됐다는 것이다.

예13)

```
                 25 15  5
乙 己 丙 癸   남   癸 甲 乙   대운
亥 酉 辰 未        丑 寅 卯
```

己土일주가 辰月에 태어나 득령할것 같다. 그러나 辰中에 있던 癸乙이 년시간에 투출되었고 일지 酉와 辰酉합되어 득령치 못했다. 년지에 未土 뿌리있어 종격은 되지 않고 월간 丙火로 일간을 생하면서 음습함을 풀어주는 용신으로 하게 된다. 그러나 년간 癸水가 丙火를 극하므로 용신이 상처입었다. 따라서 흉한 팔자며 물(癸)에 몸을 상할 명이다.

乙卯대운은 원명 년시지와 亥卯未 木局을 이룬다하나 일지 酉를 충하여 辰酉합을 풀게되므로 己土가 辰中戊土의 도움을 받게 된다. 그리고 乙卯木이 丙火 용신을 생하므로 어려운 가운데에서도 존명할 수 있었다. 甲대운은 시지 亥中에서 투출되었으므로 나들이 및 여행 있는 운이다. 그런데 이 甲木은 일간 己土와 합을 탐해 월간 丙火를 생해주지 않으며 오히려 己土일간을 합하여 사지(死地)로 끌어들인다(己土에서 대운간 寅은 死).

이런 운중에 己亥년(17세) 만나 일간의 유일한 뿌리가 있는 년주와 4급 소용돌이를 이루며 세운지 亥에 힘을 얻은 년간 癸水를 발동시켜 丙火를 극하게 하므로 물에 빠져 사망했다. 癸酉月이었다.

예14)

```
              39 29 19  9
癸 壬 壬 壬   남   丙 乙 甲 癸   대운
卯 辰 寅 午        午 巳 辰 卯
```

壬辰일주가 寅月에 태어났으나 천간엔 壬, 癸水뿐이고 지지엔 寅卯辰 木局을 형성했으며 寅午 火局을 짓고 있다. 따라서 월지 寅으로 통관시켜야 한다. 寅은 식신이라 명줄이고 밥줄이다. 그러므로 기차(寅卯辰) 역(寅역마)에서 생활한다.

일지 辰中癸水 겁재가 시지 卯도화살에 앉아있어 바람기 심해 마누라 속태운다. 그리고 일찍 부친을 이별하게 된다. 천간에 오로지 水일색이고 일지 辰中乙木 있으므로 乙酉생 부인 만났다.

丙午대운의 丙은 년월지 寅午中에서 투출되어 여기저기 다니며 바람피웠다.(丙火편재) 그러나 군비쟁재되고 丙火가 식신 寅의 표출신이므로 생명에 위험이 따른다. 더욱이 寅 식신이 대운지 午에 사(死)가 되므로 흉함이 가조된다.

壬戌년(42세)되어 년월지와 寅午戌 火局을 이루자 일지 辰과 충되어 火庫(戌)가 터져 寅木도 죽고 불(火)도 사방으로 흩어진다. 그러므로 庚戌月에 또 한 번 辰戌충되자 안동 여인숙에서 연탄가스 중독으로 사망하게 되었다. 壬壬壬은 丙火를 극하지 못하나 시간에 癸水가 있으므로 군비쟁재가 성립된다.

예15)

```
            26 16  6
辛 戊 丙 己   여   己 戊 丁   대운
酉 辰 寅 亥        巳 辰 卯
도화 홍염    空
```

년지 亥中 壬水 편재는 부친이고 월간 丙火 모친이다. 亥水 空亡이고 일지 辰에 입고이며 일주는 백호살이다. 따라서 부친과는 일찍 흉사별(凶死別)하게 된다. 丙火 모친은 시간 辛과 丙辛合水 되고 시지 酉가 일지 辰과 辰酉合하므로 辰中癸水는 모친의 두 번째 남자며 나의 의붓아비다.

일지 辰中癸水 있어 일간 戊와 명암합하고 辰中엔 乙木 있으므로 乙木 정관이 남편일것 같다. 그러나 辰은 시지 酉와 辰酉合金되어 관성역할 상실이므로 월지 역마 寅을 남편으로 한다. 남편궁 丙寅과 戊辰일주는 동순(同旬)이며 2급 상순관계이므로 같은 업종에 종사하던 가까운 곳에 있는 남자며 타향에서 만났다.

戊대운은 월지 寅, 일지 辰의 투출신이므로 이때부터 바람났고 타향으로가 직업 갖게 되었다. 辰대운은 일지 辰홍염살 발동되어 연애하고 결혼하는 운이다. 관성(丙寅)과 자식성(辛酉)이 합하고 일주와도 합(辰酉)하므로 혼전동거에 아이 낳고 식 올리게 된다. 그런데 월지 寅中甲木은 년간 己土와 명암합하며 寅亥로 지지끼리도 합을 맺으므로 남편은 나를 두고 타녀(己)와 합정한다.

己대운은 년간의 겁재가 발동되어 내 남자를 남에게 뺏기는 때다. 甲子년(26세) 만났다. 세운간 甲木은 월지 寅(남편궁)이 발동하여 도화지(子)에 앉아 己土겁재와 합을 맺는다. 따라서 夫가 타녀와 정을 맺게 되었다. 乙丑년에 傷官見官되어 이별한다.

예16)

```
              29 19  9
壬 壬 甲 癸   여   丁 丙 乙   대운
寅 辰 子 卯        卯 寅 丑
역마      도화
```

壬水일간 子月生으로 신왕하다. 신왕하면 설기하는 것이 있어야 좋은데 월간 甲木이 있어 용신이 될듯하다. 그러나 甲木은 조토를 만나지 못해 부목(浮木)이 되어있고 한겨울 눈보라(壬, 癸) 쏟아지는 형국이니 조후가 더없이 필요하다.

시지 寅中에 丙火있어 노년엔 그럭저럭 편안함을 누릴 수 있을 것이다. 하지만 水多木浮되고 조후 불투(不透) 되었으며 천간에 기신발호되어 춥고 배고픈 팔자다. 시지 寅中丙火가 부친이고 월간 甲木은 부친의 표출신이다. 甲木이 子도화지에 앉아 있고 부목(浮木)되어 부친은 외로이 떠도는 사람이다. 모친성인 金이 없어 시지 寅과 암합하는 월지 子中癸水가 모친성이다. 헌데 子水는 일지 辰에 입고하므로 내가 태어난 얼마 후에 모친 사별하게 된다.

년간 癸水는 친모이고 일시간의 壬水는 부친의 또 다른 여자다. 乙丑대운은 춥고 배고픈 시절이었다. 丙대운은 시지 寅역마에서 투출이므로 타향에 나가 신발(寅)공장에서 돈벌이했다. 시지 寅中에 戊土 편관 있으므로 남자도 만나는 운이다.

22살 되던 甲子년은 월주 甲子가 동하므로 이사 및 이동 운이다. 甲子가 부목되어 마음이 안정되지 않는다. 甲있는데 甲年만나 己丑음신이 와서 甲子를 천지합한다. 甲木은 丙火 재성이 있는 시지 寅에서 투출된 것이므로 돈이고 육신이다. 그런데 己丑 관성(陰神)이 甲子를 천간 지합하므로 몸 주고 돈 뺏기는 운이다. 그야말로 갑갑하고 기막힌 일을 당하게 되니 애인이 내 돈(50만원)을 훔쳐 달아났다.

```
癸    本命    甲  戊  乙  壬(甲)
卯            子  辰  未  午
```
          겁재   정재
          子 辰 未 午
          도화   홍염

도화 발동신(癸)이 내 돈(戊)을 합했고 년 시간에 甲木겁재가 本命星 卯에서 투출되어 내 돈(戊)을 겁탈했다.

이것은 필자가 창안 개발한 내정법(來情法)인데 癸卯 本命은 찾아온 사람의 생년이고 甲子 戊辰 乙未 壬午는 찾아온 사람의 시간대이다. 이 내정법은 종합편에서 자세히 설명될 것이다.

예17)
```
                   47 37 27 17  7
丙 乙 辛 丁    여    丙 乙 甲 癸 壬    대운
戌 巳 亥 丑          辰 卯 寅 丑 子
```

乙木 일간이 亥月에 태어났으나 천간에 丙, 丁, 辛 있고 지지에 巳戌丑 있으므로 극신약이다. 이리되면 대부분의 역술인들은

월지 亥水로 일간을 생해야 한다고 말하게 된다. 그러나 월지 亥는 일지 巳의 충을 받아 상처 입었고 일간이 음간이므로 종해야 한다.

왕한 세력인 火土에 종할것 같으나 월간 辛金 역시 년지 丑 시지 戌에 뿌리 있으므로 결국은 辛金에 종할 수밖에 없다. 허나 천간의 丙丁火가 辛金을 극하므로 통관 시켜주는 土가 제일 좋고 丙丁火를 극해주는 천간으로의 水운 역시 좋다.

월간 辛金은 년지 丑에 뿌리 두었고 월지 亥中甲木이 辛金의 정재이며 이것이 년지 丑中己土와 암합하므로 과거있는 남자이던지 나중에 남 따라 가는 남자다. 년간 丁火는 남편과 첫 여자 사이에 태어난 남자자식이다. 시간 丙火와 시지 戌中丁火는 辛金과 나 사이에 태어난 자식이다.

辛金 관성이 丙丁火에 극되고 백호살 맞았으며(丙辛합) 백호살신 발동이 임하고 있다.(丁丑백호살 중의 辛金이 월간에 투출) 따라서 남편은 흉액 당해 불구된 사람이다.

丑이 급각살인데 여기에 辛金이 입고되고 투출신되어 있다. 월지 亥中甲木 겁재있고 壬水 있어 기신이니 이를 충거하는 일지 巳가 와야 하므로 己巳生 남자 만났다. 丑대운이 월지 辛金의 뿌리되고 일지 巳와 巳丑 합하므로 재취로 결혼했다.

甲대운 불미했고 寅대운은 소길했다. 寅대운은 시간 丙火가 장생하고 일지 巳를 형하여 불길할것 같다. 그러나 월지 亥 기신을 合去시켜 巳丑금국을 이루므로 소길한 것이다. 월간 辛金은 丁火는 두려워하지만 丙火는 좋아한다. 다만 운에서 丙이 와서 丙辛합하면 辛金 夫는 합거되므로 부부이별이 된다. 그렇지만 丙辛합이 발동되기까지 즉 丙火가 힘을 얻는 운은 무방한 것이고 이에 따라 그 남편(辛)은 더욱 빛이 나게 된다.

乙卯대운은 기신인 월지 亥와 亥卯로 木局되어 크게 좋지 않다. 이때에 친정(亥水)집과 연합하여 연탄 공장하다가 쫄딱 망했다. 丙대운은 월시간의 丙辛合이 발동 작용되므로 부부 이별했는데 남편이 북쪽에 있는 무당과 합정했다.

일시 巳戌 귀문 있는데 巳中丙火가 시간에 나타나 있고 戌中丁火 辛金은 년 월간에 나타나 있다. 이리되면 귀문살(巳戌) 발동되니 제자신이 신령한 것처럼 쓸데없이 씨부리게 되니 반쯤은 또라이(돌아버린 사람)이다. 辛金 夫가 무당과 합정한 것은 巳戌의 丙과 合하여 戌에 뿌리를 얻기 때문이다.

二. 干合新考

인간 삶은 주고받고(相) 만나고(合) 부딪치며(剋) 다투고(刑害) 충돌하며 결별(沖)하는 일들의 연속이다. 그러므로 개인의 운명을 간직하고 있는 대부분의 사주팔자 또한 생극, 회합, 형충등으로 얽히고 설켜있다. 따라서 발동되어 나타난 동적인 상태를 뜻하는 천간끼리의 생극 및 합충 역시 주고받으며 부딪치고 헤어지는 일들을 나타낸다.

그런데 천간끼리의 합인 간합(干合)에 대해선 제법 고수급에 속한다고 알려져 있는 사람들조차 그 작용을 잘 모르고 있다. 예컨대 이수(李修)라는 사람이 쓴 「적천수 써머리 15p」에 보면 '간합하면 그 오행적 속성을 망각한다.. 일간의 신왕신약 및 격국 용신에 대한 작용력이 없다.'로 되어있다. 물론 년간과 월간끼리의 근합(近合)에 대해서인데 이는 적천수의 내용에서 따온 것으로 보인다.

그리고 대세운에서 합을 만나 간합이 되면 합거(合去)되어 그 역할작용을 상실한다고 대부분의 역인(易人)들은 알고 있다. 필자 역시 오래전부터 그렇게 배워 실제 사주풀이에 임해왔다. 그러나 오랜 세월에 걸쳐 수없이 많은 사주를 다뤄본 결과 반드시 꼭 그렇다가 아님을 느꼈고 다음과 같은 허점이 있음을 발견했다.

甲子와 己丑의 합은 甲木은 己土가 끌고 온 丑이 천을귀인이 되며 己土는 甲木이 끌고 온 子가 천을귀인이 된다. 그리고 지지끼리도 子丑으로 합을 맺으며 己土는 丑에 앉아 뿌리를 얻어 약하지 않고 甲木도 子水에 앉아 생을 받으므로 약하지 않다. 따라서 균등한 세력으로 서로간에 도움을 줄 수 있는 원만한 합이 된다.

그러나 甲子와 己亥의 합은 甲은 己土가 끌고 온 亥에 장생을 얻어 강해지나 亥에 앉아 허약한 己土는 甲木이 끌고 온 子에 아무런 도움도 얻지 못한다. 또 甲午가 己未를 만나 합을 맺으면 未에 앉아 힘이 있는 己土는 甲木이 끌고 온 午를 얻어 더욱 강해진다. 그렇지만 사지(死地)인 午에 앉아 허약한 甲木은 己土가 끌고 온 未를 얻어봤자 아무런 도움도 못받고 입고(入庫)되어 그 능력을 상실할 뿐이다.

丙辛합 역시 丙午가 辛巳를 만나면 사지(死地)요 극(剋)되는 巳에 앉아 허약한 辛金은 丙이 끌고 온 午에 의해 더욱 약해진다. 그러나 午에 앉아 강한 丙은 辛과 합하므로 해서 辛이 끌고 온 巳까지 얻어 더욱 강왕해진다. 그리고 丙申과 辛酉의 합은 위와 반대의 상황이 되어 丙火가 극도로 약해진다.

이러한 경우에도 丙辛 합하면 丙과 辛 모두가 그 속성을 망각 상실할까? 따라서 천간은 합한다 하더라도 지지끼리의 작용과 합을 함으로서 생기게 되는 서로간의 득실과 천간의 강약을 파악해야만 정확한 답이 나올 것이다. 여기선 150개 정도가 되는 모든 천간의 합에 대해 일일이 설명하지 않겠다. 이것만으로도 몇 권의 책 분량이 되는 방대한 작업이기 때문이다. 그러므로 다음과 같이 정리한다.

첫째 희신이 일간외의 천간과 합하면 희신 역할은 상실한다. 즉 己土일간에 월간 丙火가 희용신일 때 년간 辛金을 보면 丙火는 합을 탐해 일간을 생하는 역할을 하지 않는다. 그러나 이런 경우에도 지지끼리의 변화와 두 천간이 지니고 있는 힘의 강약을 살펴야 한다. 예컨대 희용신인 丙午월주가 辛巳년주를 만나 丙辛합하면 약한 辛金은 丙火를 합하여 묶어 놓을 수 없다. 그러므로 丙火는 희용신 역할을 할 수 있다.

그리고 희신인 丙火가 辰에 앉아 辛酉를 만나 합을 이루면 丙火는 辛金에 의해 합거되나 평생 그런 것이 아니고 행운(行運)에 따라 달라진다.

둘째, 丙火가 희용신일 때 辛과 합하게 되면 일간에 대한 희용신의 역할은 상실하지만 두 천간의 오행적 속성과 육신적(六神的) 작용은 상실되지 않는다.

셋째, 사주에 丙辛합이 있다 해서 평생 그런 것이 아니고 운에서 丙辛이 올 때 그렇게 된다.

넷째, 월간과 시간 그리고 시간과 년간끼리의 원합은 작용하지 않는 것이 아니고 운에서 또다시 간합할 때 작용된다.

예)

					59	49	39	29	19	9	
庚	壬	辛	乙	남	乙	丙	丁	戊	己	庚	대운
戌	寅	巳	酉		亥	子	丑	寅	卯	辰	

년간 乙木 상관과 시간의 庚金이 원합하고 있다. 따라서 초년 庚대운에 乙庚합이 이뤄진다. 이럴 땐 약한 乙木이 합거되므로 조모(祖母) 사망하게 되고 표현 발표력이 막히게 되며 그 능력 (乙상관)을 인정받지 못하게 된다. 59세 대운 乙은 시간의 庚金과 합하여 원명의 乙庚合이 발동된다. 즉 乙木상관이 와서 庚金을 합하여 동하게 하므로 학문연구, 교육관계 사업등이 활발하게 진행된다.

다섯째, 사주천간이 대세운에서 합을 당하면 합을 당하는 사주천간이 합거(合去)되기도 하지만 오히려 발동되기도 한다. 이는 전적으로 두 천간이 타고 앉은 지지에 의해 결정된다.

예1)

```
戊 壬 戊 丁    여
申 申 申 亥
```

壬戌년(35세)은 년간 丁火와 丁壬으로 합한다. 년간 丁火는 년지 亥에 앉아 약하므로 壬水가 끌고 온 戌에 丁壬 합하여 입고(入庫)된다. 따라서 이 사람에겐 남(년간 壬水)이 내 돈(丁火)를 탈취해 가는 현상으로 나타났다.

※ 비견이 재성을 합하여 입고시키면 남이 내 돈을 가져간 후 내놓지 않는다.

예2)

```
                    47 37 27 17  7
戊 辛 乙 庚    여   庚 辛 壬 癸 甲   대운
戌 酉 酉 辰        辰 巳 午 未 申
```

癸亥년은 시간 戊土 인수와 합한다. 시간 戊土는 시지 戌에 앉아 강하며 세운간 癸水도 년지 亥에 앉아 강하다. 그러나 戊土는 癸水를 극하며 지지끼리는 戊亥로 암합한다. 따라서 戊土가 합거되는것이 아니라 오히려 합하여 발동된다.(合動)

그러므로 이 사람에겐 매매 계약사가 있게 되었다.

※ 戊土가 癸水를 보면 정재에 해당된다. 즉 戊土는 癸水(돈)을 보고 합하여 동하므로 사는 것이 아니라 팔게 된다.

예3)

                    46
    庚 辛 癸 戊   여   戊   대운
    寅 酉 亥 寅   午

　戊午대운 癸亥년 戊午월에 찾아온 사람이다. 월주 癸亥역마가 癸亥년에 발동되었다. 그런데 년간 戊와 대운간 戊 그리고 당월(當月)의 戊午와 세운간 癸가 쟁합을 맺고 있다. 따라서 매매 계약사로 인해 여행(亥역마)함이 있게 된다. 여기까지 살핀 필자가 입을 열었다. '아주머니! 연산동(蓮山洞)에 집이나 땅을 사려는데 형제 및 친구와 합자(合資)하여 할려는 군요.'

　'예 그렇습니다. 연산동에 좋은 물건이 있다하여 언니와 함께 사볼까하여 서울에서 내려왔습니다.'

　세운 癸亥가 시주 庚寅과 寅亥合木한데다 연달아 있는 戊土(山)와 戊癸간합 되었기에 위와 같이 말했던 것이다. 간합되면 두 천간 모두 그 오행적 속성을 상실하게 된다는 이때까지의 논리와는 전연 부합되지 않는 실례이다.

예4)

                35 25 15 5
    庚 己 丁 壬   남   辛 庚 己 戊   대운
    午 巳 未 辰   亥 戌 酉 申

　庚戌대운 乙丑년(33살) 戊子월에 찾아온 사람이다. 세운간 乙은 丑에 앉아 약하다. 시간 庚金 역시 시지 午에 앉아 극을 받으므로 약하다. 그러나 庚은 乙이 끌고 온 丑에 힘을 얻는다. 따라서 庚金이 乙木에 의해 합동(合動)된다. 찾아온 목적을 짐작한

후 먼저 확인 작업부터 들어갔다.

'지금까지 직장생활 하고 있었습니까?' '예 그렇습니다.' 무뚝뚝하게 간단히 말하는 사내였다. '그렇다면 직장생활 그만두고 억제받지 않는 자유로운 일거리를 찾고 있겠군요.' '예! 그러한데 어떤 업을 하면 좋을까요?'

예5)
    甲 乙 戊 丙   여
    申 亥 戊 戊

재다신약에 용겁(用劫)하는 사주다. 癸亥년은 월간 戊와 간합된다. 따라서 왕한 戊土 정재가 합에 의해 발동된다. 그러므로 이 여성에겐 가택을 옮겨 볼까하는 문제와 장사 해볼까하는 문제가 발생된다. 이런 간합에 대한 문제는 사주해석에 있어 아주 중요하므로 앞으로 전개될 사주풀이에서 계속 설명될 것이다. 이젠 몇몇 사주를 통해 필자의 새로운 학설이 옳은지 아닌지 다시 한 번 검증해 보기로 하자.

예6) 남편과 자식 버리고 정부 따라갔다.
                            46 36 26 16 6
    戊 乙 辛 丙   여   丙 丁 戊 己 庚   대운
    寅 未 丑 申   申 酉 戌 亥 子

乙木일간이 丑월에 태어나 재관이 왕하다. 乙木일주는 일지 未에 통근했으나 월지 丑에 冲맞아 뿌리가 상했다. 그리고 시지 寅은 장간되었던 丙, 戊를 년시간에 투간시켜 매우 약하다. 따라서 재와 관에 임할 수 없는 불길한 명조다.

사주의 구성을 보면 년지 申中庚金이 乙木일간과 명암합하고 있으며 자식궁인 시지 寅에서 투출된 丙火상관이 년지 申위에 앉아있다. 그러므로 년지 申中庚金이 나와 합하여 자식 낳은 남편이다. 월간 辛金편관은 애인이고 정부이므로 년지 申中庚金과 더불어 관살혼잡을 이루었다. 그런데 년간 丙火가 월간 辛金을 합하고 있다.

이런 구조를 이때까지의 이론에 따라보면 다음과 같다. '년간 丙火가 辛金을 합하였으므로 辛金편관의 속성은 망각 상실되므로 년지 申中庚金 정관만 남게 되었다. 즉 합살(合殺)되어 편관(殺)은 없어지고 정관만이 남아(留官) 깨끗한 명조로 되어졌다.'로 말할 수밖에 없다.

위 이론과 해설에 의하면 이 여성에겐 남편만 있고 애인(辛)은 없어야 할 것이다. 그러나 필자가 주장하는 새로운 이론에 따르면 다음과 같다.

월주 辛丑은 강하고 丙火는 申에 앉아 약하다. 그러므로 丙火가 辛金을 합거 시키는 것이 아니라 오히려 辛金을 더욱 강하게 하여 발동되게 하고 丙火는 그 역할을 상실한다. 따라서 이 여명은 남편외에 정부(情夫) 두게 되니 바로 관살혼잡격이다. 겨울 추위를 따뜻하게 녹여주는 丙火상관은 자식성이기도 하지만 乙木일주의 행동이고 노력이며 돈 만드는 통로(돈줄)이다. 그리고 조후 역할까지 하고 있다.

그런데 이것이 丙辛합되어 그 역할을 상실했으므로 이 여성은 돈버는 재주가 신통치 않고 여럿을 따뜻하게 해주지 못한다. 그리고 丙火 자식 낳고 난후 애인(辛) 생기게 되며 이 애인으로 인해 정신적 육체적 고통을 당하게 된다.

이는 월간 辛金이 丙(상관, 자식)과 합하여 발동되기 때문이고 辛丑이 일주 乙未를 천충지충 함으로 해서이다. 이 여성은 亥대운 23세에 결혼했는데 申金이 역마지살이므로 배타는 남자였다.

戊戌대운까지 어려움 없이 잘 지냈고 丁대운에 바람기 동해 설치고 다니다가 도화살되는 酉대운에 잠깐 스쳐가는 외정(外情)을 두었다. 그러다가 丙대운에 접어들자 원명의 丙辛合이 발동되어 죽기로 따라붙는 남자(애인)가 생겼다. 辛巳년 46세 때였다.

그런데 乙未일주가 년주 丙申과 명암합 및 암합(未. 申)을 하고 있는데 편관인 辛丑이 일주 乙未를 冲하여 그 합을 깨려하고 있다. 이는 애인(辛)이 나와 남편(년지 申) 사이를 갈라놓기 위해 정신적 육체적 자극과 고통을 주고 있는 상이다. 따라서 이 여성은 辛巳년(46세)과 壬午년(47세)에 걸쳐 갈등과 번민속에 지내다가 결국 壬午년 가을에 본 남편과 이혼하게 되었다.

壬午년 봄에 필자에게 진로를 결정하고자 찾아온 여성이다. 그때 필자는 아이가 있는 가정으로 돌아감이 최선이라 단단히 일러 주었다. 그런데 甲申년에 이사 문제로 다시 찾아온 그녀는 결국 남편과 헤어지고 그 애인과 동거중이라 했다.

예7)

```
                    48 38 28 18  8
辛 戊 甲 己   여    己 戊 丁 丙 乙   대운
酉 寅 戌 丑         卯 寅 丑 子 亥
```

戊土일간이 土旺한 戌月에 태어났고 己丑의 土와 일지 寅中戊土있어 신왕이다. 따라서 일지 寅에 뿌리 둔 월간 甲木 편관으로 용신해야 할 것이다. 그러나 甲木은 년간 己土와 합을 맺어 일간을 등지므로 믿을 수 있는 관성이 아니다. 그러므로 시간 辛金 상관으로 용신하게 되나 재성으로 연결되지 못해 노력하되 결실을 얻기 어렵게 되어있다.

이처럼 월간 甲木이 己土와 합하여 나의 용신은 못되나 그 역할작 용을 평생 동안 못하는 것이 아니다. 즉 원명에 甲己合이 있다해서 처음부터 끝까지 戊土에 대한 甲木의 역할(官星 역할)을 못하는 것이 아니라 甲己合이 발동되는 때부터 甲木의 역할이 없어지는 것이다.

부부궁인 일지 寅에서 투출된 월간 甲木편관이 남편성이고 시간의 辛金상관이 일지 寅中丙火와 합하므로 나의 합신(合神)이다. 그러므로 辛金은 나와 합정하는 상대이다.

월주 甲戌은 일주 戊寅과 동순(同旬)에 있으며 4급 상순관계이고 寅戌로 연결되어 아주 친밀 유정한 남편이다. 이 甲木을 년주 己丑이 甲己合하며 일지로는 丑戌형을 하는 것은 타녀가 내 남편에게 붙어 남편과 나 사이의 寅戌 합을 깨는 것이다.

따라서 여자가 있던 남자를 내 남편으로 한 것이 아니고 내 남편을 己土겁재가 탈취해가는 것임을 나타내고 있다. 배우자궁인 일지 寅中에 있던 丙火가 투출되는 丙대운부터 남자교제 들어왔다. 그러나 丙은 시간의 辛金과 丙辛합하여 강한 세력을 지닌 辛酉상관이 발동(合動)하므로 남자를 믿지 못해 결혼하지 못했다. 그러다가 辛金이 극제되는 丁火대운을 만나자 결혼을 결심하게 되었고 丁巳년(29세)에 또다시 辛金상관을 극하므로 결혼했다.

그러나 대운지 丑이 월지 戌을 형하여 寅戌간의 합을 깨므로 불화속에 지내다가 甲木이 합거되는 己未년(31살)에 이혼을 결심하고 별거했다. 남편의 외정 때문이었다. 그러다가 庚申년(32살)되어 일지 寅을 충하여 甲木의 뿌리를 뽑게되므로 완전히 호적정리까지 하게 되었다. 辛酉년(33살)은 나의 합신이 나타나는 운되어 육신의 정을 나눌 상대가 생겨 또다시 결혼했다.

그러나 남편성(甲)이 배임하는 사주가 되어 애인으로 있으면 그 관계가 유지된다. 그러나 남편으로 들어오게 되면 또다시 배신당하게 되므로 癸亥년(35살)에 이혼하고 말았다. 癸亥년의 亥가 일지 寅과 합을하여 寅酉간의 암합을 깨었기 때문이다. 이 실례에서 보듯 甲木이 합거되어도 어느 기간까지는 甲木의 역할과 작용은 있게 된다.

예8)

```
           32 22 12  2
癸 癸 壬 丁   여   丙 乙 甲 癸   대운
亥 亥 子 巳        辰 卯 寅 丑
```

癸亥 일주가 추운 겨울인 子月에 태어났고 癸亥시를 만나 水의 세력이 태왕하다. 윤하격이 될듯하나 년주에 丁巳가 있으므로 성립되지 않는다. 따라서 군비쟁재격이 되어 초년에 부친사별하고 떠돌게 되는 불미스런 팔자다.

그런데 간합하게 되어 그 오행적 속성이 망각된다면 월간 壬水겁재와 년간 丁火 편재의 속성이 작용되지 않아야 한다. 즉 丁壬으로 간합 함으로 해서 천간으로는 군비쟁재가 안 이뤄져야 될 것이고 그에 따른 일들도 발생되지 않아야 할 것이다. 그러나 이 여자가 살아온 상황은 이렇다.

일지와 시지 亥中에서 투출된 나의 표출신이며 친구형제의 표출신인 壬水겁재가 도화살인 子에 앉아 양인을 얻었다. 그러면서 년지 巳에 뿌리를 두고 있는 년간 丁火편재와 丁壬으로 합하고 있다. 이런 구조는 나와 나의 형제가 태어난 후 부친사별 되었고 따라 극심한 가난 속에서 지냈음을 말해준다. 따라서 癸丑 대운에 부친사별했고 추위에 오들오들 떨며 자랐다.

대운간 癸水가 년간 丁火를 극했기 때문이다. 그런데 이때까지의 주장대로 丁壬합으로 인해 丁과 壬이 그 오행적 속성을 잃어 버렸다면 丁癸의 충극은 성립될 수 없을 것이다. 그리고 이 여성은 또래(癸亥시)들과 어울려 아버지(丁火 편재)같은 사람과 합정하여 그 돈을 갈취하는 삶을 살았는데 寅대운에서였다.

즉 일시지 亥에서 투출된 壬水겁재는 또래와 나의 겁탈지심이다. 그런데 이것이 도화살에 앉아 년간의 丁火를 합함은 또래와 함께 음란색정으로 돈을 벌며 빼앗음을 말하는 것이다. 따라서 丁壬으로 간합하여 그 오행적 속성을 잃게 되었다면 이런 꽃뱀의 생활도 이뤄질 수 없는 것이다.

癸일주의 남편은 년지 巳中戊土이다. 이것이 월지 子中癸水와 戊癸로 암합하고 있으며 천간끼리도 丁壬으로 합하고 있다. 따라서 나의 첫 남자는 이미 여자(壬子)가 있는 사람이다. 그리고 년지 巳와 일지 亥는 충이 되므로 월지 子水가 합되거나 충거될 때 또는 刑을 만날 때 헤어지게 된다.

그리고 초년을 뜻하는 년지에 관성이 있으므로 20세 전후에 그런 남자 만나게 된다. 한겨울(子月) 눈보라 휘몰아치고 있는데(癸, 癸) 추위에 떨고 있는 배고픈 흑돼지(癸亥)로 태어났다. 따라서 나를 따뜻하게 해줄 불을 찾아 돈 많은 길거리남자 찾아나선다. 찬밥 더운밥 가릴소냐 돈만 있으면 아비처럼 늙어도 좋고 유부남이라도 개의치 않으며 뱀(巳)처럼 징그러워도 좋다.

예9)

					45	35	25	15	5	
辛	丁	壬	丁	남	丁	戊	己	庚	辛	대운
丑	丑	子	亥		未	申	酉	戌	亥	

丁火일주가 亥子丑 水局을 만났고 그 어디에도 뿌리가 없으므로 水에 종할 수밖에 없다. 그러나 투출된 壬水가 년간 丁火와 합을 맺어 木으로 변하므로 귀함을 잃은 탁한 명이 되고 말았다. 즉 귀한 기운인 壬水 정관이 비견과 합하면 귀함을 잃고 탁하게 되는 것이다. 그런데다가 일시지 丑中에는 己土가 있으므로 亥子丑으로 왕한 물은 흐려졌다. 이러므로 비록 亥子丑 水局에 종하지만 흐리고 탁한 격이 되었다.

세세하게 분석해보면 시간의 辛金 편재는 일시지 丑 화개성에 뿌리 두고 있다. 그리고 辛金과 丁火의 관계는 좋지 못하다하지만 이것은 辛金 일주가 丁火를 만날 때 하는 말이고 여기선 해당되지 않는다. 원래 丁火가 庚金을 보면 쇳덩이를 녹여 그릇을 만드는 격이고 辛金을 만나면 매끈하게 다듬어진 귀금속을 녹여 못쓰게 만들어 버린다. 그렇지만 여서선 丁火가 태약하여 종함에 따라 본성인 火의 기운을 상실했으므로 丁火 剋 辛金의 논리는 해당되지 않는다.

따라서 이런 丁火는 등불, 안목(眼目), 달빛과 별빛, 광명(光明)등의 뜻만을 나타낸다. 그러므로 이 사주처럼 丁火가 辛金을 만났을 경우엔 달빛이 거울(辛)에 반영되어 빛나는 상이며 안목(眼目)이 밝아 사물의 모습이 거울에 비춰지는 것 같게 된다.

다음으로 丁火일간이 월간 壬水를 두고 년간 丁火와 쟁합하고 있는데 이는 다음과 같은 정황을 나타낸다. 월간 壬水는 년지 亥中에서 투출된 것으로 남의 것이다. 이것을 丁丑일주가 월주 壬子를 천간지합함은 남의 것을 빼앗아오는 격이며 빌려오는 격이다. 그런데 년지 亥中에는 壬水와 더불어 甲木이 있다. 이것이 丁壬合木으로 천간에 그 기운을 나타내어 인수성이 되면서 일간 丁火를 생하고 있다. 따라서 남(丁)의 정신(丁壬合木 인수는 정신세계)을 뺏고 빌리는 격이다. 즉 남이 만들어 놓은 정신 및 영적에너지를 내 것으로 한다는 말이다. 여기에다 辛, 丁의 관계를 결부시키면 남의 정신과 영적에너지를 받아들여 사물을 거울에 비춰보는 것같은 안목을 지니게 되었고 그것으로 먹고 사는 운명임을 알 수 있다.

특히 재성인 辛金은 일시지 丑(화개성)에서 투출된 것이기에 더욱 확실하다. 이 사람은 거울인 辛金이 발동되어 나타나는 辛대운 癸巳년(7세)에 신(神)이 내렸고 庚대운 15세부터 남의 길흉을 봐주는 생활을 시작했다. 중년이후엔 사이비 교주 노릇하고 있다.

육친관계는 壬水를 주체로 하므로 년일간 丁火는 처가되니 양처(兩妻)를 두게 되며 일시지 丑中己土가 자식이 된다. 그러나 己土는 물에 젖어 뻘 흙 같은 존재이므로 무자식 아니면 애물단지 자식 두게 된다.

예10)

```
              43 33 23 13  3
庚 壬 丙 辛   남   辛 壬 癸 甲 乙   대운
子 午 申 丑        卯 辰 巳 午 未
도화      홍염
```

壬일주가 申月에 태어났고 申中庚金이 시간에 투출되어 있으며 시에 子水양인과 년주에 辛丑이 있으므로 아주 신왕하다. 따라서 일지 午에 뿌리를 둔 월간 丙火 편재로 왕한 금을 제압하는 용신으로 하고 싶다. 그러나 일지 午는 子의 충을 맞아 상실되었고 丙火는 년간 辛金에 합거당해 용신 역할을 상실했다. 따라서 왕한 金의 세력에 따르는 종강격이 되었다. 이리되면 午中丁火와 월간 丙火는 필요없고 써먹을 수 없으며 기신이고 병

(病)이 된다.

즉 丙辛合하여 그 용신으로서의 역할은 상실되었지만 그 오행의 역할과 작용력은 소멸되지 않으며 행운(行運)에 따라 크게 혹은 적게 작용한다. 이 사주는 丙火편재가 기신역할 하므로 능력없는 부친이며 내게 짐만 지우는 사람이 된다. 육친관계를 보면 丙火가 부친이며 년간 辛金인수가 모친이다. 그런데 辛金은 丙火와 합했고 년지 丑에 입고되어 있다. 그리고 丙火 부친은 월지 申金편인위에 앉아 있다.

따라서 모친 사별하게 되고 부친 재혼하게 되며 이복형제(申中壬水)까지 있게 된다. 그리고 원칙적으론 일지 午中丁火 정재가 처(妻)가 되나 강한 子水에 충거되었으므로 이것을 버리고 일지와 암합하는 시지 子中壬水를 처성으로 한다. 따라서 그 처는 성격강한 사람이며 늦게 결혼하게 된다.

그리고 壬水비견이 처성이 되어 일지 午火 기신을 冲하므로 처는 나를 돕는 역할을 하게 된다. 이 사람은 乙未대운에 년주 辛丑을 冲하여 모친 사별했으며 그 후 부친은 재혼했다. 甲午대운은 丙火를 생하고 또 丙火가 세운지 午에 양인을 얻게 되어 발호하므로 불미스럽게 보냈다.

癸대운에 월간 丙火를 극하여 경찰로 진출했으며 좋았다. 巳대운은 반길 반흉했다. 壬대운에 시지 子中의 壬水(처성)가 나타나므로 결혼했다. 丙火를 극하여 좋은 운이다. 辰대운 역시 申子辰으로 水局을 이루고 午火의 힘을 빼므로 진급되었으며 평길했다.

辛대운에 월간 丙火가 합거되어 진급되었고 문서로 인한 이득이 있었다. 따라서 丙辛合 한다하여 丙火와 辛金의 역할작용이 완전히 없어지는 것이 아님을 알 수 있다.

예11)
　　庚 癸 壬 甲　　남　　戊 丁 丙 乙 甲 癸　　대운
　　申 酉 申 申　　　　　寅 丑 子 亥 戌 酉

　　癸일주 申月생에 金태왕하므로 월간 壬水로 왕금의 기세를 설하는 용신으로 한다. 따라서 친구형제 덕있다. 사주에 처를 뜻하는 재성이 하나도 없다. 따라서 일간 癸와 명암합하는 申中戊土를 처성으로 한다. 壬水용신에 戊土는 기신이므로 처덕 없으며 申이 3개되어 3번 결혼하게 되며 여기저기에서 자식 낳는 팔자다.

　　戊土가 처이므로 庚, 申, 酉金은 자식성이 된다. 따라서 세 여자에게서 자식 낳았다. 시간의 庚金인수는 배우자궁인 일지 酉 도화살에서 투출되었고 처(戊)가 들어있는 申中에서 투출되었으므로 처의 표출신이다.

　　亥대운에 壬水용신이 득록하므로 좋은 때였다. 결혼도했다. 그러나 丙대운은 왕신인 庚金을 충극하므로 불길한데다 처의 표출신인 庚에서 보면 丙은 편관이 되어 끼 많은 마누라의 외정(外情)행각이 있었다. 32살 乙卯년되어 庚金(처표출신)이 합되며 세운지 卯가 일지 酉를 충하여 이혼했다.

　　35살 戊午년의 午는 일주의 도화살되고 처성인 戊土와 일간 癸가 합을 맺게되어 결혼했다. 子대운은 왕금의 기운이 설되어 좋은 시절이었다. 丁대운은 월간 壬水용신을 합하는데 이리되면 壬水가 申에 앉아 강하고 丁火는 丑에 앉아 약하므로 합거(合去)되진 않는다. 그러나 壬水가 합을 탐해 그 작용을 잠시 중지한다. 이럴 땐 진로의 변화가 생기고 혼란스럽게 된다.

　　이때까지의 학설로 보면 용신이 합되면 사라지고 그 작용 역할을 상실하므로 심하면 생명을 잃기도 하는 대흉한 운으로 본다. 그러나 이 사람은 직업전환으로 인한 혼란과 처와의 불화이별만 따랐을 뿐이다. 월간 壬水는 처궁인 申에서 투출되어 처의 표출신 역할도 하게 된다.

예12)

<pre>
          37 27 17 7
丙 丁 庚 乙   남   丙 丁 戊 己   대운
午 巳 辰 未   子 丑 寅 卯
</pre>

丁火일주 辰월생이나 지지에 巳午未있고 시간에 丙火겁재 투출되어 아주 신왕하다. 이리되면 일지 巳에 뿌리 있고 월지 辰土에 생을 받고 있는 월간 庚金 정재로 용신해야 한다. 그런데 이것이 년간 乙木과 乙庚으로 합을 맺고 있다. 이것을 '용신이 타간과 합하면 용신의 역할을 상실한다.' 로 말하는 사람들이 아주 많다.

그러나 이때껏 몇몇 예에서 살펴 본 것처럼 乙庚合한다해서 庚이 그 본성인 金의 성질을 상실하는 것이 아니다. 다만 년간의 乙木만이 없어지게 되는데 이 또한 대운과 세운의 영향에 따라 빠르게 혹은 늦게 나타난다.

그런데 乙木을 합거시키는 庚金은 일지 巳에서 투출되었다. 그리고 합거 당하는 乙木은 년지 未에 입고되었으며 백호살되어 있고 초년을 뜻하는 년간에 나타나있다. 그러므로 내가 태어난 얼마후에 그 모친과 흉사별하게 된다. 즉 내 몸이고 나의 표출신이기도 한 庚金이 나타남에 따라 모친인 乙木이 사라지게 된다는 말이다. 따라서 모친궁인 未中에서 己土가 투출되는 7살부터 11살 사이인 己대운에 모친과 흉사별하게 된다.

이런 대운에 辛丑년(7살) 만나 乙辛冲하고 丑未충하여 그 모친이 흉사하게 되었다. 그리고 월간 庚金은 나의 처이기도 한데 庚과 함께 있던 일지 巳中丙火 겁재가 시간에 투출되어 있다. 이는 결혼과 동시에 처 이별하게 됨을 나타낸다. 따라서 이 사람은 시지 午도화가 발동되어 나타나는 丁대운에 결혼하게 되며 얼마후 이별하게 된다.

그러므로 편재성이 나타나 일지와 巳酉합하고 월지와 辰酉합하는 辛丑년(27세)에 결혼했다. 그리고 2년 후 癸亥년(29살)에 일지 처궁을 冲하므로 이혼하게 되었다. 월간 庚金 정재성은 일지 巳에 장생하고 있는데 이를 巳亥충함은 처궁(日支)에서 처(庚)가 뿌리 뽑혀져 나감을 의미한다.

이 사람의 직업은 이렇다. 월지 상관(辰)으로 재성(庚)을 생하는 구조인데다 庚金 정재는 일지 巳역마에 그 뿌리를 두고 있다. 그러므로 기술직 또는 입(口)으로 돈을 벌게 되며 역마(교통, 통신)와 연관을 맺고 있다. 그런데다 庚과 합을 맺고 있는 년주 乙未는 전선 및 전봇대의 물상이다. 따라서 바쁘게 쫓아 다니는 (巳역마) 전기기술자 및 통신계통이다. 이 예에서 보듯 용신(庚)이 합을 당했다해서 그 속성을 상실하여 용신 역할을 못하는 것이 아니다.

三. 十二運과 神殺의 활용법

이때까지는 '관성백호(官星白虎)되어 그 남편이 흉액 흉사(凶死)했다.' 그리고 '재성이 사지(死地)에 앉아 있으므로 부친 및 처와는 사별하게 되었으며 도화살이 있어 바람기가 심했다.' 등으로 말해왔다. 그러나 관성 백호살 되어도 그 남편이 별 탈 없으며 재성이 절이나 사지에 앉아 있어도 처와는 사별치 않는 경우가 아주 많다. 이것은 수많은 사주를 다뤄 본 사람이면 누구나가 잘 알고 있는 사실이다. 그러므로 '왜 이렇지?' 하는 의문만을 던져주고 끝내 명리학에 대한 불신으로까지 이어지게 된다.

사주팔자라는 것은 오행적인 부호가 공간적 시간적으로 배열된 것으로서 그 속에는 동(動)하고 동(動)하지 않는 운동이 들어 있다. 그런데 이때까지의 신살 및 12운을 보는 법은 평면적이며 정(靜)적인 지지(地支)에만 중점을 두고 있었다. 즉 위에서 언급한 재성이 사지에 앉았으니 어떻다는 식이었다. 그러므로 그 운동을 소상하게 볼 수 없는 한계성을 지니고 있었던 것이다.

즉 사주팔자를 살핌에는 지지에 웅크리고 있던 기운이 천간에 어떻게 나타나 있느냐 하는 것을 살펴야 할 것인데 그렇지 못했다는 것이다. 따라서 여기서는 신살 및 12운을 천간과 더불어 보는 입체적 간법을 설명하기로 한다. 물론 그 어떤 역서에도 없는 새로운 이론이다. 그러므로 많은 사람들에게서 '그 이론은 어디서 나왔소. 정확한 것이요?'하는 질문을 받을 수 있다.

어느 날 50대 중반으로 보이는 분이 찾아와 필자에게 명리학을 수강하겠다 했다. 그래서 몇 마디 문답을 하게 되었다.

문; '선생님이 발표한 합신(合神), 표출신(表出神), 투출신 등의 이론은 어떤 분에게, 또는 어떤 책에서 배웠습니까?'

답; '어떤 분에게도 어떤 서적에서도 배우지 않았습니다.'

문; '그렇다면 선생님의 독자적인 생각이고 주장인데… 적중률이 높습니까?'

어떤 서적에서 또 어떤 사람에게서도 배우지 않았다는 필자의 말에 도저히 믿을 수 없다는 표정을 보인 다음에 내뱉은 질문이었다.

답; '하나의 이론을 발표하려면 수많은 검증을 거쳐야 함은 당연한 일이 아닙니까. 따라서 수많은 세월동안 수없이 많은 검증을 해본 다음에 내어 놓은 것입니다. 선생께서 저를 찾아온 것도 저의 이론이 맞다고 생각했기 때문이 아닙니까?'

문; '그렇긴 합니다만 그래도 스스로 터득했다는 것이 도저히 믿기지 않습니다.'

남들보다 그 무엇하나 특출해 보이지 않는 사람이 자신이 생각조차 할 수 없었던 것을 할 수 있다는 것에 대해 쉽게 납득이 되지 않았을 것이다. 그렇다. 필자는 남보다 많은 돈을 지니지도 못했고 큰 권력과 권위도 없으며 체구 또한 왜소하다. 그렇지만 다음과 같은 남다른 생각을 지니고 있으며 그에 따른 삶을 살려고 노력하고 있는데 이것이 남이 볼 수 없는 것을 볼 수 있게 한 원동력이고 비결이다.

첫째, 사람을 평가 할 때는 그 사람의 현재 위치나 외형적 모습만을 보지 않고 그 이면의 모습과 생각을 살핀 후 결정을 내린다.

둘째, 나와 상대하는 사람 모두를 나와 동등한 존재라 생각한다.

셋째, 남들이 받드는 우상을 맹목적으로 숭배치 않는다. 기독교 성경구절에도 있는 말씀인데 불가(佛家)의 살불(殺佛)정신과도 통하리라 생각된다. 따라서 석가모니, 예수, 마호메트 등의 이른바 성인(聖人)이라 알려져 있는 그들의 사상정신과 행동을 존경할 뿐 맹목적인 추종은 하지 않는다.

위 세 가지는 역(易)을 통해 배운 것으로 필자의 삶을 자유롭게 해주고 있으며 남이 미처 보지 못한 것을 살필 수 있는 안목을 키워준 것이라 생각한다.

1. 신살 및 12운의 입체적 활용 실례

수많은 신살이 있으나 백호살, 급각살, 귀문살, 탕화원진살, 겁살, 도화홍염살, 역마, 문창, 고(庫), 양인(羊刃)등의 신살만 다루기로 한다. 그 외의 신살도 활용하는 방법은 동일하므로 응용할 수 있다. 그리고 12운성 중에서도 병, 사, 묘, 절, 장생 등만을 다룰 것이다.

예1)

```
                        33 23 13  3
庚 癸 壬 丙   남    丙 乙 甲 癸   대운
申 亥 辰 申        申 未 午 巳
급각
```

이 사주는 아주 신왕하며 음습하다. 따라서 년간에 있는 丙火가 음습함을 풀어주는 조후 역할을 한다. 그런데 丙火는 병지(病地)인 申中壬水가 월간에 앉아 丙火를 극하고 있다. 그리고 일지 亥는 급각살인데 여기서 투출된 壬水가 월간에 앉아 있다.

丙火는 육친으로는 부친이고 나에겐 육신(肉身)이 되고 밥이 된다. 따라서 내 육신(丙)은 급각살에 극되어 다리불구 못 면하며 부친은 병(申)들어 있다가 내가 태어난 후 여동생(壬水) 하나 태어나면 세상 하직하게 된다.

丙火에서 보면 일지 亥는 절신(絶神)인데 亥中에서 투출된 월간 壬水는 절신 발동되어 丙火의 기를 끊어 놓기 때문이다. 癸

대운에 극도로 쇠약해진 丙火를 또 한 번 극하므로 이때에 부친 사별했고 본인은 소아마비가 와서 불구자가 되었다. 5살 되던 庚子년이었다. 뿌리없고 허약한 丙火 용신되어 흉한 팔자인데 巳午未 대운까지는 그럭저럭 살아갔다. 그러다가 丙대운 만나 壬과 丙이 상충하게 되던 중 壬子년(34살)되어 강왕해진 壬水가 丙火를 충극하여 한 많은 이 세상을 등지게 되었다. 丙申대운은 원명의 일주와 년주간의 3급 소용돌이가 발동되어 대흉하다.

예2)

```
                          25 15  5
    癸 癸 辛 辛    남    戊 己 庚    대운
    亥 酉 丑 巳          戌 亥 子
    급각
```

癸일간 극신왕한데다 음습하기 짝이 없다. 다행히 년지 巳中에 戊土 丙火 있으므로 희신이다. 월지 丑이 급각살인데 丑中辛, 癸가 천간에 투출되어 기신이 되므로 급각살 발동되어 불구의 몸으로 춥고 배고픈 삶을 살게 된다.

亥대운에 년지 巳를 冲하여 교통사고로 인해 다리불구가 되었다. 년지 巳에는 丙火 정재가 있으므로 처궁이고 부친궁인데 巳中戊土가 투출되는 戊대운에 결혼했다. 년지 巳中丙火가 희용신이므로 처덕으로 살아간다. 戊申년 28세에 결혼했다.

예3)

```
                          36 26 16  6
    甲 辛 丁 辛    남    癸 甲 乙 丙    대운
    午 酉 酉 丑          巳 午 未 申
```

辛일간이 酉月生이고 일지에 건록 얻었으며 년주 辛丑있어 극신왕이다. 이리되면 시지 午에 뿌리 두고 시간 甲木에 생을 받는 월간 丁火로 용신해야 한다. 년지 丑과 시지 午가 귀문살을 이루는데 丑中辛金이 투출되어 있고 午中丁火 역시 투출되어 귀문살 발동이다. 따라서 나쁜 운이 오면 정신질환이 생기게 되는데 甲午대운 甲戌년(34살) 때에 정신이상이 되었다.

월간 丁火를 용신으로 하면 甲午대운은 용신이 득록하는 좋은 운인데 어째서 정신병이 왔을까? 혹시 甲午時에 태어난 것이 아니고 癸巳時生은 아닐까? 오만가지 생각을 다해 보지만 도저히 풀리지 않는다. 이래서 이때까지의 역인(易人)들은 골머리 싸매고 내린 결론이 '용신 운에 죽기도 한다.' '시간이 잘못되었다.' '전생에 인과든지 악한 일을 많이 한 가문 태생이므로 그 앙화와 업보를 입은 것이다.' 등이었다.

그러나 사주풀이의 요체는 生剋보다 기의 흐름을 먼저 살핌에 있다. 즉 일주 辛酉와 시주 甲午 사이엔 3급 소용돌이가 되어 있으므로 기의 운행이 좋지 못하다. 그런데다 소용돌이가 발동되는 甲午대운을 만나 귀문살이 발동된 것이다. 이해가 안가는 분들은 뒷장에 설명할 소용돌이 편을 숙독하기 바란다.

34살 되던 甲戌년 이었는데 이 역시 년주 辛丑과 3급 소용돌이를 이루므로 사주 전국이 극심한 소용돌이에 휘말린 것이다.

예4)

					46	36	26	16	6	
庚	辛	癸	戊	여	戊	己	庚	辛	壬	대운
寅	酉	亥	寅		午	未	申	酉	戌	
			馬							

辛金일간 亥月生으로 금수상관격이다. 년지 寅中丙火 정관이 남편이고 년간 戊土가 남편의 표출신이다. 戊土가 癸를 합해주므로 남편은 엄마처럼 자상하고 좋은 사람이다. 그런데 일지 酉가 년지 寅(남편과 부친궁)을 겁살하고 있으며 酉中庚, 辛이 일시간에 투출되어 있다. 따라서 부친(寅中甲)은 나의 아우(庚) 하나 생긴 후 겁살 맞아 죽게 되며 남편은 여행중에 타향객사하게 된다.

시간 庚金겁재는 12지로는 申역마가 되어 寅의 겁살신으로 작용함이고 寅이 월지 亥역마와 寅亥合하여 丙火가 없어짐으로 해서이다. 未대운 壬戌년(44세)에 남편이 설악산 등반도중 추락하여 숨졌다.

未대운에 寅木이 입고되었고 壬戌년에 丙火 남편성의 절신(絶神)인 월지 亥水가 발동되어서이다. 즉 세운간 壬은 월지 亥의 투출신으로 역마 및 戊 丙의 절신 발동이다.(戊丙은 亥에 絶)

예5)

					49	39	29	19	9	
庚	壬	辛	乙	남	丙	丁	戊	己	庚	대운
戌	寅	巳	酉		子	丑	寅	卯	辰	

겁살 刑

년지 酉가 일지 寅을 겁살하고 있다. 그런데다 酉中庚辛金이 천간에 투출되어 발동이다. 壬水일간이 巳月 절지(絶地)에 태어났다. 따라서 월간 辛金을 일간을 생해주는 희신으로 보아 모친덕이 좋을 것으로 판단할 수 있다. 그러나 이 사주 주인공은 모친에 의해 큰 피해를 입었으며 그 모친은 주인공의 장모(寅)를 우습게 여기고 능멸하였다. 이런 현상은 酉겁살신이 庚辛으로 투출 발동되어서이다.

월지 巳는 일간의 절신(絶神)인데 여기서 시간의 庚金이 투출되어 壬水 일간을 생해주고 있다. 이런 구조를 절처봉생(逢生)이라 하며 이리되면 죽을 고비에서 살아나는 일들을 겪게 된다. 庚대운에 절처봉생되어 여러 번 생명의 위험을 당했으나 살아났다. 酉와 寅사이엔 겁살도 되고 원진살도 이뤄지므로 그 작용이 아주 크다.

예6)

```
庚 壬 癸 辛    남
戌 寅 巳 丑
```

이 사주도 년월지가 일지를 겁살하고 있으며 庚申金이 천간에 투출되어 있다. 그러므로 모친(辛)의 피해를 당한다로 말할 수 있다. 그러나 이 사주는 겁살의 핵심인 酉가 없으므로 그 피해가 경미하다. 그런데다 년간의 辛金은 월간의 癸水를 생하기에 바빠 일지 寅을 겁살하지 않는다.

월지 巳中丙火가 부친인데 巳火는 시지 戌에 입고되며 辛金이 생하는 癸水의 극을 받고 있다. 그리고 辛金 모친은 시지 戌(巳火의 庫)에서 투출되었으며 丑에 앉아 癸水를 생하는 역할을 하고 있다. 그리고 약해져 있는 巳火를 일주 壬寅이 刑하고 있으며 壬(亥)은 巳火의 절신(絶神)이 발동된 것이다.

이를 모친인 辛金의 입장에서 보면 월간 癸水(딸) 낳은 후 남편(巳)이 약해졌고 아들(壬) 낳은 후 남편의 기운이 끊어진다. 즉 모친(辛)은 일간인 壬水를 낳은 후 과부된다. 따라서 이 사주 주인공이 태어나자마자 그 부친이 세상 뜨게 되었다.

예5)의 사주는 부친이 장수했는데 그 차이는 월간에 있는 辛癸의 차이이다. 즉 癸剋 巳中丙火의 작용이 아주 강하고 癸水가 힘이 있다.

예7)

```
             31 21 11  1
戊 庚 癸 己    여   丁 丙 乙 甲   대운
寅 寅 酉 未        丑 子 亥 戌
```

년지 未는 木의 고(庫)인데 년간 己土가 투출되어 木의 고신(庫神)이 발동되었다. 따라서 초년에 부친(寅)과 사별하게 되는데 甲대운에 편재인 甲木이 甲己合하여 입고하므로 辛酉년 3살 때에 부친 사별하게 되었다.

예8)

```
                  1
壬 乙 壬 壬    남   癸   대운
午 酉 子 子        丑
```

시지 午中己土가 부친성이다. 년월지 子는 己土에서 보면 절(絶)이 되는데 子中에 있던 壬水가 천간 투출되어 절신 발동이되었다. 년간에 壬水 있으므로 초년에 그 부친이 세상 뜨게 되는데 7살 되던 戊午년에 부친 사별했다. 戊午년에 왕신인 壬子를 冲하여 왕신이 노했다.

시지 午中丁火 식신(장모)이 子의 冲을 받아 년 월 시간의 壬水와 작합하므로 이 사람의 장모는 3번 결혼한 사람이다.

예9)

34 24 14 4

癸 癸 庚 辛   여   甲 癸 壬 辛   대운

丑 卯 寅 巳   午 巳 辰 卯

癸일간 寅月生으로 수목상관격이다. 이리되면 '상관을 억제하
는 인수로 용신해야 한다.' '1월이므로 寅中丙火, 巳中戊土로 조
후 용신해야 한다.' 등으로 말하기도 한다. 또 어떤 이는 천간에
庚辛癸로 되어 종왕격이므로 금수(金水)운이 좋다. 로 말하기도
한다.

그러나 寅月은 지지에 웅크리고 있던 木이 고개를 내미는 때
이고 일간 癸水는 그런 木에게 수기를 공급하는 역할을 하게 된
다. 즉 일간 癸水는 자라 나오는 나무에게 수분을 공급하는 역
할이다. 그런데 천간에 庚辛金이 앉아 자라 나오려는 木氣를 억
누르며 시간의 癸水를 생하여 음습하게 만들고 있다. 그러므로
庚辛金이 병이며 기신이 되고 시간 癸水 역시 기신이 된다. 따
라서 년월지 巳寅중의 丙戊가 희신이다.

그런데 寅巳형되어 巳中戊土는 寅中甲木에 상하고 寅中甲木
은 巳中庚金에 상하고 있다. 또 寅巳刑으로 형출되는 寅巳中의
丙火는 년간 辛金이 합거하려고 도사리고 있다. 그러므로 부모
덕 없고 남편마저 상하게 되는 불미스런 팔자다. 여기까지는 사
주를 많이 다뤄본 사람이면 누구나가 할 수 있는 통변이다.

그러나 시주에 있는 癸丑 백호살이 누구에게 작용되고 있으며
그 시기는 언제인가? 에 대해선 자신 있게 말하는 사람이 드물
것이다. 백호살은 첫째, 刑沖을 만나면 발동되어 그 작용을 한
다. 둘째, 백호살 있는 지지에서 투출된 것이 있으면 발동 작용
한다.

이 두 가지를 염두에 넣고 다음으로 넘어가자. 시지 癸丑의 丑中에 있던 辛癸가 년 일간에 있다. 이는 위에 말한 두 번째 항에 해당되는 것인데 그 자세한 정황은 이렇다. 백호살 발동신인 癸水는 寅巳刑으로 형출되는 丙火를 극하고 戊土를 합거 시킨다. 그리고 년간의 辛金 역시 백호 발동신인데 년지 巳에 사지(死地)가 되고 일지 卯에 절(絶)이 되며 시지 丑에 입고된다. 따라서 모친(辛)이 흉사하게 되는데 년간에 있으므로 10세 전에 그런 일이 발생된다.

년지 巳中丙火가 부친이다. 寅巳형되어 丙火가 형출되면 백호 발동신인 년간 辛金이 합거 시키려고 기다리고 있고 일시간의 癸水가 극하려고 노리고 있다. 그리고 巳中에서 투출된 월간 庚金이 부친의 표출신인데 절지인 寅에 앉아 있고 장생지인 년지 巳는 형파당해 있으며 시지 丑에 입고되어 있다. 따라서 부친 또한 흉사하는데 모친(辛) 사후일 것이다.

대운으로 보면 초년 辛대운이 백호살이 발동하는 시기이며 24세 부터의 癸대운이 백호살이 발동되는 때이다. 따라서 辛癸대운에 부모가 흉사할 것이나 사주 원명에 흉신 辛金이 년간에 있으므로 초년 대운인 辛대운에 부모가 모두 흉사하게 된다.

巳대운 辛亥년(30살)에 남편 사망했는데 그 까닭은 다음과 같다. 巳대운은 火이므로 좋을 것 같지만 원명의 寅巳刑이 巳대운에 발동된다. 따라서 巳中戊土(夫), 약한 흙이 寅木에 상하는데다 辛亥년을 만나 巳가 역마 亥의 冲을 받았고 巳中戊土는 亥에 절지가 되어 그만 교통사고로 남편이 죽게 되었던 것이다.

예10)

```
              40 30 20 10
甲 辛 丁 壬   남   辛 庚 己 戊   대운
午 未 未 申        亥 戌 酉 申
```

시간 甲木 정재가 처다. 甲木은 사지인 午에 앉아 있는데 午
中丁火가 월간에 투출되어 있다. 그리고 甲木은 월일지 未에 입
고되는데 未中丁火가 월간에 투출되어 있다. 따라서 월간 丁火
는 甲木 정재의 사신(死神)과 고신(庫神)이 발동되었음을 나타
낸다. 이리되면 그 부친과는 일찍 사별되며 처 사별함을 피할
수 없다.

辛대운 壬子년에 丁壬合이 발동되어 처와 사별하게 되었다.
합동(合動)의 이치를 모르면 壬子년은 조열한 사주를 윤택하게
해주며 甲木이 壬子水에 생을 받는데 어찌 처가 사망하는가? 하
는 의문을 낳게 한다.

예11)

```
                 55 45 35 25 15  5
庚 庚 辛 乙   남   乙 丙 丁 戊 乙 庚   대운
辰 戌 巳 卯        亥 子 丑 寅 卯 辰
```

년간 乙木이 처다. 일지 戌은 乙木의 묘지(墓地)이고 여기서
투출된 辛金 겁재는 乙木의 묘신이 발동된 것이다. 월간 辛金은
여형제인데 사지인 巳에 앉아 있고 巳中庚金이 시간에 투출되
어 辛金의 사신 발동이 되어 있다. 따라서 죽은 여형제 혼신이
내 마누라 잡아간다고 말할 수 있다. 년간 乙木에서 보면 辛金
이 묘(墓) 발동신이고 辛金에서 보면 乙木은 절신(絶神; 辛은 卯

에 絶) 발동이다. 그러므로 이 사람의 여형제는 본인이 乙木과 결혼할 그 즈음에 죽었다.

丑대운에 상처했는데 辛金이 丑에 뿌리얻어 왕해지고 丁丑대운이 처궁인 乙卯와 2급 소용돌이를 이루면서 일지 戌을 刑하여 卯戌合을 깨었기 때문이다. 그 후 홀몸으로 지내다 亥대운에 20세 연하의 乙亥生 여자와 결혼했고 戌대운에 사별했다.

亥대운은 亥卯로 木旺해졌고 卯戌合을 방해하는 월주 辛巳를 巳亥冲하여 결혼이 이뤄졌다. 戌대운은 일시간의 辰戌충이 발동이고 乙木 재성이 묘(戌)운을 만나 卯戌合하므로 입묘(入墓)된 것이다. 庚午년이었다는데 乙庚合이 발동되어서 이다. 즉 시간 庚이 년간 乙木과 乙庚合하고 있는데 庚년을 만나 乙庚合이 작용된 것이다. 시지 辰이 활인성이고 辰中乙木이 년간에 투출되어 득록하므로 의사 직업을 가졌고 재물도 넉넉했다.

예12)

```
          40 30 20 10
戊 丙 甲 癸   남   庚 辛 壬 癸   대운
子 子 子 酉       申 酉 戌 亥
```

丙火일간이 사주지지 그 어디에도 뿌리 없고 오직 水의 세력만 왕하다. 따라서 종관격이 된다. 이리되면 월간 甲木이 용신이다. 왕한 水의 기운을 설하기 때문이다. 그러나 甲木 역시 뿌리 없는 부목되어 불미스런 운명이다.

水운은 평범하고 木운이 와야 旺水의 기운을 설하므로 좋아진다. 土운은 왕한 水를 역하므로 불길하고 金운은 甲木을 극하고 왕수를 더욱 강하게 해주므로 불리하다. 다만 천간으로 오는 火土운은 꺼리지 않는다.

년지 酉金이 처고 부친이다. 水多하여 金이 물에 빠지는데다가 子水는 酉金의 사지이고 년간 癸水는 딸이며 酉金의 사신 발동이다. 따라서 처는 딸 하나 낳고 얼마 안 되어 사망한다. 물에 빠지던지 폐병으로 죽는다. 아니면 아이 낳다 죽는다.

초년 癸대운이 酉金의 사신 발동이므로 이때에 부친과 사별했다. 부친 역시 폐병, 또는 물에 빠져 죽던지 술병(酒病)으로 죽는다. 辛대운은 년지 酉金이 투출되었고 일간과 간합하므로 결혼운이다. 甲辰년 32살에 丁丑生 여자와 결혼했다. 子子되어 丑을 암합해 오고 년지 처궁과 酉丑으로 합을 맺으므로 丁丑生인 것이다.

34살 丙午년에 딸 하나 낳았고 37세 己酉년에 폐암으로 처 사망했다. 辛酉대운은 시주 戊子와 3급 소용돌이를 이루며 甲木 용신을 극하여서이다. 대운과 세운이 동시에 소용돌이를 일으키면 그 작용은 아주 강하다. 시간 戊土가 일지 子의 합신이므로 두 번째 마누라다. 부목되어 떠도는 甲木이 뿌리 내릴수 있는 흙(土)이므로 좋은 여자다. 따라서 이 여자와 결혼하므로서 방황하던 마음이 안정이 된다.(甲木 인수는 생각 및 마음)

庚戌년 38세에 세운지 戌이 戊土의 뿌리가 되므로 재혼했다. 그러나 庚년은 癸水를 생하고 甲木을 충극하므로 좋지 않은 운이다. 39세 辛亥년에 생남했고 40세 壬子년에 사망했다. 년지 酉金은 丙火의 사지(死地)인데 庚대운은 사신 발동이고 甲木 용신을 충극함으로 불길한 운이다. 壬子년의 壬水는 丙火의 절신(絶神)발동이고 壬剋丙火되어 사망한 것이다.

※ 丙은 亥에 絶이고 亥中壬水는 絶神발동이다.

예13)

32 22 12 2

庚 庚 丁 辛　　남　　癸 甲 乙 丙　　대운
辰 戌 酉 丑　　　　　巳 午 未 申

庚戌 괴강일이 酉月에 태어나 극신왕이다. 일지 戌에 뿌리 둔 월간 丁火로 제금(制金)하는 용신으로 하나 木의 생조없고 뿌리 약해 불미스런 팔자다. 그런데다 시지 辰이 일지 戌을 冲하여 戌中丁火가 辰中癸水에 상하므로 흉함을 내포하고 있다.

丁火에서 보면 일지 戌은 고(庫)며 년지 丑은 묘(墓)지 인데 丑戌中의 辛金이 년간에 투출되어 丁火의 고묘(庫墓) 발동신이 되어 있다. 따라서 자식 잃을 팔자임을 쉽게 알 수 있다.

午대운은 도화살되고 丁火가 득록하므로 결혼하고 생남할 운이다. 일지 戌에서 丁火 투출이므로 丁火는 일간과 음양이 다르나 남자 자식인 것이다. 그러나 癸대운은 년지 丑(墓), 시지 辰의 투출신인데다 丁火를 충극한다. 따라서 자식(丁)이 상하게 되는데 壬申년(32살) 만나 丁壬으로 합거되어 자식이 고층 아파트에서 추락하여 숨졌다. 丁火는 위로 오르고 癸水는 아래로 작용하여 丁火를 끈다. 즉 오르던 것이 아래로 떨어지는 상이 되어 추락사한 것이다.

예14)

45 35 25 15 5

戊 壬 己 庚　　남　　甲 癸 壬 辛 庚　　대운
申 戌 卯 辰　　　　　申 未 午 巳 辰
　　死 庫

壬일간이 卯月 사지(死地)에 태어났는데 戊 己 관살이 천간에 떠있어 신약하다. 년지 辰은 일간의 고(庫)이고 일주 壬戌은 백호살인데 辰戌중의 戊土가 시간에 투출되어 백호와 고신이 발동되어 일간을 극하고 있다. 이리되면 단명이고 혈사(血死)하게 된다.

이 사주의 병은 土인데 월지 卯木으로 소토해 볼까하나 木氣가 천간에 투출되지 못했고 庚金이 년간에 앉아 木의 고개 내밈을 방해하고 있다. 이런데다 卯木은 일지 戌과 卯戌合하여 소토하는 역할을 포기하고 화기(卯戌合火)만 일으켜 土를 도우는 나쁜 역할로 변했다. 할 수 없이 멀리 있는 년간의 庚을 불러 나를 생해주는 용신으로 할 수밖에 없다.

그러나 庚金과 일간은 넓은 평야를 사이에 둔 소원한 관계이고 년지 辰은 일지와 冲이 되어 庚의 정이 내게로 쉽게 오지 못한다. 나를 치는 관살은 몸 가까이에 붙어있고 후원자는 멀리 있으니 안타까운 팔자다.

일지 戌中丁火가 처이고 시간 戊土는 처의 표출신이다. 戊土 剋 壬水하므로 처(丁)의 행동(戊)이 이 사람의 골을 때리고 명을 재축하게 한다. 즉 처덕 없을 뿐 아니라 악처 역할이다. 그리고 戌中丁火는 시지 申(역마)中壬水와 암합하는데 처의 뜻(戊)이 申위에 있다. 이것은 처가 밖에 나가 타남과 은밀히 합정함을 나타낸다.

庚辰 辛巳대운은 평길했다. 壬午 癸未대운은 火운되어 불미스러우나 대운간에 壬癸水가 있어 대흉함을 면하고 그럭저럭 남의 도움으로 살았다. 甲대운은 월지 卯의 투출신이므로 사신발동이다. 따라서 죽음의 그림자가 드리우는데다 일주 壬戌과 2급 소용돌이마저 형성되니 면할 길 없게 되었다.

이런 운중에 일주 壬戌 백호살신이 발동되는 丁卯년을 만나 丁壬合하여 일간을 사지(卯)로 끌어들이니 뇌혈관이 터지는 흉액을 당했다. 병원에서 연명하다 戊辰년 되어 또다시 백호살 및 고신이 발동되어 일간 壬水를 치고 세운지 辰에 입고시키므로 사망하고 말았다.

예15)

```
          54 44 34 24 14  4
乙 己 丙 庚   남   壬 辛 庚 己 戊 丁   대운
丑 酉 戌 午        辰 卯 寅 丑 子 亥
```

己土일간이 왕하다. 따라서 년간 庚으로 설하는 용신으로 삼아야 될것 같다. 그러나 庚은 午戌 火局에 앉아 월간 丙火의 충극을 받아 크게 상했으므로 불용이다. 할 수 없이 시간의 미약한 乙木이나마 받아들여 나무를 키우는 흙(土)이 되었다. 이리되면 늦가을 불볕더위 내려 쬐는데 잡초(乙)만이 겨우 뿌리박고 (己土에) 살고 있는 모습이다. 그러나 용신으로 삼은 乙木에서 보면 己土는 자갈밭이다.(己酉는 자갈밭)

따라서 자식(乙)이 잘 자라기 어렵고 직업 또한 보잘 것 없게 된다. 월간 丙火 인수가 부친이고 일지 酉中辛金이 모친이다. 그런데 일지 酉는 丙火의 사지이고 년간 庚金은 사신 발동이다.

초년 丁亥대운이 일주와 2급 소용돌이고 시주 乙丑과도 2급 소용돌이 된다. 이렇게 동시에 두 개의 소용돌이가 형성되면 반드시 흉한 일이 생기게 된다. 그런데 丙火는 월지 戌에 입고되고 丙戌로 백호살되어 있으며 발동된 사신까지 만나고 있다. 따라서 고신이 발동되는 운이 오면 丙火 입고되어 죽는데 대운간 丁은 월지 戌에서 투출이므로 고신이 발동된 것이다. 하여 부친인 丙火가 죽게 되는데 대운지 亥가 丙火 부친의 절지가 되어 있다. 따라서 부친은 亥대운에 들어서자말자 흉사했다.

년간 庚金은 부친의 애인이기도 하며 딸자식(乙)의 남편이기도 하다. 헌데 庚金은 午戌 火局위에 앉아 있으며 월간 丙火의 극을 받고 있다. 그런데다가 乙庚合하여 시지 丑에 입고되고 있으므로 사위는 화액(火厄)만나 사망하던지 교통사고(午는 역마성)로 죽게 된다.

일지 酉中辛金은 모친인데 시지 丑으로 들어가 머문다. 따라서 모친은 내 집에 잠시 머물다가 아우(丑中己土)집에 기거하게 된다. 일간 己土는 시지 丑에 입묘되며 일간의 명줄인 일지 酉金 식신 역시 丑에 입고되고 있다.

辛卯대운에 乙庚合을 방해하는 월간 丙火가 합되어 딸자식이 결혼했다. 壬辰대운에 시주(자식궁)와 3급 소용돌이 되며 년주 사위궁과 2급 소용돌이가 되어 딸자식 및 사위에게 유고(有故) 있게 된다. 그런데다 대운지 辰이 월지 戌을 沖하여 화고(火庫)가 폭발하고 튀어나온 旺火에 庚金이 극된다. 庚午년(61세) 되어 원명의 午戌 火局이 성립되어 대운지 辰의 沖을 맞게되고 乙庚合이 발동되어 사위가 교통사고로 저승갔다.

辛未년(62살)은 일간의 묘신(丑)이 발동되며 일지에 숨죽이고 있던 식신 酉가 고개를 내밀어 월간 火와 합한다. 辛(酉)이 丙(巳)을 만나 합을 이루면 辛의 입장에서는 사신(死神; 酉는 巳에 死)을 만나는 격이다. 즉 이 사주의 최대기신은 월간 丙인데 辛未년은 나의 명줄(辛; 酉)이 사신을 만나 없어지며 묘신(丑)까지 발동되므로 생명에 위험한 일이 생긴다.

그런데다가 辛未년은 午戌 火局의 戌을 형하고 시지 丑을 沖하며 일주와는 2급 소용돌이를 이룬다. 이리되어 뇌혈관이 터져 죽음의 길로 들어서게 되었다. 戌은 己土일간의 심장에 해당되어 혈행관계의 질환이 오게 된 것이다.

예16)

```
              76 66 56 46 36 26 16  6
壬 癸 乙 丁   여   癸 壬 辛 庚 己 戊 丁 丙   대운
戌 丑 巳 卯        丑 子 亥 戌 酉 申 未 午
      天乙
```

癸일간이 巳月에 태어나 신약하다. 그러나 巳中庚金이 사령했고 일지 丑과 巳丑으로 합하여 금기(金氣)를 형성함에 따라 庚金인수가 힘을 얻어 癸水를 생하고 있다. 따라서 巳月에 뿌리두고 乙木의 생을 받고 있는 년간 丁火 재성에 임할 수 있다. 또 월주 乙巳가 천을귀인을 띠고 일간과 동순(同旬)에 있으면서 일주인 나를 향해 다가오고 있다. 그러므로 신왕운이 오면 발복하게 된다.

월지 巳中戊土가 남편이며 巳中丙火는 부친이다. 그리고 일지 丑中辛金은 모친이다. 그런데 癸丑 백호살이 시주 壬戌의 刑을 받고 있으며 戌中丁火가 년간에 투출되어 있다. 이는 일지 丑中辛金이 상하게 됨을 나타내고 다음으론 시간의 壬水가 상함을 나타낸다.

즉 丑中辛金은 입고되어 있으며 戌中丁火에 극상(剋傷)되며 월지 巳에 사지(死地)가 되어 있으며 년지 卯에 절(絶)을 만나므로 모친이 제일 피해를 당하고 있다. 다음으로 약한 오행은 백호살되어 있는 시간의 壬水인데 이것이 년간 丁火와 丁壬합되어 사지인 卯에 들어가고 있다. 따라서 모친과 이별하게 되고 그 다음으론 남동생(壬)과 사별하게 된다.

그리고 월지 巳(부친, 남편)는 시지 戌에 입고되며 巳戌로 귀문살을 이루고 있다. 그런데 일지 丑이 巳丑으로 유정함을 맺어 戌에 입고됨을 막아주고 있다. 따라서 일지 丑이 그 역할을 못

하게 되면 월지 巳는 시지 戌에 입고된다.

未대운에 일지 丑을 冲했다. 이리되면 丑中辛金이 깨어지고 巳丑의 암합도 풀어지게 되며 巳는 戌에 입고된다. 하여 이때에 모친 사망했고 부친은 불문(佛門)에 귀의했다.

戌대운에 일시간의 丑戌형이 발동되어 남동생이 혈압으로 급사했다. 辛대운은 신약사주에 일간을 돕는 좋은 운이라 말하기 쉽다. 그러나 대운간 辛은 일시지 丑戌중에서 투출되었으므로 백호살이 발동되며 관고(戌)가 발동된다. 즉 戌은 월지 巳中戊土의 고신인데 辛대운이 바로 고신이 발동하는 때라는 말이다. 이리되면 남편(戌)에게 흉한 일이 발생되는데 그만 癸亥년을 만나 세운지 亥는 월지 巳를 충했고, 충출된 戊土는 세운간 癸水와 합하여 절(絶; 戊는 亥에)에 들어가게 만들어 남편이 급사하게 되었다.

辛亥대운이 년주 丁卯와 4급 소용돌이를 이루었고 시주 壬戌과 1급 소용돌이를 이루며 대운지 亥가 월지 巳를 충하게 된것도 남편과 사별하게 된 하나의 원인이다.

癸丑대운은 일주와 복음되어 흉한데다 대운간 癸는 일지 丑에서 투출되어 백호살 발동되는 때다. 이런 때에 乙酉년(79세)을 만나 월지 巳 일지 丑과 더불어 巳酉丑 금국을 이루며 년지 卯 식신을 冲하여 급사하고 말았다.

즉 정재는 육신이며 식신은 명줄인데 巳酉丑으로 금국이 되면 巳中丙火 정재는 죽게 된다. 그런데다가 丙火의 원조자인 卯木 식신마저 金局에 깨어짐으로 해서 육신(肉身)인 丙火가 깨어지게 된 것이다.

巳中丙火가 숨통(명; 命)이라면 亥대운에 巳亥충하여 丙火를 극하게 되는데 어찌 그때는 괜찮았느냐? 라는 의문이 있을 수 있다. 이는 세운지 亥가 년지 卯木과 亥卯로 합을 지어 丙火를 생하는 역할을 했기 때문이다.

예17)

```
            53 43 33 23 13  3
庚乙庚己   남  甲乙丙丁戊己   대운
辰亥午丑      子丑寅卯辰巳
```

乙木 일간이 午月 염천에 태어났다. 월지 상관격으로 보게되나 午中己土가 년간에 투출했으므로 년간 편재격으로 변격되었다. 신약한데다 午月生이라 일지 亥中壬水가 조후 역할하며 일주를 생해주므로 희신이다. 이리되면 대부분의 사람들은 월시간의 庚金 정관을 亥水를 돕는 희신 역할하는 것으로 말한다. 그러나 타주(他柱) 천간에 있는 庚金은 일지 亥水를 생할수 없으며 상관에 정관을 보므로 오히려 기신이 된다.

이 사주는 년월지가 丑午로 귀문살이며 일시지 역시 辰亥로 귀문살이고 원진살이 되어 있다. 그런데다 乙木 일간이 좌우의 庚金과 합을 맺고 있다. 이리되면 이리갈까 저리갈까 우왕좌왕하게 되어 집중력이 없고 매사에 혼란을 많이 일으킨다. 여기에 쌍귀문까지 작용하게 되니 이 사람의 성격과 진로는 말 안해도 알 수 있을 것이다.

일지 亥中壬水가 모친이고 년간 己土가 부친이다. 지지에 火土의 세력이 강하여 亥水는 공박되고 있으며 시지 辰에 입고되어 있다. 그런데 亥中壬水의 고신인 辰에서 乙木 일간이 투출되어 있다. 즉 乙木일간이 亥中壬水의 고(庫)발동신이 되어있다. 이는 본인(乙)이 태어난 후 모친의 고신(庫神)이 발동됨이다. 그러므로 생후 얼마되지 않아 모친이 사망했다.

년간 己土편재가 일지 亥中甲木과 명암합하므로 처다. 월간

庚金은 己土 처와의 사이에 태어난 자식이다. 시지 辰中戊土 정재는 두 번째 여자이고 시간의 庚金은 그녀와의 사이에 낳은 자식이다. 己巳, 戊辰 대운에 어렵게 생활했다. 당연히 공부도 못했다.

丁대운은 월지 午 도화살의 투출신이다. 그러므로 이때부터 이성에 눈뜨게 되고 연애사 맺게 된다. 卯대운에 乙木일간이 득록하여 왕한 재성에 임할 수 있어 결혼운인데 戊午년 30살에 己亥生 여자와 맺어졌다. 己未년 31살에 딸(庚)하나 낳은 후 庚申년에 이별했다. 丁卯대운이 처궁인 己丑년주와 2급 소용돌이를 구성했고 庚申년의 庚金이 乙木일주와 쟁합했기 때문이다. 이하 대운에 대한 풀이는 생략한다.

예18)

```
                     24 14  4
 乙 丁 己 壬   여   丙 丁 戊   대운
 巳 未 酉 戌        午 未 申
    午  홍염
```

丁火 일간이 酉月에 태어났고 土가 3개, 金이 하나, 水가 하나되어 숫자상으로 보면 일간이 신약하다. 그러나 丁火일간은 년지 戌에 통근했고 일지 未에 통근했으며 시주 乙巳의 도움을 받고 있는데다 일, 시간에 午를 협공했다. 그러므로 신왕이다. 따라서 년간 壬水 정관으로 용신삼고 싶다. 丁火가 壬水와의 합을 탐하므로 더욱 그러하다. 하지만 사주 지지에 壬水의 뿌리는 하나도 없고 己土의 극까지 받아 허약해 질대로 허약하므로 쓸 수없다. 하여 월간 己土 식신으로 火의 기운을 설하여 酉金을 생하게 한다.

즉, 식신생재로 가는데 재성인 酉金도 강하고 일간 역시 강하여 제법 좋은 명조로 보인다. 그러나 이 명조를 이때까지 설명한 필자의 이론에 따르면 보는 즉시 다음과 같은 말을 할 수 있다.

'당신이 태어난 얼마 후(5년 정도 후)에 모친(乙)이 병들게 되었고 당신은 未대운부터 술집에 나가 아랫도리 내놓고 돈 벌었군요. 그리고 첫 남자는 유부남이며 별 볼 일없는 흐리멍텅한 사람인데 未대운에 만나 未대운 못 넘기고 헤어졌군요.'

이는 일지 未가 홍염살이며 乙木 인수의 고(庫)인데 월간의 己土식신이 고신발동이고 홍염발동신이기 때문이다. 그리고 년간 壬水 정관은 년지 戌中丁火와 자좌 명암합하고 있으며 천간은 丁壬合하나 년일지가 戌未로 형이 되어 있어서이다. 또 未대운은 홍염살인데 이리되면 일지 未가 발동하기 때문이다.

그런데 이 사주는 시주 乙巳 일주 丁未 그리고 월주 己酉가 모두 甲辰순중에 있으며 상순관계가 되어 있으나 년주 壬戌만이 홀로 있다. 즉 월일시주가 년주 壬戌을 왕따 시키고 있다. 인간세상의 이치로 보면 왕따 당한 사람은 왕따 시킨 부류에 대해 극심한 미움을 지니게 되고 보복하려는 악독한 마음까지 먹게 되어 행동으로까지 옮기게 된다.

사주팔자는 한사람이 처하게 되는 시공적인 면과 접하게 되는 인간관계를 나타낸 것이다. 그러므로 삶에 따른 애정과 갈등 그리고 접하게 되는 인간관계의 이모저모가 내재되어 있는 것이다. 즉 엄마의 사랑이 너무 지나치면 반드시 그 자식이 엉뚱한 길로 가게 되는 것을 흔하게 볼 수 있다.

이는 사주에 있어서 木이 자식이 되고 水가 모친이 될 때 水多하면 그 木의 뿌리가 썩고 표류하게 되는 것과 같은 이치인 것이다. 따라서 년주 壬戌은 복수심을 불태우면서 노리고 있는 한 마리 들개(戌)가 되어 있다. 그런데 丁未일주가 딴 영역에 있는 壬水 정관과 음란지합을 맺으려 찾아오니 기다리던 검은 개(壬戌)는 옳다구나 하며 한 마리 빨간 양(丁未)을 갈가리 찢어놓고 만다.

즉 이 여성은 홀로 배회하는 들개 같은 남자에게 연정을 느껴 빠져 들게 되어 몸을 상하고 개밥이 되고 마는 좋지 않은 운명 행로를 밟게 된다. 그리고 이 여성은 자신이 처해있는 환경에 만족하지 못하고 항상 딴 세상에 관심을 갖게 되어 부질없는 망상에 사로잡히게 된다. 이는 동순관계보다 합을 더 좋아하기 때문이다. 간합중에서 丁壬합이 제일 잘 붙는데 이는 성인이 되면 성적(性的)욕망이 제일 잘 타오르기 때문인 것으로 생각된다.

예19)

```
                    32 22 12  2
丙 甲 戊 辛   남   甲 乙 丙 丁   대운
子 戌 戌 亥        午 未 申 酉
```

甲木 일간이 戌月에 태어나 극신약이다. 년지 亥에 장생하고 시지 子에 생을 받아 일간 甲木이 종재하지 않을 것 같다. 그러나 亥水는 년지에 멀리 떨어져 있고 년간 辛金이 亥中甲木의 고개 내밈을 막고 있으며 월지 戌土가 亥를 극하고 있다. 시지 子水 역시 일지 戌土에 극되고 암합되어 甲木을 생하지 않는다. 따라서 월일지 戌에 뿌리 둔 월간 戊土에 종할 수밖에 없다. 만일 천간에 壬癸水가 투출되었다면 종하지 않는다.

이렇게 戊土에 종하게 되면 년지 亥는 기신이고 병이 된다. 그리고 일간 甲木은 년지 亥에서 투출되었으므로 戊土의 절신 발동이 된다. 따라서 木病(肝病)으로 세상 뜨게 되는데 亥中甲木이 투출되는 때다. 丁酉대운은 평길하고 丙申대운 역시 그러하다.

乙대운이 불길하나 년간 辛金이 막아주므로 무난하다. 未대운은 년지 亥와 亥未로 木局을 이루려 하고 일간 甲木의 뿌리 생긴다. 따라서 이때부터 간병(肝)이 생겼다. 甲대운은 亥中甲木의 투출신이며 戊土(命)의 절신 발동이다.

癸未년에 간암 진단 받고 입원치료 받았으나 명이고 육신인 戊土가 합을 당해 꺼져가는 불길이 되었다. 그러다가 甲申년(34살)되어 또다시 戊土를 충극하므로 아까운 나이에 저승객이 되고 말았다.

예20)

```
          43 24 14  4
甲 丁 癸 丙   여   己 庚 辛 壬   대운
辰 丑 巳 午        丑 寅 卯 辰
   단교살   도화
```

丁火 일간 巳月生으로 아주 신왕하다. 일지 丑 시지 辰에 통근한 월간 癸水 편관으로 왕한 火氣를 다스려야 한다. 그러나 월주 癸巳와 일주 丁丑은 4급 소용돌이를 이루고 丁癸가 충하므로 부딪치고 싸우게 되는 갈등과 불화를 안고 있다.

월간 癸水는 일지 丑에서 투출되었으므로 남편인데 癸巳의 정은 년주 丙午에게로 도화살을 이루며 가고 있다. 따라서 내 것이라 생각했던 남편이 기가 세며 탐심많은 년주에게로 가게 된다. 癸水에서 보면 일간 丁火는 애인같고 년간 丙火가 본마누라 같다. 또 癸水 남편은 丙午, 巳, 丁의 정편재에 둘러싸여 증발되고 있다. 그러므로 이 여자 저 여자 이 돈 저 돈을 탐하는데 빠져 생명까지 잃게 된다.

년주 丙午겁재는 일지 丑中辛金을 빼앗아가려고 노리는 여자다. 그녀의 눈엔 월주 癸巳가 巳丑으로 재국을 이루려 하므로 돈 많은 남자로 보이며 그의 돈(丑中辛)만이 자신의 존재를 번쩍거리도록 해줄 수 있을 것으로 생각한다(丙이 辛을 만나면 광명이 반영된다).

庚대운은 남편자리인 월지 巳中에서 투출되어 癸水 편관을 생한다. 그러므로 이때부터 결혼상대 나타나고 결혼까지 이뤄진다. 그러나 대운 庚寅과 년주 丙午와는 4급 소용돌이를 일으켜 뺏고 뺏기는 갈등이 생긴다. 그런데다가 대운지 寅은 寅午로 합하여 丙火 겁재를 강하게 해주며 월지 巳를 형하여 癸巳와 丁丑간의 巳丑 合을 깬다. 따라서 이때에 남편이 타녀와 합정했고 나와는 갈라섰다.

己土대운은 癸水 夫의 편관되어 夫에게 자식 생기고 사업 망하며 丙에게도 버림받게 된다. 즉 己土는 丙火겁재의 상관이고 이것이 癸를 극하기 때문이다. 또 己土는 년지 午(역마)에서 투출된 것이고 午(역마)가 발동된 것이다. 그리하여 사내아이 하나 낳은 丙火는 온다간다 말 한마디 없이 멀리 달아나고 말았다.

丁火일간의 입장에서 보면 己土는 일지 丑中에서 투출이므로 식품계통(己土는 식신)에 종사하며 돈벌이 하게되나 극심한 재정적 궁핍을 받게 된다. 癸水가 己土에 극충되어 사라지면 丙午 겁재가 발호하기 때문이다.

이 사주는 년지 午와 일지 丑 사이에 원진, 탕화, 귀문살이 이뤄진다. 그런데다가 丑中癸水 투출이고 午中丙丁이 투출되어 귀문, 탕화, 원진살이 발동되고 있다. 따라서 신기(神氣)있는 집안에 태어나게 되며 친구형제와는 원수(원진)가 되고 탕화살의 피해마저 입게 된다.

그런데 일지 丑은 단교관살이며 일간의 묘신(墓神)이다. 그리고 여기서 투출된 癸水는 단교관살과 묘(墓)의 발동신이다. 또 癸水는 시지 甲辰(백호살)에서 나왔고 辰은 일지 丑을 파하는 파신(破神)이므로 파신 발동이 된다. 이렇게 좋지 못한 기운을 지닌 癸의 극충을 받게 된 丁火일간은 일찍이 소아마비에 걸려 불구가 되었고 남편에게마저 타격을 받은 불미스런 운명이 되게 되었다. 일지 화개이며 묘(墓)인데다가 丑午로 귀문살되어 발동했으므로 조모(己)가 신을 모시는 무당이다.

예21)

```
              51 41 31 21 11  1
甲 丁 甲 壬   남   庚 己 戊 丁 丙 乙   대운
辰 未 辰 辰        戌 酉 申 未 午 巳
홍염
```

丁火 일간이 辰月에 태어나 土多하므로 甲木으로 소토해야 한다. 그런데 이 사주에는 부친과 처를 뜻하는 金재성이 없다. 따라서 월간 甲木인수와 명암합하는 일지 未中己土를 부친성으로 한다. 월 시간에 甲木 두 개 되며 일지 未中己土와 명암합하므로 부친 한분에 모친 두 분이다. 그리고 甲木인수는 장인인데 甲 未 甲의 구조이므로 장모(未中己土)는 두 번 결혼한 사람이다. 일지에 未土 있으므로 즉 처 자리에 장모가 있으므로 장모 봉양하게 된다.

일간 丁火와 합하는 년간의 壬水가 처이다. 그런데 년월시지의 土는 壬水의 관성이다. 그러므로 처(壬)는 많은 남자와 합정하는데 辰中에는 癸水(壬의 겁재) 있으므로 모두가 유부남이다.

그리고 일지 未는 甲木의 고(庫)이며 일간 丁火는 甲木의 庫 발동신이다. 따라서 일찍 모친(甲)과 사별했고 일찍 부친 잃은

여성과 인연있었다. 일지 未 홍염살중에서 丁火 투출되는 丁대
운에 연애했고 홍염살 발동되는 未대운에 壬辰생 여자와 결혼
했다.

戊申대운은 처궁인 년주 壬辰과 4급 소용돌이 되어 갈등과 이
별이 따르는 운이고 대운지 申이 년간 壬水(처)의 홍염살되어
처가 년하남과 통정했다.

예22)

$$55\ 45\ 35\ 25\ 15\ 5$$

庚 癸 壬 壬　　여　　丙 丁 戊 己 庚 辛　　대운
申 卯 子 辰　　　　　午 未 申 酉 戌 亥

　　도화

癸일간이 子月生이고 申子辰 水局있어 윤하격이다. 일지 卯
식신 문창이 있어 水氣를 설하므로 총명영리하고 문필에 재주
가 있다. 그러나 수다(水多)하여 음기 강한데다 월지 子 도화 중
의 壬癸水가 천간에 투출하여 도화 발동신되므로 색욕 강하며
애교 많다.

년지 辰中戊土가 일간 癸와 명암합하므로 남편일것 같다. 그
러나 辰中戊土는 월지 子中癸水와 암합하고 子中壬水가 월간에
투출되어 있으므로 언니(壬)의 남편이다. 년지 辰은 水庫인데다
년간 壬水를 태우고 있으므로 상처한 남자다. 따라서 기질강한
(壬子) 언니는 상처남의 후실로 살아간다.

시지 申中에 戊土 있으며 卯申으로 암합하므로 시지 申이 나
의 남편궁이고 시간 庚金 인수는 남편의 표출신이다. 인수가 남
편의 표출신이므로 남편의 언행은 착하며 점잖다. 그러나 申中
戊土는 병지에 앉아 약하므로 왕강한 癸일간을 붙잡아 주고 만

족시켜 줄 수없는 사람이다. 그리고 남편궁이 모친궁이라 남편과 모친이 같이 있다. 즉 생모 모시고 산다.

년지 辰中乙木이 부친성이다. 일지에 卯木 있어 庚申 모친과 명암합하므로 卯木이 부친성이 될 것 같다. 그러나 일간 癸水가 辰에서 투출되었으며 부모자리는 년월이므로 년지에 있는 辰中乙木을 부친성으로 잡는 것이다. 년지 辰은 공망이며 辰中乙木은 亥에 사(死)가 되는데 년월간에 사신(死神)인 壬(亥)水가 있으므로 미약하기 짝이 없는 부친은 10세(년간에 壬水있어) 안에 사망한다.

일지 卯中乙木은 모친의 후부(後夫)이고 자식이다. 卯木 자식은 旺한 子水에 子卯로 형을 당하고 있으므로 공부운 및 시험운이 없다. 즉 卯자식에서 보면 子水는 인수이고 이것이 子卯로 음형살을 이루므로 학마가 되는 것이다. 실제로 이 사람의 아들은 의대를 지망했으나 3번이나 실패했다.

辛亥대운의 운간 辛은 乙木 부친의 절신 발동(辛은 酉고 乙은 酉에 絶)되었고 대운지 亥는 乙木의 사지되어 부친 사별하였다. 戌대운은 정식 관성이고 일지 卯와 合하므로 남자 생겨 결혼하게 되지만 년지 辰을 冲하여 윤하격을 깨므로 이뤄지지 못했다. 己土 편관운되어 壬戌년에 결혼했다.

酉대운은 일지 卯를 冲하여 흉할것 같으나 년지 辰과 辰酉로 합을 맺어 冲하는 힘이 약해졌고 윤하격을 도와주므로 평길했다.

戊申대운은 년주 壬辰과 4급 소용돌이 되어 갈등과 번민 그리고 이별사등이 따른다. 그런데다 대운간 戊는 년지 辰에서 투출되었으므로 유부남이 나타나 나와 합정(戊癸)하며 대운지 申은 癸水일간의 홍염지되어 원명의 홍염살(申)이 발동되었다. 그리하여 辛未년 39세에 년하남과 합정했다. 년간에 壬水 도화 발동신 있고 시간에 申홍염살 있어 연하남 인연있는 명조이므로 만난 것이다.

45세부터의 丁火편재운은 군비쟁재가 되며 丁壬壬 쟁합하여 겁재(壬)가 발호한다. 따라서 손재 막심할 것이나 丁壬合木되어 피해 적었다. 그러나 丁火가 庚金 인수를 극하므로 모친과 사별했다. 未대운에 일지 卯와 卯未로 합국되어 旺水의 배출구가 확대되므로 문예활동 왕성해졌다.

예23)

```
庚 壬 壬 乙    남    丙 丁 戊 己 庚 辛    대운
戌 午 午 丑          子 丑 寅 卯 辰 巳
     탕화 원진
```

壬午 일주가 午月에 태어나 午戌 火局 이루므로 火의 세력이 아주 강하다. 壬일간은 월주에 壬水 비견있고 년지 丑에 통근했으며 乙庚으로 기를 통한 시간의 庚金이 壬水를 생하므로 旺火에 종하지 않는다. 따라서 金水운이 좋고 火土운은 불리하다. 乙庚合이 일간에게 유정한 역할을 하는데다가 壬水가 乙木을 보므로 망치질 및 대패질(乙庚)하는 목수 직업을 지니게 되었다.

이 사주는 필자에게 역학을 수강한 박선생이 들고 와 질문한 것이다. '선생님! 시간의 庚金 편인이 비록 조토에 앉았다하나 乙丑과 기를 통했으므로 壬水일간을 생하는 용신이 될 수 있는데 어찌하여 子대운 辛酉년에 처와 손자가 연탄까스에 중독되어 사망했는지 도저히 알 수 없군요. 그 원인을 말씀해 주시기 바랍니다.'

박선생의 질문중에 빠진 부분은 庚金이 희용신이면 월일지 午火는 병이 되고 기신이 되는데 子대운은 午火를 沖하여 병을 제거하며 辛酉년은 일간을 도우므로 좋아야 되는데 어째서 큰 불

행을 당했냐는 것이다. 이런 의문은 고묘(庫墓)의 작용에 대해 또 소용돌이의 심각성에 대해 잘 알지 못하면 누구나가 지닐 수 있는 의문이므로 자세히 설명한다.

시지 戌은 午火 재성의 고(庫)며 년간 乙木(손자)의 묘(墓)이다. 따라서 戌중에 있는 戊 丁 辛이 나타나는 운에 고묘신이 발동된다. 그런데 丙子대운은 년주 乙丑과 1급 소용돌이를 이루면서 기신인 午中丙火가 대운간에 나타났고 대운지 子는 庚金의 사지(死地)이면서 旺神인 午를 冲하여 왕신 격동시킨다. 따라서 아주 흉하다.

이런 운중에 辛酉년을 만나 시지 庚戌과 1급 소용돌이를 이루며 庚金의 고신(丑)과 乙木의 묘신(戌)을 동시에 발동시킨다. 그런데다가 세운간 辛이 년간 乙木을 충극하여 乙庚合을 깨고 있다. 이러므로 丑午 탕화살 발동되어 큰 흉액을 당하게 된 것이다. 손자와 처, 그리고 본인이 한방에 잠을 자다가 변을 당했는데 본인은 가까스로 살아났다. 그 원인은 辛金이 壬水일간을 생해주는 역할을 했기 때문이다.

예24)

```
癸 丙 戊 壬    남
巳 子 申 子
```

월지 申中庚金 편재가 부친이다. 그리고 申中에서 투출된 월간 戊土가 부친의 표출신이다. 따라서 시간의 癸水가 戊와 합하므로 모친이다. 그리고 년간 壬水는 부친의 첫 여자고 애인이다. 이 사주에서 제일 약한 오행은 申金이고 제일 강한 것은 水이다. 즉 월지 申은 년일지 子와 申子로 합을 하여 물로 변하기 때문이다. 그러므로 申中庚金은 子에 사(死)가 된다.

따라서 申은 두 개의 사신인 子를 만나고 있으며 子中壬, 癸水가 년시간에 투출되어 庚金의 사신발동이 되어 있다. 사신발동인 壬水가 초년운을 뜻하는 년간에 있으므로 10세전에 부친 사별이다. 그런데 庚金의 사신인 子水가 일지에 있다. 이는 일주인 본인 태어남과 동시에 庚金의 사신이 작용됨을 나타낸다.

그런데다 부친의 표출신인 戊가 시간의 癸水(모친성, 사발동신)과 합한다. 그러므로 부친은 나의 모친(癸)과 만나(戊癸) 나를 낳은 후 사망한다. 申이 子와 합하여 水局이 되었고 水多하면 金은 가라앉게 되므로 부친은 폐병 및 술병(酒病)으로 세상 뜬다. 시지 巳中戊土는 癸水 모친의 후부(後夫)다. 유복자로 태어난 명조다.

예25)

```
              45 35 25 15  5
己 辛 丁 甲    여    壬 癸 甲 乙 丙    대운
亥 巳 丑 午          申 酉 戌 亥
```

辛金일간이 丑月에 태어났다. 조후되는 丙火는 일지에 있으나 亥의 沖을 맞아 깨어졌고 년지 午에 득록한 丁火가 월간에 투출되어 있다. 따라서 복록이 크지 못하다. 그러하지만 아쉬운 데로 쓸 만한 丁火다. 일지 巳中丙火 정관 있고 월간에 丁火편관을 보므로 관살혼잡 되었으나 일지 巳가 시지 亥의 沖을 만나 거관유살(去官留殺)되어 맑아졌다.

월간 丁火편관이 남편인데 丁丑으로 백호살되어 있고 丁火월간은 월지 丑에 입묘(入墓)되어 있다. 따라서 丑이 丁火의 묘신이다. 그리고 丑中에서 투출된 일간 辛金과 시간의 己土는 丁火 夫의 묘 발동신이다. 이리되면 남편인 丁火는 흉액(백호살)을

만나 죽던지 장기간 입원(入墓)하게 된다. 그리고 남편이 흉액 당하게 되는 때는 丁火가 합거되던지 丑中癸水가 천간에 나타나는 때다.

35세부터의 癸대운은 월지 丑中癸水가 투출되므로 夫에게 위험이 닥친다. 그러나 癸水는 년간 甲木을 생하고 甲木은 丁火를 생하는데다 대운지 酉가 丁火의 장생지가 되므로 흉조는 있지만 크게 당하지 않고 넘어간다.

壬申대운의 운간 壬은 丁火를 합거시킨다. 壬水가 년간 甲木을 생하고 甲木은 丁火를 생한다 하지만 壬水가 丁火와의 합을 탐해 甲木을 생해주지 않는다. 그리고 대운간 壬水는 시지 亥 역마의 투출이므로 夫가 교통사고 당하던지 노상에서 사고 당하는 운이다. 또 壬申대운은 남편인 丁火의 득록지인 년주 甲午와 2급 소용돌이를 이루며 시주 己亥와도 3급 소용돌이를 파생시킨다. 이렇게 두 개의 소용돌이를 일으키면 그 영향이 겹으로 오게 된다. 따라서 남편과 자식에 흉액이 연달아 생긴다.

50세 되는 癸未년은 申대운에 들어가는 때이다. 대운지 申은 일시간의 巳亥冲을 발동시키고 일지를 겁살 시킨다. 즉 대운지 申에서 일지 巳는 겁살이다. 그런데다 癸未년은 남편의 록궁(祿宮)인 년주 甲午와 1급 소용돌이를 이루며 시주 己亥와도 4급 소용돌이를 이룬다. 이렇게 대운과 세운 모두가 년주와 시주를 향해 소용돌이를 이루게 되면 그 해당 육친에게 반드시 흉액이 미친다. 그런데다가 세운간 癸는 월지 丑의 발동신이고 세운지 未는 월지 丑을 冲한다. 즉 癸未년은 丁火 남편을 천충지충한다. 이리되어 남편이 헤리콥터 뒷날개에 맞아 두개골이 크게 파손되었다. 부산대학 병원에 실려가 수술을 받았다. 그러나 99%의 생존불가란 의사의 판정이 있었다.

癸未년 癸亥월에 찾아온 사람인데 필자에게 살릴 수 있는 방법이 있는지 물었다. '전문 의사가 100% 사망한다고 하는 것을 내가 무슨 재주로 살릴 수 있겠습니까만 되던 안 되던 한 가지 방법을 써봅시다. 그런데 한창 젊을 때 교통사고로 죽은 친정 남형제가 있습니까?' 일지 巳中庚金이 남형제인데 亥의 冲을 받아 장생지가 깨어졌고 월지 丑에 입고되었으며 辛 己의 고(庫) 발동신이 있는 것을 보고 말한 것이었다. '예! 남동생이 있었는데 제가 결혼한지 일주일 후 차에 받혀 죽었습니다. 그리하여 신혼생활도 별로 즐겁지 못했습니다.'

'그렇다면 살아있는 흰 닭 한 마리를 제물로 삼아 남동생의 원혼을 달래주는 제사를 지내도록 해보세요.'

'남동생의 기일이 아직 멀었는데……'

'기일까지 기다릴 필요없이 이번 달 뱀날(巳日)에 하면 됩니다. 그런데 만일에 바깥양반이 회복된다 해도 오랫동안 병원신세를 져야 할 것이고 그리되면 부인의 노고가 이만 저만이 아니겠는데…… 그것이 걱정입니다.'

'살아날 수만 있다면 그 어떤 고생이 되더라도 괜찮습니다.'

그렇게 말하며 일어선 그 부인이 필자를 찾아온 것은 그로부터 한 달 후였다. 돈이 든 두툼한 봉투를 먼저 내밀며 입은 나중에 열었다. '선생님 덕분에 우리 아저씨 살아났어요. 그런데 눈만 뜨면 밤낮없이 헛소리를 질러댑니다. 귀신아! 나는 안 간다. 여보! 저기 저 검은 옷 입은 남자 쫓아내. 등으로 말입니다. 그러니 무슨 방도가 없나하여 또다시 선생님을 찾아 왔습니다. 감사의 인사도 드릴 겸해서 말입니다.'

부인의 사주 년주와 월주간에는 丑午 귀문살이 구성되는데 丑中癸水가 癸년에 발동되어 丁火를 극하므로 헛소리 및 귀신 씨나락 까먹는 소리를 하게 된 것이다. 이럴 땐 戊가 약이 된다. 즉 戊는 癸를 합거시키고 丁火의 화로가 되어 이리저리 흔들리는 불길을 잠잠하게 해주기 때문이다. 그래서 戊자를 다섯 장 그려주며 매일 한 장씩 태워 먹이도록 해주었다.

그래서인지 남편되는 이의 헛소리는 7일 만에 없어졌다. 그러나 丙戌년인 올해까지도 부산의 ○○병원에서 입원치료를 받고 있다. 왜? 흰 닭 한 마리로 비명횡사한 남동생의 제사를 巳일에 지내주게끔 했는지에 대해선 설명치 않겠다. 자칫 잘못 받아들이면 여러 가지 오해를 살 우려가 있기 때문이다.

예26)

```
             48 38 28 18  8
丁 癸 庚 丙   남   己 甲 癸 壬 辛   대운
巳 亥 子 戌        巳 辰 卯 寅 丑
```

癸亥日 子月生으로 신왕하다. 년간 丙火가 부친인데 丙戌로 백호살되어 입고하고 있다. 시간 丁火는 부친의 고(戊) 발동신이다. 일간 癸水는 丙火의 절신(絶神)인 亥에 앉아 월지 子와 합세하여 丙火를 극한다. 丙火가 년간에 있으므로 10여세 전에 부친과 사별하는데 辛대운은 丙火 합거되므로 8세(癸巳년)에 부친 사망했다.

癸 剋 丙火하고 巳亥冲이 발동되어 丙火의 뿌리가 뽑혔기 때문이다. 9살 되던 甲午년에 월주 庚子를 천지 冲하여 모친 사망했다. 또 庚金 모친은 사지인 子에 앉아 있는데 일간 癸水가 모친의 사신 발동되었기에 일찍 모친 사별한 명인 것이다.

시지 巳中丙火는 처고 戊土는 자식인데 일지 亥는 丙 戊의 절신인데다 巳亥冲으로 싸우고 있다. 그리고 시지 巳에서 투출된 월간 庚金은 자식의 표출신인데 사지(子)에 앉았고 일간 癸가 사신발동되므로 자식 하나 낳았으나 곧 죽고 말았다. 이후 자식

이 생기지 않아 무자식이다. 巳中丙火가 조후 역할 하여 처덕
있으며 운전으로 생계한다.

예27)

```
庚 庚 甲 戊    여    辛 壬 癸    대운
辰 寅 寅 午          亥 子 丑
```

재다신약이다. 년지 午中丁火 정관이 첫 남편이다. 丁火관성
에서 보면 월일지 寅에 사(死)이고 寅中甲, 戊가 丁火 관성의 사
신발동이다. 따라서 壬子대운이 일주 庚寅과 2급 소용돌이 되며
년지 午을 冲하므로 결혼하자말자 상부했다. 즉 일지 寅이 丁火
의 사지인데 寅中戊, 甲의 夫사신이 년월간에 투출이므로 결혼
즉시 사별케 된 것이다.

월주 甲寅편재는 시모인데 일지 寅에 득록하면서 寅寅午로 2
번의 관국(寅午)을 맺는다. 그러므로 남편죽고 시모가 양자 삼
은 사람을 끌고 와 같이 살게 되었다. 辛亥대운 때였다.

예28)

```
甲 己 癸 辛    남    庚 辛 壬    대운
戌 亥 巳 酉          寅 卯 辰
```

己土일간이 巳月에 태어났으나 巳가 酉로 合을 지어 금국을
이루므로 신약으로 변했다. 월지 巳火 인수의 사지는 년지 酉이
고 년간 辛은 모친의 사신발동이다. 巳亥冲으로 역마의 冲까지
받게 된 모친은 壬辰대운에 교통사고로 사망했다. 신약한 己土
는 戌에 의지하는데 시간 甲(寅)이 己土의 사신이다. 寅대운은

己土의 사지이고 시간 甲木은 사신 발동되므로 이때에 피살되었다.

예29)

```
                    27 17  7
壬 癸 壬 戊   여   己 庚 辛   대운
子 卯 戌 辰        未 申 酉
```

년주 戊辰 정관은 백호살이고 월주 壬戌 백호살의 冲을 맞고 있다. 그런데다 辰中癸水가 일간으로 나타나 년간 戊를 合하고 있다. 그리고 월주 壬戌백호 중에서 戊土가 년간에 투출되어 있다. 戊土정관의 입장에서 보면 일간 癸水 처와 합하여 욕패지(卯)로 들어가고 戌에 입고된다. 그리고 戊土는 亥에 절하는데 절신이 되는 壬水가 월시간에 있다. 따라서 戊土는 壬水와 연애하다 헤어지고 일간 癸와 결혼했으나 결혼 후 얼마 안 되어 죽게 된다.

癸水일간의 입장에서 보면 월간 壬水는 오빠 및 언니이며 戊土 夫의 첫 여자다. 壬戌백호와 戊辰백호가 천지충하며 싸우고 년지 辰은 水庫이므로 언니 오빠와 사별하게 되는데 그 시기는 본인의 결혼 전후다. 申대운에 申子로 水旺해졌고 戊土의 絶 발동신인 壬水가 힘을 얻은 중 庚寅(23세) 만나 남편궁 戊辰과 2급 소용돌이 일으켜 夫가 총 맞고 죽었다. 월지 戌은 유부남으로 두 번째 남자로 후실 및 妾으로 만난다.

예30)
```
丁 庚 己 庚    남    辛 庚    대운
亥 申 卯 寅          巳 辰
```

년지 寅中甲木이 부친이고 월간 己土가 모친이다. 년지 寅은 申에 절되는데 그만 일지에 申이 앉아서 년지 寅을 충극하고 있으며 년간의 庚金은 寅木의 절발동신이 되어 있다. 그러므로 이 사주를 보는 즉시 '당신 태어난 얼마후에 부친과 이별했습니다.'로 말할 수 있다. 그리고 년지 寅中甲木은 첫 여자며 寅中丙火는 자식이다. 그러므로 이 사람의 이성관계 역시 이렇게 말할 수 있다. '당신은 타향에서 여자를 만났는데 임신 3~4개월 만에 그녀와 이별했습니다.' 일지 申中庚金이 년간에 있고 그 아래 년지에 寅이 있으므로 寅中甲木은 첫 번째 여자인 것이다.

월지 卯中乙木이 일간 일지와 명암합하므로 두 번째로 만난 여성이며 정식 결혼할 부인이다. 월간 己土모친은 재혼하게 된다. 이 사람의 초년운 역시 庚이므로 태어난 얼마 후에 부친이 북한군에게 끌려가고 말았다.

예31)
```
辛 丁 甲 甲    여    戊 己 庚 辛 壬 癸    대운
亥 丑 戌 辰          辰 巳 午 未 申 酉
      급각
```

丁火일주 戌月生으로 火土상관격. 土多함이 병이므로 시지 亥에 뿌리 둔 월간 甲木으로 용신한다. 년주 甲辰과 일주 丁丑은 백호살인데 월지 戌이 辰戌冲 丑戌刑되어 백호살 발동이다. 이렇게 되면 어떤 육친이 흉액을 당할까? 먼저 약한 오행을 찾아

야 하고 둘째로는 입고(入庫) 또는 입묘(入墓)된 오행을 찾으면 해결된다.

년지 辰이 관성의 고(庫)이고 월지 戌은 일간의 고(庫)이며 식상의 고(庫)이다. 그리고 일지 丑은 金庫이다. 따라서 남편이 상하게 되고 자식이 상하게 되며 시간의 辛金 숙모 및 시어미가 흉액 당한다.

그리고 월지 戌은 火의 고이며 식상의 고인데 급각살을 띠고 있으며 戌中辛金이 시간에 투출되어 급각 발동신이 되어 있다. 따라서 다리 절거나 관절 계통질환에 시달리게 된다. 또 남편과 사별하게 되는데 시지 亥水가 남편이고 년월간의 甲木은 남편의 표출신이다. 그러므로 甲木이 합거 당하는 己巳대운에 남편 사별하게 되었다.

戊辰대운의 운간 戊는 일간의 고(庫)가 되는 월지 戌에서 투출되었으므로 丁火일간이 사망의 길로 들어가는 때다. 그런데다 火土 眞傷官이 상관운을 만나면 반드시 종명하게 되므로 흉한 운이다. 따라서 戊대운에 본인이 사망하게 되었다.

예32)

戊 庚 辛 丁   남   고 박정희의 명조
寅 申 亥 巳

金水 상관격으로 火土가 희신이며 金水가 기신인 사주다. 월간 辛金겁재가 최대기신이다. 그러나 이 사주를 辛金의 입장에서 보면 년지 巳가 사지(死地)이며 일간 庚은 辛金의 死발동신이다. 다시말해 辛金겁재에서 보면 일간 庚은 나를 죽이는 사신(死神)이다. 따라서 庚일간은 자신의 걸림돌이고 자신의 것을 노리는 辛金겁재를 사정없이 두들겨 죽게 만든다. 즉 정적들과

자신에게 반대하는 사람들을 숙청하는 독재자의 역할을 하게 된다.

시지 寅은 庚金의 절신이고 시간 戊는 절처봉생신이다. 그러므로 이 사람은 위험한 고비에서도 생을 얻게 된다. 그러나 甲寅년되어 絶神 발동되었고 寅申冲 발동되어 저격당했는데 애꿎은 부인만 피살되고 말았다.

2. 대운과 세운에서 소용돌이 오면 불길하다

예1)

```
            39 29 19  9
辛 乙 乙 戊   남   己 戊 丁 丙   대운
巳 酉 卯 戌        未 午 巳 辰
      도화
```

乙木일주가 卯월생으로 득록했으나 천간지지에 재관이 강한데다 일지 酉가 나의 록을 冲하고 있음으로 불길함이 잠재되어 있다. 월일지간의 冲은 부모와 인연 박하던지 부모와 사이가 좋지 않음을 나타낸다. 그리고 일지는 배우자 궁이므로 부부간에 불화이별을 내포하고 있다. 그런데 처궁인 년주 戊戌이 월간 乙木 비견과 卯戌로 도화합을 이루고 있고 이를 일지 酉가 卯酉冲하고 있다.

이런 구조는 처(戊)가 타남(乙卯)과 외정을 맺게 되고 이에 따라 이별(卯酉冲)이 됨을 나타낸다. 따라서 卯戌로 묶여있는 戊을 형충하던지 또는 卯酉를 만나는 운에 卯酉충이 발동되어 부부이별사가 발생된다.

己未대운의 未가 년지 戌을 형하여 卯戌합이 풀리게 되고 이에 따라 卯酉충이 발동된다. 그런데다가 己未 대운은 부부자식궁인 시주 辛巳와 2급 소용돌이를 형성하여 처자식과의 이별과 갈등이 있게 된다.

　이런 운중에 甲申년(47세)만나 세운간 甲木은 년간 戊土(처)를 극하고 세운지 申은 시지 巳와 合하여 합이 풀린 酉가 월지 卯를 冲하므로 이혼하고 말았다. 물론 처의 외정 때문이었다.

예2)

```
                              16  6
癸 丁 丁 丙   남 上人의 아들   己 戊   대운
卯 卯 酉 寅                    亥 戌
```

　丁火 일주가 酉月生이나 寅卯木多하고 천간에 丙丁이 투출되어 신왕하다. 이런데다 월지 酉金 부친성은 일시 卯의 冲을 겹쳐 받고있다. 따라서 부친을 극하는 팔자인데다 부친하나에 모친은 여럿인 상이다. 그러므로 모친과 부친사이엔 불화이별이 따르게 된다.

　己亥대운은 년주 丙寅(모친궁)과 3급 소용돌이를 이룸으로 모친과의 이별 및 갈등 그리고 모친에 대한 좋지 않은 일이 발생되는 운이다. 이런 대운에 甲申년(18세) 만나 세운간 甲木은 년월간 丙丁火 비견겁재를 생하고 세운지 申은 모친궁 寅을 冲했다. 이리되어 모친과 부친은 갈라서게 되었고 나는 부친 곁에 남게 되었다. 즉 모친과 이별한 것이다.

예3)

```
                                9
己 壬 丙 己   남  上人의 둘째아들   乙   대운
酉 戌 寅 巳                        丑
```

壬水 일간이 寅月生으로 신약하다. 따라서 시지 酉金 인수에 의지할 수밖에 없다. 乙丑대운은 시주 己酉(모친궁)과 4급 소용돌이를 구성한다. 이런 운중에 甲申년(16세)은 일주 壬戌과 2급 소용돌이를 형성했다. 그런데다가 년월지와 더불어 寅巳申 삼형을 이루어 가정이 소란스러웠고 부친과 모친이 이별하게 되었다. 부친을 따를까? 모친을 따를까? 갈등과 번민이 심했다.

예4)

```
戊 丁 丁 己      여   上人의 딸   戊   대운
申 巳 卯 卯                      辰
```

丁火 일주가 卯月에 태어났고 일지 巳에 뿌리있으며 월간 丁火까지 투출되어 있으므로 아주 신왕하다. 따라서 시간의 戊土 상관으로 왕기를 설해야 하니 바로 가상관 격이다. 따라서 용신인 戊土를 도우는 戊辰 대운은 좋다.고 판정하게 된다.

그러나 대운 戊辰은 모친궁인 년주 己卯와 1급 소용돌이를 이루며 일주 丁巳와도 1급 소용돌이를 구성한다. 그러므로 모친의 일 및 모친과의 이별과 갈등이 따르며 일주 丁巳 역시 심한 갈등속에 빠지는 운이다. 이런 운중에 甲申년(6세) 만났다.

세운간 甲은 먼저 년간 己土와 합하여 나의 식록(己土 식신)을 위태롭게 한다. 그런다음 甲木은 월간 丁火를 생하여 火旺하게 하며 시간의 戊土 용신을 극한다. 그리고 또 甲申년은 일주 丁巳와 3급 소용돌이를 형성하여 일간을 소용돌이에 말려들게 한다. 따라서 이때에 부모이혼 했다.

예5)

```
戊 丁 丙 丁   여   戊 丁   대운
申 酉 午 巳        申 未
```

丁火 일주 태왕하여 시간의 戊土로 용신하는 사주다. 따라서 총명과인하며 재예가 특출하다. 따라서 戊申대운은 용신운이므로 크게 그 재능을 떨칠 수 있는 좋은 운이라 판단하게 된다.

그러나 이 사주는 년월주 丁巳 丙午간에 1급 소용돌이가 구성되어 있고 일시주 丁酉 戊申 사이에도 1급 소용돌이가 구성되어 있다.

즉 두 개의 소용돌이가 서로 반대 방향으로 돌고 있다. 따라서 아주 불길한 기운이 잠재되어 있다.

용신운이라 할 수 있는 戊申대운은 일시주간의 소용돌이가 발동되는데다가 癸未년(27세) 만나 戊土 용신을 합거시키므로 폐렴으로 요절하고 말았다.

예6)

```
                       51
丁 辛 己 壬   여   上人의 母   癸   대운
酉 酉 酉 辰              卯
```

癸卯 대운은 년주 壬辰과 1급 소용돌이를 형성한다. 이런데다가 癸未년(52살)은 일주 辛酉와 2급 소용돌이를 형성했다.

壬水상관이 자식이므로 년주 壬辰은 자식궁이고 년지 辰中戊土와 乙木 편재가 있으므로 부친궁이다.

따라서 자식과 부친에 대한 이별과 불길함이 따르며 일주 역시 그 회오리 속에 휘말린다.

癸未년 寅月에 부친 사망했고 곧바로 딸자식이 사망했다.

예7)

```
            59
庚 壬 辛 乙    남    上人의 父    乙    대운
戌 寅 巳 酉                      亥
```

乙亥 대운은 상관운이며 일주 壬寅과 3급 소용돌이를 이룬다. 이 대운 癸未년은 자식궁인 시주 庚戌과 3급 소용돌이를 이루면서 戌未형이 작용된다. 따라서 본인과 자식에 혼란과 갈등 및 이별이 따르게 되어 딸자식 사망했다.

예8)

```
        71
戊 庚 癸 己    여    辛    대운
寅 寅 酉 未          巳
```

庚金일주 酉月生으로 신왕하다. 년지 未中丁火 정관이 남편성이고 년간 己土는 남편의 표출신이다. 그리고 庚寅일주의 寅中 戊土가 일주의 표출신인데 이것이 시지 寅에 앉아 월주 癸酉와 합을 맺으면서 서로간에 5급 소용돌이를 이루고 있다.

즉 시간 戊土는 나의 표출신이면서 배우자궁에서 투출되었으므로 배우자의 표출신도 겸하고 있다. 이렇게 소용돌이된 것이 대세운에 또 나타나면 그것이 발동되는 것이다.

그런데 辛巳대운은 남편궁인 년주 己未와 2급 소용돌이를 구

성하여 남편에 대한 일이 생기게 된다.

이런 운중에 원명의 소용돌이를 형성하고 있는 戊寅을 만나 그 소용돌이가 발동되었고 戊癸合으로 癸水 상관이 발동되었다.

그리고 년간 己土(남편의 표출신)가 세운지 寅에 사(死)가 되어 나편 사망했다.

예9)

```
                    75 65 55 45 35 25 15 5
戊 己 癸 丁   여   辛 庚 己 戊 丁 丙 乙 甲   대운
辰 未 卯 卯        亥 戌 酉 申 未 午 巳 辰
```

己土 일주가 卯月에 태어났으나 戊辰시를 얻어 부신되며 일지 未에 통근하였으므로 약하지 않다. 그러나 년월지에 卯卯있고 卯未로 합을지어 목왕함이 병이나 천간에 투출치않아 다행이다.

월간 癸水 편재는 시지 辰에 통근하였으며 시간 戊土와 합을 맺고 있으면서 己未 일주와도 卯未로 합하고 있다. 이리되면 남의돈(辰中癸)이 나를 따르는 격되어 좋다. 그리고 卯未木局은 관성이 내몸인 未에 입고되는 것이므로 남편과 관청 및 법이 내게 굴복하게 된다. 木이 병이 되므로 병을 제거하는 申酉戌대운에 크게 재물을 모으게 되었다.

월지 관성인 卯木이 일지 未와 합을 맺으면서 입고되므로 일지 未에서 투출된 년간 丁火 편인이 남편이고 월간 癸水가 자식이다.

丁火(남편의 표출신)가 년간에 있고 편인성이므로 나이 많은 남자와 일찍 결혼하게 되었다. 년간 丁火의 뿌리는 일지 未에만 있으므로 매우 약하다. 따라서 이런 丁火는 열화가 되지 못하고

등불 및 달빛같은 빛(光)의 작용만을 하게 된다.

　그러므로 월간 癸水의 극을 크게 받지 않는다. 또 癸水는 아래로 작용하는 성질이 있고 월지에 卯木을 생하기에 바빠 丁火를 극하려하지 않는다. 즉 탐생망극이 된다. 그러므로 남편을 일찍 사별치 않는다. 그리고 癸水 자식성 하나에 土는 많으므로 재혼하는 자식 있게된다.

　또 癸水가 시지 辰에 입묘하므로 자식 사별있게 된다. 丁火는 일지에서 투출되었으므로 남편의 표출신이며 나의 표출신이기도 하다. 그런데 辛亥대운은 년주 丁卯와 4급 소용돌이를 이루어 남편과 나의 건강에 문제가 발생된다. 그러한데다 대운간 辛은 일주와 희용신인 戊土의 기운을 빼며 대운지 亥는 戊土용신의 절지가 된다.

　이런 운중에 甲申년(78살) 만나 시주 戊辰(용신)과 4급 소용돌이를 이루며 甲木 극 戊土하므로 종명하고 말았다.

예10)

```
                    48 38 28 18  8
 丙 庚 甲 庚   여    己 庚 辛 壬 癸    대운
 戌 子 申 寅          卯 辰 巳 午 未
```

　庚金일주 申月生으로 신왕하다. 따라서 시간의 丙火로 용신한다. 월간 甲木 하나를 사이에 두고 년간 庚金과 서로 차지하려 다투고 있다. 그런데다 친정인 甲申월주와 庚子일주는 4급 소용돌이를 형성하고 있다. 이리되면 친정 재물(甲)을 두고 형제와 상쟁하는 갈등과 불화가 발생된다. 소용돌이를 구성하는 甲申과 庚子대세운에 그런 일 발생된다.

그런데 庚子운보다 친정재물을 뜻하는 甲申운이 더욱 확실하게 발동된다. 시간 丙火가 용신이므로 巳午未 대운은 좋았다.

28세부터의 辛대운이 丙火용신을 합하여 불길하나 대운지 巳가 丙火의 록지이므로 그 남편이 잠시 머뭇하다가 빛이나므로 진급하였다.

庚대운은 비견운이라 재정적 궁핍있게 되었다. 辰대운은 申子辰 水局을 이루어 甲木 재성을 생조하므로 무난했고 辰戌沖의 작용도 크지 않았다.

己卯대운은 부모조상자리인 년주 庚寅과 1급 소용돌이를 이루며 己土 모친이 卯에 앉아 월간 甲木과 합을 이룬다. 이리되면 甲木이 양인을 얻게되는 卯대운에 들어가면 己土가 죽는데 또다시 약한 己土를 합거하는 甲申년(55살) 만나 모친 사망했다.

그런데 甲申년은 庚子일주와 4급 소용돌이를 이루는 甲申월주가 발동되는 운이다. 즉 사주원국에 있는것이 대세운에 나타나면 그것이 발동되기 때문이다. 이리되어 모친 죽고나자 그 친정 재물을 두고 형제와 불화 갈등이 생겨 끝내 소송으로까지 가게 되었다.

예11)

```
                      57 47 37 27 17  7
戊 甲 己 丙   남   乙 甲 癸 壬 辛 庚   대운
辰 午 亥 戌        巳 辰 卯 寅 丑 子
```

甲일간이 亥月에 태어났고 시지 辰에 통근했으나 재성이 강하여 신왕운에 부자된다. 년간 丙火가 조후하며 년지 戌은 조토되어 습기를 제해주니 부모복 있다.

년지 戌中戌土가 첫 여자고 월간 己土가 두 번째 여자다. 그런데 일지 午中에서 丙火와 己土가 년월지에 투출되어 있다. 그러므로 년주 丙戌이 지배하는 20대 초까진 남에게 베풀줄도 알며 밝고 정직한 성품을 지니게 된다. 그러나 己土가 들어와 甲己 합하게되면 돈을 내 생명 내몸같이 생각하게 되어 받는것은 좋아하고 베풀줄 모르게 된다. 즉 결혼하게 되면 甲己合土가 되려하므로 내가 베푸는 丙火가 도리어 나(甲己土)를 생해주는 것으로 변해지므로 받기만을 좋아하게 되는 것이다.

대부분의 역인(易人)들은 이처럼 甲木이 뿌리있을 때에 己土를 만나게되면 甲己합하여 토가 되지 않는다고 알고있다. 그러나 일지 午에서 己土가 투출되면 甲木은 己土와 합하여 土로 변한다.

그렇지만 合火土格으로 사주전체의 상황이 변하는것이 아니라 일간의 성품만이 변한다. 따라서 결혼하고 그 성품이 변한다.

즉 일지는 내 몸이고 여기서 나온 己土 정재 역시 내 몸이므로 일주의 정이 己土를 따라 土의 성질을 지니게 되는 것이다. 하지만 그 甲木의 본성을 몽땅 상실하는 것이 아니고 재물과 여자(己)문제에 대해서는 土의 성질을 나타낸다.

그러므로 육친관계는 그대로 봐야한다. 壬寅 癸卯 甲辰으로 일간이 왕해지는 운을 만나 부모덕으로 크게 치부했다. 그러나 乙巳대운은 겁재운으로서 일주 甲午와 1급 소용돌이를 이룬다.

따라서 여형제(乙)와의 갈등과 불화가 있게 되는데 대운간 乙木은 재물궁인 시지 辰中에 있던것이 투출되었으므로 부모의 재물(戌辰)을 두고 상쟁하는 갈등이다. 이런 대운에 甲申년(59살) 만나 시주 戌辰과 4급 소용돌이를 이루면서 일간 甲과 더불어 쟁재한다. 그러므로 모친 사망 후 그 재산을 두고 여형제들과 갈등이 벌어져 소송으로까지 가게 되었다.

辰中癸水가 모친이며 辰中에서 투출된 시간의 戊土는 모친의 표출신인데 이것이 대운간 乙木에 극되고 甲申년 만나 4급 소용돌이를 형성하면서 극 戊土하므로 모친사망하게 된 것이다.

즉 대운과 세운에서 소용돌이가 겹쳐 들어온 것이 戊土에게 좋지 않은 영향을 끼친 것이다. 예10)의 오빠되는 사람의 명조이다.

예12)

```
                    44 34 24 14  4
戊 辛 丙 甲   여   辛 壬 癸 甲 乙   대운
子 亥 子 午        未 申 酉 戌 亥
```

辛金일주가 子月에 태어났고 월간 丙火를 만나 丙辛合化水格이 이뤄졌다. 그러나 水에 역하는 년지 午火가 있고 시간에 戊土가 있으므로 파격이 된다. 하지만 년지 午火는 월지 子水로 충거시켰고 시간에 戊土 하나만 남게 되었으나 힘없는 戊土라 合化水格은 성립된다. 하지만 뿌리없는 戊土이지만 水에 거역되므로 이것이 병이된다.

일지 亥中甲木이 년지 午火에 앉아있고 午中에는 일간 辛金과 합하는 丙火가 있으므로 午火가 남편궁이다. 그런데 午火는 기신되어 충거되었으므로 첫 남자 이별하게 된다.

辛未대운은 월주 丙子와 5급 소용돌이를 형성하며 월간 丙火를 놓고 비견이 다투게 된다. 丙辛合化水이므로 水가 주체이고 월간 丙火는 재물이 된다. 이런데다 甲申년(51살)은 일주 辛亥와 3급 소용돌이를 이루고 있다.

위 예10) 예11)의 여동생되는 사람의 명조이다.

四. 변격사주의 통변

이 지구상에는 수 만종의 동물들이 살고 있다. 이런 복잡한 동물의 세계를 연구하는 사람들은 그들을 좀 더 쉽게 이해하기 위해 분류방법을 도입했다. 비슷하거나 공통된 습성을 지니고 있는 것 끼리를 한단위로 묶은 것이다.

즉 소리없이 걸으며 먹이감을 공격할 땐 목덜미를 물고 늘어지며 야행성이 있는 동물들을 한단위로해서 고양이과(科)로 규정하는 그것이다. 사자, 호랑이, 고양이, 표범등이 이 고양이과에 속한다. 이들은 모두 비슷하거나 공통된 습성은 있지만 생긴 모양도 다르고 살아가는 방식 또한 제 나름의 개성을 지니고 있다.

사주학의 격국(格局)이란 것도 50여 만 개나 되는 방대한 개개인의 사주를 좀 더 쉽게 이해하기 위한 하나의 분류방법이다.

따라서 많은 세월에 걸쳐 많은 연구자들이 완성해 놓은 사주의 격국론은 후학들이 더듬어 갈 수 있는 하나의 잣대임은 분명하다. 즉 정관격 사주는 정관(正官)이라는 것이 의미하는 특성이 있고 인수격은 인수성(印綬星)이 의미하는 독특한 것이 있다.

그러나 항상 변한다는 것이 역(易)의 본뜻인 것처럼 사주의 격국도 주위의 영향에 따라 쉽게 바뀌게 된다. 이럴 때 초심자들 뿐 아니라 제법 많은 연구를 했다는 사람들조차도 당황하여 오류를 범한다. 이것은 역의 변화를 따라잡지 못하는 고정된 안목에서 비롯된다. 따라서 이장에서는 그런 변화를 따라잡을 수 있는 안목을 키워주는데 중점을 둘 것이다.

즉 사주풀이가 어려운 것은 회합(會合) 형충(刑沖)에 따라 저것이 이것으로 이것이 저것으로 변하기 때문인데 여기서는 월지의 변화(변격)에 따른 해석과 통변을 살피기로 하겠다.

예1)

　　庚 壬 辛 乙　남
　　戌 寅 巳 酉

　이 사주는 壬日主가 巳月에 태어나 丙火가 당령했으므로 월지 편재격에 해당된다. 그러나 월지 巳가 巳酉로 半會局하고 巳中 庚金이 시간에 투출되었으므로 시상편인격이 된다. 따라서 편인의 성품과 그에 따른 생활(직업)을 하게 되는데 庚金 편인 있는데 월간에 辛金 정인이 있어 정편 혼잡이다.

　이렇게 되면 한가지 일에 전념하지 못하고 겸업을 하거나 여러 가지 학문에 심취하게 된다. 특히 壬寅 일주와 庚戌은 시지는 寅戌로 삼합하려 하고 있고 庚金은 시원하게 壬水를 생해주므로 유정한 관계이다.

　따라서 庚金 편인(역학, 의학, 기공등)으로 생활하는데 壬寅과 庚戌사이는 멀고먼 여정으로 壬寅 일주가 찾아가는 타순(他旬)이면서 상순(相順)관계다(壬寅, 癸卯, 甲辰, 乙巳, 丙午, 丁未, 戊申, 己酉, 庚戌로). 그러므로 이 사람은 멀고먼 저쪽 세계의 신비와 비밀을 찾는 공부를 하고 있다.

　※ 월지 巳가 巳酉로 변했으나 巳中丙火와 戊土의 기운이 모두 없어진것은 아니고 30%쯤 존재하고 있고 대세운에서 형충을 만나 巳酉合이 풀리면 巳中丙火 戊土의 기운은 본래의 힘을 회복하여 작용하게 된다.

예2)

　　　　　　　　　　44 34 24 14　4
　　丙 壬 丁 甲　여　　壬 癸 甲 乙 丙　대운
　　午 申 卯 午　　　　戌 亥 子 丑 寅

壬일간이 卯月에 태어나 월지 상관격을 이루며 木火의 세력이 아주 많아 크게 신약이다. 따라서 신약상관격에 일지 申金을 용신으로 한다. 그러므로 壬일간을 돕는 金水운은 좋고 일간의 힘을 빼는 木火土운은 좋지 못하다로 감정하기 쉽다.

그러나 이 사주의 壬水 일간은 월간 丁火와 丁壬으로 합하였고 卯月이므로 丁壬合化木격으로 변하고 있다. 따라서 合化木格이 되나 년시지 午에 뿌리를 둔 시간의 丙火가 왕하여 木의 기운을 火로 돌리고 있다. 그러므로 종재격으로 변했다.

즉 水木상관격에서 합화목격(合化木格)으로 변했고 이에서 왕한 火를 따르는 종재격으로 변했다. 대부분의 역인들은 일지에 있는 申金 편인을 보고 상관격으로 신약이므로 申金을 용신으로 한다고 말하기 쉽다. 그러나 일간 壬水는 월간 丁火와 합을 하여 일지 申金의 정을 받으려하지 않으므로 상관용인격(用印格)은 성립되지 않는다.

변화에 변화를 거듭하는 이런 사주는 초심자들을 당혹스럽게 하는데 이럴 땐 13살까지의 丙寅대운이 좋았는지 나빴는지를 물어보면 쉽게 방향을 정할 수 있다.

즉 상관용인격으로 일지 申金이 용신이라면 丙寅대운은 용신이 충파된다. 그러므로 아주 대흉함을 당한다. 그러나 종재격 같으면 丙寅대운은 좋은 시절이다. 흔히 지나온 세월에 대해 물어보는 것을 꺼리는 역인(易人)들이 많다. 감정하는 자신이 상담자에게 실력없는 사람으로 보일까 싶어서이다.

그러나 고명한 의사들은 꼭 환자의 지나온 상태를 물은 다음에 그에따른 처방을 내린다. 즉 환자의 병에 대한 정확함을 기하기 위해선 문진(問診)이 필요하다는 말이다. 따라서 의심나면 반드시 물어보고 정확한 방향을 잡아야한다.

이 사주는 일지 申이 있으므로 해서 가종격이 되었다. 따라서 남편(일지는 배우자궁)과 모친(申편인)은 내겐 짐만되며 전연 도움 안되는 사람이다. 그리고 壬일간이 도화 상관 위의 丁火 정재와 합을 맺으므로 돈과 육신의 욕망에만 집착하게 된다.

따라서 돈(丁)을 잡기 위해선 웃음과 애교(卯도화)를 부리니 창녀의 팔자라 할 수 있다. 즉 돈되고 육신의 욕망을 채워 줄 수 있는 사람이라면 누구라도 받아들인다.

壬일간과 합하는 丁火가 년지 午, 월간 丁火, 시지 午에 3개나 있으므로 세 번 결혼하는 팔자다. 일지 申金 모친이고 년지 午中丙火는 모친의 첫 남자이다. 월간 丁火는 부친의 표출신인데 이것이 卯도화위에 앉아있다. 그러므로 모친의 첫 남자는 바람기 심한 사람이다. 시지 午에서 투출된 시간의 丙火는 모친의 두 번째 남자며 나와 가까이 있으므로 나의 부친이다. 그런데 부친성인 午中丙火의 표출신인 丁火정재가 나와 丁壬으로 도화 합되어 있다.

이것은 내가 부친과도 합을 맺고 있는 상이므로 부친같이 나이 많은 남자와 돈 때문에 붙게 된다. 그리고 의붓아버지 및 친부(親父)에게 성폭행을 당하게 됨을 나타낸다. 丙寅대운은 기신인 일지 申金을 충하여 유복하게 지냈다.

乙대운은 월지 卯도화살이 발동되는 때인데 이때에 이성에 눈 뜨게 되고 나이 많은 남자가 주는 돈 때문에 관계를 맺게 되는 일이 발생된다.

丑대운은 일지 申을 생하여 좋지 않은 세월이었다. 甲대운에 도화 발동되어 생재성하므로 이때부터 도화업으로 돈벌이했다.

子대운은 壬水 일간의 뿌리되며 년지 午(남편궁)을 충하므로 첫 남자와 이별했다. 癸대운 겁재운되어 불미스러우나 甲木이 통관시켜 어려운 가운데 무사했다.

예3)

33 23 13 3

壬 癸 乙 甲　남　己 戊 丁 丙　대운
戌 酉 亥 寅　　　卯 寅 丑 子
　공망　　합

　癸日主 亥月生 득령이고 壬水겁재 투출하여 신왕으로 보기쉽다. 그러나 月支 亥水는 공망인데다 년지 寅과 합하여 木으로 되었으므로 水木 상관격에 신약이 되었다.

　木多함이 병(病)이므로 일주를 돕는 일지 酉金으로 용신해야 할 것이나 酉金은 월지 亥水를 생하여 극목(剋木)치 않고 천간에 불투(不透)되어 그 역할이 신통치 않다.

　따라서 癸日主의 정은 시간 壬水에게로 향한다. 그러므로 학문(酉金 인수) 익히는 데는 관심 없고 또래(壬水 겁재)와 어울리길 좋아하는 성품이다. 겨울 癸水는 丙火와 戊未의 조토(燥土)를 필요로 하는데 년지 寅中丙火는 합(寅亥)으로 묶인데다가 불투되어 쓸모없고 시지의 戊土만이 추위와 음습함을 제거하는 역할을 한다.

　그렇지만 戊土 역시 공망이라 그 작용력이 반감되고 있다. 그런데 필요하기 그지없는 이 戊土는 壬水 겁재가 타고 있다. 따라서 남의 재물과 힘(官)을 빌어 나의 재관(財官)으로 삼으려 한다.

　즉 남에게 의존하려하고 남의 것을 내 것으로 하려는 불량한 심사를 지니게 된다. 이런데다가 필요 없는 상관이 왕한 세력을 뽐내고 있으므로 법과 질서를 무시하고 남의 것을 노리는 무법자 기질이 강하다. 또 이 사주는 이렇게 통변할 수 있다. 10월 겨울에 세찬 바람(甲乙木)불고 눈비(壬癸) 휘날리는데 검은 싸움닭(癸酉)이 남(壬水 劫才)의 안방에 뛰어들어 창고속의 돈과 재물(丁火)을 취하려하다가 개에게 물려 만신창이 되는 팔자다.

사주구성에서 보면 년지 寅中丙火가 있어 초년 16세 17세까지는 미약하나마 온기 있어 다행이다. 그러나 그 이후부터는 월간 乙木이 지배하므로 풍파(乙木 亥水)가 있게 된다. 더욱이 월지 亥水가 년지 寅을 합하여 丙火의 기운을 쓸모없이 하므로 20 - 30대운은 아주 불길하다.

대운으로 보면 丁대운은 미약하지만 조후역할이 되고 있으나 시간 壬水 겁재와 丁壬合하여 입고(丁火가 戌)하여 미미한 조후 역할마저 상실되므로 형님들(壬)의 꾀임에 빠져 나쁜 짓 하는 운이다.

丑대운은 일지 酉와 酉丑合하여 약한 일주를 도우나 시지 戌 土를 형(刑)한다. 그러므로 형출(刑出)된 戌土가 일간 癸水를 합 거시켜 구속수감되었다. 癸酉년 19세때 일주와 복음되는 해였다.

22세 丙子년에 丙火가 조후되어 호운이므로 출감했으나 세운 지 子가 수옥살되고 丑戌刑으로 형출되어 있는 辛金에 丙火가 합을 당해 또다시 구속 수감되었다.

24살 되던 戊寅년에 출감하여 해결사 노릇하고 있는 사람의 팔자다. 이처럼 겁재 상관이 동궁(同宮)에서 출간되면 남의것을 탈취하려는 무법자가 된다.

이 사주도 원칙대로 하면 월지 겁재격이나 寅亥合으로 인해 상관격으로 변해진 것이다.

예4)

				남	35	25	15	5	대운
戊	戊	己	辛		乙	丙	丁	戊	
午	戌	亥	卯		未	申	酉	戌	

戊戌日主 亥月生으로 원칙적으론 월지 편재격이다. 그러나 亥가 년지 卯와 亥卯 半木局되어 변격되었다. 이렇게되면 월지 亥水가 처성이 아니고 년지 卯木이 일지 戌과 卯戌합하므로 처성(妻星)이다. 그런데 일지 戌中辛金 상관이 년간에 앉아 卯木의 상승하려는 기운을 억제하고 있다.

따라서 이 사람은 자기 처(妻)가 바깥으로 나가는 것을 싫어한다. 또 戊戌일주가 戊午시와 午戌로 합을 맺어 유정하다. 이리되면 비견겁재와 연합하여 월지 亥中壬水를 극하게 된다. 이는 친구형제와 더불어 돈쓰는 일을 좋아하는 상이다.

년지 卯木의 입장에선 비견겁재를 억제하여 이를 말려야 하는데 일주 戊戌은 辛金으로 하여금 그런 역할하는 처를 '잔소리 말라'며 억제하는 상이다. 丙대운에 년간 辛金이 丙辛합되어 卯木을 극제하지 않으므로 이때에 연애 결혼했다.

申대운은 卯木을 극할 것 같으나 월지 亥水를 생하고 亥水는 卯木을 생하므로 무난한 운이다.

35세부터의 乙木대운은 웅크리고 있던 卯木처가 고개를 내미는 운이고 년간 辛金 상관과 乙辛冲剋되어 乙木이 다치는 운되어 부부간에 박 터지게 싸우는 운이다. 당연히 상관에 견관(見官)되어 직장운 역시 좋지 않는 운이다.

未대운 들어 완전한 木局이 이뤄져 乙木이 힘을 얻었고 일지 戌을 刑하여 년간 辛金의 뿌리를 흔든다. 따라서 이때에 그 처가 이때까진 내가 지고 살았지만 이젠 도저히 지고는 살 수 없다며 사생결단의 각오로 戊土 일주의 행동(辛金 상관)에 맞서 싸우는 운되어 부부 이별했다.

혹자는 년간 辛金이 월지 亥水를 생할 수 있다고 하는데 이는 아니다. 辛이 亥위에 앉아 있을 땐 金氣는 하강하므로 그런 역할작용을 할 수 있으나 여기선 그런 구조가 아니므로 년간 辛金이 월지 亥水를 생할 수 없는 것이다.

월간 己土는 비견이 있는 시지 午에서 나와 년간 辛金을 생하여 상승하려는 卯木의 기운을 제극하는데 일조를 하고 있다. 이는 친구 형제들이 '애! 니 마누라 너무 너를 올라 타려하는데 옛말에 여자와 명태는 두들길수록 부드러워진다 했으니 자주자주 손봐줘야해.' 하며 부추기는 형국이다.

이웃의 부부싸움을 보면 싸움이 났다하며 누나야 형님아 동생아 하면서 불러들여 마누라 기를 죽이려는 못난 사내들이 있다. 아마도 이 사주의 주인공도 그러하리라 생각된다.

예5)

				여	37	27	17	7	대운
戊	辛	癸	丁		丁	丙	乙	甲	
子	卯	丑	酉		巳	辰	卯	寅	

辛金 일주 丑月生이라 원칙적으론 편인격이 되나 丑酉합을 지어 비견으로 변했고 丑中癸水가 월간에 투출되었으므로 월간 식신격이 된다. 찬 기운을 지닌 辛金이 겨울(丑)에 태어나 무엇보다도 따뜻함을 찾아야 될 것이나 추위를 녹여주는 관성 丁火는 뿌리하나 없이 외로이 앉아있다. 그런데다가 왕한 癸水에 충극되고 있어 전연 쓸모없는 불이 되었다.

따라서 이 여성은 힘없는(능력없는) 남자는 깔보고 우습게 여겨 상대도 안한다. 또 일시 부부궁은 子卯刑되어 있고 그 어디에도 일주와 합하는 것도 없다. 월지 丑中己土가 日支 卯中甲木과 암합되나 丑酉로 합해서 卯酉冲만 하고 있다. 따라서 평생

몸붙이고 정신적으로 의지할만한 남자가 없는 팔자다.

丙대운이 정관 운이고 일간 辛과 합하는 운이라 결혼될 것 같으나 월간 癸水가 몸 가까이 있으면서 丙火를 극하므로 성사되지 못했다(丙火는 癸水를 제일 꺼린다). 즉 남자가 찾아 왔다가도 이 여성의 태도(癸水 식신)를 보고 '어마 뜨거워라' 며 내빼는 형국이다. 丁巳대운에 년간 丁火 편관이 발동되어 왕한 뿌리를 얻었으나 巳酉丑으로되고 丁癸冲되어 역시 불성이다. 40살이 훌쩍 넘어선 지금까지 독신으로 있는 여명이다.

예6)

				남	46	36	26	16	6	
甲	癸	丙	丙		辛	庚	己	戊	丁	대운
寅	酉	申	子		丑	子	亥	戌	酉	

癸水 申月生이다. 원칙적으론 인수격이나 申子로 회국하여 비견이 되었으므로 시상상관격에 상관생재(傷官生財)로 가게 된다. 시지 寅中엔 丙火있고 戊土있어 癸일간과 명암합(戊癸)하므로 寅中丙火가 처성이고 부친성이다. 년월간에 丙火가 두 개있어 二妻格이다. 년간 丙火 첫 여자. 월간 丙火 둘째여자다.

또 월지 申中庚金 인수는 丙火 부친의 첫 여자고 일지 酉中辛金은 부친의 두 번째 여자이다. 따라서 본인은 후처소생이다. 아버지(寅中丙火)와 모친(日支 酉中辛金)은 寅酉원진이므로 서로 반목하면서도 암합하는 사이이다.

26세부터의 己亥대운의 己土는 시간 甲과 甲己合이다. 이렇게 합이되면 甲木상관이 합을 탐해 丙火를 생하지 않고 또 甲木상관이 合去된다고 대부분의 역인(易人)들은 말하고 있다. 그러나 그렇지 않고 오히려 甲木(일주의 활동력)이 더욱 힘을 얻어 활동하는데 이를 필자는 합동(合動; 합하여 움직인다)이라 부른다.

그 까닭은 甲을 합하는 己土가 亥水위에 앉아 힘이 약하고 甲木은 寅에 앉아 힘이 강한데다가 己土가 끌고 온 亥水가 甲木의 장생지가 되면서 寅亥合으로 木氣를 왕성하게 해주기 때문이다.

따라서 甲木은 己亥와 合을 함으로서 오히려 더 큰 힘을 발휘하게 되는 것이다. 이럴 땐 잠시 머뭇거리다가(甲己合 때문) 힘을 얻어 맹렬히 활동하게 된다.

즉 남자가 여자와 결혼함에 있어 여자가 지니고 온 혼수나 그 배경으로 인해 남자가 부유해지고 강해지는 것과 같은 이치이다.

따라서 간합하면 무조건 없어진다(合去)로 보지 말고 지지의 세력과 그 관계를 잘 살펴야 될 것이다. 己亥대운은 좋은 운이었고 결혼도 했다.

庚대운은 월지 申中에서 투출된 것이므로 가택이동 가택 문서 계약등의 일이 생기며 甲木을 破하여 生火하는격되어 좋은 운이다.

子대운은 시지 寅木을 생하므로 역시 좋은 운이다.

辛대운은 년간 丙火와 합하고 월간 丙火와도 합하니 바로 쟁합되는 운이다. 이렇게 쟁합이 되면 丙火가 눈에 불을 켜고 설치는 격되어 합거 되지 않고 오히려 丙火 태양빛이 거울(辛)에 반사되어 눈부신 빛을 발하는 상이 되므로 재운 좋고 남들에게서 돈 있다는 소릴 듣게 된다.

그러나 丑대운되면 丙火의 빛이 흐려지고 대운간 辛金에 의해 丙火는 합거 된다. 이때에 부인이 큰 병에 걸려 생사지경을 넘나들었는데 丑이 丙의 양(養; 12운)에 해당되어 겨우 명은 이어갔다. 壬寅대운은 월 丙申을 천충지충하여 丙火가 충극되므로 대흉운인데 癸酉년에 또다시 丙火를 극하여 재산을 크게 상실했다.

　이 사주는 본인의 입장에선 좋은 처고 도움되는 마누라이나 부인의 입장에선 丙이 癸를 만난격 되었다. 그러므로 이 사람의 처는 남편으로 인해 어두운 삶을 살게 된다. 물론 건강 또한 부실해지는 것이다.

예7)

```
                        44 34 24 14  4
丁 丁 戊 乙   여   癸 壬 辛 庚 己   대운
未 未 寅 巳        未 午 巳 辰 卯
```

　丁火 일주가 寅月에 생하여 월지 인수격을 구성했으나 寅中戊土가 월간에 투출되어 火土상관격이 되었고 용신은 旺土를 극해주는 木인수이다. 이 사주도 관성인 水가 없다.

　그러므로 일지 未中己土와 합하는 월지 寅中甲木을 남편으로 한다. 金財星이 안보이나 년지 巳中庚金 있는데 寅巳刑되어 金氣가 동하고 있다. 따라서 년지 巳中庚金이 부친성이고 이와 명암합하는 년간 乙木이 모친이다.

　乙木은 월지 寅에 뿌리를 두었으나 일점의 水가 없어 바짝 마른 초목이 되었고 일시지 未에 입고(入庫)되어 있어 심히 허약해져 있다. 즉 寅木이 뿌리가 되나 寅巳刑으로 초봄의 寅木이 巳中庚金에 그 연약한 뿌리가 상해 있다.

　따라서 이 사람의 모친은 허약한 신체로 정서불안(乙木의 뿌리인 寅이 일시지 未에 입고되면서 귀문관살 형성되어) 있는 사람이었다. 卯대운까지 乙木이 득록하여 모친이 건재했으나 庚대운(14세부터) 만나 乙庚合되어 약한 乙木이 庚金에 합거되므로 사망 운인데 15세 己未년에 乙木 입고되고 乙己冲되어 별세했다.

庚辰대운은 일주 丁未와 3급 소용돌이 되어 이별과 갈등 그리고 실패가 많은 운이다(丁戊己庚으로 진행이나 지지는 辰巳午未로 천간과 지지의 흐름이 거꾸로이다).

辛대운은 편재되어 돈벌이하는 운이나 乙木을 충거시켜 불미하다. 그러나 寅巳刑으로 형출된 丙火와 辛이 합하여 미약한 水氣(丙辛合水)를 형성하여 남자가 나타난다. 이런중에 庚午년(26세)만나 도화가 합신(合身)하게 되어 결혼(연애)했다.

원국의 월지 寅이 남편성이고 월간 戊土가 남편의 표출신되어 남편은 아이같은 성격이며 기술자이다. 또 일지와 寅未귀문살 구성되어 또라이(돌아버린사람) 기질 있으며 초봄의 여린나무(寅)로서 寅巳刑까지 맞아 별능력 없는 남자다.

壬午대운은 도화 정관운되어 丁未일주와 천간지합하는데다 상관격에 정관을 보는 격되어 남편등지고 많은 남자들과 놀아나게 되었다. 인수용신되어 배우고 익히기 좋아하는 착한 성품이다.

예8)

```
              47 37 27 17  7
壬 辛 辛 庚    여    丙 丁 戊 己 庚    대운
辰 酉 巳 寅          子 丑 寅 卯 辰
```

辛酉日主 巳月生으로 천간에 비견겁재 많다. 월지 巳中丙火 정관으로 비겁을 제하는 용신으로 해야하나 巳酉로 합국되어 배임(背任) 변격되어 월지 丙火官을 버리고 시상 壬水 상관으로 용신할 수밖에 없다.

따라서 남편을 믿지 않고 남편보다 자식을 더 좋아하며 구속 받기 싫어하고 깔끔함(청결)을 좋아한다. 日支 酉中庚辛金이 년 월간에 표출되어 자존심 강하고 주체성 강하다.

육친으로는 월지 巳中丙火가 일간과 합하고 정관성이므로 남 편이다. 그런데 월간에 비견있고 그것과 명암합하므로 夫에겐 딴여자가 있게된다. 월지 巳中에 같이있던 庚金이 년간에 표출 되어 년지 寅中甲木 정재를 극하는 상인데다가 寅巳刑까지 있 어 夫는 바람피우며 돈 까먹는 역할(庚金은 劫財)까지 한다. 그 러면서도 日支 酉와 巳酉로 합을 맺고 있으므로 나와는 떨어지 려 안한다.

卯대운은 도화운되고 일지 酉中庚金과 卯中乙木이 암합하므 로 연애하고 결혼하나 卯가 일지 酉를 沖하여 부부불화가 있다.

巳酉합된것을 충하여 합을 풀어지게 하므로 남자가 남편역할 을 잘한다. 戊대운은 년월지중의 戊土가 투출신되어 발동하여 壬水 상관을 극하므로 남편이 나의 행동을 구속억제 시키려하 고 돈(寅木財) 때문에 답답해지며 유산 낙태 및 아이(壬水상관) 의 건강에 좋지 않은 운이다.

寅대운은 년지 寅木이 동하여 寅巳刑이 발동된다. 그러므로 돈 때문에 남편과 다투게 되고 형출된 丙火 夫는 타녀와 합정하 게 된다. 丁대운은 시간 壬水를 합하여 갈길(壬水 상관은 일주 辛의 가는 길이다.)이 막히는것 같으나 丁火 약하고 壬水는 강 하므로 오히려 壬水가 발동되는 운되어 좋다.

丑대운은 완전한 巳酉丑 金局이되어 丙火 夫는 무능력해지나 壬水는 힘을 얻어 잘나간다. 형제 친구 동업자등이 나를 돕는 운이다. 丙대운은 丙과 壬이 상충되어 不吉할듯하나 丙火가 辛 金가 쟁합하므로 충하지 않고 辛金의 활동력만 가중되고 또 辛 金(거울)이 태양빛(丙)을 만나 번쩍번쩍 빛나는 운이다.

이렇게 두 개의 辛金과 丙火가 쟁합하면 丙火는 먼저 월주의 辛巳와 합하고 다음으로 일주와 합한다. 이리되면 월간의 辛金은 巳위에 앉아있어 합거되나 일간은 酉에 앉아 강하므로 합거되지 않는다. 따라서 동업자 경쟁자 형제 친구등은 없어지나 자신은 더욱 빛나게 되며 잠시 주춤했다(丙辛합되어) 강열한 빛을 반사해 내게된다.

또 월지 巳中丙火 夫星이 丙火대운에 투출되었으므로 웅크리고 있는 남편이 나타나 활동함이 되는데 처음에는 辛巳月과 합하여 득록하므로 좋으나 나중은 辛酉와 合하여 丙火가 合去되므로 좋지 못하다. 즉 남편에게 처음은 좋으나 나중엔 좋지 못한 운이다.

예9)

```
                    44 34 24 14  4
庚 壬 丙 甲   여   辛 壬 癸 甲 乙   대운
戌 寅 寅 午        酉 戌 亥 子 丑
```

壬寅日主 寅月生이라 水木상관격이나 寅午戌 火局 구성되고 월간에 丙火 있어 종재격. 시간 庚편인 있어도 뿌리 없는 庚金이라 壬水를 生하지 못한다. 시지 戌에 庚金이 뿌리박고 있다할 것이나 戌은 조토(燥土)되어 不生金이다. 따라서 시간의 庚金이 병이다.

식신생재(食神生財)가되어 종했으므로 천간에 水운이 와도 甲木이 통관하여 丙火를 극하기 어렵다. 그러나 水운은 좋지않은 운으로 어려운 가운데 겨우겨우 넘어간다.

년지 午中己土가 남편성이고 월간 丙火는 남편의 표출신. 따

라서 시아비(庚) 한명에 시모(寅) 여러 명이고 늦게까지 시아비
가 애먹인다.

44세부터의 辛대운은 월간 丙火를 合하여 남편이 빛을 못보게
되고 돈이 없어지는 운이다. 즉 丙火가 辛酉와 合해 死地에 임
한다.

그런중에 戊寅년(45세)만나 남편궁인 년주 甲午와 4급 소용돌
이 구성되어 夫가 간암으로 사망했다.

예10)

```
          48 38 28 18  8
丙 庚 辛 甲   여   丙 丁 戊 己 庚   대운
戌 寅 未 午       寅 卯 辰 巳 午
```

庚金 일간이 未月에 태어나 월지 인수격이다. 신약하므로 월
지 未中己土와 월간 辛金 겁재로 약한 일간을 도와야 된다고 말
할 수 있다. 그러나 未土는 조토(燥土)인데다 년지 午와 午未合
火 되었고 시지 戌역시 조토인데다 寅午戌 火局을 만들어 土生
金이 되지 않는다.

따라서 왕한 火의 세력에 따를 수밖에 없다. 종살하므로 남편
운이 좋다고 단순하게 말하기 쉬우나 그 구조는 이렇다. 일지
寅中의 甲木(일간의 표출신)이 년지 午火위에 앉아있고 午中에
는 丁火 정관이 있으므로 午가 남편궁이고 첫 남자다. 그런데
이것이 월주 辛金겁재와 午未로 합하며 丙辛으로 명암합한다.

따라서 내가 몸(甲)바쳐 사랑한(甲午는 자좌명암합) 남편은
자신을 반짝반짝 빛나게 해줄 여성인 辛金과 합정한다. 년간 甲
木편재는 부친이고 월지 未中己土는 모친이다. 甲木은 사지(死

地)인 午火위에 앉아있고 월지 未에 입고(入庫)되는데다가 천지가 바짝말라 甲木의 생기가 없다.

따라서 일찍 부친 사별하게 되는데 대운에서도 甲木을 충극하는 庚을 만났다. 그러므로 10대에 부친과 사별하게 되었다. 일지 寅中甲木은 편재이므로 내몸(肉身)이고 재물이다.

이것이 년간에 나타나 년지 午中丁火를 생하므로 내가 돈벌어 남편 먹여 살린다. 또 나의 돈이고 육신인 甲木은 월간 辛金의 정재성이므로 돈벌어 능력없는 오빠(월간 辛金)도와주고 짝까지 맺어준다.

일지 寅中에서 투출된 시간의 丙火는 남편의 표출신이기도하며 나의 표출신이기도 하다. 그런데 이 丙火가 나와도 寅戌로 합을맺고 월간 辛金과도 丙辛으로 합을 맺는다. 따라서 이 사람의 남편은 내게 뿌리를 두고 있으나 딴 여성(辛)과 들어내 놓고 합정하는 관계이다. 마치 나는 한번씩 만나는 애인(편재)이고 월간 辛金 겁재가 본처처럼 보인다.

나의 표출신인 丙火는 오뉴월저녁(戌時)을 밝혀주는 광명이고 길잃고 헤매는 백양(辛未)을 인도하는 등대불이다. 그런데다가 戌은 화개성이고 내재물궁인 일지 寅과 월지는 귀문살을 구성했다. 따라서 나는 신령(神靈)을 모셔놓고 돈을 벌던지 서쪽산 절간에서 부처님 모셔놓고 살아간다. 년지 午(남편궁)에서 己土 투출된 己巳대운에 남편감 나타나 결혼했고 戊辰대운까지 어렵게 지냈다.

그러다가 丁卯대운부터 신(神)이 내렸고 하는 일이 잘되었다.

丁대운에 신이 내리게 된 것은 귀문살을 구성하고 있는 월지 未 그리고 화개성과 천문살이 있는 시지 戌中에 있던 丁火가 투출되었기 때문이다. 이 사주는 월지 未中己土 시지 戌中戊土가 있어 가종격이다.

예11)

```
                   49 39 29 19  9
己 甲 己 己   여   甲 癸 壬 辛 庚   대운
巳 申 巳 酉        戌 酉 申 未 午
```

甲木 巳月生되어 木火상관격이나 甲己合化土格으로 변했다.
申金일지고 巳酉半金局있어 化土의 기운을 심하게 설(泄)하므로
土氣가 심히 허탈하다.

그리고 甲木과 합하는 己土가 년월시간에 3개나 되어 맑지 못
한 명조이다. 火土운 좋고 金水木은 좋지 못하다. 甲木일주와 합
하는 己土가 3개이므로 일주 甲의 입장에선 이것도 좋고 저것도
좋으며 두 손에 떡을 쥐고 어느 것을 먼저 먹을까 두리번거리는
격이다.

따라서 三夫格되어 한 남자에 안정 못한다.

19세 辛대운은 년지 酉金도화의 투출신이므로 이때부터 바람
기 발동했고 未대운은 일주의 합신인 己土의 뿌리가 되므로 결
혼하게 되었다. 식신(巳)과 관성(酉)이 합하여(巳酉) 일주와 간
합했으므로 혼전동거에 애 낳고 식 올렸다.

壬대운은 日支 申의 투출신이므로 밖으로 나가 활동하여 돈
벌고 싶다.(甲己合土에 壬水는 돈) 그러나 水운이므로 좋지 않
은 운인데 庚辰년 만났다. 세운간 庚은 申의 표출신일 뿐 아니
라 년지 도화관인 酉金과 월지 시지 巳의 표출신도 겸하고 있다.
따라서 도화끼 발동되어 애인 만들었으며 남편과의 합을깨어
부부불화에 가출있게 되었다.

申대운 역시 金운되어 좋지 않은 운인데다가 월시지 巳를 형합
하여 원국의 巳申合을 깨므로 남편과 살아볼까 말아볼까하는 운

인데 도화년(年)인 壬午년을 만나 애인 생겨 가정불화 극심했다.

申대운 甲申년 일주 복음되는 해에 이혼할 것으로 예상된다.

이처럼 일주가 간합이 많으면 그 남자는 반드시 의처증을 지니게 되어 꽉 잡으려 하게 된다.

예12)

```
                    35 25 15  5
庚 己 乙 辛   남   辛 壬 癸 甲   대운
午 酉 未 亥        卯 辰 巳 午
```

己日主 未月生으로 비견격이나 未中乙木이 월간에 투출되었고 년월지가 亥未로 木氣를 도우므로 월간 편관격으로 변했다.

未月炎天의 己土라 무엇보다 조후가 필요한데 년지 亥水가 그 역할을 하고있어 부모조상의 덕이좋다.

년간 辛金이 일지의 표출신되어 월간 乙木을 극할것 같으나 辛金의 기운은 하강하므로 년지 亥水를 생하는데 정신이 팔려 乙木을 충극치 않는다.

년지 亥中엔 壬水 정재있고 甲木있어 일간과 명암합하므로 년지 亥中壬水가 처(妻)다. 희신이므로 처는 능력있고 좋은 여자다.

乙木 편관은 약하고 庚辛金은 강해 본인은 용맹없는 사람이다.

일지 酉中에서 년시간에 辛庚이 표출되어 辛金은 亥水를 생하고 庚金은 시지 午火 도화지에 앉아 있다. 그러므로 이 사람의 행동(식신 상관)은 처(亥)를 위하기도하고 바람피우기도 한다.

이처럼 일지에서 성격이 다른 두 개의 표출신이 나타나면 이중성격과 이랬다저랬다 하는 행동을 나타내며 한입에 좋은말(식신) 거친말(상관)을 동시에 하기도 한다.

월간 乙木은 자식인데 未에 입고되어 있고 년지 亥水에 사(死)가 되었으며 년시간의 庚辛金이 노리고 있어 자식잃는 팔자다.

癸대운은 조후역할되어 좋은 운이나 巳대운은 년지 亥水 희신을 충하므로 부친과 이별 및 부친이 역마에 다치는 운이다. 또 巳는 역마고 巳火는 인수되어 타향타국으로 유학할 수 있는 운이다.

壬辰대운의 壬은 년지 亥水의 투출신되어 乙木을 생하므로 처될사람 나타나고 직장운 좋으며 자식도 생긴다. 물론 부친(壬)의 후한 덕도 입는다.

辰대운은 乙木의 뿌리되어 직장 및 자식엔 좋으나 亥水가 입고되어 처의 질병사고 및 돈줄 막히고 부친이 병들게 되는데 세운이 나쁘면 사망하기도 한다.

辛대운은 년간 辛金 발동되어 한편으론 亥水를 생하기도하나 乙木을 충극하기도 하여 직장 그만두고 사업할 마음먹는다. 또 자식(乙木)이 극된다.

※ 辰대운 辛巳년(31세)에 辛金은 乙木을 극하고 세운지 巳는 亥를 沖하여 교통사고 있었으며 모친(巳火)과 처(亥)사이에 불화있어 처가 가출하기도 했다. 또 亥中壬水 처가 月支未와 암합하므로 처가 타남과 사통하기도 한다.

예13)

```
                          57 47 37 27 17  7
丁 己 辛 己    여    丁 丙 乙 甲 癸 壬    대운
卯 酉 未 丑         丑 子 亥 戌 酉 申
```

己日主 未月 염천(炎天)에 태어나 비견격이나 未中丁火가 시

간에 투출되어 편인격으로 변했다. 신왕하여 호설(好洩)이므로 월간 辛金이 용신이고 丁火가 기신이다.

식신(辛)이 생재(生財)로 가지 못하고 더위를 식혀주고 기신 丁火를 제압해줄 水가 불투되고 지지에마저 보이지 않아 돈에 목말라 한다. 시지 卯木이 남편성이나 일시 沖되어 있고 기신 丁火를 생하므로 남편덕 없으며 남편출세 못한다.

그런데 일지는 내 몸이고 더욱 일지 식신은 나의 건강줄이고 밥줄이며 돈줄이다. 또 나의 자궁이며 욕구이다. 원래 식신용신이 편인을 보면 수명을 감한다했는데 이 사주는 辛金 식신이 일지에서 표출되었으므로 나의 명줄이며 밥줄이 확실하다.

이렇게 일지에서 투출된 용신이 극되면 내 몸(日支는 일간의 육신에 해당)이 온전치 못하게 되어 丁火가 왕해지는 운이나 辛金이 합거되는 운을 만나면 명줄 끊기게 된다.

壬申 癸酉 대운은 염천(炎天) 대지(己)위에 비내리는 운되어 건강도 양호했고 어려움도 없었다.

甲戌대운의 甲은 시지 卯官의 표출신되어 일주와 甲己合하므로 결혼운이다. 그러나 甲木이 년간 己土희신과 간합하여 辛金을 생하지 못하게 하므로 발전없으며 더욱이 일간과 더불어 쟁합하므로 혼란스런 운이다.

따라서 夫가 타녀와 합정하게 되며 믿었던 친구형제가 등을 돌리게 되는 운이다. 이러한데다가 대운지 戌이 일시 卯酉沖을 발동케하고 시지 卯와 卯戌합하므로 부부불화와 갈등이 심하게 된다.

그런데다가 년월지와 대운지가 丑戌未 三刑을 이루어 가정이 소란스러워져 깨고 정리하는 운이다.

乙대운은 시지 卯와 월지 未中에서 투출된것(투출신)으로서 기신 丁火를 생한다. 그러므로 남편및 형제동료 모두가 내갈길을 막아 힘들게 하므로 갈길이 보이지 않는 운이다.

亥대운은 水운으로서 卯酉沖을 해소(酉金 生 亥水 亥水 生 卯木으로)하므로 부부상쟁은 면하고 바짝 말라있는 남편(卯)이 물을 만나 생기를 얻는 운이다.

丙대운은 辛金 식신(용신)과 간합하여 나쁜 운으로 보기 쉽다. 그러나 丙火는 子水위에 앉아 힘이 약하므로 辛金을 합거시키지 못하고 오히려 辛金이 丙火를 얻어 빛이나며 丙火가 끌고 온 子水를 얻어 생기가 나는 운이다. 丙火는 나의 일지에서 나온 식신(배설욕구)과 합하므로 육신의 정을 나누는 정인(情人)이 된다.

따라서 돈(子水財)도 생기고 애인도 생기는데 원명에 없는 丙火이므로 난데없이 나타난 뿌리없는(근거없는) 애인이다.

이 사주 주인공은 甲戌대운부터 건강이 좋지못해 약으로 술로써(고통을 잊으려) 살았는데 월간 辛金의 뿌리가 卯酉沖 丑未沖으로 상했기 때문이다. 특히 이 여성은 남자와 잠자리를 하고나면 못견디게 몸이 아픈데 그 까닭은 일간과 일지의 합신인 시지 卯木이 시간 丁火 기신을 생하고 일지 酉金을 충하여 식신(辛)의 뿌리를 흔드는 역할을 하기 때문이다.

丁丑대운에 辛金은 丑에 입고되고 丁火는 辛金을 극하여 사망 운이다.

예14)

```
                    33 23 13  3
 丁 己 辛 己   남    丁 戊 己 庚    대운
 卯 酉 未 丑        卯 辰 巳 午
```

己土 일주 未月 염천에 태어나 신왕하므로 일지 酉에서 투출된 월간 辛金이 용신이고 명줄이다. 앞의 여명(女命)처럼 이 사주도 시간의 丁火 편인이 기신이고 병이다. 그러므로 건강이 좋지 않게 되는데 병이되는 시간의 丁火가 뿌리를 얻어 왕해지거나 발동되어 辛金을 극하는 때에 위험하게 된다.

庚대운은 길하나 午대운에 시간 丁火가 록을 얻어 旺해지고 일지 酉를 극한다. 그러므로 아주 불길하나 운간에 庚金이 있고 세운이 좋아 위험함을 당했으나 겨우 넘어갔다.

己巳대운은 辛金을 생해주고 대운지 巳는 巳酉로 합을 맺어 金旺해지므로 좋은 시절이었다.

戊대운은 辛金 용신을 생해주나 세운이 좋지못해 되는 일없이 지냈다.

辰대운은 일지 酉金을 생하여 좋다할 것이나 卯酉충 있는데 합을 만나므로 卯酉冲이 발동되어 흉하다. 그런중에 辛金의 기신인 丁火가 발동되는 丁巳년을 만나 辛金이 극되므로 크게 흉했다.

丁火극 辛金이라 폐 기관지 대장계통의 질환이던지 교통사고로 인해 종명(終命)할 수 있으나 세운지 巳가 巳酉丑으로 金局을 이뤄 생명은 건졌다.

戊午년(30세) 역시 丁火가 세운지 午에 록을 얻었고 화로 역할하는 戊土까지 얻어 기세를 떨친다. 그런데다가 丑未冲에 午未로 합하여 丑未冲이 발동되게 하므로 월간 辛金이 뿌리를 잃어 위험속에 지내게 되었다.

己未년(31살) 역시 土운이나 辛金의 뿌리인 丑을 충하여 불길하다. 辛酉년(33살)에 辛金이 힘을 얻었으므로 생기 찾는듯했다. 그러나 대운이 丁火되어 火金이 상쟁하다 끝내 辛金이 지게 되므로 종명(終命)하고 말았다.

예15)

<pre>
                    46 36 26 16 6
 甲 庚 壬 丙   남   丁 丙 乙 甲 癸   대운
 申 午 辰 子   酉 申 未 午 巳
</pre>

庚日 辰月에 태어나 辰中戊에 생을 받으나 천간지지에 극설(剋泄)많아 신약으로 변했다. 따라서 일주 庚을 돕는 월지 辰中戊土로 용신해야 할 것 같다. 그러나 월주 壬辰과 일주 庚午는 3급 소용돌이되고 월지 辰은 申子辰으로 삼합수국하려 하므로 믿을 수 있는 것이 못되고 시지 申金만이 온전하므로 믿을 수 있다.

따라서 비견 부신(扶身)격으로 변했다. 이리되면 일지 午火가 기신이므로 처의 품성이 좋지 못하게 된다.

시간 甲木 편재가 부친성이고 午中己土가 甲己合하므로 모친성이다. 년간의 丙火는 일지 午中에서 투출되었으므로 모친의 표출신이고 처궁이므로 처의 표출신이다.

甲木 편재(부친)는 申金 절지(絶地)에 앉아있고 일지 午에 사지(死地)되어 부친 객사할 운명이다. 그러나 甲木은 월간 壬水에 생을받고 월지 辰에 뿌리있어 그런데로 그 명을 부지할 수 있다.

그러나 申中庚金이 발동하여 투출되는 운과 월주 壬辰을 충거시키게 되는운을 만나면 甲木 부친은 흉액을 만나게 된다.

癸대운은 甲木이 생을 얻어 무난했으나 巳대운들어 시지 申역마를 형하므로 형출된 庚金이 甲木을 충극하게 되어 부친에게 사고가 생기게 된다. 이런 운중에 丙戌년(11세)을 만나 월주 壬辰을 천지충하여 甲木의 뿌리를 없애게 되어 그 부친이 노상객

사하게 되었다. 甲午대운은 돈에 고통 받는 운이었고 모친 재가
했다.

乙未대운은 일주 庚午와 천간지합되어 결혼이 성립된다. 그러
나 대운간 乙木은 월지 辰에서 투출된 투출신이므로 월지 辰이
발동되어 辰子로 반합 암합되어 있는 것이 풀리게 되고 이에 따
라 子午冲이 발동된다. 이렇게 子午冲되면 충출된 午中己土는
시간 甲木이 합거해가므로 모친이 사라지는데 癸卯년(28세)만나
癸水는 년간 丙火(모친의 표출신)를 극하게 되고 대운간 乙木은
득록하여 己土 모친을 극하므로 모친 사망했다.

시간 甲木이 己土를 합거시키므로 죽은 부친이 모친을 데려갔
다고 할 수 있다. 未대운에 일지 午와 합하여 丁未년(32살)에 결
혼했다. 이 사주의 처는 월지 辰中乙木인데 일간 庚金과도 명암
합하지만 시지 申역마중의 庚金과도 암합하고 있다. 즉 辰中乙
木(妻)에서 보면 일간 庚은 나타나있는 남편이며 申中庚金은 숨
어있는 남자가 된다. 합중에서는 삼합의 힘이 가장 강하다.

그런데 이 사주는 辰이 년지 子와 합하고 시지 申과 합하여
완전한 삼합을 이루려하나 일지 午가 가로막고 있다. 즉 완전한
삼합을 못 이루고 있으나 일지 午가 합 충에 의해 없어지는 때
에 삼합이 이뤄지고 그에 따라 申辰간의 암합도 이뤄졌다.

따라서 丁未년은 일간의 입장에선 午未합되어 결혼(合事)이
이뤄졌으나 월지 辰中乙木의 입장에선 시지 申과 암합하는 방
해물이 없어지는 때이다.

이런 사주 탓인지 이 사람은 결혼후 몇 달 안되어 그 처가 밀
부(密夫)따라 달아나고 말았다. 丙대운까지 고생하게 되고 申대
운에 庚金일간이 득록하므로 좋아지게 된다.

예16)

$$38\ 28\ 18\ \ 8$$

丙 壬 乙 戊　여　辛 壬 癸 甲　대운
午 戌 卯 寅　　　亥 子 丑 寅

　壬水가 지극히 신약하다. 이리되면 아무리 양간이라도 종할 수밖에 없다. 木旺節인데다 乙木이 투간 되었으므로 종아격이 될듯하다. 그러나 월지 卯는 일지 戌과 卯戌合火하고 있으며 지지엔 寅午戌 火局이 있고 丙火가 시간에 투출되어 있어 종재격이 된다. 이 사주의 주인공은 子대운 甲寅년에 남자자식이 뇌성마비에 걸려 가슴에 대못이 박히게 되었다.

　일간 壬水를 주체로 하면 寅卯木이 자식성이고 子대운은 寅卯木을 생하는 운이다. 그리고 甲寅년 역시 木旺해지는 운이라 자식에게 그런 흉사가 닥칠 이유가 없다. 다만 종재격 사주이므로 이에 역하는 子대운은 흉하다고 말할 수는 있다.

　그렇지만 甲寅년은 종재격 사주에 좋은 운이 분명하다. 이런데도 어떻게 그런 흉한일이 생겨날까? 그러나 완전히 종하게 되면 일간의 특성을 버리고 종신(從로 하여 그 육神)을 일간(주체)으로 보게 되는데 이렇게 하면 그런 문제는 쉽게 풀린다.

　따라서 시간 丙火를 일간대행으로 하여 그 육친을 보면 일간 壬水는 남편성이 되고 월간 乙木은 모친성 및 부친성이며 년간 戊土는 자식성이 된다.

　그런데 이 사주는 寅卯 乙木이 년간 戊土를 심하게 극하고 있는중 卯戌合火와 寅午戌 火局이 그 木土간의 싸움을 해소하고 있다.

　그러므로 火가 상처받고 卯戌合이 깨어지게 되면 木剋土의 전쟁이 시작된다.

따라서 子대운은 火局의 중심세력인 午火를 충하여 火局을 깨고 월지 卯를 형하여 卯戌合을 깬다. 이리되면 木剋土되어 자식이 상하는데다 甲寅년이와 년간 戊土를 충극하게 되어 그 자식이 뇌성마비가 된 것이다. 천간은 머리 부분인데 甲木이 그 머리인 戊土를 충극하므로 머리 쪽이 상하게 되는 뇌성마비가 오게 된 것으로 보인다.

예17)

```
                    48 38 28 18  8
乙 己 乙 乙    여    庚 己 戊 丁 丙    대운
亥 卯 酉 未          寅 丑 子 亥 戌
```

己土일간 酉月生으로 월지 상관격이나 년월시간에 세 개의 乙木 편관 투출되었고 지지에 亥卯未 삼합목국 있으며 극신약하다.

그러므로 월지 酉를 버리고 왕신인 木에 종하게 된다.

이리되면 월지 酉金은 병이되고 기신이 된다. 그런데 음간인 己土가 木에 종했으므로 木을 주체인 일간으로 보므로 다음과 같이 육친성이 변한다.

즉 식신(자식)이었던 酉金은 관성(官星)이 되고 년지 未中丁火는 자식성이다. 그런데 자식궁인 未中에 있던 乙木이 년월간에 세 개나 투출되어 있으므로 세 명의 딸자식 두게 된다.

시지 亥水는 인수가 되며 이것이 木을 도우므로 늦게까지 모친덕있다. 하지만 酉金 남편은 기신이고 병이다.

그러므로 남편의 덕은 고사하고 남편 때문에 큰 고통을 당하게 되며 결국은 亥卯未 木局에 충거되어 그 남편은 사라지게 된다.

酉金 남편에게서 보면 木은 재성(財星)이 되므로 돈 때문에 남편이 튕겨나간다.

일간 己土는 부친성이고 내가 뿌리내릴 수 있는 땅이다. 그런데 왕목의 극을 받고 있다. 따라서 부친은 간병(肝病)으로 고생하다가 사망하게 되며 나는 한 뼘의 땅(己土 편재)을 놓고 서로 차지하려 아웅다웅하며 살게 되니 재물복이 약하다.

丙戌 丁대운은 火이므로 군비쟁재를 해소할 수 있다. 그러므로 좋은 세월이었다.

亥대운은 金木간의 싸움을 해소하므로 결혼 운이고 무난하다.

戊대운은 많은 乙木이 난데없이 들어온 戊土를 보고 己土일간을 극하는 힘이 분산되어 무난하다. 이럴 때엔 뜻밖의 재물도 생긴다. 子대운 역시 金木사이의 싸움이 해소되므로 무난하나 일지 卯를 형하여 자궁수술 및 유산 낙태 등의 일이 생겼다.

己대운은 일간 己土가 발동되어 많은 乙木의 쟁탈전이 벌어진다. 이때엔 여러 사람들이 '내돈 내놔라'며 아귀처럼 달려들게 되는데 원명의 卯酉沖이 발동되는 癸酉년을 만났다. 그리하여 월지 酉金은 왕목에 충거되어 튕겨져 나가게 되니 남편이 부도낸 후 빚쟁이를 피해 외국으로 도망가게 되었다.

丑대운은 년지 未를 충하여 木局을 파하므로 완전치 못한 삶을 살게되고 庚대운엔 도망갔던 남편이 같이 살자며 찾아오게 된다.

예18)

```
                            47 37 27 17  7
庚 乙 癸 癸    남    戊 己 庚 辛 壬    대운
辰 酉 亥 巳          午 未 申 酉 戌
```

乙木일주 亥月生으로 천간에 두 개의 癸水있고 지지엔 辰酉있어 水多하다. 월지를 중심으로 하는 격국으로 보면 편인격이다.

그러나 이 사주는 묘하게 변하고 있는데 乙酉일주가 시주 庚辰을 만나 천간지합하여 金으로 변했다. 이리되면 무푸레 나무 같은 乙木이 庚金을 만나 부목(浮木)이 되지 않고 하나의 연장을 이루는 손잡이 역할을 하는 金에 속하는 나무가된다.

따라서 乙木일주로서의 육친관계와 乙庚合金으로서의 육친관계가 성립된다. 乙木의 정재(妻)는 년지 巳中戊土이다.

그러나 왕한 亥水의 충을 받아 巳中戊土와 丙火는 상하여 쓸모없이 되었고 巳中庚金만이 시간에 투출하여 일간과 유정한 합을 맺어 나의 합신이 되었다. 그러므로 시간의 庚金이 나의 처성이다. 그렇지만 乙庚合되기까지의 상황은 이렇다(결혼하기 전까지).

년지 巳역마에 재성인 戊土있어 처는 타향사람이고 타향에서 만났다. 그리고 巳中丙火가 亥의 충을 받아 깨어졌으므로 처는 공부가 부족한 여성이며 처의 모친(丙)은 쓸모없는 사람이다.

또 巳中戊土는 월지 亥水의 충을 받아 甲木에 의해 극되므로 처는 길거리(亥역마) 건달(亥中甲木)에게 상처받은 사람이다.

그러나 이 巳中에서 庚金이 시간에 투출되어 나의 합신인 처성이 되었으므로 결혼 후 나는 처를 따르는 공처가?가 되었다.

월지 亥中甲木은 나의 형님인데 巳亥충으로 甲木이 巳中庚에 깨어지므로 형님한분 객사했다. 시주 庚辰은 처를 나타내는데 괴강성이라 그 처의 성격대단하다.

년월간 癸水는 자식(庚金妻가 生癸水)이므로 두 아들 두었다.

년간 癸水는 천을귀인인 巳에 앉아 명암합하므로 첫아들은 여자복과 재복있으며 남 돕는 일하게 된다. 월간 癸水는 월지 亥

(宰旺地)에 앉아 있으므로 둘째아들은 내성적으로 보이나 아주 강하며 시지 辰과 귀문살 구성하여 예민하고 정서불안증있다.

　일주 乙木이 庚과 합금되어 평생직장생활이며 년월 癸水가 乙庚金의 상관성이므로 기술직이다. 일간(乙) 합신 나타나는 庚대운에 결혼했다. 제습해주는 남방운인 己未대운부터 생활안정 되었다.

　戊대운은 정재운이고 처궁인 년지 巳 시지 辰에서 투출되었으므로 처가 고개를 내밀고 일거리를 찾는 운이다. 그런데 사주원국에 두 개의 癸水가 있어 처(戊)의 재성이 되므로 처에겐 두 군데의 돈벌이처가 생긴다. 그리고 년지 巳는 처가(妻家)인데 여기서 대운간 戊土가 나타난 격이 되었으므로 처가에 대한일이 생긴다.

　즉 戊土는 庚金처의 부모이므로 장인 및 장모에 대한 문제가 발생되고 이것이 년월간의 癸와 합하여 사라지므로 처부모가 세상 뜨는 일이 생긴다. 이런 때에 癸未년 만나 또 한번 대운간 戊土와 합되므로 장인이 사망했다.

　午대운은 火되어 조후되므로 길할 것이고 丁火대운은 乙庚合金에 관성운 되는데 癸水와 丁癸충되어 퇴직할 것이다.

예19) 어디로 갈까?

```
                          45 35 25 15  5
 乙 癸 辛 戊    여    丙 丁 戊 己 庚    대운
 卯 卯 酉 戌          辰 巳 午 未 申
    도화 도화
```

　癸水일주 酉月생이나 木多하고 戊戌土까지 있어 신약이다. 따라서 월간 辛金 편인으로 일주를 도우는 용신으로 한다. 이것은

월지를 격(格)으로 잡아 그 희용신을 찾아내는 이 세상 대부분의 역자(易者)들이 말하는 해석일 것이다. 그러나 이 해석은 근본적으로 잘못된 것인데 생극에만 치우쳤고 일주와의 유정무정을 살피지 못했기 때문이다.

그렇다면 첫째 이 사주의 辛酉편인이 일간 癸水를 생할수 있느냐 없느냐 하는것부터 살펴보자 酉月은 바깥을 굳고 강하게 하여 내부의 생명력을 지켜 나가려는 때이다. 따라서 酉에 앉아 일체가 된 辛金의 성질역시 거죽은 차고 강하며 좀체로 내부의 힘을 밖으로 내보이지 않으려한다.

그런데다가 일지 卯와 酉는 卯酉冲으로 무정한 관계가 되어있어 辛酉金은 더욱 몸을 사리며 움추리게 된다. 따라서 辛酉金은 일간 癸水를 생할 마음이 전연 없게 되고 이렇게 되면 약해빠진 癸水로서는 왕한 세력에 따를 수밖에 없으므로 결국은 제일 강한 乙卯木에 따르게 된다. 즉 생해주지도 않는 辛酉金을 버리고 식신인 乙卯木에 따른다는 말이다.

그런데 이 사주는 癸卯일주가 년주 戊戌과 천간지합을 하고 있으며 동순(同旬)이고 상순(相順)관계를 맺고 있으므로 버릴 수 없는 유정한 관계를 이루고 있다. 이것은 乙卯 식신을 따라야 하지만 년주 戊戌과의 관계도 끊지 못하는 형태가 되어 결국 합을 따르기로 했다. 따라서 戊癸合化火가 주체가 되었다.

그러므로 월주 辛酉는 주체인 火의 재성이므로 부친성이고 乙卯木은 火를 생하는 인수이므로 모친성이 된다. 그러므로 이 사람의 부친은 쓸모없는 무능력한 사람이며 모친인 乙木은 바람기 많은 사람이다(乙이 卯도화에 坐).

그리고 卯酉冲은 치고박고 싸우면서도 암합(乙庚)하는 사이며 辛酉金 2개에 乙 卯 卯로 3개의 乙木이 있으므로 부친하나에 모친 두 명이 된다. 그러나 부모사이는 근본적으로 金木으로 상쟁하므로 모친성인 乙卯木은 부친 곁을 떠나게 된다. 두 사람의 모친 모두 부친 곁을 떠나게 된다. 더욱이 乙木 모친은 원칙적으론 식신성인데다 지지에 도화를 띠고 있어 놀기 좋아하며 바람기 많은 여성이다.

火가 형제이므로 년지 戌中丁火 있고 천간에 戊癸合火와 지지에 卯戌合이 있어 전모(前母) 소생의 오빠 한명과 후모이고 친모에게서 나와 아우가 태어났다. 여기까지 하고 이젠 일주 癸水를 주체로하여 이 여성의 특징을 살펴보자.

일간 癸水는 卯木 도화식신에 앉아 있는데 卯中乙木이 시간에 투출되어 있다. 일지의 식신은 아랫도리가 되는데 여기에 도화살이 있고 이것의 본기(本氣)인 乙木이 천간에 나타남은 그 아랫도리를 밖으로 내놓는다는 뜻이다.

따라서 정조관념이 없으며 홀딱벗고 아랫도리 내놓는 일도 마다 않게 된다. 그런데다가 乙木 식신은 내가 가는 길이며 행동이다.

그러므로 이 여성은 홀딱벗고 나체쇼하는 유흥가로 진출하게 되었다. 편관운이고 일지 卯와 卯未로 합하는 15세로 시작되는 己未대운 부터였다. 더욱이 戊戌년주와 일주 癸卯사이에 戊癸卯戌로 도화합을 맺었기에 일찍부터 그런 길에 빠졌던 것이다.

다시 戊癸合火를 주체인 일간으로 하여 살펴보면 다음과 같다.

5세부터의 庚申대운은 원칙적으론 인수운으로 학업에 임하는 때이나 戊癸合火에서 보면 밖에 나가 돈벌이할 운이다.(火에서 庚은 재성) 그러므로 초등학교를 겨우 마치고 나서부터 공장에 다니며 돈벌이하게 되었다.

그리고 庚申(대운)은 시간인 乙木(모친)에서 보면 乙庚으로 합하는 진짜남자가 찾아와 합정하는 운이다. 그러므로 庚대운 丙午년(8세)에 그 모친이 외간남자와 합정한후 가출하고 말았다. 대운지 申은 역마고 丙午년의 丙火는 乙木(모친)의 상관이며 세운지 午는 乙木의 홍염지이기 때문에 바람나 남편등지고 달아난 것이다.

또 丙午년은 사주원국의 辛酉월주와 합을맺어 辛金이 제역할 못하게하는 운되어 乙木을 극제하지 못했기 때문이다.

15세부터의 己未대운은 癸水 일간으로 보면 편관(남자)운이고 戊癸合火에서 보면 식신상관운이다. 그리고 己未대운은 일지 시지의 식신도화인 卯와 卯未로 합을 맺는 운이다. 그러므로 15세부터 남자와 붙어 다니며 가출을 일삼다가 결국 유흥가로 빠지게 되었다. 이 여성은 필자가 무술관(武術舘)을 경영할 때 입관하여 수년간 배웠던 사람인데다 이웃에 살아 그 삶의 내막을 자세히 알고있다. 따라서 신왕신약의 억부법과 무조건 金은 水를 생해준다는 논리로 보면 庚申대운에 그러한 일들이 발생될수 없는 것이다.

이런격을 일러 가화격(假化格) 또는 가종격이라 하는데 이리되면 가면을 쓰고 살아간다는 것이고 육친의 결함은 반드시 있게 된다고 고서(古書)에 기재되어 있다. 그리고 이런격은 진짜와 가짜의 두 가지 성질이 내포되어 있다.

만일 癸卯일주가 아니고 癸丑 또는 癸亥 癸巳일주라면 월주 辛酉가 일간 癸水를 생할 수 있다. 그리고 이런 가화(假化) 가종(假從)격의 육친 관계등은 일주와 일주 노릇하는 화신(化神) 및 종신(從神)을 설명처럼 해석하여야함을 밝혀둔다.

예20)

					59	49	39	29	19	9	
丙	癸	乙	戊	여	己	庚	辛	壬	癸	甲	대운
辰	未	丑	午		未	申	酉	戌	亥	子	

癸일주가 丑月에 태어났고 시지 辰에 통근했다. 하지만 사주엔 火土의 기운이 아주 많아 신약하다. 따라서 약한 일주를 돕는 金水운이 좋고 火土운은 불길할 것으로 판단한다.

그러나 이 사주 역시 앞의 사주와 유사한 구조이다. 즉 월지 丑은 일지 未에 의해 沖당했고 일주 癸未와 년주 戊午가 천간지합하여 火의 기운으로 돌아가고 있다. 따라서 이 사주역시 월지를 버리고 가화격으로 봐야 되니 木火土운은 좋고 金水는 불길하다.

특히 충거되어 버린 丑中辛金이 나타나는 운과 戊癸合 午未合을 깨는 운이 오면 큰 혼란과 불행이 오게 된다.

육친관계는 水가 남편성이고 土가 자식이며 金이 부친및 재물이며 木은 모친이다. 초년 甲子대운은 년주 戊午를 천지충하여 戊癸 午未의 합을 깬다. 그러나 대운지 子가 월지 丑과 합하여 午未合을 성립되게 하고있다. 따라서 이 대운에 부친죽고 곤고하게 지냈으나 子(대운지)가 도화살이고 午未合을 이루어 연애했다.

癸대운에 년지 戊土정관과 합을 맺어 丙子년(19세)에 결혼했다.

戊대운에 월일지와 丑戌未 三刑을 이루었고 辰戌丑未 四沖이 되어 온 땅이 요동하므로 불길한 운인데다가 戊癸 午未의 합까지 깨져 그 남편이 병석에 눕게 되었다.(힘든세월이었다함)

辛酉대운의 辛은 월지 丑中辛金이 투출되어 癸水 일간을 생해주므로 신왕해진 癸水는 합을 하여 종하지 않으려하게 된다. 즉 일간이 강해져 합을 깨게 된다. 따라서 남편과 사별하는 운이다.

이런 운에 년주 戊午와 2급 소용돌이를 만드는 丙申년(39세)을 만나 그 남편이 세상하직하게 되었다. 이후 庚申대운까지 이것저것 장사하며 어렵고 어려운 세월을 보냈다.

이 사주역시 신약용인격 또는 신약부신격으로 보면 庚申 辛酉 金운에 좋아야 할 것이나 사실은 그렇지 않고 혹독한 고생속에 지냈던 것이다.

土가 자식성되어 5남매 두었으나 시지 辰中癸水가 있어 火土에 종하는것을 방해하므로 자식덕도 없을 뿐 아니라 불효자식까지 두어 60세 이후에 쇠잔한 육신을 빈 절간에 의탁하여 지내게 되었다.

남자자식 하나는 자살했고 또 하나는 머리깍고 중이 되었으며 나머지 자식하나는 불효자였다. 그것은 시간 丙火가 가화격에 도움이 되나 丑未로 충출된 辛金이 시간 丙火와 丙辛合水되어 종하는데 거역하므로 결혼 전에는 효성스런 자식이었으나 결혼 (丙辛合)후엔 불효자로 변해진 것이다.

자식궁인 시간의 丙를 남자 자식으로 하여 통변한 것이다.

예21)

```
              52 42 32 22 12  2
戊 癸 辛 丙   남   丁 丙 乙 甲 癸 壬   대운
午 卯 卯 戌        酉 申 未 午 巳 辰
```

癸일주가 卯月에 태어났으나 극신약한데다 시간의 戊와 戊癸合을 지어 戊土에 종하는 사주다. 흔히 癸日戊時 戊日癸時를 만나고 월지에 巳午寅戌 있고 水氣 없으면 戊癸合化 火格으로 본다.

그러나 이 사주는 木旺節인 卯月에 태어나 戊癸合化格은 아니고 종관격인데 木과 土의 사이를 통관시켜주는 시지 午火가 희신이다. 따라서 처덕 있고 좋은 성품의 처와 인연 있다. 그리고 시간의 戊土 관성이 강하여 좋은 자식을 둘 수 있다. 이것은 일

차적 통변이고 이차적 통변은 다음과 같다.

癸水 일간이 본성을 버리고 戊土와 합종(合從)했으므로 戊土가 일간이고 주체다. 따라서 戊土와 합하는 일간 癸水는 처가 되고 월일지 卯木은 자식이 된다. 癸水는 도화 문창이고 천을귀인인 卯木위에 앉아 있으므로 처는 총명영리하며 연애로 결혼했다.

어떤 사람의 책을 보면 '癸卯 일주의 卯가 도화살에 해당되면 이를 나체도화라 하는데 이리되면 옷을 홀랑 벗고 아무데나 그 아랫도리를 내돌린다.'고 되어있다. 그러나 이는 잘못된 것이다. 도화살은 분명 색기(色氣)이고 연애적 감정이 풍부한 것은 사실이다.

그렇지만 사주의 구성에 따라 그 해석이 달라져야 한다. 필자의 경험에 따르면 도화살은 색욕과 연애 및 바람기를 뜻하기도 하지만 화투와 도박을 뜻하고 아름다운 꽃나무를 뜻하기도 한다.

그리고 도화살이 있더라도 그것이 천간에 나타나면 크게 발동되는 것이고 지지에 묶여 있으면 그런 기질은 있지만 함부로 그것을 드러내지 않는다. 그러므로 도화살이 붙은 癸卯일주를 두고 무조건 나체도화 운운하는 것은 단편적인 시각에 따른 것으로 큰 오류이다. 따라서 자기선전용으로 쓰여진 역술서적에 있는 내용을 함부로 믿게 되면 큰 낭패를 당한다.

그리고 卯木이 두 개이므로 두 명의 아들을 두게 되었으며 식신 卯가 천을귀인을 띠고 午火 재성을 생하므로 약초를 취급하는 약사 직업을 갖게 되었다. 壬辰 癸巳대운은 戊土에 역하므로 어려운 세월이었고 甲木대운까지 좋지 못했다(甲 剋 戊).

甲木은 월일지 卯도화가 발동이므로 연애동거했으나 일간 합신인 戊土를 극하여 헤어지고 말았다.

午대운되어 시지 午火 발동이므로 이때 평생을 함께할 좋은

여자만나 결혼성가했다. 좋은 운이라 약국을 열어 많은 돈도 벌
었다.

乙未대운 역시 좋았고 丙대운까지 일로 발전했다.

申대운은 좋지 못하여 큰 발전 없었고 이때 부친상을 당했다.
또 申이 역마되어 업을 이전 변동했다. 丁대운까지 좋았다.

그러나 酉대운들어 火土가 사지(死地)에 들어 좋지 않은데다
가 甲申년 만나 戊土를 극하여 합을 깨므로 심장마비로 갑자기
세상 떠나게 되었다.

예22)
```
戊 癸 己 己    남    甲 乙 丙 丁 戊    대운
午 卯 巳 丑          子 丑 寅 卯 辰
```

癸일주 巳月生으로 크게 신약한데다 戊午시를 만나 戊癸合하
여 화격(化格)이 구성된다. 그러나 월지 巳가 년지 丑과 巳丑으
로 금국을 이루려하므로 배임하려는 巳를 버리고 종살격이 되
었다.

년지 丑이 있어 가종격이다. 따라서 시간 戊土를 주체인 일간
으로 하여 통변해야 한다. 戊土(일간대행)는 양인 午를 타고 앉
아 년월간의 己土를 내려다보고 있다. 이것은 여러명의 아우(己
己)위에서 군림하는 상이 되어 두목의 역할함을 나타낸다.

그러나 가종격되었고 대운이 좋지 못해 거리의 건달로서 여러
명의 아우들을 두고 있는 속칭 큰형님(大兄)이 되었다. 일간 癸
水는 戊土의 처인데 식신문창이고 천을귀인에 해당되는 卯위에
앉아있다. 그리고 년지 丑에서 일간 癸와 년월간의 己土가 투출
되어 있으므로 내처(癸)는 총명하고 예쁘나 이미 여러명의 남자

(己 己)를 거친 여자다. 즉 癸水가 戊己己에 둘러싸여 있으므로 많은 남자 상대하는 여자다.

　종살격에 관성운인 戊辰대운은 좋을것 같다. 그러나 대운간 戊와 癸일주가 쟁합하여 戊癸合을 깨므로 좋지 않다. 일간 癸水 가 우왕좌왕하게 되며 癸水(戊土의 정재성)가 戊辰(대운)과 합 하여 입고되므로 부친 사망했다.

　丁운은 吉하다 할 것이나 지지가 卯木대운되어 土에 역하므로 학업포기하고 거리의 놈팽이가 되었다.

　丙寅대운에 밤거리의 큰형님으로 대접받게 되었는데 寅이 비 록 木이나 寅午로 火局을 지었기 때문이다. 甲子대운에 명이 끝 난다.

　※ 종살격인 이 사주가 나쁘게 풀린 것은 종에 방해되는 년지 丑이 있고 월지 巳가 巳丑으로 金局을 지으려하고 있는것 외에 또 다른 원인이 있다. 즉 기신인 년지 丑中에 있던 己土가 년월 간에 투출되어 기신발로가 되었기 때문이다.

　만일 丁丑년 丁巳月이라면 아무리 대운이 나빠도 전과7범인 밤거리의 사내는 안됐을 것이다.

예23)

```
己 丁 己 乙   남   乙 丙 丁 戊   대운
酉 丑 丑 未        酉 戌 亥 子
```

　丁火일주 丑月生으로 土多하고 酉丑金局까지 있어 크게 신약 하다. 丁火의 뿌리는 년지 未에 있고 여기에 뿌리 둔 년간 乙木 있으므로 丁火 일주를 돕는 乙木으로 용신해야 할 것이다. 그러 나 丁火와 乙木의 뿌리인 未는 월지 丑에 冲되었으므로 용신역할 못한다.

따라서 종아격에서 종재격으로 갈수밖에 없다. 이리되면 酉丑의 金이 체가 되므로 년간의 乙木은 재성으로 변하니 곧 부친성이다. 乙未가 백호살이고 丑未冲으로 뿌리 상했으므로 그 부친이 초년(년주에 있으므로)에 비명 흉사한다. 그리고 식신이었던 己土는 부친의 처성이고 나(酉金)의 모친성이다.

월간 己土가 부친의 첫 여자이며 시간의 己土가 부친의 후처이며 나의 친모다. 종재격되어 金을 따르므로 쇠 만지는 철공계통이 나의 직업이다.

子대운이 월일지 丑과 합하여 원명의 丑未冲이 발동되므로 이때에 부친과 사별했다. 역서에 '양간(陽干)은 세력에 따르지 않고 음간(陰干)은 세력에 따른다'고 되어있다. 이것은 단지 종하느냐 그렇지 않느냐만을 가르키는것이 아니고 일간이 그 역할을 완전히 상실하느냐 안하느냐 하는것도 말하는 것이다.

즉 음일간(陰日干)이 종하게 되면 그 일간으로서의 특성을 상실하고 종신(從神)을 주체인 일간으로 봐야한다. 그러나 양간(陽干)일 때는 그렇지 않은 경우가 있다는 말이다.

예24)

```
                 35 25 15  5
乙 丁 己 乙  남  乙 丙 丁 戊   대운
巳 酉 丑 酉      酉 戌 亥 子
```

丁火일간이 시지 巳에 뿌리 있고 년시간에 乙木 있으나 지지가 巳酉丑 金局을 이루므로 金神에 따를 수밖에 없다. 따라서 金이 주체인 일간이 되고 년간의 乙木은 재성이 되어 부친과 처가 된다.

그리고 己土는 인수성이고 일간 丁火는 자식성이 되며 년지 酉金은 형제성이다. 월간 己土 모친성 있고 년시간에 乙木 재성 있으면서 酉丑 酉丑으로 己丑월주가 두 번의 합을 맺고 있다.

즉 년간 乙木은 모친의 첫 남자이며 년지 酉金은 첫 남자에게서 태어난 나의 씨 다른 형제이다. 년간 乙木이 절지인 년지 酉에 앉아 있으므로 모친의 첫 남자는 자식(년지 酉金)낳고 얼마 안되어 죽었다. 그리고 모친은 년지 酉金자식을 데리고 나의 부친이며 모친의 두 번째 남자인 乙木을 만나 나를 낳게 된 것이다.

丙대운에 결혼했는데 이는 일주 노릇하는 일지 酉中辛金과 합하는 시지 巳中丙火가 투출되었기 때문이다.

乙酉대운은 乙木 재성이 절지인 酉에 앉아 있으며 년주 乙酉와 복음된다. 따라서 이때에 부인(乙木)에게 문제가 생기게 되는데 庚申년(36세)만나 사주 년간의 乙木을 합거하므로 그 부인이 사망하게 되었다.

시간의 乙木은 후처인데 역시 乙대운에 만났다. 후처(시간 乙木)는 총명영리하며 활동력 좋고 나(일지 酉金)를 잘 다루는 여성이다.

시간 乙木이 일간 丁火와 시지 巳火를 생하므로 후처에게서 일남일녀를 두게 되었다. 그러나 전처(년간 乙木)에게서는 자식을 낳지 못했다.

예25)

```
                    41 31 21 11  1
丙 乙 乙 丙   남   庚 己 戊 丁 丙   대운
戌 未 未 午        子 亥 戌 酉 申
```

乙木일주가 未月 염천에 태어나 년시간에 丙火가 투출되어 있으므로 火氣 태왕하며 조열하다. 乙木이 비록 월간에 비견인 乙木 있고 월일지에 뿌리 되는 未土가 있으므로 종하지 않을 것 같다.

그러나 월지 未中乙木은 년지 午와 午未합하여 타버렸고 일지 未中乙木은 시지 戌이 형하여 깨어지고 말았다. 그러므로 火土의 세력에 종할 수밖에 없어 종재격이 되었다. 여기까진 사주학을 어느 정도 배운 사람이면 누구나가 쉽게 할 수 있는 해석이다.

그러나 그 육친관계를 말해보라하면 이럴 것이다. '상관성이 많아 조모 및 장모 두 분 있을 것이고 乙未 백호살있어 형제 흉사하던지 흉액 만나게 된다. 그리고 火旺하여 金관성을 극하므로 자식이 없던지 아니면 자식에 액이 있을 것이다. 또 인성인 水가 없고 재성만 많으므로 모친덕이 없던지 일찍 이별했을 것이다.

그러나 위와 같은 육친해석은 실제와 전연 다르다. 그러면 어떻게 해야 할까? 음간은 세력에 따라 종하게 되면 그 종하는 것을 일간대행으로 하여 육친관계를 살펴야한다. 그런데 이 사주는 종신(從神)인 土가 월일지에 未土가 있고 시지에 戌土가 있다. 이중에 어느것을 일간대행을 해야할까가 문제다.

이 사주는 丙火상관으로 생재(生財)하는 격이다. 그런데다가 未土에는 종재격의 기신인 乙木이 들어 있으므로 순수한 土가 아니다. 그러므로 시지 戌中戊土를 일간 대행으로 해야 한다.

이렇게 하여 그 육친관계를 찾아보면 다음과 같다. 월일지 未中己土는 나와 음양이 다른 음간이므로 여형제이다. 그러므로 두 명의 여형제가 있게 된다. 그리고 월일간의 乙木은 己土위에 앉아 있으며 편관성이 되어있다. 그러므로 乙木은 여형제의 남편이 된다.

그러나 乙木은 바짝 마른 땅에 앉아 그 뿌리인 未土마저 合刑으로 손상되었으므로 己土의 남편노릇하기 어려우며 旺火에 타없어질 운명이다. 따라서 여형제 두 명 모두가 남편운이 좋지 못해 과부 및 준과부로 살아가게 된다.

또 乙木은 일간대행인 戌中戊土의 정관성이므로 자식에 해당된다. 따라서 두 명의 자식을 두었으나 자식노릇하기 힘들며 사별할수도 있는 자식이다. 그리고 戌中戊土(일간대행)의 부친성은 壬水이나 사주에 없다. 이럴 땐 인수에 해당되는 丙火와 합하는 것을 찾아 그것을 부친성으로 보면 된다.

따라서 시지 戌中에 있는 辛金이 부친성이다. 그런데 사주전체가 火旺한데다 土가 있다하나 모두 조토(燥土)뿐이라 戌未로 형출된 辛金이 오래 살기 힘들게 되어있다. 뿐 아니라 태어나서 20세까지를 주관하는 년주에 辛金의 기신인 丙午火가 눈을 부릅뜨고 노리고 있다. 그러므로 이 사람은 20세전에 부친과 사별하게 된다(酉대운초 16세에 부친 사망했다함).

그리고 재성인 水가 없으므로 일간대행인 戌中辛金과 명암합하고 있는 시간의 丙火가 처(妻)성이다. 처성과 모친성이 동일하므로 처는 모친처럼 나를 보살펴주며 고부간의 불화도 없을 뿐 아니라 비슷한 성격이 있으며 그 운명 또한 비슷한 경로를 밟게 된다.

戊戌대운은 평길했고 己대운까지 무난했다. 그러다가 亥대운에 접어들자 죽어있던 乙木이 亥未 합국으로 살아났고 水火간에 전투가 벌어지게되어 사업실패하게 되었고 끝내 경제사범으로 구속까지 되었다. 甲申년(39살)에 구속수감 되었는데 이는 원명에 戌未刑殺이 있는데다가 종재격에 甲木겁재가 기신이 된 탓이며 대운지 亥中에서 甲木이 투출되었기 때문이다. 즉 기신운인 亥中에 있던 甲木이 투출되는 때에 그런 나쁜 일이 발생된

것이다.

庚대운은 土를 돕지는 않으나 기신인 월간 乙木을 합해주므로 나쁘지 않다. 다만 년시간의 丙火가 庚金을 극하므로 乙庚合하는 힘이 떨어진다. 그리고 乙木은 매부(妹夫)인데 庚이 乙을 합거하려하므로 여동생이 이혼하려한다. 그러나 강한 丙火가 庚을 충극하므로 쉽게는 안 된다.

이 사주는 년주 丙午와 월일주 乙未사이에 1급 소용돌이를 구성하고 있다. 이것을 乙木 일간의 입장에서 보면 형제 및 친구(월간 乙木)와 한 몸이 되어(乙未 乙未로 同一) 활동하고 노력(丙火 상관)하나 결국은 도로아미타불이 됨을 나타낸다.

그리고 년주 丙午는 비견인 乙木의 자식인데 이것이 나(乙未 일주)와도 午未로 합한다. 그러므로 여형제(월간 乙木)의 자식이 내게로와 동거하게 됨을 나타낸다. 종재격 사주엔 비견겁재가 기신이므로 동업은 불가하고 같이 살아도 좋지 못하다.

예26)

```
              38 28 18  8
甲 乙 乙 丙   여   辛 壬 癸 甲   대운
申 未 未 午        卯 辰 巳 午
```

乙木 未月生으로 시지 申中壬水를 절실히 필요로 한다. 그리고 시간의 甲木이 희신이고 火土가 병이다. 년간 丙午 상관은 월주 乙木의 자식인데 이것이 일주와도 합하고 있다. 즉 남이 낳은 자식이 나에게로 오게 된다.

시지 申中庚金 정관이 나의 남편성인데 甲木 겁재 아래에 있다. 따라서 상처남 및 유부남의 후실(後室) 팔자로 남자의 전처가 낳은 자식을 내가 키워야 된다. 甲午대운 반길반흉이고 癸대운은 吉하다. 辛卯대운에 도화살 되고 관성이 나타났다. 연애운이고 결혼운이다.

甲申년(39세)에 시주 甲申이 발동되므로 상처남 및 이혼남이 나타났다. 아들 2명에 딸 1명 있는 남자다.

예27)

```
                39 29 19  9
丙 癸 乙 壬  남   己 戊 丁 丙   대운
辰 巳 巳 戌       酉 申 未 午
활인성
```

癸일주 巳月에 태어났고 시지 辰에 뿌리 있고 년간 壬水 있으나 丙火의 세력을 감당 못해 종재(從財)할 수밖에 없다. 특히 음간(陰干)은 세력에 따라 종하는 성질이 강하기 때문에 조그만 뿌리가 있어도 그것을 버리고 종하게 된다.

이렇게 일간인 자신의 성질을 버리고 왕한 세력에 따르게 되면 그 육친관계도 마땅히 종신(從神)을 일간삼아 보아야 당연할 것이다. 그렇지만 이때까지의 역서엔 이에 대한 일언반구도 없고 종격에 순응하므로 좋았고 거역되므로 나빴다는 식으로 적당히 처리하고 있는 실정이다.

그러므로 정확한 육친관계와 그에 따른 사상변화는 설명할 수가 없었다. 그러나 종신(從神)을 일간인 주체로 하여 살피면 그 육친관계에 대한 것을 자세히 알 수 있다.

위 사주는 丙火 정재를 따랐으므로 丙火를 일간으로 봐야하지만 火는 土를 생했고 기신인 년간 壬水를 제거하는 것이 시급하므로 土를 용신으로 하며 주체로 해야 한다. 따라서 그 육친관계는 이렇다.

일간 癸水는 부친성으로 변하므로 壬水는 부친의 형님이 된다.

그리고 일간 癸水 재성은 나의 처(妻)고 년간 壬水는 첫 번째 여자다. 따라 일찍 백부 흉사(壬戌 백호)했고 나의 첫 여자 역시 사별할 것이다. 시간 丙火는 모친인데 부친인 癸水가 모친이 앉아있는 辰에 입고하므로 부친은 모친에 꼼짝 못하는 사람으로 내성적 성격이다. 그러나 음간인 癸水는 巳月의 더위를 식혀주는 역할을 하므로 남에게 좋은 일 많이 하며 남들에게 환영받는 사람이다.

년지 戌中戊土는 본인이고 시지 辰中戊土는 나와 같은 형제이다. 辰土형제는 활인성(活人星)되어 의료계통에 종사하게 되며 그 위에 모친인 丙火가 있으므로 모친은 형제인 辰土를 더 좋아하며 부친(癸)역시 형제인 辰土에 꼼짝 못하고 양보하게 된다.

나(戊)는 년지에 있고 월일시의 巳火가 戊에 입고하면서 귀문관살을 이룬다. 그러므로 나는 한구석에 홀로앉아 정서불안 및 신경예민증 등의 증세를 지니고 있게 된다. 나(戊)의 식신상관인 庚辛金이 지지에 숨어있어 나타나지 않았으므로 표현력이 약하며 말수가 적다. 丙午 丁未대운은 火土에 순응하므로 무난하다.

그러나 申대운되어 巳申형합되고 申辰으로 水局을 형성하려 하므로 크게 불길할 것이다. 따라서 戊대운에 결혼하고 申대운에 부부이별 할 것인데 그 처가 교통사고 및 노상(路上)사고 당하여 사망할 것이다.

예28)

$$36 \ 26 \ 16 \ \ 6$$

甲 己 壬 壬　여　戊 己 庚 辛　대운
子 卯 寅 子　　　戌 亥 子 丑

　己土 일간이 寅月에 태어나 천간지지에 水木만이 가득하다.
입춘후 14일생이라 寅中戊土가 사령하나 음간이라 왕한 세력에
종할 수밖에 없는 사주다. 따라서 초심자들은 다음과 같이 말하
게 된다. '종관격이 되므로 년월간의 壬水는 희신이고 寅中戊土
는 기신이며 水木운이 좋고 土金운은 나쁘다.'

　그러나 이렇게 단순하게 보게 되면 안 된다. 이 사주를 먼저
물상적으로 보면 寅月 초봄의 나무가 좁은 땅(己土)에 뿌리내리
려 하고 있으나 차디찬 많은 눈비(壬)를 맞아 성장이 어렵다.

　즉 寅月의 木이 잘 자랄려면 따뜻하게 해주는 丙火가 있어야하
고 뿌리를 박을 수 있는 땅이 있어야 한다. 따라서 이 사주의 기
신은 년시지 子에 뿌리 둔 년월간의 壬水이며 이 때문에 일간 己
土 역시 피해를 입게되니 水旺하면 土는 씻겨 나가기 때문이다.

　따라서 이 사주는 돈(壬)이 원수다. 그러므로 寅中丙火는 희신
이며 寅中戊土는 약신이 된다. 그리고 己土 일간이 시간 甲木과
합하여 종하므로 甲木을 일간으로 보게 된다. 따라서 일간 己土
는 남편이 되며 木은 자식이 된다. 그리고 寅中丙火는 남편의
모친이고 戊土는 남편의 형제이며 壬水는 남편의 부친이 된다.

　그런데 남편의 모친성(丙)은 하나이지만 남편의 부친성은 두
개(壬 壬)이다. 그러므로 시모(媤母)는 재혼한 사람이며 나를 따
뜻하게 해주는 희신역할을 하게 된다. 즉 시모덕은 있다.

　그리고 寅中戊土(남편의 형제 및 친구) 역시 미약하지만 남편

과 나를 돕는 역할을 한다. 따라서 시형제 덕이 있다. 甲木인 나의 입장에서 보면 남편인 己土는 차디찬 물에 뒤덮인 땅이되어 내가 튼튼하게 뿌리내릴 수 있는 옥토가 못된다. 그러므로 그런 남편만나 그것도 내복이다 하며 불평없이 살아간다. 즉 甲이 己土와 합했고 丙火가 투출치 못해 말이 없고 불평을 나타내지 않는다.(甲木에서 丙火는 식신이다.)

己土 남편의 입장에서 보면 년월간의 壬水는 돈이되어 나(己)를 침범해 갉아먹고 있다(己土를 壬水가 씻겨낸다). 그리고 처인 甲木은 壬水의 기운을 받아들여 壬水의 세력을 약화시키고 己土를 목근(木根)으로 싸안아 보호하려 하고 있다. 따라서 말없이 나를 지켜주는 좋은 마누라다.

이젠 寅中丙火와 戊土의 입장에서 보면 미약한 힘으로나마 己土 남편을 도우고 있으나 결국은 壬水와 왕한 木의 세력에 상하게 된다. 그러므로 남편(己土)은 본의 아니게 모친과 형제들에게 피해를 입히게 된다.

子대운은 도화살되어 연애하는 운이고 己土대운은 甲木에서 보면 배우자인 합신(己甲)이 나타나므로 결혼하는 운이다.

亥대운은 월지 寅中丙火와 戊土가 절(絶)을 만나는데다가 월지와 寅亥합하여 寅中丙火와 戊土를 상하게 한다. 따라서 亥대운은 남편(己)이 사업(亥水財)하다가 시모(丙)와 시형제 및 남편의 친구들에게 피해 입히게 되는 현상으로 나타난다. 이런 운에는 亥中甲木이 투출되는 세운이오면 己土 남편이 돈(亥水)으로 인한 관재구설(甲木관성)을 입게 되는데 결국 甲申년에 부도내고 형옥수를 당하게 되었다.

이 사주의 예처럼 종관격이라 해서 무조건 재운이 좋다로 해석하면 큰 오류를 범하게 되니 반드시 사주의 물상적인 상태를 곁들어 살펴야 한다.

예29)

               41 31 21 11 1

壬 癸 丁 己　　남　　壬 癸 甲 乙 丙　　대운
戌 卯 卯 卯　　　　　戌 亥 子 丑 寅

癸일간이 卯月에 태어나 연월일시지 그 어디에도 뿌리 없다. 시간 壬水있다하나 역시 뿌리없어 종할 수밖에 없다. 연월일지에 卯木이 旺하므로 종아격이 될듯하다. 그러나 왕한 木이지만 천간 불투되었고 卯木은 월간 丁火를 생하면서 시지 戌과 卯戌로 합화(合火)되었다. 그리고 유일하게 뿌리 있는 월간 丁火 역시 시간 壬水와 丁壬합하고 지지로 卯戌 합하여 모든 기운이 오로지 시지 戌로 모이므로 종살격이 구성된다.

참으로 희귀한 구조로 대부분의 역인(易人)들은 종아격으로 보게 되는 사주다. 음간인 癸水 일주가 戌土에 종하므로 土를 주체인 일간으로 하여 그 육친관계를 추리해야 한다. 따라서 월간 丁火는 모친성이고 시간 壬水는 부친성이며 년간 己土는 형제가 된다.

그리고 일간과 시간의 壬癸水는 처성(妻星)이며 卯木은 자식성이 된다. 이렇게 보면 丁火모친은 시간 부친과 합하여 戌에 입고되는데다가 壬戌이 백호살되므로 부모님은 모두 흉사(凶死)하게 된다. 그리고 년간의 己土 역시 많은 木에 극되므로 형제 또한 일찍 사별하게 된다.

또 처가되는 壬水 역시 백호살되고 일간 癸水는 설기심한데다 卯戌로 합하여 火가되어 壬戌백호살의 戌에 입고되므로 첫 여자 둘째여자 모두 흉사하게 된다.

丙寅대운은 유복하게 지냈다하는데 대운 丙火가 土를 생하는 운이었고 대운지 寅 역시 寅戌로 화기(火氣)를 엮어냈기 때문이다.

乙대운은 종하는 土에 역하므로 크게 흉한데 이때에 6.25사변을 만나 부모형제 모두가 흉사했다한다. 다행히 대운 丑의 본기가 土인데다 戌中戊土의 천을귀인이 되어 본인은 귀인을 만나 위급함을 면했고 자식없는 집의 양자로 가게 되었다.

甲대운은 불길할것 같으나 년간 己土와 甲己合 하는데다가 월간 丁火를 생하여 무난했다.

子대운은 도화운이고 일간대행인 戌中戊土와 암합하여 결혼했다. 그러나 연월일지의 卯와 子卯형이 구성되어 卯戌合을 깨므로 불길하다. 따라서 乙巳년(27세)에 결혼했으나 子와 癸운의 교차기인 己酉년(31살)에 사별했다.

세운간 己土는 일간 癸水(처)를 충극하고 세운지 酉는 卯를 충하여 卯戌합을 깨어서이다. 癸대운은 처가 또다시 나타나는 운이라 庚戌년(32살)에 재혼했다. 그러나 壬子년(34살)에 아이 하나낳고 사별했다. 그 후 甲寅년에 또다시 결혼했지만 그 처가 항상 병석에 누워있어 언제 죽을지? 불안한 심정으로 나날을 보내고 있다한다.

※ 卯木이 식신성되고 戌과 합을 맺게되면 약초를 취급하거나 약사직업을 갖게 됨이 많다.

예30)

```
                  22 12  2
壬 壬 己 戊    남    壬 辛 庚    대운
寅 午 未 寅          戌 酉 申
```

壬일주 未月生으로 시간에 壬水 비견 있으나 지지 그 어디에도 뿌리 없다. 그러므로 양간(陽干)이라도 왕한 관성에 종할 수밖에 없다. 이리되면 土를 극하는 木이 제일 기신이고 다음으로 金水운이 좋지 못하게 된다. 물론 火土운은 좋다.

이 사주엔 모친을 뜻하는 金인수가 없다. 이리되면 부친성을 찾아 그것과 합하는 것을 모친성으로 하면 된다. 양간이므로 편재가 부친성이다. 그런데 년지 寅과 시지 寅中에 丙火 부친성이 있고 일지 午中에 丙火 부친성이 있다.

이 셋 중에서 일지 午中丙火를 나의 부친으로 한다. 寅은 본래 木이고 午는 본기(本氣)가 火이기 때문이다. 그런데 午中에 같이있던 己土가 월간에 투출되어 丙火 부친의 표출신이 되어 있다. 그러므로 己土와 명암합하는 년지 寅中甲木을 모친성으로 하게 된다.

그런데 寅木은 기신이 되므로 이 사람은 모친덕이 없을 뿐 아니라 모친으로 인한 피해를 보게 된다. 모친성인 寅에서보면 월지 未中己土와 암합하고 있는데 이는 모친과 암암리로 합정하는 사람 즉 모친의 애인이 된다. 그리고 년간의 戊土는 모친의 표출신이 되어 己土(부친의 표출신)을 내려다보고 있다.

즉 모친은 부친을 아랫사람 및 자신의 아우쯤으로 여기는 사람이다. 시지의 寅은 후모(後母)로서 사내아이 하나달린 여자다. 즉 시간의 壬水 비견은 후모가 딴 곳에서 낳아서 데리고 온 자식이다.

庚申대운은 좋지 않은 운이며 년지 寅을 충거한다. 그러므로 모친이 튕겨나갈 운으로 모친과 이별하게 되는데 두 살 되던 해에 모친이 돈벌이 한다는 명목으로 활동하다가 돈만 날리고 癸未년(6살) 되던해에 가출하여 친정으로 가고 말았다.

癸未년(6살)에 모친이 없어지게 된 것은 년간 戊土(모친의 표출신)를 합했기 때문이다. 그리고 未土는 寅木의 고(庫)인데 이는 모친이 들어가 숨는 곳이 되고 모친의 친정도 된다. 또 寅未로 귀문살이 이뤄지므로 모친의 성격은 정서불안 및 신경증이 있게 되며 또라이 기질도 있는 분이다. 년지 지살에 앉아있는 寅木 모친에서 보면 庚申대운은 역마운이고 편관운이다. 즉 모친이 역마에 충을받아 충동적으로 밖으로 나가 움직이는 운이며 그러다가 애인(寅木에 庚은 편관)도 만나며 노상사고 및 애인에게 상처입기도 한다. 아마도 7살 되는 甲申년이 될 것이다.

예31)

```
          44 34 24 14  4
庚 丁 丙 癸   여   辛 庚 己 戊 丁   대운
寅 丑 辰 亥        酉 申 未 午 巳
```

丁火일주가 辰月生으로 월지 상관격이다. 그러나 辰中癸水가 년간에 투출되어 있으므로 년간 편관격이 된다. 그러나 丁火일주 신약하여 편관 칠살을 감당할 수 없다. 식상인 土로서 제살(制殺)하지 못하고 시지 寅木으로 약한 일주를 생하며 辰丑의 습토를 제압할 수밖에 없다. 그러나 용신인 寅木위에 庚金 정재가 앉아 寅木을 극제하고 있다.

이처럼 재(財) 관(官) 식신상관이 일주의 기신이 되면 남편 돈(부친) 자식의 덕이 없다. 寅木이 용신이라 하나 이 역시 庚金의 극제를 받으므로 모친의 덕도 시원치 않고 학업역시 불성이다.

시간의 庚金 부친성은 절지(絶地)인 寅木에 앉아있고 일지 丑에 입고되어 있다. 즉 절지에 앉아 위태로운 부친성(庚)이 일지 丑에 입고되므로 내가 태어난 얼마 후에 부친이 입고되어 사망한다.

일지 丑中癸水가 년간에 투출되어 월간 丙火를 극하므로 역시 내가 태어난 얼마 후에 남 형제(오빠)가 흉액 당하던지 사망한다.

그리고 년간은 초년인 10대의 운을 주관하므로 이 사람의 초년운은 병약했을 뿐 아니라 곤고했다. 월지 辰은 관성의 고(庫)인데 3월 土旺節이므로 남편 역시 사별하게 된다.

일지 丑中癸水가 년간에 있으므로 이것이 남편성이며 일찍 결혼하게 된다. 그러나 결혼 후 남형제인 월간 丙火가 상하게 된다.

丁巳대운에 시간의 庚金 부친을 극하므로 이때에 부친과 사별했다. 戊午대운은 도화운이고 년간 癸水와 대운간 戊가 합을 맺으므로 일찍부터 이성에 눈뜨게 되었고 20세에 결혼하게 되었다.

대운지 午가 丁火일주의 록지되어 힘을 얻으므로 좋은 시절이었다. 己未대운의 己土는 일지 丑中에서 투출되어 년간 癸水(夫)를 극하고 세운지 未는 남편궁인 일지를 충한다. 그런데다 癸水 남편성은 대운지 未에 입묘(入墓)된다. 대운지 未가 일지 丑을 충하게 되면 丑中 癸辛己가 충출되고 未中 己乙丁도 동시에 충출된다.

이리되면 왕한 세력을 지닌 己土는 癸水 남편을 충극하고 辛金은 丁火에 상하며 월간 丙火와 합거된다. 그리고 己土 역시 乙木에 조금의 손상을 받게 된다. 따라서 제일 심한 충극을 받게 되는 癸水 남편이 죽게 되고 돈(辛)나가게 되며 자식 또한 다치는 일이 생기게 된다. 이런 운중에 또다시 癸水 남편성의 살성(殺星)인 己丑년을 만났고 대운(未) 세운(丑)까지 충되므로 돈 나가고 남편 죽었으며 아이까지 다치게 되었다.

원명의 癸水 남편성이 亥역마위에 있으면서 월지 辰에 입고하므로 노상사고로 그 남편이 세상 뜨게 되었다. 申대운에 시지 寅을 충하므로 이때에 본인 사망하던지 큰사고(역마사고)를 당하게 된다.

예32)

<pre>
                    53 43 33 23 13 3
丁 甲 戊 壬   남   甲 癸 壬 辛 庚 己   대운
卯 寅 申 午   寅 丑 子 亥 戌 酉
도화
</pre>

甲木일주가 申월에 태어났으나 일지에 寅록이 있고 시지에 양
인인 卯가 있으며 년간에 壬水있어 신왕하다. 초가을의 나무가
이렇게 신왕하면 거목(巨木)이므로 월지 申中庚金으로 旺木을
제극하여 다듬어 주어야한다. 더욱이 신왕하고 양인이 있으면
편관을 써야 큰 그릇이 된다. 따라서 甲木 일주는 월지 申中庚
金을 좋아한다. 이리되면 대부분의 초보자들은 월지 편관격이라
한다.

그러나 申中에 있는 戊 壬이 년월간에 투출되어있다. 이리되면
申의 본기인 庚金의 기운은 약화되고 편인격이냐 아니면 월간
편재(戊)격이냐는 갈림길에 서게된다. 즉 申中의 庚金 편관의 세
력이 약화되어 그 역할을 다하기 어렵게 되어있고 격이 변화되
었다(寅申沖으로 인해 申中庚金의 세력은 더욱 약화되었다).

따라서 甲木 일주가 강하므로 년간 壬水보다는 월간 戊土 편
재를 용신으로 하여 약해진 申中庚金을 도와야 되니 이를 일러
재자약살이라 한다. 그리고 용신이 되는 戊土 편재는 일지 寅에
서 투출된 것이다. 그러므로 나의 표출신(가는길)이며 밥줄이고
명줄(일지 財)이다. 그러므로 戊土를 도우는 운이 좋고 극과 충
및 간합(干合)하는 운은 불길하다.

특히 그 사람의 생명 및 건강을 뜻하는 명줄이 천간에 나타나
있음을 크게 꺼린다. 이는 천간에 투출되어 있는 것은 쉽게 상
할 수 있기 때문이다. 그런데 명줄이 앉아있는 월주 戊申과 일

주 甲寅은 천충지충되어 있어 불길함을 안고 있다. 월간 戊土 편재가 희신이므로 부친덕이 많으며 여자 얻고 나면 직장 생긴다. 그러나 월간 戊土 편재는 처가 아니고 년지 午中己土가 甲일간과 명암합하므로 처(妻)다. 시간의 丁火상관으로 戊土 재성을 생하고 있으므로 입으로 먹고산다.

※ 입(口)은 먹는 기관이지만 언어를 의미한다. 그런데 상관생재(傷官生財)되어진 戊土는 월지 申에 앉아 약한 庚金을 도와 그로 하여금 비견겁재를 제하는 역할을 하게한다.

양인이 있고 편관이 있으면 사법관 군인 경찰 등의 직업을 갖게됨이 많다. 그런데 이 사주의 申中庚金은 寅申충으로 상했고 년지 午中丁火에 극을 받고있다. 그러므로 사법관을 지망했으나 깨어지고 망가진 편관되어 그 꿈을 이루지 못하고 법률사무소의 직원으로 가게되었다.

己酉 庚戌대운은 좋은 운이라 학업성적도 상위권이었다. 辛대운에 고등고시에 응시했으나 낙방했는데 辛金이 비록 정관이나 년간 壬水를 생했고 월간 戊土의 기운을 설했기 때문이며 상관(丁)에 정관을 보게 되므로 해서이다. 또 戊土가 절지(絶地)인 亥(대운지)에 임했기 때문이다.

亥대운에 일지 寅과 합되어 결혼했으며 곧바로 법률사무소에 취직했다. 壬子대운의 壬운은 시간 丁火와 丁壬으로 합을 지어 그 능력을 발휘하기 어려웠다.

子대운은 년지 午를 충하여 기신(午中丁火)를 제거하므로 승진되었다. 그러나 처궁을 충하였으므로 외정(外情;홍염)문제로 인한 부부불화가 있었다.

癸丑대운의 癸는 희신이며 명줄인 월간 戊土를 합거시키고 대운지 丑은 申金 용신을 입고시키므로 대흉하다. 이럴땐 대운지

丑中에 있는 辛癸己가 투출되어 발동되는 辛己癸년에 흉함이 발동된다. 그러나 辛金은 좋지않기는 하지만 甲일간과 丁火 그리고 戊土에 큰영향을 주지 못하고 己土 역시 그러하다. 그러나 癸는 대운간 癸와 합세하여 월간 戊土를 합거시키고 시간의 丁火를 극한다.

그러므로 癸년이 아주 좋지 못한데 그만 癸酉년(51세)을 만나 나의 활동력이고 언어인 丁火와 밥줄이고 명줄인 戊를 극합하여 중풍으로 쓰러져 말문(丁火)을 닫고 말았다.

월간 戊土가 癸酉년과 戊癸합하여 戊土가 사지(死地;酉)에 이르나 酉金이 용신인 申金을 도와 죽지는 않았다. 甲寅대운은 일간과 같은 운이고 희용신인 월주 戊申을 천충지충하여 종명하게 되는데 丁丑년(56세) 만나 丁火 입묘(丑에)되고 년간 壬水와 합되어 저세상 사람이 되고 말았다.

예33)

```
            53 43 33 23 13  3
乙 己 丙 壬   여   庚 辛 壬 癸 甲 乙   대운
丑 亥 午 午       子 丑 寅 卯 辰 巳
```

위 壬午생 남자의 부인되는 사주다. 壬午生 남자는 56살 되는 丁丑년에 사망했는데 이사주에서도 丁丑년에 남편이 죽게 되는 그런 작용이 나타나야 사주학을 믿을 수 있을 것이다.

己土 일주 午月生으로 년지에 午火 있고 월간에 丙火 투출되어 바짝마른 논밭이 되었다. 그러나 일지에 亥水있고 년간에 壬水 투출되어 찌는듯한 더위를 식혀주므로 甲乙木이 자랄 수 있는 전토(田土)로 변했다. 따라서 일지 亥中壬水와 년간의 壬水

가 희신이고 午中己土는 기신이며 시간의 乙木 편관은 약신이며 남편성이다.

그리고 일지 亥中에서 투출된 년간의 壬水는 약한 乙木을 생해주므로 남편성의 생명줄이다. 남편성인 乙木이 앉아있는 시지 丑中의 癸水가 투출된 癸대운에 결혼했다.

卯대운은 亥卯로 반합목국되어 亥中壬水가 죽게 되므로 재정적 어려움이 있고 부친에 유고(有故)있게 된다. 그러나 亥卯木이 시간 乙木의 뿌리가 되므로 남편에겐 좋은 일이 생기게 된다.

壬대운은 길했고 寅대운은 시간 乙木의 뿌리는 되나 년월지 午와 寅午 火局되며 일지 亥와 寅亥합되므로 외정(外情)문제 생기고 돈에 고통 당하게 된다. 즉 편관 乙木을 남편성으로 할때 정관성을 지니고 있는 寅木이나 甲木이 오게 되면 외간남자 생기고 그로인해 돈 나간다.

辛대운은 乙木을 극하여 남편에 좋지 않은 일이 생기나 월간 丙火가 辛金을 합하므로 乙木이 크게 상하진 않는다. 그러나 丙辛합을 풀어주는 丙丁壬癸년엔 乙木이 다치게된다. 그렇지만 辛金이 丙火와 먼저 합을 한다음에 乙木을 충극하므로 辛金의 힘이 약해져 심하게 상하진 않는다.

丑대운은 乙木이 앉아있는 시지 丑이 발동되어 흉한데다가 丑中己土가 일지 亥中壬水를 극하므로 아주 흉하다. 乙이 앉아있는 시지 丑中에는 辛金이 들어 있으므로 乙木의 입장에서 보면 흙(丑中己土)은 흙이나 날카로운 칼날을 감추고있는 흙(丑)이다.

그러므로 이를 암금살(暗金殺)이라 한다. 따라서 丑대운에 들어서자 월간 丙火와 丙辛 합하고 있던 辛金이 힘을 얻게 되어 호시탐탐 乙木을 노리게 된다.

癸酉년(51세)은 癸水는 월간 丙火를 극하여 丙辛합을 풀고 세운지 酉는 시지 丑 대운지 丑과 酉丑으로 반금국을 이룬다. 이리되면 흙이라 여겨졌던 丑土는 金으로 변하게 되고 힘을얻은 辛金은 이때다며 乙木을 충극하게 된다. 그래서 그 남편이 쓰러지게 된 것이다. 庚대운은 시간의 乙木을 합거하므로 남편이 사라지게 된다.

丁丑년(56세)은 년간의 壬水(乙木의 젖줄)를 합거시키고 세운지 丑은 시지 丑과 더불어 암금살로 작용되며 丑中己土는 일지 亥水를 극한다. 그러므로 庚대운 丁丑년에 남편이 사망하게 된 것이다.

그렇지만 子대운은 天乙귀인을 띤 재운으로서 년월지의 午火를 충거시키므로 좋을 것이다.

예34)

```
              49 39 29 19  9
癸 己 丙 甲  여   辛 壬 癸 甲 乙   대운
酉 酉 寅 辰       酉 戌 亥 子 丑
도화  홍염
```

己土 일주가 초봄인 寅月에 태어나 신약하다. 월지 寅中에서 년간 甲木정관과 월간 丙火인수가 투출되어 관인격(官印格)을 구성하고 있다. 즉 월간 丙火가 조후도 하면서 약한 일간을 도우므로 용신이고 이를 생해주는 甲木은 희신이다. 따라서 남편(甲)덕 있으며 좋은 남편이다. 여기까지는 초심자들도 능히 할 수 있는 분석이다. 그러나 실제로는 남편덕 없을 뿐 아니라 남편 때문에 큰 고초를 당하고 있으며 원수같은 남편과 헤어질 생각만하고 있는 사람이다.

寅月에 득록한 甲木 남편이 월간 丙火를 생해주고 그 丙火는 己土 일간을 생해주고 있는데도 말이다. 왜 그럴까? 여기엔 두

가지 원인이 숨어있다. 첫째는 남편이 나타나있는 자리인 년주 甲辰과 월주 丙寅사이에 2급 소용돌이가 구성되어 있음이다. 즉 甲木이 월간 丙火를 생하나 월지 寅의 진행이 년지 辰에게로 향하므로 해서 甲木 生 丙火의 상생작용이 원활하게 이뤄지지 않기 때문이다. 그리고 월주 丙寅과 일주 己酉사이엔 寅酉로 원진살이 이뤄지고 있는데다가 일지 酉가 寅을 겁살시키고 있어서이다.

둘째는 시간의 癸水 편재가 기신이고 사주의 병인데 이것이 남편성인 甲木이 앉아있는 년지 辰에서 투출되었기 때문이다. 만일 년지가 甲辰이 아니고 甲寅 또는 甲戌 및 甲午였다면 남편으로 인한 고초는 당하지 않았을 것이다.

癸亥 壬戌 辛酉의 나쁜 대운일지라도 말이다. 좀 더 설명하면 癸水(돈)가 용신인 丙火를 극하는 기신인데 이것이 남편궁인 년지 辰에서 투출되었으므로 남편이 내 체면과 명예 그리고 따뜻한 행복(丙火)마저 깨어버려 춥고 배고프게 만든다는 말이다.

일시지 식신 酉가 도화살이고 년지 辰이 홍염살되어 辰酉로 도화합을 이룬다. 그러므로 이 여성은 미모를 지녔으며 남편과는 연애로 맺어졌다. 년주 甲辰이 백호살되고 辰中乙木이 辰酉합을 만나 생목(生木)이 사목(死木)으로 변했다. 따라서 남편의 여동생(乙木)이 흉사했고 이로 인해 그 남편이 내게 좋지 않은 일만 저지른다.

남편의 뿌리인 월지 寅과 일지 酉는 원진살이고 겁살이므로 원수같은 남편과 헤어지고 싶다. 그러나 甲辰이 己酉일과 천간지합을 맺고 있는데다가 동순(同旬)관계이면서 甲辰이 己酉에게 찾아와 5급 상순관계를 이루므로 남편은 절대 떨어지지 않으려 한다.

관성인 월지 寅이 역마이고 여기서 나온 년간 甲木이 일주와 동순(同旬)이다. 그러므로 남편과 나의직장은 같은 계통이다.

  寅역마 관성에 丙火 문서를 태웠으므로 문서 및 서류를 들고 바쁘게 쫓아다니게 되니 바로 보험 및 외판업이다. 대운이 水金으로 흘러 평생 어렵게 살게 되는데 戌대운에 년지 辰을 충하여 辰酉합을 풀므로 남편과 이별된다. 辛酉대운은 월간 丙火 용신을 합거시키니 어찌 살아갈까 걱정된다. 특히 일시에 酉酉 자형이 있어 순간순간 자살하고픈 충동이 생기는데 辛酉대운에 자형이 발동한다.

五. 한밝식 사주풀이

한이라는 말은 하나(1)의 준말이나 하나(1)에서 비롯된 운동이 둘(2) 셋(3) 넷(4)… 아홉(9)의 단계를 거쳐 열(10)이라는 자리에 도달하여 큰 하나(한)로 이뤄진 상태를 뜻한다.

즉 열(10)은 모든 운동의 귀결점이고 열매이면서 다시 새로운 운동을 시작하는 하나(1)의 단계이다. 그러므로 「한」이라는 언어 속에는 단(單)이 있고 다(多)가 있으며 그것들 모두가 융합되어진 한덩이(완성과 통일)가 있으며 새로운 세계로 진행하는 씨앗이 들어있다.

「밝」이라는 우리말은 한자로 옮기면 광명(光明)이고 백(白)이며 동사로 쓰면 밝다. 밝히다는 뜻이다. 따라서 「한밝」은 크게 모두를 밝힌다. 크게 모두가 밝다는 뜻이다.

이것을 필자의 호(號)로 삼게 된 것은 내 자신의 지혜가 크게 밝아져라는 바람에서였다. 그리고 이 세상 어둠속에 잠겨있는 모든 진실을 크게 밝혀내겠다는 뜻에서였다. 여기엔 다음과 같은 시시한 동기가 있었다.

필자가 역학에 입문하게 된 것은 26살 때부터였다. 무술(武術)을 연마하다가 한의학과 역학의 필요성을 느꼈기 때문이었다. 스승없이 역서(易書)를 통해서였는데 수년간 아무리 열심히 보고 또 봐도 막히는 것이 많아 제자리걸음이었다. 답답한 심정에서 선배뻘되는 역술인을 찾아 여러 가지 의문점과 공부 방법을 가르침 받으려했다. 그러나 친하다고 생각한 그 사람은 역서에 기재되어 있는 뻔한 내용과 자신의 실력 자랑만을 장황하게 늘어놓을 뿐이었다.

그래서 좀 더 명확한 설명과 감추고 있는 듯한 소위 비법(秘法)에 대한 공개를 요청하자 필자로서는 감당 못할 거액의 댓가를 요구하는 것이었다. 역술로 생계를 이어가는 그로서는 당연한 일이었다. 그렇지만 필자의 가슴속엔 일말의 섭섭함과 함께 불같은 오기가 치솟았다.

'평소 친밀하다고 생각했던 선배가 이렇게 야박스럽다니 그래! 니가 할 수 있는 것이라면 내 어찌 못할 것인가. 지금보다 더더욱 파고들어 꿰뚫고야 말리라. 그리하여 통달한다면 니처럼 그렇게 하지 않고 지금의 나처럼 목말라하는 사람들에게 숨김없이 모두 베푸리라.' 였다.

각오를 다진 필자는 그날부터 「한밝」이라 자칭하며 화장실에까지 책을 들고 들어갔으며 잠자리 머리맡엔 역서와 종이 그리고 볼펜을 놓아두고는 잠자다가도 벌떡 일어나 펼쳐보고 쓰며 연구했다. 따라서 이 책에는 이때껏 받아들이고 개발한 필자의 모든 것이 남김없이 기재되어 있다. 그러므로 읽고 또 읽고 다시 종이에 써놓고 풀어보기를 필자가 한 것처럼 반복한다면 틀림없이 더 높은 단계로 진입할 수 있을 것이다.

이 장에는 필자가 감정한 실례 외에도 여러 역서에서 발췌한 자료들이 있다. 발췌한 자료들에 대한 필자의 지적은 어디까지나 학문적 소견이므로 양해하기 바란다.

예1) 재벌회장이 뭣 땜에….

乙 甲 壬 戊　남　　丁 丙 乙 甲 癸　대운
丑 戌 戌 子　　　　卯 寅 丑 子 亥

이 사주를 오행의 생극과 강약에 따라 풀면 재다신약(財多身弱) 용인격(用印格)으로 볼 수밖에 없다. 따라서 약한 일주를 도와주는 水木 행운은 길하고 火土 행운은 불길할 것으로 해석하게 된다.

그리고 이렇게 재다신약이라는 결점이 있는 사주가 되면 크게 현달하지 못하는 것이 정리(正理)이다.

그러나 십간의 관계로 보면 甲木일주가 바로 옆에 壬水를 보는것은 가로지른 연못에 휘늘어진 버드나무 그림자가 비춰는 격이되어 매우 아름답다. 그리고 월간 壬水와 년간 戊土의 관계 또한 좋아서 큰 호수를 지켜주고 있는 큰 산(戊)의 의미를 얻을 수 있다.

따라서 사람들에게 인기 있으며 리더십까지 갖춘 인물이란 좋은 뜻을 얻을 수 있다. 여기에다 물상적(物象的)인 관점을 도입하면 첩첩산중(戊戊)에 산정(山頂) 호수(壬)가 있고 그 옆에 큰 산봉우리(戊)와 낙락장송인 甲木이 있는 풍경이다.

그리고 그 낙락장송엔 담장이 덩쿨같은 乙木이 칭칭감고 있는 모습이다. 그런데 그 乙木이 甲木이 앉아있는 큰산(戊)을 흔들어(丑戊刑) 지진을 일으키고 있다. 따라서 기신인 乙木이 득록하고 丑戊刑이 발동되는 卯대운은 커다란 지진이 일어나 산상(山上) 甲木이 쓰러지게 됨을 나타낸다.

이 사주를 단지 재다신약으로 보면 卯대운은 甲木이 힘을 얻고 많은 재(財)에 임할 수 있어 좋은 운으로 봐야 할 것이다. 그러나 이 사주의 주인공은 卯대운 癸未년에 고층빌딩에서 투신 자살하여 세인들을 깜짝 놀라게 한 재벌회장인 정몽헌씨이다.

예2) 편재성이 자식이다.

					55	45	35	25	15	5	
戊	庚	丁	甲	여	辛	壬	癸	甲	乙	丙	대운
寅	寅	卯	戊		酉	戊	亥	子	丑	寅	

이 사주는 포여명의 적천수 완전풀이 87P에서 발췌했다. 포씨의 설명은 이렇다. 이 명식은 천간에 甲丁庚戊로 이어지는 干의 관계로 볼 때 극히 드문 대귀명(大貴命)이다. 그러나 일주 庚은 약하고 재관이 강하여 50세 이전에 일주인 자신을 강하게 하는 행운(行運)은 丑대운 뿐이다.

丙은 기신운. 寅은 官의 뿌리가 되고 乙은 기신운으로서 일주의 두 배되는 작용을 하며 丑운에서 처음으로 戊와 庚의 뿌리가 되어 己身과 인수를 조금 강해지게 한다. 또한 甲운에서부터 기신운에 들어선다. 甲은 년간의 甲을 도우며 子水는 命中에 그리 큰 작용은 하지 못하고 癸는 기신운. 亥는 寅과 합하고 壬은 기신운, 戊의 대운에서 처음으로 己身(日主)을 도우는 작용을 하게 된다.

戊운은 일주 庚과 시간 인수인 戊의 뿌리작용을 한다. 辛은 희신운. 酉는 월지 卯를 충하여 卯戊合을 풀기 때문에 甲의 뿌리작용을 못하게 됨과 동시에 일주 庚의 뿌리인 戊의 작용을 하게 된다. … 이 여성은 어렸을 때 남의집살이를 하며 엄청난 고생을 했고 20세경(丑대운)에 좋은 청년을 만나 결혼했는데 처음으로 인간다운 생활을 했다.

그러나 26세 때(甲대운)에 남편이 공장에서 사고사(死)했다. 지금은 미망인이 되었으나 성격은 총명하고 건강은 좋아 자식을 잘 기르고 있다.…'

포씨의 해석은 전적으로 일간의 왕쇠와 십간의 관계에만 치중한 것으로 완전치 못하다. 따라서 이렇게 해석한다.

첫째 위 사주는 일점의 수기(水氣)가 없어 조열하기 짝이 없다. 즉 음양의 조화가 되어있지 않다. 그러므로 아무리 천간의 배합이 좋아도 귀명(貴命)은 될 수 없고 조(燥)한 가운데 월간 丁火가 투출되어 그 극을 받아야 되는 천하고 탁한 명식이다.

물론 용신은 시간의 戊土이다. 따라서 습한 土가 오는 丑대운은 좋다. 일지 寅中甲木 있고 이것이 년간에 투출되어 있으며 년지 戌中丁火가 있으므로 戊土는 남편궁이다. 월간 丁火는 남편성이고 시간 戊土는 남편궁 戌에서 투출된 것이므로 남편의 표출신이다. 따라서 남편은 내게 두가지의 영향을 주게 된다. 하나는 나를 죽을 정도로 아프게 하는것(丁火剋 庚金日主)이고 또 하나는 부모(戊土 편인)처럼 자상하게 나를 감싸주는 역할이다.

년간 甲木 편재는 부친인데 기신일 뿐 아니라 寅卯木 재성이 년지 戌과 卯戌合 寅戌 반삼합하여 火氣만 만들고 있으므로 모친(戌中戊)마저 土의 구실을 못하게 하는 사람이다.

丙寅대운은 木火운 되어 庚金일주를 극하므로 아주 흉한 운이다.

乙대운은 월지 卯(도화살)에서 투출되었고 이것이 나(庚)와 합하므로 돈 때문에 색정사(色情事)까지 당하는 좋지 못한 운이다. 이때부터 남의집살이 하였을 것이며 원치 않는 색정사가 있었을 것이다.

丑대운은 일간과 용신인 戊土의 天乙귀인이며 뿌리가 된다. 그리고 卯戌합되어 있는 것을 丑戌刑으로 그 합을 깨므로 아궁이(戌)속에 타오르던 불길이 사라져 비로소 戌中戊土는 제 역할을 하게 되므로 좋은 운이다. 또 丑戌刑으로 형출된 丑中辛金과 癸水가 나를 돕고 시간의 夫표출신과 간합하므로 부모처럼 자상한 남자를 만날 수 있었다. 원명에 남편궁과 남편성(丁)이 卯도화와 합하고 좌(坐)하므로 연애로 맺어졌다.

甲대운은 기신인 일시지 寅과 월지 卯가 발동하게 되어 내 용신인 戊土(夫표출신)를 극하므로 남편에게 대흉하다. 그런데다가 己亥년(26세) 만나 년간과 대운간 甲木과 쟁합하여 甲木이 발호하게 되고 힘없던 년간 甲木이 己亥년과 합하여 己土가 끌고 온 亥水에 힘을 얻어 더욱 심하게 날뛰게 되어 戊土를 극하게 된다.

그런데다가 세운지 亥水는 戊土의 절(絶)지이며 일시지 寅과 합하여 戊土가 장생하는 기운을 끊어 놓는다. 그러므로 이해에 그 남편이 사망하게 된 것이다.

癸대운은 조후되어 좋을것 같으나 년간 甲木이 癸水의 기를 받아들여 丁火를 극하지 못하게 하고 시간 戊土가 戊癸합을 지어 감질만 나게하는 운이고 亥대운은 기신인 寅木과 합하여 木氣만 왕하게 해주므로 역시 불미스런 운이다.

壬대운은 월간 丁火를 합하여(기신합) 좋을것 같으나 丁壬이 합하여 木氣로 변하므로 재정적으로 쪼달린다.

戊대운은 월지 卯와 쟁합하여 원국의 卯戌합을 깨어 좋으나 조토이므로 크게 좋진 않다.

예3) 도둑심보는 어디서 나왔나?

壬 癸 丙 丁　 남　 辛 壬 癸 甲 乙　 대운
戌 亥 午 亥　 　 　 丑 寅 卯 辰 巳

이 사주는 완전풀이 적천수(포여명)???에 있는 것으로 포선생의 설명은 아래와 같다.

'재다신약으로 壬水 겁재에 의지하는 명이다. 일주 癸와 월간 丙이 나란히 있어 매우 흉한 팔자다. 丙壬이 나란히 있으면 귀명(貴命)이 되지만 멀리 떨어져 있기에 흉한 명이다. 오행적으로 보면 늘 눌려있어 역경에서 헤어 나오지 못할 것 같은데 실제로 학생 때부터 도적질을 한 사람의 팔자다.'

포선생의 설명은 癸와 丙, 壬과 丙의 십간서로간의 좋고 나쁜 관계에 따른 것으로 재다신약하고 천간에 壬癸丙의 구조이면 모두가 도적질을 하는가? 하는 의문을 낳게 한다. 따라서 일간과 용신의 향배(向背)를 도외시한 치우친 관점이다.

이렇게 풀어야 할 것이다. 겁재(劫財)를 용신으로 하므로 이 사람의 생활태도는 남에게 의지하고 남의 득을 보려하는 심사를 지니게 된다. 그런데다가 시간의 壬水 겁재는 일지 亥中에서 투출되어 일간인 나의 표출신이다. 그러므로 이 사람의 행동은 겁재 성향을 더욱 강하게 나타내는데 이 壬水 겁재가 멀리 년간에 있는 丁火 정재(亥水위에 있어 남의 돈)를 丁壬으로 합해와 시지 戌에 입고(入庫)시키고 있다. 즉 멀리 있는 남의 돈을 겁탈해와 나의 돈창고(戌)속에 넣어 두고 감추고 있는 구조가 되어 있으므로 도심(盜心)이 있고 그런 행동을 나타내게 되었다는 말이다.

그리고 일주 癸와 월간 丙의 관계는 丙의 입장에서 보면 검은 구름(癸)이 태양(丙)을 가리는 격이므로 아주 좋지 못하다. 그러나 癸의 입장에서 보면 午月丙火가 미울 수밖에 없다. 따라서 이 사람은 부모 특히 부친(丙)을 아주 불편하게 만들어 그 속을 태우게하는 불효자 역할을 하게 된다.

그러나 자신(癸)은 권위적인 부친(丙火가 午양인위에 있으므로)을 눌리고 싶은 충동이 생겼을 것이다. 따라서 부친의 성정이 너무 권위적인 데에 따른 하나의 반발적 행동이 나쁜 쪽으로 나타난 것으로 볼 수 있다.

※ 시간 壬水 겁재는 일지 亥에서 투출이므로 나의 표출신이다. 따라서 나의 행동은 남의 돈 및 가까이 해서는 안 될 재물과 여자(財는 忌神)를 합하려하므로 탐심이 된다. 이런 형태의 구성은 상권 부정지인(不貞之人)장에서 충분히 설명했으므로 다시 한 번 비교분석 해보기 바란다.

예4) 능력 없는 가짜 남편

```
                    71 61 51 41 31 21 11 1
戊 庚 癸 己   여   辛 庚 己 戊 丁 丙 乙 甲   대운
寅 寅 酉 未        巳 辰 卯 寅 丑 子 亥 戌
```

庚일주 酉月에 태어나 양인(羊刃)을 얻었고 천간에 戊己土있어 신왕이다. 이리되면 천간에 丁火가 투출되어야 좋은 팔자가 된다.

그러나 이 팔자는 남편을 뜻하는 丁火는 년지 未中에 있으나 未가 공망되어 약하기 짝이 없는 丁火라 庚金을 녹여 그릇을 만들 수 없다. 그런데다 월간에 癸水상관이 있어 丁火가 투출되어봤자 상하기만 할 뿐이다. 따라서 무능력한 남편이다.

남편궁 未中에 있는 己土가 년간에 나타나 夫의 표출신 역할한다. 그러므로 남편의 표출된 모습은 점잖고 체면 잘 차리며 말수가 없다. 또 이 己土(夫표출신)가 나의 상관인 癸水를 극하므로 夫는 나의 행동(癸水상관)을 극제하니 내가 함부로 말하고 행동함을 질책하고 싫어한다. 그런데 일시지 寅中의 戊土가 시간에 투출되어 월간 癸水와 戊癸合火되어 丁火 대신에 관성역할을 하나 진짜 불이 아니고 빛만 좋은 가짜불이다. 따라서 평생을 능력없는 가짜 남편하고 살게 된다.

월간 癸水가 원칙적인 자식성이나 년간 己土가 남편의 표출신이므로 시지 일지의 寅木도 자식성이다. 이 寅木이 년지 未에 입고되고 귀문살되므로 자식 사별하게 되고 또 寅中甲木 편재는 부친성인데 월지 양인을 보므로 부친과도 일찍 사별하게 된다.

원칙적으론 년간 己土인수가 모친이며 일시지의 寅中甲木은 부친성인데 모친 하나에 부친 둘이 된 구조이므로 부친 사망 후

모친 재가하는 팔자다. 초년 甲戌대운에 년주 己未와 甲己合하여 甲木이 년지 未(木庫)에 들어가므로 5살 안에 부친 사별했다.

그리고 월지 酉中辛金은 나의 아우이며 동서인데 酉中辛金이 일시지의 寅中丙火와 丙辛으로 두 번에 걸쳐 암합하므로 아우 및 동서는 재혼하게 된다.

년지 未와 일지 寅이 귀문살되어 본인과 자식이 신(神)을 모시던지 역술 및 무업(巫業)에 손대게 된다. 일시지에 寅寅 탕화살있어 화상(火傷)당해 보았고 월간 癸水 상관 아래에 양인(羊刃) 酉가 수옥살되므로 똑똑한 척 남의 일에 참견하다 구속당해 보았다.

또 월간 癸水는 원칙적인 자식이며 나와 음양이 다르므로 남자 자식인데 이것이 수옥살인 酉에 앉아 있고 년간 己土의 충극을 당하므로 형옥수 겪는 자식 두게 되었다.

이때까지 위 사주를 오행의 생극관계와 신살을 적용시켜 풀었는데 신살을 적용치 않고는 그 세세한 정황을 찾을 수 없다. 따라서 신살을 아무런 소용없는 것이라고 부정한다면 합(合)의 이치조차 모르는 초보라 아니할 수 없다.

예5) 친구 믿다 거털 났다.

```
癸 丙 辛 丙    남    丁 丙 乙 甲 癸 壬    대운
巳 申 丑 戌          未 午 巳 辰 卯 寅
```

丙火 일주가 丑月에 났고 丑中辛金이 월간에 투출되어 정재격을 이룬다. 억부법으로 보면 丙火일주가 재관보다 약하므로 일주를 도와주는 木火운이 좋다고 말할 수 있다. 그러나 이 사주는 丙火일간이 신약하므로 비견겁재를 친하려고 하는 것은 사

실이지만 병약법으로 봐야 한다. 즉 월간 辛金 정재와 일간이 丙辛으로 합했는데 년간 丙火가 쟁합하고 있음이 병이다. 더욱 이 년주 丙戌이 월주 辛丑을 천간은 합하면서 지지로는 戌丑으로 형하여 재고(丑)를 흔들어 놓고 있다.

원래 고(庫)중의 장간이 투출되지 않았을 땐 고(庫)를 형충하여 그 고문(庫門)을 열어야하지만 이 사주처럼 천간에 투출되어 있을때의 형충은 투출된 천간의 뿌리를 뽑는 것과 같다.

따라서 이 사람은 丑中癸水로 년간 丙火를 제거해야하나 시간의 癸水와 년간의 丙火는 너무 멀리 떨어져 있어 제거하기가 용이치 않다. 그러므로 丙火일주는 친구 형제등과 동업하게 되고 그로인해 그 재산을 모두 상실하게 되는 것이다. 따라서 직장(癸水官)생활만을 하게 되면 재산상실은 없으나 동업을 하면 반드시 망하게 된다.

46세부터 시작되는 丙火 비견운에 동업을 시작했고 午대운 丁丑년에 부도가나 전 재산을 상실했다. 신왕신약만을 따지는 경우라면 午대운은 신약한 일주가 양인을 얻어 신왕해지므로 좋아야 될 것이다.

이 사주는 월지 丑中에서 월간 辛金 정재와 시간 癸水 정관이 동시에 투출되었으므로 직장 다니면서 개인사업도 벌리게 되었다.

※ 丙申일주와 월주 辛丑은 동일한 순(旬)에 있으면서 나와 간합(丙辛)하므로 나의 돈이다.

예6) 불효자식 두게 되고 신장이 망가진다.

					58	48	38	28	18	8	
丁	丙	壬	丙	남	戊	丁	丙	乙	甲	癸	대운
酉	辰	辰	戌		戌	酉	申	未	午	巳	

丙火일주가 3月(辰)에 태어나 월간에 壬水를 보므로 외견은 좋은 것 같다. 丙火가 壬水를 보면 호수(壬)에 태양이 반사되어 찬란한 빛이 나는 좋은 관계이기 때문이다. 그러나 년주와 辰戌 충되어 물빠져 바닥을 드러낸 호수가 되어있다.

그리고 충출된 戊土가 壬水를 극하므로 흙더미에 뒤덥힌 壬水가 되어있다. 따라서 土多함이 병이니 이런 유형을 일러 제살태다(制殺太多)라 하기도 한다.

월지 辰中乙木으로 왕한 土를 제압하는 용신으로 해야 할것 같으나 乙木은 연약한 나무이고 辰戌충으로 뿌리 뽑혀 있으므로 역부족이다. 따라서 壬水를 구해 줄 것은 아무것도 없다. 다만 시지 酉金이 있어 壬水를 생할 수 있을 것 같다. 그렇지만 酉金은 일지 辰과 합하여 壬水를 생해줄 마음이 없다.(탐합망생)

따라서 壬水는 고립무원이라 그 자식이 자식 역할을 못하게 될 수밖에 없고 자신의 건강은 신장 및 방광(壬)이 파괴되던지 그 역할을 못하게 된다. 년지 戌中辛金이 첫째 마누라고 시지 酉金이 두 번째 부인이다. 년지 戌中辛金은 일지와 辰戌충되어 이별인데 戌中丁火가 시간에 있으면서 월간 壬水와 합을 맺으므로 壬水자식은 첫째 부인과의 사이에 생겨 난 남자 아이다.

시지 酉金과 합하는 일지 辰中癸水가 후처소생의 자식이다. 辰辰戌로 천라지망 구성되었고 시지 酉도화 재성이 辰酉로 합을 맺어 색정 및 외정문제로 감방가게 되고 바람기 심한 사람이다.

이 사람은 申대운때인 40대 중반에 필자를 찾아왔다. 자리에 앉자말자 팔장을 끼더니 불쑥 내뱉듯이 말했다.

'나~ 지금 뭐하고 있겠소?'

'바쁘게 여기저기 쫓아다니며 입으로 먹고 살겠소' 말없이 고개를 끄덕이더니 또 물었다. '자식 운은 어떻소?' '두 배 자식에 불효자 하나 두겠소.' 한참동안 필자를 쳐다보고 있던 그의 태도가 갑자기 공손해졌다. '선생님! 그러면 저의 건강은 어떠하며 얼마나 살겠습니까?' '용날(辰月)에 태어나 辰酉도화합 있으니 성욕이 아주 강해 어떤 여자던 껌뻑가게 하겠소. 그렇지만 50이후는 신장에 문제가 생기겠고 62~63세를 넘기기 어렵다고 봅니다.' '체력과 정력이 좋은 것은 맞습니다만 62세 정도밖에 못 산다하니 믿어지질 안습니다.' 이렇게 말하고 자리에서 일어선 이 사람이 다시 필자를 찾아온 것은 10여년 후 어느 날이었다.

'선생님! 나 기억하겠습니까?' '글쎄요 잘 생각이 나지 않는데요. 언제 오셨더라…?' '한 10여 년 전에 왔던 사람인데 쉽게 기억 날리 없겠지요. 그때 선생님께서 50대 이후에 신장에 문제가 생긴다고 말씀 하셨는데 그것이 현실이 되어 다시 찾아왔습니다.

그리고 60대 초반까지밖에 살지 못한다했으니 면할 수 있는 좋은 방법이 없겠습니까?' 신부전증에 걸려 일주일에 3번씩 병원에 가 투석치료를 받고 있다는 그의 표정은 죽음에 대한 공포로 가득 차 있었다.

'저가 62~63살밖에 못산다고 했다지만 사주팔자가 100% 맞아 들어가는 것은 아닙니다. 치료만 잘 하시고 건강관리만 잘한다면 70살은 무난할 것 같으니 힘내세요.' 필자가 해줄 수 있는 말은 이것뿐이었다.

사주감정을 하다보면 머릿속에 맴돌던 말이 가슴으론 거짓말을 하게 되는 경우가 있는데 위와 같은 상황일 때다. 정확한 풀이를 해주어 닥칠 일에 대한 준비를 하게 하는 것도 중요하지만 희망을 갖도록 하는 것이 더 중요하기 때문이다.

예7) 떼강도에게 모친 피살되었다.

<pre>
                    31 21 11 1
己 庚 甲 乙   남   庚 辛 壬 癸   대운
卯 寅 申 卯   辰 巳 午 未
</pre>

庚金일주 申月生이나 천간지지에 甲乙, 寅卯로 재성이 태왕하다. 월지 申中庚金 비견으로 왕목의 기운을 제압해야 하나 申金은 일지 寅에 충되어 상처입었다. 그런데다 기신 寅이 일지에 있고 여기서 투출된 甲木이 월간에 앉아 시간의 己土 인수를 합거하려 노리고 있다. 이리되면 寅申충이 발동되는 운과 申中庚金이 제극받는 운에 기신인 甲乙木이 발호하여 己土인수를 사라지게 한다.

午대운은 월지 申金을 극하나 午中己土와 일지 寅이 寅午합하고 甲己 암합하여 申을 충하지 않으며 시간 己土가 午에 득록하므로 무사했다.

그러나 巳대운이 되자 충중봉합(沖中逢合)되어 寅申沖이 발동되고 巳申刑合까지 가세되어 申中庚金이 파괴되는 중 戊寅년을 만나 또 한번 더 월지 申을 충하여 극멸시키자 때를 엿보고 있는 甲乙木이 무리지어 己土 인수를 덮치게 되었다.

己土인수(모친)에서 보면 甲乙木은 흉살(칠살)이며 庚일주에서 보면 甲乙木은 재성(돈)이다. 그러므로 그 모친이 돈 때문에 떼강도(甲乙木殺)에 당하여 목숨잃게 되는 것이다.

더욱이 이 사주의 일주와 시주는 1급 소용돌이가 되어 모친과의 이별이 잠재되어 있다.

예8) 돈이 원수되어 모친 잡아갔다.

```
            36 26 16  6
庚 丁 丙 丁   여   庚 己 戊 丁   대운
戌 未 午 巳       戌 酉 申 未
```

위 乙卯生 남자의 여동생되는 사람의 사주명식이다. 따라서 이 사주조직에서도 모친이 돈을 노린 강도에게 피살되는 정황이 나타나야 사주 명리학을 믿을 수 있을 것이다.

丁火일간이 午月에 태어나 지지에 巳午未 方局을 이루므로 염상격(炎上格)이 구성된다. 따라서 시간의 庚金은 사주의 병이되고 기신이다. 일지 未中乙木 편인이 모친성인데 고(庫)인 未에 숨어있고 기신인 시 庚戌괴강의 형을 받고 있다. 따라서 모친 흉사(凶事)의 명이다.

申대운은 년지 巳와 형합하여 염상격을 흔들어 놓으며 기신인 시간의 庚金이 득록하여 不吉하다. 戊寅년은 일지를 형하는 흉신인 戌中戊土가 발동되므로 응했다. 즉 戌未로 형출된 乙木을 시간의 庚金이 합거시켜 입묘(乙이 戌에)시키므로 모친이 사망하게 된 것이다.

※ 庚金은 군비쟁재 된 돈 즉 여러 사람이 서로 먹으려 쟁탈전 벌리는 돈. 이것이 모친을 형하여 합거시켰다.

예9) 내게 손 벌리는 부친

```
               45 35 25 15  5
癸 甲 甲 癸   여   己 戊 丁 丙 乙   대운
酉 午 寅 卯       未 午 巳 辰 卯
```

甲木일주 寅月生에 년지 卯양인 있고 천간 癸水 2개 있어 극신왕. 투파(透波)의 이론으로 보면 종왕격이다. 그러므로 水木운이 좋다고 말한다. 그러나 이 사주 주인공은 乙卯대운에 가난한 집안에 태어나 곤고하게 지냈다. 丙대운은 어려움 속에서도 여상을 졸업했다.

辰대운에 직장에 들어갔고 丁대운 26세 때 군인출신(대위)과 결혼했다. 따라서 투파의 이론은 실제상황과 맞지 않는다.

이렇게 풀어야 한다. 초봄(寅月)의 큰 나무가 내리는 봄비 맞아 무성하게 자랄려고 하는데 뿌리박을 흙이 없어 큰 산림을 이루지 못한다. 午中己土 있으나 寅午로 반화국되어 土氣가 없어졌고 寅中戊土 역시 그러하다. 따라서 평생 돈에 쪼달리며 살게 된다.

따라서 乙卯대운은 겁재운이라 곤고하게 지낼 수밖에 없고 辰대운에 이르러 돈맛을 조금 보게 된 것이다. 辰은 寅卯辰으로 木局되어 土氣가 약화되나 시지 酉와 辰酉合하므로 조금이라도 돈맛을 볼 수 있었던 것이다.

丁대운은 일지 午(홍염살)에서 투출되었으므로 배우자궁이 발동하여 연애 결혼했다.

巳대운은 旺木의 기가 설되며 월지 寅을 형하여 寅午합을 깨므로 가택이동 있었고 무난했다.

戊대운은 편재운이고 년간 癸水기신을 합하므로 돈을 벌어 추위(癸)를 이겨보고자 노력했다.

午대운은 일지 午가 발동이며 자형(自刑;午午)하여 寅午합을 깨므로 午中己土가 기지개 펴고 나오나 월간 甲木이 쟁합하므로 자기사업하다 돈만 까먹는다.

월지 寅中戊土가 부친이고 월간 甲木은 부친의 표출신이다. 비견이 부친의 표출신이므로 부친은 돈 까먹는 사람이며 내게 손을 벌리게 된다. 甲木은 午에 사(死)하므로 午대운은 부친 사망 운인데 癸未년(41세)에 甲木 입고운되어 부친 사망했다. 시간 癸水는 모친인데 시간에 있어 장수한다. 己未대운이 좋은 운이다.

예10) 아들이 돈 까먹고 부친이 손 벌린다.

```
              34 24 14  4
己 己 戊 戊   여   甲 乙 丙 丁   대운
巳 未 午 申        寅 卯 辰 巳
```

己土일주 午月生으로 천간에 戊己 일색이며 지지엔 巳午未 方局되어 있다. 따라서 종왕격으로 투파의 주장에 따르면 천간으로는 水木운이 나쁘며 火土운이 좋다. 그러나 이 사주의 주인공도 가난한 가정에 태어나 초년 丁巳 丙운까지 곤고하게 지냈다.

이 사주는 午月 염천(炎天)의 己土로 조열하기 짝이 없으므로 년지 申中壬水로 조후해야 한다. 따라서 습한 운이 와야 좋고 조(燥)하게 하는 운이 오면 불길하다. 다만 뿌리없는 壬癸水가 천간으로 오면 군비쟁재가 되므로 좋지 않다.

이 사주의 약점은 수화(水火)의 불균형 즉 조후가 시원치 않은 점에 있다. 따라서 습한 辰대운이 좋으므로 취직하여 조금의 돈도 벌었으며 홍염살(辰)되어 연애했고 결혼했다.

乙卯대운은 습한 木이 되어 戊己土에 뿌리박을 수 있어 남편과 별문제없이 평안하게 지냈다.

이 사주를 종왕격으로 보고 왕신인 土를 충극하는 木운은 안좋다고 해석하면 오류다. 乙木은 유약하고 습한 기운을 머금은 까닭으로 왕토를 충극하지 않는다. 그런데 대운인 乙卯木의 입장에서 보면 여기저기에 널려있는 것이 여자고 돈이다. 그러므로 부군(夫君)인 남편이 바람피울 수 있다고 해석하기 쉽다.

그러나 그렇지 않은데 그 까닭은 일주 己未와 대운 乙卯가 卯未로 합을 맺기 때문이다. 즉 남편인 乙卯木은 戊戊己의 많은 여자가 유혹하고 있으나 오직 己未 일주와만 卯未로 합하기 때문이다.

그러나 양목(陽木)인 甲寅대운은 먼저 년주 戊申과 천충지충하며 다음으로 월주 戊午와 반합하고 그 다음엔 일시 己와 甲己 합한다. 그러므로 다사다난한 여러 가지 일들이 파생된다.

자세히 분석하면 년지 申中壬水는 재물이고 부친성이며 庚金은 자식이다. 따라서 申中에 장간되어 있던 戊土가 년월간에 투출되어 부친과 자식의 표출신이 되어 있다.

이중에서 년간 戊土를 부친, 월간 戊土를 자식의 표출신으로 본다. 戊土겁재가 부친과 자식의 표출신이므로 부친과 자식(아들)은 내 돈을 빼앗아 가고 까먹는 역할을 하게 된다. 그런데 甲寅대운은 먼저 년주 戊申과 천지충하므로 부친이 크게 다치던지 생명의 위험에 처하게 된다. 그런중 癸未년(41세) 만나 년간 戊土를 합거시키므로 그 부친이 간암으로 별세했다. 다음으론 월주 戊午와 천간끼리는 충하며 지지로는 寅午 반화국된다. 이는 자식(戊)이 충극되고 왕화에 더욱 조토(燥土)되어 자식의 질병으로 나타나게 되는데 戊와 간합하는 癸未년부터 그 자식이 정신분열증이 생겼다.

癸丑대운은 염천에 비 내리는 격되어 좋으나 년월의 戊土가 쟁합하므로 돈 벌어 남에게 뺏기는 현상으로 나타나고 일지 未를 冲하여 부부이별 있다.

[육친관계 보충설명]

지지에 정인 편인 혼잡되어 있고 부친성인 壬水가 하나뿐이며 천간에 비견겁재가 있으므로 아버지 한분에 모친 여러분이며 이복형제도 있을 것으로 해석할 수 있다. 그러나 그렇지 않는데 그것은 巳午未로 방합을 이뤄 일기(一氣)가 되어있고 천간에 인수성이 투출되지 않았기 때문이다.

따라서 모친 외에 또 모친 있는 것이 아니라 모친에게 배다른 형제가 있게 된다(인수국이 있으면 모친한테 배다르고 씨 다른 형제 있게 됨).

좀 더 자세히 사주구성을 파헤쳐 보면 다음과 같다. 일지 未中乙木 편관이 외조모(外祖母)인데 입고되어 있고 火로 변해(巳午未) 모친의 모친(외조모)은 일찍 죽었고 외조부(년지 申中庚金)는 재혼했다. 즉 외조모인 乙木이 들어있는 일지 未中에서 己土가 두 개 투출되어 외조모의 표출신 역할 한다. 그런데 시주 己巳와 년지 申이 巳申으로 합을 맺으므로 일간 己土는 외조부의 첫 여자고 시간 己土는 외조부의 두 번째 부인인 것이다.

그리고 일간 己土가 외조모(외조부의 첫 여자)이므로 이 사람의 성격과 생김새는 외조모를 닮았으며 외조모가 이 사람 몸으로 환생한 것으로 볼 수도 있다. 그리고 자식(아들)과 부친의 표출신이 동일한데 실제 이 사람의 아들과 그 부친의 성격은 비슷한 점이 많으며 생김새 또한 많이 닮았다.

이 사람의 남편은 일지 未中乙木 하나뿐이고 비견겁재는 아주 많다. 이리되면 남편이 다른 여자와 정을 맺는다고 해석하기 쉽다.

그러나 그렇지 않다. 그것은 未中乙木이 아주 약하여 고(庫)속에 들어앉아 겨우 숨만 붙어 있는 형태이므로 다른 土를 극하고 옮겨갈 힘이 없기 때문이다.

木대운까진 남편이 무사하나 丑대운되어 未를 충하면 곧바로 남편과 사별하게 된다. 위 癸卯生 女命의 아우되는 사람이다.

예11) 모친은 해녀다.

```
                    43 33 23 13  3
甲 乙 丁 乙    남   壬 癸 甲 乙 丙    대운
申 亥 亥 巳        午 未 申 酉 戌
```

乙木일간이 亥月에 태어나 水旺하고 木旺해지나 지지 그 어디에도 뿌리내릴 土가 없다. 년지 巳中戊土 있다하나 亥巳충으로 쓸모없이 되었다. 월간 丁火가 조후역할하나 丙火의 힘에 못 미친다.

따라서 겨울 난초(乙)가 난로 불(丁)에 의지하여 추위를 이기는 형상이다. 乙木은 甲木이 있으면 휘감고 올라가는 성질이 있으므로 시간 甲木에 의지한다. 그러므로 월간 丁火와 시간의 甲木은 희신이다.

월지 亥中에서 시간의 甲木이 투출되었고 월간에 丁火 있어 생가(生家)덕이 좋다. 대부분의 역인(易人)들은 년지 巳中戊土 정재를 처성으로 하나 충파(冲破)되어 쓸모없이 되었으므로 내(乙)가 휘감을 수 있고 명암합 할 수 있는 시주 甲申의 申을 처로 하게 된다.

따라서 월일지 亥水는 자식이 되며 년지 巳中戊土는 장모며 년간 乙木 비견은 장인이 된다.

그리고 모친은 월지 亥中壬水고 월간 丁火 식신은 부친이 되며 시간 甲木은 모친의 표출신이고 자식의 표출신이다. 또 亥亥 자형인데다 巳亥충까지 맞은 亥水는 파도치는 바다이며 여기서 올라온 甲木은 해초(미역, 김)다. 따라서 그 모친이 해녀(海女) 출신이며 생가는 해초 양식업한다.

丙戌대운은 조후되고 조토되는 운이라 평길했으며 乙대운 역시 무난하다. 甲申대운은 시주 甲申과 같은 운되어 결혼 성립되

는데 26세 辛未년에 결혼했다.

癸대운은 월간 丁火를 극하여 나쁘나 천간의 甲乙木이 있어 통관하므로 무난했다.

未대운은 乙木이 입고하는 운이며 년주 乙巳와 癸未대운이 2급 소용돌이되어 년간 乙木에게로 未土가 작용되므로 장인(년간 乙木)에게 화가 닥친다. 대운과 똑같은 癸未년 만나 년간 乙木이 또 입고운 만나 장인 사망했다. 壬午대운에는 월간 丁火 부친이 합거되므로 부친 사망운이다. 49세 壬辰년이 부친 사망 년도로 추리된다.

예12) 아이가 이상해졌어요!

```
          29 19  9
壬 己 己 壬    남    壬 辛 庚    대운
申 丑 酉 申         子 亥 戌
```

己土일주 酉月生으로 金水의 세력이 태왕하다. 신약한 己土일 간은 일지 丑, 월간 己土에 도움 받으려하나 丑은 酉丑으로 반 금국되어버려 믿을 수 없다. 따라서 金水의 세력에 종할 수밖에 없다.

이리되면 일지 丑에서 투출된 나의 표출신인 월간 己土가 壬 水를 흐리게 하는 것이 병이된다. 따라서 맑은물(壬)이 황토물 되었고 사주전체적 상황은 진흙밭에 황토물이 가득 덮여있는 형상이 되었다.

일지 丑에서 투출된 월간 己土는 나의 행동이며 나를 대표하 는 것이므로 맑은 물을 흐리게 하는 것이 이 아이의 성격과 행 동이다.

특히 또래(己土가 己土 보았다.)들과 같이 있을 땐 더욱 개판을 치는 행동양상을 나타내게 된다. 여기까지 읽은 필자가 젊은 아줌마를 향해 입을 열었다. '아줌마! 이 아이 정말 잘 키우지 않으면 큰일 납니다.' '큰일이라니 무슨 큰일 말입니까?' 겨우 한마디한 필자에게 눈을 크게 뜨며 따지듯이 물었다. '큰 사고를 치거나 폐인이 될 수 있다는 말이지요.' '아저씨! 사주 잘못보시네. 서면에 있는 유명한 ○○철학원에선 그~뭐라더라 그렇지 土金水 삼상격의 보기 드문 사주로서 큰 인물이 된다던데… 아저씨 말하곤 정반대로군요.' 코웃음마저 치면서 비꼬듯 말한 그녀는 바삐 일어나 문을 꽝 닫고 사라졌다. 2001년 8월경의 일이었다.

이 여자가 다시 필자를 찾아온 것은 월드컵 사강(四强)의 환희에 찬 열기가 아직도 식지 않은 2002년 10월경이었다. 조심스래 자리에 앉은 그녀는 그 아이의 사주를 불러주며 다시 한 번 감정해주길 부탁했다.

'아줌마! 작년 이맘때쯤 본 사주 그대로 이 아이는 신경써 키우지 않으면 크게 후회할 그런 사주네요. 그때 그렇게 가시고 다시 찾아온 것을 보니 무슨 문제가 발생한 것 같은데…'

'예 선생님 그렇습니다. 아이가 갑자기 이상해졌어요. 그래서 어떻게 하면 좋을까 생각하다가 선생님 생각이 나서 다시 찾아왔습니다.' 그녀의 말인즉 시도 때도 없이 어떤 장소에서건 제 마음대로 뛰고 굴리며 소리치고 개판을 만든다는 것이었다.

그래서 필자는 역학원을 찾을 것이 아니라 먼저 정신과 의사부터 찾아가기를 권했다. 몇 개월 뒤 남편의 직장문제로 그녀가 또 찾아왔다. 필자는 먼저 아이의 상태부터 물었는데 정신과 치료를 받고 있다는 대답이었다.

庚대운은 연월일시에 뿌리 둔 庚이 壬水를 생하므로 왕해진

壬水는 더욱 제멋대로 흐르게 된다. 그런데다가 壬午년(11살)의 운간 壬水는 년시간의 壬水를 발동되게 하고 운지 午는 일지 丑과 丑午귀문살 구성되어 정신이상의 행동양상이 나타나게 된 것이다.

癸未년은 일지 丑中癸水 발동되었고 황토진창에 비오는 운되어 병세가 더 깊어진다.

甲申년 되면 壬水가 甲木을 만나 기를 통하므로 호전될 것이다. 그러나……

예13) 당신부친 다리 전다.

						52	42	32	22	12	2	
乙	庚	庚	丙	남		丙	乙	甲	癸	壬	辛	대운
酉	辰	子	戌			午	巳	辰	卯	寅	丑	

庚金일주 子月生으로 金水상관격. 년간 丙火 조후되고 년지 戌土있어 제습하므로 丙戌은 희용신이다. 그러나 木과 丙火 사이가 멀리 있어 木生火로 기가 통하지 않고 월간 庚金이 水를 생하는 기신되어 보통정도의 팔자다. 년지 戌中戊土 모친이고 일지 辰中乙木은 부친이다.

원칙적으론 일지 辰中乙木 정재는 일간과 명암합하므로 처성(妻星)이고 월지 子中癸水가 년지 戌中戊土와 합하므로 부친성이다. 그런데 子水가 일지 辰과 辰子로 합하여 입고되므로 辰中乙木을 부친성으로 보게 된다. 즉 이 사주는 子水와 辰中乙木을 동시에 부친을 뜻하는 것으로 보아야 된다.

따라서 戌土가 희신이므로 모친 덕이 좋으나 월지 子水는 기신이므로 부친덕은 적다. 또 戌은 양토(陽土)이고 子는 陰水이므로 모친은 적극적 성품에 활달 유능하나 부친은 내성적이고 별능력없는 사람이다. 그리고 子水가 辰(급각살)에 입고되며 수옥살이므로 부친은 병원신세 혹은 감방신세 졌으며 다리저는 불구자다.

시간 乙木은 처성(妻星)인데 월간 庚과 일간이 쟁합하므로 품행이 바르지 않았던 여성이다. 그리고 乙木이 酉金살지에 앉아 있으므로 부상당해 큰 흉터 지니고 있는 여성이다.

또 일주와 시주가 천간지합하여 化金 되었으므로 처는 결혼 후 자신의 능력을 잃고 내가 하자는 데로 따른다. 도화(酉)합되어 연애결혼이다.

辛丑대운은 년간 丙火가 합거되고 년지 戌이 형되어 가난한 가정에 태어나 춥고 배고픈 세월보냈다.

壬대운 불길했고 寅대운부터 丙火가 장생하여 가정형편이 좋아지기 시작했다.

癸卯대운의 癸는 丙火를 극하여 어두운 세월이나 일지 辰에서 투출된 투출신이므로 자신의 행동으로 어둡고 추운 일을 초래하게 된다. 대운지 卯가 도화살되고 이것이 년지 戌(홍염살)과 합하여 스스로 맺은 애정문제로 큰 고통을 받았다.

타향여자와 눈맞아 동거생활 했는데 부모의 반대로 인해 큰 고통을 겪었다한다. 그런 후 卯대운 들어 딴 여성과 연애 결혼했다.

甲대운 편재운되어 丙火를 생하므로 장사길에 나섰으며 돈도 조금 벌었다. 辰대운은 년지 戌土 모친궁을 충한다. 원국에 년주 丙戌(백호살)이 일주 庚辰과 천지충하므로 모친 흉사할 팔자인데 辰대운 만나 충이 발동되어 모친이 암으로 사망했다.

乙丑년 40살 때였다. 乙대운 역시 재운되어 좋으나 일지 辰中 乙木이 투출되어 월간 庚金과 합하므로 부친 사망운인데 庚午년(45세)이었다. 丙午대운 길하고 丁未대운도 좋을 것이다.

예14) 사나운 개를 피해 양 같은 남자 만난다.

```
                35 25 15  5
辛 甲 庚 壬    여   丙 丁 戊 己   대운
未 午 戌 寅        午 未 申 酉
```

甲木일주 戌月生으로 신약이다. 년지 寅木 있으나 寅戌午로 火局을 지어 뿌리역할 상실했고 시지 未土 또한 午未로 합되어 甲木의 뿌리 못된다. 년간 壬水 있으나 뿌리없는데다 일간과 너무 멀어 도움이 되지 않는다. 따라서 사목(死木)인 甲午일주는 관살에 종하게 된다. 그러나 지지에 火가 왕하여 직상하는 화기에 金이 상하므로 월지 戌中戊土 편재로 통관시켜야 한다.

그러므로 내가 돈(戊土편재)벌어 남편을 먹여 살려야하며 그렇지 못하면 이별하게 된다. 월간 庚金 첫 남자인데 庚이 壬水를 생하고 壬水는 아래도 흘러 년지 寅木을 생하며 월지 戌과 寅戌로 암합하므로 첫 남자 庚은 타녀에게 정을 주고 합해간다.

戊申대운의 申이 庚金의 록이 되므로 첫 남자 만났다.

丁未대운의 丁은 일지 午에서 투출되어 庚金을 극하므로 부부불화 있고 이별까지 따른다. 未대운은 시지 未가 발동이며 월지 戌(남편자리)를 형하고 일지 午와 합하여 시주 辛未의 辛金(두번째 남자)을 만나게 되며 庚夫와는 이별된다.

그렇지만 원국에 庚戌이 일지와 午戌로 밀접하게 붙어 있으므로 이혼은 아니고 별거한다.

丙午대운의 丙은 일지 午中에서 투출되어 홍염살 발동이며 시간 辛金과 합하므로 후부(後夫)와 들어 내놓고 합정한다.

원명의 庚戌괴강인 첫 남자는 투박스런 행동으로 甲木을 다듬어 그릇을 만들려하고 시간 辛金은 예리한 면도칼 되어 甲木을 깨끗이 다듬어 준다. 즉 庚金은 천간에 丁火를 보지 못하므로 잘 벼르진 연장이 되지 못하고 우악스런 연장역할 밖에 안 되기 때문이다.

따라서 우악스런 백구(庚戌)를 피해 백양(辛未)같은 부드러운 남자에게 정을 주게 된다.

일지 午火가 午戌로 월지 화개와 합하여 생재성(財星)하므로 역술이나 무업(巫業)으로 생계한다.

예15) 처도 돈도 하나도 없으니 당신은 스님이다.

```
                   47 37 27 17  7
丙 甲 乙 己   남    庚 辛 壬 癸 甲    대운    金無一
寅 寅 亥 亥        午 未 申 酉 戌
```

甲木 亥月生 亥亥 寅寅있고 월간 乙木 겁재 있어 극신왕하므로 시간의 丙火가 희용신이다. 겨울 추위를 丙火가 녹여주는데 이것이 일지 寅에서 투출되어 나의 표출신이다. 그러므로 나의 행동(丙火 식신은 행동)은 천하를 밝게하고 추위에 떨고있는 乙木 겁재마저 살리니 바로 만중생을 위해 노력하는 상이다.

그러나 甲木이 뿌리 박을 수 있는 己土가 乙木에 극충되었고 편인격에 식신 용신되어 불미스럽다. 년간 己土가 처성이나 亥亥로 파도치는 바다위에 외로이 앉아있고 월간 乙木 겁재의 충극마저 당해 있으므로 그 처는 자살 아니면 병사(病死)한다.

그리고 己土는 뿌리 없고 주위에 도와주는 것이 없어 외로운 여자이며 년월지 亥中甲木과 명암합하므로 많은 남성과 상대하는 여성이다. 또 己土 정재는 물질이고 물욕(物慾)이다.

그런데 일주 甲寅과 년주 己亥는 천간지합하므로 원래는 물욕도 있고 처도 있다. 그러나 寅亥로 木旺해졌고 그 위에 乙木이 타고 앉아 합을 깨므로 己土는 버려야 될 기신으로 전락하게 되었다.

즉 월지 편인격이나 寅亥로 합해 종왕격으로 변함에 따라 己土는 쓸모없는 버려야 될 것으로 변했다. 그러므로 처와 물질에 대한 욕망을 버릴 수 있어 승(僧)이 될 수 있었다.

癸酉대운은 丙火를 극하여 어둡게 하니 불우한 시절 보낸다.

壬申대운의 壬은 년월지 亥水의 투출신이므로 여자(己)와 합하나 丙火를 충극하고 약한 己土를 씻어내어 만나고 곧바로 이별된다. 대운지 申이 寅亥合을 깬 영향도 크게 작용된다. 따라서 여자 생겼고 아이 하나 낳고 이별한 후 머리 깍고 불문에 귀의했다.

辛대운은 시간 丙火 용신을 합하여 좋지 않으나 시주 丙寅과 辛未가 서로 약하지 않아 완전한 합이 안 되고(合去) 오히려 내 행동(丙火)을 널리 비춰줄 수 있는 거울(辛)을 만나는 격이다.

따라서 좋은운은 아니나 내 활동을 나타낼 수 있는 터전은 생긴다. 그러므로 무일푼으로 지내다가 이 대운에 초라한 절집이나마 마련할 수 있었다. 사주에 관성인 金이 없어 무자식일것 같으나 월간 乙木이 타고 앉은 亥水가 일지와 합하므로 乙木이 처 역할한다. 그러므로 시간의 丙火 식신이 자식되어 남자아이 하나있다.

20여 년 전 어느 날 키 크고 잘생긴 젊은이가 찾아왔다. 사주 명식을 적어놓고 이름을 물어봤다.

'예 김무일(金無一)이라 합니다' '없을무(無)에 하나일(一) 말이오?' '예 그렇습니다.' '허참! 쇠(돈)가 하나도 없으니 「수중무일푼」이겠으며 돈 뿐 아니라 부인도 있을 수 없겠소. 그런데다가 사주팔자 역시 만중생을 따뜻하게 보살펴야 하는 격이라 스님노릇이나 해야 하겠소.' '예 말씀하신대로 머리깍을 생각을 하고 마지막으로 제 운명을 알고 싶어 찾아온 것입니다.'

현재 이분은 부산에 있는 조그만 사찰의 주지로 중생들을 제 몸처럼 보살피며 살고 있다.

예16) 깔끔한 여자

```
                       42 32 22 12  2
己 乙 己 乙    여    甲 癸 壬 辛 庚    대운
卯 亥 卯 卯          申 未 午 巳 辰
```

乙木일주가 卯月에 태어났고 년시지에 卯록을 얻었고 亥卯 반 금국까지 있어 극신왕이다. 월시간에 己土 편재성있으나 일점의 뿌리없어 쓰지 못하고 전왕격(곡직격)을 구성했다. 따라서 월시 간의 己土는 잡이 되므로 제거해야 할 쓸모없는 것이다.

즉 곡직격의 병이되고 기신이 되므로 격이 떨어진다. 이 명식 은 관성인 金과 자식성인 火가 하나도 없다. 이리되면 항간의 역술가들은 남편운이 없거나 늦게 결혼하던지 재취로 가면 좋 다는 말로 적당히 넘어간다. 그러나 이럴 땐 그 남편관계를 보 는 법이 두 가지가 있다.

첫째는 남편자리인 일지에 있는것을 남편으로 본다. 이에 따 르면 亥中 본기인 壬水 인수가 남편성이다. 따라서 그 남편은 엄마처럼 자상하게 보살펴주는 사람이다. 그리고 壬水남편의 직 업(官)은 월시간의 己土이다.

즉 壬水에겐 己土가 정관(正官, 직장, 직업)이 되기 때문이다. 따라서 그 남편은 제거해야할 건축물(己土는 건축물)을 취급하

는 사람으로 두 개를 겸하고 있다.(己土가 두 개)

둘째 방법은 허충(虛冲) 즉 없는 것을 충해와서 나의 쓰임으로 하는 것인데 亥卯未 木局은 巳酉丑 金局을 충해오고 寅午戌은 申子辰을 충해와서 그 중 필요한 것을 취한다.

즉 도충격, 비천록마격등과 같은 이치이다. 따라서 이 명식은 巳酉丑을 충해와서 나의 관성을 찾는데 巳生은 일지 亥와 충하므로 안되고 酉生 역시 곡직격의 중심인 卯와 직충되므로 버리고 丑生 金氏를 취해와 남편으로 삼게 된다. 그런데다가 사주팔자에 일점의 金氣가 없으면 金, 鄭, 申, 辛氏등과 인연 있어 자신이 이런성(姓)이 아니면 모친이나 배우자가 이런 성을 지니고 있게 된다. 이것은 필자의 경험에 따른 것으로 80%의 적중률이 있었다.

그러므로 이 사람은 일지 亥中에 있는 壬水가 나타나는 壬대운에 癸丑生 金氏를 만나 혼인했다.

이 명식에 왕목의 기를 설해주는 火가 있었으면 좋은 운명이되나 그렇지 못한것이 아쉽다. 월시간의 己土 편재는 부친이고 시어미인데 쓸모없는 병(病)이 되므로 그 부친 및 시모는 능력없고 쓸모없는 사람으로 내게 짐만되는 존재다. 그리고 己土가 두 개있으므로 시모 및 부친이 두 명 있게 된다.

亥中壬水가 남편성이므로 당연히 월시간의 己土가 자식성이 된다. 그러므로 이 사주는 자식 때문에 속 썩이고 살게 되는데 己土가 합거되는 甲운부터다. 아이는 두 명 모두 딸자식이나 하나는 유산시키던지 중도에 사별될 것이다.

또 己土 편재인 부친에서 보면 부모성인 火가 하나도 없고 木의 극만을 받고 있다. 그러므로 그 부친과 시모는 조실부모했으며 많은 세파를 겪은 사람이다.

未대운에 己土가 뿌리 얻어 왕목과 싸우게 되므로 이때에 부친 및 시모 사망한다. 대운을 보면 초년 庚辰 辛巳는 좋지 않다. 그래서 가난한 집에 태어나 어렵게 성장했다.

壬대운은 앞에서 설명했고 午대운은 식신운이라 자식생기며 외조부에 대한 일이 생기는데 午中에 있던 己土가 사주천간에 있으므로 己土는 외조부의 표출신이 된다. 즉 午대운에 사주천간의 己土가 외조부를 나타내는 역할을 한다.

따라서 외조부(己土)가 왕목의 극을 받아 사망하는 운인데 癸未년(29세)만나 己癸충되며 癸水에 생기 얻은 乙木이 己土를 극하므로 외조부가 간암으로 사망했다.

이런 관법은 사주 원국과 행운을 하나로 해서 살핀 것이다. 흔히 대부분의 역자들은 사주명식과 행운을 별개의 것으로 보기도하며 사주원국은 체(体)고 행운(行運)을 용(用)으로 본다.

그러나 사주원국과 행운은 별개의 둘이 아니고 하나이면서 둘(二)이고 둘(二)이면서 하나다. 그러므로 어떤 때는 사주원국이 체(体)가 되고 또 어떤 때는 행운이 체(体)가 되고 사주원국의 천간이 용(用)의 작용을 하게 된다.

즉 체(体)가 용(用)되고 용(用)이 체(体)되는 것이 바로 역(易)의 본 모습이다. 그런데 많은 사람들은 이런 역(易)의 본질을 이해못하고 한 번 받아들인 지식만을 고수하려 한다. 그러므로 나타나 보이는 것만을 읽을 뿐 보이지 않고 숨어있는 사상(事象)은 읽을 수 없게 된다.

태극도(太極圖)를 예로 들면 태극(太極)이 생(生) 음양(陰陽) 음양생 사상(四象) 사상생 팔괘(四象生 八卦)이고 양(陽)이 음(陰)보다 존귀하다. 그러므로 비천한 음(陰)은 억제하고 교화시켜야 한다. 고 생각했다. 이런 존양억음(尊陽抑陰)의 생각은 나중에 남존여비(男尊女婢) 사상으로까지 발전되었다.

이것은 성인(聖人)으로 받들어 모셔졌던 공자(孔子)를 비롯한 여러 선인(先人)들의 역철학(易哲學)이기도 하다. 그러나 태극을 구성하고 있는 상대성(陰, 陽)은 5:5의 비율로 구성되어 음과 양이 동등한 세력으로 서로 어울려야만 완전한 하나(太極)를 이룰 수 있음을 나타내고 있다.

이것은 음이 양보다 못하지도 약하지도 않은 동등한 것이라는 평등과 화합 그리고 통일의 뜻까지 내포하고 있다. 따라서 역자(易者)의 안목은 어느 한쪽에 치우치면 안되고 연역적 사고와 귀납적 생각을 동시에 지니고 있어야만 보이지 않는 속사정까지 살필 수 있을 것이다.

1960년대와 70년대 사이의 중국 땅엔 소위 문화혁명의 깃발을 멘 홍위병들이 여기저기 들쑤시고 다니면서 성인(聖人)이라 추앙받고 있던 공자(孔子)의 묘나 사당 그리고 그 초상화까지 깨부수며 훼손시키는 사건들이 벌어졌다.

그때의 사정을 언론을 통해 알게 된 필자의 머릿속엔 왜? 라는 의문이 가득했다. 그러다가 수년 후 태극도는 평등과 화합 그리고 통일을 나타내는 하나의 그림이다는 깨달음이 오자 그 왜? 라는 의문은 즉시 풀렸다. 왜? 일까? 독자여러분들도 스스로 그 까닭을 더듬어 보기 바란다.

예17) 사주팔자 똑같아도…

```
                        41 31 21 11  1
丙甲癸壬   여    戊己庚辛壬    대운
寅辰卯寅         戌亥子丑寅
```

甲木일주 卯月生으로 寅卯辰있고 金없어 곡직격이다. 시간의 丙火가 왕목의 기를 설하므로 용신이다. 따라서 년월간의 壬癸

水는 丙火를 극하므로 기신작용이다. 그러므로 부모덕 없고 먹고살기 힘들다. 壬癸水가 년월에 앉아 丙火 식신을 극하기 때문이다.

그런데다가 년월시가 모두 공망되어 공문(空門;佛門)에 인연 있으며 실속없는 인생살이 하게 된다.

이 사주의 나쁜 점은 일지 辰中癸水가 월간에 투출되어 기신 역할하는 점이다. 년지 寅中戊土 편재가 부친성. 일시 辰,寅中에도 戊土 있으나 년지는 부모조상궁이므로 년지 寅中戊土를 부친으로 보는 것이다.

그리고 시간의 丙火 식신은 부친의 표출신이고 자식이다. 일주 甲辰과 丙寅은 2급 소용돌이 되어 부친 및 자식과는 이별수가 잠재되어 있다. 그런데다가 일지 辰中癸水와 년간 壬水가 丙火를 극하므로 또다시 丙火의 칠살운이 오는 壬寅대운에 부친 이별인데 戊申년(7살)에 년지 寅을 충하여 부친 사망했다.

월간 癸水는 모친인데 기신되고 일지 辰에 입고되므로 모친덕 없을 뿐 아니라 일찍 이별하게 된다. 그런데 시간 丙火가 부친의 표출신이므로 丙과 합하는 辛金은 모친이 되고 이 辛이 입고되는 丑대운은 모친 사망운이다.

따라서 辛酉년(20세)에 사주원국 寅卯辰과 卯酉충되어 약해진 辛金(세운간)이 시간 丙火와 합거되므로 모친 사망했다. 즉 죽은 부친이 모친을 데려갔다.(곡직격에 辛丑대운과 辛酉세운은 凶하다.)

庚대운 역시 金운되어 불미스러우나 庚子(대운)가 甲辰과 子辰으로 합하므로 남자 만나 결혼할 운이다. 따라서 26세되는 丁卯년에 결혼했다.

子대운은 년월간 壬癸水의 뿌리되므로 춥고 배고픈 세월이다. 己亥대운의 己는 甲木일주의 정재이며 월간 癸水를 制剋하므로 소길(小吉)하며 돈 벌어야 되겠다고 마음먹게 된다.

戊戌대운은 편재이고 월간 癸水를 합거시켜 사업하게 되며 돈도 조금 벌게 된다. 이 사주도 金이 없어 金씨남편 만났고 자신의 성(姓)또한 金에 속하는 鄭씨다.

시간의 丙火는 나와 음양이 같으므로 딸인데 년지 寅 시지 寅中에 丙火 있으므로 모두 3명의 딸을 둘 수 있다. 그러나 壬癸水가 년월천간에 있으므로 유산 및 낙태 할 수 있다.(산아제한)

이 사주와 똑같은 사주를 봤는데 그 공통점은 다음과 같았다.

① 비슷하게 닮았으며 왜소한 신체였다.

② 두 명 모두 金씨 남편 만났고 자신의 성 역시 金에 속했다. 한 사람은 鄭이고 또 한사람은 金씨였다.

③ 어려서 조실부모했고 어렵게 살고 있다.

④ 아들은 없고 딸자식만 두었다. 또 한사람은 딸 하나만 낳고 생길 때마다 낙태했다.

⑤ 공문(空門)에 인연 있었다. 딸 셋 둔 여인은 음식장사하면서 지극한 불교신자며 또 한사람은 법당 차려놓고 그 덕에 살고 있다.

⑥ 형제(오빠)가 풀리지 않았다. 한 사람의 오빠는 독신으로 별무직업으로 지내고 또 한사람의 오빠는 승(僧)이었다.

⑦ 둘 다 山字 들어간 부산(釜山)에 살고 있다. 이것은 2월(卯月)의 무성한 나무는 흙이 있어야 뿌리를 내릴 수 있기 때문에 흙을 뜻하는 山에 인연을 두게 된 것으로 생각된다.

예18) 자존심 상해 이혼했다.

```
                 33 23 13  3
  己 丙 丁 辛   남   癸 甲 乙 丙   대운
  亥 午 酉 亥        巳 午 未 申
```

丙火일간이 酉月에 태어나 金水의 세력은 강하고 일주는 약하다. 그러므로 일주의 세력을 강하게 해주는 午대운이 좋다고 말하기 쉽다. 그러나 이것은 오행의 생극관계 즉 신왕 신약만을 가지고 판단한 것으로 오류다. 丙火는 십간중에서 제일 양강(陽强)하므로 조금의 뿌리만 있어도 절대 세력에 종하지 않는다.

그런데 이 사주는 월지 酉에서 투출된 년간 辛金이 일간 丙火와 합하여 종할 것을 강요하고 있다.

그러나 일지 午中丁火 겁재가 월간에 투출되어 나의 표출신이 되고 있다. 그러므로 이 사람은 따르기를 강요하는 辛亥에 반발하여 오히려 辛金을 없애려 하게 된다. 즉 일지 午火 양인은 나의 자존심이고 독립심이며 투쟁적 성질인데 이것으로 세력을 믿고 종을 강요하는 辛金을 녹여 없애게 된다.

이 사주 주인공은 甲대운 甲戌년에 연상녀(年上女)와 결혼했는데 돈깨나 있는 집안의 여성이었다. 그런데 그 처가 자신의 친정 부유한 것만 믿고 남편에게 자기하자는 데로 따르길 강요하는 태도를 자주 나타냈다. 사랑의 열기가 있어 처음엔 참고 따랐으나 午대운에 이르러 더 이상 자존심 상해 못살겠다며 이혼하게 되었다.

이 사주를 단지 오행의 생극작용과 신왕신약에 따른 강약만을 본다면 午대운은 약한 일주를 도와주므로 좋은 운이라 판단할 수 있다. 그러나 사주풀이는 억부법만으로 모두 해결되는 것은 아니다.

따라서 이 사주는 정재파격이고 정재를 파하는 丁火겁재가 일지에서 투출되었음을 염두에 두어야 한다.

29세 己卯년에 이별했는데 시지 亥와 亥卯로 합하여 일지 午火양인을 생했고 처궁인 월지 酉를 충했기 때문이다.

예19) 한방에 여자 둘 남자 하나

```
                47 37 27 17  7
壬 癸 己 戊   여   甲 乙 丙 丁 戊   대운
戌 未 未 申        寅 卯 辰 巳 午
```

癸일주가 염천(炎天)인 未月에 태어났고 천간에 戊己土있고 일시지에 未戌의 조토있어 크게 신약하다. 따라서 癸水음일간은 왕한 세력에 종해야 한다고 감명하기 쉽다. 그러나 시간의 壬水가 년지 申에 뿌리 두고 염열을 식혀주므로 이것이 용신이다.

그렇지만 년지 申은 공망이며 시간 壬水와 너무 멀리 떨어져 있어 기가 통하기 어렵다. 따라서 한 방울의 물로 타는듯한 갈증을 달래야 하니 참으로 불미스런 팔자가 되었다.

년지 申中庚金 인수가 모친성이고 년간 戊土정관은 첫 남자다. 따라서 첫 남자는 부모같은 늙은 남자다. 시간 壬水는 년지 申에서 나왔으므로 모친의 표출신인데 壬戌 백호살이고 년월과 월일시의많은 관살이 壬水와 명암합하고 있다. 이것은 모친(壬)이 많은 남자와 정을 맺는 형상이며 많은 남자(多土)의 입장에서 보면 갈증을 풀기위해 마시는 한 방울의 물에 불과하다.

따라서 이런 정황은 그 모친이 유흥업소 종사자 이던지 많은 남자 상대하는 기생임을 뜻한다. 그리고 많은 土에 극되고 壬戌

로 백호살 된것은 흉사(凶死)함을 나타낸다. 따라서 본인은 후실(妾) 및 사생아로 태어났다.

초년 戊대운이 약해져 있는 壬水를 극하고 대운지 午火가 년지 申金을 극하므로 이때에 모친 사별했다. 그런 후 어려운 세월 보내다가 巳대운 庚午년(23세)에 나이든 남자와 결혼했다. 그것은 년지 申과 巳申합했고 申中庚金 투출되는 해여서 결혼된 것이다.

丙대운은 염천(炎天)에 태양이 또 열기를 퍼붓는 격되어 어려운 세월이었고 辰대운은 壬癸水의 뿌리되어 평길했다.

乙卯대운은 병(病)이 되는 土를 극하므로 갈증은 면하나 乙酉년(38세)에 夫가 첩(妾)을 데리고 입가(入家)하여 삼인(三人)이 한방에서 동거하는 해괴한 일이 있었다.

이것은 시간의 壬水는 남편인 戊土의 애인인데 신약한 癸水 일주로서는 조후역할도 되고 극해오는 왕토의 세력을 분산시키는 역할도 되므로 본인이 묵인한 것으로 보여진다.

甲寅대운은 년주 戊申과 천지충하므로 夫別되는데 48세되는 乙未년에 일시지 戌未형이 발동되어 이혼했다. 寅대운은 壬水용신의 뿌리되는 년지 申을 충하여 만사가 끝나게 되는데 癸卯년(56세) 만나 시지 戌과 卯戌합하여 戌未형을 발동케하므로 한 많은 이 세상을 스스로 하직하게 되었다.

이 사주는 년지 申中壬水가 시간에 있고 시지 戌中戊土는 년간에 있어 서로 기를 통하고 있는 구조다. 이러므로 癸水 일간이 旺한 土에 종하지 않은 것이다.

예20) 夫死하고 딸 재혼한다.
```
             37 27 17  7
甲 丁 甲 己   여   戊 丁 丙 乙    대운
辰 酉 戌 巳        寅 丑 子 亥
```

丁火일간 戌月生으로 월지 상관격이다. 丁火일간은 년지 巳, 월지 戌에 뿌리 있으나 土多하여 신약이다. 따라서 시간 甲木으로 용신해야하나 나무(甲)를 쪼개 丁火를 생하게 해 줄 庚金이 불투하니 재복 크지 못하다.

따라서 시간의 甲木은 丁火를 생하는 역할보다 土를 극제하는 작용을 하게 된다. 그러나 생목(生木)인 甲의 뿌리인 辰이 일지 酉와 합하여 金이 되므로 甲木의 힘이 약해져 토(土)를 극하는 능력이 좋지 않다.

시지 辰中癸水가 남편성이다. 일지 酉와 辰酉합을 맺기 때문이다. 그런데 입고되어 있고 월지 戌의 충을 맞고 있다.

다행히 일지 酉가 중간에 앉아 辰酉합으로 그 충을 해소하고 있다. 따라서 일지 酉가 합충을 당하게 되면 辰戌沖이 작동되어 辰中癸水 남편이 상하게 된다.

乙亥대운은 년지 巳가 沖을 받아 丁火일주의 뿌리 하나가 상했다. 따라서 불길하나 甲木이 亥에 장생하므로 대흉하진 않았다.

丙子대운의 丙은 약한 일주 돕게 되어 평길했고 신변이동 있었다. 년지 巳지살에서 丙火 투출되어 일주를 도와서이다.

子대운은 관성운이고 이것이 남편궁인 辰과 반합하여 결혼하게 되었다.

丁대운 吉하나 丑대운은 일지 酉와 酉丑합하여 월시간의 辰戌충을 발동케한다. 그러므로 남편에게 대흉하다.

이런 대운중에 壬寅년 만나 충출된 戊土 상관이 壬水정관을 상하게 하므로 남편 사별하게 되었다. 그리고 시간에 인수(甲) 있고 시주 甲辰은 백호살이다. 그런데다 월주 甲戌의 충을 맞고 있으며 공망에 해당된다. 그러므로 자식역시 흉사하게 된다.

또 己土 식신 딸은 첫 남자 사별하고 재혼하게 되는데 이는 己土가 월시간의 甲木을 보기 때문이다.

예21) 태권도 사범

```
                    37 27 17  7
乙 癸 己 丙   남   癸 壬 辛 庚    대운
卯 酉 亥 辰       卯 寅 丑 子
```

겨울인 亥月에 태어난 癸水 일간이 년지 辰에 통근했고 일지 酉에 생을 받으므로 신왕하다. 따라서 년간 丙火는 조후역할하여 반가우나 지지에 그 뿌리가 없어 재복이 크지 못하다. 신왕하므로 월간 己土 편관으로 용신하는데 시간의 乙木이 약한 편관을 극함이 병이다. 즉 제살태과격이 되어있다.

편관은 군인 경찰 사법관 스포츠(무술)등의 직업에 인연 있으나 이처럼 편관이 극을 심하게 받게 되어 겨우 태권도 사범으로 먹고 산다.

庚대운은 시간의 乙木을 합하여 병을 제거하므로 좋았다.

子대운은 水旺해지므로 좋지 않았다.

辛대운은 년간 丙火를 합거시켜 금전에 구애받게 되나 시간의 乙木을 제극하여 己土가 다치지 않으므로 무술(태권)을 수련했다.

丑대운은 월간 己土의 뿌리되어 태권도 사범 노릇하게 되었다.

壬대운은 월지 역마 亥中에서 투출되었으므로 거주지 이동이 따르고 여행하거나 교통문제가 따른다. 그런데 壬水는 겁재되어 년간 丙火를 탈취하게 되고 시간의 乙木을 생하여 己土를 극하게 한다. 그리고 己土와 壬水의 관계 역시 좋지 않다.

즉 己土가 壬水를 보면 흙(土)이 흐르는 물에 씻겨져 떠내려 간다. 따라서 발생되는 일들이 모두 불리하게 작용된다.

이런운에 甲申년(29세) 만났다.

세운간 甲木은 대운지 寅과 월지 亥 그리고 시지 卯에서 투출된 것이므로 아주 흉하다. 그런데다 나의 용신인 己土를 묶어(甲己)가는 운이다. 이러므로 교통사고 크게 내어 구속되었다. 癸水일간이 관에 묶여 입고되는 戊辰月이었다.

辛 丙 丁 甲　남　　辛 庚 己 戊　　대운
卯 申 卯 戌　　　　　未 午 巳 辰

丙火일주 卯月生으로 木多한데다 년지 戌에 통근하고 년월간에 甲,丁있어 신왕하다. 따라서 일지 申에 뿌리를 두고있는 시간의 辛金정재가 용신이다. 하지만 월간 丁火 겁재가 왕한 세력으로 버티고 있으므로 정재파격이고 丁火는 최대의 기신이며 병이다.

그리고 왕한 甲, 卯木은 두 번째 기신이다. 이처럼 사주 천간에 기신이 왕하게 나타나 있고 이를 제거하거나 화하게 해줄 오행이 없으면 천하고 탁한 격이되어 고생 막심하다.

월주 丁卯가 지배하는 40대까지가 아주 좋지않고 40대 이후부터는 조금 안정되고 좋아진다.

년지 戌은 화개성이며 조상자리이고 火土의 고(庫)다. 그런데 여기에서 나의 용신 辛金과 월간 丁火가 투출되었다. 게다가 戌은 월지 卯와 합하여 화기(火氣)를 만들어 월간 丁火를 생하고 있다. 그러므로 조상의 묘자리가 좋지못해 그 영향을 나쁘게 받게 된다. 즉 조모(戊는 戌에 入庫)의 묘자리가 나빠 풍파가 온다.

일지 申中庚金은 부친성이고 월시지 卯는 모친성이다. 월지 卯가 부친의 전처이고 시지 卯中乙木은 친모. 월지 卯는 년지 戌과 합하여 입묘(入墓)되었으며 월간 丁火 겁재를 생하고 있다.

이는 전모(前母)소생의 여형제가 있으며 전모는 홧병(火病)이나 불(火)에 타 죽었다. 그렇지 않으면 그 시체는 화장했다.

戊辰대운은 식신운되어 좋을것 같으나 년지 戌을 충하여 조상의 묘가 충파되었으며 아궁이(戌)가 깨져 비화(飛火)되어 극금하므로 부친 사망했다.

己대운은 년간 甲木 합거되어 모친 사라진다.

庚대운은 좋을것 같지만 甲木을 庚이 깨트려 생화(生火)한다. 그러므로 파재(破財) 및 신상에 대흉하다. 또 역마(申)가 발동이라 부평초같이 떠돈다.

사주가 천탁하고 「편인(甲) + 화개(戌)」이며 이것이 卯申 귀문살과 연결되어 있으므로 공줄심한 집안이며 이 영향으로 떠돌이 중이 되었다. 庚午대운에서였다.

그러나 일간 丙이 시간 辛과 합하여 정재에게 정을 주므로 대처승이다. 일지 편재있고 시간 辛金 정재 있으므로 처외에 애인 있는 상이다. 활활 불타고 있는 봄의 대지위에 태양(丙)이 떠오르고(卯時) 있으니 천지가 핏빛으로 물들어 있는 물상이다.

예22) 세무공무원 및 선생

```
甲 壬 庚 甲    남    丙 乙 甲 癸 壬 辛    대운
辰 申 午 子          子 亥 戌 酉 申 未
```

壬申일주가 午月에 태어나 申子辰 水局 있지만 子午冲되어 재성의 세력보다 일주의 세력이 약간 약하다. 그러므로 金水운이 좋고 火土운은 불미스럽다. 년주 甲子와 월주 庚午가 천충지충하지만 년주 월주 그리고 일주 壬申이 모두 甲子순중에 있고 특히 월주 庚午는 壬申일주에게 2급 상순관계로 따르고 있다. 따라서 돈이 나를 따르는 팔자다.

일지 申에서 투출된 월간 庚金(편인)이 유정하게 壬水일간을 생하므로 조삼모사한 꾀(편인)로 치부한다. 또 월지 午는 년지 子에 충파된 돈이다. 이것이 나와 2급 상순관계로 합정(명암합)함은 남(년지 子)이 박살낸 돈 및 여자 또는 남에게 박살난 돈을 편인을 써서 취하게 된다.

午月의 壬水는 갈증을 식혀주는 물이고 월간 庚편인이 壬水를 생하므로 마르지 않는 샘물이고 호숫물이다. 따라서 많은 사람이 내덕에 살아간다. 그런데 子午冲하면 午中己土가 충출되고 이것이 년시간의 甲木(돈줄)과 쟁합된다. 이리되면 두 개의 직업을 갖게된다. 즉 정관 己土와 식신 甲의 합은 돈 버는 직장이다.

일지 申中庚金이 나의 표출신이라 눈치 빠르고 임기응변의 재주 있으며 타산적 이기적인 성품이다. 그리고 庚金이 용신이므로 교육업에도 인연 있다.

癸酉대운에 庚金이 힘을 얻어 교육자 생활했다.

甲戌 대운에 직업 변동하여 세무공무원으로 근무했는데 이때 부정하게 축재했다.

乙亥대운도 좋았고 丙운에 퇴직했다.

예23) 이혼하고 부친 사망했다.

```
                      52 42 32 22 12  2
戊 戊 乙 壬    여    己 庚 辛 壬 癸 甲    대운
午 午 巳 辰          亥 子 丑 寅 卯 辰
```

戊午일주 巳月生에 아주 신왕하다. 이리되면 년간 壬水가 희신이고 년지 辰에 뿌리둔 乙木 정관으로 용신한다. 그러나 乙木이 왕한 戊土를 제극하는 힘이 떨어져 년간 壬水로 약한 乙木을 도와야 한다.

따라서 내 돈으로 남편(乙)을 뒷바라지 하나 남편은 내게 큰 힘이 되지 못할 뿐 아니라 내 돈(壬)만 빨아 먹는다.

乙巳 남편에서 보면 일주 戊午와 시주 戊午의 午에 홍염살되고 도화살되며 두 개의 정재가 된다. 따라서 남편은 바람피우며 도박과 유흥에 빠져 돈만 작살낸다.

癸卯대운 길했고 壬대운 결혼했다. 辰이 남편궁이고 홍염살이므로 연애결혼이고 남편궁위에 앉은 壬水 발동되어 壬대운에 결혼이다. 辛대운은 정관격에 상관운되어 남편과 이별 불화있으나 辛金이 壬水를 생하고 壬水는 乙木을 생해주므로 불화 심했으나 이혼하진 않았다. 다만 乙辛충되어 남편이 배타는 직업을 가짐으로 인해 별거되었다.

丑대운은 년지 辰재고를 파하여 손재구설 심했고 권리다툼 및 쟁재(爭財)가 있었다.

庚대운은 월간 乙木 정관을 합거하므로 남편 이별했고 년간 壬水부친과도 사별했다. 戊가 극 壬水함을 월간 乙木이 그 사이에서 막아주고 있는데 乙木이 없어지므로 해서 戊戊가 壬水를 극하게 된 것이다.

壬水가 乙木을 생하여 왕강한 戊土를 제지하고 있는 이런 구

조의 사주는 돈 및 부친을 뜻하는 壬水가 없어지면 남편(乙)이 그 역할을 못하게 되고 乙木 남편이 없어지면 돈 및 부친이 상하게 된다.

子대운은 일시지 午를 충한다. 충출된 午中丁火는 년간 壬水와 합거되므로 모친사망하게 되었다.

월지 巳中庚金 자식되어 아들하나 두었다.

예24) 신강재강해도 빈명이다.

```
                   46 36 26 16  6
丙 己 壬 丙   남   丁 丙 乙 甲 癸
寅 巳 辰 子        酉 申 未 午 巳
```

己土 일간이 봄이 무르익은 3월(辰)에 태어나 누가 봐도 신왕이다. 월간 壬水 정재 역시 월지 辰에 통근했고 년지 子에 양인을 얻어 강하다. 따라서 신왕재왕의 팔자로 부명(富命)이라 할 것이다.

그러나 3월의 논밭은 나무를 키울 수 있어야 제 역할을 하는 것이고 쓰임이 있다. 월지 辰中에 乙木있으나 진흙속에 엉겨있는 나무 뿌리같은 것인데다 불투되었다. 그리고 시지에 제법 쓸 만한 寅中甲木이 있으나 일지와 寅巳刑되어 그 뿌리가 상했고 역시 불투되어 있다. 따라서 나무를 키울 수 있는 논밭이 못된다.

그런데다 己土와 壬水의 관계는 좋지 못하여 넓은 논밭에 흙탕물만 덮여있는 꼴이다. 여기에다 일시지에 뿌리를 둔 년시간의 丙火만 강열하게 빛나고 있다. 사주에 인수성이 많으면 여기저기 다니며 제 잘난척 글자랑 학문자랑 많이 한다. 그런데 이 사주의 인수성인 丙火는 일지 巳에서 투출되어 일주의 표출신이 되어 있다.

그러므로 이 사람은 자신의 학문이 두 개의 태양 같다며 내세운다. 그러나 년간 丙火는 월간 壬水에 극되어 월간 壬水 작용하는 20대까지는 공부복 없고 부모(丙)복도 없다.

시주 丙寅이 己巳일간에 3급 상순으로 찾아오므로 늦게나마 공부에 열중했는데 역학 공부였다.

丙申대운에 일시지와 삼형을 하여 寅中甲木이 형출되므로 직장생활이라고 하게 된 것이 기차역에서 품파는 노동직을 갖게 되었다.

3월의 논(己)에 물이 가득하나 모심기를 못하고 있는 물상이다.

예25)

```
                        45 35 25 15  5
   癸 甲 戊 壬    여    癸 甲 乙 丙 丁    대운
   酉 午 申 寅          卯 辰 巳 午 未
```

甲木 일주 申月生으로 신약하다. 년지 寅록은 월지 申에 충파되었고 시간의 癸水에 의지한다. 재관성이 태왕하고 일간 약해 왕한 관성을 감당하기 어렵다. 따라서 남편복 없다.

월지 申中壬水가 일지 午火상관(홍염살)과 암합하므로 申中庚金 편관이 첫 남자이다. 그리고 申中에서 투출된 년간 壬水 편인은 남편의 표출신이다. 그런데 壬水는 월지 申에서 투출된 戊土에 의해 충극되며 병지(病地)인 寅에 앉아 있다. 따라서 첫 남자의 나타나 있는 모습은 쇠약한데다 병들어 있다.

午대운에 일지 午火홍염살 발동되어 연애감정 생기고 결혼하

게 되는데 甲子년(23세)에 이모의 소개로 만난 남자와 결혼했다.

세운지 子가 일지 午를 충하면 午中己土 충출되어 일간 甲과 명암합하므로 결혼 이뤄진다. 흔히 일지 배우자궁을 충하면 부부이별이라 하지만 이 사주는 천간에 일간외의 甲木은 없다.

그러므로 충출된 己土는 일간과 합이 된다. 만일 년간에 甲木이 또 있다면 그 때는 결혼하려다가 쟁합으로 인해 배우자감이 타인과 합해가므로 깨지게 된다.

乙대운은 겁재되어 궁핍하나 기신인 戊土가 힘을 쓰지 못하므로 평길하다.

巳대운은 년월지와 寅巳申 삼형되고 寅申冲 있는데 巳申합을 만나는 운으로 부부이별 따르게 되며 가택이동 및 역마사고 발생되는 때이다.

甲대운은 월간 戊土를 충극하여 돈 나가고 남편의 병이 발동되어 나타난다. 즉 년지 寅은 남편의 표출신인 壬水의 병지인데 이것이 투출되었으므로 병(病. 寅)이 발동되어 나타난 것이고 이에 戊土 편재가 극되므로 남편의 병 때문에 돈 쓰게 되는 것이다.

辰대운은 년간 壬水(夫표출신)이 입고되며 시지 酉와 辰酉로 합된다. 따라서 남편의 사망이 있게되고 또 다른 남자(시지 酉)를 만나게 된다. 이런 운중에 辛巳년(40세) 만나 壬水는 절(巳에)봉하고 寅申충(년월지)이 발동되어 남편 사망했다.

그리고 癸未년(42살)에 남자 한명을 만났는데 간경화증 걸린 사람이었다. 자식인 년지 寅中丙火는 寅申冲으로 유산 낙태시킨 자식이고 일지 午中丁火 남자자식 하나 두었다.

예26)

<pre>
                    33 23 13 3
庚 庚 癸 丁   남   己 庚 辛 壬   대운
辰 子 丑 亥   酉 戌 亥 子
</pre>

庚金 일주가 겨울인 丑月에 태어났고 지지에 亥子丑있고 천간에 癸水 투출되었다. 따라서 丙火, 寅木, 戌, 未의 土가 있어야 한다.

그러나 조후하는 것이라곤 년간에 있는 외로운 丁火 하나뿐인데 이것마저 癸水에 충극되어 있으나 마나하다.

따라서 水가 병이되고 이를 제거해주는 土가 약신이 된다.

년지 亥中甲木 편재가 부친성이나 불투되어 년간 丁火를 부친의 표출신으로 삼는다. 이는 亥中甲木있고 壬水있는데 년간 丁火가 亥中壬水와 丁壬으로 자좌명암합하여 목의 기운(丁壬木)을 만들었기 때문이다. 그리고 丁火는 亥中甲木의 상관이므로 부친의 나타난 모습이 된다.

그런데 丁火의 최대 기신인 癸水는 일지 子中에 득록하며 투출되었다. 그러므로 이 사람이 태어난 얼마후에 부친이 상하게 되는 것이다. 따라서 초년 壬대운에 년간 丁火를 합거시켜 부친 사라지게 되는데 원명의 癸丑 백호살이 丁火를 극하고 있으므로 흉사 당하게 된다.

그리고 丁火를 극하는 癸丑 백호살은 수(水)이고 이것은 북방이다. 그러므로 그 부친이 북방 흉신(凶神)에게 당하게 된다.

이런 운중에 庚寅년(4살) 만나 庚金은 癸水를 생했고 역마살인 寅은 년지 亥水와 합을 맺어 년간 丁火를 사지(死地)에 들어가게 한다. 그러므로 그 부친이 북한 인민군에게 북으로 끌려가던중 총살 당하게 되었다.

戌대운은 따뜻한 흙이되어 습한 癸水를 제해주므로 좋았다. 그리고 시지 辰을 충하여 충출된 乙木이 일간 庚과 합을 맺어 결혼도 하게 되었다.

인수인 己土운은 모친에 의지하여 지냈다. 이 사주는 음습함이 지나쳐 분발심이 없는데 월지 丑中己土 모친이 子丑으로 일지와 합을 맺어 음습한 수기(水氣)를 막아 보려 하고 있다.

따라서 모친의 덕은 있지만 역시 음습한 己土이므로 큰 역할을 못해주고 있다. 즉 모친(己) 역시 음습함에 젖어 있으므로 자신의 안위마저 걱정해야 되는 상황인데 이에 의지하려 하고 있다는 말이다. 그리고 월지와 시지의 丑辰은 급각살이고 여기서 월간 癸水가 투출되어 기신 작용한다. 그러므로 관절통 있게되고 수족에 불구되기 쉽다.

酉대운 역시 좋지 않은데 도화살되어 시지 辰과 합을 맺으므로 처가 타남과 사통하는 일이 발생된다. 모친이 무당이다.

예27)

```
                    31 21 11  1
己 辛 癸 辛   여   丁 丙 乙 甲   대운
亥 酉 巳 亥        酉 申 未 午
```

년지 亥中甲木 부친성이고 시지 亥中甲木 역시 부친성이다. 시간 己土 모친성이며 월지 巳中戊土 역시 모친성이다. 년지 亥中甲木 부친이고 월지 巳中戊土가 나의 친모이나 巳亥冲으로 모친과 부친은 이별한다.

시간 己土 후모(後母)되어 후모손에 자라게 된다. 甲대운은 부친이 홍염지(午)에 앉아 있으며 시간 己土와 슴을 맺는다. 그러므로 이 대운에 부모 이별하고 부친은 후처를 맞아 들였다.

대운 甲午와 시주 己亥의 합은 서로가 힘을 얻는 합이므로 부친과 후모와의 사이는 원만하다. 시지 亥中甲木은 후모(己)의 숨겨논 남자 및 첫 남자다. 월지 巳中丙火 정관이 남편인데 년지 亥의 충을 맞고 있다. 이것을 일지 酉가 巳酉로 반합하여 충을 보류시키고 있다. 따라서 巳, 亥, 卯, 辰이 와서 巳亥충을 발동시키면 남편과 이별문제 생기게 된다.

즉 巳와 亥는 巳亥충 있는데 또 충하므로 충이 발동되는 것이며 卯와 辰은 酉를 충거시키고 묶게 되므로 巳亥충이 발동되는 것이다. 그러나 월지 巳中丙火는 일지와 巳酉로 합하여 떨어지지 않으려 하게된다.

이 사주는 월지 巳火를 극하는 癸, 亥水가 병이다. 따라서 남편이 제 능력을 발휘 못하게 되는데 아이 낳은 이후부터 그런일이 발생된다. 丙대운에 월지 巳中丙火가 발동 투출이므로 남자 교제 있게 되고 결혼 성립된다. 따라서 25살 되는 丙子년에 도화관성 합신되어 결혼했다.

申대운은 巳亥충에 합을 만나게 되어 충이 발동될것 같다. 그러나 申은 신약한 일주를 돕고 巳酉로 합하여 그 본성(火)을 많이 상실하고 있던 巳가 申을 만나 합을 맺어 더욱 약해져 완전히 火의 성질을 잃게된다. 그러므로 충이 되지 않는다.

즉 손바닥도 마주쳐야 소리가 나는것처럼 巳亥충이 되려면 巳가 어느 정도의 힘이 있어야 서로 부딪쳐 싸울 수 있다. 그렇지만 巳酉, 巳申으로 火의 기운을 완전히 상실한 巳火는 亥水와의 전투는 있을 수가 없는 것이다.

丁대운은 먼저 년간 辛金을 충극한다. 그러므로 여형제에게 좋지않은 타격이 있게 된다. 그리고 다음으론 丁火는 월간 癸水를 충극하여 제거하려 한다. 癸水가 제거되면 월지 巳中丙火가 고개 내밀수 있다.

그러나 丁癸충은 癸水가 충거되지 않고 약한 丁火가 깨지며 오히려 癸水를 건드려 발호하게 하여 巳中丙火까지 극하게 만든다.

따라서 丁대운은 남편인 월지 巳中丙火가 형제인 丁火의 힘을 빌어 두각을 나타내려하지만 오히려 형제(丁)만 상처입고 가버리게 되고 丙火는 무능력해지며 제거될 위험마저 당하게 된다.

이러므로 이 여성의 남편(巳中丙火)는 丁대운에 형제와 더불어 일을 꾀하다 형제(丁)와 불화 이별있었다. 그런 후 무능력하게 지내다 처에게 이혼요구까지 받게 되었다.

이 여성은 壬午년(32살)에 부친 사별했는데 다음과 같은 이유 때문이다. 년지 亥中甲木이 부친성이고 亥中에 있던 壬水가 투출된 壬년은 부친의 표출신이 나타난 해다. 그런데 이것이 대운간 丁火에 합되었고 亥中甲木은 세운지 午에 12운으로 사(死)가 되어서이다.

이런 표출신의 작용을 모르는 사람들은 '壬은 상관이며 자식성이다. 그러므로 壬午년 만나 대운간과 丁壬합하여 그 자식에 문제 발생한다.'로 말할 수밖에 없을 것이다.

癸未년은 월간 癸水가 발동하여 월지 巳中丙火를 더욱 심하게 극한다. 그러므로 남편은 더욱 무력해져 백수로 지냈고 이때 이 남자와 헤어질까 하는 생각이 들게 되어 남편에게 이혼요구하게 되었다. 흔히 천간 癸水는 지지 巳中丙火를 극할 수 없다고 말한다.

그러나 癸水는 하강하는 성질이 있는데다 그 물상은 초여름(巳月)의 소낙비다. 그러므로 巳中丙火는 극된다.

甲申년(34살)의 甲木은 년시지 亥中에서 투출되었으므로 이동변동(亥 역마)하여 돈(甲)벌어 볼까하게 된다. 또 직장을 구해볼까 장사를 해볼까하며 여기저기 다니게 된다.

그리고 亥中甲木이 발동 투출함에 따라 년시지 亥水도 발동되므로 巳亥충으로 남편과 헤어질까는 생각도 들게 된다. 그러나 세운지 申이 월지 巳와 巳申으로 합하므로 남편(巳中丙)은 죽은 듯이 순종하며 떨어지지 않으려 한다. 즉 申년의 작용은 申대운 때와 같다.

그리고 세운간 甲木이 시간의 己土와 합하는데 이리되면 甲己모두가 사라지는 것이 아니다. 이것은 돈(甲)과 문서 및 교육을 뜻하는 己土의 합이다. 그러므로 매매계약(己)으로 돈(甲)벌이 하려한다. 또 돈 벌기 위해 공부(己편인) 및 계약사 벌리려한다. 는 등의 일이 발생된다.

그러나 申에 앉은 세운간 甲도 약하고 시지 亥水위에 앉은 己土도 약하므로 무엇하나 제대로 이뤄지지 않고 일을 진행하다가도 그만두게 된다.

이 사람은 癸水 식신이 월간에 있으며 그 뿌리가 강하므로 말 잘하고 표현력 좋을것 같다. 그러나 시간의 己土가 癸水를 극하므로 말이 막히게 되고 표현력 또한 좋지 못하며 쓸데없는 체면을 지키려 한다. 이 여성은 甲申년에 필자에게 성명학을 수강했으나 중도에 그만두고 말았다.

예28)

```
              31 21 11  1
戊 甲 乙 壬   여   辛 壬 癸 甲   대운
辰 辰 巳 寅        丑 寅 卯 辰
```

甲木일주가 초여름인 巳月에 태어났으나 년지 寅, 월시지 辰

에 통근했고 壬,乙이 천간에 있으므로 신왕하다. 따라서 시간의 戊土편재로 용신해야 한다. 그러나 戊土의 뿌리인 辰은 辰辰으로 자형되어 월지 巳역시 寅巳형되어 불안한 용신이 되어 있는데다 월간 乙木겁재가 노리고 있어 더욱 안정되지 못하고 있다.

용신이 이렇게 되어 있으면 항상 불안한 마음으로 생활하게 된다. 이 사주는 자칫 재다신약으로 보기 쉽다. 일지 辰中에서 월간 乙木겁재와 시간의 戊土편재가 투출되었고 일시지가 辰辰으로 자형을 이루므로 태어난지 얼마 후에 부친을 극하는 팔자이다.

이런데다 년주 壬寅과 일주 甲辰 그리고 월주 乙巳는 壬寅 癸卯 甲辰 乙巳로 상순관계를 이루어 더욱 木의 세력이 강해졌으며 시주 戊辰만을 외톨이로 남겨두고 있다. 즉 모친(壬寅)과 형제(乙巳) 그리고 나(甲辰)는 한편이 되어 부친인 戊辰을 왕따시키고 있다. 그런데다가 사주팔자에 부친성은 모두 5개나 되나 모친성은 년간 壬水, 일시지 辰中癸水로 모두 3개뿐이다. 이리되면 모친이 여러번 재혼함이 되는데 그 자세한 정황은 다음과 같다.

시간 戊土편재는 연월일시의 寅巳辰辰에서 투출된 것이므로 모두 4명의 부친을 대표하는 것이다. 이중에 월지 巳中戊土가 나의 친부친이고 년간 壬水편인이 친모다. 원칙적으론 일시지 辰中癸水 정인이 모친성이나 투출되지 못했고 자형을 당해 파괴되었다.

그런데다 년주 壬寅이 甲辰일과 2급 상순되어 유정하므로 년간 壬水편인을 친모로 보는 것이다. 그러나 비록 2급 상순관계로 유정하다나 타순(他旬)이므로 모친과 나는 다른 세계에 살게 된다.

壬水 모친에게서 보면 식신문창성인 寅에 앉아 있으며 乙木 상관을 보고 있다. 따라서 모친(壬)은 총명영리하며 억제를 싫

어하여 파관(破官)하게 된다. 그런데다 모친궁인 寅이 부친궁인 월지 巳를 형파하고 있다. 그러므로 모친의 자유분방한 기질로 인해 부친과 이별하게 됨을 추리할 수 있는 것이다.

일지 辰中에 戊土 있고 癸水 있는데 모친궁인 寅과 암합하고 2급 상순으로 유정하므로 일지 辰中戊土 편재는 모친의 두 번째 남자이다. 일간 甲木이 辰에 통근하는데다 壬寅 甲辰 乙巳로 친밀 유정하므로 나 역시 두 번째 부친에 의지하게 된다.

癸卯대운의 癸는 시간 戊土와 합되고 대운지 卯는 寅卯辰 木旺하게 되므로 두 번째 부친이 사라지는 운되어 모친과 의붓아비는 이별하게 되었다. 물론 재정적으로도 어려운 때다.

壬寅대운은 년주 모친궁이 발동되어 모친이 저쪽 세상인 미국으로 가버렸다. 甲木일간의 관성인 金이 없고 일간 일지와 합하는 합신도 뚜렷한게 없어 결혼하자는 남자운은 없다. 다만 辛丑대운 되어야 그런 남자 생긴다.

그런데 뚜렷한 합신은 없지만 일지 辰中乙木과 癸水와 암합하는 巳가 있다. 즉 월지 巳中戊土는 辰中癸水와 암합하고 巳中庚金은 辰中乙木과 암합하고 있다. 따라서 역마 寅에 형파당한 유부남과 애정관계 맺게 되며 부친(戊)같은 사람과 통정하게 된다.

여자팔자에 편재성이 일지의 합신이 되면 부친 및 의붓아비에게 성폭행 당할 수 있게 되는데 이 사주 역시 그러한 사정을 감추고 있다.

木土간의 상쟁을 월지 巳中丙火가 통관시키므로 예술적 재능 있으며 일지 시지가 辰辰자형하므로 물(辰은 水庫)에 뛰어들어 자살하고픈 충동이 생기게 된다. 무릇 자형(自刑)은 글자 그대로 자살 자해(自害)를 의미한다.

예29)

<pre>
              31 21 11 1
壬 辛 壬 己   남   戊 己 庚 辛   대운
辰 亥 申 未   辰 巳 午 未
</pre>

辛金일주가 申月生이고 년주 己未인성있고 시지 辰土있으므로 신왕하다. 따라서 월간 壬水상관으로 용신한다. 辛金과 壬水의 관계는 구슬(玉)을 물로 씻어주는 격이라 좋다. 그러나 년간에 己土가 壬水를 흐리게 하므로 불길함을 안고 있다. 특히 년간은 초년을 뜻하므로 초년에 혼탁한 일이 발생된다.

일지 亥中甲木 정재가 부친성이며 이와 합하는 년간 己土가 모친성이다. 그런데 부친성인 甲木의 기궁인 일지 亥에서 투출된 壬水가 월시간에 앉아있다. 즉 부친의 표출신이 두 개다. 따라서 부친 두분되게 되는데 월간 壬水가 친부이고 시간 壬水는 후부(後父)이다. 월간 壬水는 홍염살지인 월지 申에 앉아 있으며 시지 辰에 입고되고 있다. 따라서 부친은 바람기 심하며 모친인 己土와는 서로 좋지 못한 관계로서 이별하게 된다.

壬申도 강하고 己土도 未에 앉아 강하므로 서로 지지 않으려 한다. 또 일지 亥中甲木 정재는 처성인데다 처궁인 일지에 있으므로 확실한 처다. 그런데 처의 표출신인 壬水가 월시간에 두 개나 투출되어 있다. 따라서 재혼하게 되는 팔자다.

월간 壬水가 첫 여자의 표출신이고 시간 壬水는 두 번째 여자를 나타낸다. 그리고 일지 亥中에서 투출된 월시간의 壬水상관은 나의 표현력이고 행동이다. 그런데 水旺하여 제멋대로 흐르는 형상이라 본인의 성격은 거침없이 제하고 싶은데로 행한다.

년주 己未가 있으나 壬水를 막을 수 없고 오히려 壬水를 흐리게 한다. 따라서 흐린 물이 도도히 출렁거리며 제멋대로 흐르고 있는 상이다. 이리되면 그 삶과 행동양식이 어떠할지 쉽게 추리할 수 있을 것이다.

또 이 사주처럼 일지에서 투출된 상관 식신성이 좌우에 있으면서 용신이 되면 이것을 할까? 저것을 취할까? 우왕좌왕하게 되어 한가지 일에 전염하지 못한다. 이런데다가 일시지가 辰亥로 귀문살을 이루고 있으니 처를 대하는 태도가 어떨지 말 안해도 짐작할 수 있을 것이다.

辛未대운에 년지 未土가 발동되어 월지 申을 겁살하므로 부모 이혼했다. 己巳대운 25세에 동거생활 시작했으나 대운지 巳가 일지 亥를 충하므로 부부사이에 불화 많게되고 끝내 이별하게 된다. 29살 丁亥년이 될 것이다.

예30) 관을 버리고 식신을 배우자로 한다.

```
            34 24 14  4
乙甲戊庚   여   甲乙丙丁    대운
丑戌寅子        戌亥子丑
```

甲木일주 寅月生으로 조후되는 丙火를 절실히 원하게 되는 사주다. 이 사주의 남편성을 년간 庚金으로 보기 쉽다. 그러나 庚金은 분명 관성(官星)이긴 하지만 나의 배우자 역할을 할 수 있는 남자는 아니다. 그것은 초봄인 1월은 나무의 뿌리가 여리므로 庚, 辛金을 싫어하는데다가 월주 戊寅과 년 庚子가 2급 소용돌이를 형성하기 때문이다.

즉 일지 戌에서 투출된 월간 戊土는 나의 표출신인데다 나의 육신(肉身)이다. 그런데다가 월주 戊寅과 일주 甲戌은 동순(同旬)에 있으면서 4급 상순관계를 이루어 아주 친밀 유정하다. 따라서 이 여성은 자신의 육신(戊)을 아주 소중히 생각하는 사람으로서 년간 庚金 편관을 극도로 싫어하게 된다.

어린 甲木을 庚金이 치기 때문이고 戊寅과 庚子(년주)가 2급 소용돌이를 형성하기 때문이다. 그러므로 이 여성은 남자(庚)를 기피하고 무서워하며 자신의 배우자는 나와 진정으로 한 몸이 될 수 있는 寅中丙火라 생각하게 된다.

丙火는 희용신인데다 일지 戊中辛金과 암합하기 때문이다. 이런 사주구성 탓인지 남자를 기피하다가 월지 寅中甲木이 투출된 甲대운에 와서야 결혼할 생각을 먹게 되었다. 그리고 남편궁인 寅에서 투출된 甲木이 나타나자 그 결혼 상대자도 나타나게 되었다.

그런데 월간 戊土는 나의 몸이고 나의 표출신이기도하지만 배우자(寅中丙火)의 표출신이기도 하다. 따라서 甲대운은 배우자가 고개를 내미는 운이기도 하지만 戊土를 극하여 이별하게 되기도 하는 운이다. 이러므로 甲戌년(35세)에 결혼했으나 곧바로 47일만에 이혼하고 말았다.

그 후 丙子년(37세)이 되자 비로소 배우자(丙)가 나타나는 운이되어 재혼하게 되었다. 이렇게 월지 寅中丙火가 남편성이 되면 년간의 庚金은 남편의 애인이고 첫 여자이며 년지 子水는 남편의 자식이 된다. 그러므로 재혼한 남편은 전처(년간 庚)에게서 자식 하나(년지 子)를 둔 사람이었다.

예31) 결혼하면 병들고 죽는다.

```
                  34 24 14  4
己 癸 庚 丁    남    丙 丁 戊 己    대운
未 酉 戌 亥         午 未 申 酉
      공망 역마
```

癸일주 戌月生에 시주에 己未편관이 왕하여 월간 庚金인수로 일주를 돕는 용신으로 하게 된다. 월지 戌中戊丁 있는데 戊는 일간과 명암합하고 丁火는 癸일간의 재성이므로 처가 된다. 그런데 이 戌中丁火가 년간에 투출되어 월간 庚金을 극하고 있다. 따라서 돈복과 처복이 없을 뿐 아니라 오히려 돈 및 처로 인해 나쁜일만 생기게 된다.

월간 庚金인수는 일지 酉에서 투출되어 신약한 일간을 도우므로 庚金이 나의 건강을 좌우하는 명줄이다. 그런데 丁火 재성이 庚을 극하므로 득처(得妻)후 건강상하고 돈 들어오면 죽게 되는 사주다. 庚金이 극제되어 제 역할 못하게 되면 시간의 己土가 일간 癸水를 곧바로 극하기 때문이다.

그러나 丁火의 뿌리인 월지 戌이 공망되었고 년지 亥에 앉아 있어 약하므로 丁火가 왕해지는 운을 만나게 되면 탐재괴인의 작용이 된다. 년간 丁火는 부친성인데 용신의 병(病)이 되고 공망지에 앉아있고 허약하므로 부친의 덕이 없게 된다. 또 丁火에서 보면 亥水에 앉아 명암합하며 월지 戌에 입고되고 있다. 그리고 丁火 부친은 초년을 뜻하는 년간에 앉아 있다.

따라서 己土대운 壬辰년(6살) 만나 丁火는 己土에 설기되어 더욱 약해지는데다가 세운간 壬水는 丁火를 합거하고 세운지 辰은 丁火의 뿌리인 월지 戌을 충했다. 이리되어 그 부친이 북 (北;壬)으로 납치되어 생사불명 되었다. 아마도 그 부친은 북으로 끌려가다가 죽었을 것으로 추측된다.

처성인 재성(財星)이 나타나는 丁대운에 결혼했다. 사주 원국에 있는 丁火가 년지 亥中壬水와 자좌(自坐) 명암합했으므로 그 처는 남자가 있었던 여자였다.

丁未대운은 丁火재성이 홍염살인 未에 앉아 그 세력을 부리는 운이므로 未대운부터 부인이 바람나게 되었고 이때부터 건강이 나빠지기 시작했다. 약한 丁火가 힘을 얻어 월간 庚金을 극하였기 때문이다.

丙午대운은 丁火가 득록하며 월지 戌과 午戌로 화국을 지어 丙丁火에 庚金은 심하게 극제된다. 따라서 이 대운에 사망했다.

월간 庚金은 모친인데 戌에 앉아 있고 년지 亥와 戌이 천문살(戌亥)을 구성했으므로 그 모친은 지극한 종교인(佛者)이었다. 따라 밤낮으로 부처님께 빌고 또 빌었지만 아무 소용없었다.

예32) 이모 밑에서 자란다.

```
                    45 35 25 15  5
壬 癸 乙 戊    여    庚 辛 壬 癸 甲    대운
戌 丑 卯 寅          戌 亥 子 丑 寅
```

癸일간 乙卯月生되어 水木상관격으로 신약하다. 일지 丑이 戌의 형을 맞아 개고(開庫;丑은 金庫)되었으므로 丑中辛金을 용신으로 한다. 년지 寅中丙火는 부친성이고 시지 戌中辛金은 모친성이다. 일지 丑中에도 辛金있는데 어찌하여 시지 戌中辛金을 모친성으로 하느냐? 하는 점이 의문일 것이다. 그것은 시지 戌中에 있던 戊土가 부친성이 있는 년지 寅위에 앉아 있기 때문이다.

즉 戌中에 辛金인수와 같이 있던 戊土가 년간에 투출하여 모친의 표출신이 되고 이것이 년지 寅에 앉아 장생(長生;12운)하고 있어서이다. 년간 戊土는 년지 寅中에서도 투출되었으나 시지 戌이 戊土의 본기(本氣)이므로 부친보다 모친을 대표하게 된다.

그런데 모친궁인 壬戌은 백호살이고 일주 癸丑의 형을 맞고 있으므로 내가 태어난 후 얼마후에 모친이 흉사할 팔자다. 게다

가 모친의 표출신인 년간 戊土가 寅卯乙木에 포위되어 심한 극을 받고 있다. 그리고 년간은 태어난지 얼마 안되는 초년을 의미한다. 그러므로 이 사람의 모친은 간(肝) 또는 위장병에 시달렸던 분이다.

따라서 초년 대운인 甲寅은 戊土(모친의 표출신)의 칠살이 되므로 10세 전후에 모친 사별했다. 그런 후 丑中辛金인 이모에게 키움을 받았다. 일간 癸水가 년간 戊土와 戊癸合하고 일지 丑中辛金이 년지 寅中丙火(부친)와 암합하므로 아마도 이 사람의 부친과 이모는 서로간에 연정을 느껴 은밀하게 합정하는 사이였을 것이다.

또 년간 戊土는 남편인데 왕한 木에 극되고 있다. 따라서 旺木이 더욱 강해지고 발동하는 운에 부별(夫別)하게 된다. 그리고 戊土의 확실한 뿌리는 시지 戊土인데 이것이 丑戌刑이 되어 戊土의 존립이 위태롭게 되어 있다. 그러므로 戌丑형이 발동되는 때가 오면 뿌리를 상실한 戊土는 旺木의 극을 받아 상하게 된다.

壬子대운은 旺木을 생하나 일주 癸丑과 子丑으로 합을 맺어 탐합망생(합을 탐해 乙木을 생하지 않음)한다. 그리고 戌丑형을 子丑합으로 풀어 戊土가 확실한 뿌리를 얻게 되므로 남자 나타나 결혼했으며 그 남편 또한 무사했다.

子대운이 월지 卯를 형하여 목의 세력을 약화 시킨것도 하나의 원인이다. 그러나 일시지 丑戌중의 辛金이 투출되는 辛대운이 오자 戌丑刑 작용되어 戊土가 뿌리를 상실하게 되는 중 丙辰년(38세)을 만났다.

그리하여 세운지 辰과 년월지가 寅卯辰으로 방합을 이루고 시지 戌이 辰충을 맞게되어 남편과 사별하게 되었다. 이 사주처럼 戊土가 乙卯木의 극을 받고 있을 때 辛편인 운이 오면 辛剋乙木

하여 戊土가 旺木의 극으로부터 보호받게 된다. 고 말하기 쉽다.

그러나 그것도 辛金이 강할 때 성립될 수 있다는 말이지 이처럼 辛金이 亥에 앉아 약해져 있는 상태로는 木을 극하기는커녕 오히려 木을 찝적거려 동하게만 한다.

예33) 마마보이

```
                    46 36 26 16  6
戊 丁 乙 戊   남   庚 己 戊 丁 丙   대운
申 巳 卯 辰        申 未 午 巳 辰
```

丁火일간 卯月生이나 土多하여 신약이다. 따라서 월주 乙卯편인에 의지하게 된다. 그런데다가 乙卯와 丁巳일주는 동순이면서 2급 상순관계되어 아주 친밀 유정하다. 따라서 모친(乙卯木)의 자식(丁火)사랑은 아주 유별나며 丁火일간 역시 모친의 정을 잘 받아들이므로 「마마보이」의 명식이다.

丁火일간의 처는 일지 巳中庚金이고 시지 申中庚金이다. 그런데 일지 巳中에서 庚金과 같이 있던 戊土상관이 년시간에 투출되어 처(巳中庚金)와 자신(丁火일간)의 표출신이 되어 있다. 따라서 곧바로 이 명조는 두 번 결혼하게 되며 한입에 이말 저말 하는 성격을 지니고 있음을 알 수 있다.

년간 戊土상관이 첫 번째 여자를 나타내는데 월주 乙卯의 극을 심하게 받고 있다. 그런데다가 일주 丁巳와 戊辰은 1급 소용돌이를 구성하고 있다.

이런 구조는 첫 여자(년간 戊土)는 모친(乙卯)에게 공박당하여 나와의 관계가 갈등속에 있다가 끝내 헤어짐을 나타낸다. 乙卯모친의 입장에서 보면 戊辰(며느리)은 丁火자식의 기운을 심하게 설기시키는데다가 고집 세고 잘난척하는 사람이므로 제극시켜야 되겠다는 것이다.

일지와 같은 巳대운에 戊土가 득록하고 또 巳中에서 戊土가 투출되어 나타난 것이므로 이때에 첫 여자와 결혼했다. 그러다가 戊대운되어 년간 戊土가 힘을 얻어(대운지 午에) 乙卯木과 상쟁하나 결국은 木에 극되므로 이혼했다. 즉 모친이 들어 이혼을 시킨 것이다. 두 번째 여자는 시간의 戊土이다. 따라서 戊土가 힘을 얻는 戊午대운에 재혼하게 되었다.

첫 여자(戊辰)에게서 자식하나 낳았으나(辰中癸水) 곧바로 잃었다. 戊辰이 백호살이고 癸水가 辰에 입고되었기 때문이다. 두 번째 여자에게서 두 명의 자식을 두었는데 申中壬水고 巳申合水이다.

두 번째 여자(戊申)와 모친(乙卯)사이는 卯申으로 암합하므로 아주 좋다. 모친인 乙木이 申金을 감고 들어서이다.(乙木은 줄이고 卯申合은 쇠에 줄을 감는 물상이다.) 또 두 번째 여자는 총명영리하며 민첩하게 움직이는 여성이며 말씨 또한 곱다. 戊土가 申식신 문창에 앉아서이다.

상관용인격 사주이나 대운이 土旺地로 흘러 나무 및 전선(電線)을 다루는 기술자로 생계한다. 만약 대운이 水木으로 흘렀다면 교육자 및 언론 출판계통으로 입신했을 것이다.

예34) 불구되고 처 도망했다.

						50	40	30	20	10	
癸	庚	己	乙	남		甲	乙	丙	丁	戊	대운
未	辰	丑	酉			申	酉	戌	亥	子	

庚일간 丑月生으로 土金旺하여 신왕이다. 시간 癸水상관으로 설기해야 하나 겨울철의 癸水상관이라 그 행동이 나 자신뿐 아니라 주위사람에게도 나쁜 영향을 끼치게 된다. 혹자는 이렇게 한습한 사주는 따뜻하게 해주는 火土운이 와야 좋다고 하며 혹자는 설기 용신인 癸水가 힘을 발하는 운이 좋다고 말하기도 한다.

그러나 이런 사주는 억부법에만 매달리지 말고 조후를 먼저 생각해야 한다. 다만 癸水가 왕한 庚金의 기세를 설해주므로 나가는 길은 기술직이다. 그러나 丑月의 癸水는 기신이므로 좋은 직장의 좋은 기술이 못되며 이것이 월일지 丑,辰(급각살)에서 투출되었으므로 수족에 그 결함을 지니게 된다.

그리고 왕한 庚金이 癸水상관으로 설기하려하므로 이 사람은 자신의 갑갑함을 더러운 언어와 행동으로 표출해 낸다. 특히 차가운 몸을 녹이기 위해 술을 마시게 되면 癸水가 더욱 기승을 부리게 된다.

이 사주의 처는 년간 乙木이다. 비록 년지 酉金 비견겁재위에 앉아 있지만 乙木의 뿌리가 나의 자리인 일시지 未에 있기 때문이다. 그런데 이 乙木은 천간으론 일간과 乙庚合하고 지지로도 辰酉합을 맺고 있으므로 나(庚)를 따르는 완전한 내 마누라 같다. 그러나 乙木은 년지 酉도화에 앉아 자좌명암합하며 酉丑金局을 짓고 있다. 이는 乙木처가 많은 남자(酉丑 반금국)와 정을 맺게됨을 나타낸다. 그러하지만 천간 지지로 합이되어 좀체 깨어질것 같지 않다.

그러나 戌대운을 만나 사주지지가 辰戌丑未로 四冲이 되고 辰酉합이 깨어져 사고를 당해 수족 불구가 되었고 마누라마저 달아났다. 자식은 丁火인데 자식궁인 시간에 癸水상관이 있어 언제 극을 당할지 모르는 위험속에 지낸다.

癸水의 극을 피하려면 未土속에 숨어 있어야 하므로 그 자식

(丁)은 모친(未中己土)이 키우게 된다. 이렇게 丁火자식이 未中에 숨어 있을땐 丑운을 만나면 丁火자식이 다치게 된다.

사주가 한습하므로 양(陽)기운을 채우기 위해 독한 술을 마시게 되고 그리되면 癸水가 잘 흐르게 되어 술주정이 있게 된다.

예35) 인수성이 자식도 된다.

```
            37 27 17  7
癸 辛 戊 丙   남   壬 辛 庚 己   대운
巳 亥 戌 午        寅 丑 子 亥
```

辛金일간의 처는 원칙적으론 일지 亥中甲木 정재이다. 그러나 甲木이 천간에 투출치 못했고 戌月에 약한데다 巳亥충을 당해 상처입고 있다. 이럴 땐 천간에 일간 합신이 있으면 그것을 나의 배우자로 해야 한다. 따라서 년간 丙火 정관성이 나의 배우자다. 이렇게 변하게 되면 월간 戊土 인수가 자식성이 된다.

이런 필자의 통변 논리는 앞장에서 충분히 설명 되었으므로 의아로운 분은 다시 한 번 살펴보기 바란다. 따라서 월간 戊土는 나와는 음양이 다르고 처(丙)와는 같은 양간(陽干)이다. 그러므로 첫딸 낳았으며 그 딸의 성격은 戊戌의 특성이다.

또 인수(戊)가 자식성이므로 그 딸은 엄마처럼 나를 세심히 챙겨주고 모친과 같은 성격을 많이 지니고 있다. 처(丙)는 양인인 午에 앉아 성격강한 여자며 태양처럼 둥근 얼굴을 지니고 있다.

그런데 월주 戊戌이 년주 丙午(처)를 午戌로 합하면서 입고시키고 있다. 이는 모친과 딸자식이 처의 강한 성질을 잠재우려 하는 형태다. 그리고 丙辛으로 합하는 그 사이에 戊戌이 있으므로 부부사이엔 큰 산이 있는 격이되어 별거 생활도 있게 된다.

더욱이 부부궁인 일시가 巳亥충되어 있어 그 작용이 더욱 강하게 일어난다.

월주 戊戌(모친)은 시간 癸水와 합을 맺고 지지끼리도 巳戌귀문관살을 형성하고 있다. 이는 그 모친(戊)이 조모(癸水식신)에게서 이어받은 공줄이 있음을 나타낸다. 실제로 이 사람의 모친은 조모가 물려준 시주단지를 모시고 있다.

일지 亥中甲木은 부친성이다. 역마(巳)에 충을 받아 부지런하며 노상사고도 당해본 사람이다. 원칙적으론 일지 亥中甲木 정재가 부친성이지만 이 사주처럼 모친인 인수가 천간합을 맺고 있으면 그 합신인 癸水를 부친성으로도 봐야한다. 즉 모친과 합하는 것이 부친이기 때문이다.

따라서 이럴 땐 원칙적인 부친성인 亥中甲木 정재로 부친의 내적인 성격등을 파악하고 나타난 癸水로 그 길흉을 판단하면 된다.

壬대운은 일지 亥中에서 투출되었으므로 처와 부친에 대한일이 생긴다. 37세 壬午년은 壬水는 년간 丙火(처)를 충극하고 세운지 午는 년지 午양인과 자형을 이룬다. 따라서 그 처(丙)가 스스로의 일(自刑)로 팔을 크게 다쳤다. 또 壬은 나의 일지인 亥에서 투출되었으므로 나의 행동이고 뜻(辛에 壬은 상관)인데 이것이 丙火를 극하므로 처와 불화 심했고 처가 미워졌다.(이혼할까는 생각도 했다.)

壬대운 癸未년(38살)은 시간의 癸水가 발동되어 월간 戊戌과 합화(合火)되어 戌에 입고(入庫)되며 세운지 未에 입묘(入墓)된다. 그러므로 부친이 큰 병으로 입원하거나 사망할 운되어 그 부친이 심장병으로 이 세상을 떠나게 되었다. 일간인 辛이 발동되는 辛대운에 년간 丙火(처성)와 합을 맺어 30살 乙亥년에 결혼했다.

※ 사주원국에 천간합이 있으면 합신이 오는 운에 그 합이 발동된다. 즉 이 사주처럼 戊癸합이 있을 때 癸운이 오면 戊癸합이 발동되어 그에 따른 길흉 사상(事象)이 생겨난다는 말이다. 물론 癸水있는데 또 癸水가와 戊와 합을하면 쟁합이 되어 그에 따른 사상도 일어난다.

예36) 평생시모 모셔 효부라 불렸다.

```
                    55 45 35 25 15  5
辛 丁 己 壬   여    癸 甲 乙 丙 丁 戊   대운
亥 丑 酉 午         卯 辰 巳 午 未 申
```

　丁火일주가 酉月에 태어났다. 신약하여 년지 午火로 일주를 돕는 용신으로 해야 할것 같으나 이것 하나론 막강한 金水의 세력을 감당할 수 없어 음간인 丁火는 金에 종할 수밖에 없어 가종격이 구성된다. 이리되면 년지 午火는 버린것 되어 쓸모없다. 가버렸다는 뜻을 지니게 된다.

　년간 壬水정관이 남편인데 년지 午에 앉아 자좌 명암합하고 있으며 나와 丁壬으로 합을 맺고 있다. 따라서 나는 상처한 남자(남편의 여자인 午火가 버려진 것이란 뜻이므로)와 인연있고 쓸모없던지 가버린 형제가 있게 된다.

　월간 己土는 壬水 남편의 정관이고 이것이 문창식신이 되는 酉에 앉아 있다. 따라서 남편의 직업은 아이들 가르치는 선생이다. 그런데 월간 己土는 년지 午도화에서 투출된 것으로서 壬水를 흐리게 한다. 그러므로 남편은 바람기 많은 남자다.

　일지 丑은 재성인 金의 고(庫)며 일간 丁火의 묘(墓;12운)에 해당된다. 그런데다가 월지 酉金 재성이 酉丑으로 합을 지으며

입고하므로 시어미(酉)의 집(丑)이 내 집이라 평생 시어미와 함께 지내야 한다.

丁未대운의 未는 일간 丁火의 홍염살인데다 년지 도화(午)와 午未 합하므로 연애사 따르게 된다. 그러나 未(홍염살)가 일지 丑과 상충되므로 인해 연애사는 이루어지지 못하고 깨어진다.

丙午대운의 丙은 겁재운이나 년지 午(도화살)에서 투출되었으므로 연애사(도화살)발동이다. 게다가 대운지 午 역시 도화살이고 년지 午가 午를 만나 발동하게 된다. 그리고 대운간 丙火가 시간 辛金(내육신)과 합이 되므로 연애가 결혼으로 성립된다.

시간 辛金은 일지 丑, 월지 酉에서 투출된 것이므로 시어미와 나의 표출신이기도하다. 그러므로 시어미 또한 좋다고 나를 받아들인다. 그러나 午대운은 기신운 되어 어려운 세월이므로 남편이 바람피워 속많이 썩고 살았고 재정(財政) 역시 궁핍했다.

乙대운은 월간 己土를 충극하여 제거하므로 부부사이 좋아졌는데 남편의 바람기가 잠잠해진 탓이었다(己土는 남편과 나 사이를 가로 막으며 壬水를 흐리게 하는 역할을 한다).

巳대운에 巳酉丑 金局을 이루어 재산이 불어났고 甲대운에 己土를 합거하여 남편의 승진사 있었다. 辰대운은 월지 酉와 합하여 金의 세력이 강해졌고 년간 壬水가 뿌리를 얻어 길하므로 남편이 교감으로 승진했다.

※ 효부(孝婦)가 된 것은 나의 표출신인 시간의 辛金이 시어미(酉)의 표출신과 동일하기 때문이다. 즉 辛金 편재는 일지에서 투출되어 나의 몸인데 이것이 시어미이기도 하므로 시어미를 내 몸같이 생각하게 되는 것이다.

예37) 첫사랑 못 잊어…

```
                        43 33 23 13  3
 丁 庚 甲 乙    남    己 庚 辛 壬 癸
 亥 戌 申 未          卯 辰 巳 午 未
```

庚金일주 申월생으로 신왕하다. 당연히 년일지 未戌에 뿌리둔 시간의 丁火로 용신해야 할것이다. 년월간의 甲乙 정편재도 년지 未, 시지 亥에 뿌리있다. 신왕하고 재관도 약하지 않아 제법 좋아보이는 명조이다. 년지 未가 天乙귀인이고 활인성(活人星)이며 여기서 乙木정재와 丁火정관이 투출되었으므로 의약가인데 약사이다.

월간 甲木은 부친성이고 년지 未中己土는 모친성이며 부친의 첫 여자다. 그리고 일지 戌中戊土가 나의 친모며 부친의 두 번째 여자다. 년지 未土는 백호살(乙未) 임한데다 일지 戌의 형을 당해 부친의 본처는 흉사했다. 그리고 월주 부친궁과 년주 乙未는 1급 소용돌이되어 부친과 전모(前母)사이엔 갈등 많았다.

년간의 乙木정재는 庚일간과 합하므로 나의 첫 여자인데 년지 未에 입고되었으며 일지 戌에 묘(墓)이고 시지 亥에 사(死)되어 있다. 그런데다 월주(부친궁)와 년주 사이에 1급 소용돌이를 구성하며 일지 戌과는 戌未형이 되고있다. 그리고 월간 甲木은 시지 亥水중에서 투출되었고 戌亥로 암합하고 있다.

따라서 월간 甲木은 부친이며 두 번째 여자이다. 그러므로 두 번째 여자는 부친과 닮은 사람으로 부친이 짝지어 주려는 여자다.

이런 구조는 내가 나의 처라고 생각하며 정을 맺은(乙庚) 여자(乙)를 부친이 반대하여 나와의 사이를 갈라 놓게되며 본인 역시 부친의 뜻에 따름을 뜻한다. 그리고 그렇게 배신당한 乙木은 대운간 辛에 충극되어 그만 약 먹고 자살했다.

辛대운은 일지 戌(홍염살)에서 투출되었으므로 23살부터 연애하게 되었으며 이것(辛)이 년간 乙木을 충극하므로 배신하게 되었고 이로인해 乙木은 음독자살하게 되었다. 壬戌년(27세)때였다.

이 사주는 이 사람이 30살 되던 乙丑년에 그의 부인이 찾아와 내놓은 것이다. 그때 필자는 乙未백호살과 일지 시지에 묘사(墓死)됨과 戌未형 그리고 辛巳대운을 참작한 후 다음과 같이 말해 주었다.

'이 사람 팔자는 두 번 결혼하는 사주이며 첫 여자가 흉사하게 되는데 혹시 그런 일이 없었소?'

'제가 오기전 결혼을 약속한 여자가 있었는데…. 약 먹고 죽었답니다.' '그렇다면 당신 남편은 그것이 죄스러워 마치 귀신에 홀린듯 여기저기 다니며 제정신 아닌 짓거리를 할 것입니다.'

대운지 巳가 일지 戌과 귀문살을 이루며 역마운이기 때문에 이렇게 말한 것이다.

'예 그렇습니다. 약국은 남에게 맡겨 놓은 채 매일 술에 취해 여기저기 다니다가 인사불성이 되어 길거리에 쓰러져 있기도 합니다. 선생님! 이일을 어떻게 하면 좋겠습니까?'

'글쎄요. 무당한테 찾아가 죽은 여자의 혼백을 달래주는 굿이나 해보는 것이 좋을 것 같습니다.'

비록 좋은 사주를 타고 났지만 나쁜 대운을 만나 이 지경에 이르게 되었으니 더 이상 해줄 말이 없었다. 庚辰대운 역시 아주 불길하여 부친사망하게 되고 甲木 처와도 이별하게 된다. 물론 재물도 다 날아갈 것이다.

예38)

```
                    46 36 26 16  6
戊 甲 丁 乙   여   壬 辛 庚 己 戊   대운
辰 申 亥 未       辰 卯 寅 丑 子
```

甲木일주 亥月生으로 년지 未, 월지 亥, 시지 辰에 뿌리 있으므로 신왕하다. 조후 할 수 있는 丙火가 없고 丁火만 있으므로 격이 떨어진다. 즉 초겨울 추위를 난로 불(丁火) 하나로 이겨가려 하는 상이다. 년간 乙木은 오빠인데 년지 未에 입고되고 월지 亥에 사(死)가 된다. 그러므로 오빠 한 분 20여세 될 때 사망했다.

乙木의 고(庫)인 년지 未中己土가 투출되는 己土대운에서였다. 대운지 丑이 년지 未를 충하여 乙木의 뿌리 뽑았기 때문이다.

일지 申中庚金 편관 있으나 甲木일간과 명암합하는 년지 未中己土가 남편성이다. 따라서 丑대운은 년지 未를 충하여 충출된 己土와 甲일간이 합하므로 결혼운이다. 대운과 년지가 丑未충되면 합을 하는 午년에 결혼사 성립이므로 24살 되는 戊午년에 결혼했다.

그리고 월간 丁火상관은 남편의 모친이고 월지 亥中壬水는 시아버지이다. 丁火는 겨울 추위를 풀어주는 역할을 하므로 시엄마는 여러사람을 따뜻하게 해주는 성품을 지니고 있는 사람이다. 월지 亥中壬水는 차가운 물인데다 시진 辰과 귀문살을 이루면서 입고한다. 따라서 시아버지는 술 잘 먹고 술취하면 또라이 언동하게 되는 사람이다.

년지 未中己土가 남편성이되므로 년간 乙木은 남편성(己)과 같은 음양이므로 남자자식이고 亥中甲木은 여자 자식이다. 일간 甲木의 상관인 丁火로 따뜻함을 찾으려하고 시간의 戊土편재를 생하려하는데 역마지살인 월지 亥위에 앉아있다. 따라서 쫓아다니며 입으로 돈을버니 외판원이 직업이다.

그리고 년지 未中己土정재가 남편이고 남편궁인 未중에서 투출된 년간 乙木과 월간 丁火는 남편의 표출신이기도 하다. 따라서 남편의 성격(己土)은 온건세심하며 투기성 없으며 원리원칙에 철저하다. 그리고 남편의 생각(丁火)은 여러 사람을 따뜻하게 보살핌에 있고 평생 직장생활하게 된다.

또 년간 乙木은 남편의 직장이며 아들이고 남편의 몸(표출신)이다. 따라서 자식과 직장을 내 몸처럼 아낀다.

庚대운은 배우자궁인 일지 申에서 투출되었고 이것이 년간 乙木을 합한다. 그러므로 남편의 직장이동 있게 되고 이에 따른 가택이동도 빈번해지는 운이다. 寅대운은 월지 亥와 합되고 일지 申과 충되어 가택문서 잡게되고 부부불화 있으나 크진 않다.

辛대운은 년간 乙木을 극하여 남편과 자식에게 좋지 못하나 월간 丁火있어 辛金을 제하므로 무난하게 지냈다.

卯대운은 년월지와 더불어 亥卯未木局을 이루므로 손재운이다. 남과 더불어(亥卯未) 활동(丁火)하나 木多하여 生丁火되기 어렵다. 따라서 활동하지만 소득(丁火)은 없고 돈만 축나게 된다.

壬대운은 월간 丁火를 합하므로 문서(계약, 보증)등으로 실패 및 곤욕당하며 돈 날릴 운이다.

예39) 달리기 선수였다.

```
               36 26 16  6
 己 己 壬 己   여   丙 乙 甲 癸   대운
 巳 巳 申 酉        子 亥 戌 酉
```

己土일주 申月生으로 지지에 金旺하다. 그러나 일시지 巳에

己土의 뿌리있어 종하지 않는다. 사주의 구성을 보면 년월지 식신상관이 일시지와 巳酉, 巳申으로 합하고 있고 식신상관위에는 비견인 己土가 있다. 그러므로 남이 낳은 자식 키우게 된다.

그리고 천간의 상태는 월간 壬水하나를 가운데 놓고 3개의 己土가 서로 차지하려는 형태이다. 게다가 일주와 시주 己巳가 월주 壬申을 향해 3급 상순으로 달리고 있다. 이것은 7월 늦더위를 식히고자 시원한 물(壬)이 있는 옹달샘을 향해 여러명이 동시에 달려가고 있음을 나타낸다.

즉 갈증을 풀어줄 돈(壬)하나를 향해 서로 차지하려 박터지게 경쟁함을 말함이다. 이러므로 학교 다닐땐 달리기 선수였다. 그런데 그 샘물(壬)은 나의 상관이며 역마성인 申에 앉아있다. 그러므로 보험외판원 및 화장품외판원등의 직업을 갖게 된다.

사주팔자 그 어디에도 관성인 木이 없으므로 일지 巳와 합하는 월지 申을 남편성으로 보게된다. 따라서 申中에서 투출된 월간 壬水는 남편의 표출신이다. 이리되면 년간의 己土비견은 내 남편(壬)의 첫 여자이고 년월지 申酉金(식신, 상관)은 그들 사이에서 태어난 아들딸이다.

己巳일주가 년월지 酉, 申과 巳酉, 巳申으로 합을 맺으므로 그 자식들을 내가 키우게 된다. 그런데 시주 己巳가 나와 똑같은 모습으로 월주 壬申과 합을 맺고 있다. 이는 그런 과거를 지닌 내 남편을 딴 여자가 빼앗아감을 뜻한다.

월간 壬水(남편의 표출신)는 홍염살인 申에 앉아 있으며 더위먹은 己土의 갈증을 풀어주는 역할을 하고있다. 따라서 남편은 바람기 심한 사람이며 여자들(己)에게 인기 좋다. 그러나 己土와 壬水의 관계는 「기토탁임」이므로 좋지 않다. 즉 壬水는 달려드는 여자 때문에 흐린물 되어 남에게 좋지 못한 소릴 듣게 된다.

甲戌대운에 일간 己土와 대운간 甲이 합하므로 남자 나타나 결혼할것 같으나 쟁합되므로 불성이다. 戌대운은 일지와 巳戌로 귀문관살 이루게 되어 정서불안 및 영적세계에 빠져드는데 모 종교단체에 빠져들어 허송세월했다.

乙대운은 편관운 되어 남자 나타나게 되나 대운지 亥가 巳申 합을 깨어 이별이 따른다. 亥대운인 32살(庚辰년)때 동거했고 壬午년(34살)되어 큰 손실을 입게 되었는데 월간 壬水가 세운 壬水를 만나 발동되었기 때문이다. 甲申년에 천간은 쟁합되고 지지는 巳申형합발동되어 이혼하게 되었다.

예40) 몸 팔아 돈 버는 것도 팔자다.

```
                       39 29 19  9
戊 甲 己 丁    여    癸 壬 辛 庚    대운
辰 午 酉 亥          丑 子 亥 戌
```

甲木일간 酉月生이다. 월지를 위주로 사주풀이를 하는 사람들 은 월지 정관격으로 볼 것이다. 그리고 투출된 천간을 위주로 보는 사람들은 재다신약으로 밖에 볼 수 없는 사주다. 따라서 이것이 맞다, 저것이 맞다며 갑론을박하게 된다. 이럴땐 하나의 격(格)에 치우치지 말고 사주의 구조로 풀면 된다.

이 사주는 재는 많고 일주 甲木은 약하므로 월지 酉金정관을 필요로 하지 않는다. 정관 및 편관은 법, 질서, 규율을 뜻하는 것 으로 비겁이 많을때엔 써먹을 수 있는 것이다. 그러나 이 사주 처럼 재가많고 비견겁재가 없으면 정관을 그 역할을 할 수 없을 뿐 아니라 오히려 약해빠진 나(甲日干)의 힘만 빠지게 하는 기 신이 된다.

따라서 이 여명은 이래가 저래라 간섭하는 남편을 싫어하게 되며 법과 규율 도덕등을 무시하는 생활태도를 나타내게 된다. 더욱이 일지 午(홍염살)중에 있는 丁火상관이 년간에 투출되어 있으므로 색정 및 외정(홍염살)으로 남편을 극하게 된다.

또 일지 午에서 월간 己土 정재가 투출되어 일간과 합이므로 이 여성은 색정(色情)으로 돈벌이하게 되며 물질과 육신의 욕망에만 정신이 팔려있다. 즉 일간인 甲木이 가는길은 상관생재로 가는데 丁과 己土 모두가 일지 午도화 홍염에서 투출되었기 때문에 돈이 된다면 몸이라도 팔 수 있고 아랫도리(日支午火)마져 바깥으로 드러내 놓을 수 있는(년간 丁火) 생활태도를 지니게 된다.

이처럼 일지에서 투출된것이 기신으로 작용되면 스스로 좋지 않은 길로 찾아가게 되며 이런 팔자를 일러 탁하고 천하다하는 것이다. 19세 辛대운은 월지 酉金에서 투출되었으므로 이때부터 남자교재운 들어왔다.

亥대운은 甲木일주의 장생지되며 년지 亥와 자형하고 일지 午와 암합한다. 그러므로 이 대운에 부모(년지 亥)의 반대에도 불구하고 사귀던 남자와 동거했는데 그런데로 먹고 살만했다. 壬대운은 년간 丁火가 합거되어 유산낙태 있었고 바람기(丁火상관) 눌리고 살았다.

子대운은 도화살되고 부궁(夫宮)인 일지 午火를 충하므로 부별(夫別)운이고 홍염살(일지 午)이 충동(冲動)되어 바람나게 된다. 이런 대운에 辛酉년(35살)만나 상관(丁)이 정관을 보게 되어 남편과 이별했다. 물론 유흥업에 종사하여 여러 남자와 합정했고 애인도 만났다. 癸대운은 년간 丁火를 극하므로 바람기는 시들해지며 또 癸水가 시간의 戊土를 합하므로 기신 제거되어 일주의 정이 己土에게로 집중되어 장사도 잘되었고 돈도 꽤 벌었다.

예41) 마누라 없는 것도 내 팔자.

```
                  44 34 24 14  4
丁 己 丁 戊    남    壬 辛 庚 己 戊    대운
卯 酉 巳 子          戌 酉 申 未 午
```

己土일주 巳月生으로 월시간에 丁火있어 타는듯한 열기에 己土는 바짝말라 나무(木)가 자랄 수 없는 전토(田土)가 되었다. 년지 子水재성이 있으나 이것은 년간 戊土와 명암합되었고 일간 일지와는 아무런 합이 없으므로 나의 처가 아니고 형님의 마누라다.

합신을 찾아보면 월지 巳中에 丙火가 일지 酉中辛金과 암합하고 巳酉로 반금국을 이루므로 나와 합정하는 여자가 될듯하다. 그러나 巳中丙火는 己土를 더욱 메마르게 하는데다 시지 卯木이 일지 酉를 충하여 巳酉간의 합을 못하게 하므로 이것도 나의 처성이 될수 없다. 이젠 시지 卯中甲, 乙木을 일간일지의 합신으로 삼고자하나 일지 酉가 충파시키므로 역시 순조로운 합이 이뤄지지 않는다. 이러므로 戌대운 52세까지 결혼 못하고 있다. 년지 子水가 조후역할하므로 형수 덕이 있다. 이 사주는 일지 酉金으로 왕한 土의 기운을 설해야 한다.

예42) 자식 등골 뺀다.

```
壬 癸 壬 辛    남    丁 戊 己 庚 辛    대운
子 巳 辰 巳          亥 子 丑 寅 卯
```

癸일간이 辰月生이나 천간에 壬壬辛있고 지지에 子水있어 신왕이다. 이리되면 관성으로 용신하게 되나 천간에 불투되었고

기신(壬, 辛)만 있으므로 좋지 못한 팔자되었다. 년지 巳中丙火
가 첫 여자고 巳中戊土는 첫 여자 소생의 자식이며 일지 巳中丙
火가 두 번째 여자다. 이렇게 재(財)와 관성이 동궁(同宮)에 있
으면서 일주와 명암합하므로 두 여자에게 인연 있고 자식 두게
된다.

천간의 壬癸水를 막을 수 있는것은 월지 辰中戊土이다. 이 戊
土는 직장이고 자식이다. 대운이 火土로 흘렀다면 그런데로 안
정할 수 있으나 戊대운 이후는 관운이 끊어져 할 것도 없고 되
지도 않는다. 따라서 노년엔 辰中戊土인 자식에게 의지할 수밖
에 없다. 년일지 巳中丙火는 재물이나 월지 辰과 암합하므로 자
식이 벌어오는 돈이다.

그런데 월 시간에 겁재(劫財)있고 일지에 巳火있는데다 월시
지 辰, 子와 巳가 암합하고 있다. 이 모양은 돈(일지 巳火)하나
를 놓고 여러놈이 따먹으려하니 바로 노름판이다. 따라서 이 사
람은 자식이 벌어온 돈으로 노름을 하는데 월시간의 겁재 때문
에 항상 잃기만 한다. 그리하여 자식의 등골만 뺀다.

예43) 검은 개가 호랑이 만났다.

```
           37 27 17  7
辛 壬 甲 戊   여   庚 辛 壬 癸    대운
酉 戌 子 寅        申 酉 戌 亥
```

壬水일간이 子月에 생하였으나 조후되는 丙火가 불투되어있
어 好命이 아니다. 년간 戊土편관이 용신이나 월간 甲木식신이
충극하여 용신이 상처입었다. 木土사이를 통관시켜주고 추위를
녹여줄 재운이 와야 좋아진다. 년간 戊土편관이 夫이고 戊寅(년

주)과 일주가 寅戌로 유정합이다. 년주 편관이 나에게로 찾아오는 합이다(寅에서 戌로 진행하므로).

그런데 부(夫)와 일간사이에 강한 甲木이 앉아 그 사이를 막고있다. 따라 생자별부격이다. 夫宮인 년지 寅에서 월간 甲木 투출되어 월지 子水 비견겁재위에 앉아있고 子中癸水와 戌土편관이 명암합하고 있다. 따라서 남편이 타녀와 합정(合情)한다. 그런데다가 년주 戊寅과 일주 壬戌은 4급 소용돌이관계다.

그러므로 아이낳고 난후 남편과 갈라서는데 남편의 학대와 작첩(作妾)을 견디지 못해서이다. 즉 戊寅이 남편되어 호랑이(寅)같은 남자이고 나는 호랑이 밥인 검은 개(戌)이기 때문이다.

시주, 일주, 월주가 辛酉, 壬戌, 癸亥, 甲子로 상순(相順)관계이나 년주 戊寅만 외톨이다. 따라서 일주 壬戌은 戊寅남편을 원하지 않고 외톨이로 남겨두려 한다. 이리되면 무시당한 戊寅은 크게 노하게되어 잡아먹으려 날뛴다. 壬戌괴강일에 또 양인(子)을 얻었고 辛酉金인수마저 나를 생하므로 본인의 성격이 문제를 야기 시킨다. 고집 세며 유식한척 잘난 척하며 남편을 우습게 여기는 성질이다. 戌대운에 일지 戌과 년간 戊土가 발동하여 결혼인데다가 년간에 戊土관성 있으므로 20세 전후에 결혼했다. 그러다가 아이 둘 낳고 남편의 학대를 견디다 못해 가출했다.

남편은 辛대운에 딴 여자와 동거했고 한 번씩 찾아와 돈이나 뜯어갔다.

예44)

				남	42	32	22	12	2	
庚	癸	辛	壬		丙	乙	甲	癸	壬	대운
申	未	亥	辰		辰	卯	寅	丑	子	

癸일주 亥月生으로 천간에 庚, 辛의 정편인있고 壬水 겁재까지 투출되어 있다. 지지 역시 辰, 亥, 申으로 천간 金水의 뿌리되어 종왕격으로 말하기 쉽다. 그리고 일지 未中에 丁火와 己土있으므로 왕한 수의 성질에 거역된다. 따라서 처덕 없다고 말하게 된다.

그러나 이 사주는 그렇게 단순하게만 생각해선 안 되고 다음과 같이 풀어야 한다. 첫째 이 사주는 水旺하여 음습하다. 둘째로는 癸水일주가 조토(燥土)인 未에 앉아 있으며 월지 亥와 亥未로 목국을 형성하려 하고 있다. 즉 癸水일간은 일지 未土의 따뜻함을 믿고 木을 생하려 한다, 는 말이다.

따라서 음습함을 제거해주는 丙, 丁, 戊, 戌의 火土 운이 좋고 金水운은 불리하다. 그리고 일지 未土가 겨울의 냉하고 습한 기운을 제거해주므로 부인덕이 있으며 그 덕으로 겨우 겨우 살아갈 팔자이다. 육친관계는 일지 未中丁火 편재가 부친성이고 未와 암합하는 시주의 庚申인수가 모친성이다. 그리고 편인이 있는 월주 辛亥와 일지 未가 亥未로 암합하고 반삼합하므로 월간 辛金은 부친의 첫 부인이다.

따라서 년간 壬水겁재는 이복누님이며 본인은 후처소생이다. 시지 申이 홍염살이고 여기서 년간의 壬水와 시간의 庚金이 투출되었으므로 이복누님과 모친은 바람기 심한 사람이다.

壬子, 癸丑대운은 음습한 사주에 또 음습한 수(水)를 만나므로 춥고 배고픈 시절이다. 甲寅대운에 왕한 물이 설기되어 사회활동하게 되었고 寅 대운에 직장생활 그만두고 사업 시작했다. 태왕한 水되어 木으로 설기함을 좋아하고 土에 극제됨을 싫어하므로 寅대운에 자유로운 사업을 시작했던 것이다.

乙卯대운은 旺水를 설하여 좋다하나 시간의 庚과 합되어 노력하되 소득이 없으며 결국은 도로무공이다. 공망된 庚金 인수와 합했기 때문이다. 丙대운은 겨울에 태양을 봐서 좋다. 그러나 월간 辛과 丙辛합되어 빛보는듯하다가 주저앉게 되었다. 그 후 처가 벌어주는 덕으로 살고 있다.

일지 未가 희신인데 未中乙木이 투출되어 나오는 乙卯대운부터 그 처가 활동하게 되는데 未亥로 木局을 이루려하므로 섬유계통으로 돈벌이 시작했다.

이 사주는 아무리 노력해도 그 결과가 좋지 못한데 그것은 일점의 火氣가 불투되어 亥未木이 갈 곳이 없기 때문이다. 여기서 보듯 투파(透波)의 이론은 결점 투성이다.

예45)

```
                      48 38 28 18  8
壬 癸 辛 丙   남    丙 乙 甲 癸 壬   대운
子 丑 卯 子          申 未 午 巳 辰
```

癸水일주 卯月生이나 년시지에 子水 양인있고 일지 丑 있으며 천간에 壬, 辛있어 극신왕이다. 이리되면 왕수의 기운을 설함이 좋다. 그러므로 월지 卯에 설하여 水木가상관격(月支)이 성립된다. 그러나 월지 卯는 공망이고 년지 子에 형을 맞고 있으며 일지 丑에 뿌리둔 월간 辛金이 卯木의 상승하려는 기운을 억누르고 있다. 그런데다 卯木의 기운이 재성으로 연결되지 못하고 있다. 따라서 종강격을 구성하게 되어 천간으론 土운이 제일 좋지 않고 丁운은 그 다음이며 丙火대운은 월간 辛金이 있어 합하므로 무방하다.

지지로는 水운과 金운이 좋으나 왕한 물의 기운을 빼주는 卯

를 충하는 酉는 좋지 않다. 그리고 火土운 역시 불미스럽다. 사주 구성으로 보면 癸丑일주는 시주 壬子와 동순이면서 1급상순 관계로 시주 壬子가 나를 찾아와 합하고 있다.

접재(壬)가 양인을 깔고 앉아 있는데 이것이 나에게 합정하여 묶이게 됨(子丑)은 탐심많고 부정한 사람이 내게 찾아와 그 흉성(凶性)이 순화됨을 나타낸다. 년지 子水 역시 일지 丑과 합을 하고있는데 이는 형(子卯)되어 있는 사람 즉 죄지은 사람, 병든 사람, 상처받은 사람등을 나타내고 이들이 나를 찾아와 구원을 받으려는 형태이다.

이렇게 좌우에 있는 子水를 합하고 있는 일지 丑은 丑中辛金을 월간에 투출시켜 기신 丙火를 합거하고 있다. 즉 종강격에 년간 丙火정재는 기신이고 병이다. 이것을 나의 표출신인 편인 辛金으로 합거 시킴은 종교, 철학, 신비로움으로 만 사람의 병을 치료하려함과 같다.

따라서 이 사람의 가는 길은 종교, 철학, 신비로움으로 만중생(壬, 癸水)의 병을 고쳐주려는 의술가, 종교지도자(敎主), 기공치료사 등이다. 즉 일지 丑은 화개성이며 여기서 투출된 월간 辛金은 일주의 표출신으로 나의 생각이며 지향하는 길이고 나를 대표하는 역할을 한다.

그런데 辛이 丙을 합하게 되면 다음과 같은 상황이 발생된다. 사주구성상 辛金보다 약한 丙火가 합거되므로 그 육신적 역할인 정재로서의 역할은 상실된다. 그러나 丙火의 속성인 광명(光明)은 상실되지 않으며 거울을 뜻하는 辛金에 의해 더욱 빛을 발하게 된다. 따라서 정재에 속하는 돈, 여자, 부친은 내가 추구하는 목적이 아니고 나와는 인연없으나 나의 길(辛)을 빛나게 해주는 도구며 수단이 된다.

그런데 년간 丙火는 지지에 뿌리를 두지 못했으나 사양지절

(四陽之節)인 卯월이므로 힘이 약하지 않다. 그리고 이것은 한밤중(子時)의 광명으로 어둠을 밝혀주는 등불 역할을 한다. 그러므로 이 사람은 교직에 몸담고 있었으나 이를 버리고 만 중생을 구해보고자하는 길로 뛰어들게 되었다.

년간 丙火정재는 처성이며 나와는 子丑 합되어 있으나 그 사이에 卯木이 앉아 子卯형으로 합을 방해하고 있다. 따라서 卯木이 합충되면 결혼된다. 그리고 子丑合을 깨는 운이오면 부부사이에 이별이 오게된다.

壬辰 癸대운은 종강격에 따르는 운되어 좋았다. 월지 水木상관격이라 총명영리한데다 水운을 만나 학업성적도 뛰어났다.

巳대운은 종강에 역하나 일지 丑과 巳丑으로 합을 맺으므로 반길반흉하다. 이 사람은 巳대운에 교직으로 진출했다. 이는 월지 卯가 천을귀인이며 식신문창성(文昌星)이므로 교직에 인연있게 되는데 巳대운 역시 천을귀인되며 일지 丑과 巳丑으로 반금국을 이뤘기 때문이다.

그리고 년간 丙火가 巳에 록을 얻어 왕해지고 일지 丑과 巳丑합되어 결혼도 하게 되었다. 원명에 丙辛합되어 있으나 丙火가 왕해지는 巳午대운을 만나면 丙火가 지닌 정재로서의 속성은 없어지지 않고 되살아난다.

甲대운은 상관(傷官)이며 월지 卯中에서 투출되었으므로 강하게 작용된다. 따라서 속박받지 않는 자유분방함을 지향하게 되고 직장까지 그만두게 된다.

午대운은 년간 丙火가 양인을 얻어 강해졌다. 따라서 월간 辛金에 고분고분 합거되지 않으려 한다. 그러므로 丙辛합이 깨지게 되고 군비쟁재의 현상이 발동된다. 그런데다 종강격을 지탱하고 있는 년시지의 子를 충한다. 이리되면 년일간의 子丑합이 깨져 부부이별사 따르고 子丑으로 묶여있던 시주 壬子가 발호하여 쟁재하게 된다. 따라서 이 대운에 부부간에 별거하게 되었으며 손재 막심했다.

乙未대운의 乙木은 월지 卯에서 투출되어 강한 세력으로 월간 辛金과 충돌하여 丙辛합을 깬다. 그리고 대운지 未는 일지 丑을 충하여 子丑합을 푼다. 따라서 부부이별에 손재가 따르며 무엇 하나 제대로 이뤄지지 않는 불길함이 있게 되었다. 子丑합을 깬 午대운과 마찬가지의 이유 때문이다.

丙대운은 월간 辛金과 합하여 비로소 丙辛합이 성립되었다. 즉 원명에 丙辛합이 있을때 丙辛이 운에서 오게 되면 원명의 丙辛합이 발동 작용되기 때문이다. 물론 辛 丙 丙의 구조가 되어 쟁합하므로 이것을 할까 저것을 합할까하는 혼란이 생기나 결국은 새로운 방향으로 나가게 된다. 따라서 내가 내놓은 거울 (辛)에 태양(丙)이 반사되므로 크게 빛이 난다. 이 사람은 이때부터 크게 활동하기 시작했고 이름 또한 크게 났다. 申대운은 년시지 子와 申子로 합하여 종강격을 도우므로 좋았다.

丁대운은 辛金이 극을 받으므로 거울이 깨져 빛이 나지 않는 데다 丙辛합마저 깨진다. 따라서 손재구설시비가 많았으며 그 영특함마저 사라지기 시작했다. 酉대운은 왕한 水의 숨통 역할을 하는 卯木을 충한다. 그러므로 활동력 상실되게 되고 물이 흐르지 못해 생기는 질병에 시달리게 된다. 戊戌대운은 종강격에 대흉하다. 따라서 종명하게 된다.

예46)

				43	33	23	13	3	
丙	癸	甲	癸	남	己	庚	辛	壬	癸	대운
辰	卯	寅	未		酉	戌	亥	子	丑	

癸일주가 목왕절인 寅月에 태어나 시지 辰에 뿌리 있고 년간에 癸水를 보았지만 寅卯辰에 甲木투출되었으므로 종아격을 이룬다. 따라서 월간 甲木이 일주대행하게 되므로 월지 寅中戊土가 부친이고 년간 癸水가 모친이다. 그리고 시지 辰中戊土 편재와 일간 癸水는 또 하나의 부친과 모친이다.

그런데 일주 癸卯와 부모자리인 월주 甲寅은 1급 소용돌이를 구성하고 있다. 이리되면 생가(生家)와 일찍 이별하던지 갈등이 많게 된다. 이런데다가 일주대행인 甲寅木이 가는 곳은 조후역할하며 旺木의 기운을 설하게 하는 丙火가 있는 서쪽이다.

또 甲寅과 시주 丙辰은 甲寅, 乙卯, 丙辰으로 내(甲)가 찾아가는 2급 상순관계다. 이러므로 일간 대행인 甲木은 서쪽에 있는 곳으로 가게 된다. 그런데 그곳 땅(辰)에는 또 하나의 부친(戊)과 모친(癸)이 뿌리박고 있다. 따라서 이 사람은 생가를 떠나 서쪽에 거주하고 있는 또 하나의 부모를 모시게 된다.

癸丑대운은 천간으론 모친성이 발동되고 지지로는 년지 未를 충하여 월지 寅과 년지 未 사이의 암합을 깬다. 즉 甲木이 뿌리박고 있는 모친의 땅과의 이별이다. 따라서 이 대운에 자식없는 백부집으로 양자가게 되었다.

甲木은 년주 癸未보다 따뜻한 태양이 있으며 12운으로 양(養)에 해당되는 시지 辰에 뿌리박아야 더 잘 클 수 있기 때문이기도 하다. 壬子대운은 甲木(일간대행)에 인수운되고 종아격에 희신운이다. 그러므로 학업성적이 뛰어나 서울대에 진학할 수 있었다.

그러나 대운지 子가 도화살되어 월지 寅中戊土(甲木의 財: 肉身)와 암합하므로 연애감정 생겨 유부녀와 합정했다. 년지 未中己土가 甲木의 첫 여자이나 未中에는 乙木겁재가 같이 있으므

로 유부녀다. 그런데 未中己土는 나의 정재성(妻)이지만 乙木에
겐 편재성이다. 그러므로 본 남편에겐 애인같은 역할을 하는 유
부녀가 나의 첫 번째 마누라가 된다.

辛대운은 왕목의 세력에 역하는데다 시간의 丙火와 합을 맺으
므로 좋지않은 세월이다. 따라서 밝은길(丙)로 가지 못하고 어
디로 갈까? 하는 혼란이 오게 된다. 그리고 시간의 丙火는 나의
몸인 월지 寅에서 투출된 것이므로 나의 표출신 역할도 한다.

그러므로 丙이 辛을 만난 것은 내 몸(丙)과 합하는 여자(辛)를
만난것이 되므로 결혼운이다. 그러나 丙火가 辛을 만나 밝음(丙)
이 상하게 되어 좋은 결혼은 아니다. 따라서 이 대운에 이혼한
유부녀와 동거생활에 들어가 자식(辛)까지 낳게 되었다. 그러나
亥대운은 월지 寅과 합하여 년지 未와 월지 寅사이의 암합을 깬
다. 그러므로 첫 여자(년지 未土)와의 관계는 끊어진다.

따라서 합에서 풀린 甲寅일주 대행은 시주로가 辰中戊土와 합
(寅辰간의 戊癸)을 맺게된다. 그러므로 서쪽에 있는 새로운 여
자와 합정하게 되었다.

庚대운은 종아격에 기신이나 년일간의 癸水가 통관하여 甲木
을 생해주므로 대기업의 이사급으로 채용되었다. 戊대운은 먼저
년지 未를 형한다. 이리되면 甲木이 뿌리내리고 있던 땅(己土)
이 지진을 만난 격되어 이동변동이 따른다. 즉 甲木은 생목이므
로 흙이 없으면 그 뿌리를 내릴 수 없다.

그러므로 형파된 未中己土를 버리고 딴 곳에 있는 흙을 찾아
야 되므로 이동변동이 따르게 되는 것이다. 그 다음으로 대운지
戊은 일지 卯와 합하여 시지 辰을 충한다. 이리되면 卯가 없어
지므로 월지 寅과 시지 辰은 거리낌 없이 암합할 수 있게 된다.

그리고 충맞은 시지 辰中의 戊土가 투출되어 이것이 甲木의
뿌리될 수 있다며 일간 癸水(甲木의 인수)와 합하면서 손짓한다.

이는 서쪽에 네가 뿌리 박을 수 있는 산같은 땅이 있다며 소식과 서류(癸)가 발동됨을 나타낸다. 그러므로 이 사람은 戌대운 말 42세에 퇴직하게 되었고 서쪽 미국에서 초청장이 와 이민가게 되었다.

己대운은 甲과 합을 맺으므로 즉 용신이고 주체인 甲木이 합을 당하므로 불길하다고 말하기 쉽다. 그러나 생목인 甲에겐 뿌리박을 땅이 생기는 격이라 무방하다.

그리고 이 사주처럼 甲木이 寅에 앉아 왕하고 己土는 약할 땐 甲木은 합거되지 않음을 염두에 넣어두어야 한다. 또 癸水일간이 木에 종했는데 그 왕목의 기운이 丙火를 만나 설기되면 크게 총명하다. 그리고 이 사람의 역할은 丙火로써 甲木뿐 아니라 여러 사람에게 유익하게 쓰인다.

예47) 사랑이 원수되었다.

```
                              26 16  6
丁 甲 壬 壬   여        己 庚 辛   대운
卯 寅 子 午            酉 戌 亥
양인    홍염
도화
```

甲木일주 子月生에 극신왕한데다 金관성이 없다. 따라서 년지 午中己土를 나(甲)의 합신인 부성(夫星)으로 한다. 그리고 시간의 丁火는 부성(夫星)의 표출신이며 이 사주의 용신이다. 그런데 년지 午는 子午충 당해 일지 寅과 합(寅午)를 맺기 어렵게 되어있다. 즉 월주 壬子편인이 나의 연애(午홍염살과 寅午합)를 방해하고 있다. 따라서 이 여성은 남자와 연애할 때마다 그 부모 특히 모친의 완강한 반대로 인해 깨어지게 된다.

庚戌대운의 운간 庚은 편관이 되고 대운지 戌은 寅午戌 火局을 짓고 시지 卯양인도화와 합하므로 남자와 연애하고 결혼생각하게 된다. 그러나 월주 壬子가 합을 깨므로 불성되었다(여러 명의 남성을 만났으나 그때마다 엄마가 반대하여 깨졌다고 한다).

26세부터의 己대운은 년지 午에서 투출되어 일간 甲木과 甲己 합하므로 연애로 결혼하게 된다. 따라서 庚戌년(29세)에 연애 결혼했다. 그러나 대운지 酉가 시지 卯양인을 충하여 흉한데다 庚戌년의 戌이 시지 卯와 합을 맺어 충중봉합(冲中逢合)으로 흉기(凶氣) 발동되어 남자에게 칼맞고 죽었다.

이 사주는 시상상관이 卯양인 도화를 타고 앉았고 용신의 뿌리인 午火가 子午충으로 상하여 대흉하다. 그런데다 양인 卯를 충합하는 운을 만나 흉함이 발동된 것이다.

※ 身旺한데다 양인이 있으면 그 양인과 합하는 운을 만나면 칼맞게되니 사주구성이 좋으면 수술부상으로 끝나나 사주원국이 나쁘면 칼에 찔리는 흉함이 오게 된다.

예48) 사랑따라 천국갔다.

				24	14	4	
癸	辛	己	丁	남	丙	丁	戊	대운
巳	巳	酉	巳		午	未	申

辛金일간이 酉月에 생하였으나 제일 꺼리는 丁火가 년간에 앉아 년일시지 巳에 왕한 뿌리를 지니고 있어 병(病)이다. 丁火를 제극하는 癸水가 있으나 시간에 멀리 떨어져 있는데다 뿌리까지 없어 약신이 되지 못한다. 할 수 없이 달갑지 않은 己土편인으로 왕한 丁火의 극을 통관 시킬 수밖에 없으니 좋은 팔자 못

된다.

기신인 丁巳가 년주에 있으므로 20세안에 큰화를 입게 된다. 그런데 기신 丁火의 뿌리인 년일지의 巳가 월지 酉와 반삼합을 짓고 있으므로 기신이 내편으로 화하는것 같다. 따라서 이 사람은 나쁜 것을 끌어들여 내편으로 만드는 재주가 있으며 겁이 없다. 호랑이같은 편관을 끌어 들여 내편(巳酉합)으로 만들려하기 때문이다.

그리고 巳酉丑은 午가 도화살인데 지지엔 午가 없으나 午의 본기인 丁火가 년간에 나타나 편관되어 있다. 이것은 연애 및 애정문제로 인해 큰 타격을 입게 됨을 말하고 있다. 丁대운(14세부터)은 년간 丁火편관이 발동이고 도화살 발동되어 연애와 애정문제 들어온다.

이 대운 甲戌년(18세) 만나 甲은 辛金의 정재이고 이것이 월간 己土와 합하므로 여자(애인)만나 공부가 머리에 들어오지 않고 여자만 생각하게 된다. 己土편인은 정신이고 생각인데 이것이 甲木정재와 합해서 머릿속엔 여자뿐이고 공부는 안 되는 것이다.

그리고 己甲합되어 己土는 辛金을 생해주는 역할을 하지 않게 되기 때문이다. 그러다가 乙亥년(19세) 만났다. 세운간 乙木은 丁火를 생해주고 월간 己土를 극하며 세운지 亥는 년, 일지 巳를 충해 巳酉로 묶여있던 합을 깨었다. 이리되면 편관 丁火는 잃었던 뿌리를 되찾아 극왕해지며 일간이 의지하던 酉金은 홀로 외롭게 된다. 따라서 丁火의 극을 받은 辛金일주는 녹을 수밖에 없다.

대운지 未가 丁火의 뿌리역할 한 것도 흉함을 가중시켰다. 乙亥년(19세)에 애인과 동반자살한 명식이다.

예49) 사랑을 위해 목숨까지도….

<pre>
              24 14 4
甲 戊 乙 戊   여   壬 癸 甲   대운
寅 寅 卯 午   子 丑 寅
</pre>

戊土일간이 卯月에 태어나 전후좌우에 관살로 뒤덮여 있다. 戊土일간은 년지 午에 생을 받고 일시지 寅에 뿌리있어 관살에 종하지 않는다. 이리되면 천간으로 火土金이 와야 좋고 지지로 는 水운이 제일 나쁘다.

그런데 이 사주는 월지 卯가 도화살이고 卯中乙木이 월간에 투출되어 정관이 되므로 연애하자는 많은 남자속에 뒤덮여 있 으며 그 극(剋)을 받고 있다. 따라서 연애 및 애정사로 인해 대 흉함을 면치못하게 되었다.

甲寅대운이 편관되어 戊土일간을 극하므로 흉할것 같으나 대 운지 寅이 년지 午와 寅午 반화국하여 戊土를 생하므로 무난했 다. 14세세부터의 癸운은 무성한 봄나무를 싱싱하게 키우는 봄 비가 되었다. 그리고 일지 寅中에서 투출된 년간 戊土와 일간을 합한다.

즉 일지에서 투출된 년간 戊土 비견은 나의 명줄이기도한데 이것을 합하는것은 나의 투쟁력 및 생기(生氣)가 상실됨을 뜻한 다.(비견은 투쟁심, 자주성, 진취적 기질) 따라서 봄비 촉촉이 맞 은 도화나무(卯中甲乙木)는 무성하게 자라나 戊土를 극하고 癸 水는 나의 의지 및 독립성이며 나의 의지처 이기도한 년간 戊土 를 합하여 그만 애인과 함께 음독자살하고 말았다.

편관(甲)이 월지 卯도화와 합하는 甲戌년(17세)에 애인 만났 고 乙亥년(18세)에 일을 저질렀다. 세운간 乙木은 극토하고 세운지 亥는 일간 戊土의 절지(絶地)인데다 년지 午火를 극하고 일시지 寅과 寅亥합을 맺었기 때문이다. 위 丁巳生 남자의 애인이다.

※ 寅이 있는데 亥운이 오면 寅亥合되어 寅中丙火는 꺼지고 오로지 木의 세력으로 변해 戊土가 뿌리를 잃게되니 생극의 작용보다 합충의 작용이 더욱 강열하다.

예50) 따로 따로 노니 콩가루 집안이다.

```
                  34 24 14  4
  戊 丙 己 丙   여   乙 丙 丁 戊   대운
  子 子 亥 辰        未 申 酉 戌
```

丙火일주 亥月生으로 그 어디에도 뿌리가 없다. 지지에 水太多하여 종살할까 생각해보지만 천간에 戊, 己, 丙이 있어 왕수(旺水)의 기세에 역하므로 이것도 안된다. 혹자는 戊, 己土가 년지 辰에 뿌리 될 수 있으므로 戊土로 왕수를 제하는 용신으로 봐야할 것이다로 말하기도 한다. 그러나 辰은 습토인데다 亥子水에 흠뻑젖어 흙탕물되어 있으므로 천간 戊, 己土의 뿌리 역할은 할 수가 없다.

이렇게 천간지지가 따로 놀면 천지(天地), 부모(父母) 외적세계와 내적세계, 정신과 육체가 이반되므로 무엇하나 제대로 되는것이 없는 고약한 팔자가 된다.

그리고 이런 사주는 천간은 천간대로 지지는 지지로 오는 운을 보고 그 길흉을 분석해야 한다. 즉 천간으론 火土의 기운에 거슬리는 운은 불리하고 지지로는 水의 세력에 역하는 운이 불길한 것으로 봐야한다. 따라서 戊戌대운의 戊는 천간 火土에 거역치 않으므로 무난하다. 그러나 戌은 년지 辰을 충하여 水의 세력에 거역되므로 이때에 질병과 사고로 인해 다치게 되었다.

丁대운은 역시 원명 천간의 火土에 순응하므로 평길하고 酉운은 수의 세력을 도와주므로 무난했다. 그러나 酉는 도화살되고 년지 辰과 辰酉합하므로 다음과 같은 일이 생기게 된다. 년지 辰中乙木 인수가 모친성인데 재성인 金이 없으므로 부친성은 이렇게 찾는다. 辰中乙木 모친이고 시간 戌土는 辰에서 투출된 것이므로 모친의 표출신이다. 따라서 일시지 子中癸水가 戌土와 명암합하므로 부친성이다. 일지 子中癸水가 친부(親父)고 시지 子中癸水가 모친의 두 번째 남자며 나의 후부(後父)다.

그러므로 酉도화가 년지 辰과 辰酉합됨은 모친이 바람나는 운이고 모친의 마음이 변하는 운이다. 그런데다 일간 丙火는 火生土로 시간 戌土에게만 정이 가고 있다. 따라서 이 酉대운에 모친이 바람나 딴남자와 동거하게 되었고 본인 역시 모친을 따라 후부(後父)에 의탁하게 되었다.

※ 년지 辰은 모친궁인데 酉를 만나 辰酉合金되므로 모친의 마음이 변하게 된다. 즉 辰은 본기가 土이고 그속에 乙, 癸가 들어있지만 辰酉로 合金이 되므로 본성이 변하게 되는 것이다.

예51) 남편 전기감전사 했다.
```
                    40 30 20 10
  丁 壬 庚 癸   여   甲 癸 壬 辛   대운
  未 辰 申 巳        子 亥 戌 酉
```

이 사주는 壬辰괴강일로 태어나 신왕하다. 따라서 시간의 丁

火 정재로 용신해야 한다. 여기까지는 초심자들도 할 수 있는 말이다. 그러나 이 사주는 곧바로 어려서 아버지 죽고 결혼한 얼마뒤에 남편과 사별하게 됨을 알 수 있다.

이것은 괴강일인데다 일지 辰中癸水가 년간에 투출되어 기신 노릇하기 때문이다. 즉 년지 巳中丙火는 부친인데 월지 申과 巳申 형합당하여 손상입은 데다가 년간 癸水가 하강하여 극 丙火하기 때문이고 초년운이 丙火의 사지(死地)인 辛酉를 만나서이다. 그리고 시지 未中己土가 남편이고 시간의 丁火가 남편의 표출신인데 년주 癸巳가 壬辰일과 동순(同旬)에 있으므로 일주 가까이로 당겨져 와 극 丁火하기 때문이다.

일간과 똑같은 壬水가 戌土에 앉는 壬戌대운부터 남자교제 있었고 戌대운에 결혼했다. 그러나 일지 辰과 辰戌충되어 부부사이엔 불화가 많았다. 癸대운에 년간 癸水가 발동되어 시간 丁火(夫표출신)을 극하므로 남편이 사망했다. 흔히 이런 운이면 대부분의 역술가들은 재물(丁火)만 날라가는 것으로 해석한다. 표출신에 대한것을 모르기 때문이다.

癸亥대운 壬戌(30살)에 전공(電工)이었던 그 남편이 감전되어 즉사했는데 세운간 壬이 시간 丁火를 합거하여 戌(세운지)에 입고시켰기 때문이다. 丁未는 물상(物象)으로 전봇대가 된다.

남편 죽은지 석 달 만에 재혼문제로 찾아온 여성인데 얼굴엔 전연 슬픈 빛이 없었다.

예52) 챔피언 따 먹었다.

					39	29	19	9	
辛	庚	甲	庚	남	戊	丁	丙	乙	대운
巳	辰	申	寅		子	亥	戌	酉	

이 사주는 월간 甲木편재 하나를 두고 비견겁재가 서로 노리고 있다. 돈 하나를 가운데 두고 따먹기하는 노름판 같다. 또 초가을(申月) 나무(甲)에 열린 과일을 서로 따먹으려 경쟁하는 상이다. 그런데 이 사주는 년주와 월주가 동순(同旬)에 있고 일주와 시주 역시 동순에 있으면서 1급 상순관계가 되어있다.

즉 괴강일인 庚辰이 살기 위해선(시지 巳에 庚은 長生) 겁탈지신인 辛金겁재를 내편으로 하여 저쪽세계(甲申旬)에 있는 저들의 열매(甲)를 빼앗아 먹어야 한다. 그런데다 년월시의 지지는 지세지형인 寅申巳의 삼형을 이루고 있다. 따라서 이 사람의 불꽃튀는 투쟁력과 쟁탈하려는 강한 심사를 읽을 수 있다.

丙戌대운은 편관운되어 먼저 년간의 庚金비견을 극한다. 그런 다음 일간을 극하고 시간 辛金과 합하여 丙火의 빛이 사방에 비춰지게 된다(丙火가 辛金거울을 만났다).

따라서 승부에는 이길 수 있는 좋은 운이다. 이때에 이 사주의 주인공은 이역만리 타국(역마)에 가 치열한 쟁탈전을 벌이게 되었고 결국 두 손을 치켜들고 한마디 뱉었다. '엄마! 나 챔피언 먹었어.'

암울한 시기에 어두웠던 온 국민의 마음에 잠깐이나마 환한 기쁨을 던져주었던 홍수환씨의 사주다.

예53)

					55	45	35	25	15	5	
丁	庚	己	乙	남	癸	甲	乙	丙	丁	戊	대운
亥	辰	卯	未		酉	戌	亥	子	丑	寅	

庚金일주 卯月生으로 지지에 亥卯未 木局 있고 천간에 乙木 투출되어 木의 세력이 아주 강하다. 따라서 년지 未, 일지 辰에 뿌리를 둔 월간 己土로 용신해야 한다. 그러나 년간 乙木이 己土를 극하면서 일주와 乙庚金으로 합을 맺고 있다. 이리되면 재(乙)를 탐하여 인수(己)를 파극하게 되는 불길한 명조가 된다.

그러나 일지인 庚辰과 월주는 동순(同旬)이면서 1급 상순관계로 아주 친밀 유정하다. 즉 일주 庚辰의 정은 멀리서 나와 합하자고 찾아오는 乙木정재보다 월주 己卯에 더 많은 정을 주고 있다. 그러므로 탐재괴인은 안되고 명예와 학문 부모를 더 소중하게 여기게 된다.

천간에 정재, 인수, 정관이 모두 투출되어 돈이 나를 따르고 학문과 명예 그리고 벼슬까지도 얻을 수 있는 귀명이다. 다만 왕한 乙木이 己土를 극함이 병이된다. 따라서 병이되는 木을 제극해주는 金운을 만나게 되면 크게 성공한다.

이 사주는 다음과 같이 통변할 수 있다. 내가 태어난 부모의 땅(己;조국)은 왕한 乙木에 심하게 극되어 그야말로 잡초만이 무성한 묵정밭이 되어있다. 庚金인 나는 잘 벼르진(丁+庚) 연장이 되어 옥토(沃土)를 뒤덮고 있는 잡초를 제거할 그릇으로 태어났다.

그렇게 잡초가 제거되면 옥토(沃土)는 제소임을 다하여 쓸모 있는 나무를 키울 수 있게 되고 그에 따라 조국(己)은 나에게 명예를 주게 된다. 이런 구성에서 보면 이 사람의 성격은 쓸모없는 것 나쁜 것을 낫으로 베어내듯 처리할 것이며 어떻게 하면 쓸모없는 땅에 재목을 키울 수 있는 땅으로 만들까 하는 생각만을 지니고 있을 것이다.

따라서 그 직업은 의사, 교육자, 개간 사업 등일 것이다. 그러나 시간에 丁火정관성이 있으므로 개간사업가보다는 큰 교육자,

또는 재목을 키우는 큰 관직에 종사함이 되겠다.

甲戌대운의 甲은 사주의 병인 木을 도우므로 크게 불길할 것으로 보인다. 그러나 甲己합하여 己土가 甲木이 끌고 온 戌을 얻어 강해진다. 그러므로 명예와 문서사(계약, 발령) 발동되며 오히려 좋아지게 된다. 따라서 이 대운에 연세대학의 전신인 「연희전문」의 총장직을 맡게 되었고 54살때엔 문교부 장관에 취임했다.

癸酉대운의 癸水는 乙木을 생하고 시간 丁火를 극하므로 아주 좋지 않다. 酉대운은 병이되는 旺木을 충극시키고 일주 庚金이 큰 칼을 얻은 격되어 좋다. 이 사주의 재관인(財, 官, 印)은 모두 년지 未中에서 투출되었고 未는 일주의 천을귀인이 된다. 따라서 부모조상의 음덕이 크게 작용된 것으로 보인다. 그리고 년지 未에 있던 丁火가 멀리에 있는 시간에 투출되었으므로 말년까지 좋으며 그 자식 또한 현달 발전하게 된다.

고(故) 백락준님의 명조다.

예54)

					50 40 30 20 10	
丁	戊	戊	乙	남	癸 甲 乙 丙 丁	대운
巳	辰	子	未		未 申 酉 戌 亥	

戊土일간이 子月에 태어났으나 丁巳인수 있고 土多하여 신왕이다. 그런데다가 월지 子水재성을 두고 未, 辰, 戊, 戊가 둘러 앉아있어 군비쟁재를 이룬다. 그러므로 년간 乙木정관으로 비견겁재를 제압하는 용신으로 해야한다. 그리고 시간 丁火로 조후해야 한다.

이런 구조가 되면 대부분의 역인(易人)들은 천간으론 乙木을 도와주는 水木운이 좋고 지지로는 월지 子水와 이를 극하는 土 사이를 통관시켜주는 金운이 좋다고 말한다.

그리고 '당신은 직장생활을 해야만 안정되며 사업하게 되면 몽땅 날라간다.' 로 말한다. 옳은 말이다. 그러나 대운을 볼때는 단순한 억부법으로 보면 큰 오류를 범하게 된다.

이 사람이 살아온 것을 보면 乙酉대운엔 직장생활 했으며 가 정이 화목했고 경제적으로도 안정했다. 대운간 乙木이 년간 乙 木과 합세하여 월간 戊土를 제극했기 때문이다. 酉대운은 일지 의 도화살되어 외정(外情) 있었으나 무난했다. 酉金이 월지 子 水를 생해서가 아니라 일지 辰土와 합하여(辰酉) 土의 기운을 설했기 때문이다.

甲申대운은 천간으로 木이 들어오고 지지로는 申子辰 水局을 이루므로 좋은 운으로 보기 쉽다. 그러나 이 대운은 년주 乙未 와 1급 소용돌이를 이루며 일주 戊辰과 4급 소용돌이를 이루고 시주 丁巳와도 3급 소용돌이를 형성하여 큰 회오리 바람속에 휘 말리게 된다. 이런 현상은 생, 극보다 더 큰 작용력을 지니고 있 는데 이는 생, 극보다 기의 흐름이 우선이기 때문이다.

그리고 용신인 乙木은 대운간 甲木를 보면 戊土를 극하는 역 할을 잊게 된다. 이는 乙木은 甲木을 보면 휘감고 올라가 甲木의 자양분을 빨아먹고 살려하기 때문이다. 일주인 戊土의 입장에서 보면 난데없이 나타난 甲木은 자신의 용신인 乙木보다 더 힘차 고 확실하게 나의 경쟁인 월간 戊土를 극할 수 있을 것 같다.

그러므로 현재의 직장(乙)이 맘에 들지 않게 되며 더 나은 삶 을 위한 변화를 꾀하게 되는데 대운지 申이 월일지와 더불어 申 子辰 水局을 이루므로 큰 돈 벌어보겠다며 사업시작하게 된다. 그러나 申子辰으로 갑자기 큰 강을 이룬 재성을 甲木의 제극을 받아 허약해진 戊土로서는 감당할 수 없게 된다. 그러므로 모든 재산이 제방터진 호수물처럼 몽땅 흘러가 버리고 만다.

癸대운은 년간 乙木을 생하여 직장을 얻을 수 있으나 쟁재되는데다가 조후 역할하는 시간의 丁火가 꺼져 춥고 배고프며 돈을 두고 다투는 때다. 또 癸대운의 癸水는 월일지 子辰中에서 투출되었으므로 처가 바람나게 되며 본인은 의처증 있게 된다.

즉 처성(妻星)이 비견과 암합하던지 쟁합하게 되면 의처증 있게 된다. 未대운이 되면 시간 丁火의 뿌리가 생기므로 안정은 될 것이나 월지 子水를 未土가 극하므로 재운은 없다. 癸대운 丙戌년에 일지 辰을 충하므로 부부불화 극심할 것이고 이별사 있게 될 것이다.

예55)

```
                      57 47 37 27 17  7
己 癸 辛 辛   여   丁 丙 乙 甲 癸 壬   대운
未 亥 卯 巳        酉 申 未 午 巳 辰
```

癸水 卯月生으로 신약하다. 일지 亥水가 뿌리되나 亥卯未로 木化되었다. 년월간 辛金을 용신으로 삼아야 될 것 같으나 뿌리 없어 쓰지 못한다. 왕한 세력을 지닌 木局에 종할까 하나 년월간에 辛金이 木氣의 상승을 눌려 막으므로 목이 자라나올 수 없다. 따라서 버리고 己未(시주)土에 종하게 된다.

이리되면 일지 亥中甲木이 남편이고 辛金은 자식이 된다. 일간 癸水로 木을 살리므로 돈 벌어 남편 먹여 살리는 팔자고 亥卯未 木局있어 남편에게 배다른 형제있게 된다. 木局되어 夫多之象이나 己未(主体 日主대행)와 癸亥가 동순(同旬)이고 3급 상

순관계되어 유정하다. 그리고 월지 卯는 년지 巳와 암합하면서 辛卯 辛巳가 서로 유정하므로 己未土는 오직 일지 亥中甲木만 夫星으로 한다.

왕한 봄나무에 癸水 물을 주어도 나무는 고개 내밀지 못하므로(辛金이 剋制) 夫가 능력은 있으나 출세 못한다.

년간 辛金 첫 딸이고 년지 巳中丙火는 첫사위이다. 그러나 월간 辛金은 합신 및 관성없고 辛이 앉아있는 월지 卯는 시지 未와 시간 己土와만 명암합, 암합한다. 그러므로 둘째 딸 및 나머지 2명의 딸은 남자없이 나를 남편삼아 살아간다.

월간 辛이 亥卯未 木局 위에 앉아 첫딸(년간 辛) 외에 3명의 딸 있다. 또 辛金은 4수이므로 모두 4명의 딸이 있다. 월주 辛卯는 일주 시주와 亥卯未로 유정하므로 3명의 딸과 남편 그리고 본인은 함께 산다. 월간 辛金은 수옥살(卯) 위에 앉아있어 항상 병마에 시달린다. 일주대행하는 己土가 亥卯未 木局 만나 형제 없고 외동딸이다. 나(己土)는 갇혀 있는 꽃나무들(亥卯未)에 癸水 물을 주고 칼(辛)로서 다듬는 일을 한다.

즉, 꽃집 경영이 내업이다. 癸대운은 남편궁(일지 癸亥)이 발동이므로 이때 결혼할 남자 만났다. 巳대운에 일지 亥를 충하여 충출된 甲木이 己土와 합하므로 결혼했다. 甲대운은 亥卯未 중에서 투출이므로 이때에 남편이 두각을 나타냈다.

午대운은 己土를 생하여 좋았다. 그러나 남편인 甲木이 도화에 앉는 운되어 남편이 외정가졌다. 乙대운 역시 亥卯未中에서 투출되었으므로 남편이 세상 밖으로 고개 내밀고 활동한다. 그러나 辛金에 잘려 실패와 좌절을 겪었다. 未대운은 시지 未土가 발동이라 내가 활동하는 운이다.

즉 시지 未는 일주대행인 己土의 몸인데 이것이 대운에 나타났으므로 내가 활동하게 된다. 丙대운은 년간 辛金과 합하는데다가 년지 巳에서 투출이므로 첫딸(년간 辛)이 결혼하게 되었다.

申대운은 년지 역마와 형합이므로 이동 변동으로 분주했다. 그러나 木官이 극제되는 운되어 남편은 무능력해진다. 丁대운은 辛金을 극하여 자식이 아프게 되고 자식의 일이 풀리지 않는다. 酉대운은 월지 卯를 충하여 亥卯未 木局을 깨므로 夫가 다치던지 아프게 된다. 그러나 일지 亥中甲木 내 남편은 크게 상처입지 않고 시형제 사망하게 되었다.

예56)

```
           37 27 17  7
庚 丙 壬 癸   여   丙 乙 甲 癸   대운
寅 戌 戌 丑        寅 丑 子 亥
홍염
```

丙火일주 戌月生으로 火土상관격으로 土多하다. 그런데다가 천간엔 壬, 癸로 관살혼잡 되어 있다. 이럴 땐 천간에 甲木이 투출되어 왕한 土를 제해주며 壬, 癸水의 기운을 화(化)시켜야 좋은 팔자가 된다. 그러나 이 사주는 시지에 寅木을 얻었지만 시간에 庚金이 앉아 木氣의 상승을 억누르고 있으므로 왕토를 제압할 수 없다. 따라서 부모복 없고 학문과 인연 없다.

년간 癸水가 丑에 앉아 있고 丑中辛金이 일간과 명암합하므로 첫 남편이다. 9월의 癸水는 늦가을에 내리는 가을비로 일간 丙火를 어둡게 한다. 그러므로 첫 남자는 나를 힘들게 하는데다가 지지끼리 丑戌형을 하고 있다. 따라서 丑戌刑이 발동될 때에 첫 남편과 이별하게 된다. 월지 戌이 년일지 사이에 앉아 년일지 형을 보류시키고 있다. 따라서 월지 戌이 합되거나 충거되면 년일지간의 형이 작용된다.

월간 壬水 편관은 월지 戌中丁火와 명암합하며 戌中에는 戊土 식신이 있다. 이런 壬水가 일지 戌中丁火와도 명암합한다. 그러므로 두 번째 남자(壬)는 상처남에 아이하나 딸린 사람이다. 그리고 월주 壬戌이 백호살이고 년주 癸丑과 형이되어 두 번째 남자의 처는 흉사했다.

일간 丙火와 壬水는 좋은 관계이므로 두 번째 남자와는 사이 좋고 몸 궁합도 잘 맞는다. 월간 壬水가 일지 戌中丁火와 명암합하며 戌中에는 戊土식신이 있으므로 두 번째 남자와의 사이에 또 자식하나 두게 된다.

癸亥대운은 가을비 쏟아지는 격되어 좋지 못했다. 甲대운은 시지 寅홍염살에서 투출된 것이므로 학업중에 바람났다. 甲木이 丙火를 생하여 공부도 잘되었다. 子대운에 년간 癸水정관의 뿌리 생겼고 남편궁인 년지 丑과 합하므로 결혼했다. 그러나 子대운은 일시지 寅戌사이에 협공되어 있는 午도화를 충하며 월지 戌과 암합(戌中丁火와 子中壬水, 戌中戊와 子中癸)하여 년일지 간의 丑戌형을 작동시킨다. 그러므로 첫 남자와 헤어졌다.

乙대운은 木이되어 약한 丙火를 생하므로 좋은 운으로 보기 쉽다. 그러나 乙木은 시간의 庚金과 간합하므로 해서 丙火를 생해주지 않는다. 즉 탐합망생이 되었고 시간의 庚이 합동(合動)하게 되므로 돈벌이 할 생각만 들게 된다. 또 이렇게 庚金이 乙木을 만나 발동되면 재정적으로 쪼달리게 되는데 일간이 약하기 때문이다. 따라서 좋지 않은 운이다.

동대운 己卯년(27세) 만났다. 세운간 己土는 丙火일주의 기운을 빼고 壬水를 흐리게 만들며 시간의 庚金을 생한다. 그리고 세운지 卯는 먼저 월지 戌과 합하여 년일지간의 丑戌형을 발동시킨다. 이렇게 되면 丑中 癸辛己가 형출되고 戌中 辛丁戊가 형출된다. 따라서 년월간 壬癸는 丁火와 戊土에 합되므로 직장과 남자가 모두 제 역할 못하게 된다.

  그리고 형출된 辛金은 일간 丙火와 합을 하므로 오직 돈(辛)만을 생각하게 되고 몇 푼의 돈은 챙기게 된다. 丑대운은 월일지를 형하므로 남자와 헤어지게 되며 시비구설이 생기는 아주 좋지 않은 세월이 된다. 丙寅대운에 안정될 것이다.

예57)

```
                    52 42 32 22 12  2
丙 丁 丁 戊   남   癸 壬 辛 庚 己 戊    대운
午 巳 巳 子        亥 戌 酉 申 未 午
```

  丁火일주 巳月生으로 丙午시 만났고 월간 丁火까지 있으므로 일간이 태왕하다. 따라서 년간 戊土상관이 왕한 火를 설해주며 또 왕한 火가 밖으로 비화(飛火)되지 못하도록 하는 역할(화로)을 한다. 일지 巳中庚金있어 처성인데 巳中에서 투출된 년간 戊土는 처의 표출신이다. 따라서 결혼후부터 일이 잘된다.

  庚申대운에 처성 나타나므로 申대운에 결혼했다. 상관격에 재운만나 큰 돈 벌게 되었다. 辛酉대운 역시 재운되어 좋으나 시간의 丙火겁재가 내 재물을 합해가는 운이라 큰 손재를 입었다. 그러나 대운지 酉가 월일지 巳와 巳酉로 합을지어 하는 일이 잘되었다. 壬대운은 상관에 관성을 만나는 운되어 구설시비와 관사(官事) 발동된다.

  그리고 월일간 丁火가 壬水를 두고 쟁합하므로 권리다툼 치열하게 되었으며 자식에 흉한 일이 생겼다. 戌대운 왕한 火가 입고되어 활동 못하고 쉬게 되었다. 癸대운은 년간 戊土용신이 합거되므로 대흉하다. 戊土가 없어지면 이글이글 타고있는 왕한

불길이 밖으로 번져 나간다. 그러므로 혼비백산되는 일이 발생되고 헛된일에 힘을 쓰게 된다.

화로속에 활활 타고 있던 불길이 화로가 깨지면 어떻게 될까를 추리하면 된다. 그런데다 대운지 亥가 왕한 巳火를 충하여 왕신충발되므로 크게 흉하다. 아마도 종명하게 될 것 같다.

일지 巳中에 있는 丙火겁재가 시간에 투출되어 午도화살위에 앉아 있는데 이는 바람피우고 환락으로 돈 쓰게 됨을 나타낸다. 또 시지 午火도화에서 투출된 시간 丙火이므로 색정상대(午도화)는 기가 센 여성이며 나(丁)는 그녀에게 가면 빛을 잃게 된다. 따라서 그 누구에게도 지지 않는 기센 사람이지만 애인에게만은 꼼짝 못한다.

예58)

```
          36 26 16  6
乙 己 戊 甲   남   壬 辛 庚 己    대운
亥 丑 辰 寅        申 未 午 巳
역마    홍염
```

己土일간 辰月生으로 신왕하므로 소토해주는 甲木을 좋아한다. 그러나 관살혼잡되어 탁한 운명이다. 월지 辰홍염살 중에있는 癸水편재가 첫 여자다. 년간 甲木은 첫 여자와의 사이에서 낳은 딸이다. 辰中에서 투출된 월간 戊土와 시간의 乙木은 첫 여자의 표출신이다. 辰이 홍염살이고 그중에 癸水편재 있으므로 처는 예쁘고 끼 많은 여자이며 두 가지 성격으로 나타난다.

첫째는 월간 戊土겁재의 성격으로 돈까먹는 일을 벌리게 되며 둘째는 편관 乙木의 성격으로 나돌아 다니며(亥역마에 앉아) 내 골때리는 일을 한다.(乙헌己) 시지 亥中壬水는 부친인데 역마성이므로 운전업했다. 월지 辰에 입고되고 귀문살되므로 술 잘 먹고 헤롱거린다.

己巳대운은 년간 甲木을 합하여 그 역할을 잊게 한다.(탐합망극) 그러므로 어려운 환경속에 지냈다. 庚대운은 상관되어 甲木 충극하므로 학업불성이고 午대운 도화살되어 연애하게 되었다. 辛대운은 배우자궁인 일지 丑中에서 투출되었으므로 결혼하게 되는데 庚辰년(27세)에 시간의 乙木(첫 여자 표출신)과 합하여 결혼했다.

그러나 用官사주에 辛金운되어 좋지 않은데 癸未년(30살) 만났다. 세운간 癸는 일지 丑 월지 辰에서 투출되었으므로 두 가지 일이 생긴다. 첫째는 돈 창고(辰)에서 돈이 나와 월간 戊와 합하므로 사업하다 망하게 된다. 즉 戊癸로 합하여 내 돈이 남에게 간다. 둘째는 끼 많은 마누라가 설치고 다니다가 나이 많은 戊土 겹재와 합정한다. 따라서 癸未년에 횟집 경영했으나 일 년도 안되어 망했고 그 처가 나이 많은 남자와 통정하게 되었다.

未대운은 배우자궁인 일지와 충하여 부부이별사 있게 되는데 甲申년(31살) 일주 합신인 년지 寅을 충하여 나와의 합을 깨므로 이혼했다. 36세부터 시작되는 壬운에 평생해로 할 여자 만나게되니 시지 亥中壬水 정재성이 투출발동되는 운이기 때문이다. 시간의 乙木은 후처인 시지 亥水가 낳게 되는 아들이다.

예59) 시어미 때문에 못살겠다.

```
                    48 38 28 18  8
壬 己 壬 丁   여   丁 丙 乙 甲 癸   대운
申 未 子 酉        巳 辰 卯 寅 丑
```

己土일주 子月生으로 金水 태왕하다. 일주는 일지 未에 통근했다. 하지만 일지 未土하나만으론 태왕한 水의 세력에 이길 수 없다. 따라서 왕한 水에 종하지만 일지 未土에 미련남아 가종격이 되었다. 이리되면 고부간에 심한 불화가 따르게 된다. 시모인 壬水에서 보면 己土 며느리가 일지 未에 미련을 못 버리고 고분고분 왕수에 종하려 하지 않기 때문이다.

따라서 '시키면 시키는 데로, 하자면 하자는 데로 따르면 될 것인데 염소(未)같이 되지 않은 고집을 부리느냐' 하게 된다. 己土일주의 입장에서 보면 나는 따뜻한 흙(己未)으로 겨울나무라도 키울 수 있는 몸인데 그만 홍수같은 물(壬)이 뒤덮여 그 역할을 하지 못하게 하므로 壬水(시모)가 미울 수밖에 없다.

즉 가종격이 되면 가면을 쓰고 따르는 것과 같으므로 상대가 볼땐 진면목을 알 수 없으며 잘 따르다가도 꺼구로 나가며 심술을 부리게 된다.

사주팔자에 부성(夫星)인 木이 없으므로 일지 未와 암합하는 월지 子中壬水를 남편성으로 하게 된다. 따라서 월지 子中에서 투출된 월시간의 壬水中에서 시간의 壬水를 남편성으로 하며 월간 壬水는 시모를 뜻한다. 시간 壬水는 장생지 申에 앉아있고 그 申으로 하여금 일지 未를 설기시켜 종격의 결점(未)을 순화시키고 있다.

그러나 월간 壬水(시모)는 子양인에 앉아 일지와는 子未 원진살을 구성하고 있다. 이처럼 남편성과 시모성이 일치되면 己土의 입장에선 평생 받들어 모셔야 될 남편이 두 명이 되는 셈이다.

그리고 시모의 입장에선 나의 남편인 자기자식을 자기 몸처럼 생각하게 된다. 따라서 시모되는 분의 성격은 대단할 뿐 아니라 정서적 문제(子酉귀문)까지 지니고 있으며 나와는 원수(子未)처럼 지내게 된다. 이 사주 년월간의 丁壬합 역시 壬水와 丁火가 모두 그 속성을 잃게 되는 것이 아니고 다음과 같은 사실을 나타내고 있다.

丁火편인은 일지 未에서 투출된 것으로 나의 표출신이고 교육이며 학문이 된다. 따라서 이 여성은 돈(壬水 財) 때문에 학업을 중단하게 되며 추위에 얼어있는 것을 따뜻하게 해주려고 행동하게 되면 시모(壬)에 의해 차단되고 묶여 버리게 된다.

癸丑대운은 춥고 배고픈 시절이었다. 그러나 대운지 丑이 일지 未를 충거시켜 진종(眞從)이 되므로 어려운 시절에 적응 잘했다. 진종이 되면 재운인 癸丑대운은 좋아야 되지 않겠는가? 하겠지만 겨울 한습한때에 내리는 비(癸)가 되므로 좋지 않은 것이다.

甲대운에 정관성 나타나 일간과 합을 맺게 되어 19세(乙卯년) 어린나이로 결혼했다. 그러나 결혼하자마자 고부간의 갈등이 시작되었는데 이는 월지 子水가 관성이 되었기 때문이다. 즉 월지 子水가 남편성인데 결혼함에 따라 子水가 지닌 역할작용이 발동되어서이다. 이는 앞장에서 설명한 더하기 통변이다.

寅대운은 일지 未와 귀문살 형성되고 壬水의 장생지인 申을 충한다. 따라서 우울한 세월 보내다가 시모와 떨어져 살게 되었다.

乙대운은 평길했고 卯대운은 월지 子水 남편궁을 형하므로 남편과 별거에 들어갔다. 丙대운은 겨울에 태양이 뜨는 격되어 평길했으며 辰대운은 水입고하므로 시모가 병들게 되었고 본인은 외정에 눈떴다. 辰은 일주 己土의 홍염살이고 이것이 식신(子宮)과 辰酉합을 맺어서이다.

예60)

```
                    49 39 29 19  9
癸 戊 壬 戊   여   丁 戊 己 庚 辛   대운
亥 子 戌 戌       巳 午 未 申 酉
```

戊土일간이 戊月에 태어났고 년주에 戊戌있어 신왕하다. 재성
역시 亥子壬癸로 약하지 않다. 따라서 신왕재왕의 팔자로 부명
(富命)이라 할 것이다. 그러나 이 사주는 군비쟁재격인데다 비
견겁재를 제해주는 木官도 없고 土水사이를 통하게 해주는 金
도 없다. 그러므로 남의 것을 넘겨보고 내 것을 뺏기지 않으려
고 눈 뒤집히게 살아가는 천한 명이다.

따라서 첩첩산중에 호수(壬)하나 있는데 피워 오른 안개(癸)
가 자욱하게 덮여 있어 앞이 안 보인다. 그러하지만 나(戊日干)
는 그 안개속에서 무지개를 피워 볼려는 헛된 꿈을 쫓는 상이다.
나(戊日干)는 두 개의 산봉우리가 호수(壬)를 가운데 두고 마주
보고 있는 산골마을에서 태어났다. 월간 壬水는 부친성인데 년
간 戊에 극되고 백호살(壬戌)되어 일찍 부친 사별했다. 그리하
여 辛酉대운에 남의 집에 양녀로 갔다.

庚申대운은 역마되어 타향으로 나갈 운이고 식신(庚)이 나의
재성을 생하므로 식당계통에서 활동했다. 시간의 癸水가 일간
戊와 합하므로 일주인 戊土가 가는 길은 서쪽이고 물이 많은 곳
이다. 그런데다 일간 戊土가 亥子壬癸로 물에 둘러싸여 있으므
로 섬이 된다. 따라서 이 여성이 터를 잡고 물장사를 하는 곳은
태어난 곳(月支)에서 보면 서쪽지역의 섬이다. 그래서인지 이
여성은 20여세부터 부산 영도에 터를 잡고 물장사(횟집)로 생활
했다.

사주에 관성인 木이 없으므로 일지 子中癸水를 나의 남편성으

로 삼아야 된다. 그런데 일지 子에서 월간 壬水와 시간의 癸水가 투출되어 있다. 이리되면 한곳에 있는 두남자라는 뜻이 되고 두 번 결혼한다는 뜻이 된다. 원칙적으로 시간 癸水가 정부(正夫)이고 월간 壬水가 편부이다. 그러나 십간의 순서로 보면 월간 壬水가 선부(先夫)고 시간 癸水가 후부(後夫)된다.

그러므로 첫 남자는 한 번씩 만나는 애인같은 남자고 후부(애인)는 진짜 내 남편같은 남자다. 그런데 선부(先夫)가 있는 壬戌과 후부(後夫)자리인 癸亥는 동순(同旬)인데다 1급 상순(相順) 관계가 된다. 이것은 先夫와 後夫가 모두 동일한 영역에 있으며 형님! 아우! 하는 무척 가까운 사이임을 나타낸다.

이 여성은 庚申대운초 20세경에 동거생활을 시작했다. 그러다가 己未대운 33살 경에 자기남편 밑에서 일하는(주방장 보조) 총각과 은밀히 간통했다. 그러다가 戊午대운 초에 본남편과 헤어지고 애인과 동거생활에 들어가게 되었다.

未대운에 간통사가 있게 된 것은 시지 亥와 亥未로 반합관국(木官局)을 이루므로 이것이 진짜 내 남자구나하며 합정하게 된 것이다. 戊午대운에 본 남자 헤어지고 자기 집 일꾼과 붙게 된 것은 일간 戊土가 戊운을 만나 발동된 것인데 戊土 剋 壬水하고 戊癸合한 까닭이다. 물론 대운지 午가 일지 남편궁을 충한것도 원인이다.

이 사주처럼 정식 관성이 없고 일간 및 일지와 합하는 것을 나의 부성(夫星)으로 하게되면 정식 결혼은 어렵고 동거생활부터 하게되는 경우가 많다. 그리고 壬水가 첫 남자이므로 나와같은 土가 자식성이 된다. 土 剋 水하여 壬水의 관성(자식)이 되므로 이다. 따라서 자신(戊)과 똑같은 딸만 셋 두었다.

월간 壬水(先夫)의 입장에서 보면 네 여자(戊戊戊戊) 사이에서 크게 공박당하고 있는 상이다. 따라서 처, 자식 덕이 없을 뿐 아니라 고통만을 주는 처와 자식이라 해야 될 것이다.

두 사람이 이혼하면서 여자는 큰딸(년간 戊土)을 데리고 후부에게 갔고 둘째 셋째 딸(년지, 월지 戊中戊)은 본남편에게 남겨 두었다. 이렇게 된 것은 년간 戊土 역시 시간의 癸水와 戊癸로 합을 지어서이다. 딸이 비견인 戊土가 되어 딸과 이 여성은 마치 친구처럼 형제처럼 지내는 사이다.

※ 戊午대운에 일지 子水충되고 월간 壬水가 극되어 前夫가 큰 병에 걸려 생사지경을 넘나들었다.

예61)

```
              35 25 15  5
丙 甲 辛 辛   여   乙 甲 癸 壬   대운
寅 辰 丑 酉        巳 辰 卯 寅
공망      도화
```

甲木 丑月生으로 酉丑 금국에 년월간 辛金있어 신약한데다 관성은 무리지어 들어온다. 시지 寅에 뿌리박고 시간 丙火로 조후해야 한다. 그러나 시지가 공망되어 丙火와 寅의 힘이 반감되어 복을 깍는다. 그런데다 일주 甲辰과 시주 丙寅이 2급 소용돌이를 이루므로 딸(丙) 그리고 부친(寅中戊)과는 일찍 이별하게 된다.

이 사주는 관성이 도화를 띠고 무리지어 나와 합(辰酉)을 맺으므로 많은 남성과 합정하게 된다. 그러하지만 관성이 기신이라 남편덕은 없게된다. 또 많은 관성이 나를 억제하려하나 나의 정은 시간 丙火로 가므로 나는 억제와 규율을 싫어하고 자유분방하게 즐기고 노는것을 좋아하게 된다.

시간 丙火가 있어 냉한한 천지를 따뜻하게 해주므로 얼굴엔 항상 밝은 미소를 짓게 되고 오는 남자 마다 않는다(丙辛合).

시지 寅中戊土편재가 부친성이고 시간의 丙火는 부친의 표출신이다. 寅대운은 시지 寅과 같으므로 부친에 대한일이 생긴다. 원명에 부친궁이 공망이고 일주와 부친궁이 2급 소용돌이 되어 부친과 일찍 이별되는데다가 寅대운 癸酉년(13살) 만나게 되어 부친과 사별했다. 癸水 剋 丙火하고 戊土편재가 酉(세운지)에 사(死)가 되어서이다. 癸대운은 월지 丑(官庫)에서 투출되었으므로 남자관계 들어와 제 갈길 못 간다.

甲木이 가는 길은 丙火인데 癸水가 剋 丙火하므로 갈 길이 없어진다. 따라서 남자 교제로 인해 학업 등지게 되는 운이다(이 때에 그 모친이 딸의 바람기를 재워보고자 친정 부친(丑中己土)에게 맡겼다). 그러나 癸대운 庚辰(20세)에 남자와 동거에 들어갔고 21세 되는 辛巳년에 딸 하나 낳았다.

卯대운은 일시지와 寅卯辰으로 木局을 지어 강한 관성과 싸우게 된다. 따라서 부부불화와 이별이 있게 된다. 壬午년(22살) 도화홍염살되고 시지 寅역마와 寅午 반합하므로 돈벌이 한다는 명목으로 돌아다니면서 바람 피웠다. 시지 寅(부친궁)과 午도화홍염이 반합(寅午)되고 암합(甲己)되므로 아버지같은 늙은 사람과 합정했다.

癸未년(23살)은 월지 丑(남편의 집)을 충하고 집(丑)을 잃은 辛酉金이 대운 卯에 충되어 그 남편이 사업 시작했으나 금방 망하고 말았다. 甲申년(24살)되어 나의 의지처인 시지 寅을 충거시키므로 관성(官星)에 굴복되어 이혼했고 역마 지살 운되어 해(丙)뜨는 일본으로 돈 벌러 가게 되었다.

※ 卯대운은 일간 甲木의 양인지로서 년지 酉와 일지 辰의 합을 깨는 운이다. 그러므로 卯대운에 첫 남자(년주 辛酉)와의 인연이 끊어지게 된 것이다. 그리고 丙火는 태양(日)이고 寅은 丙火의 뿌리(木)이며 장생지이다. 그러므로 이 여성은

일본(日本)으로 가 새벽(寅時)까지 밝은 불(丙) 켜놓고 무리
지어 찾아오는 남자들의 차디차게 얼어있는 몸을 따뜻하게
해주는 유흥업소로 가게 된 것이다.

예62) 상처입고 다친 것을 구하는 것이 의사다.
```
              30 20 10
乙癸甲庚   남   丁丙乙   대운
卯丑申申       亥戌酉
```

癸일주 申月生으로 년간에 庚金 투출되었고 일지 丑에 뿌리
있어 신왕이다. 따라서 水氣를 설하는 시간 乙木 식신을 용신하
는데 乙木의 뿌리가 卯에 있어 록이 되고 일주의 천을귀인되므
로 좋다. 水木식신격되어 순수하고 거짓 없으며 총명하다. 천간
으론 水木火운이 좋고 지지로도 水木火운이 좋다.

이 사주는 재성인 火가 없다. 그러므로 년간 庚金 모친과 간
합하는 시간의 乙木이 부친성이며 일지 丑中己土와 암합하는
卯中甲木이 처성이다. 그런데 卯中甲木이 월간에 투출되어 申金
에 앉아 있는데다가 년간 庚金의 충극을 받고 있다. 이리되면
그 처(甲)가 모친에게 공박되어 정서불안 및 정신이상(卯申귀
문) 일으키게 되며 첫 마누라와는 이별하게 된다.

그리고 월간 甲木은 부친인 乙木의 형님인데 庚에 충극되었으
므로 일찍이 백부가 객사했다. 월간 甲木은 외조부이기도 한데
戌대운 초 癸未년(24세)에 외조부가 사망했다.

甲木의 뿌리는 일지 丑인데 戌대운에 刑하여 그 뿌리를 뽑고
未년에 또한번 그 뿌리를 충했으며 甲木이 未에 입고되었기 때
문이다. 여기서 丑土를 甲木의 뿌리라 한것은 甲木이 丑中己土

310 한밝 신사주학

에 그 뿌리를 내리지 못하면 살지 못하는데 戌未가 와서 丑을 형충함은 甲木의 뿌리를 뽑는 것과 같다. 따라서 재성이 숨어있고 그 본기인 戌土가 들어있어 일간 癸와 합을 맺을 수 있는 戌 대운이 결혼운이 될것 같지만 위와 같은 이유(戌이 일지 丑을 刑)로 성사 안 된다.

丁대운 辛卯년(32살)에 결혼할 것이다. 이 사주는 인수격인데다 일간 癸水가 식신상관인 甲乙木을 살리고 있고 甲, 卯, 申의 현침살과 천을귀인이 있으므로 상처받은 (甲, 乙木이 庚에 충극) 사람을 구하는 의사이다.

따라서 丁亥대운까지 의사로서 활동할 것이나 戌子대운 되어 甲乙木을 살리고 있던 일간 癸水가 합을 탐하여 그 역할을 하지 않게 되므로 의사생활을 접고 방향전환 할 것이다. 그리고 첫 여자인 甲木(월간)과의 인연도 끊어질 것으로 보인다.(貪合妄生)

예63) 모친유산 때문에 형제간에 소송한다.

					57	47	37	27	17	7	
戊	甲	己	丙	남	乙	甲	癸	壬	辛	庚	대운
辰	午	亥	戌		巳	辰	卯	寅	丑	子	

甲木 亥月生으로 丙火(조후)떳고 온토 戌이 있어 겨울나무지만 잘 자랄 수 있다. 편정재 혼잡되어 재혼격이고 재다신약이지만 亥에 장생하고 시지 辰에 甲木일주 통근하여 太弱치 않으므로 신왕운에 득재한다. 시지 辰中癸水가 모친이고 년지 戌中戊土가 부친인데 辰이 일간의 뿌리되므로 모친 덕이 후하다.

월간 己土는 일지 午에서 투출되었고 甲일간이 甲己합하므로 돈과 자신의 몸을 끔찍이도 아낀다. 이 사주처럼 일간이 재성과 합하여 재성으로 변하면(甲木이 甲己合하여 土가 됨) 돈을 제 생명같이 여긴다. 일지에서 투출된 재성과 일간이 합을 맺게되면 결혼후부터 그런 마음으로 변하게 된다. 결혼전에는 월지 亥水에 의지하려 하므로 어질고 착한 인수의 성질이 있다.

壬대운에 일지 午에서 투출된 丙火조후 용신을 극하여 첫 여자 이별하고 재혼했다. 寅대운 甲木일간이 득록하여 좋은 운이고 癸대운은 丙火를 극하나 시간 戊와 戊癸합하여 탐합망극하므로 무난하다. 卯대운은 亥卯로 목국되어 甲木일간이 강해지므로 많은 재성에 임할수 있어 재운이 좋았다.

甲대운은 甲己甲으로 쟁합하나 재왕신약이라 친구, 형제간의 동업사 생기며 좋은 운이다. 辰대운 역시 甲木의 뿌리되어 좋으나 월지 亥水(처의 몸)가 입고되므로 처가 병드는 운이다. 辰亥 귀문이므로 처가 신경을 과도하게 쓴 탓이다.

시지 辰(모친궁)에서 乙木 겁재 투출되는 乙대운은 모친의 재산을 두고 형제간(여형제)에 분쟁이 발생된다. 시간 戊土는 부친(년지 戌)과 모친(시지 辰)의 표출신인데 甲辰대운에 戊土 극하고 년지 戌 부친궁을 충하므로 부친 사별했다. 그리고 乙대운은 甲己合을 깨어(乙 魁 己하여) 내가 생명처럼 여기는 재물과 처가 나를 떠나는 운이다.

그런데 이 겁재(乙木)는 시지 辰에서 투출되었으므로 먼저 시간의 戊土를 극하고 다음으로 월간 己土를 극한다. 따라서 모친(戊土)이 먼저 상하고 그 다음에 己土가 극충된다. 이런 운중에 癸未년 (58세) 만나 乙木에 극되어 쇠약해진 戊土가 합거되므로 모친 사망했다. 그 후 얼마 안되어 모친의 유산을 놓고 여형제(乙木)들이 내 몫 내놓으라며 소송을 제기했는데 甲申년(59세) 乙酉년(60세) 양년에 걸쳐서 였다.

예64) 후모가 재산 챙겨 야반도주

			34	24	14	4	
甲	丙	丙	甲	여	壬 癸 甲 乙	대운
午	申	寅	辰		戌 亥 子 丑	

홍염공망

丙火 寅月生으로 寅中丙火와 甲木이 모두 천간에 투출되어 있다. 그런데다 시지에 午양인을 얻어 극신왕이다. 이리되면 먼저 재관을 찾아야 되는데 년지 辰中癸水 있으나 공망지에 들어 앉아있고 약하여 쓸 수 없다. 이젠 재성(財星)을 찾아야 하는데 일지 申中庚金이 있어 쓸만하나 월지 寅에 충맞고 시지 午火에 극되어 상처투성이 되어 믿을 수 없다.

재관이 이렇게 쓸모없이 되었으므로 이젠 식상을 찾아 왕한 火氣를 설해보고자하나 그 역시 신통치 않다. 년지 辰中戊土 식신 있으나 寅月이라 대목지토(帶木之土)가 되어 있어서이다. 따라서 종왕격이 될 수밖에 없다. 이렇게 일주인 丙火의 세력에 따르는 종왕격이 되면 나 혼자 북 치고 장구 치며 살아가야 한다.

즉 남편과 자식 그리고 육친의 덕이 없어 내가 벌어 여러 식구를 먹여 살려야 하는 운명이 된다. 그런데 소위 투파(透波)라 불리는 역술인들은 이렇게 해석했다.

'종왕격이므로 천간으론 木火운이 좋고 金水는 나쁘다. 그러므로 乙甲대운은 吉했고 癸대운은 불길하나 甲木이 통관역할하여 어려운 가운데 무난하게 넘어갔다. 壬대운 역시 그렇다.'

'대운은 그렇다치고 이 여성의 초년운과 부모덕 그리고 남편운은 어떻소?' 필자는 긍정도 부정도 하지 않으며 다시 물었다.

'예! 그것은 년월에 희용신이 있으므로 부모덕도 있었겠고 초년운도 甲乙木이므로 별탈없이 지냈겠습니다. 그리고 남편운은 일지 남편자리가 충되어 불길하겠소이다.' '그렇군요.'

필자는 긍정도 부정도 아닌 소리로 문답을 끝낸 일이 있다.(2002년 11월에 있었던 문답이다.)

사주팔자에 있는 천간지지는 비록 깨어져 못쓰게 되었더라도 그에 따른 문제를 반드시 지니고 있다. 즉 일지 申金이 충되고 극되어 있으면 그에 따른 일들이 있다는 말이다. 좀 더 자세히 설명하면 비견이 앉아있는 월주 丙寅이 나의 재물인 申金을 충파했으므로 남이 내 재물을 박살내게 되고 또 부친(申) 역시 丙寅이 의미하는 육친 및 사람에게 피해를 입게 된다는 말이다.

이 사주는 일지 申中庚金이 부친성이고 년지 辰中乙木이 庚과 乙庚으로 암합하므로 모친성이다. 그리고 월지 寅은 부친의 애인이며 후처(後妻)이다. 그런데 申(부친)과 辰(모친궁) 사이에 있는 월지 寅이 홍염살 띠고 있으면서 그 암합을 방해하고 있다. 즉 월지 寅이 일지 申을 충하여 申辰간의 乙庚 암합을 방해하고 있다.

따라서 이 여성의 부모는 외정(寅홍염)으로 인해 이별하게 된다. 그리고 그 타격은 부친인 申金이 크게 받게 된다. 원래 이 사주는 편재(부친)성은 하나이지만 인수(모친)는 여러 개가 되어 부친과 정을 맺는 여성이 많게 된다. 이런데다가 부친의 애인이며 후처인 寅이 부친성인 申을 충하므로 부친은 애인 및 후처에게 크나큰 상처를 입게 된다.

좀 더 자세히 보면 월지 寅(부친의 애인)에서 년시간의 甲木이 투출되어 있는데 이는 후처(寅)가 두 명 있게 됨을 나타내고 있으며 또 들어오는 후처(寅)가 두 마음을 지니고 있음을 나타낸다.

부친(申)은 역마 지살에 해당되고 년지 辰과 申辰으로 반합 수국을 형성하려하므로 배타는 사람이다. 그런데 후처이고 애인인 甲木이 만들어 낸 홍염살인 午와 申金 부친은 암합하고 있다.(丁壬) 부친인 申金에서 보면 길거리(역마 寅) 여기저기에 널려있는 애인이 많을 것이며 그 애인(甲)이 토해내는(甲木生午火) 뜨거운 바람기(홍염살)에 스르르 녹아 버린다. 따라서 그 부친은 대단한 난봉꾼이며 이 때문에 나의 친모인 辰中乙木과 헤어지게 됨을 나타내고 있는 것이다.

乙대운은 년지 辰속에 숨죽이고 들어있던 乙木(모친)이 고개를 내밀어 甲木을 휘감고 올라간다. 이것은 참고 있던 모친(乙木)이 드디어 부친의 애정상대인 甲木을 물고 늘어져 문제제기를 하기 시작했다는 말이다. 그리고 시간의 甲木에게 감고 올라가 甲木과 같이 홍염살에 빠져들어 '니가 그러면 나도 그러겠다.'며 맞바람 피우게 되는 때이다. 그러다가 이 사주의 주인공이 7살 되던 庚戌년에 딴남자 만나 본인의 부친과는 이혼하고 말았다(乙庚합으로 乙木 사라진다).

甲子대운에 편인 甲木이 丙火를 생하고 지지로는 申子辰으로 합이되어 드디어 부친의 애인이 서모가 되어 가정에 들어왔다. 그러다가 17세 되는 庚申년에 후모가 재산 챙겨 야반도주하게 되었다.

따라서 乙丑, 甲子대운은 어린나이에 크나큰 고통을 안겨다 준 때였다. 일간 丙火의 남편은 년지 辰中癸水이다. 천간에 투출되지 못하고 辰庫에 있는 남자라 무능력한 사람이다.

辰中癸水 정관이 나타나는 癸대운 25세(戊辰년)에 결혼했다. 癸亥대운은 水旺운되어 남편이 활동하는 운이다(亥대운까지 남편이 돈벌이 했다한다).

壬대운은 일지 申中에서 투출되었으므로 본인이 돈벌이하려고 쫓아다니는 운이다. 즉 일지 편재인 申中에서 투출된 壬대운은 본인이 활동하여 돈을 버는 운이다. 편인 甲木이 午火양인에 앉아있고 일지 申金편재가 양인인 午中丁火와 암합하므로 손에 가위든 미용사로 활동한다.

예65) 좋은 운이라 해도 불상사는 있다.

甲己戊辛	남	45 35 25 15 5		
子未戌酉		癸甲乙丙丁	대운	
		巳午未申酉		

己土일주가 戌月에 났고 시간의 甲木외엔 木이 없어 甲己合化土格을 구성했다. 그런데 년주의 辛酉金이 土氣를 설하므로 化土의 기가 허약해졌다. 따라서 火土운이 와 허약한 土를 도와야 된다.

초년 丁酉, 丙申대운은 金向地되어 불리하나 천간에 丙丁火가 개두되어 무난하다. 乙대운은 일간 己土를 충극하여 甲己合을 깨며 化土格에 기신이 되나 년간 辛金이 있어 모면한다. 일지 未中乙木 있는데 이것이 투출되는 乙대운을 만났으므로 이때 결혼했다.

甲대운은 己土일주와 쟁합되므로 일간이 우왕좌왕 혼란스러우나 년월간의 辛, 戊가 甲을 충극하고 甲木이 午에 앉아 기세가 약하므로 甲己合이 깨지진 않았다. 午대운은 허약한 化土格을 도와주나 시지 子水처궁을 충한다. 그러므로 사회적 바깥일은 잘 풀리나 처에게 좋지 못한 일이 생긴다. 따라서 그 처가 자궁암으로 입원하게 되었다.

癸대운은 시지 子中癸水가 투출되므로 처에 대한 일이 발생되는데 월간 戊와 戊癸合火되어 戌에 입고되므로 처(妻) 및 돈이 날라가 없어진다. 丙午년(46세) 만나 시지 子水를 충하므로 응하는 해운되어 그 부인의 병이 재발되어 사망했다.

이 사주에서처럼 火운이 좋다해서 무조건 좋은 것으로 판독하면 안되고 사주지지와의 형충회합(會合) 관계를 잘 살펴 어떤점은 좋고 어떤점은 나쁘다는 것을 찾아내야 한다.

예66) 결혼하자 말자 곧바로 이혼했다.

```
                 31 21 11  1
己 甲 甲 丁   남   庚 辛 壬 癸   대운
巳 戌 辰 卯        子 丑 寅 卯
```

甲木일주가 辰月에 태어나 己巳시를 만나 甲己合되므로 甲己合化土格을 구성할 것 같다. 그러나 년지에 卯木있고 월간에 甲木있어 化土에 방해되므로 甲己合化土格은 구성 안 된다. 따라서 쟁재격(爭財格)으로 木土사이를 통관시키는 火가 용신이다. 년간 丁火 용신은 일지 戌에서 투출되었으므로 나의 표출신이다. 그런데 이 丁火가 일주와는 너무 멀리 있고 왕한 세력을 지닌 월간 甲木의 기운을 설하게 하는 역할을 하고 있다. 따라서 이 사람은 좋은 두뇌에다 유창한 언변까지 갖추었고 양자간의 싸움을 조정해주는 능력이 있으나 남 좋은 일만 하는 사람이다.

또 나의 표출신인 丁火가 도화살인 卯에 앉아 있으므로 도박과 외정(外情)을 좋아한다. 시간 己土가 일간 甲木과 합하므로 나의 처이다. 그런데 처인 己土에서 보면 가까이 있는 甲木과는 귀문, 원진살(巳戌)되고 멀리 있는 또 하나의 합신인 甲辰의 지지와는 辰巳로 암합되며 또 辰은 己土의 홍염살되는 지지다. 그러므로 그 처는 나와는 불편한 관계로서 딴 남자(月干甲木)에게 연정을 느끼고 바람피우게 된다.

癸卯, 壬寅, 辛丑대운은 불길했다. 甲木일간의 합신인 己土가 앉아있는 巳中庚金이 투출되는 庚대운에 배우자 나타나 庚子(34살)에 결혼했다. 庚金이 월간 甲木을 충극하여 쟁합을 없앴으므로 庚대운 庚세운에 결혼 성립된 것이다.

그러나 庚은 월간 甲木을 충극한 다음에 일간 甲木을 치게 되므로 甲己合을 깨게 된다. 그런데다가 대세운지 子水는 丁火용신의 뿌리되는 시지 巳를 극하고 년지 卯木을 형하여 丁火의 힘을 무력하게 만든다. 이런 관계가 결혼하자마자 파혼하는 현상으로 나타나게 된 것이다.

예67) 교주(敎主) 노릇하는 여장부

```
                    47 37 27 17  7
 壬 丁 庚 丙   여   乙 丙 丁 戊 己   대운
 寅 未 子 午        未 申 酉 戌 亥
    홍염 도화
```

丁火일주 子月에 태어났으나 일지 未에 통근했고 년주에 丙午 시지에 寅木을 얻어 신왕하다. 이렇게 되면 월지 子에 뿌리 둔 시간의 壬水정관을 감당할 수 있다. 여기까지는 명리학의 초보라도 읽을 수 있다. 그러나 이 사주의 구성은 참으로 묘하다.

일주 丁未와 丙午는 1급 상순(相順)이며 동순(同旬)에 있고 월주 庚子와 시주 壬寅 역시 2급상순이며 동순(同旬)이다. 그런데 타순(他旬)끼리인 (丁未, 丙午는 甲辰旬이며 庚子 壬寅은 甲午旬) 그것들이 壬寅, 癸卯, 甲辰, 乙巳, 丙午로 4급 상순관계를 맺고 있다. 이것은 이 세계와 저 세계가 연결되어짐을 말하고 있다. 그리고 나의 재관(庚子, 壬寅)은 비견겁재와 맺어진 이 세상이 아니고 저쪽 세상 즉 정신과 영혼(寅未귀문)이 자리 잡고 있는 세계에 있음을 나타내고 있다.

그런데 이 사주는 월주 庚子(財, 官; 돈, 남자)를 한가운데에 놓고 치고 박으며(子午冲, 丙庚冲) 서로 차지하려 하는 형상인데 그것을 나와 유정하게 합을 맺은 壬水 정관으로 이 싸움을 말리고 있다. 따라서 시간의 壬水는 탐심으로 치고 박고 뺏으려 하는 비견겁재를 제압하는 권위와 법이 된다.

그런데다 이 壬水정관은 공망인 寅에 앉아 일지 未와 귀문살을 이루며 암합하고 있다. 그러므로 이 사주의 주인공은 저쪽 세계인 정신과 영혼의 영역에서 법과 권위(壬)를 나타내는 교주가 될 수 있었던 것이다. 그러나 월지 子水 관성이 도화살인데다 子午冲 맞았고 子水를 생해주는 월간 庚金 정재마저 충극되었으므로 남자관계 복잡하며 초년에 재산상실까지 있게 된다. 그리고 월주 庚子가 지배하는 40세까지는 돈과 남자 모두가 깨어지게 되고 그 후부터는 안정운에 접어들게 된다.

대운과 명식의 관계는 이렇다. 일간과 합하는 壬水 아래의 寅은 남편(壬)이 앉아 있으므로 남편궁인데 여기에 있던 戊土 상관이 17세부터 들어왔다. 따라서 17세부터 丁火일주와 합하려는 남자운이 들어온다. 그러나 戊는 상관이므로 부부관계가 깨어질 소지를 안고 있다. 18세 癸亥년의 癸는 월지 子(도화살)에서 투출되었고 세운지 亥가 壬水정관의 록이되어 일시지와 암합 육합하므로 연애결혼했다.

그러나 戊土상관 대운인데다 관살혼잡되며 일간 丁火를 丁癸로 충되어 합을 깨므로 아이 낳자 곧바로 이별했다. 그러다가 戊대운 己巳년(24세) 만났는데 己土(세운간)는 일지 未(홍염살)에서 투출된 것이므로 접근하는 남자와 합정했다. 즉 일지는 자궁(子宮)이고 식신은 배설욕망이므로 일지 未홍염살에 있던 己土가 투출되는 운이 오면 색정이 발동되어 그 즉시 합정하게 된다.

丁대운은 먼저 년간 丙火와 합세하여 월간 庚金을 극한다. 그리고 시간 壬水와 쟁합하여 丁壬合을 깨게된다. 그러므로 돈과 재산 (庚) 날라가고 부부이별되는 현상으로 나타난다. 이런데다 壬申년 (27세) 만나 시지 부궁(寅)을 충하고 일간 丁火와 쟁합하여 합(丁壬)을 깨므로 그 남편이 사업실패 후 자살하고 말았다.

癸酉년(28세)의 癸는 월지 子水도화에서 투출된 것으로 보므로 또 남자생겼고 乙亥년(30세)에 갈라서고 말았다. 그 후 혼자 살다가 丙대운 壬午년(37세)에 또 결혼했고 申대운에 또 이혼했다.

乙亥년에 갈라선 것은 세운간 乙이 사주 월간에 있는 庚金을 합하여주므로 죽은듯이 있던 庚金이 발동하여 丁壬合木을 깨어서이다. 丙대운에 또 결혼하게 된것은 부궁인 시지 寅中丙火가 발동되어서이다. 그리고 申대운에 이혼한 것은 시지 夫宮인 寅을 충하여 합을 깨었기 때문이다. 47세 이후 이 여인은 하나의 교(敎)를 만들어 많은 추종자들을 거느리게 되었으나 남자관계는 복잡했다.

예68) 성욕 강한 부인 두어 끝내 이별했다.

```
          33 23 13  3
丙 己 戊 壬   남   壬 辛 庚 己   대운
寅 卯 申 子        子 亥 戌 酉
     도화
```

己土 申月生되어 신약이므로 시간의 丙火 인수로 용신한다. 따라서 申子로 연합한 것에 뿌리 둔 년간의 壬水정재는 기신이다. 시지 寅에 뿌리 둔 월간 戊土로 강한 壬水를 막아보려 하나 戊는 공망지인 申에 앉았고 월시가 寅申충되어 丙火의 생을 받기 어렵다. 따라서 천간으론 火土운이 좋고 金水木운이 불길하다. 지지역시 火土운이 좋고 金水운이 나쁘다.

년간 壬水정재(妻星)는 양인도화인 子水에 앉아 강하며 壬水의 홍염살되는 申의 조력마저 얻었으므로 부인성격은 강하며 아주 색정을 밝힌다. 壬水 부인의 입장에서 보면 일간인 己土는 물만 흐리게 할뿐 흐르는 물을 그치게 할 힘은 없다. 따라서 우뚝솟은 산처럼 우람한 戊土를 찾을 수밖에 없다. 그렇지만 월간 戊土 역시 겉보기보다 실속없는 흙이 되므로 부인의 성적욕망은 채울 수 없게 된다.

  일간인 己土의 입장에서 보면 내 용신 자리인 시지 寅中에 뿌리있는 戊(자존심)를 내세워 억지로 壬水를 막으려하나 寅과 申으로 충되어 丙과 戊끼리 기가 통하지 않아 역부족이다. 월시지 寅申충을 일지 卯木이 들어 申과 암합(乙庚)하여 막고 있다. 그러므로 卯가 합되어 없어지는 戊운과 충되어 사라지는 酉운을 만나게 되면 寅申충이 발동되어 강한 壬水에 굴복하게 된다.

  이 사람은 처 자리인 壬子가 발동되어 오는 壬子대운에 처될 사람을 만났는데 丙戌년(35세)이었다. 즉 丙火가 戊土를 생하고 세운지 戌은 戊己土의 뿌리가 되어 왕한 壬水에 임할 수 있으므로 결혼했다. 그러나 세운지 戌이 일지 卯를 합거시켜 寅申충이 발동되므로 인해 고추세운 戊土(자존심 및 性力)가 맥을 못추게 되어 그만 두 손 들고 항복했다(이혼).

예69) 네 마누라는 화류계 여성이다.

					45	35	25	15	5	
丙	乙	辛	甲	남	丙	乙	甲	癸	壬	대운
戌	未	未	戌		子	亥	戌	酉	申	

乙木이 염천인 未月에 태어났고 시간에 丙火까지 있어 월일지

未에 뿌리 있다하나 戌未刑으로 깨어져 왕한 土에 따를 수밖에 없다. 그러나 천간에 土가 나타나지 않았고 戌中辛金만이 투출되었으므로 결국은 종살격이 된다. 따라서 천간 火운은 불길하고 지지로 오는 火土운은 길하다. 그리고 천간으로 오는 水운은 년간 甲木을 생하여 불리하나 지진(戌未刑) 만나 쓰러진 甲木되어 그 힘이 미미하다. 지지 金운은 월간 辛金 용신의 뿌리가 되므로 초년 壬申 癸酉대운은 돈많은 부모밑에서 아무 걱정없이 자랐다. 그리고 辛金 나의 용신이 힘을 얻어 두각도 나타냈다.

년지 戌中戌土 정재 첫 여자이고 여기서 투출된 월간 辛金은 처의 표출신이다. 辛金은 주옥(珠玉)이고 잘 연마된 귀금속의 물상이므로 그 처는 미인이다. 그러나 辛金은 조토인 未에 앉아 있고 기궁(奇宮)인 戌이 戌未로 형되어 丁火에 극되므로 많은 남자에게 상처입은 여성이다.

년간 甲木은 辛金의 재성이므로 처의 부친성인데 甲木이 뿌리 박고 있던 월지 未(木庫)가 형되어 있으므로 재산상실하고 혈압 및 심장(戌)병으로 쓰러진 분이다. 즉 혈행관계 질환으로 사망했다. 그런데 이렇게 종격이 되면 종하는 육신이 나의 주체가 되므로 일간대신 일간 노릇한다. 그러므로 나와 부인(辛은 처의 표출신)의 성격은 비슷하고 많이 닮았다.

따라서 변해진 나의 모습(辛)에서 보면 년간 甲木은 정재가 되고 처가 된다. 그러므로 이 사람은 바짝 말라 쓰러진 甲木(처)의 울퉁불퉁한 상처를 면도칼(辛의 물상)로 세심히 다듬어 준다.

년주 甲戌과 같은 甲戌대운에 처될 사람이 나타났는데 빈한한 여성의 처지를 못마땅해 하는 부모의 극심한 반대가 있었다. 그렇지만 그 관계를 끊지 않고 있다가 癸卯년(30세)에 결혼식을 올리게 되었다. 이 사람의 염소(未)같은 고집이 결국 부모의 반대를 이긴 것이다. 그러나 일간 乙木과 같은 乙대운이 오자 이 사람은 또 다른 여성을 만나 정을 주게 된다. 그것은 일간 노릇 하는 辛에서 보면 년간 甲木은 정처(正妻)고 일간 乙木은 애인 이고 첩이기 때문이다.

자식은 본처인 甲木에게서 일남일녀 두었고 첩(乙)에게서 일 남일녀를 두게 되었다. 즉 木이 처가 되면 木이 생하는 戌未중 의 丁火가 자식이 되기 때문이다. 그러나 시간의 丙火가 백호살 되어있고 일주 乙未와 형되므로 첩에게서 낳은 아들자식은 흉 사(凶死)하게 된다. 나를 나타내는 주체가 일간인 乙木이 되었 다가 용신인 辛金이 되기도 하는 이상의 통변을 두고 어리둥절 한 독자들이 있을 것이다.

그러나 역(易)이란 말부터가 변한다는 뜻이다. 그런데다가 기 명(本身을 버린다) 종살하던지 종재(從財)하게 되어 변해버리면 당연히 주체도 변해야 된다. 따라서 종격사주의 통변은 위처럼 두 가지에 따라야만 그 숨겨진 오밀조밀한 모든 사실을 알 수 있다.

즉 변하게 되면 변화된 그것에 따른 통변을 해야 역(易)의 이 치에 맞는데 초심자들은 그 변화를 따라가지 못하고 일차적인 통변만을 고집한다. 이리되면 평생을 다 바쳐 역서(易書)를 들 춰본다 해도 그 자리 그 수준에서 맴돌 뿐 더 이상 오묘한 역의 세계로는 결코 나아가지 못한다.

이때까지 나온 역서를 보면 종하면 종한 그것을 주체로하여 육친관계 등을 보아야 된다고 말한 사람은 딱 한명 있었다. 그 분 역시 30여년간 명리를 다뤄본 경험에서 그리 말했을 것이다. 그런데 합신 표출신 투출신 등의 개념을 충분히 파악치 못한 연 유 때문인지는 모르지만 육친 관계 등의 통변이 없었다. 매우 아쉽게 생각된다.

예70) 당신 남편은 마약 중독자

```
                     45 35 25 15  5
辛 丁 癸 癸   여   戊 丁 丙 乙 甲    대운
亥 丑 亥 巳       辰 卯 寅 丑 子
```

丁火일주 亥月生으로 일주의 뿌리는 년지 巳火 하나뿐인 데다가 충되어버려 뿌리역할 상실되었다. 그러므로 강왕한 癸水 편관에 종할 수밖에 없다. 10월 16일에 태어나 甲木이 사령한다하여 甲木인수로 용신을 해야 한다고 말하는 사람도 있을 것이다. 그러나 甲木은 왕한 물에 떠내려가며 巳亥충까지 맞아 결코 쓸 수 없다. 더욱이 천간에 불투되었고 음간은 세력에 종하므로 종살격으로 봐야 정확할 것이다.

먼저 丁火일간을 중심으로 통변하면 월지 亥水에 壬水정관있고 년월간에 癸水 편관있어 관살혼잡이므로 많은 남자 거쳐야 되며 타국, 타향 남자와도 인연 맺게 된다. 그리고 년지 巳中丙火가 亥의 충을 맞고 癸水에 극되므로 일찍 오빠가 교통사고로 객사했을 것이다. 그리고 巳中戊土 상관이 충극 맞아 자식 잃는 팔자다.

이젠 水에 종했으므로 水를 일간을 대신하는 주체로 보고 통변한다. 그런데 水인 癸가 년월간에 두 개가 있다. 이럴 땐 일간과 가깝고 왕한 세력을 지니고 있는 癸水를 찾아야하니 바로 월간이다. 월간 癸水(日主대행)는 역마이며 제왕지인 월지 亥水위에 앉아 있으므로 이 여성의 성질은 내성적인 것 같으나(癸는 陰干)내심은 아주 강하여 굴복할 줄 모른다. 또 亥水 역마위에 앉아 흐르므로 타향 타국으로 흘러가는데 양양(洋洋)한 물이라 타향보다 이역만리 타국으로 가게 된다.

년지 巳中戊土가 첫 남자인데 巳亥충되어 이별이다. 즉 巳中

丙火 투출되는 25세 丙대운에 만나 자식 낳고 寅대운에 이별했다. 寅대운은 癸水에서 보면 자식이 되고 상관성되어 巳亥충이 寅을 만나 충중봉합되어 이별한 것이다. 또 寅대운에 미국으로 이민가게 되었는데 역시 역마발동 되어서이다.

년지 巳中丙火는 또 부친성이므로 일찍 부친 잃었는데 교통사고로 객사했다(甲子대운에). 두 번째 남자는 일지 丑中己土이고 여기서 투출된 시간의 辛金은 두 번째 남자의 표출신이다. 일지 丑中己土는 왕양한 水를 감당못하고 씻겨져 없어지며 물만 흐리게 한다. 그러므로 그 남자는 남편구실 제대로 하기 힘들며 아이처럼 천진난만한 사람이다. 원칙적으로 己土가 丁火의 식신이므로 그런 성격의 남자를 만나게 된 것이다.

그런데 夫의 표출신인 시간의 辛金이 丁火에 극되어 상처 입은데다 왕양한 물속에 빠지는 상이다. 따라서 그 남자는 직장생활 및 사회생활하다가 심신의 상처를 입었으며 술 및 마약에 빠져 헤어나지 못하게 된다. 따라서 이 여자와 오랫동안 같이 살게되면 끝내는 목숨까지 잃게 된다.

일지 丑中己土는 나의 직장도 되는데 금고(金庫)이므로 금융기관에 근무할 수 있으나 己土가 허약하므로 잠시 뿐이다. 또 월지 亥中의 甲木은 癸水의 상관이므로 남자자식이나 巳亥충으로 부셔졌으므로 유산 및 낙태 했거나 잃어버리는 자식이고 시간의 亥中 甲木만이 온전한 자식(남자)이라 남자자식 하나 두었다.

이리되면 일지 丑中己土는 甲木자식의 마누라가 되는데 월지 亥中에 甲木있어 쟁암합하는 데다가 巳亥충되어 깨었으므로 며느리는 과거있던 여자다. 시간의 辛金은 癸水의 인수이므로 모친인데 남편(년지 巳中丙火)잃고 애인(丁火) 만났으나 그 애인에게 상처만 입고 말았던 분이다. 辛金되어 깔끔하고 인물 좋으나 술을 즐기는 분이다.

예71) 귀신과 영적존재는 있나 없나?

```
        37 27 17  7
壬 癸 丁 庚   여   癸 甲 乙 丙   대운
戌 未 亥 午        未 申 酉 戌
```

癸일주 亥月生이나 신약이다. 따라서 지지로는 金水운이 좋고 土운은 불길하며 천간으론 土金이 좋다. 흔히 신약하므로 시간 壬水에 의지하고 庚金으로 도와야 된다고 말하기 쉽다. 그러나 천간 金운은 길하나 水운은 불리하다. 그것은 겨울에오는 천간 壬癸水는 차디찬 눈이 되어서이다.

일지 未中丁火와 년지 午中丁火가 월간에 투출되어 겨울추위를 쫓아주는 난로불 역할하고 있다. 그런데 이것은 일지 未中己土편관의 표출신이기도 하며 년지 午中己土의 표출신이기도 하다. 따라서 丁火는 첫 남자를 나타낸다.

그런데 인수성인 庚金이 년간에 앉아있고 일주와 午未로 합하고 있다. 그리고 午中丁火는 월지 亥中壬水와 丁壬으로 암합하고 있다. 이것은 夫에게 나보다 먼저 맺어진 사람이 있음을 나타내고 있다. 따라서 이 사주의 주인공은 재취나 후실(後室)의 팔자이고 그렇게 맺어준 것은 모친(庚金)이다. 즉 庚이 앉아있는 년지 午에서 월간 丁火나왔고 일지와 午未로 합되기 때문이다.

그런데 亥中壬水(夫의 전처)는 시간에 나타나 백호살(壬戌)되어 있고 일주 癸未와 형되고 있다. 이것은 남편의 전처가 흉사했음을 나타낸다. 그리고 월지 亥水에는 甲木상관이 있고 월시간의 丁과 壬이 간합하여 木이 되므로 夫와 전처(前妻)사이에 두 명 정도의 자식까지 두었음을 말하고 있다. 그런데 시간 壬水가 戌土(火庫)에 앉아 월간 丁火를 합하여 입고시키고 있다.

따라서 그 남편(丁火; 夫표출신) 역시 흉사하게 되는데 未대운 들어 일시지 戌未형이 발동되어 흉하다. 이런중에 壬子년(42살) 만나 세운지 子가 년지 午를 충하여 丁火의 뿌리를 뽑고 세운간 壬이 월간 丁火를 합거하므로 그 남편이 사망했다.

따라서 이것은 죽은 전처(壬)가 남편을 황천으로 데리고 갔다고 말할 수 있으며 일찍 죽은 오빠(壬) 혼신이 부친(월간 丁火)을 저승으로 모시고 갔다고 말할 수 있다.

명리학에 있어 귀신과 영적(靈的)존재는 부정되지 않는다. 사주팔자(四柱八字)라는 것은 그 사람이 태어나는 순간부터 지니게 되는 여러 가지 기(氣)를 甲乙丙, 子丑寅이라는 부호로서 나타낸 것이다. 그리고 기(氣)는 크게 나누면 생기(生氣)와 사기(死氣)가 있고 청기(淸氣) 탁기(濁氣) 냉한조습 등으로도 분별할 수 있기 때문이다. 또 어둠없는 빛은 존재할 수 없으며 죽음없는 생(生)이 있을 수 없는 것처럼 저승없는 이승 역시 존재할 수 없기 때문이다.

그러나 눈에 나타나 보이는 것에만 익숙해져 있는 오늘날의 많은 사람들은 귀신 및 영적존재에 대해 부정하기를 서슴치 않는다. 필자는 이때까지 살아오면서 여러 가지 이상한 체험을 많이 했는데 그중 한 가지만 소개한다.

10여 년 전 어느 날 까만 투피스를 입은 뚱뚱하게 보이는 30대 여성이 문을 열고 들어왔다. 자리에 앉자말자 총각사주를 내놓으며 언제 장가갈 것인가를 물었다. 자신의 시동생이라 했다. 문답이 끝나자 그녀는 자신의 큼직한 가방을 손으로 잡으며 '이젠 제가 선생님 운명을 봐 드릴께요.' 하는 것이었다. 너무나 뜻밖의 행동을 나타내는 그녀를 쳐다본 필자의 눈은 나도 모르게 크게 떠졌다.

'보살님이신가 본데 한번 봐주십시오.' 황당하기도 했지만 호기심을 느낀 필자가 고개를 끄떡하자 그녀는 굵다란 나무 구슬이 꿰어져 있는 염주를 꺼내들었다. 손가락으로 염주를 돌리며 알아듣지 못할 소리를 웅얼거리던 그녀의 몸이 부르르 몇 번 떨더니 말문을 열기 시작했다.

 '선생의 성격은 이러하며 부인과 자식관계는 이렇습니다…… 그런데 가야산 신령님께서 한 달 정도만 찾아와 기도드리고 그 영력을 받아가라 하는데 선생님께선 왜 아직도 이러고 있습니까 빨리 찾아 가세요. 그러면 모든 일이 잘 풀리고 마음먹은 일이 잘 될 것입니다.' 필자에 대한 그녀의 신점(神占)은 70%정도 적중되는 것인데다가 뭣 땜에 공짜점을 봐주는 것일까? 하는 궁금증이 나기도 하고 일전에 다녀간 모친의 전언(傳言)과 일치하므로 필자는 일어서려는 그녀를 붙잡고 물었다. '보살님은 누가 소개해서 여길 왔습니까? 아니면 그냥 지나가다 들렀는지요? 여러 가지가 궁금합니다. 그리고 이 감정료 안받겠습니다.'

 되돌려주는 감정료를 정중한 태도로 물리친 그녀가 말했다. '엊저녁 꿈에 제가 모시는 금정산 산신할배께서 나타나 가야동 어느 지점에 가면 머리 하얀 사람이 운영하는 철학원이 있을 것인데 거기 가서 가야산 신령님의 뜻을 전해라고 했습니다. 그래서 이 동네에 와 물어물어 선생님을 찾아온 것이 랍니다. 이젠 내 할 일 다했으니 그만 가보겠습니다.'

 '참으로 고맙습니다. 안녕히 가십시오.' 그녀가 전해준 말과 모친이 전해준 말이 이렇게 똑같다니 참으로 신기한 일이 아닐 수 없구나. 그녀를 배웅하는 필자는 혼자 중얼거리며 일전에 다녀가신 모친의 얼굴을 다시 떠올렸다. 모친의 전언은 이러했다. 경주 변두리에 있는 배나무 골에 점 잘 친다고 소문난 노파가 있어 모친이 찾아 갔는데 대뜸 '당신아들 역학하제. 가야산 신령님께서 가야산에 와서 수도(修道)하랍신다네. 그러니 잊지 말고 전해주소.' 하더란 것이었다. 물론 모친과 그 아주머니는 전연 모르는 사이였다. 뭔가 있기는 있는 것 같은데 가볼까 말까? 필자의 마음은 한동안 흔들렸지만 결국 택한 일은 명리학을 더욱 파고들면 무언가 새로운 길이 보이겠지, 였다.

예72) 남편이 취중귀가 길에 얼어 죽었다.

```
                41 31 21 11  1
丙 庚 戊 乙   여   癸 壬 辛 庚 己   대운
戌 辰 寅 亥        未 午 巳 辰 卯
```

庚辰괴강일이 丙戌(백호살)시를 만나 남편흉사 팔자이다. 년지 亥水 딸자식인데 일지 辰에 입고되고 寅亥합되어 亥水죽으므로 딸자식 또한 사별한다. 재다신약되고 월간 戊土가 木에 극되므로 부모덕없고 공부운 없다. 일지 辰中乙木이 년간에 투출되어 일간과 합하므로 일찍 결혼하며 결혼 하자말자 부친 이별한다. 즉 월지 寅中甲木 편재 부친성이고 寅中에 같이있던 戊土가 월간에 투출되었으므로 戊는 부친의 표출신이다. 따라서 지지로는 寅亥합하여 戊土의 생기를 끊었기 때문이다.

여자일 경우 부부관계는 관성과 일간의 합신을 동시에 살펴야함을 말해둔바 있다. 따라서 이 사주는 월지 寅에서 투출된 시간의 丙火와 년간 乙木을 남편성으로 봐야한다. 그러므로 년간 乙木의 뿌리되고 기궁(寄宮)인 辰대운에 결혼했다. 대운지 辰中乙木이 사주 년간에 나타나 일간 庚과 합한다로 봐도 된다.

辛巳대운의 辛은 년간 乙木을 극하여 乙庚合을 깨므로 부부간의 합이 깨져 이별사 생긴다. 그런데다가 대운간 辛이 시간 丙火 남편성을 합하므로 남편이 없어질 운이다. 그러나 辛이 타고 앉아있는 대운지 巳가 丙辛합으로 인해 丙火의 록이되어 강해지므로 사별(死別)은 아니고 오히려 남편의 활동력이 강해진다.

따라서 남편이 해외 및 타향(巳는 역마)으로 돈 벌러 가게 된다. 또 대운지 巳는 년월지의 寅亥合을 깨어 戊土가 寅中丙火의 생을 받을 수 있어 문서 생기고 계약사 발동된다. 寅亥합으로 맥을 못추던 戊土가 살아나 일간을 생하므로 좋은 쪽으로 진행된다.

壬대운은 乙木이 생을 받아 돈벌이는 잘되나 년지 亥中壬水가 발동되므로 자식에 대한 문제 발생되어 자식이 병들거나 다치고 세운이 나쁘면 죽기도 한다. 午대운은 월시지와 더불어 寅午戌 화국을 이룬다. 이리되면 화국(火局)과 일지 辰이 상쟁하는데 바로 辰戌충이 발동된다. 이렇게 되면 화로(戌) 깨진 불이되어 사방으로 비화(飛火)되니 남편이 마음을 잡지 못하고 이리저리 흔들리는 현상으로 나타난다.

그리고 비화(飛火)는 물을 만나거나 습기 찬 땅에 떨어지면 없어지게 되므로 남편의 생명까지 위험하게 된다. 이런 대운에 辛亥년을 만나 丙辛합거 시키고 세운지 亥는 丙火 관성의 절지되어 그 남편이 겨울날 취중에 귀가하다 땅바닥에 쓰러져 죽고 말았다.

예73) 노름에 미친 남편

					40	30	20	10	
丁	乙	乙	乙	여	己	戊	丁	丙	대운
亥	丑	酉	巳		丑	子	亥	戌	
서	남	동	북						

乙木일주 酉月生으로 지지에 巳酉丑 金局있어 극신약이다. 억

부법으로 보면 시지 亥水 인수에 의지해야 한다. 그러나 이 사주는 억부법으로만 보면 안되고 조후와 물상법(物象法)으로도 봐야한다. 천간엔 乙木이 세 개고 丁火가 하나인데 이것을 생극제화(制化)의 논리로 보면 가뜩이나 신약한데 또 설기(泄氣) 당하므로 丁火 식신은 좋지 않다. 그러나 중추(仲秋)로 접어들어 땅속(地支)에는 金水의 기운이 아주 많으므로 丁火를 조후로 쓸 수 있다.

그리고 지지 巳酉丑은 바위덩어리고 丑中己土는 자갈밭이고 바위뜸 사이의 조그만 흙인데 여기에 갸날픈 가을 난초가 뿌리를 내리고 있으며 한 송이 빨간 꽃(丁火)을 피워낸 격이다. 따라서 천간으론 木火가 좋고 지지로는 土金水木이 모두 무방하나 형충운을 꺼리게 된다. 특히 이처럼 삼합된 오행이 있을 땐 金局을 깨는 亥卯未운을 제일 꺼린다.

그리고 乙木의 물상은 덩쿨있는 호박, 나팔꽃, 담쟁이, 난초등을 뜻하지만 새(鳥), 줄(로프), 모발등이다. 따라서 이 사주의 물상은 하늘에 있는 새떼(三乙木)가 따뜻하게 해주는 丁火가 있는 서쪽으로 날아가고 있는 형상이다(乙木의 가는 길은 丁火로 간다).

그곳 서쪽은 나의 역마지이기도 하고 갈증을 풀어주는 넓은 호수가 있는 곳이다. 壬水호수 속에는 물고기(甲)가 살고 있어 주린 배를 채울수도 있어 몸(日支 丑中己土) 붙이고(亥中甲과 일지 己土가 甲己合) 살만한 곳이다. 이러므로 이 여성은 역마가 발동되는 丁亥대운에 남들이 가는데 끼어들어 서쪽인 미국으로 유학을 가게 됐고 그곳에서 나를 먹여 살리고 몸 붙여 살만한 사람(亥中甲木)을 만나게 되어 결혼하게 되었다.

그러나 亥대운은 먼저 년지 巳를 충해 巳酉丑 금국을 깬다. 이리되면 뭉쳐있던 바위(金)가 갈라지고 흩어지게 되므로 그 사이에 뿌리박고 있던 乙木의 뿌리가 상하게 되어 딴 곳으로 그 뿌리를 옮겨야 하는 현상으로 나타난다.

그리고 충받아 고개 내민 巳中庚金(남편성)은 3개의 乙木과 쟁합하게 된다. 이것은 庚金(夫)의 입장에서 보면 쭉 깔려있는 남의 돈(三乙木)을 보고 탐심이 생겨 우왕좌왕하며 돈 따먹기에 바쁜 현상으로 나타난다.(巳酉丑 金局위에 三乙木은 남의돈)

따라서 이 여성은 25살(庚午년)에 여러 경쟁자(三乙木)을 물리치고 결혼할 수 있었다.(庚午년은 일간과 乙庚합하고 도화운이라 결혼운.) 그런데 壬申년(27살) 癸酉(28살)년 되자 천간의 희신인 丁火가 합되고 극되어 내 갈길이 끊어지고 한기를 쫓아주는 난로불마저 사라져 아주 불길하다. 이때부터 그 남편이 도박(빠징코)에 미쳐 기거하는 집마저 날렸다.

그리하여 눈이 뒤집힌 그 남편(庚)은 부인의 친정쪽에까지 손을 벌리며 닦달을 하기 시작했다. 이 사주는 김봉준 선생의 「통변술 해법」에서 발췌한 것으로 그 해석은 이렇다. 간추려 옮긴다.

'亥水역마 인수되어 미국 유학가서 공부했고 현지에서 교포와 결혼해서 살고 있는 사람이다. 칠살 남편은 기신되어 용신 丁火를 무섭게 여기지 않는 안하무인의 사람, 亥水위의 丁火가 약한 것을 알아낸 칠살(七殺)이 오히려 크게 화를 내며 행패부리는 격, 마침 甲戌년으로 용신 丁火가 입고 입묘되어 이것저것 따져보아도 희망없는해, 따라 丑戌로 삼형되어 이혼할것 같다. 그래서 용신입묘하면 죽은 목숨과 같다했더니 딸을 이혼시키려 한단다. 이유는 남편이란 놈이 일지 丑土도 재(財)랍시고 친정에 가서 돈가져 오라고 닦달한단다…..'

필자는 丁火희용신이 戌에 입묘되는 것도 불길하지만 일지 丑을 세운지 戌이 형하여 巳酉丑 金局을 지진처럼 흔들어 놓은 것이 원인으로 생각된다. 그리고 이 사주에서 또 하나 눈여겨봐야 될 것은 시지 亥中甲木이다. 이것은 오빠이기도하며 나와 암합하므로 내가 몸 붙이는 합신(合神)이기도 하다. 그러므로 공부(亥中壬)하던 중 만난 사람을 오빠라 부르다가 합정(合情)하여 남편으로 살게 된 것으로 보인다.

그런데 동(動)의 원리에 따르면 亥中에 있는 壬, 甲은 壬, 甲이 오는 운에 발동되어 나타난다. 즉 亥中에 숨어있던 甲木(오빠 및 夫)은 甲戌년에 머리를 내밀었다는 말이다. 이렇게 甲木이 머리를 내밀면 천간에 있던 乙木들이 저놈 잡아라하며 칭칭 감게 된다.

따라서 甲戌년이 되자 여러 명의 겁재(甲木에서 乙은 겁재)들이 내돈 내놔라 하며 붙잡고 늘어지게 된 것이다. 바로 빚쟁이들의 독촉과 닦달에 못이긴 甲木이 궁여지책으로 乙丑의 丑을 형하여 丑中己土(甲木의 정재)를 취하려 한것이다. 그리고 그 모친이 甲戌년에 이혼시키려 하나 딸이 응하지 않을 것으로 본다.

그것은 乙丑일주가 甲戌년의 형을 맞아 흔들리긴 하겠지만 세운간 甲은 시간 丁火를 생해주고 乙木일주 역시 甲木을 감고 올라가야 살 수 있으며 더욱이 시지 亥中甲木과 일지 丑中己土가 암합되어 몸궁합이 잘 맞기 때문이다. 따라서 결국은 이 여자의 친정쪽에서 얼마간의 돈을 보내주게 될 것으로 본다.

그리고 다음해(乙亥년)은 戊대운으로 들어가는데 戊는 丁火를 조절해줄수 있으므로 丁火가 안정을 찾을 수 있기 때문이다. 아마도 戊대운은 남편의 집안에서 도움을 줄 것이다. 그것은 대운간 戊가 년지 巳中에서 투출되었고 巳는 庚金의 장생지 즉 남편의 생가(生家)가 되므로 그런 것이다.

예74)

```
            33 23 13  3
丙 乙 己 乙    여   癸 壬 辛 庚    대운
子 酉 丑 巳         巳 辰 卯 寅
```

　이 사주도 김봉준 선생의 통변술해법 52p에서 발췌했다. 앞에서 예로든 사주와 이 사주는 같은 乙木일주이나 앞의 사주는 가을인 酉月생이고 이 사주는 겨울인 丑月生이므로 그 운명은 아주 다르다. 그리고 앞의 사주는 금국의 중심세력인 酉가 월지에 있고 이 사주는 중심 세력인 酉가 일지에 앉아 있으므로 금국(金局)은 금국이나 그 기세에 있어 차이가 난다.

　즉 앞의 사주는 완전한 金局이고 이 사주는 불완전한 金局이다. 즉 앞의 사주는 바위덩어리에 붙어 있는 흙(丑中己)이나 이 사주는 흙(己丑土)에 묻혀있는 쇠(酉)다.

　천간으로 보면 앞의 사주는 연월일간이 모두 乙木으로 되어있고 이 시주는 년간 乙木과 일간 사이에는 큰 밭(己丑土)이 가로막고 있다. 그리고 시간 또한 丙丁으로 다르다. 따라서 앞의 사주는 또래들(三乙木)과 잘 어울리며 친구 및 형제의 조언이나 도움도 받을 수 있다. 그러나 이 사주는 친구 및 형제와 어울리기 어렵고 혼자서 외로이 거센 추위에 떨고 있는 모습이다.

　그리고 앞의 사주는 시지 亥中甲木이 일주의 합신(合神)이고 이 사주는 년지 巳에 뿌리 둔 시간의 丙火가 합신이다. 또 앞의 사주는 시간의 丁火 식신으로 나의 힘을 전달하므로 언행이 조용하고 예쁘나 이 사주는 丙火 상관이므로 거칠고 열정적으로 행동하며 그 언사 또한 사나울 것이다.

　또 부부간의 합정(合情) 또한 앞의 사주는 밤(亥時)에 촛불(丁火)켜 놓고 은은한 분위기를 연출해내는 상이며 이 사주는 야밤

子時에 눈부신 전기불(丙火) 켜놓고 요란스래 열정을 토해내는 형태를 보일 것이다.

일주는 그 사람의 행동과 건강상태를 가늠하는 중요한 부분인데 乙酉일주는 앉은 자리가 살지(殺地)이므로 항상 불안함을 많이 느끼게 되며 건강 역시 좋지 않게 된다. 그러나 乙丑일주는 丑中己土에 乙木이 그 뿌리를 내릴 수 있으므로 乙酉보다 더 안정감있고 끈기있으며 재물에 알뜰하다. 그리고 일시의 상황 역시 이 사주는 子酉로 귀문살되나 앞의 사주는 亥丑으로 방합하고 있으며 암합하고 있다.

따라서 이 사주는 부부간의 궁합에도 문제가 있게된다. 이 사주의 일지 酉金 관성은 월지 丑에 입고(入庫)되어 있고 丑中己土가 월간에 투출되어 官星의 표출신이다. 따라서 논밭(己土)처럼 넓은 마음을 지니고 있으나 겨울 추위에 꽁꽁 얼어 있으므로 이것을 녹여줄 火가 필요하다. 그러므로 몸을 따뜻하게 해주는 술을 친하게되며 술고래가 되는데 己土는 따뜻한 성질을 지닌 물을 얼마든지 받아들여 저장할 수 있기 때문이다.

그러므로 이 사람의 남편은 년간 乙木이 따라주는 술(巳中丙火와 丑中辛金의 丙辛合水)을 마시며 밤늦게까지 귀가할 줄 모르게 되는 것이다. 일시가 子酉귀문 되어 있는 것도 하나의 원인이 된다. 따라서 乙木일주는 己土(夫표출신)를 내가 뿌리 내릴 수 있는 옥토로 생각하여 결혼했지만 차디찬 냉기까지 간직한 자갈밭이 될 줄을 몰랐던 것이다. 그러므로 이 여자의 운명은 남자를 만나는 그날부터 나쁘게 전개된다. 즉 일지 酉金 관성이 나의 성격과 행동(丙火)을 돌아버리게(子酉) 만드므로 결혼하자말자(남자 들어오자 말자) 건강과 성격이 나쁘게 변해지는 것이다.

辛대운은 시간 丙火를 합하고 乙木일간을 치나 대운지 卯가 일지 酉金을 충거시키므로 건강과 학업이 좋지 못했을 것이나 생명은 잃지 않는다. 壬대운은 시간 丙火를 충극하나 丙이 壬을 보면 태양이 호수를 만난격되어 오히려 빛이 난다. 따라서 희망찬 나날을 보냈을 것이다. 辰대운은 己土(夫표출신)에서 보면 술창고며 물창고를 만나는 운이며 홍염살까지 되므로 남편이 외정(外情)과 술 및 도박에 빠지게 된다.

그런데다가 일지 酉金이 辰을 만나 합을 이루므로 夫(酉金)의 성격에 변화가 오며 직업 또한 변동된다. 壬申, 癸酉년은 흉하고 甲戌년(29세)은 내 아랫도리와 합하고 있는 월지 丑을 형하고 甲己로 월간을 합해 夫가 사라지므로 이혼이 되겠다.

癸대운의 癸는 월지 丑, 시지 子中에서 투출되어 시간의 丙火 희신을 극하므로 갈길을 잃고 캄캄해지는데다가 눈보라까지 맞은 乙木이 어떻게 살아갈지 걱정된다. 김봉준 선생의 해설은 생략한다.

예75) 바람기 풀러 술집 나가는 여자.

```
           32 22 12  2
丁 戊 丁 己   여   辛 庚 己 戊   대운
巳 申 丑 酉        巳 辰 卯 寅
```

戊일주 丑月生에 신왕인것 같으나 지지에 巳酉申의 식신 상관이 많아 신약이다. 따라서 일간을 생해주고 겨울 추위를 녹여주는 丁火인수가 희용신이다. 또 이 사주는 월지 丑, 시지 巳에 뿌리둔 火土만이 투출되어 있어 종왕격이라 할수도 있다. 어쨌든 천간으론 火土운이 좋고 金水는 기신운이 된다. 지지 역시 火土운이 좋으나 습토(丑辰)는 불길하다.

이 사주는 관성인 木이 없다. 따라서 먼저 일간과 합하는 것을 찾아야 하니 월지 丑中癸水가 있다. 그러므로 癸水를 남편으로 삼고 同宮에서 투출된 년간 己土를 남편의 표출신으로 한다. 그런데 癸水는 나의 용신 丁火의 칠살이 되므로 남편덕 없을 뿐 아니라 나역시 나의 용신을 극하는 癸水남편이 싫어지게 된다. 그런데다가 나의 식신상관으로 丑中癸水를 생해주므로 내가 활동하여 남편(癸)을 먹여 살려야 한다.

년간 己土겁재가 남편의 나타난 모습인데 년지 酉(문창식신)에 앉아있고 戊일간은 높이 솟은 흙이며 己土는 낮은 전토(田土)이다. 그러므로 남편은 총명영리하며 용모단정한 사람이나 나는 남편을 아랫동생처럼 내려다본다. 일지 申中壬水는 부친이고 년시간의 丁火는 모친성이다 따라서 아버지의 전처(丁丑)는 흉사했고 나는 아버지의 후처소생이다. 만일 그렇지 않다면 시모 두 분이다.

년지 酉(도화) 일지 申中에 있는 庚金이 22세 대운(庚)에 발동했다. 즉 아랫도리(일지 申)와 도화(酉)가 발동했다. 따라서 庚운에 결혼이고 연애하게 된다. 그런데 이 庚이 辰(일간 戊 년간 己의 홍염살)에 앉아 있는데다가 일지와 申辰 합하려고 년지 도화상관(酉)과 辰酉로 합한다. 그러므로 연애결혼하게 되었고 얼마 안있어 유흥가(辰은 홍염살이고 물창고) 술집으로 돈벌러(申辰)나가게 되고 외정(外情; 辰酉合)갖고 싶어진다. 辛대운은 상관이고 년지 酉에서 투출되었으므로 남편등지고 싶고 바람피우고 싶어진다. 또 대운간 辛은 남편성인 癸水가 있는 丑에서 투출되었으므로 남편이 새로운 모습으로 나타난다. 그런데 나의 용신 丁火가 이를 극하므로 더욱 꼴보기 싫어 등지려 하게 된다.

이 사주처럼 지지에 식상이 많으나 천간에 투출되지 않으면 흔히 「호박씨 깐다」는 말처럼 내숭을 잘 떨고 엉뚱한 행동을 하게 된다. 그리고 시지 巳는 일지 申과 형합하여 물(巳申合水)이 된다. 즉 식신인 申金이 붙었다 싸웠다하는 巳를 만나 물을 흘려 낸다. 그러므로 아랫도리(식신 申)를 벌렸다 모았다하면 돈이 된다. 이것을 거꾸로 말하면 돈(水)을 만들기 위해 아랫도리(일지 식신)을 벌렸다 모았다 하는 것이니 창녀(娼女) 기질도 있다.

남편궁인 월지 丑에서 보면 戌土 일간의 아랫도리(申)를 나에게만 넣어두려(丑은 申金의 庫)하는데 申은 시지 巳와 巳申형합 하면서 입고(入庫)치 않으려 한다. 이리되면 어느 남자든지 눈에 불을 켜고 마누라 엉덩이를 쫓아다니면서 살피게 될 것이다. 이젠 이 여자의 남편되는 사람 사주를 한번 보자.

32 22 12 2

丙 庚 己 乙　남　乙 丙 丁 戊　대운
戌 午 丑 巳　　　酉 戌 亥 子
공망 귀문

월간 己土인수가 용신되어 착한 사람이다. 년시 巳戌이 귀문 살이고 월일 丑午 역시 귀문살되어 이 사람은 공줄 및 신끼(神氣)있는 집안 출생이며 예민하고 소심한 성격을 지니고 있다. 戌은 심장인데 이것이 공망되어 불길(丙火)이 조절 안되기 때문이고 쌍귀문살 있어서이다. 년간 乙木 처성인데 지지에 일점의 뿌리가 없어 혹하고 불면 새처럼 훨훨 날아갈것 같은 여자이다. 그러나 처의 아랫도리(년지 巳火)가 시간에 丙으로 나타나 일지 午도화와 합을 지어 도화양인을 얻었다.

그러므로 그 처는 겉보기는 약해도 내뿜는 색정은 천방지축으로 날뛰는 열화(烈火)를 지니고 있으며 이것이 아래(일지 午)위에서 庚金일주를 치므로 나는 그녀의 변덕스런 열정에 골아프게 되어 월주 己丑에 도움을 호소해 본다. 그러나 己丑은 년주 乙巳와 합(巳丑)을 지어 마누라 편이되어 버렸으니 처가 하자는 데로 꼼짝없이 당하고 만다.

이젠 乙木처의 입장에 보자. 월주 己丑은 乙木처의 편재이므로 시모고 직장이다. 己丑은 원래 차디찬 밭이라 乙木이 뿌리 내릴수 없다. 그러나 乙의 행동과 노력인 년지 巳(乙木에서 巳는 상관)가 己土의 뿌리인 丑을 따뜻하게 해주고 있다. 이것은 차디차게 대하는 시모(媤母)를 따뜻하게 해주어 서로 유정하게 만드는 것이며 쓸모없는 논밭을 쓰일 수 있는 것으로 만드는 비상한 재주가 있음을 나타낸다.

그리고 己土처의 돈벌이처는 비견 겁재가 모여있는 곳 즉 나와같은 남자들이 모여있는 술집이다(丑은 庚辛金의 庫). 그런데 처궁인 乙巳가 월지 丑과 巳丑으로 반삼합하면서 암합하고 있다. 즉 처(乙)의 행동은 차디차게 얼어있는 丑中辛金을 합하여 따뜻하게 해주고 빛나도록 기분 맞춰준다는 말이다. 따라서 나의 처는 나에겐 폭군(편관 丙火)처럼 굴지만 남(辛)에겐 애교있는 행동으로 그 기분을 맞춰주며 짝짜궁하게 된다.

이런데다가 일지 午와 월지 丑이 귀문살 구성되므로 나는 훌쩍 날아갈것 같은 처의 행동을 살피며 의처증까지 지니게 되는 것이다. 戌대운에 일간 庚의 홍염살되어 연애 결혼했고 乙대운(32세)부터 년간의 乙木이 머리 내밀므로 이때부터 그 처가 많은 남자 상대의 직업을 지니게 되었다. 대운지 酉와 년월지가 巳酉丑 금국되었고 乙木이 그 위에 앉았기 때문이다.

酉대운은 己土용신이 설기되어 좋지 못하니 무능력해져 처의 노력(시간 丙)에 의지하게 되나 양인(羊刃)운이므로 독한 마음을 먹게 된다. 위 두 팔자는 ≪통변술 해법≫(김봉준 저)에서 발췌한 자료이다. 그에 따르면 己酉生 여명이 찾아온 甲戌년을 중심으로 해석했는데 다음과 같다. 요점만 간단히 옮겨 적는다.

'용인(用印)격 사주다. 木관성없어 남편은 믿을 수 없다. 운명이 요구하는 것은 木남편이 있어야 용신 丁火가 살겠기에 목(木)을 강력히 요구한다. 마침 지나가는 행운이 있어 甲戌년에 甲木만나 남편삼고 행복 꿈꾸었으나 그 甲木은 죽은 나무에 불과했다. 년간 己土와 甲己合土되어 이미 썩은 나무가 되었으니 어찌 木生火 해줄 수 있겠는가…

甲戌년의 甲木은 죽은 나무며 丑戌로 삼형을 짓는 편관 남편이었다. 그는 오히려 용신을 입묘시키는 남자였기에 이 사람과 결혼하면서 모든 희망과 행복은 물거품이 되었다,

이 설명은 일년의 길흉들을 주관하는 세운 甲戌에 의해 이 여자의 운명이 결정되었다는 것이다. 그런데 선천명식의 청탁 등을 살피고 일시적으로 머물며 관계맺는 대운과 세운을 살펴야 명리학의 정석이라 믿는 필자의 입장에선 지적하지 않을 수 없는 것이기에 반론을 싣는 것이다. 양해 바란다.

예76)

```
                        34 24 14  4
甲 戊 甲 戊    남    戊 丁 丙 乙    대운
子 辰 子 申          辰 卯 寅 丑
```

戊일주 子月生으로 지지에 申子辰 水局을 이뤘고 천간엔 2개의 甲 木이 떠있어 부득불 종살할 수밖에 없다. 년간 戊土 있으나 월간 甲木에 충극되었고 일지 辰은 申子辰으로 水局되어 土氣상실이므로 戊土의 뿌리역할 못한다. 따라서 년지 申中庚金이 병이고 기신이며 년간 戊土는 기신을 도와주므로 역시 좋지 않

다. 따라서 申子辰 水局이 부셔져 申中庚金이 제 본성을 찾을 때 그리고 庚대운 세운이 제일 좋지 못하다.

丙寅대운에 년지 申을 충하여 申子辰 水局이 부셔지나 申中庚金 역시 寅中丙火에 제극되므로 흉신인 申中庚金이 날뛰지 못한다. 따라서 이 대운엔 부모의 재산이 날라가나 본인에겐 큰 피해없다. 丁火대운은 戊土를 생하여 불길하다 하나 겨울의 甲木 또한 丁火를 좋아하므로 오히려 좋아진다.

卯대운은 용신인 甲木이 양인을 얻어 힘차게 설치게 되는 운이나 월지 子를 형하여 申子辰 水局을 깨므로 크게 불길하다. 이리되면 辰中戊土도 살아나고 申中庚金도 제 본성을 찾게 되는데 庚辰년을 만났다. 세운간 庚은 년지 申에서 투출 발동되어 甲木 용신을 충극하며 세운지 辰은 일지 辰을 자형시킨다.

따라서 대흉하기 짝이 없으나 甲木이 월시간에 두 개있어 사망에 이르게까진 안됨이 다행이다. 년지 申中庚金은 일간 戊土의 식신인데 종살함에 따라 甲木이 일간 대행하게 되었고 이리되면 식신이었던 申中庚金은 甲木 일간대행의 편관 칠살이 된다. 그리고 물같은 식품(申子)이고 환란과 색정(辰홍염)으로 들어가는(入庫) 식품이니 바로 마약이 된다. 그러므로 이 사람은 庚辰년에 마약사범으로 구속되었던 것이다.

甲木이 좌우에 戊土편재를 보므로 재혼격이며 여자를 좌우에 끼고 앉아 술 마시며 마약에 취하게 된다. 년지 申中庚金이 첫여자에게서 태어난 자식이나 申子辰 水局되면 申金은 죽게 되므로 자식 잃게 되는 팔자다.

예77)

                        24 14 4
丁 丙 甲 戊   여   辛 壬 癸   대운
酉 辰 子 午   酉 戌 亥

　　丙火일주 子月生으로 신약이다. 월간 甲木으로 용신한다. 년
간 戊土가 딸자식이고 월지 子水가 첫 남자이다. 자식궁 戊午와
남편궁 甲子가 천지충되어 있고 일주는 甲木을 원한다. 이리되
면 내가 살기위해 자식(戊)을 버려야 한다. 년월 子午충을 일지
辰이 辰子로 반합하여 보류시키고 있다. 따라서 辰子의 반합을
푸는 운을 만나게 되면 子午충이 발동되어 자식과 이별된다.

　　그리고 子中壬癸水 관성 역시 년간 戊와 시간 丁火와 합되어
사라진다. 壬戌대운의 壬水는 월지 子中에서 투출된 편관이므로
이때부터 남자교제 들어온다. 戌대운초에 연애 동거했으나 戌은
일지 辰을 충하여 辰子합을 깨어 子午충을 발동시킨다. 따라서
이 대운에 부부이별되었고 그 사이에 낳은 자식은 입양기관에
위탁했다. 戌대운에 동거하게 된것은 일시지가 辰酉로 합되어
있는것을 辰戌충하여 그 합을 깨었기 때문이다. 시지 酉中辛金
이 일간과 명암합하고 일지와도 도화합하므로 두 번째 남자며
해로하게 된다.

　　辛대운은 시지 酉中에서 투출 발동이므로 두 번째 남자 나타
나 동거하게 되었다. 관성이 아닌 일간 및 일지 합신이 나타나
일주와 합을 맺게되면 정식 혼례없이 동거하게 된다. 乙酉년(28
살)의 세운간 乙木은 인수(문서, 서류, 계약)이고 세운지 酉는
도화살이면서 나의 합신인데 이것이 일지와 辰酉합을 맺는다.
즉 결혼 및 합정(合情)에 대한 문서(乙)운이므로 결혼식 올리려
한다.

辛 辛 庚 癸　　남　　丙 丁 戊 己　　대운　上人의 夫
卯 巳 申 丑　　　　　　辰 巳 午 未

　辛金일주 申月生으로 천간에 비견겁재 있고 년지에 丑土 있으
므로 신왕이다. 따라서 년간 癸水로 왕한 金의 기운을 빼주어야
한다. 식신(癸)이 재성을 생해 주어야 노력에 따른 결실이 있게
되나 이 사주는 시지 卯木 재성과 년간 癸水의 사이가 너무 멀
어 식신생재가 안된다.

　일지 巳中丙火가 辛金일간과 명암합하므로 처성이 되고 巳中
에서 투출된 월간 庚金은 처의 표출신이 된다. 따라서 년간 癸水
는 일지 巳中丙火(처)가 년지 丑中辛金과 합하여 낳은 자식이다.
시지 卯中甲乙木 재성이 있으나 시간에 辛金비견이 앉아 있으며
일간과는 합이 없고 월지 申과 卯申으로 암합하므로 나의 여자
가 아니고 형제의 여자다. 따라서 일지 巳中丙火가 투출되는 丙
대운에 처성나타나 일간과 합하므로 동거생활 하게 되었다.

예78)

乙 戊 甲 乙　　남　　庚 辛 壬 癸　　대운
卯 申 申 巳　　　　　　辰 巳 午 未

　戊土일주 申月生으로 누가봐도 신약이다. 따라서 년지 巳에
의지한다. 火용신이므로 월일지 申中壬水 편재성은 기신이고 申
中庚金은 기신인 壬水를 생하므로 역시 좋지 않다. 천간의 甲乙
木은 巳火를 생하므로 희신같다. 그러나 천간의 木은 지지의 火

를 생하기 어려우므로 역시 기신이다. 따라서 사주 전체에 기신만 우글거리니 아주 나쁜 팔자다.

일간 戊土와 명암합하는 癸水가 없으므로 일지 申中庚金과 암합하는 년간의 乙木을 처성으로 한다. 乙木처성이 년지 巳를 생해줄것 같으나 월간 甲木을 만나 휘감고 올라가기 바쁘다. 그리고 乙木이 년지 巳中庚金과 자좌명암합하여 巳中丙火를 생하지만 월지 申과 巳申합하므로 돕는듯 하다가 배임, 배신하게 된다.

午대운 도화살되어 일주 도우므로 연애하게 되며 좋은 세월이었다. 辛대운에 년시간의 乙木을 제극하여 평길했으며 결혼했다. 처성인 乙木이 2개이므로 하나를 제거해야 결혼된다. 巳대운은 戊土일주의 록지되어 길하나 巳申형합 발동되어 처가 타남과 합정했다. 년지 巳는 년간 乙木(처성)의 욕구인데 이것이 월지 申과 합하기 때문이다. 그리고 乙木처성에서 보면 월지 申中庚金이 남편성이며 일간 戊土는 밥이고 재성(財星)이다.

그러므로 유부남인 申金이 진짜 남편같고 戊土일간은 나를 먹여 살려주는 존재밖에 안된다. 따라서 戊土가 극설되어 약해지면(土의 역할이 없어지면) 乙木처는 미련없이 나와의 관계를 끊게 된다.

즉 戊土인 나는 乙木 마누라가 뿌리내리고 살 수 있는 재물역할 밖에 안되므로 내(戊)가 약해져 土의 역할작용을 상실하게되면 乙木은 그 뿌리를 딴 곳으로 옮겨갈 수밖에 없는 것이다.

그러므로 나와 이별하게 되는 乙木(처)은 남의 첩노릇이나 하면서 살게된다. 또 월간 甲木은 乙木의 오빠이므로 처(乙)는 오빠에 의지 많이하며 오빠를 내세워 나를 통제하려하는 생활태도를 나타내게 된다.

庚대운은 연월일시의 巳申에서 투출되었다. 년지 巳는 나의 유일한 의지처인데 여기서 庚金이 투출됨은 巳中에 있는 丙火

의 역할작용이 약해진다. 그리고 申中의 庚金이 투출됨은 申中 戊土의 약화를 가져온다. 이런 현상은 대운뿐 아니라 사주원국 에서 만나도 성립된다. 즉 申中에는 戊土, 壬水, 庚金이 있는데 이중에서 壬水가 투출되면 申의 기운은 오로지 壬水에게로만 작용되고 戊土와 庚金의 작용력은 멈춰지기 때문이다.

이것은 손자, 며느리 그리고 형제가 같이 살고 있는 집에서 손 자를 세상 밖으로 내보내 그 집을 대표하게 되면 모든 이들이 모두 한마음이 되어 손자를 후원하는 것과 같다. 따라서 庚대운 은 巳中丙火 戊土의 후원을 잃게 된 일간 戊土는 그 뿌리를 상 실한 상태로되어 기진맥진해진다. 이런데다 庚대운과 쟁합하게 된 乙木은 발호하게 되고 이에 따라 卯申귀문살도 발동된다.

이런 운중에 세운마저 庚辰, 辛巳년을 만나게 되어 사업 망하 게 되었고 술독에 빠져 또라이 언동을 하게 되었다. 또 庚대운 은 처성인 乙木에서 보면 정관성되며 乙庚合한다. 따라서 처가 공공연히 타남과 합정하며 이혼요구 하게 된다.

예79)

```
              41 31 21 11  1
甲 乙 丙 丙   여   辛 壬 癸 甲 乙   대운
申 卯 申 戌        卯 辰 巳 午 未
```

乙木일주가 申月에 태어나 일지에 卯木있고 시간에 甲木있으 나 신약하다. 월지 정관격이나 년월간 丙火있고 년일지가 卯戌 合火하여 申中庚金을 극하고 있다. 따라서 월지 정관은 파괴되 어 있다. 신약하므로 火가 병이고 火를 제극해주는 水운은 좋다. 시간 甲木은 乙木이 의지할수 있는 용신이다.

일지 卯가 월시의 申中庚金과 좌우로 암합하고 있는 구조고 일지 卯에서 시간 甲木겁재가 투출되었다. 그러므로 월지 申中庚金은 첫남편이고 여기서 丙丙戌中 丁火의 2남 1녀 낳게된다. 시지 申中庚金은 남의 남자며 나의 애인이다. 乙未, 甲午대운은 병신(病神)인 丙火가 왕해지므로 불길한 세월이었다.

癸대운에 丙火극하여 결혼되며 巳운은 申中庚金 장생되어 남편이 새 출발하게 된다. 그리고 巳는 역마되어 이동 변동사 있으며 남편(申)에게 노상사고 따른다. 壬辰대운 吉했다. 辛대운은 먼저 년간 丙火와 합하고 월간 丙火와도 합한다. 즉 쟁합되어 丙火 상관 발호하게 된다. 따라서 처음은 좋으나 나중은 나쁘다.

卯대운은 卯戌합이 발동되고 丙火가 힘을 얻어 불길하다. 즉 申金이 위아래에서 火의 극을 받는다. 따라서 甲戌년에 甲木은 丙火를 생하고 戌土는 卯와 합하여 火가 되어 극 申金하므로 남편이 혈압병(심장병)으로 사망했다.

※ 甲戌년은 남편궁 丙申과 2급 소용돌이 이룬다. 그리고 대운 辛卯가 월지(夫宮)와 5급 소용돌이를 이루어 남편에 흉한 일 발생.

六. 팔자 도망 못한다더니…

수많은 사람들이 수많은 각각의 사연을 안고 살아가는 것이 이 세상이다. 따라서 겉으로 봐선 아무런 문제도 없을 것 같은 사람이지만 그 내면적 사생활은 남다른 사연과 비밀을 지니고 있다. 이것을 우리들은 한마디로 '팔자대로 산다.' 또는 '팔자도망 못한다더니.' 로 말한다. 사주풀이를 잘해 많은 돈을 버는 사람들은 이런것을 짚어내어 찾아온 사람들을 놀라게 만든다. 이장에선 그 특별한 사연을 찾아내어 안목을 키우는 데에 중점을 두기로 한다.

예1) 친딸을 성폭행한 사내.

```
                        38 28 18  8
壬 丁 辛 己   남    丁 戊 己 庚   대운
寅 未 未 酉        卯 辰 巳 午
```

丁火일간이 未月에 태어나 통근했고 일지 未에도 통근했으며 시지 寅에 생을 받아 약하지 않다. 그러나 월일지 未(홍염살)중에 있던 己土가 년간에 투출되어 일주를 돕는 火의 기운을 누설시키고 있으며 년지 酉, 월간 辛金 편재가 있으므로 신약으로 변했다.

이 사주의 문제점은 월일지에 있는 未土(홍염살)의 본기인 己土가 년간에 투출된 것이 병이다. 즉 색정을 뜻하는 홍염살이 발동(투출)되어 나쁜 팔자가 되었다는 말이다. 그런데다가 일지 未에서 투출된 년간 己土는 일간 丁火의 표출신인데 이것이 시주 壬寅을 만나 寅未로 귀문살을 형성하면서 암합하고 있으며 천간끼리도 丁壬으로 음란지합을 맺고 있다. 따라서 색정을 과

도하게 탐하게 되며 변태성(귀문살)까지 지니게 되어 이로 인해 흉함을 초래하게 된다.

이 사주는 필자에게 명리학을 수강하고 있는 여자분이 내놓은 것이다. '선생님! 이 사주 어떻습니까?' '또라이군요. 색정에 돌아버린 또라이겠습니다. 그래서 이 여자 저 여자 닥치는대로 붙게되어 문제입니다.' '그렇습니다. 이 여자 저 여자 가리지 않고 데리고 놀다가 싫어지면 구타와 폭언으로 쫓아 버린답니다. 그런데… 甲申년(2004년)부터 자기 딸을 성폭행하여 결국 마누라와 딸자식은 집을 나와 여성보호기관에 기거하고 있는 실정입니다. 어째서 자기 자식에게까지 그런 짓을 하게 되었을까요?'

'색욕에 돌아버린 사람에겐 딸자식도 욕정을 해소할 상대로밖에 보이질 않겠지요. 사주 구조로 보면 시간 壬水는 딸자식인데 丁壬으로 천간합하고 지지로도 寅未로 귀문살을 끼고 합한 까닭으로 그러한 것 같습니다.' '그렇다면 丁未일주가 壬寅시를 만난 남자 팔자는 모두 그렇습니까?' '그렇진 않습니다. 이 사주가 그리된 것은 일지 未홍염살이 년간에 투출되어 월간 辛金 편재를 생하는데다 己土가 사주의 병이고 기신이기 때문입니다. 따라서 기신인 未가 왕해지는 戊辰대운부터 이 사람에겐 걷잡을 수없는 색욕이 치솟았을 것입니다.' '그렇다면 18세부터 시작되는 己巳대운은 어떠했을 것 같습니까?' '己대운은 월일지 未中에서 투출된 운이므로 이때부터 여자 꽁무니만 따라다니며 공부는 뒷전이었을 겁니다. 巳대운은 년지 酉로 巳酉반합하므로 결혼 및 동거했을 것입니다.'

'그러면 辰대운에 딸자식에게까지 그런 짓을 하게 된 특별한 이유라도 있습니까?' '있습니다. 있고말고요. 이 사주는 土金이 병인데 辰土는 습하므로 일간 丁火의 기운을 더욱 잘 누설시켜 丁火일간으로 하여금 정신없게 만드는 까닭이고 딸이 여자로 성숙해지기 시작하는 때이지 않습니까.' '丁대운에 무슨 일이 일어날까요?' '일시간에 丁壬합이 있는데 또 丁火가 와서 쟁합하며 년간 辛金을 극하므로 완전히 이혼하게 됩니다. 이 사람의 딸과 그 부인의 명조를 알아보고 내게 연락주세요. 연구에 도움될 것입니다.

예2) 신불(神佛) 모시고 살아간다.

49 39 29 19 9

壬 甲 己 丙　여　甲 乙 丙 丁 戊　대운

申 寅 亥 戌　　　午 未 申 酉 戌

甲木일주 亥月生이고 일지에 寅록을 얻었으며 시간에 壬水 편인있어 신왕하다. 겨울이므로 丙火로 조후해야 하며 년지 戌中戊土(燥土)로 亥中壬水를 막아야 하는 팔자다. 이리되면 火土운이 좋고 金水운은 나쁘다고 단순하게 생각하기 쉽다.

그러나 일시가 寅申충되어 있고 월일이 寅亥합되어 있으며 甲寅일주와 丙戌년주끼리도 寅戌로 합을 맺으려하는 구조이다. 그러므로 대운지가 사주원국 지지에 어떤 영향을 끼치는가에 따라 그 길흉이 나타남을 염두에 두어야 한다. 그리고 신왕하여 식신과 재성을 용신으로 하면 재성을 지켜주는 관성은 희신이 된다로 단순하게 생각해서도 안된다.

관성은 비견겁재가 발호하여 재성을 노릴 때 쓰는 것이지 이 사주처럼 甲木일주 혼자서 재성을 독식할 때는 쓸 수 없다. 그리고 이 사주에서 제일 중요한 것은 일지 寅中에 뿌리를 두고 있는 년간 丙火인데 申이 寅을 충하게 되면 申中壬水에 丙火가 상하여 그 뿌리를 잃게 된다. 그러므로 이 사주의 기신은 시지

申이 되고 시간의 壬水가 된다. 따라서 寅申충이 발동되는 운은 火土운이라 해도 좋지 않다. 그리고 기신이 말년을 뜻하고 자식 궁을 뜻하는 시에 있으므로 말년운과 자식운이 좋지 않다. 년지 戌中辛金이 첫 남자이며 년간 丙火는 첫 남자 사이에 태어난 자식이다.

辛金정관이 년지 戌中에 들어앉아 아무런 작용도 못하고 있으므로 무능력한 남편이다. 년간 丙火는 백호살되어 있고 寅申沖되어 그 뿌리가 상했으므로 첫 자식 사별하게 된다. 월지 亥中壬水 편인은 모친성이고 년지 戌中戊土는 부친성이며 일지 寅中戊土 역시 부친성이다. 亥中壬水가 년지 戌中丁火와 암합한데다 일지 寅中戊土와도 寅亥로 합을 맺고 있으므로 모친은 재취 혹 재혼한 사람이다. 일지 寅에서 투출된 丙火식신이 사주전체에 좋은 영향을 끼치므로 내가 활동하여 여러 사람을 보살피게 된다. 그리고 식신 생재로 가고 희신 戌이 화개성이며 월지 亥와 戌亥로 천문살을 구성한다.

그러므로 역술이나 무업(巫業)으로 생활하게 된다. 丙火식신이 년지 戌에 입고되었고 백호살이므로 흉사한 조모(祖母)가 보살핀다. 년지 戌中丁火 상관이 투출되는 丁대운에 말문이 열렸다. 酉대운은 정관운되어 결혼했다. 丙대운은 돈벌이 잘되고 남들에게 많이 베풀게 되며 아이 생기게 된다.

申대운은 원명의 寅申충이 발동되어 부부이별 및 불화 극심하였다. 乙대운은 丙火를 생하여 좋으나 월간 己土를 극충하므로 손재 있게 되고 부부간에도 불화있게 되었다. 未대운은 재운되어 좋을 것 같으나 년지 戌을 형하므로 모아 두었던 재물이 깨어졌다.

그리고 형출된 辛金정관과 丁火자식성이 丙, 壬에 합되므로 남편과 자식이 다치거나 없어진다. 甲대운은 월간 己土를 쟁합하므로 내게 붙어있던 재물이 남따라 가게 된다. 그리고 대운지

午는 일주 甲木의 홍염살이 되고 이것이 일지 년지와 더불어 寅午戌 화국을 구성한다. 이리되면 甲木일주의 뿌리가 모두 없어져 재물을 지닐수 없게 되며 죽어도 좋다며 사랑에 빠진다. 대운지 午는 甲木의 홍염살이며 사지(死地)이므로 해서이다.

예3) 의처증 때문에…

```
                          32 22 12  2
   丙 庚 己 乙    남    乙 丙 丁 戊    대운
   戌 午 丑 巳          酉 戌 亥 子
```

庚金일간이 겨울인 丑月에 태어나 년지 巳에 장생이고 월주 己丑에 생을 받아 약하지 않다. 이리되면 년일시에 뿌리를 둔 시간의 丙火로 조후 용신 할 수 있다. 따라서 시상일위귀격(時上一位貴格)으로 귀명(貴命)이라 할 수 있겠다. 그러나 일시지가 午戌 火局을 이뤄 庚金 일간이 심하게 극되고 있음이 병인데 다행히 월간 己土인수가 있어 살인상생하고 있다.

그러나 이 사주의 구조는 살인상생이 되지 않아 旺火의 극을 받을 수밖에 없다. 즉 庚午일주는 시주 丙戌과 午戌로 합하여 가므로 해서 일주의 정이 丙火에게로 향하고 있다. 그리고 월주 己丑은 일지와는 丑午원진되며 년주 乙巳와 巳丑으로 합하여 감으로 해서 일주를 생하지 않는다.

따라서 학업 및 학문 不成이고 부모의 덕도 크게 없다. 이렇게 희신(己)은 남과(년지 巳中庚) 유정하고 일주 庚은 기신인 丙火에 유정하면 스스로 좋지 않은 길로 가게 된다.

섶을 지고 불로 뛰어드는 격이고 불나방이 불속으로 날아드는 격이다. 그러므로 귀명은커녕 스스로 잘못된 길로 가는 좋지 못한 팔자다.

년간 乙木정재는 처(妻)고 년지 巳中丙火는 처의 행동이며 활동력이다. 일간 庚金이 乙庚합하여 년지 巳에 장생하므로 결혼 후 처의 활동에 의해 살아(長生)가게 된다. 그리고 시간의 丙火 역시 처의 활동력이 나타나 있는 상태인데 일지 午도화(처궁에서 일어난 도화다.)에 양인을 얻었으며 戊土에 앉아 있다.

이것은 처가 바람기 많음을 나타내고 그로인데 골치 아픈 것을 나타낸다. 그리고 丙火(처의 활동력)는 戊에 앉아 일지 午도화와 합해있다. 이것은 처가 戊時인 저녁에 웃음팔고 사랑을 파는 곳에 터를 잡고 앉아 있는 상이다.

午도화가 戊에 입고하므로 戊은 도화살이 모여 있는곳 즉 웃음짓는 꽃들이 모여 있는 곳이다. 또 년간 乙木과 나 사이에 큰 평야(己土)가 가로막고 있다. 그리고 처궁인 乙巳는 월지 丑中辛金과 암합하며 巳丑으로 합해있는데 丑은 金庫이므로 비견겁재가 모여있는 곳이다. 그러므로 나의 처는 남자들이 모여 있는 곳으로 가 타남과 암합까지 하게 된다.

그런데 년지 사(처의 활동궁)에서 투출된 丙火가 시지 戊에 앉아 巳戊귀문살을 이룬다. 그리고 일지 午화 월지 丑과도 귀문살이다. 이는 처가 암합하는 것을 살피는 상이고 그 처의 행동을 의심하는 상이다. 丙대운부터 연애했고 戊대운에 결혼했다.

乙대운은 처(乙)가 활동하게 되고 대운지 酉가 원국과 巳酉丑 金局을 이루므로 그 처가 여러 남자 위에서 활동하게 된다.

예4) 속 다르고 겉 다르다.

```
          42 32 22 12  2
壬 丙 乙 戊   여   庚 辛 壬 癸 甲   대운
辰 戌 卯 戌        戌 亥 子 丑 寅
      도화
```

丙火일간이 卯月에 태어나 戊, 戌, 戌, 辰으로 土多하므로 신약하다. 이리되면 당연히 월주 乙卯 인수로 旺土를 소토시키고 丙火일주를 생하는 용신으로 해야 한다. 따라서 천간으로 오는 壬, 癸, 甲, 乙의 水木운이 좋고 지지 역시 亥, 子, 寅, 卯의 水木운이 와야 좋다. 그렇지만 이 사주는 단순한 이런 억부법으로 해석하면 안된다.

먼저 사주의 상태를 보면 丙戌(백호살)이 壬辰시를 만나 백호살이 충을 맞아 흉함이 잠재되어 있다. 그런데다가 辰이 있어 부성입고(夫星入庫)되어 있고 土多하다. 그러므로 제일 약한 세력을 지닌 水(夫星)가 상하게 된다. 천간끼리의 관계는 壬, 丙, 乙, 戊의 구조로 대단히 아름답다. 그리고 乙木용신도 록지에 앉아 힘을 얻었다. 그러므로 남편운이 약하여 사별할까 두렵지만 부모덕있고 공부복도 있는 상당히 좋은 팔자처럼 보인다.

그러나 월지 卯木이 년일지 戌과 卯戌합되어 월간 乙木의 뿌리가 상실되었음을 간과해선 안 된다. 즉 卯木이 卯戌로 합하여 땔감 역할하는 나무로 변했으므로 생목인 월간 乙木의 뿌리가 될 수 없다. 그리고 시지 辰에 乙木이 통근하나 이 역시 辰戌충으로 깨어지고 말았다.

따라서 부모복도 없으며 공부 또한 많이 못하게 되니 외견상 좋으나 내부적으론 안 좋다. 이렇게 겉 다르고 속 다르면 실속 없게 되고 겉 다르고 속 다른 생활로 나타나게 된다. 시간의 壬水 편관과 시지 辰中의 癸水정관을 남편으로 보기 쉽지만 이 사주의 첫 번째 인연은 년지 戌中辛金이다. 즉 년지 戌中辛金이 일간과 丙辛합하고 일지 戌中戊土가 년간에 있으므로 해서이다.

그런데 이처럼 卯戌합으로 묶여 있으며 戌이 형충을 받고 있지 않을때는 卯戌合을 풀어주며 戌中辛金이 투출되도록 해주는 형충운이 와야 배우자가 고개를 내밀고 나타나게 된다. 따라서 丑대운이 년지 戌을 형하므로 이때에 남자 나타나 합정했고 동거 및 결혼까지 하게 되었다.

壬대운은 년간 乙木을 생하여 좋은 운이나 子대운은 비록 水이지만 월지 卯를 형한다. 이리되면 卯에 묶여 있던 일지 戌이 합(卯戌)을 풀게되고 그리되면 일시간에 辰戌충이 발동 작용하게 된다. 따라서 부부간에 갈등과 이별이 따른다. 이런 운중에 甲子년(27세) 만났다. 세운간 甲은 월지 卯도화살 중에서 투출되었고 세운지 子는 대운과 합세하여 월지 卯를 子卯형하여 辰戌충이 발동되게 했다. 이런 탓으로 본인은 바람기 동해 가출하고 말았다.

이런 합과 형의 작용을 모르면 子대운은 水고 이것이 용신인 乙卯木을 생해주므로 좋은 세월이었다. 로 감정하게 된다.

辛대운은 일간 丙火와 합을 짓는다. 즉 일간인 丙火가 합정하는 상대를 만나는 운이 되어 재혼하게 되었다. 亥대운은 월지 卯가 亥卯로 목국을 이루므로 卯戌 육합이 풀어져 용신인 乙木이 힘을 얻게 되니 좋은 세월이다. 庚戌대운은 乙木 용신을 합하므로 돈과 문서가 모두 날라가는 최흉한 세월이다.

예5) 돈 빨아먹는 애인 둔다.

```
                42 32 22 12  2
乙 戊 丁 乙   여   壬 辛 庚 己 戊   대운
卯 戌 亥 未        辰 卯 寅 丑 子
```

戊土일주 亥月生되어 조후해주는 월간 丁火가 용신이다. 년지 일지 未戌에 丁火의 뿌리있고 년간 乙木이 丁火를 생하므로 용신이 건왕하다. 따라서 평생의식 걱정없이 지낼 수 있다. 년간 乙木이 첫 남자인데 년지 未에 입고(入庫)되고 월지 亥에 사지(死地)되어 첫 남자와는 사별하게 된다. 일지와 년지가 戌未로 형하여 戌中辛金이 未中乙木을 치게 되면 남편이 사망하게 된다. 그런데 戌未사이에 있는 亥水가 亥未로 합하고 일지 戌과도 암합하여 戌未형을 보류시키고 있다. 이럴 땐 월지 亥水가 합을 당하던지 충되어 그 역할을 상실하게 되면 戌未형이 작동된다.

시주 乙卯는 후부(後夫)인데 도화살을 띠고 있으면서 일지 戌과 합하므로 궁합 잘 맞고 들어붙어 떨어지지 않으려는 남자다. 또 乙卯는 戊戌일주와 합하면서 월지 亥中壬水와 가까이 다가가 亥卯로 합을 지으려 한다. 그러므로 乙卯 남자는 나에게 붙어 돈 빨아먹게 된다. 즉 내게 육신의 즐거움을 주는 대신 내 돈(亥)을 빨아먹고 사는 남자다.

월지 亥中壬水 편재는 부친이고 시모(媤母)이다. 그리고 년지 未中丁火와 일지 戌中丁火는 모친성인데 년지 未中丁火가 부친의 첫 여자고 일지 戌中丁火는 부친의 후처다. 따라서 나는 후처 소생이다. 그리고 시모(亥中壬水)역시 재혼한 사람이다.

庚대운에 년간 정관성과 합하여 결혼했다. 이 사주처럼 정관성이 두 개 되던지 관살혼잡 되면 그 중 하나를 합거시켜야 결혼이 이뤄진다. 그렇지 못할 때는 이 남자를 남편으로 할까? 아니면 저 남자가 좋을까? 하며 두리번거리는 상이므로 결혼할 남자 나타나도 쉽게 결정 못한다. 흔히 丁火를 용신으로 삼게 되면 火를 생해주는 木운이 오면 「좋다」로 말하는 사람이 많다. 그러나 꼭 그렇지 않고 지지의 형충회합에 따른 변화에 의해 좋고 나쁜 일들이 발생되게 된다. 따라서 寅木대운은 월지 亥를 합하여 戌未형을 작동시킨다. 그러므로 이때에 첫 남자 사별하게 되었다.

辛대운은 상관이므로 乙木관성을 극한다. 따라서 남자 생겨도 금방 이별하게 되고 쉽게 이뤄지지도 않는다. 그리고 시비(상관) 관재(官災)등의 일이 생기게 된다.

卯대운은 시지 도화살을 띠고 있는 시지 卯가 발동되어 애인 생기게 된다. 그리고 년월지와 더불어 亥卯未 木局을 형성한다. 이리되면 월지 亥中壬水가 죽게되므로 부친 및 시모가 별세하게 되고 돈이 작살나게 된다. 이럴 땐 여기저기서 많은 남자들이 붙게 되는데 모두가 내 돈을 노리고 오는 사람들이다. 특히 동업하자는 남자도 생기는데 하게 되면 다 털리고 만다.

壬대운은 월지 亥中에서 투출된 것이므로 집을 팔던지 담보로 하여 자금 마련한다. 그리고는 증권(丁火 인수)에 투자하던지 딴것에 투자하여(丁壬) 날리게 된다. 또 亥中에는 甲木 편관이 있는데 亥中壬水가 투출됨에 따라 이것도 발동되어 나타난다.

즉 떠돌이(亥는 지살) 남자(甲)가 나타나 내 용신인 丁火를 생해 주겠다며 접근한다. 辰대운은 월지 亥水가 입고되므로 돈줄이 막히고 卯戌合을 辰戌충으로 깨어 사랑 맺은 정인(情人)과 이별된다. 이러한 때에 辛巳년(47세) 만났다. 세운간 辛은 상관되어 乙木 관성을 치고 세운지 巳역마는 월지 亥를 충하여 亥中 甲木을 상하게 한다. 따라서 돈 나가고 애인과 떨어지게 되는데 애인이 교통사고 당하여 입원하게 되었다.

예6) 면도사 직업

				46 36 26 16 6	
甲	癸	乙	癸	여	庚 己 戊 丁 丙	대운
寅	酉	卯	未		申 未 午 巳 辰	

癸일주 卯月生으로 木旺하여 신약이다. 木에 종할것 같으나 일간 癸水는 일지 酉金을 믿고 종하지 않는다. 따라서 旺木이 병이고 이를 제거해야 하는 일지 酉가 용신이다. 따라서 칼(酉)을 들고 무성한 털을 깎으니 미용사 아니면 면도사다. 그런데 깎아야 할 털(乙)은 많으므로 평생 바쁘게 지내야 하고 세력에 굴복치 않으므로 역경을 이겨가는 노력형의 사람이다.

시지 寅中戊土 정관이 남편성이고 시간의 甲木은 남편의 표출신이며 자식성이다. 癸水가 甲木을 생하므로 남편을 자식처럼 보살피며 돈(寅中丙) 벌어 남편(戊)을 돕고 살린다.

丙辰대운은 가난속에 지냈다. 대운지 辰이 일지 酉와 합하여 金이 보강되나 酉金은 辰에 입묘(入墓)된다. 그러므로 모친 득병 및 사망이고 공부에 열중하게 되나 학업 중단이다. 즉 원명에 卯酉충이 있으므로 학업중단이고 모친이 상하게 되는데 辰대운이 辰酉합하므로해서 卯酉충이 발동된 것이다.

丁巳대운은 편재운되어 돈벌이 하게 되는데 대운지 巳가 역마성되므로 타향으로 나가 돈벌려한다. 그리고 대운지 巳가 일지 酉와 巳酉로 합을 맺게 되어 이발관 면도사로 취직하게 되었다.

戊대운은 시지 寅中戊土가 투출되므로 결혼상대 나타나게 되고 결혼하게 된다. 그런데 정관성 戊가 년간 癸水 비견 그리고 일간 癸와 쟁합하므로 두 여자가 남자 하나를 놓고 서로 차지하려 다투게 되었다. 午대운은 도화운이고 년지 未와 합하여 병이

되는 木의 세력을 없애므로 돈벌이 잘된다.

그리고 남의 남자(년지 未)와 합정하는 일도 생긴다. 그러나 일지 酉金이 대운지 午火에 극되어 면도사 역할 제대로 안하며 투쟁심도 약화된다. 흔히 이 사주처럼 酉金으로 왕한 木을 극할 때 火운이 와서 酉金이 극되면 좋지 않다고 말하기 쉽다. 즉 酉金 용신이 극되는 운이라 불길하다고 판정하게 된다는 말이다.

그러나 火운은 왕목의 세력을 설기시키므로 해서 좋은 것이다. 이런 경우엔 '이리가나 저리가나 서울에만 가면 되지' 하는 생각이 들게되어 병이 되는 왕한 卯木과 부딪쳐 이기려는 생각 (투쟁심)이 없어지고 그에 따른 행동을 나타내게 된다.

그리고 午火가 旺木의 기운을 설하므로 유화적인 생활 태도를 나타내게 된다. 己대운은 시간의 甲木을 합하므로 즉 병이되는 목을 합거시켜 좋은 운으로 보기 쉽다. 그러나 중춘(仲春)의 木인데다 내리는 보슬비(癸水)까지 맞아 잔뜩 강해진 木은 土를 보면 나무가 뿌리박을 수 있으므로 더욱 목의 세력이 강해진다. 따라서 좋지 않은 운이다. 그런데다가 시간의 甲木은 남편의 표출신이고 癸水일주가 키워야 될 쓸 만한 나무다.

그러므로 甲己합은 남편이 무능력해지며 딴 여자에 바람피우게 된다. 그리고 남편이 다른 것을 하려 하게 된다. 즉 甲木(夫의 표출신)에겐 己土는 정재이기 때문이다. 未대운은 卯未 木局 되고 왕한 목이 더욱 단단하게 未土에 뿌리 내리게 되어 불길하여 무엇하나 제대로 이뤄지지 않는다. 따라서 장사하는 사람에겐 손님이 끊어지고 할 일이 없어지게 된다.

庚대운은 일지 酉중에서 투출되었으므로 새로이 분발하려는 마음이 생긴다. 그런데다가 월간 乙木과 합하므로 계약사(庚인수) 발동되니 가택 및 업소 매매건 생기게 된다.

乙卯도 강하고 庚申도 강하므로 乙木이 쉽게 화금(化金;乙庚)

하지 않으려하나 乙木은 庚을 보면 쇠연장에 자루 역할을 하게
되므로 결국은 乙庚合化金으로 합거된다. 따라서 처음엔 제대로
일이 풀리지 않으나 나중엔 잘 풀린다. 좋은 운이나 시간의 甲
木이 甲庚으로 충극되므로 남편의 신상에 좋지 않은 일이 생기
게 되고 자식 또한 그렇다.

예7) 무서운 여자

<pre>
庚 丁 戊 戊   여   癸 甲 乙 丙 丁   대운
戌 巳 午 戌   丑 寅 卯 辰 巳
</pre>

丁火일주 午月生으로 신왕하다. 일지 巳中에 뿌리 둔 시간의
庚金이 용신이다. 흔히 대부분의 초보자들은 신왕한데다 戊土상
관이 있으므로 상관생재격이라 말하게 된다. 그러나 戊土는 조
토되어 생금치 못한다. 그리고 여기서의 戊土는 강한 丁火의 불
을 담아주는 화로 역할이다.

왕한 丁火가 庚金을 보면 손재주가 있고 돈(庚) 만드는 능력
이 있게 되는데 이는 庚金은 丁火에 의해 쓰일 수 있는 쇠그릇
이 되기 때문이다. 일지 巳中에서 년월간의 戊土와 시간의 庚金
이 투출되었으므로 혼자서 북치고 장고치는 역할 해야 한다. 戊
土상관이 왕하므로 기질세고 자유분방한 성격으로 부부운이 좋
지 않다.

그러나 이 사주엔 남편을 뜻하는 水 관성이 없다. 따라서 일
지 巳中丙火와 합하는 년지와 시지의 戌中辛金이 남편성이다.
따라서 년지 戌中辛金이 첫 남자이고 남편궁인 戌에서 투출된
戊土가 년월간에 두 개 있다. 그러므로 년간 戊土는 첫 번째 남
자를 대표하고 월간 戊土는 두 번째 남자다.

그리고 시지 戌中辛金이 세 번째 남자다. 년주 戌戌이 일주와는 巳戌로 귀문살되고 일지 巳를 戌에 입고시키고 있다. 그러므로 첫 남자는 나를 꼼짝 못하도록 묶어 두려는 의처증을 지닌 남자다. 또 두 번째 남자인 월간 戌土는 도화살인 월지 午에 앉아 있으므로 바람기 심한 남자다. 그러나 두 남자 모두 내게 물질적 도움을 못주는 사람이다.

시지 戌이 나의 용신인 庚金을 태우고 있으므로 세 번째 남자는 내게 물질적 도움을 주는 남자이다. 그러나 巳戌로 입고시키므로 그 역시 의처증 및 또라이 기질 지녔던지 아니면 역술가 및 승려의 직업을 지닌 사람이다.

戌中辛金이 남편성이 되면 이를 극하는 火가 자식이 되므로 일지 巳中에서 투출된 년월간의 戌土는 아들자식이다. 따라서 큰 아들(년간 戌)은 고집 세며 책임감 강하고 둘째 아들(월간 戌)은 바람기 심하며 성질 강하다. 戌午와 戌戌이 午戌로 합을 맺으므로 형제사이는 유정하다.

乙卯대운은 도화운이고 년지 戌(남편궁)과 도화 합(卯戌)하므로 연애 결혼했다. 甲寅대운은 년간 戌土와 충극되어 남편(戌)과 불화갈등 및 이별사 있게 된다. 그리고 대운지 寅은 년월지와 寅午戌 火局을 이뤄 甲木 인수는 타버리고 火 태왕하여 庚金은 그릇이 되기는커녕 녹아 버린다. 그러므로 문서(甲)만 날라가고 돈 안되게 된다. 그리고 대운지 寅은 일지 巳를 형하여 戌土의 뿌리를 내 자리에서(일지) 끊어 버린다. 따라서 이혼하여 호적정리하게 된다. 癸대운은 년월간의 戌土와 쟁합하므로 戌土 상관이 발호한다. 이렇게 쟁합되어 발호하면 丁火를 담아주는 戌土의 역할(화로)은 상실된다. 따라서 화로 잃은 丁火는 비하(飛火)되어 갈팡질팡하게 된다. 그러다가 癸水대운이 도화지에 앉은 월간 戌土와 합을 맺으므로 유홍업 및 술장사하게 되었다.

丑대운은 시간 庚金의 뿌리되고 일지 巳와 巳丑으로 반금국을 이루므로 돈벌이 잘된다. 그러나 년시지 戌(남편궁)을 형한다. 그러므로 형출된 辛金은 일간 丁火에 녹게되어 남자관계를 정리하게 된다.

◎ 丁火일주가 지향하는 것은 오직 庚金 돈뿐이다. 그리고 丁巳일주가 월지 午 도화살을 만나 辛金(夫星)을 녹인다. 그러므로 이 여자의 남편은 여자의 색정에 녹게되어 끝내는 몸까지 상하게 된다.

예8) 부나비처럼..

```
                    44 34 24 14  4
己 辛 丙 壬    여    辛 壬 癸 甲 乙   대운
亥 丑 午 午          丑 寅 卯 辰 巳
```

辛金일주가 午月에 태어났고 년지에 또 午火있으며 월간에 丙火 있으므로 아주 火旺하다. 신약하고 관왕하므로 시간의 己土 편인으로 용신해야 될 것 같다. 이리되면 왕한 火는 己土를 생하고 己土는 일주를 생해주는 관인(官印)격이 되므로 좋은 팔자 같아 보인다. 그러나 왕한 丙火 정관은 일주 辛과 합하여 己土를 생해줄 생각은 안한다. 즉 합을 탐해 생을 하지 않는 것이다. 따라서 辛金일주는 두 개의 양인을 얻은데다가 丑午 탕화 원진살까지 지닌 포악한 丙火의 극을 받을 수밖에 없다.

'성나면 쌍칼(午午)들고 설치며 의처증마저 지니고 있으며 꼼짝도 못하도록 꽉 잡고 앉아 발길질하고 있는 원수같은 남편! 己土편인으로 살살 구슬려봐도 소용없는 저 인간을 어떻게 하지? 옳다! 그래야지.' 마침내 辛金은 시지 역마에서 투출된 壬水

상관으로 丙火를 충극하여 그 손아귀로부터 벗어날 생각을 하게 된다.

육친관계를 보면 시지 亥中壬水 상관(자식)이 년지 午위에 앉아 있고 午中丙火와 辛金일간이 명암합하며 일지 丑中辛金과도 암합하므로 년지 午가 첫 남자다. 상관(자식)과 관성이 동궁(同宮)에 있고 일주와 암합하므로 정식결혼하기 전에 동거부터 하게 된다.

월간 丙火는 년지 午中에서 투출되었으므로 남편(午火)의 표출신인데 이것이 월지 午火에 앉았다. 따라서 丙火는 두 개의 양인을 얻게 되었다. 그런데 월지 午에는 또 하나의 丙火가 있어 일지 丑中辛金과 암합하고 있다. 이리되면 丙火는 '저 여자가 나 이외의 남자와 암암리에 붙는 것 아닌가? 하는 의심을 하게 되는데 丑午로 귀문살마저 더불어 작용하여 심한 의처증으로 나타나게 된다.

丙火 남편의 입장에서 보면 자기 마누라가 자신과 합정하면서도 딴 남자를 생각하는 것 같다. 그리고 부부관계를 할 때면 '이 년이 딴 놈과 붙을 때도 이렇게 하겠지.' 하는 생각도 들게 된다.

그래서 꽉 잡고(丙辛合) 놓아주지 않으려는 생활태도를 지니게 되며 의처증이 발작되면 날뛰는 말(午)처럼 사정없이 걷어차기도 하는 것이다. 그래서 辛金일간은 지긋지긋한 남편으로부터 벗어날 때만을 노리고 있는데 그때는 년간 壬水가 발동하거나 왕해지는 시기다. 시간 己土는 일지 丑에서 투출된 것으로 일간 辛金의 표출신이기도 하다. 이것이 시지 亥水 역마위에 앉아 亥中甲木 정재와 명암합하고 있다. 이는 밖으로 나가 물속에 있는 돈(甲)을 벌게됨을 나타내고 있다. 또 그렇게 돈버는 중에 육신(肉身)의 정을 맺게됨을 말한다.

辰대운은 왕한 火의 기운이 설되며 辰土가 일간 辛을 생하여 좋은데 己土(일지의 표출신)가 홍염살을 만나므로 연애하여 동거하게 되었다. 癸대운은 丙火의 기운이 극제되어 남편과의 사이도 괜찮았으며 이때에 식올렸다. 일지 丑中에서 癸水가 투출되었으므로 자식도 생겼다.

卯대운은 년월지 午火를 생하여 더욱 왕해진 火가 辛金일주를 극하고 시지 亥水마저 亥卯로 합을 짓는다. 그러므로 남편에게 구박됨이 심했고 자식(亥)마저 싫어진다. 이런 운중에 甲寅년(33살)을 만났다. 세운간 甲木은 시지 亥中에서 투출되었고 이것이 시간의 己土를 합하여 동하게 한다. 그러므로 가출(亥 역마발동)하여 물가운데에서 돈 버는 일을 했다(목욕탕 때밀이).

壬대운은 용신인 壬水를 도와 조후되어 좋았다. 이때엔 여관 종업원으로 생활했다. 寅대운은 년월지 午와 寅午합하여 火旺케 하고 시지 亥水를 합하므로 크게 불미스런 세월이었다. 寅의 본기(本氣)는 甲木이므로 돈 때문에 관재(官災)가 생기게 되고 나의 활동력(시지 亥)마저 합(寅亥)으로 상실되는 운이다. 그래서인지 癸亥년(42세)에 돈 문제로 인해 쇠고랑 차게 되었다.

이렇게 불미스런 팔자가 되게 된 것은 일간(辛)이 기신인 丙火와 합을 맺은 탓이다. 辛金은 원래 丙火를 좋아한다. 이는 거울(辛)은 태양 빛(丙火)을 받아야만 그 빛을 사방에 반사시키는 역할을 할수 있기 때문이다.

즉 강열한 힘을 지닌 남편을 만나 그 빛을 반사시킴으로서 자신의존재성을 나타내려하는 욕구가 숨어 있다는 말이다. 그러므로 辛金일주의 여명은 남에게 남편자랑 많이 한다. 물론 남편과의 사이가 좋을 때이다. 그래서 이 여명(女命)도 도화지(午)에 앉아 손짓하고 있는 丙火에게 그 몸과 마음을 쉽게 허락했다. 하지만 그것(丙火)이 쌍칼(午午)을 지닌 기신(忌神)으로서 내 몸과 마음을 형체없도록 녹일 것이란 사실을 꿈에도 몰랐을 것이다.

따라서 이 여성은 저쪽 딴 세계에 앉아 번쩍번쩍 빛나는 丙火를 향해 벅찬 기대를 갖고 부모의 만류도 뿌리친 채 불나방처럼 찾아 갔을 것이다. 그런 후 살아보니 '아! 이것은 아닌데.' 하는 후회를 하게 되었을 것이다. 이것은 辛丑일주와 丙午월주는 辛丑, 壬寅, 癸卯, 甲辰, 乙巳, 丙午로 타순(他旬)이나 5급 상순관계를 이루고 있음에서 알 수 있다.

즉 저쪽세계(他旬)에 있는 丙午를 향해 辛丑일주 스스로 찾아 갔다(5급상순)는 말이다. 시주 己亥는 辛丑일주와 동순(同旬)이면서 2급 상순관계로 己亥가 일주에게로 찾아오는 형태이다. 그런데다가 일시지가 亥丑으로 방합 수국(水局)을 이루면서 월주 丙午를 극하고 있다. 이는 부모(己亥中甲木)가 '저남자(丙午)는 아니야.' 하며 말리는 형상이기 때문이다.

또 일주인 辛丑에서 보면 시주 己亥가 희신이고 저쪽 월주 丙午는 기신이다. 그렇지만 辛丑의 눈엔 숨어있는 두 개의 午火는 보이지 않고 나타나있는 번쩍거리는 丙火 태양만이 보인다.

그러므로 이 여성은 눈앞에 보이는 것에만 현혹되어 쉽사리 정을 맺게 되고 끝내는 '이것이 아닌데' 하며 벗어날 궁리를 하는 생활태도를 나타내게 된다. 즉 불나방처럼 쉽사리 유혹에 빠져 끝내는 제 몸을 망치게 되는 성격구조를 지니고 있으며 그런 생활태도를 나타낸다는 말이다.

예9) 내 직업이 뭡니까?

```
                          42 32 22 12  2
  丁 己 戊 壬   여   癸 甲 乙 丙 丁   대운
  卯 亥 申 午        卯 辰 巳 午 未
  도화
```

己土 일간이 申月에 태어났다. 申中壬水가 년간에 투출되어 있으므로 정재격이다. 그런데 월간에 戊土 겁재가 있으므로 정재파격이다. 따라서 돈 안되는 팔자이다. 여기까진 초심자라도 할 수 있는 통변이다. 그러나 이 여명은 남편을 극하여 병들게 하고 애인 두게 되는데 그 까닭은 다음과 같다.

己土일간의 정관은 일지 亥中甲木이다. 그런데 亥中에 같이 있던 壬水가 년간에 투출되어 있으므로 壬水가 남편의 표출신이다. 이 壬水(夫표출신)가 월간 戊土에 의해 충극되므로 이 여성은 남편을 병들게 하고 꼼짝 못하도록 욱박지르는 행동(戊土겁재)을 나타내게 된다. 그리고 卯木이 일지 亥와 亥卯로 합하고 있고 卯는 도화살이며 그 본기(本氣)는 乙木 편관이다.

따라서 卯木애인을 본서방같이 생각하여 돈(日支亥水)을 주어 애인을 키울려 하게 된다.(亥卯合) 이 여성은 辰대운 壬戌년(39세)에 필자를 찾아왔다. '아저씨! 잘 본다해서 찾아왔는데 먼저 무슨 일을 하면 되겠는지 그것부터 봐주세요.' 자리에 앉자마자 생글 생글 웃으며 말했다. 이런 질문은 '우선 내 직업이 뭣인지 그것부터 맞혀봐' 하는 것으로 잘못 삐딱하게 되면 불신을 초래하게 된다.

'글쎄요. 이 세상엔 수천수만 가지의 직업이 있는데 내가 무슨 재주로 그것을 정확히 집어내겠소만 …. 부인께선 새벽 해뜰무렵(卯時)에 일어나 불을 켜고(丁火) 손님을 맞는데 아마도 목욕탕인것 같소.' 년간 壬水정재가 시간 丁火와 丁壬合하고 있으며 午火위에 앉아 끓는 물이 되어 있기에 그렇게 말한 것이었다. '아저씨! 내 친구가 말한 것처럼 정말 잘 보네. 그러면 오늘 내가 무슨 일 때문에 왔는지 그것도 알 수 있어요?'

필자처럼 역술(易術)로 먹고사는 사람들에겐 떠보는 이런 부류의 손님들이 제일 미울 것이다. '그래! 네 마음대로 저울질 해봐라. 나도 골탕 먹일테니.' 솟구치는 울화를 꾹 참은 필자는 입을 열었다. '아주머니! 대강 세 가지 문제가 있을 것 같은데 첫째는 병든 남편이 언제쯤 죽겠냐는 것일 것이고..' 여기까지 말한 필자의 눈에 흠칫 놀라는 그녀의 눈빛이 들어왔다. '둘째는 돈 문제며 셋째는 애인이 있는데 그 애인에게 돈을 줘야하나 말아야하나 하는 문제일것 같습니다.' '내 팔자에 그렇게 나옵니까? 그렇다면 그 남자에게 돈을 줘야 합니까. 아니면 주지 말아야 됩니까?'

병든 남편에 대한 말은 한마디도 않고 애인이 요구하는 돈 문제에만 집착하는 그녀의 예쁜 얼굴이 참으로 밉게 보였다.

'안주면 남편보다 더 잘해주는 애인이 남에게 가버릴테니 당신옆에 잡아 두려면 그 사람이 요구하는 데로 줄 수밖에 없지 않겠소. 알아서 하시오.' '그러면…, 떼이는 셈치고 줘야 되겠군.' 눈알을 굴리며 혼자 말하는 그녀였다.

辰대운은 남편의 표출신인 壬水가 입고되는 운이며 己土 일간에겐 홍염살이 된다. 그러므로 남편은 병들게 되고 본인은 바람나게 된다. 그런데다가 壬戌년의 천간인 壬은 남편의 표출신이고 정재성이므로 남편문제와 돈 문제가 생기게 되므로 그렇게 말한 것이다. 그리고 壬戌이 시주 丁卯와 천간지합 하는데다가 애인인 卯木과 일지 亥水가 합을 맺고 있는 원명(原命)이므로 애인에게 돈 줘야 하는 문제가 발생된 것이다.

찾아온 손님이 무슨 일로 왔는가, 하는 것을 미리 알 수 있다는 것은 상담에 아주 중요하다. 이것을 역학에서는 내정법(來情法)이라 하는데 여러 가지 방법이 있다. 첫째는 사주팔자에다 대운, 년운, 월운을 살펴 그 정황을 알아내는 것이며 둘째는 그날의 일진과 시간을 살펴 알아내는 법이다. 셋째는 사주 일간에 그날의 일진을 붙여 그 관계를 파악하는 방법이다.

이 내정법은 기회 닿는 대로 설명키로 한다.

예10) 밤길 가는 양한마리

					57 47 37 27 17 7						
丙	己	己	丁	남	癸	甲	乙	丙	丁	戊	대운
子	未	酉	丑		卯	辰	巳	午	未	申	

도화

중추(酉月) 야밤(子時)에 태양처럼 밝은 달(丙) 떠있는데 그것도 부족하여 등불마저 꺼내들고 한 마리 목마른 양(己未)이 밤길을 가네. 뒤따르는 소(丑)같은 친구와 마누라(丑中癸水)를 물리치고(未丑沖) 혼자서 살금살금 서쪽에 있는 꽃빛어려 있는 개울물(子水)을 찾아가네.

일지 未中丁火가 년지 丑위에 앉아있고 丑中에는 癸水 편재 있으므로 丑은 처궁이고 마누라다. 그리고 丑中에 같이 있던 己土가 월간에 있으므로 이것이 마누라의 표출신이다. 또 월간 己土는 일지 未中에서도 투출되었으므로 나의 표출신이다. 시지의 도화살 붙은 子中壬水가 일지 未와 암합하므로 원래는 편재(子中癸水)이나 정처(正妻) 노릇(子中壬水가 일지 암합)하는 子水다.

년지 丑(처궁)과 일지(未)는 충이고 시지와 일지는 암합이므로 나는 소처럼 무뚝뚝한 본처 등지고 눈치 빠르게 개울물 흐르는 소리내는 애인이 더 좋다. 酉月子水인데다 훤하게 비춰주는 보름달의 밝은 빛까지 받은 개울물(子)이라 예쁘기 그지없다. 그러나 처(丑)가 비견(월간 己土)되어 닭(酉)처럼 헤비고 파면서 흘겨보므로 나(일간 己)는 그를 따돌리기 위해 닭이 잠드는 야밤 子시에 애인 만나러 길을 간다.

이 사주 주인공의 성격은 세심한 관찰력이 있으며 남을 쉽게 믿지 않는다. 그리고 준비성과 계획성 및 대처하는 임기응변이 아주 좋다. 어째서 이런 성격인지 이 사주의 구조에서 찾아보기 바란다.

이 사주도 투파(透波)의 이론대로라면 未,丑에 뿌리 둔 己, 己, 丙, 丁이 천간에 투출되어 있으므로 종왕격이다. 그러므로 火土운이 좋고 金水木은 나쁘다. 그러나 이 사주는 신왕이므로 월지 酉金으로 설해야 한다.

따라서 천간으론 金운이 좋고 水는 불길하며 火도 좋지 않다. 그리고 지지로는 土金水가 좋고 酉金을 충하는 卯와 극하는 火운이 불길하다. 초년 戊申대운은 천간으론 戊土로 지지로는 申金이 되어 부잣집에 태어나 부모의 사랑을 듬뿍 받으며 잘 지냈다. 그러나 사주원국에 식신을 극하는 丁火편인이 년간에 있으므로해서 15세까지는 몸이 허약했다.

丁대운 역시 사주천간을 충극하는 작용을 하지 않으므로 평길했으나 未대운에 년지 丑을 충하여 丑中癸水가 상하므로 부친의 재물이 날라갔다. 丙午대운은 火일색이므로 아주 불길한데 水氣가 불투되어 바짝 마른 논밭이 되어 있는데다가 丙火 태양이 나타나 온 땅을 더욱 메마르게 한다. 따라서 丙午대운 십년간이 일생에 있어 제일 곤고했다.

乙대운도 고생했고 巳대운에 역마되어 서울 쪽으로 가 창업했다. 巳酉丑 金局 구성하였기 때문이다. 이 대운에 첩을 얻어 자식까지 낳았다. 甲辰대운은 월일간 己土와 쟁합되어 땅(己)의 권리문제로 시비구설이 많았는데 무난했다. 癸대운들어 중추(仲秋) 야밤(子)에 소나기(癸) 내리는 격되어 丙丁火가 빛을 잃어 캄캄해졌다.

그런데다가 대운지 卯는 일지 未와 합국하여 나의 식신이자 용신인 월지 酉金을 치므로 생명이 위태롭다. 여기에 乙亥년(59

세)을 만나 완전히 亥卯未 삼합 목국이 되어 월지 酉金을 충거
시키고 세운간 乙木은 일주 己土를 충극하므로 간암에 걸려 세
상하직하게 되었다.

본처(丑中癸水)에게서 딸 셋 두었는데 그것은 월간 己土가 처
의 표출신이고 이것이 생한 金이 酉丑 삼합 금국을 지어서이다.
그리고 첩(妾)인 子水에게서도 자식을 두게 되었는데 일지 未中
乙木이다. 그런데 진짜 자식은 일지 未中乙木이므로 첩에게서
나의 제사 지내줄 아들하나 얻었다.

예11) 저 산 밑에 있는 옹달샘 찾아간다.

```
          38 28 18  8
甲 戊 丁 戊    여    癸 甲 乙 丙    대운
寅 戌 巳 申          丑 寅 卯 辰
```

戊土일주 巳月生으로 신왕하다. 시간 甲木편관으로 용신하기
쉽다. 그러나 사주가 조열함이 병이므로 시간 甲木을 버리고 년
지 申中壬水를 먼저 찾는다. 특히 일지 戌에서 년간 戊土와 월
간 丁火가 투출되어 나의 표출신되어 년지 申과 巳申合하고 申
위에 좌(坐)하고 있기 때문에 일주의 정은 년지 申中壬水에게로
향한다. 이리되면 시의 甲寅 편관은 일주 戊戌에 들어붙어 한
방울의 물기마저 빨아먹으려 하므로 기신 노릇한다. 따라서 戊
戌일주는 甲寅 관성이 달갑지 않아 피하려고 하게 된다. 이런
사주상황은 다음과 같은 물상적 관법을 취하게 한다.

한여름(午月)으로 접어 들어가는데 바짝 마른 황토산 아래에
살고 있는 누런 개(戊戌) 한 마리가 더위 먹어 비실대며 달려드
는 범(寅)을 피해 저 북쪽 형제가 있는 산으로 찾아간다. 그 산

아래엔 시원한 감로수가 흘러나오는 옹달샘이 있어 나의 갈증도 풀 수 있고 비실거리며 달려드는 호랑이도 피할 수 있다.

그래서 나는 내가 앉아 있는 집(戌)에서 빼낸 돈문서 한 장 들고 올라간다. 한마디 말없이 바삐 달려간다. 그러나 가는 길(大運)에는 똑같은 또 한 마리의 범이 기다리고 있다가 '가긴 어딜 가' 하며 사납게 달려들어 머리 좋고 재주 좋은 형제마저 상처 입히고 옹달샘마저 부셔버린다.(寅申沖)

乙卯대운에 정관성이 도화살을 띠고 일지 戌과 합하므로 대운지 卯가 지배하는 22-27세 사이에 결혼했다. 甲寅대운되어 시주 甲寅과 복음되어 위와 같은 물상적인 관법에 따른 현상이 생기는데 대운지 寅이 지배하는 32살-37살 사이에 발동되었다. 이 여성의 사주는 戌申년주와 일주 戌戌사이에 酉金(도화상관)을 협공하고 있는데 그것이 고개를 내미는 辛巳년(34살)에 남편의 간섭을 싫어하고 피하려하며 외정(外情)을 가져 보려는 마음이 나타났다. 즉 협공되어(申戌 사이에) 숨어있던 도화 상관 酉가 辛년에 나타나 발동되었다는 말이다.

35살인 壬午년은 일시와 연결되어 寅午戌 火局이 되어 甲寅木은 더욱 힘 빠져 맥을 못 쓰게 되고 일간 戌土는 감추고 있던 칼(午 羊刃)을 빼들게 되므로 마음먹은 일을 칼로 자르듯 처리하게 된다. 그리고 세운간 壬은 년지 申에서 투출된 것이므로 쫓아다니며(申 역마) 물을 만들어내는(申은 壬水의 長生地) 일을 하게 되었는데 정수기 및 건강음료 계통에 종사하게 되었다. 또 壬水는 년지 申에서 투출이므로 申이 발동된다.

즉 여행, 이동, 변동 등의 일이 생기는데 이 壬水가 월간 丁火와 합하여 丁火를 동하게 하므로 가택(月) 이동이 따르며 계약 및 문서사가 있게 된다. 그런데 丁火가 발동되면 갈 곳은 丁巳가 생하고 합하는 년주 戌申밖에 없다. 따라서 이해에 북쪽에 있는 산(울산)에 살고 있는 형제에게로 가게 되었다.

　癸未년은 뿌리없이 미약한 한 방울의 물(癸)을 두고 쟁합 쟁재하게 되며 세운지 未가 일지 戌을 형한다. 그러므로 나(戌戌)는 돈 때문에 지진을 만나 주저앉게 되고 돈(癸)은 흔적없이 사라진다. 甲申년(37세)의 甲木은 대운지 寅에서 투출이며 원명 시간의 甲木이 발동된 것으로 범(寅)이 대가리를 내밀고 입을 크게 벌려 사납게 덮쳐드는데 먼저 년간 戌土부터 덮치고 다음으론 일간에게로 향한다. 따라서 내가 의지하고 있는 년간 戌土가 편관(甲)에게 당하여 크게 물렸고(官刑) 나 역시 피해를 입게 된다. 그러나 甲木이 월간 丁火를 생하고 일간 戌土를 극하게 되어 관형은 없었으나 丁火 문서로 인한 고통이 따랐다.

　위사주의 구조는 년주(형제)와 식신(자식) 그리고 월주 丁巳가 합을 짓고 있으며 일주(戌戌)인 나와도 申(酉)戌로 합을 맺고 있다. 이것은 형제와 자식 그리고 나와 모친이 모두 한곳에 모여 있는 상이다. 이런 구성 탓인지 이 여성은 역마 발동되는 甲申년에 또 이동하여 형제, 모친등과 함께 살고 있다. 그러다가 丁亥년 되면 巳申합이 깨지므로 흩어지게 될 것이다.

　또 이 사주는 무더운 여름 해뜨기 직전의 캄캄한 밤에 등불(丁火)을 켜들고 저쪽 산 아래에 있는 옴달샘(申)을 찾아가 한 모금의 물(壬)을 마시는 상이다. 그러므로 주위를 살피는 관찰력이 뛰어나고 야행성(夜行性)이 있으며 새벽이 오기 전에 활동해야 하는 일을 가지게 된다.

　또 새벽이 오기 전부터 불을 밝히므로 어두운 길을 가는 사람에겐 친절하게 길을 가르쳐 주려는 마음이 있고 부지런하다. 또 寅戌(寅은 산신, 戌은 山)이 있어 영감이 뛰어나게 발달했으며 수신(水神)이 있는 용왕사(龍王寺), 용궁사(龍宮寺) 등의 용신각에 가 기도하면 재운이 좋을 것이다. 또 잠자리 머리맡에 찬물

담겨진 쇠그릇을 두고 잠자게 되면 모자라는 수기(水氣)를 받아 좋을 것이다.

예12) 세 번째 여자와 해로한다.

```
                        43 33 23 13  3
     甲 己 辛 丁    남    丙 丁 戊 己 庚    대운
     子 亥 亥 亥          午 未 申 酉 戌
```

　己土 일주가 亥月에 태어나 지지 그 어디에도 뿌리를 두지 못했다. 년간 丁火가 己土를 생해준다하지만 역시 뿌리없는 丁火이므로 월지 亥中에서 투출된 시간 甲木에 종할 수밖에 없다. 따라서 종관격이고 이리되면 甲木이 주체인 일주가 된다. 따라서 일간 己土는 처성인데 己亥일이 또 두 개의 亥水를 보았으므로 3번 결혼할 팔자다. 즉 년지 亥가 첫 여자고 월지 亥水가 두 번째 여자며 일간 己土가 세 번째 여자다.

　종관격이므로 월간 辛金은 병이고 기신이며 년간 丁火는 약신이며 희신이다. 흔희 종관격되면 甲을 도우는 水木운은 길하고 土金火는 불길한 것으로 말하고 있다. 그러나 이 사주처럼 병이 있을땐 이 병을 제거해주는 火운은 좋고 병을 돕는 土金운은 불길한 것이다. 辛金 병은 약하고 약신인 丁火도 약하여 대격(大格)은 못되고 중등 정도의 격국이다.

　庚戌대운과 己酉대운 그리고 戊申대운은 辛金병이 뿌리를 얻게되므로 고생 심했고 丁대운부터 좋아졌다. 종관격에다 도화살을 띠고 있으며 亥亥 자형까지 있다. 그런데다 辛金은 己土(첫 및 여자)의 식신이고 이것이 병인데 丁火로써 병을 제거하는 사주이므로 여성의 출산 및 자궁을 다스리는 산부인과 의사다.

년지 亥水 첫 여자는 丁火용신을 태우고 있으므로 좋은 여자
며 월지 亥水는 병신인 辛金을 태우고 있으므로 좋지 않은 여자
며 술과 인연있는 여자(辛亥는 酒) 세 번째인 己土는 일간이며
甲木과 유정하게 합하므로 해로할 여성이다. 물론 내 몸처럼 마
음에 딱드는 여성이다. 그러나 나(甲)외에 두 번의 남자를 거친
여자다.

예13) 부친 때문에 엇길로 간다.

```
                  31 21 11  1
庚 丁 壬 癸    남   戊 己 庚 辛    대운
戌 丑 戌 丑        午 未 申 酉
```

丁火 일주가 戌月에 태어나 월지 상관격이 되나 월간에 壬水
정관이 있으므로 정관 파격이다. 丁火일주가 월시 戌에 뿌리 있
으나 丑戌형을 맞아 그 뿌리가 온전치 못하다. 따라서 음간이므
로 旺土의 기세에 종할 수밖에 없다. 이리되면 관성이 기신이
되는데 丁火일간은 깨어져 쓰지도 못한 壬水정관과 합정하여
왕토에 순순히 종하지 않으려 한다.

따라서 이 사람은 불법적이며 온전하지 못한 직장을 택하게
되며 그 행동 또한 법과 규율을 위배하게 된다. 즉 따라야 할 길
가야할 길로 가지 않고 거꾸로 가는 성품과 행동을 나타낸다.
음간(陰干)이 세력에 종하게 되면 종신(從神)을 주체로하여 육
친관계를 추리해야 한다. 그러므로 일간 丁火는 모친이 되고 이
와 간합하고 있는 壬水는 부친이 된다. 그런데 일지 丑中에서
투출된 癸水가 년간에 앉아 丁壬합을 깨고 있다(癸가 丁火를 충
극하여).

따라서 태어난지 얼마 안 되는 초년에 부친(壬)과 모친(丁火)의 사이가 깨어져 모친과 이별할 것임을 예고하고 있다. 이런데다 초년에 辛대운을 만났다. 사주에 戌丑형이 있으면 장간되어 있던 것이 나타나는 운에 丑戌刑이 발동되는데다가 辛金은 癸水를 생하여 왕해진 癸水가 丁火를 극함으로 부친과 모친 사이에 형사건(丑戌刑)이 발생되어 모친과 생이별하게 되었다.

　부친과 모친 사이를 보면 부친인 壬水는 월지 戌中丁火와 자좌(自坐) 명암합하면서 일간 丁火(모친)와 간합하고 있으며 그런 다음에 시지 戌中丁火와도 명암합하고 있다. 이런 구조는 그 부친(壬)이 나의 모친(日干丁火)와 결혼하기 전에 이미 딴 여성(戌中丁火)과 합정하고 있었으며 결혼 후에도 딴 여성과 암암리로 정을 통하고 있음을 나타낸다.

　그리고 그런 관계가 일지 丑이 들어오므로 丑戌형이 되고 그에따라 戌中에 숨어있던 丁火가 형출되어 나타난다. 이것은 내가 태어난후(일지 丑은 내 몸)에 부친의 외정이 들어나게 되고 그로인해 형사건(丑戌刑)이 발생됨을 나타낸다.

　이렇게 되어 이 사람은 조모(祖母)손에 키움을 받았는데 그 까닭은 이러하다. 이 사주의 병은 旺土와 천간의 壬癸水간의 상쟁에 있는데 시간의 庚金이 그 사이를 통하게 하기 때문이다. 즉 주체인 土에서 보면 시간의 庚金은 상관성이고 이는 곧 부친의 모친이며 내겐 조모가 된다.

　庚申대운까지 조모의 보살핌을 받는데 일간인 丁火는 쓸데없는 壬水와 합을 맺었고 庚金(조모)는 그것(壬)을 생해준다. 이는 조모에 의지했기 때문에 잘못된 길로 가게 된 것이라 할 수 있다. 그리고 일간인 丁火가 합하고 있는 壬水는 부친성인데 왕한 土에 극되어 있어 이미 그 체통과 권위(정관의 특성)를 상실했다. 그러므로 그 부친은 정상적인 사람이 아니고 그 영향으로 인해서 어긋난 길로 가게 되었다고 말할 수 있다.

또 水는 신장 방광에 속하는데 이것이 왕한 토에 극되어 부서져 있음은 그 부친의 신장방광 기능이 부서진 것과 같다. 실제로 이 사람의 부친은 己未대운에 신장이 망가지게 되어 병원에서 투석치료를 받고 있다. 아마도 戊대운이 되면 戊土 剋 壬水 하여 그 부친이 사망할 것인데 丙戌년이 될 것 같다.

그리고 월간 壬水는 처성(妻星)이 되고 년간 癸水는 애인 및 정부가 되는데 그 마누라 역시 신장방광 및 당뇨병 있을 것이다. 또 그 처되는 사람은 많은 남성과 교제하던 망가진 여자인데 土 多하기 때문이다. 戊土대운엔 壬水를 극하므로 혼인 불성이고 午대운초 丁亥년(35살)에 결혼할 여자 만날 것으로 추리된다.

대부분의 역인들은 이처럼 종아격이 되면 土를 돕는 火土운은 좋고 金水木운은 나쁘다로 단순하게 말한다. 그러나 己未대운은 丑戌未 삼형을 이루어 지지에 있는 모든 土가 지진을 만난 것처럼 흔들리므로 좋지 않다. 땅덩어리는 안정되어야 제 역할을 할 수 있기 때문이다.

戊대운은 월간 壬水를 극하므로 불법적이고 잘못된 길에 집착하고 있던것을 끊고 새로운 길 순리에 따르는 길로 방향전환 하는 운이다. 그러나 원명이 丑戌刑으로 요동치고 있어 평생 불발이다.

예14) 돈벌어 모친 먹여 살린다.

					32	22	12	2	
丙	癸	丙	甲	여	壬	癸	甲	乙	대운
辰	未	寅	寅		戌	亥	子	丑	

癸水일주 寅月생으로 木火왕한데 뿌리는 시지 辰밖에 없다. 따라서 음간 癸水는 왕한 세력을 지닌 木에 종했으나 木은 월간 丙火를 생하므로 결국 종재격이 되었다. 이리되면 일간 癸水가 남편이고 월지 寅中甲木은 모친이며 일지 未中己土는 부친성이 된다.

일주 대행인 월간 丙火있고 시간에 또 丙火 있으므로 몸이 두 개인 셈이다. 이리되면 두 집 살림 살게 되고 한 가지 일에 전념 못한다. 초봄의 태양(丙)인데 빽빽한 삼림 속에서 내리는 비(癸) 만나 그 밝음이 상했다. 그러나 일간 대행인 丙火는 초봄의 甲木을 살리는 존재되어 돈 벌어 모친(甲)을 돕게 된다. 따라서 모친에게는 더할 나위없이 사랑스럽고 필요한 딸이다.

일간 癸水 관성이 丙火의 광명을 빼앗게 되므로 남편덕 없고 남편 때문에 어두운 세월 보내게 된다. 癸水는 일지 未에 묘(墓;12운)되고 시지 辰에 입고되었으며 일주 癸未는 백호살이다. 따라서 그 남편과 사별하게 된다. 또 시간 丙火는 여형제이기도 한데 일지 癸水가 여형제의 남편이기도 하다. 따라서 여형제 역시 남편 사별하게 된다. 그리고 丙 癸 丙의 구조이므로 남자 하나를 두고 쟁탈전 벌리게 되며 남편에겐 좌우에 여자가 있는 꼴이 된다.

乙丑대운에 일지 未를 충하여 未中己土가 년간 甲木에 합거되므로 이때에 부친 사별했다. 甲대운은 일간대행인 丙火의 인수가 되나 木多화식되어 공부 잘 안된다. 子대운은 도화운이고 일간 癸水 관성이 득록한다. 그러므로 연애하는 운이다.

癸대운은 丙火에 정관운되어 결혼하게 되는데 丙子년(23살)에 결혼했다. 그러나 癸운은 丙火를 어둡게 하므로 결혼후부터 어두운 생활이 되게 된다. 丁丑년(24살) 만났다. 丁火는 丙火의 겁재되고 세운지 丑은 재고(財庫)되어 남편(癸)자리(未)를 충한다.

따라서 돈 때문에 남편과 불화있었다. 또 丁丑년은 남편인 癸에서 보면 편재다. 그러므로 남편에게 애인도 생긴다.

戊寅년(25살)은 약한 癸水가 戊에 합거되어 사라지는 운으로 부부이별이고 남편 때문에 애태우고 신경 크게 쓰게 된다.(寅未 귀문살 발동) 따라서 이때에 그 남편이 간경화증 판정받고 부부 별거했다. 亥대운은 지살(地殺)이고 이것이 내 몸(丙寅)과 합되어 타향타국에서 남자 만났다. 己卯년(26살)에 癸水가 己土에 극되므로 부부이별했다.

예15) 그대 남편은 위장병 환자다.

```
                 44 34 24 14  4
乙 癸 乙 丁   여   庚 己 戊 丁 丙   대운
卯 卯 巳 亥        戌 酉 申 未 午
```

癸水 일주 극신약하여 종재격을 이룬다. 년지 亥水있어 종재에 방해된다. 음간이 종하게 되면 종신(從神)을 일간 대행으로 하게 되나 이 사주처럼 종신이 충맞아 깨어져 있으면 癸水 일간은 본성은 상실하지 않으려 한다. 그러므로 이럴때는 종신을 일간대행으로 하지 않는다. 따라서 월지 巳中戊土가 남편성이며 乙卯木이 자식성이다. 따라서 巳中戊土 투출되는 戊대운에 결혼하게 되었다.

사주의 구조를 다시 한번 분석하면 월지 巳中戊土 있는데 년지 亥의 충을 맞고 있다. 그러나 이 巳亥冲을 일지 卯木이 巳中 庚金과 암합하여 보류시키고 있다. 이럴땐 일지 卯가 합되거나 충될때 巳亥충이 발동되어 巳中戊土가 亥中甲木의 극을 받게 된다. 이리되면 남편이 병들던지 다치게 되고 부부간에 이별사도 있게 된다.

　따라서 酉대운은 일지 卯를 충하여 巳亥충이 발동된다. 이르므로 이 여성의 남편은 위장병으로 큰 고통을 당했으며, 부부간에 이별도 있었는데 직장 이동 때문이었다. 庚대운은 일간 癸水를 생한다. 그러므로 종재격 사주엔 불길하다고 말하게 된다. 그러나 이 사주는 木이 너무 많아 불(火)이 잘 붙지 않는 상태(木多火息)이므로 木의 기운을 꺾어 주거나 설해주어야 좋아진다.

　따라서 庚대운은 왕목의 기운을 꺾어 줌으로 해서 남편의 위장병이 치료되었다. 그리고 庚金인수는 월지 巳中에서 투출되었으므로 직장과 가택이동이 있게 되며 가택 매매 등으로 득을 보게 된다. 그러나 戌대운이 되면 일지 卯와 합하여 원명의 巳亥충을 발동시킨다. 따라서 남편의 건강이 상하게 되니 위장병이 재발하거나 교통사고로 인한 액이 있을 것이며 부부간에 이별도 있게 된다.

　그리고 癸일주가 식신문창성인 卯에 앉아 있고 좌우에서 乙木식신이 합신하고 있다. 또 乙木의 입장에서 보면 癸水는 초여름(巳月)의 조(燥)함을 식혀주는 시원한 빗줄기이다. 그런데다가 식신생재격을 겸하고 있으므로 교육자 팔자다. 초여름의 乙木이 식신(아이)이므로 중등학교 정도에 근무 할 것이다.

　※ 식신 상관이 좌우에서 합신하면 남의 자식 키우게 된다.

예16) 남의 남자 만나는 것도 남편 돕기 위해서란다.

```
              35 25 15  5
  乙 戊 甲 乙   남   庚 辛 壬 癸   대운
  卯 申 申 巳        辰 巳 午 未
```

戊土 일주가 金旺의 때인 申月에 태어나 누가봐도 신약이다. 그러나 申中엔 戊土의 기운이 있으므로 년지 巳가 일주의 뿌리역할 할 수 있다. 그러나 나의 록인 巳는 월지 申과 巳申 합하여 배임한다. 그러므로 좋지 못한 팔자다. 이 사주처럼 희용신이 합을 맺게되면 반드시 믿었던 사람에게 배신과 이용을 당하게 된다.

천간의 물상을 보면 허약한 산봉우리에 무성한 초목만이 가득차 있어 심한 극을 받고 있다. 따라서 정신적 육체적 고통을 심하게 받게 되고 직장생활을 배겨내지 못한다.

戊土일주의 처성은 원칙적으론 申中壬水 편재이다. 이것이 巳中丙火를 극하므로 처덕은 없다. 그러나 이 사주는 壬水를 버리고 년시간의 乙木을 처성으로 봐야한다. 그것은 이때까지 누누이 설명한 것처럼 일간 및 일지와의 합신을 처성으로 삼기 때문이다.(乙木은 일지 申과 명암합한다.)

이처럼 재성이 있는데도 불구하고 합신을 보게 되면 재성과 합신이 어떤 영향을 끼치는가를 동시에 살펴야 한다. 즉 이 사주는 재성인 壬水가 기신이 되며 합신인 乙木 역시 좋은 역할 못한다. 따라서 처의 성품과 됨됨이 역시 좋지 못하고 내게 좋지 않은 영향을 주게 된다.

년간 乙木정관이 첫 번째 여자고 시간 乙木은 두 번째 여자다. 년간 乙木이 월주 甲申과 巳申으로 지지끼리 형합하고 있다. 이것은 그 처가 친정오빠(甲)와 힘센 사람(甲木)에 의지하려 하는 성격을 지녔음을 나타낸다. 그리고 언니뻘 되는 사람(甲)의 남자(申)와 합정함을 나타낸다.

또 처성인 乙木이 생하는 년지 巳中丙火는 처의 활동력이고 언어다. 이것(巳)이 戊土일주를 생하므로 그 처는 남에게 의지하려는 것과 남의 남자 만나는 것(巳申)은 '당신(戊土일간)을 돕기 위한 행동' 이라 말하게 됨을 나타내고 있다.

癸未 壬午대운은 반길 반흉하다. 辛대운은 합신인 년간 乙木을 충극하므로 결혼이 안 될 듯하다. 그러나 이 사주처럼 천간에 두 개의 합신이 있을 때는 하나를 제거함으로서 결혼이 이뤄진다. 천간에 관살 혼잡된 여명의 경우처럼 거살(去殺)시키던지 거관(去官)시켜 하나의 관성이 남았을 때 결혼성립 되는 것과 같다.

따라서 辛대운에 결혼했고 巳대운은 소길했다. 庚대운의 庚은 연월일시의 巳申중에서 투출되었다. 그러므로 巳, 申, 申이 움직인다. 즉 巳中丙火 인수가 발동되고 가택이동사(월지 申) 있으며 처(일지 申)에 대한 문제가 생긴다.

그런데다가 대운간 庚이 년간 乙木과 합하여 乙木이 합거된다. 이것은 첫째 직장(乙 정관)젭게 되고 그 처가 타인의 남자(월지 申中庚金)와 버젓이 합정하여 나를 배신하게 되는 일로 나타난다. 그리고 남에게 이용당하고 배신당해 문서(巳) 상실(巳申)되어 망하게 된다.

예17) 旺金이 병이다.

```
              12 2
庚 癸 辛 戊    여    己 庚    대운
申 巳 酉 戌          未 申
```

癸일주가 酉월에 태어나 지지에 申酉戌 있고 천간에 庚, 辛金이 투출되어 금의 세력이 태왕하다. 이리되면 왕한 金에 따르는 종왕격이 될듯하다. 그러나 일지 巳, 년지 戌에 뿌리를 둔 년간 戊土가 투출되어 일주 癸와 합을 맺고 있다.

따라서 신왕에 정관 戊土를 용신으로 하게된다. 그러나 태왕한 金이 戊土의 기운을 빼고 있으므로 일지 巳火로 金을 제하고 戊土를 도와야 한다. 즉 태왕한 金이 병이되고 일지 巳火와 년지 戊中丁火는 이를 다스리는 약이 되고 용신이 된다.

그런데 일지 巳火는 월시지와 巳酉, 巳申으로 합을 당해 그 기운을 크게 상실 당하고 있다. 따라서 일지 巳火와 년지 戊中丁火를 상하게 하는 운이 오면 대흉하게 된다. 특히 일지 재성은 나의 육신이 되므로 이것이 상하면 생명의 위험이 따르게 된다.

초년 庚申대운은 병이되는 金이 투출 발동되어 戊土의 기운을 심하게 누설시킨다. 그리고 대운지 申은 일시 申巳합이 발동되어 巳中丙火가 꺼지게 된다. 이런운에 辛丑년(4살) 만나 년간 戊土의 기운은 더욱 빠지고 巳火의 기운 역시 설기되어 허탈해진다.

이런데다 세운지 丑이 년지 戊을 형하여 戊中丁火마저 丑中癸水에 극되므로 어린 나이에 저세상으로 가고 말았다.

예18) 돈 탐해 제자 유괴하여 살해한 사람.

					31	21	11	1	
庚	庚	乙	癸	남	辛	壬	癸	甲	대운
辰	申	卯	巳		亥	子	丑	寅	

이 사주를 어떤 역인(易人)은 이렇게 해설했다. '庚申일주가 왕하므로 년지 巳中丙火 편관을 용신으로 한다. 子대운에 巳火 용신이 힘을 못쓰게 되는데다가 庚申년을 만나 년지 巳용신을 형하므로 용신이 깨어져 끔찍한 일을 저지르게 되었다.'

이 사주 주인공은 선생으로서 子대운 庚申년에 제자를 유괴하여 돈을 요구하다가 제자를 살해 암매장한 사람이다. 그리하여 연일 언론에 크게 보도된바 있고 이에 따라 사주해설서에도 위와 같은 해석이 생겨난 것이다. 그러나 이 사주의 구조는 이렇다.

庚申일주가 庚辰시를 만나 양금상살(兩金相殺)의 나쁜관계 인데다 乙卯 정재를 쟁합하고 있다. 무릇 재성하나를 두고 쟁합하게 되면 탐심이 강해져 庚金의 흉성이 발호되게 된다. 따라서 이 사람은 남이 잘되는 꼴을 못 봐주며 시기와 질투심이 많다.

그런데 토실하게 살찐 乙卯재성은 庚申일주와 동순(同旬)에 있으며 5급 상순관계이다. 이리되면 재(財)가 나를 따르는 격이 되어 부명(富命)을 이루게 된다. 그러나 乙木재성과 재물을 만드는 노력과 행위인 년간 癸水는 시주 庚辰의 辰中에서 투출되어 있다. 즉 나에게 유정하게 합해오는 재물은 원래 내 것이 아니고 남(庚辰)이 노력하여(癸상관) 만들어 놓은 재물이다.

따라서 그런 乙卯재물을 庚申일주가 庚辰시와 더불어 쟁합함은 남의 것을 내 것으로 착각하며 빼앗으려는 것을 나타낸다. 그런데다가 재물궁인 월지 卯와 일지 申은 귀문살되어 있어 그야말로 남의 재물을 획득하려 미쳐버림을 말하고 있다. 이런 庚申일주의 완강함을 제압해 주는것이 년지 巳中丙火 편관이다.

그런데 년지 巳中丙火는 년간 癸水에 의해 상했으며 일지 申의 형을 받아 쓸모없이 되어 버릴 순간에 있다. 다만 월지 卯가 巳와 申 중간에서 巳申형을 막아주고 있다. 그리고 쟁재를 막아줄 수 있는 것은 년간 癸水이다. 즉 癸水로서 두 개의 庚金을 설기시키므로해서 쟁재를 막을 수 있다는 말이다.

그러나 庚申일주와 년주 癸巳는 3급 소용돌이 관계되어 있고 년주와 월주 乙卯간에도 2급 소용돌이가 형성되어 있다. 따라서 남이 벌어놓은 돈을 먹으려하게 되면(乙庚合) 심한 소용돌이 속에 휘말려 들게됨을 나타내고 있다. 그런데다가 일주가 합하고 있는 월주 乙卯재성은 수옥살에 해당된다.

즉 이 사람은 남의 돈을 탐내어 심한 소용돌이에 빠져 들게

되고 끝내는 구속까지 되게 됨을 말하고 있다. 이런 소용돌이는
소용돌이를 이루고 있는 주체인 庚申이 발동되는 庚申대세운이
오면 발동되어 그런 일들이 발생된다.

이 사주는 아직도 한기가 남아있는 초봄에 태어나 음습함이
병이다 따라서 년지 巳中丙火의 생을 받고 있는 戊土로서 제습
해야 한다. 즉 년지 巳中戊土로서 음습한 기운을 제거해야 하고
乙卯木이 뿌리 내릴 수 있도록 해야 한다. 이는 월주 乙卯木은
사목(死木)이 아니고 자라나야할 생목(生木)이기 때문이다.

이 사람이 교직에 몸담게 된것도 이 때문이다. 그리고 巳中丙
火는 庚金을 제압하는 편관의 역할은 할 수 없고 巳中戊土를 따
뜻하게 해주는 작용밖에 할 수 없다. 이는 지지의 미약한 火로
서는 천간의 金을 극할 수 없어서이다.

子대운에 申子辰 수국을 이루어 庚金이 물속으로 가라앉게 되
며 12운으론 사지(死支)에 해당되므로 아주 불길하다. 그런중에
庚申년을 만나 년지 巳와의 申巳형이 발동되었으며 년월간과
더불어 소용돌이가 작용되어 끔찍한 일을 저지르게 된 것이다.
그리고 년지 巳中丙火는 시주 庚辰의 자식인데 庚申일주가 申
巳로 겹살하면서 형합하고 있음은 남의 자식의 생명을 뺏는 형
상이다.

예19) 딸 가출하여 속 태운다.

				여	46	36	26	16	6	
辛	己	乙	戊		庚	辛	壬	癸	甲	대운
未	亥	卯	戌		戌	亥	子	丑	寅	

己土일주 卯月生으로 신약이나 시지 未, 년주 戊戌土가 있으

므로 亥卯未 木局에 종하지 않는다. 卯月 己土는 나무를 키울수 있는 전토(田土)이나 亥卯未 木局에서 머리 내밀고 있는 乙木을 시간의 辛金이 극하므로 큰 나무(甲)가 아닌 잡초같은 乙木을 받아들이지 않는다. 그러므로 딸(辛)하나 낳고 남편(乙木)이별하게 된다.

그런데다가 도화상관인 乙卯와 일주 己亥는 4급 소용돌이를 이루고 있으며 卯가 년지 戌과 卯戌 합한다. 그러므로 남편과는 갈등과 이별이 따르게 되며 그 남편은 딴 여성과 외정을 맺고 (卯戌合) 사라지게 된다.

丑대운에 卯戌합을 丑戌형하여 깨므로 남자가 내게 올수 있게 되어 결혼하는 운이다. 壬대운은 돈 벌어 남편 도와주는 운이며 子대운은 월지 卯를 형하여 부부 이별했다. 辛대운은 시간의 辛 금이 발동되어 亥역마에 앉는 운이므로 자식이 가출하게 된다. 그런 운중에 丁丑년(39살) 만나 丁火는 辛金을 극하고 丑은 시지 未를 충하므로 딸자식에게 관재가 있었다. 즉 가출한 딸이 나쁜짓하다가 경찰서에 잡혀갔다. 그리고 丁丑년은 일주와 2급 소용돌이 되어 번민과 갈등 많게 된다.

이 사주의 직업은 년주 戊戌이 己亥일주와 동순에 있으며 1급 상순으로 유정하면서 戌亥로 천문살을 이룬다. 신약한 己土일주가 戊戌에 의지하려 하므로 종교 및 신불(神佛)에 의지하는 삶을 살게된다. 그렇지 않으면 일지 亥水 재성이 월지 卯木도화관성과 亥卯로 합을 지으므로 남자 상대의 유흥업이나 식당업이 될 것이다.

예20) 몇 번이나 결혼 할 것인가?

```
              35 25 15  5
己 丁 戊 丙  남    壬 辛 庚 己    대운
酉 巳 戌 午        寅 丑 子 亥
      도화
```

　丁火일주가 戌月에 태어나 월간에 戊土상관 있으므로 火土상
관격이다. 丁火일주는 巳에 제왕지이고 월지 戌에 뿌리 있으며
년주에 丙午를 얻어 일주 불약이다. 이렇게 강한 丁火는 쇠를
녹여 그릇을 만들 수 있는데다 불을 조절해주는 화로(戌)까지
얻었으므로 두뇌 총명하며 능력 있는 사람이다. 그러나 천간에
庚金이 불투하여 그 재주를 써먹지 못하게 되어 있음이 아깝다.

　이 사주는 일지 巳에서 년간 丙火겁재와 월간 戊土 상관이 투
출되어 있다. 따라서 초년에 부친을 극하게 되고 결혼하자마자
즉시 이별하게 된다. 즉 일지 巳中에 庚金 정재성이 있는데 여
기서 丙火겁재가 투출되어 있어서이다. 그리고 일지는 내 몸이
고 여기서 나온 丙, 戊는 나의 표출신이다. 그런데 丙火가 도화
살인 午에 앉아 양인을 얻었으므로 이 사람의 바람기는 대단하
며 이로 인해 극처하게 된다.

　또 巳中庚金은 부친이고 처인데 巳中에서 투출된 丙, 戊는 부
친과 처의 표출신이기도 하다. 그러므로 부친은 바람기 대단한
분이며 처 역시 외정을 지니게 된다. 따라서 여러번 결혼해도
안정되기 어려운 사주다. 그리고 일지에서 투출된 丙火겁재는
남의 것을 탈취하려는 탐심이다. 그러므로 자존심(丙火겁재) 세
고 똑똑한 척(戊土상관)하며 남의 돈과 여자를 뺏는 일도 주저
치 않게 된다.

　이 사주의 재성은 월지 戌中辛金 있고 일지 巳中庚金 있으며
시지 酉金이 있다. 모두 세 개의 재성이 있으나 일지 巳가 시지

酉와 巳酉합하므로 재성은 아주 많다.

辛丑대운은 월시지의 戌, 酉에서 辛金이 투출되었으므로 결혼할 여자 나타난다. 그러나 년간 丙火가 辛金을 합거하므로 이별하게 된다. 壬申년(26살)에 丁巳일주와 천간지합되어 결혼했다. 그러나 己卯년(33살)에 일시지 巳酉합을 卯酉충으로 깨게 되어 이혼했다.

壬寅대운의 壬水는 년간 丙火겁재를 충극하고 일간 丁火와 합을 맺으므로 결혼할 수 있는 때인데 일시지 巳酉중의 庚金 정재가 투출되는 庚辰년 만나 결혼하게 되었다. 그러나 곧바로 이별했다. 甲申년(39살)에 일지 巳와 巳申으로 합을 맺어 또 결혼했다. 그러나 丙戌 丁亥년이 되면 또 깨어질 것이다.

예21) 도사 행세하는 경찰

					49	39	29	19	9	
庚	辛	壬	甲	남	丁	丙	乙	甲	癸	대운
子	丑	申	午		丑	子	亥	戌	酉	

辛金일간이 申月에 태어나 신왕하므로 월간 壬水상관으로 용신 삼는다. 壬水는 申역마에 장생이고 시지 子에 양인 얻어 강하다. 따라서 총명영리 언변유창하며 자존심 강하며 활동력 좋다. 시간에 庚金 겁재있고 년지에 午火 편관 있으며 庚金겁재가 일지에 子丑合하여 입고되며 시지 子는 수옥살되므로 경찰직이다.

년간 甲木정재가 처성이고 午도화지에 앉아 있으므로 연애결혼하게 된다. 년일지 午丑귀문살 있고 壬水상관이 생재성하므로 예언자 및 도사행세 하게 된다. 년주 일주 시주는 동순에 있으며 일시는 가깝고 유정하나 년주 처궁(甲午)과 멀리 떨어져 있고 丑

午원진되므로 형제와 친밀하고 처와는 불편한 관계되게 된다 즉 처 자리인 시에 겁재가 있고 처는 멀리 조상자리에 있다.

庚金겁. 재가 子水를 생하고 子中壬水가 월간에 있으면서 월주와 년주 사이에 2급 소용돌이를 형성한다. 그러므로 형님(庚)과 처(甲)는 사이좋지 못하며 나는 형님 편든다. 乙대운에 시간 庚金겁재를 합거하여 년간 甲木정재가 극되지 않으므로 결혼되는데 또다시 시간 庚金을 합거시키는 乙丑년(32세)에 결혼했다.

亥대운은 분주하고 바쁘게 생활하나 발전 있는 세월이다. 丙대운은 년지 午도화살 발동되어 외정 있게 되고 진급되며 辛金일주가 빛나는 운이다. 子대운 역시 壬水용신이 힘을 얻어 좋으나 년지 午火를 충하므로 부부불화 있으며 부서이동 따른다. 그리고 직장생활 싫어진다. 丁대운은 년지 午火가 발동하여 월간 壬水와 합한다. 그러므로 외정있게 되며 가는 길에 장애 발생되어 매끄럽지 못하다.

또 壬丁합하여 월주 壬申이 발동되므로 형제와 처 사이에 갈등불화생기고 가택이동 따른다. 그리고 가택을 뜻하는 壬申월주가 丁壬合木 財星되므로 집을 가계로 만들어 처가 장사한다.

예22) 여자 녹여 돈 만든다.

己	乙	丙	壬	남	辛	庚	己	戊	丁	대운
卯	巳	午	寅		亥	戌	酉	申	未	

乙木일주 午月生으로 년지 寅있고 시지에 卯木있으므로 신약상관격으로 보기 쉽다. 그러나 년지 寅은 寅午合 火局되었고 시지 卯木 하나만으론 태왕한 火에 임할 수 없으므로 종아격이 되었고 상관생재로 가게 된다. 따라서 火土운은 길하고 金水운은

불길하다. 월지 午도화 있는데 일지 巳中에서 투출된 丙火가 午에 앉아 양인을 얻었다. 따라서 그 재주와 표현력이 특수하며 색정이 무척 강하게 된다. 그리고 그것이 己土를 생하므로 색정사를 이용하여 돈 만들게 되며 입(丙火)으로 먹고 살게 된다.

년주 壬寅과 乙巳일주는 2급 상순관계로 년주 壬寅이 내게로 찾아오고 있으며 일주와 월주는 1급 상순관계다. 그렇지만 인수(壬)가 있는 년주와 일주 乙巳는 타순(他旬)관계이다. 그러므로 딴 영역 다른 세계의 정신이고 학문(壬)이 나를 찾아오는 격이다. 이러므로 영적세계 및 동양철학을 택하게 되었다.

丁未 戊申대운은 길하므로 부산대학에서 철학을 전공했다. 그러나 酉대운은 일지 巳와 巳酉金局을 지어 왕한 火의 기운에 거역되므로 좋지 않은 세월이었다. 庚대운 역시 불길하고 戌대운은 좋다.

좋아되므로 丙火를 주체로 보면 년간 壬水는 편관이 되어 자식성이 된다. 따라서 아들하나 둘 수 있으나 키우지 못하고 사라질 자식이다. 壬水가 旺火에 쫄아들어서이다. 그리고 일지 巳中庚金이 처성이나 쓸모없이 되어 버리고 丙火(주체)가 앉아있는 午中己土와 암합하는 년지 寅과 시지 卯木을 처성으로 한다.

그런데 년지 寅은 寅午로 합하여 火가되어 그 역할 못하게되고 도화살인 시지 卯中甲木이 그런데로 처의 역할을 하게 된다. 그러나 丙午월주와 己卯시주가 3급 소용돌이를 형성하므로 갈등과 불화이별을 지니고 있게된다. 즉 년지 寅中甲木이 첫 여자고 본처이며 시지 卯中甲木은 애인이고 후처인데 본처는 그 역할 상실하게 되고 후처가 본처 노릇하게 되나 불화와 이별의 갈등을 안고 있다.

예23) 식신제살격 안된다.

```
壬 庚 丙 壬   남   辛 庚 己 戊 丁   대운
午 寅 午 辰        亥 戌 酉 申 未
```

庚寅일주가 午月에 태어나 寅午午있고 월간 丙火 있으므로 일
간은 크게 신약해졌다. 이리되면 년간 壬水가 년지 辰에 뿌리
있으므로 이것으로 왕한 丙火를 제극해야 할 것이다. 즉 식신제
살격을 구성한다. 그러나 壬水가 辰에 뿌리 있다하나 辰이 년지
에 있으므로 힘이 약하고 화의 세력은 충천하여 약한 壬水가 더
욱 불길을 치솟게하는 역할을 하므로 종살할 수밖에 없다. 따라
서 壬水와 辰中癸水는 기신이 된다. 만일 시지에 辰을 만났다면
식신제살격이 성립된다. 이는 천간에 투출된 것은 월지에서 제
일 크게 영향을 받게 되고 다음으론 시지 일지 년지순이기 때문
이다.

따라서 종살하므로 월간 丙火를 일간대행으로 하여 그 육친을
살펴야 된다. 이리되면 일간 庚은 부친이고 년지 辰中乙木은 부
친의 본처이며 일지 寅中甲木은 부친애인이며 후처가 된다. 그
런데 일지 寅이 寅午로 합화국하여 丙火(일간대행)을 생하므로
본인은 부친의 후처소생이다. 년지 辰中에는 부친의 정처인 乙
木이 있고 종살격의 기신인 癸水가 있으며 辰上에는 壬水가 앉
아 왕화의 기운에 거역하고 있다. 그러므로 부친은 정처인 乙木
에게서는 자식(丙丁火)을 얻지 못했다. 그리고 일간 庚金은 丙
火의 편재가 되므로 나의 처성이고 년간 壬水 년지 辰中癸水와
시간 壬水는 자식성이며 시지 午中丙丁火는 나의 아우가 된다.

그런데 일간 庚金편재가 년일간의 壬水를 생하여 왕한 丙火의
세력에 거역하고 있다. 이는 처와 자식이 기신이 되어 나와 부
딪침을 뜻한다. 그런데다 丙午월주와 일주 庚寅은 4급 소용돌이

를 이루고 있다 따라서 처와는 불화와 갈등 많고 이별까지 있게 된다. 庚金 처의 입장에서 보면 旺火의 충극을 받으므로 폐, 기관지, 대장이 좋지 않게 되며 본인(丙火) 때문에 크게 고통 받고 있는 형상이다.

년지 辰은 기신이고 또 자식인 水가 입고하는 곳이다. 즉 관성입고(入庫)처럼 자식성이 입고되어 있어 자식 사별하게 된다. 직업은 일간 庚이 편재고 일지가 寅역마이므로 운수업, 목재 만지는 업 등이다.

丁未 戊대운까지는 왕신에 순종하므로 부잣집 도련님 소리 들으며 자랐으며 申대운엔 타향으로 유학까지 가게 되었다. 申은 역마며 丙火의 문창성이어서였다. 그러나 申대운은 일지 寅을 충하고 申辰으로 수국을 이루었으며 일간 庚金이 득록하여 왕신에 거역하므로 부친 사망했고 모든 재산이 상실되었다.

己土대운은 평길했으나 酉대운은 불길했으며 庚대운은 처가 돈벌이하는 세월이었다. 戊대운은 旺火 입고되어 불길한중에 년지 辰을 충하여 충출된 癸水가 戊中戊에 합거되어 첫딸 잃고 말았다 辛亥대운까지 뚜렷한 직업없이 겨우겨우 살고 있다. 壬子대운에 종명할 것이다.

예24) 엄마 내게 아버지 만들어 줘.

					16	6	
庚	壬	甲	戊	남	丙	乙	대운
戌	寅	寅	辰		辰	卯	
			공망				

壬水일간이 寅月에 태어나 크게 신약하다. 따라서 시간의 庚金편인으로 왕한 목을 제압하여 약한 일주를 생하게 해야 한다.

월지 寅中丙火 편재가 부친성이고 시지 戌中辛金이 모친성이다. 그리고 丙火편재가 있는 寅中에서 투출된 년간 戊土가 부친의 표출신이다. 그런데 이 戊土는 공망에 앉아 있고 왕목의 극을 받고 있다. 따라서 부친과 초년에 이별하게 되는데 木剋土이므로 간(肝)질환으로 부친 사망하게 된다. 부친의 표출신이 초년을 뜻하는 년간에 있으므로 초년에 부친을 극하게 되는 것이다.

이런데다가 초년대운 역시 乙卯木을 만나 사주의 년일지와 더불어 寅卯辰 木局을 이루므로 卯대운에 부친 사별했다. 辛巳년(15세)이었는데 대운과 사주가 寅卯辰으로 되어 木太旺한데다 세운간 辛金을 만났고 세운지 巳가 寅을 형하여 왕신을 격동시킨 탓인데다가 형출된 寅中丙火 부친이 세운간 辛金에 합거 당했기 때문이었다. 일지 寅中丙火는 모친의 두 번째 남자고 년간 戊土는 후부(後父)의 표출신도 된다. 따라서 그 역시 왕목의 극을 받으므로 간(肝)질환 있는 사람이다.

15세부터의 丙火대운은 寅中에 있던 丙火가 투출되어 나타난 운이므로 또 다른 부친이 생기게 된다. 따라서 이때부터 모친에게 재가하기를 권하게 되며 그 모친에게도 남자가 생기게 된다. 모친에게 재가하기를 권하게 되는 것은 대운간에 丙火편재가 나타난 것도 원인이지만 원명의 일지 寅中에 丙火편재가 있고 이것이 시지 戌과 寅으로 합하기 때문이다.

모친인 戌中辛金에서 보면 월지 寅中丙火 있고 일지 寅中丙火 있으므로 재혼하게 된다. 癸未년에 이 사람의 모친에게 남자가 생겼는데 간경화증 환자였다.

예25) 춥고 배고픈 황계

<pre>
                       36 26 16 6
  癸 己 辛 辛   여   乙 甲 癸 壬   대운
  酉 酉 丑 亥   巳 辰 卯 寅
</pre>

己土일주 丑月生으로 득령했으나 辛, 酉金이 많고 癸亥水 있으므로 왕한 세력인 辛金에 종할 수밖에 없다. 그러나 己土일주가 丑月生이므로 종신인 辛金을 주체로 하지 않고 己土일간의 본성은 지니게 된다. 종아격되어 金에 거역하는 火가 없어 좋을 것 같지만 丑月(겨울)생은 무엇보다 한기를 쫓아줄 火가 필요하다.

즉 조후되지 못했고 음팔통 사주로 음기만 강하여 그야말로 음습하기 짝이 없다. 따라서 이럴 땐 무엇보다 한기와 습함을 제거해줄 남방운을 만나야 좋아진다.

사주에 일점의 火氣가 없으므로 부모덕 없고 공부운 없다. 년지 亥中甲木이 남편이고 역마에 들어앉아 있으므로 남편의 직업은 운전수다. 년월간 辛金되어 딸 두 명 낳고 임신중절 수술했다.(酉酉自刑) 월지 丑中己土가 언니이고 여기서 투출된 년월간의 辛金이 두 개이므로 언니 두 명 있다. 월지 丑中己土 비견이 시아비 되는데 酉丑으로 합국하여 土의 기운이 상실되므로 시아비는 무능력한 사람이며 모친 일찍 사별한 분이다.(火없어)

그리고 丑中에서 투출된 시간의 癸水는 시아비의 표출신인데 酉에 앉아 있으므로 시아비는 술꾼이다. 癸酉는 癸水(氵) + 酉는 주(酒)이기 때문이다. 년지 亥中壬水는 시모인데 나의 식신(辛)으로 亥水를 생하므로 나는 시모를 도와 돈벌이(亥中甲木)하게 된다. 식신생재로 가므로 식당업이다.

卯대운에 년지 亥(夫宮)와 亥卯로 합하여 木氣발동되므로 결혼할 남자 나타나 결혼하게 되는데 亥中壬水가 나타나는 壬申

년(21세)에 결혼했다. 辰대운에 년지 亥水가 입고되므로 돈줄 막혀 장사 안된다. 따라서 辰中乙木, 癸水, 戊土 나타나는 세운에 변화를 꾀해 막힌 재성의 숨통을 뚫어 보려하게 되는데 乙酉년 만나 변화를 꾀한다. 일시지 酉와 세운지 酉가 대운지 辰과 합하므로 세 개중에서 어떤 것을 할까 계획하게 된다.

乙巳대운에 년지 亥를 충하므로 남편에게 교통사고가 따르는데 丁亥년(37세)이 그때다. 겨울(丑月) 벌판(己)에 눈보라(癸) 휘몰아치고 있는데 노란 닭(己酉) 한 마리가 이리저리 뛰어 다녀봐도 찾아 먹을 것은 보이지 않는다. 어둡고 답답한 마음에 약 먹고 죽어버릴까(酉酉)하는 마음이 절로 든다.

※ 일지 酉金 식신이 년월간에 두 개나 나타나 있으므로 이 것저것하게 되며 쉴새없이 활동하게 된다.

예26) 결혼하자마자 처 도망쳤다.

				남						대운
					46	36	26	16	6	
甲	庚	壬	丙		丁	丙	乙	甲	癸	
申	午	辰	子		酉	申	未	午	巳	

庚일주가 辰月에 태어났으나 월간 壬水 있는데다 辰子로 수국을 지었으며 丙, 午, 甲의 재관이 있어 신약하다. 그러므로 시지 申에 의지할 수밖에 없으니 귀록격이다. 신약귀록격은 관성을 보면 파록이 되어 아주 불길하다.

그런데 파록하는 관성이 일지 午에 있다. 이리되면 마누라가 나의 안정을 해치는 기신이 되어 좋은 방향으론 나가지 못하고 나쁜 쪽으로만 가게 되는 운명이 된다.

그런데다가 월주 壬辰과 일주 庚午는 2급 소용돌이이고 년주와 월주간에도 4급 소용돌이가 형성되어 내 몸(庚午)이 큰 회오리 바람속에 들어있는 것과 같다. 특히 월주는 부모궁이고 월지 辰中乙木 정재는 나의 합신인 처성이므로 이에 따른 불화갈등과 이별이 있게 된다. 다만 일주 庚과 월간 壬의 관계는 좋고 壬과 丙의 관계도 좋다. 이리되면 겉으로 나타난 모습은 좋아 보이나 그 내막은 그렇지 않은 그야말로 빛 좋은 개살구격의 사주다.

따라서 소용돌이가 발동되는 운이 오면 큰 불행을 맞게 된다. 육친관계는 시간 甲木편재가 부친이고 일지 午中己土가 모친이며 여기서 투출된 년간 丙火는 모친의 표출신이다. 그리고 월지 辰中乙木은 첫 여자이다.

시간 甲木은 절지인 申에 앉아 일지 午에 사(死)가 되어 있다. 이렇게 甲木이 사절(死絶)에 있게 되면 그 부친과 사별하게 되는데 일지 午에 사(死)가 되므로 내가 태어난 얼마 후에 부친 사별하게 된다. 그런데 이 사주의 육친관계는 변하게 된다.

즉 일주 午中己土(모친)의 표출신이 년간에 나타나 모친을 대행하게 되며 이리되면 丙火의 편관 노릇하는 월간 壬水가 모친의 남편이며 나의 부친이 된다. 이렇게 부친성이 된 壬水는 월지 辰에 입고되어 있으며 庚午일주와 2급 소용돌이를 형성하므로 그 부친과는 일찍 인연 끊어진다. 따라서 壬水가 절(絶)되는 巳대운에 부친 사별하게 되는데 巳中丙火가 투출되는 丙戌년 만나 壬辰월주를 천충지충하므로 그 부친이 흉사하게 되었다.

그리고 모친의 표출신인 丙火가 子辰 수국위에 있으므로 모친은 부친 사후 재가하게 된다. 甲午대운은 편재성(부친성)인 甲木이 사지(死地)인 午에 앉는 운되어 후부(後父) 사망운이며 일지 午火가 발동되어 申록을 극하므로 어려운 세월이다.

乙未대운은 나의 의지처인 시주 甲申과 1급 소용돌이를 이룬다. 이리되면 년주, 월주 그리고 일간과 형성되어 있던 소용돌이가 발동되어 사주 전체가 큰 소용돌이 속으로 빠지게 된다. 이런 운중에 癸卯년(28세) 만났다. 세운간 癸水는 년간 丙火(모친의 표출신)을 극하고 월지 壬辰과 1급 소용돌이를 이뤄 맹렬하게 작용하는 壬水의 극까지 받게 된 丙火 모친이 사망하게 되었다.

乙未대운은 일주 庚午와 천간지합하므로 결혼사 있게 되는데 일지 午中丁火가 투출되는 丁未년(32살)에 결혼하게 되었다. 그러나 처궁인 壬辰과의 소용돌이가 발동하는 운이므로 곧바로 이별했다.

월지 辰中乙木이 시지 申中庚金과 乙庚으로 암합하면서 동순(同旬)관계이므로 처가 옛날 애인과 함께 달아나게 된 것이다. 40세 이후 申대운부터 안정되었다.

예27) 지지리도 남자 복 없다.

```
                48 38 28 18  8
丙 戊 丙 戊   여   辛 壬 癸 甲 乙   대운
辰 寅 辰 戌        亥 子 丑 寅 卯
```

辰月 戊일이며 丙, 丙, 戊 辰, 辰, 戌로 土旺하다. 지지에서 丙戊가 투출되었고 통근하므로 종왕격이다. 혹자는 봄인데다가 월지 辰中에 乙木있고 일지 寅中甲木 있으며 시지 辰에 乙木 있으므로 왕한 土를 木으로 소토시킬 수 있다. 로 말한다. 즉 木을 용신으로 할 수 있다는 말이다.

그러나 일지 寅中에서 월시간의 丙火와 년간 戊土가 투출되었고 辰中에서도 그 본기인 戊土가 년일간에 투출되었다. 즉 寅, 辰은 火土로 작용하고 있다는 말이다. 그러므로 土의 세력으로 가는 종왕격이 분명하며 寅, 辰中의 木은 土에 거역하는 기신이고 병이다. 따라서 남편덕 없을 뿐 아니라 남편으로 인한 고통을 받고 살아가게 되는 팔자다.

일지 寅木관성중에서 월시간의 丙火가 두 개 있으므로 재혼격이며 이부(二夫)격이다. 월지 辰中癸水가 戊土일간과 戊癸로 명암합하므로 辰中乙木이 첫 남자다. 그런데 辰中엔 나와 같은 戊土 비견이 있고 년간 년지에 戊土가 있어 癸와 쟁합한다. 그러므로 유부남이다. 그리고 辰戌충으로 부서져 쓸모없이 된 무능력한 남자다.

乙卯대운은 종왕격에 역하므로 힘들고 어려운 시절이었다 甲寅대운의 甲木은 일지 寅中에서 투출이므로 타향으로 나가(寅지살 발동) 직장생활하게 되며 남자 생기게 된다.(일지 寅中甲木 발동) 따라서 寅대운에 유부남 만나 동거했다.

癸丑대운의 癸水는 월시지 辰홍염에서 투출이므로 부(夫)가 타녀와 합정하게 되고 본인은 물장사(유흥업)에 종사하게 되었다. 년지 辛金 상관은 딸인데 戌中에 같이 있던 戊土가 년일간에 투출되었으므로 딸 둘 낳았다. 일간 戊와 딸의 표출신이 같으므로 내 팔자 닮은 딸 하나 있게 된다.

예28) 구천을 떠돌던 모친 혼백이 내 자식 잡아갔다.

```
                47 37 27 17  7
己 丙 甲 乙  남   己 庚 辛 壬 癸   대운
亥 子 申 亥       卯 辰 巳 午 未
```

丙火일주 申月生으로 지지엔 亥子水가 태왕하다. 따라서 년시지 亥中甲木이 월간에 투출되어 丙火를 생해주는 용신이 된다. 이리되면 甲木을 극하는 金과 합하는 己土가 기신인데 안타깝게도 시간에 己土가 앉아있다. 이 己土는 허약한 甲木을 합하는 좋지 못한 역할 외에 지지에 흐르고 있는 물을 흐리게 하는 역할까지 하고 있다. 더욱이 자식자리에 이를 극하는 상관이 앉아 있어 자식에 대한 불길한 뜻을 가중시키고 있다.

월지 申金은 처가 되고 亥子水는 자식이다. 년지 亥水자식성 중에서 투출된 월간 甲木이 자식의 표출신이며 일간(丙)과 같은 양간이므로 사내자식이다. 이것이 절지인 申에 앉아 있고 己土가 호시탐탐 노리고 있다. 그런데다 년간 乙木이 甲木을 휘감고 올라가 자양분을 빨아 먹고 있다.

따라서 이 사람의 사내아이는 키우기 어려울 정도로 허약하며 언제 사라질지 모를 불안함을 안고 있다. 庚대운은 월지 申에서 투출되었으므로 월간 甲木이 그 기운이 끊어질 정도의 타격을 받게 된다. 그러나 년간 乙木이 대운간 庚을 합하여 甲庚충극을 일단 보류시킨다. 그러나 乙庚합하게 되면 庚金의 입장으로서는 쇠덩이 연장이 자루(乙)를 얻는 격이 되어 더욱 더 甲木을 잘 깰 수 있게 된다.

이런 운중에 壬子년(37세) 만났다. 년시지 자식궁인 亥中에서 투출된 壬水되어 사내아이 낳았다. 그러나 甲寅년(39세) 만나 월간 甲木(자식의 표출신)이 발동되어 시간의 己土와 합을 맺으며 세운지 寅은 월지 申을 충하여 庚金을 발동되게 한다. 그리하여 甲庚충극되고 甲己합되어 그 자식이 그만 뇌성마비에 걸려 반신불수가 되었다.

이 사주에서 염두에 넣어야 될 것은 甲丙己의 구조일 땐 己, 甲운이 오면 원명의 甲己합이 성립되는 점이다. 이렇게 甲己합되면 甲木이 변한다. 그리고 대운간 庚이 乙庚합하여 자루 얻은 도끼가 되어 있는데 이것을 투출시킨 월지 申金이 세운지 寅의 충을 만나 충동(沖動)되어 甲木을 충극하게 된 점이다.

즉 충(冲)은 달리는 말에 채찍질을 하는 격이며 움직이지 않고 있는 것을 급속도로(갑자기) 움직이게 하는 작용력을 지니고 있다. 그러므로 어떤 물건을 봤을 때 그것이 내 마음을 갑자기 사로잡아 구매하게 하는 것을 일러 충동구매라 하는 것이다. 따라서 충을 맞게 되면 갑작스레 일이 일어난다.

년간 乙木은 편재인 申金의 부인이며 나의 모친인데 사지(死地)인 亥에 앉아 있다. 그러므로 이 사람의 모친은 일찍 죽고 부친은 월간 甲木을 후처로 삼게 되었다.(未대운에 乙木이 입고하여 모친 사망했다.) 그런데 그 乙木이 월간 甲木을 휘감고 있으므로 후모(後母)는 죽은 생모(乙)가 주는 영적 영향을 심하게 받았을 것이다. 그리고 죽은 생모(乙)의 부친에 대한 집착력 때문에 그 혼백이 떠돌게 되었으며 끝내 나의 자식인 甲木에게까지 나쁜 영향을 끼치게 된 것으로 생각된다.

즉 未대운에 생모인 乙木이 죽고 월간 甲木의 장생지인 亥中 壬水가 투출되는 壬대운에 부친의 후모(後母) 들어왔다. 巳대운에 년지 亥를 충하여 甲木의 뿌리를 뽑게 되므로 이때에 후모(後母) 사별했다. 그런데 월간 甲木은 내 자식의 표출신이면서 후모(後母)이다. 따라서 나의 남자자식(甲)은 후모의 환생이고 이를 죽은 생모(乙)가 시기하여 휘감고 올라가 괴롭힌 것으로 생각된다.

예29) 남자자식 뇌성마비

					38	28	18	8	
丙	壬	乙	戊	여	辛	壬	癸	甲	대운
午	戌	卯	寅		亥	子	丑	寅	

壬水일주 卯月生으로 극신약하므로 종할 수밖에 없다. 월령을 얻은 乙木상관에 종할 수 있을 것같다. 그렇지만 월지 卯는 일지 戌과 卯戌合火되었고 지지에 寅午戌 火局있으며 천간에 丙火 재성 있으므로 결국 종재격이 되었다. 따라서 시간 丙火가 일간을 대행하는 주체가 된다. 양간은 쉽게 종하지 않고 그 본성을 잃는 법이 적지만 이렇게 그 어디에도 의지 할 수 없을 정도로 지극히 태약하면 그 본성을 상실할 수밖에 없는 것이다.

이리되면 일간 壬水는 남편성이고 월간 乙木은 모친성이며 년간 戊土는 자식성이 되고 일지 戌中辛金은 시모이다. 그리고 사주구성이 식상이 생재성(財星)하므로 식품계통으로 직업을 삼는다. 또 乙卯가 도화살되므로 유흥업 및 색정업(色情業)등에 손대게 된다. 비록 종재격 되었지만 대운을 잘못 만났다. 甲寅대운은 丙火를 생하므로 좋은 세월이었다. 癸대운부터 이성문제 들어왔고 癸剋丙火하여 남자 때문에 상처받았다. 물론 아주 좋지 못한 운이나 년간 戊土가 癸를 합하여 그 흉함이 크진 않다.

그러나 봄비 맞은 도화나무(乙卯)는 생기 머금고 자라나므로 끝없이 색정욕을 주체하기 어렵다. 丑대운에 남자(壬)자리인 戌을 형하여 형출된 辛金과 일간대행인 丙火가 합을 맺으므로 결혼했다.

壬대운은 丙壬상충 상극되어 부부불화 많았으며 子대운은 왕신의 중심세력인 午火를 충하므로 대흉하다. 이렇게 子午충하는데다 월지 卯를 형하여 卯戌합을 깨면 乙卯木은 火를 생하지 않고 년간 戊土를 극하게 된다.

따라서 戊土자식이 둘러싸고 있는 寅卯乙木에 극되어 위험한데 그만 甲寅년(35살) 만나 戊土자식이거듭 왕목의 충극을 받게 되었다. 甲寅년에 그 아들이 뇌성마비에 걸리게 된 乙亥생 남자의 부인되는 명조이다. 만일 종신(從神)인 丙火를 일간대행으로 하지 않고 壬水일간으로 본다면 壬子대운이 불길한 것은 사실이다.

그러나 甲寅년은 丙火를 생하므로 자식에 흉한일은 발생되지 않았을 것이다. 즉 丙火를 일간으로 하지 않고 壬水를 주체인 일간으로 한다면 壬子대운은 丙火를 충극하여 재물상실 및 배우자 이별문제는 생길 것이나 丙火를 생하는 甲寅년은 나쁜 대운 중이라도 그해만큼은 괜찮을 것이다.

예30) 천신(天神) 내렸다 큰소리친다.

```
                35 25 15  5
壬 辛 甲 丁   남   庚 辛 壬 癸   대운
辰 酉 辰 酉        子 丑 寅 卯
```

辛金일주가 토왕절인 辰月에 태어났고 누가 봐도 신왕이다. 이리되면 왕금의 기운을 설하는 시간의 壬水로 가느냐 아니면 辰에 뿌리내리고 있는 월간 甲木 정재로 용신하느냐 하는것이 문제다. 辛酉일주의 향배(向背)를 보면 월주 甲辰과 辰酉로 합하고 있고 시주 壬辰 역시 나를 찾아와 합을 맺고 있다. 즉 辛酉일주는 합하고 찾아온 월시주 사이에서 이리 갈까 저리 갈까 두리번거리고 있다.

그리고 두 손에 떡을 쥐고 어느 쪽을 먼저 먹을까 매우 혼란스러워하고 있는 상이다. 따라서 해결책은 壬水상관으로 甲木정재를 생하는 길뿐이다. 이렇게 상관생재를 하고 나니 이젠 년간에 있는 丁火가 탐이 난다. 그래서 에라 모르겠다며 이미 남의 것인데다가 그 뿌리까지 없는 년간 丁火를 재생관하여 나의 용신으로 삼게 되었다.

그런데 월주 甲辰은 이미 년지 酉와 합을 맺어 자식인 丁火까지 낳은 여자(甲木정재)로서 나(辛)와의 합을 맺고 있다. 따라서 나는 내 것이 아닌 남의 재관을 내 것으로 삼고 있다.

이런 구조가 되면 아이 딸린 유부녀가 내 마누라가 되는 것이며 남이 지고 있던 얄팍한 권세와 쓸모없는 밝음을 내 것으로 삼는 일이 생기게 된다. 이젠 천간끼리의 관계를 보면 시간 壬은 辛일간과 좋은 관계로서 반짝거리는 구슬(보석)을 물(壬)로 깨끗이 씻어주는 격이다. 그러므로 깔끔한 용모에 말 잘하고 총명하며 자유분방함을 지향한다.

월간 甲木은 辛金이 제대로 요리하지 못하는 좋지 않은 관계이다. 그리고 辛과 丁은 거울에 빛과 그림자가 아롱거리는 격이며 흠집만 남기게 되는 관계다. 즉 辛金이 丁火를 보면 상처를 받게 되며 거울(辛)에 빛과 그림자(형상)가 비춰지는 것 같으므로 눈살미 있고 영감(靈感)이 뛰어나게 된다.

지지의 구조에서 보면 辰酉辰酉로 합을 맺고 있다. 이럴 땐 월지 辰이 합충을 당해 그 역할을 상실하게 되면 酉酉로 자형이 되며 년지 酉가 합충을 당하게 되면 일지 酉를 두고 두 개의 辰(월시지)이 쟁합하게 된다. 그리고 일지 酉가 충합을 당하게 되면 월시지 辰이 서로 형(自刑)하게 되는 혼란이 발생된다.

그리고 辛酉일주는 월시지 辰에 입묘(入墓)하고 있다. 원래 辛金은 영적에너지가 많은데다 이처럼 묘(墓;辰)를 만나게 되면 영적능력이 특출하다. 그런데다 사주 천간에 그림자를 지닌 빛(丁)을 만나게 되면 거울에 빛과 그림자가 나타나는 것같아 환상과 환시 현상이 많이 나타나고 남이 못 보는 것을 찾아보는 능력이 있다.

그리고 지지에 酉金이 많고 천간에 辛金일간 하나만 투출되어 있을 땐 나 혼자만 우뚝 서 있는 듯한 착각에 빠지게 되니 바로 스타기질이 있다. 이러한 구조를 물상적으로 관찰하면 다음과 같다.

봄은 무르익었고 날은 이미 밝았는데 새삼 무슨 새벽을 알린다고 한소리 뽑아낸 하얀 닭이 되어 높이 솟은 나무 끝에 빛나지도 못할 쓸모없는 등불(丁) 걸어 놓고 입(壬)으로 돈(甲)벌이 하려 하네.

癸卯대운은 년지 酉가 충받아 辰酉辰의 구조가 되므로 학교를 옮겨 다녔다. 다음으로 일지 酉가 충거되어 辰辰자형이 발동되므로 모친의 유고가 있었으며 학업성적 또한 좋지 않았다

壬대운은 년간 丁火가 합거되어 조모 사망했다. 寅대운은 월간 甲木이 뿌리얻게 되었고 寅中丙火 정관이 일간 辛과 명암합하여 직장 얻었고 유부녀와 합정하게 되었다. 辛대운은 비견운되어 불길할듯 하나 辛金이 甲木을 크게 극할 수 없다. 그러므로 도박, 유흥으로 소소한 손재 있었다. 대운 辛은 년일지 酉(홍염)에서 투출되었으므로 도박, 유흥, 색정사가 있게 된 것이다. 丑대운은 辛金일간이 입고(入庫)하고 년지 酉를 酉丑으로 합하여 년월의 辰酉합을 깬다.

따라서 辰酉辰의 구조가 되어 일간 辛金은 두 개의 묘신(墓神;辰)과 합을 맺게 되므로 정신적 혼란이 온다. 丑은 화개성인데다가 일간 辛金이입고되고 두 개의 묘신(辰)에 합을 당하게 되었다. 그래서 헛것이 보이고 헛된 소리까지 들리게 되었는데 바로 잡신이 내린 것이었다.

사주전체가 영적기질이 많은데다 화개인 丑대운을 만나 입고되므로 해서 그 영적기질이 발동된 것이다. 대운지 丑은 또 일지 酉로 합하여 辰酉(일시) 합을 깬다. 그러므로 辰辰자형이 발동되어 자해(自害)소동 벌리게 되고 거주지 변동과 퇴직사까지 따랐다.

庚대운은 년일지 酉에서 투출된 겁재이므로 파재, 부부이별등이 있게 되었다. 子대운은 년일지 酉와 귀문살 이루어 귀신돈 벌게 되었다.

예31) 도박에 미쳐 재산탕진 했다.

```
                    31 21 11  1
庚 辛 壬 辛   남   戊 己 庚 辛    대운
寅 未 辰 丑        子 丑 寅 卯
```

辛金일주 辰月生으로 지지엔 土多하고 천간엔 비견겁재가 투출되어 土金이 태왕하다. 월간 壬水상관으로 설해야 한다. 그러나 壬水가 辰에 앉아 입고되므로 물이 흐르지 않고 시지 寅재성으로 연결되지 못하고 있다. 이리되면 노력하되 결실이 없게 되며 빛 좋은 개살구 격이다. 그리고 辛未일주가 庚寅시를 만나 남(庚)의 돈(寅)을 자기의 돈창고(未)로 집어넣으려 한다. 그러므로 남의 여자와 돈을 탈취하려는 마음이 생기게 된다.

그런데 일지 돈창고(未)를 년주 辛丑이 丑未로 충하고 있다. 이리되면 충출된 乙木은 庚金겁재가 삼키게 된다. 따라서 丑未충이 발동되는 대운에 모아 놓았던 재물을 깡그리 날리게 된다.

辛卯대운은 辛金은 월간 壬水를 생하고 지지 卯는 寅卯辰으로 목기 강해져 土를 극하므로 좋다. 庚寅대운 역시 그러나 寅대운은 시지 寅이 발동하여 일지 未에 입고되면서 귀문살을 이룬다. 따라서 돈과 여자를 과도하게 밝히게 된다. 물론 학업도 등한시 하게 된다. 그리고 부친(寅木)이 입고되므로 부친이 득병하던지 사망하게 된다.

己대운은 壬水를 흐리게 하나 년간 辛金이 통관시킨다. 그러므로 흐리멍텅하고 깨끗지 못한 행동이 나타나지만 신변에 큰 위험은 없다. 丑대운은 년지 丑이 발동하여 일지 재고인 未를 충한다. 따라서 모아놓은 재물이 나갈 운인데 庚午년(29세) 만났다.

세운간 庚은 겁재운이고 세운지 午는 도화운이다. 그리고 대운과 일지가 충하는 것을 午(세운지)가 午未로 합한다. 즉 충에 합을 만나는 운되어 응하는 해이고 충출된 乙木은 년간 辛金과 시간의 庚金이 합해간다. 그러므로 화투도박으로 부친의 재물까지 몽땅 날리고 말았다.

흔히 도화살을 색정, 외정으로 말하지만 화투(도박) 및 유흥이며 또 난초같은 꽃가꾸기이기도 하다. 따라서 사주팔자가 깨끗하면서 도화살이 있으면 화초 가꾸기, 꽃꽂이 등의 취미를 가진다. 그렇지만 이 사주처럼 비견겁재가 천간에 난동하면 탐심이 많게되므로 도화살이 있던지 도화살운을 만나게 되면 나쁜 쪽으로 빠지게 되는 것이다.

예32) 스님 된 것도 팔자다.

					37	27	17	7	
丙	甲	癸	壬	남	丁	丙	乙	甲	대운
寅	子	丑	辰		巳	辰	卯	寅	

甲일주가 겨울인 丑月에 태어나 신왕하다. 시간의 丙火식신이 용신인데 시지 寅에 앉아 힘이 있다. 그러므로 얼핏보면 상당히 좋은 팔자로 보인다. 더구나 甲子일과 용신인 丙寅은 동순(同旬)에다 2급 상순관계로 아주 친밀 유정하다. 그러나 이 사주는 일지 子와 년월지 辰, 丑중에서 투출된 월간 癸水가 병이 되는데

다가 일주와 子丑으로 합하여 찰싹 들어 붙어있다. 즉 기신이 내 몸에 들어 붙어있다. 그런데다가 癸水기신은 일지 子에서 투출되었으므로 나의 표출신이다.

이렇게 일지에서 투출된 것이 나쁜 작용을 하게 되면 그 운명이 나쁜 쪽으로 진행된다. 또 癸가 丑에 앉아 일주와 합하여 시간 丙火를 극하면서 일주와는 1급 소용돌이를 구성하고 있다. 그러므로 이 사람이 태어난 얼마 후에 丙火가 癸의 극을 받게 된다. 즉 丙火 꺼진 가정(癸丑월주)은 따뜻함을 잃게 되어 추위에 벌벌 떨게 되므로 이 사람이 태어난 얼마 후에 부모가 몰락하게 되는 것이다.

그런데다가 초년운을 뜻하는 년간에 壬水편인이 앉아 癸水기신을 돕는 역할을 하고 있으므로 태어나서부터 먹을 것(丙火 식신)이 없게 되는 빈한함 속에 지내게 된다.

壬癸水가 사주의 병이고 기신이므로 土는 이를 제극해주는 약신이 된다. 그런데 甲寅대운은 木이 되어 土를 극한다. 그러므로 좋지않은 세월이나 대운지 寅에는 丙火, 戊土가 있으므로 불길한 속에서도 평길 할 수 있다. 그러나 乙卯대운이되자 년월 辰丑중에 있던 미약한 土가 극을 심하게 받게 되고 이에 따라 壬癸水가 발호하게 된다.

그러므로 이 대운에 부모가 몰락하여 갈 곳 없어진 본인은 머리깍고 중이 되고 말았다. 즉 卯대운에 甲木일주가 극히 신왕하여 졌으나 가는 길인 丙火가 발호하는 壬癸水에 꺼짐으로 해서 신왕무의가 되어 공문(空門)으로 갈수밖에 없었던 것이다.

乙卯대운은 용신자리인 시주 丙寅과 1급 소용돌이를 형성함도 불길하게 작용된 하나의 원인이다.

※ 화개(辰)위에 편인 있으며 인수성인 水가 辰(화개)에 입고되었으므로 공문(空門)에 인연 있다.

예33) 삼촌혼백 때문에 술귀신 되었다.

```
              52 41 32 22 12  2
戊 己 戊 庚   남   甲 癸 壬 辛 庚 己   대운
辰 亥 子 寅        午 巳 辰 卯 寅 丑
```

己土일주가 한겨울인 子月에 태어났다. 겨울추위를 녹여줄 丙火가 불투되었으며 겨우 년지 寅中에 암장되어 있다. 그런데다가 겁재가 월시간에 투출되어 발호하고 있으며 월주와 일주간에 1급 소용돌이를 이루고 있다. 그런데 이 소용돌이를 년지 寅이 일지 亥와 합하여 보류시키고 있다.

즉 가정(戊子)과의 갈등과 불화를 년지 寅이 막아주고 있다. 따라서 년지 寅이 상하거나 寅亥합이 깨어지게 되면 가정(月支)과의 소용돌이가 발동하여 처, 자식과의 갈등과 이별이 생기게 된다.

이 사주는 土多하므로 년간 庚金으로 설기 시켜야 한다. 혹자는 년지 寅中甲木 정관으로 용신해야 한다고 말하기도 한다. 그러나 년간의 庚金이 寅木의 투출을 억누르고 있으며 지지의 木으로는 천간의 土를 극제할 수 없으므로 불용하는 것이다. 다만 寅中에는 추위를 녹여줄 丙火가 암장되어 있으므로 희신 작용을 하기는 한다. 따라서 이 사람은 손에 망치나 쇠연장(庚)을 든 기술자(庚상관)로 생활하게 되었는데 목수였다.

년지 寅中丙火가 모친이고 일지 亥中壬水가 부친이며 처다. 丙火가 희신이므로 모친덕 있으나 월시간의 戊土가 시지 辰(水庫)에서 투출되어 발호하므로 부친과는 불미스런 관계며 극 부친하게 된다. 그리고 년지 寅中甲木 정관은 딸이고 여기서 투출된 월시간의 戊土는 딸의 표출신이므로 첫딸(월간 戊土)낳았고

막내딸(시간 戊土) 두었다. 일지 亥中甲木은 아들이다. 따라서 월주 戊子와 일주 己亥가 1급 소용돌이를 형성함은 첫딸(월간 戊土)과 이별 및 갈등을 지니고 있음을 나타내기도 한다.

그리고 시지 辰에 일지 亥가 입고되면서 귀문살을 구성하고 있는데 이는 본인의 성격적 결함을 나타낸다. 즉 辰(홍염)에 빠져 또라이 언동이 있게 된다. 사주가 음습하므로 火氣를 찾아 술을 먹게 되고 그러면 더욱 심하게 귀문살 작용된다.

2004년 8월경에 이 사람의 모친이 찾아와 상담한 사주다. '이 사람의 외견적 모습은 남에게 억제당하기 싫어하며 정직합니다. 직업은 쇠연장을 들고 하는 자유직업입니다. 그런데 술을 좋아하고 술만 먹었다하면 할소리 안할소리 가리지 않고 정신없이 시부리니 나쁘게 말하면 또라이입니다.'

'예 그렇습니다. 그런데 뭣 땜에 내 자식이 그렇게 되었습니까?'

'삼촌 한 분이 비명횡사했는데 그 혼백이 영혼의 세계로 가지 못하고 떠돌고 있다가 아주머니 아드님한테 영향을 주고 있는 것 같습니다. 그런 일이 없습니까?' '예! 20대 젊은 나이로 요절한 삼촌이 있습니다. 그래서 무당 불러 천도굿까지 해주었는데…? 어째서 내 아들에게 와서 치댄단 말입니까?'

그때의 문답인데 월지 子水(삼촌)가 辰子로 입고하는데다가 辰中戊土가 월간에 앉아 월지 子中癸水를 명암합하므로 위와같은 통변을 했던 것이다. 庚寅, 辛대운은 용신이 발동하므로 좋은 세월되어 대학까지 졸업했다. 卯대운은 도화운이고 일지 亥와 亥卯합하여 결혼하게 되었다. 壬대운은 일월지 亥子중에서 투출되었고 상관(庚)이 壬水를 생하므로 돈벌이 잘되고 하는 일도 잘 되었다.

辰대운은 土旺해지고 亥子水가 입고되므로 처의 질병이 있었고 술과 도박 그리고 외정사 있었다. 그리고 일지 亥와 辰亥로 귀문살되어 이때부터 정서의 변화가 왔으며 우울증마저 있게 되었다.

癸대운은 편재운이나 월시간의 戊와 쟁합되어 겁재 난동하므로 손재 및 처와의 불화 있었다. 巳대운에 일지 亥를 충하여 원명의 寅亥합을 깨어 戊子와 己亥간의 소용돌이 발생되었다. 따라서 딸자식(큰딸)은 수녀된다고 가출했으며 부부사이에 갈등과 이별이 있었다.

甲대운의 甲은 모친궁인 년지 寅에서 투출되어 일간과 합하며 상관용신에 정관을 만나는 격이 된다. 따라서 모친과 합가(合家)하게 되고 구설시비 및 직장이동 및 퇴직 등의 일이 발생되었다. 午대운은 년지 寅과 寅午합되어 寅中甲木이 죽게되며 土旺해져 극재성하므로 자식사망과 손재 등이 따른다.

예34) 당신 남편은 불구자다.

					46	36	26	16	6	
壬	甲	壬	丁	여	丁	丙	乙	甲	癸	대운
申	戌	子	未		巳	辰	卯	寅	丑	

甲木일주가 한겨울인 子月에 태어났고 시지 申있고 월시간에 壬水 투출되어 水多함이 병이다. 따라서 일지 戌中戊土 년지 未中己土가 희용신이다 일지 戌中丁火가 년지 未에 앉아있고 未中엔 己土가 있어 일간 甲과 명암합한다. 그러므로 년지 未中己土가 첫 남자다. 그리고 년간 丁火는 년지 未中에서 투출된 것이므로 남편의 표출신이다.

그런데 이 丁火가 월지 子도화에서 투출된 월간 壬水와 丁壬

합을 맺고 있다. 이리되면 남편이 외정(外情)을 맺게 되고 또 남편(丁)이 그 역할을 상실하게 된다. 즉 丁火는 자식이기도 하고 남편역할을 하는 것이기도 한데 丁壬으로 합하여 기신인 木으로 변하게 된다. 이는 남편이 변하여 쓸모없이 되어버림을 나타내고 자식또한 그렇게 됨을 말하고 있다. 그런데다가 남편궁인 未와 일지 戌은 戌未로 형되어 좋지 못한 관계가 되어있다.

시지 申中壬水가 일지 戌中丁火와 암합하므로 申中庚金 편관은 두 번째 남자로 떠돌이며 바람꾼이다. 申中壬水가 월시간에 2개나 투출되어 있고 이것이 기신이므로 나는 떠돌이 바람꾼에게 두 번씩이나 농락당하게 된다. 남편궁인 년지 未中에 있던 乙木이 투출되는 乙대운에 첫 남자 만났다. 未가 甲木일간의 天乙귀인이고 未中己土가 병이되는 水를 제극하므로 나를 따뜻하게 해주는 좋은 남자다.

그런데 년간 丁火는 아들자식이고 이것이 남편의 표출신이므로 아들 낳고 얼마 후에 남편(丁火)이 외정을 갖던지 나쁜 일을 당하여 그 형태가 변하여 그 역할(丁火 역할)마저 못하게 된다. 남편궁과 일지 사이의 戌未형을 월지 子가 막아주고 있는데 대운지 卯가 월지 子를 형하여 戌未형이 발동되어 그 남편이 전기에 감전되어 불구자가 되었다.

년주 丁未는 전봇대의 물상이고 월시간의 壬과 丁이 쟁합함은 불(丁)이 켜졌다 꺼졌다하는 형상이므로 전기스파크 현상이다.

36세부터의 丙辰대운은 시주 壬申과 4급 소용돌이를 이룬다. 원명에 일주 甲戌과 년주 丁未사에엔 3급 소용돌이 되어있고 일주와 壬子월주 사이에도 2급 소용돌이가 되어있다. 이리되면 남편과의 이별 갈등 및 흉사(凶事)가 생기게 되고 부모형제(월주)간에도 그런 일이 발생된다.

이렇게 연월일과 소용돌이 되어 있는 중에 丙辰대운이 와 사주전체가 심한 소용돌이 속에 휘말리게 된다. 따라서 丙火대운이 비록 조후되어 좋다하지만 이런 연유로 대흉하게 되니 부부 이별에 사랑에 속고 돈 날리게 되는 일들이 발생된다.

예35) 말년 역술가.

```
                    62 52 42 32 22 12  2
丙 乙 癸 癸   여   庚 己 戊 丁 丙 乙 甲   대운
戌 未 亥 未        午 巳 辰 卯 寅 丑 子
```

乙木일주 亥月生되어 시간의 丙火가 조후하고 조토인 戌未가 지지에 있으므로 일단은 합격된 사주이다. 그러나 년월간의 癸水가 있어 丙火를 어둡게 하므로 불미스럽다. 천간에 戊, 己土가 있어 癸水를 제극했다면 아주 좋은 사주가 되었을 것이나 재성이 불투하여 평상(平常)스런 팔자가 되었다.

甲대운에 좋은 가문에 태어나 어려움없이 자랐다. 癸水의 기운을 木으로 돌려 丙火를 생했기 때문이다. 그러나 이 사주는 시지 戌中戊土가 부친인데 丙戌백호살되어 있고 乙未의 형을 맞아 부친이 흉사(凶死)하게 된다. 그런데 甲子대운은 부친궁인 丙戌과 2급 소용돌이를 이루므로 부친에게 좋지 않은 운이다.

따라서 10세되는 壬辰년에 부친궁 丙戌을 천충지충하여 그만 그 부친이 급사하게 되었다.

乙대운은 丙火를 생하여 좋은 운이고 丑대운은 癸水의 뿌리되고 일지 시지와 丑戌未 삼형을 이뤄 신병으로 고생했다. 이 사주의 남편성은 월지 亥水인데 년지 未와 일지 未사이에 있으면서 양다리 걸친 모양이 되어있다. 따라서 그 남편(亥)은 나와 결혼 전에 암암리로 정을 맺은 여성이 있었던지 그렇지 않으면 혼

인하려는 상대가 있었다.

그리고 亥水인수성이 남편이 되었으므로 남편은 내게 부모처럼 자상하게 대해주는 사람이며 여기저기(未亥未)로 바쁘게 활동(亥水 지살)하는(운수업등에 종사) 사람이다. 따라서 이 亥水와 육합하는 寅대운은 결혼운인데 일지 未中己土가 투출되는 己酉년(27세)에 결혼했다.

丁卯대운은 소길했으나 戊辰대운은 일주 乙未와 3급 소용돌이가 되어 불길한데다 월지 亥水(남편성)가 입고된다. 그러므로 남편이 병을 얻어 많은 재산을 까먹게 되었다. 흔히 癸水가 병일 때 戊운을 만나면 戊가 癸를 합거하므로 좋은 운이라 말한다. 그러나 이것은 너무나 단순한 논리이다.

이 사주처럼 癸水가 왕하며 두 개나 투출되어 있을 땐 오히려 癸水가 더욱 발호하게 된다. 그것은 두 개의 癸水가 하나의 戊를 두고 서로 합하려 쟁탈전을 벌리게 되어 정상적인 합이 이뤄지지 않기 때문이다.

그러므로 癸水는 제거되지 않고 戊土(돈)만 날라가게 되는데 원명에 있는 戊土의 뿌리가 형충을 맞고 있을 땐 더욱 그러하다. 乙木이 丙戌시를 만나고 월지 亥와 戊亥로 천문살을 지어 제도중생한다며 역술, 침술등을 익혀 활동하는 사람이다. 巳대운에 시지 戊과 巳戌귀문살을 지어 이때부터 시작하게 되었다.

예36) 외삼촌 죽고 남편과 이혼했다.

				38	28	18	8	
戊	庚	丁	戊	여	癸	甲	乙	丙	대운
寅	子	巳	申		丑	寅	卯	辰	

공망

신약하여 시상 戊土편인으로 용신한다. 월지 巳편관에서 년시간의 戊土 투출되어 두 번 결혼할 것이다. 또 용신이 두 개라 한가지에 집중치 못하게 되고 이럴까 저럴까? 이길로 갈까 저길로 갈까? 혼란을 겪게 된다. 특히 월지 巳가 남편궁이므로 결혼후에 이런 현상이 생긴다. 월지 巳가 남편궁이고 일간의 장생지이나 공망되어 있는데다 년지 申의 형을 받고 있으며 겁살까지 받고 있다. 또 월간 丁火가 년간 戊土를 생하고 월지 巳는 년지 申과 巳申으로 합해가고 있다. 이는 남편(丁)이 바깥여자(년지 申)에 정을 줌을 나나낸다.

이런데다가 일과 시가 2급 소용돌이를 이루고 있다. 이는 남편이 바깥여자에 정을 줌에 따라 배신과 이별의 갈등이 있음을 뜻한다. 寅대운에 년월지와 寅巳申 三刑되어 庚金일간의 뿌리가 날라가고 남편과의 전쟁이 시작된다. 그런중 甲申년 만나 甲木은 년간 시간의 戊土편인 용신을 충극하고 세운지 申은 또다시 寅巳申 삼형을 발동시켰다. 따라서 외삼촌(년간 戊土) 사망했고 남편과 이혼했다(남편과 시비 끝에 남편에게 칼 맞고 입원중에 이혼 결정했다).

월간 丁火 남편이 제왕지인 巳에 앉아 그 남편의 성질이 불같이 급하며 성나면 칼 들고 설친다.(관살이 왕하여)

戊土 편인을 용신으로 하면 웃사람 특히 모친계열의 어른이 상하게 되면 흉한 일을 겪게 된다.

예37) 머릿속엔 하고 싶은 욕망만 가득 찼다.

						58	48	38	28	18	8	
乙	癸	庚	辛	여		丙	乙	甲	癸	壬	辛	대운
卯	卯	寅	酉			申	未	午	巳	辰	卯	

癸일주가 寅月에 태어났고 乙, 卯, 卯의 목이 왕하므로 당연히 월간 庚金 인수로 왕한 목의 기운을 꺾어 주고 약한 일주를 도와야 한다. 즉 상관 용인격이다. 이리되면 대부분의 역인들은 金水운이 좋고 용신인 金을 극하는 火운은 아주 불길한 것으로 단정 짓는다. 그러나 이런 단순한 논리로는 사주의 실상과 운세의 길흉을 정확히 알 수 없다.

이 사주는 木이 旺함이 병인데 이를 치료하는 방법은 왕한 기운을 빼주는 것이 제일 좋으며 제극은 서로간에 전투가 일어나므로 부득이한 경우 외에는 피하는 것이 좋다.

그런데 이렇게 일시지에 식신이 왕하고 그것이 천간에 투출되면 배설욕구(성욕)가 아주 강하다. 그리고 뿌리있는 庚, 辛金이 이것을 제하고 있음은 그런 욕망을 억누르고 살아간다는 뜻이다. 그렇지만 제압하는 金이 힘이 약해질 때와 庚, 辛金이 합을 당하는 운이 오면 그 즉시 배설욕구가 발동된다.

또 이처럼 식상인 木이 旺하면 남편성인 土가 극되는데 이 사주의 남편성은 월지 寅中戊土이다. 원래 寅中戊土는 寅中丙火가 있기 때문에 木의 극을 받지 않고 장생할 수 있다. 그러나 寅中丙火가 그 힘을 상실하게 되면 곧바로 戊土는 木의 극을 받게 된다.

그리고 월지 寅中丙火는 부친이고 년주의 辛酉편인은 모친이며 월간 庚金은 부친의 애인 및 후처다. 월간 庚金이 시간 乙木과 도화합되어 부친의 후처는 끼 많은 여성이다. 원래 인수성은 학문 명예를 뜻하기도 하지만 정신세계이기도 하다.

그런데 일지 卯 식신에서 투출된 시간의 乙木(나의 배설욕구)이 庚인수와 乙庚으로 합하고 있다. 이것은 내 머릿속에 배설욕구만 꽉 차 있음을 나타낸다. 대운을 보면 辛卯대운에 년지 酉

를 충하여 모친이별 했으며 辰대운에 년지 酉를 합하는데다가 辰中戊土 정관성이 있으므로 결혼하게 되었다.

癸대운은 일주를 돕고 金木간의 싸움이 해소되어 평길했다. 巳대운은 巳酉로 金局을 이뤄 월지 寅中甲木을 겁살하면서 극하므로 자식에 흉한일이 발생되었다. 甲대운은 남편이 활동하다 다치는 일이 생겼는데 甲木이 남편궁인 월지 寅에서 투출되어 庚, 辛金에 의해 충극되어서이다.

午대운은 월지 寅과 寅午로 화국을 지어 旺木의 기운이 빠지게되어 답답함이 풀어지고 재운역시 좋았다. 그러나 寅午火가 金을 극하여 부모 및 존장에겐 불상사가 생겼다.

乙대운은 시간 乙木이 발동되어 월간 庚金과 합을 맺는다. 그러므로 머릿속엔 배설욕구만 꽉 차게 되고 합정할 상대를 찾게 된다. 乙(배설욕구)과 합하는 庚은 인수이므로 나이 많은 남자며 바람기 많은 사내다.

丙대운은 약한 일주를 생해주는 년간 辛金인수를 합하므로 좋지 않은 운으로 보기 쉽다. 그러나 대운간 丙은 申에 앉아 약하고 년간 辛金은 酉에 앉아 강하므로 辛金이 합거되지 않으며 오히려 좋아진다. 월지 부궁(夫宮)에서 나온 丙火 정재이고 이것이 辛(거울)을 만나 빛이 나는 형상이다. 그러므로 재운 좋은데 이럴 땐 가택(월지)을 매매함에 따라 이익이 생기게 된다.

또 남편이 활동하여 득재한다. 寅은 夫宮이고 여기서 丙火가 투출되었기 때문이다. 申대운은 월지 寅을 충하여 金木간에 전쟁이 벌어지는데 제일 큰 피해는 寅中戊土가 받는다. 寅申충으로 寅中丙火가 申中壬水에 극되고 이렇게 丙火가 없어지면 戊土는 旺木의 극을 받게 됨에서이다. 따라서 申대운에 막 들어가기 시작한 乙丑년(65세)에 남편이 사망하게 되었다.

예38) 단명 팔자다.

```
                        49 39 29 19  9
丙 己 丁 辛    남    壬 癸 甲 乙 丙    대운
寅 酉 酉 卯         辰 巳 午 未 申
```

己土일 酉月生으로 식상이 많아 신약하므로 월, 시간의 丙, 丁
火로 己土일간을 생하면서 병신(病神)인 辛金을 제극하여야 한
다. 재성(財星)이 없으므로 일지 酉식신과 암합하고 일간과도
명암합하는 시지 寅이 명줄이다. 그런데 寅(명줄)이 공망이라
약하며 일지 酉에 의해 겁살 받고 있다. 따라서 단명팔자다.

乙未, 甲午대운에 己土를 도와 길했다. 癸巳대운은 일주 己酉
와 4급 소용돌이 되고 용신인 시주 丙寅과도 3급 소용돌이 된다.
그런데다가 癸水는 丙, 丁火(용신)를 극하고 대운지 巳는 巳酉
로 금국을 이루면서 시지 寅을 겁살시키고 刑한다. 따라서 일신
상에 대흉함이 따르는 운이다.

역마인 巳대운은 용신인 시간의 丙火가 득록하므로 좋다고 판
정하기 쉽다. 그러나 丙火의 뿌리가 될 수 있는 대운지 巳는 월
일지 酉와 巳酉로 합을 맺어 병에 해당되는 金을 더욱 旺하게
해주는 역할을 한다. 이런 운에는 문서사는 득이 될듯하다가 배
신당하여 손해 보는 운이며 이동변동(巳 역마)하여 망하는 일이
생기게 된다. 즉 대운지 巳가 나를 돕는듯하다가 배신, 배임하게
된다.

따라서 巳中에 있는 丙, 庚, 戊의 장간이 투출되는 운에 그런
일이 발동되게 된다. 丙子년(46세)은 丙火 용신이 丙火를 얻어
힘이 강해진다고 생각하기 쉽다. 그러나 이는 잘못된 것이다. 사
주에 丙火가 있을 때 丙火운이 오면 사주의 丙火가 발동되는 것

으로 봐야 한다. 그리고 사주원명의 시간 丙火 용신은 년간 辛
金이 합거시키려 노리고 있다. 이때까지의 역서에는 이런 원합
(遠合)은 취하지 않는다 했다. 그렇지만 이는 얕은 식견이다. 필
자의 통계 경험에 따르면 이 사주처럼 대운 세운에서 丙火가 나
타나 년간 辛金과 합을 이룰 때 원명의 원합(遠合)인 丙辛合이
성립되었다.

　따라서 이 사주 역시 용신에 해당되는 丙年을 만나 년시간의
丙辛合이 성립 작용되어 교통사고를 당했고 대수술 끝에 겨우
목숨을 부지하게 되었던 것이다.

　壬대운은 월간의 丁火를 합거시켜 년간 辛金이 발호하게 되어
흉사를 예고하게 되는데 己卯년(49세)를 만났다. 세운간 己土는
일간 己土를 돕는것 같지만 시간 丙火의 힘을 설기시키고 년간
辛金 병신(病神)을 생한다. 그러므로 좋지 않은데 세운지 卯가
년지 卯와 더불어 월일지 酉를 충했다. 이리되면 일지 酉와 시
지 寅이 맺고있던 암합이 풀어지게 되며 충출된 酉中의 辛金이
시간의 丙火를 합거시킨다.

　그리고 충출된 세운지 卯中의 甲木은 일간 己土를 합거시킨다.
명줄(寅酉의 암합)도 끊어지고 용신도 합거 당했으며 일간마저 합
거된 이런 상황은 결국 본인의 사망으로 나타나게 되었다.

예39) 점잖은 체 내숭떤다.

```
                 47 37 27 17  7
  戊 己 丁 戊   여   壬 癸 甲 乙 丙   대운
  辰 酉 巳 子        子 丑 寅 卯 辰
```

　己土일간이 초여름인 巳月에 태어나 천간지지에 火土가 많아

아주 신왕하다. 그러한데 뚜렷한 木이 없어 넓고 넓은 전야(田野)지만 풀 한포기 없는 허전한 벌판이 되어 있다. 시지 辰中에 乙木이 있으나 辰酉합되어 木의 역할 못하게 되어있다. 따라서 무능력한 남편에 인연 있다. 시지 辰中에 乙木 관성 있고 癸水 있으며 戊土있다. 이중 戊土가 년시간에 투출되어 남편(辰中乙木)의 표출신이다.

따라서 첫 결혼 실패하고 재혼하는 팔자다. 년간의 戊土가 첫 남자를 대표하고 시간의 戊土가 두 번째 남자다. 년간 戊土는 년지 子水와 戊癸로 자좌 명암합하므로 子中癸水가 투출되는 대운 세운에 사라진다.

시간의 戊土 두 번째 남자는 홍염지인 辰에 앉아 일지 酉와 합하고 辰中에는 戊土 癸水 乙木이 있으므로 돈깨나 있는 유부남이다. 일간 己土가 왕하여 일지 酉金으로 설기하는데 酉는 도화성이고 식신이다. 따라서 본인은 배설욕구가 아주 강하나 酉中庚辛金이 천간에 불투되었고 지지로만 辰酉合을 이루었다. 그러므로 외견으론 점잖은 체 하면서 암암리로 호박씨 까는 형이다.

그런데 시주 戊辰과는 도화, 홍염의 합을 이루므로 두 번째 남자와는 궁합이 아주 좋다. 그러나 년주 戊子와 己酉일주 사이엔 子酉로 귀문살 성립되어 좋은 관계 못된다. 그런데 관성이 들어 있는 지지가 일지와 합을 맺고 있으면 합을 깨는 운이 와야 결혼이 성립된다.

甲寅대운은 정관성되어 己土일간과 합을 맺으므로 남편운이 있다. 그러나 甲木이 남편의 표출신인 년간 戊土를 충극하므로 남편의 건강이 좋지 않게 되고 교통사고 및 노상사고까지 있게 된다.(대운지 寅이 역마에 해당되기 때문이다.)

이렇게 남편의 표출신인 戊土가 칠살인 甲寅木을 만나면 그 남편이 크게 당하여 사망 할 수도 있다. 그러나 甲木이 일간 己

土와 합을 탐하여 戊土를 충극하는 힘이 약해지므로 사망에 까지 가진 않는다. 癸대운은 여름의 논밭에 비오는 격되어 좋을 것 같지만 년간 戊土를 합거시킨다. 따라서 첫 남자 사라지게 되는데 丙寅년(39세) 만나 戊土의 뿌리며 원조 세력인 월지 巳를 형하여 남편이 사망했다.

또 대운간 癸는 시지 辰에서 투출되었으므로 홍염살(辰)이 발동된다. 그리고 癸水가 시간 戊를 합하나 辰에 앉아 있는 戊土가 강하므로 합거되진 않고 발동(合動)된다. 따라서 癸대운에 후부(後夫)생겨 사랑에 빠지게 된다. 일지 식신이 유용하므로 식품업으로 생계한다.

예40) 나는 자궁이 두 개(?) 달린 옹녀.

```
              37 27 17  7
乙 己 丙 辛   여   庚 己 戊 丁   대운
丑 丑 申 卯       子 亥 戌 酉
```

己土 일주 申月生으로 월지 상관격이다. 신약하여 월간 丙火로 상관을 제압하고 일주를 도와야 하는데 그만 년간 辛金과 합되어 그 역할을 상실했다. 따라서 약한 일주를 돕는 것이라곤 하나도 없다. 다만 일시지 丑에 일간 己土의 뿌리가 있을 뿐이다. 그러므로 대부분의 역술인들은 이 사주를 '써먹을 용신이 없다.' 또는 일시지 丑中己土가 일주를 도우므로 용신이다.'로 말한다. 그러나 이것은 전적으로 일간의 강약에 따른 억부법의 논리로 정확하지 못하다.

이럴 땐 억부법을 버리고 물상적 통변을 해야 한다. 즉 7월의 논밭(己)으로 봐야 한다. 7월(申)은 아직도 열기가 있는데다 己

土는 丑을 깔고 앉아 있으므로 나무(木)가 자랄 수 있는 땅이다. 그런데 년지 卯中甲木과 乙木은 년간 辛金과 월지 申에 의해 제극되어 고개를 내밀지 못할 상태로 되어 있고 겨우 시간에 乙木 하나만이 투출되어 있다.

그런데다가 이 乙木을 자라게 해줄 癸水는 불투되었고 일시지 丑中辛金이 있어 乙木 입장에서 보면 자갈밭에 앉아 겨우 숨만 쉬고 앉아있는 형상이다. 따라서 이 사주의 용신은 시간의 乙木 이지만 그 역할이 신통치 않다.

그런데다가 년간에 있는 辛金의 극까지 받고 있다. 이때까진 丙辛이 합을 하면 丙火와 辛金 모두가 그 역할을 상실하는 것으로 알고 있다. 그러나 이 사주처럼 丙火는 申에 앉아 약하고 辛金은 申과 丑에 힘을 얻어 아주 강할 땐 약한 丙火는 합거되지만 강력한 힘을 지닌 辛金은 그 기운을 잃지 않는다. 이것은 사물의 이치이기도 하다.

즉 물(癸)과 밀가루(戊)가 합해지면 가루의 성질도 없어지고 유동적인 물의 성질도 없어져 밀가루 반죽의 형태가 된다. 그러나 엄청 많은 물에 가루 몇 숟갈을 섞게 되면 가루는 없어지고 물은 그대로의 속성을 지니고 있는 것과 같다. 따라서 이 사주처럼 丙辛合이 되면 년간에 멀리 있던 辛金이 합에 이끌려 월간으로 다가와 시간의 乙木을 극하게 되는 것이다.

그런데 이 辛金은 자식성이기도 하지만 나의 배설욕구며 환락 이기도 하다.

그리고 일시지의 丑은 식신의 고(庫)이므로 나의 자궁(子宮)인데 이 두 개의 자궁에서 辛金이 투출되었으므로 이 여성의 배설 욕망(sex)은 아주 대단하다. 그런데 이것(辛)이 가뜩이나 힘없이 웅크리고 앉아있는 乙木 편관을 극하고 있다. 이런 구조는 힘없는 남편(乙木)이 이여성의 강한 배설욕구에 전전긍긍하고 있는 모습이며 결국은 사라지게 될 처지에 이르게 됨을 나타낸다.

戌대운에 년지 卯관성과 합이되어 결혼했다. 己대운에 일간 己土가 힘을 얻고 대운지 亥에 앉아 亥中甲木과 명암합하므로 남편의 성능력에 만족 못하여 바깥으로 나가 힘센 남자(甲木)를 찾게 되었다.

庚대운은 허약한 乙木 관성을 합거시키므로 남편과 이별하게 된다. 만약 乙丑시가 아니고 甲子시에 태어났더라면 부부 유정하여 이별은 없었을 것이다.

예41) 유부남만 상대한다.

```
                40 30 20 10
壬 癸 戊 丁    여    壬 辛 庚 己    대운
戌 丑 申 酉          子 亥 戌 酉
```

癸일간 申月生으로 신왕하다. 월간 戊土가 일시지에 뿌리 둘 수 있어 용신으로 쓸만하다. 그러나 丑戌刑으로 용신의 뿌리가 상해있어 불미스럽다. 년간 丁火 편재는 부친성인데 지지에 申酉戌 인수 방국(方局)있어 모친 외에 또 모친 보게 되며 친모에게 이복형제 있다.

시주 壬戌 백호살이 일주 癸丑(백호살)과 형됨이 불길하다. 따라서 육친간에 흉사(凶死) 흉액 당하게 되는데 년간 丁火가 시간 壬과 합하여 戌에 입고되므로 그 부친이 흉사했다.

이렇게 천간에 떠있는 재성이 합을 당해 입고되면 남에게 돈 빌려주면 받기 힘들게 된다. 시간 壬水 남동생은 월지 申에 장생하나 월간 戊土에 충극되고 壬戌로 백호살되므로 그 남동생이 불구자인데 소아마비로 다리전다.

월간 戊土 정관이 부성(夫星)이나 앉아있는 申中에 壬水 겁재 있고 이것이 시간에 투출되어 있으므로 만나는 남자들은 유부남이다. 또 이것이 일간 癸와 戊癸로 합을 맺으므로 결혼하면 재취로 가게 된다.

그리고 월간 戊土의 뿌리가 상해있어 허약한 관성이므로 내돈(년간 丁火)으로 도와야 된다. 그리고 이처럼 사주천간에 재성이 있고 겁재가 있으면 戊土관을 용신으로 해야 하므로 직장생활하면 괜찮으나 사업하게 되면 반드시 실패한다.

辛亥대운까진 간호사로 근무했으나 壬子대운에 년간 丁火가 합거되어 식당업하다 전 재산 모두 날리고 말았다.

예42) 내 새끼인가 남의 새끼인가?

					45	35	25	15	5	
癸	丙	丙	庚	남	辛	庚	己	戊	丁	대운
巳	戌	戌	子		卯	寅	丑	子	亥	

丙火 일주의 처성은 월일지 戌中辛金 정재이다. 그러나 戌이 형충을 만나지 못해 개고(開庫)되지 못했으므로 쓸 수 없다. 대운세운에서 형충을 만나게 되면 그때에 戌中辛金이 튀어나와 일간 丙火와 합하게 된다. 그런데 월일에 두 개의 丙戌이 있어 일간 丙火는 월지 戌中辛金과 명암합 할 수 있다.

즉 네 밑에 있는 네 여자가 내 여자이고 내 밑에 있는 내 여자가 네 여자가 되는 구조이다. 30살 되는 己대운까지는 戌이 형충을 만나지 못하므로 시지 巳中에서 투출된 년간 庚金 편재를 처성(妻星)으로 하게 된다.

하지만 이 庚金 편재 또한 월주 丙戌과 암합하면서 일주 丙戌

과도 암합하고 있다(戌中戌土와 子中癸水, 戌中丁火와 子中壬水). 이런 구조를 년간 庚金 편재의 입장에서 보면 월일간의 丙火 모두가 내 남자이다. 그리고 일간 丙火의 입장에서 보면 두 사람(월일간의 丙火)이 여자 하나를 두고 정을 맺고 있는 형태이다. 그런데 년간 庚金 편재가 년지 子水(자식)를 생하고 있으며 그 子中癸水가 나의 자식궁인 시간에 투출되어 있다.

즉 두 남자 사이를 오가며 정을 맺고 있던 庚金(여자)이 임신을 한 상태에서 내게로 와 출산을 했다는 말이다(나의 처자식궁인 시주 巳에 년간 庚金의 뿌리가 있다). 이런 구조에다 일지와 시지 巳는 巳戌귀문관살을 이루고 있음을 덧붙이면 이사람(일주 丙戌)은 그렇게 생긴 자식이 정녕 내 새끼인지 아니면 월간 丙火의 씨앗인지? 의심하고 괴로워한다(巳戌)는 말이 된다.

丑대운에 월일지 戌을 형하여 동시에 두 명의 여자가 나타났고 그 중의 한명과 결혼하게 되었다. 그런데 그 여성은 이미 딴 남자와 깊이 사귀고 있던 중이었고 결혼한지 9개월 만에 출산하게 되었다. 이리되어 이 사주의 주인공은 밤낮으로 처를 들볶게 되었다. 그러다가 庚寅대운 癸未년에 남자있는 딴 여자와 합정하게 되었고 그 처 역시 유부남과 붙게 되었다.

예43) 친구의 부인과 돈이 내 것 되었다.

					44	34	24	14	4	
乙	辛	辛	乙	남	丙	丁	戊	己	庚	대운
未	未	巳	酉		子	丑	寅	卯	辰	

辛金일주 巳月生이나 신왕이다. 월지 巳中丙火 있어 정관격이나 巳酉로 합을 맺어 배임하므로 믿을 수 없는 정관이다. 이리

되면 올바른 직장이 없고 직장 생활 제대로 못하게 된다. 그러하지만 천간에 두 개의 辛金이 乙木 편재를 쟁탈하려 하므로 관성을 쓰지 않을 수도 없다. 따라서 타향(巳 역마)에 나가 신통치 않은 곳에서 직장생활을 하게 되나 이동과 변천이 많게 된다.

이 사주는 부친을 뜻하는 乙木 편재가 년시간에 투출되어 있다. 즉 부친성이 두 개다. 모친성을 찾아보면 월지 巳中戊土 인수가 모친성인데 먼저 년주 乙酉와 巳酉로 합을 맺고 있다. 그러므로 년간 乙木은 모친의 첫 남자이고 월간 辛金은 그 사이에 태어난 나의 형제이다.

그런데 년간 乙木은 절지인 酉에 앉아있고 월간 辛金에게 충극당하고 있다. 따라서 모친의 첫 남편은 자식(월간 辛金)태어나자 곧바로 사별이다.

모친(巳中戊土)은 전부(前夫) 죽고나서 시간 乙木을 후부(後夫)로 맞았는데 이 乙木이 나의 친 부친이다. 그러나 시간 乙木 또한 일시지 未에 입고되어 있고 백호살(乙未)되었으므로 庚辰 대운에 부친과 사별했다(대운 庚이 乙木을 合去). 년간 乙木은 친구 및 형제(월간 辛金)의 돈이고 여자이다. 그러나 일지 未가 乙木의 고(庫)이므로 친구형제의 재물과 여자가 내 밑으로 들어오게 된다.

월간 辛金이 사지(死地)인 월지 巳에 앉아 있으므로 친구 및 형제 죽고나면 그런 일이 발생된다.(시간의 乙木은 본처다.)

丁대운되어 먼저 월간 辛金이 제극되고 대운지 丑에 입고되므로 이때에 친구 죽고 친구의 부인과 그 재산이 모두 내 차지가 되었다. 이 사람은 庚대운에 부친죽고 어렵게 홀어머니와 지내다가 戊대운에 타향으로 나가 이 직장 저 직장을 전전했다.

그러다가 친구 한명을 사귀게 되었고 그 부인과도 친하게 지냈는데 丁대운되어 그 친구가 죽었고 친구 부인과 그 재산을 모두 차지하게 되었다. 물론 고향엔 본처가 있었다.

예44) 개 패듯 마누라 때린다.

```
            41 31 21 11  1
丁 己 庚 辛   남   乙 丙 丁 戊 己   대운
卯 酉 寅 巳        酉 戌 亥 子 丑
```

己土일주 寅月生으로 월지 정관격이나 년월간에 庚辛金 있고 寅巳刑 당해 정관이 파괴되었다. 寅月 己土되어 나무(木)를 키울 수 있는 전토(田土)이나 寅木 파괴되어 쓸모없는 己土다.

己土일간 신약한데다 나의 몸인 일지 酉中에서 년월의 庚辛金(忌神)이 투간되었으므로 불구자 팔자되었다. 그리고 실력도 없으면서(신약) 똑똑은 척 행동(식,상관)한다. 그런데다 관성이 나의 일지에서 투출된 庚辛金에 의해 파괴되어 법과 질서를 무시하고 제 기분대로 설치게 된다.

처를 뜻하는 재성이 없으므로 己土일간과 명암합하는 寅卯中의 甲木을 처로 본다. 따라서 월지 寅中甲木은 첫 여자이나 파괴되어 이별이다. 나의 표출신인 庚辛金이 寅中甲木을 파괴하므로 이 사람은 마누라(甲)를 무시하고 두들겨 패는 행동을 하게되니 이혼치 않으면 맞아죽게 된다. 시지 卯中甲木이 후처되나 역시 일지 酉에 충파되고 巳酉丑에 卯가 수옥살되어 그 처는 심하게 당하게 된다.

따라서 헤어지지 않으면 병으로 또는 이 사람의 폭언 폭행에 상처받아 제명을 다하기 어렵게 된다. 木이 처성이고 火는 자식성 되어 첫 여자(寅中甲木)에게서 두 명의 자식 두었다. 년지 巳中丙火와 월지 寅中丙火가 첫 자식인데 巳中에 있던 庚金이 월간에 투출되어 첫 자식의 표출신이 되어 나의 표출신과 같다. 즉 나의 표출신인 상관(庚)이 자식의 표출신을 겸하고 있다.

따라서 그 자식은 나의 못된 성질 빼닮아 매사에 반항적이며 제멋대로이다. 그리고 庚이 기신이므로 나쁜 역할을 하여 나를 애먹이게 된다.

시간의 丁火는 시지 卯木(두 번째 여자)이 생했으므로 후처 소생의 자식이다. 丁火가 己土일주의 희신이므로 엄마처럼 자상하게 보살펴주는 착한 아이다. 己丑대운은 약한 일간을 돕기도 하지만 酉丑합을 지어 년월간의 기신을 생조하여 강하게 하므로 대흉한 일이 생긴다. 그런데다 또다시 己丑년(9세)을 만나게 되어 庚辛의 병은 旺해지고 己土일간은 세운지 丑에 묘(墓)가 되어 폭발물 사고로 오른손 크게 다쳐 불구가 되었다(丑丑寅은 탕화살).

이젠 부모관계를 살펴보자. 이 사주엔 부친을 뜻하는 재성이 없으므로 먼저 모친성인 인수를 찾아야 하는데 년지 巳中丙火 있고 월지 寅中丙火 있으며 시간의 丁火 편인성이 있다. 이중 년지 巳中丙火를 모친성으로 한다. 즉 다같은 인수성이라도 년월에 있는것이 모친성이다. 그리고 寅中丙火보다 巳中丙火가 본기(本氣)이므로 년지 巳中丙火를 모친성으로 하는 것이다.

이젠 이 巳中丙火와 합하는 것을 찾아보면 일지 酉中辛金이 丙火와 암합한다. 그러므로 酉中辛金이 부친성인데 년간에 나타나 있으면서 사지(死地)인 巳에 앉아 있고 그 뿌리인 酉는 시지 卯에 충되고 있다.

따라서 부친과 일찍 사별할 팔자인데 子대운 丁酉년(17세)에 부친이 폐질환으로 사망했다. 子대운은 金이 사(死)하는 곳이며 세운간 丁火가 년간 辛金을 충극하였고 卯酉있는데 酉년을 만나 卯酉충이 발동되었기 때문이다.

그러나 丁대운은 병인 庚辛金을 제극하고 일주를 생하여 길한
운이다. 亥대운은 원칙적인 정재운이고 월지의 처성인 寅과 합
하므로 결혼하게 되었다. 원명의 년월지 寅巳刑이 亥를 만나 년
지 巳가 충되어 사라지므로 모친에겐 불미스러우나 월지 寅中
甲木(처성)은 형에서 벗어나므로 결혼할 여자가 생기게 된다.
따라서 己酉년(29세)에 결혼했다.

丙대운은 년지 巳와 월지 寅에서 투출된 丙火이므로 자식이
생겨났고 좋은 시절이었다(丙火가 병신인 辛을 合).

戌대운은 시간 丁火의 뿌리 생기고 己土일주 역시 뿌리얻어
좋은 운이다. 그러나 일시 卯酉충 있는데 戌이 와 충중봉합(沖
中逢合)되므로 부부불화와 이별이 있었다.

乙대운은 시지 卯에서 투출된 것이므로 후처 얻는 운이며 월
간 庚金(病神)이 강왕해지고 시지 卯木을 충거하므로 후처(卯)
이별했다. 물론 나쁜 운이다.

예45) 내 이름은 콜걸

```
                        44 34 24 14  4
  甲 己 庚 壬    여    乙 丙 丁 戊 己    대운
  子 亥 戌 辰          巳 午 未 申 酉
  도화      홍염
```

己土일간이 土旺節인 戌月에 태어나 시간 甲을 만나 甲己合化
土格이 성립된다. 그러나 년지 辰이 월지 戌을 충하여 무너진
흙을 만들며 월간 庚金이 甲木을 극하여 화격(化格)을 파하고
있다. 따라서 상관견관(傷官見官)에 재다신약 사주로 되었다.

이리되면 평생 남자복 없으며 돈에 허덕이고 살게 되며 부모
형제덕 역시 없다(己土의 뿌리인 戌이 辰충으로 부서져).

물상적으로 보면 곧 겨울이 닥칠 계절인 황량한 戌月 벌판 (己)에 제방 터져(辰戌冲) 솟아나온 물만이 가득차 있고 외로운 소나무(甲)하나 그 땅에 뿌리 박으려하나 물길에 휩쓸린 바위 (庚)에 맞아 허리 부러지고 말았구나.

이젠 이 사주의 구조에서 살펴보자.

일지 亥中에서 투출된 년간 壬水 정재가 홍염살지인 辰에 앉아있고 甲木 정관은 도화살을 띠고 있는 子水위에 앉아 있다. 일지 亥에서 나온 년간 壬水 정재는 돈, 재물이기도하지만 나의 육신(肉身)이다. 이것인 홍염살인 辰에 앉아 있음은 내 몸, 내돈 벌이하는 곳은 색정(홍염살) 및 유흥가임을 말해준다.

그리고 甲木은 나의 남자이기도 하고 불법(不法; 甲木見庚되어 깨어진 法)이며 직장이기도 하다. 따라서 내가 만나는 남자는 도화재(財)에 앉아 있는 뿌리 없는 사람이다. 그리고 내 직장은 불법적이며 환락과 유흥(도화)이 있는 곳이다.

酉대운은 월간 庚金이 뿌리 얻어 旺해지며 이것에 생을 받은 壬水는 더욱 사납게 파도친다. 그리고 원명의 辰戌冲이 합을 만나게 되어 발동된다. 따라서 저수지(辰)는 터지고 己土가 뿌리 박고 있던 근거(戌)가 무너진다. 이런 운되어 그 부모가 구몰했고 의지할 데가 없어져 외롭고 힘들게 자랐다.

戌대운은 월지 戌 년지 辰中의 戊土가 투출된 운이므로 형제에 의지했다. 그러나 그 형제중 한명(년지 辰中戊)이 유흥가에 있는 사람이라 그쪽으로의 진출을 유혹했다.

申대운은 己土일간의 천을귀인이나 사주지지와 申子辰으로 합을지어 도화홍염살(辰子)이 발동된다. 이런 운엔 남이 도와준다며 환락과 유흥쪽으로의 진출을 권하게 된다.

己亥일주의 亥中壬水가 년간에 있고 그 아래엔 辰이 있는데 辰中엔 乙木 편관이 숨어있다. 따라서 이 여자의 첫 남자는 辰

中乙木이다. 그런데 辰中에는 나의 언니뻘 되는 戊土 겁재가 있으므로 그 남자는 이미 언니뻘되는 여자가 있는 유부남이다.

申대운에 申辰으로 암합하고 월간 庚金상관이 득록하므로 이때에 유부남과 합정했고 그 사이에 아이(남자)하나까지 생기게 되었다. 아마도 18살되는 己酉년에 만나 庚戌년(19세)에 헤어졌을 것으로 추측된다. 그것은 己酉년은 일간인 己土가 식신도화에 앉는 운이고 년지 辰과 辰酉로 합하기 때문이며 庚戌년은 辰을 冲하는 데다가 상관운이어서다.

丁대운은 己土를 생하여 좋을 것 같으나 년간 壬水와 합을 맺으므로 己土를 생하지 않는다. 따라서 丁壬合된 사상만 나타나므로 돈벌어 보고자 유흥 및 환락의 땅으로 들어간다.

未대운은 己土일간의 뿌리가 되고 시간 甲木의 뿌리도 되므로 같이 살자는 남자 나타난다. 그리고 조금의 돈도 모을수 있으며 새로운 곳으로 나갈 발판을 만든다. 未가 들어와 월지 戌을 형하므로 옛것(戌)을 정리하고 새로이 들어온 未에 己土가 뿌리내리려 하므로 해서이다.

예46) 간통하면 곧바로 들통 난다.

						31	21	11	1	
壬	壬	丁	癸	여		辛	庚	己	戊	대운
寅	申	巳	丑			酉	申	未	午	

홍염

壬水일주 巳月生이나 지지에 丑, 申있고 여기에 뿌리 둔 壬癸水가 천간에 있어 신왕으로 변했다. 월간 丁火 하나를 두고 년간 癸水 겁재가 탈취하려하고 시간의 壬水가 쟁합하고 있다. 즉 천간엔 군비쟁재(群比爭財)가 이뤄져 있다. 그리고 지지 역시

寅申巳로 충형이 되어있어 재물과 남편관계에 있어 순탄치 않을 운명임을 말하고 있다.

壬水일간의 정관은 년지 丑中己土이므로 원칙적으로 이것이 나의 남편이 된다. 그러나 丑위엔 같이 있던 癸水 겁재가 튀어나와 앉아있다. 그러므로 나의 남편이 아니고 癸(여동생 및 他女)의 남편이다. 따라서 내 남자는 일주 壬申과 천간지합하는 丁巳이다. 그런데 이것을 시간의 壬水가 합하려 하고 있다. 따라서 남편이 나외의 여성(시간 壬水)에게 정을 주게 된다.

그런데 시간의 壬水는 나의 일지인 申(홍염살)에서 투출되었으므로 나의 표출신이기도 하다. 원래 壬水 일간이 申홍염지에 앉아 있으면 색정을 좋아하는데 그것이 壬水 비견으로 나타나 있음은 바람기가 외부로 발동되고 있다는 뜻이다.

그리고 그것(壬)이 앉아있는 지지 寅이 일지를 충하고 있음은 바람기로 인해 부부간에 불화이별이 따름을 말해주고 있다. 이 여성은 홍염살 발동되는 申대운에 결혼했으나 壬午년이 되자 세운지 午는 도화살되고 세운간 壬은 일지 申(홍염살)에서 발동된 것이므로 외부(外夫)와 사통 있게 되었다.

그런데 이 사주처럼 壬水(홍염살 발동)가 그것을 합하고 있으면 자신의 음란함을 남편에게 들키게 되고 그로 인해 남편은 딴 여자와 정을 맺게 된다.

이런 복잡한 사상은 시간의 壬水가 나와 같은 여자를 나타내기도 하지만 나 자신의 음란함을 뜻하는 것이기도 하기 때문이다.

즉 시간의 壬水는 복합적 이중적인 의미를 지니고 있기 때문이다. 실제로 이 여성은 壬午년에 바람피우다 남편에게 들키게 되었고 그로 인해 부부불화 심해져 결국 남편은 딴 여성을 찾게 되었다.

辛대운에 남편이 딴 여성과 정을 맺게 되었는데 丁火(남편)에서 보면 辛金은 편재이기 때문이다. 또 辛대운은 년지 丑中에서 투출되어 천간의 壬癸水를 생하여 왕하게 하므로 쟁재 현상이 심화되어 돈에 쪼달리는 운이다.

甲申년(32살)은 월지 남편자리를 형합한다. 그러므로 살아볼까(合) 깨어 버릴까(刑)하는 운이다. 그리고 사주 년간의 癸水는 아우인데 丑中己土가 아우의 첫 남자이고 癸와 명암합하는 월지 巳中戊土가 두 번째 남자이다.

따라서 아우는 초혼에 실패하고 재혼하여 해로하게 된다. 癸의 정관성은 월지 戊土이기 때문이다.

예47) 맞바람 피우는 여자

```
              32 22 12  2
庚 壬 壬 庚   여   戊 己 庚 辛   대운
戌 申 午 子        寅 卯 辰 巳
```

이 사주는 년지 子, 일지 申에 뿌리를 둔 庚壬이 천간에 가득하다. 년지 子는 午충으로 壬水의 뿌리역할은 상실 되었지만 말이다. 그러므로 투파(透波)의 이론을 배운 사람들은 서슴없이 종왕격으로 보아 '金水운은 길하고 火土운은 불길하다. 따라서 辛巳, 庚辰대운은 길했고 己, 戊대운은 불길하다' 로 말한다.

그러나 월지를 중요시 여기는 학설을 배운 사람들은 '신왕한 사주이므로 火土운이 좋고 金水운은 나쁘다. 그러므로 辛巳, 庚辰대운은 불미했고 戊寅대운부터 좋을 것이다.' 로 말한다.

이 사주 주인공은 辛巳, 庚辰대운은 평길했고 土가 들어오는 己대운 역시 평길했으며 戊寅대운부터 가정풍파가 생겨 결국 寅대운에 이혼하고 말았다. 그러므로 투파(透波) 역인(易人)의 이론이 맞는것 같다. 그렇지만 나빠야 될 己卯대운에 무사했던 것을 보면 역시 완전치 못한 이론 체계인 것 같다.

널리 보급되어 있는 두 이론체계가 이렇게 흠이 있게 된 것은 사주해석에 있어 신왕신약을 따지는 억부법에만 매달렸기 때문이고 일간과 그 육친의 향배(向背)를 도외시했기 때문이라 생각된다.

이 사주는 '아! 이 여성은 바람기도 많을뿐더러 어느 누구와 싸워도 지지 않는 강한 기질의 소유자이구나. 그리고 자신 또는 배우자의 외정으로 인해 서로가 원수되어 갈라서겠구나.' 며 대번에 말할 수 있는 구조를 지니고 있다.

즉 무슨 격국이고 뭐가 용신인지? 골을 싸매고 더듬거릴 필요 없이 곧바로 그 핵심을 짚어 낼 수 있다는 말이다.

일지는 자신의 자리이기도 하지만 배우자 자리이므로 자신의 성정과 배우자의 성향을 잘 나타내고 있다. 그런데 이 사주는 일지 申(홍염살)에서 년시간의 庚金과 월간의 壬水가 투출되어 있으므로 庚壬은 나와 배우자의 표출신이 된다.

즉 년시간의 庚金과 월간의 壬水는 나와 나의 배우자가 내보이는 바람기(홍염살)라는 말이고 너도 바람피우고 나도 바람피운다는 뜻이다. 여기에다 지지의 구조를 살펴 나타난 천간과의 관계를 보면 곧바로 자세한 정황을 알 수 있게 된다.

월지 午中엔 丁火와 己土가 있는데 일간 壬水와 丁火가 명암합하고 있으며 午中己土는 정관성이므로 이것이 나의 첫 남자이다. 그런데 이것이 년지 子의 충을 받고 있으며 월간 壬水와 일간 壬水가 서로 쟁탈전을 벌리고 있다. 그러므로 바람기(壬)로 인해 첫 남자(午中己)와는 불화가 생기게 되고 결국 이혼하게 되는 것이다.

즉 午가 충맞게 되면 午中己土와 丁火가 충출되는데 이리되면 자기위에 앉아있는 월간 壬水와 午中丁火가 먼저 합하므로 남편은 나와 헤어지고 딴 여자와 합하게 되는 것이다. 그리고 시지 戌中엔 丁火있고 戊土 편관이 있는데 일간 壬水와 명암합하고 또 일지 홍염살(申)에서 투출된 庚金이 戊위에 앉아 있으므로 戌中戊土는 두 번째 남자며 나의 외정(外情)상대이다.

여기까지의 것들을 묶어보면 서로 맞바람 피우다 결국은 갈라서게 되고 이혼에 따른 돈 문제로 박 터지게 싸울 것임을 알 수 있다(午中丁火 정재는 子의 충을 맞았고 壬水 두 개가 쟁합하므로 분할하고 깨어서 나눠야 할 돈이다).

대운으로 살펴보면 午中己土가 투출되는 己土 대운에 결혼이다. 卯대운은 년지 子를 형하여 子午충을 못하게 하므로 자식(卯木) 때문에 불화있어도 참아낸다.

戊대운은 시지 戌中에서 투출되었고 일지 申中에서 투출되었다. 그러므로 남편(일지 申)의 바람기가 일어나고 본인에게도 애인(戌中戊)이 생기게 되었다. 丙子년(36세)은 세운지 子가 월지 午를 충하여 원명의 子午沖이 발동이고 월간 壬水(남편의 표출신)에서 보면 세운간 丙은 편재가 되어 남편에게 애인이 생기는 해다.

寅대운은 일지 申을 沖하므로 부부불화 및 이별이 따른다. 그런데다 子午충이 발동되어 午中己土 정관의 정은 바로 머리위에 있는 월간 壬水 비견에게로 가게 된다. 그러므로 남편(午中己土)은 나와 헤어질 결심을 하고 타녀(월간 壬水)와 내놓고 합하게 된다.

寅대운에서 응하는 세운은 戊年, 丙年, 甲年, 寅年인데 戊寅년(38세)에 결판을 짓고 말았다.

※ 이 사주의 子午충은 일지 申이 월지 午中丁火와 암합하여 충을 잠시 보류시키고 있는데 이럴 땐 申과 합하는 巳운,

충하는 寅운을 만나면 곧바로 子午충이 작동된다.

예48) 발기 부전되어 이혼했다.

```
              40 30 20 10
辛 戊 癸 乙   남   己 庚 辛 壬   대운
酉 申 未 酉        卯 辰 巳 午
```

戊土일간이 未月에 태어났으나 식상이 많아 신약해졌다. 旺金이 사주의 병이 되는데 이를 다스려줄 화(火)가 월지 未中에 있다하나 월간 癸水에 극되어 쓸 수 없는 지경에 이르렀다. 할 수 없이 월지 未中己土에 의지할 수밖에 없다. 따라서 식상과 재관이 모두 기신이 되어 처(癸)와 자식(乙木)을 두려워하게 된다.

사주에서 식신 상관은 배설욕망 및 배설기관이 되는데 식상이 태왕하여 일주가 약하게 되면 배설욕구는 강하나 내 몸이 약해 감당할 수 없게 된다. 이렇게 되면 발기부전, 정력 허약 등이 되어 정상적인 부부관계를 행하기 어렵게 된다. 이처럼 식상이 태왕한 여명(女命)이라면 나와야 될 자식은 크나 자궁(子宮)이 작아 애기를 낳기 힘들게 되거나 유산되게 되는데 그와 같은 이치이다.

따라서 이 사람은 화운(火運)인 巳午대운까지는 큰문제 없다가 庚대운 들어 식상은 더욱 旺해지고 일주는 더욱 신약해져 처가 가까이 오는 것을 피하게 되었다. 발기부전으로 인함이다. 이리되면 처와 불화됨은 당연한 일일 것이다. 辰대운은 土가되어 戊土일간을 도울것 같으나 년, 시지 酉와 辰酉합하여 金의 세력만 더욱 강하게 해주므로 역시 마찬가지였다.

또 辰은 일간 戊의 홍염살이고 이것이 사주 년시지의 도화살

(酉)과 합을 하는데 이는 이 사람이 그것(발기부전)을 극복해 보기위해 혹은 딴 여성에게도 그런지? 시험해 보기위해 딴 여성과 놀아나는 운이기도 하다. 결국 己土 겁재운 되자 癸水 극충되어 戊癸합이 깨어지고 말았다.(이혼) 乙丑년 41세 때였다.

예49) 바람기 발동되어 가정이 깨어졌다.

```
辛 己 癸 壬   여      己 庚 辛 壬   대운
未 卯 丑 午           酉 戌 亥 子
```

己土일간 丑月生으로 천간에 壬癸水있고 丑中辛金마저 시간에 투출되었으므로 신약하다. 추위에 얼어있는 己土되어 따뜻하게 해줄 火가 불투되어 추위에 떨어야 되는 팔자다. 여자팔자라도 천간에 정편재가 뜨면 색정을 즐기게 된다. 그런데다가 일주가 卯도화에 앉아 卯未로 반합관국을 지으므로 더욱 외정을 찾게 된다.

그리고 丑中에서 辛金식신과 월간 癸水편재가 동시에 투출되어 식신생재로 가게 되니 이 여성의 심성은 놀기 좋아하고 즐거움을 찾으려 하게 된다.

戊대운에 일지 卯도화와 합을 맺어 도화기가 발동되었다. 그리하여 친구와 함께 바람피우다 들통이나 庚申년에 이혼 당했다. 원명에 월시지가 丑未충을 하고 있는데 일지 卯木이 그 중간에서 卯未로 합을지어 충됨을 보류하고 있다. 이럴 땐 卯를 합하거나 충하게되면 丑未충이 발동되어 辛金과 癸水가 상하게 된다. 따라서 戊대운에 도화(卯)가 합되어 丑未충 발동되어 가정(월지 丑)이 깨어지고 자식(辛)이별이고 돈(癸)마저 날라가게 된 것이다.

酉대운에 일지 卯도화를 충하여 일시지 丑未충이 발동되는데 이때는 사랑하는 남자(일지 卯官)는 날라가나 가정이 깨어지거나 자식과의 이별은 따르지 않는다. 그것은 대운지 酉가 일지 卯를 충했으나 월지 丑과 酉丑으로 합을 맺으므로 오히려 자식이 내 일지로 들어오게 된다.

따라서 무조건 충하고 합하면 원명의 충이 발동된다로 생각지 말고 주위와의 관계를 잘 살펴야 한다.

예50) 마누라 바람피워 위장병 생겼다.

```
丙 癸 甲 戊    남      戊 丁 丙 乙    대운
辰 巳 寅 寅            午 巳 辰 卯
```

癸일간 寅月生이고 木火土가 왕하나 일간의 뿌리는 시지 辰뿐이다. 따라서 음간이므로 종할 수밖에 없다. 그런데 월주 甲寅木이 왕하여 木에 종하려하지만 일주 癸의 정은 년간 戊土와 합을 맺었으므로 木을 따라 戊土 관성을 버릴수도 없다. 이러한데 다행히 일지 巳에 득록하고 년월지 寅에 뿌리를 둔 시간의 丙火가 있으므로 木과 土사이가 상쟁하지 않게 되었다.

따라서 강한 세력의 최종자인 戊土에 따를 수 있으므로 종관격이 구성된다. 이렇게 음일간이 종관하게 되면 癸水일간의 특성을 버리고 戊土를 주체인 일주로 봐야 한다. 그러므로 일간이었던 癸水는 나의 처며 재물이 되었고 甲寅木은 자식성이 되게된다. 이럴 땐 丙火를 극하고 합하는 壬, 癸, 辛이 오면 좋지 못하고 火土가 와야 좋다.

그런데 戊午대운을 만났다. 용신에 대한 희기(喜忌)로는 戊土운이 나쁘지 않다. 그러나 戊운은 일간 癸水를 합거시키는 운이

므로 처(癸)에 대한 문제가 생기게 되고 처(癸)가 남(戊土비견)과 합하여 사라지는 일이 벌어진다.

또 戊午대운은 처인 癸巳에서 보면 도화(午) 관(戊)과 합하는 운이다. 따라서 이대운 戊午년부터 그 처가 바람이 났고 결국 庚申년에 寅巳申 삼형으로 정리하고 말았다.(이혼)

이렇게 격국용신엔 희신이나 정재성인 癸水가 합거되면 처와는 이별등의 일이 생기지만 자신이 하는일은 잘되게 된다. 또 戊土일간으로 보면 시간의 丙火는 문서고 명예인데 이것을 癸水처가 극하고 있으므로 처로 인해 정신적 고통(丙火인수는 정신)이 있게 되고 체면(丙火인수) 구기게 되는 것이다.

위 壬午生 여명의 남편되는 사람의 사주다.

※ 戊土로 종하여 戊土가 일간이 되는데 월주 甲寅의 극을 丙火가 있으므로해서 면할 수 있는데 丙火가 癸水에 의해 극제되어 그 작용을 못하게 되면 곧바로 甲剋戊의 작용이 생기게 되어 고통을 받게된다. 따라서 이 사람은 癸水가 합거되어 발동될 때 심한 신경성 위장병으로 고생했을 것이다.

예51) 애인두면 금방 들통 난다.

```
              38 28 18  8
癸 壬 己 壬   여   乙 丙 丁 戊   대운
卯 午 酉 辰        巳 午 未 申
도화    공망
```

壬일간이 酉月에 태어났고 년지 辰에 뿌리 있으며 년시간에 壬癸水가 있으므로 신왕하다. 따라서 일지 午에 뿌리둔 월간 己土 정관으로 용신한다. 따라서 丁未, 丙午대운은 좋은 운이다로 감정하기 쉽다. 그러나 이 사주는 단지 억부법으로만 해석하면 안 된다.

먼저 己土관성과 壬일간과의 관계와 물상적 관법을 취하여야 하는데 다음과 같다. 壬水는 己土 관성을 필요로 하지만 그 관계는 己土가 壬水를 흐리게 하고 壬水 또한 己土를 씻어내는 작용을 하므로 좋지 않은 관계이다.

그런데다 중추(仲秋) 나무한포기 없는 빈논밭(己土)에 아침(卯時)부터 비 내리고 있다. 비를 얻어 홍수(洪水)가 된 壬水는 己土를 진흙으로 만들어 그것을 씻겨내고 있다. 따라서 이 물상(物象)은 친구 형제와 더불어 남자(己土)를 망치게 한다는 뜻이며 자신(壬) 역시 흙탕물되어 더러운 소릴 듣게 된다는 뜻이다.

그런데다가 도화지에 앉은 정관인 己酉와 일주 壬午는 3급 소용돌이를 이루고 있다.

원래 壬水일주가 신왕하면 제압해줄 관성을 절실히 요구하게 된다. 게다가 壬午일이 천간에 관성을 보면 부외부(夫外夫)의 상이 되어 남편 두고 외부(外夫)와 통정하는 경우가 많다. 이리되어 壬水 일간은 도화살에 앉은 월간 己土와 정을 맺게 되는데 일지 午와 午午로 자형하는 午대운에서였다.

즉 월간 己土는 원래 년주 壬辰(비견)의 애인인데(己酉와 壬辰이 辰酉로 도화합) 일지 午에서 투출되었으므로 내남자 같아 보이는 남자이다. 또 월간 己土의 입장에서 보면 년지 辰(홍염살)과 합을 맺고 있으면서 일지 午에 득록하려 하는 형상이다. 즉 바람기 많고 말 잘하는 己酉남자가 년주에 애인을 두고서도 또 나에게 뿌리두고 싶어 한다는 말이다.

이런 구조로 인하여 이 여성은 친구의 애인과 붙었는데 그만 남편에게 발각되어 그 애인과 더불어 개망신을 당했다. 이 세상에 있는 많은 남녀가 알게 모르게 간통을 하고 있다. 그런데 어떤 사람은 쉽게 들통이 나지만 그렇지 않는 사람도 아주 많다.

허나 이런 사주를 지닌 사람은 금방 들통이 나게 되어 본인은 물론 그 상대까지 큰 피해를 입히게 된다.

예52) 본처 불구자고 후처는 야반도주했다.

```
        42 32 22 12  2
丁庚乙乙  남  庚辛壬癸甲  대운
丑午酉巳      辰巳午未申
```

庚일간이 酉月에 태어나 巳酉丑 금국이 있으므로 아주 신왕하다. 이리되면 丁火로 제련해줌이 좋은데 다행히 시간에 丁火있고 일주 午에 그리고 년지 巳에 그 뿌리가 있어 좋다. 이렇게 庚金이 제련해주는 丁火를 만나면 남녀 공히 미남 미녀가 많다.

이 사주는 왕한 쇠(金)가 丁火를 만나 그릇이 되고 쓸모있는 금속이 되므로 금은방, 주물계통등의 직업을 갖게된다. 그러나 년월간에 두 개의 정재(乙木)가 일간과 쟁합하므로 재혼격이며 水가 없고 乙木의 뿌리없어 재성이 부실한 것이 흠이 된다.

년월의 乙木中에서 월간 乙木이 본처고 첫 여자인데 이는 천간은 乙庚합하고 지지 역시 午酉(丙辛)로 암합을 맺고 있기 때문이다. 따라서 년간의 乙木은 문밖의 여자며 두 번째로 나와 합하는 사람이다.

자식은 시간 丁火와 일지의 午火는 딸인데 본처인 乙酉의 소생이며 년지 巳中의 丙火는 두 번째 여자에게서 태어난 아들이다. 또 일지 午(도화살)에서 투출된 시간의 丁火는 나의 표출신이기도 한데 이처럼 나의 표출신이 도화살에서 투출되면 외정(外情)과 색정을 좋아한다.

월간 乙木 정재는 절지(絶地)인 酉에 앉아 乙庚合化金이 되지도 못하고 있다. 즉 乙木은 庚을 만나(乙庚合)야 금기(金器)의 손잡이 역할을 할 수 있는데 시간 丁火를 만나 乙庚合化金이 깨어져 그 역할을 할 수 없게 되었다. 이리되면 乙木 역시 상처를 입게 된다. 따라서 그 본처인 월간 乙木은 상처받아 깨어진 나무되어 불구자이다.

년간 乙木은 자신의 상관(乙에서 巳中丙火는 상관)지에 앉아 있고 巳中에는 또 庚金이 숨어있다. 그러므로 남편을 등지고(상관하고) 숨어있는 남자(巳中庚)와 밀통하는 여자이다. 그리고 乙巳가 월주 乙酉와 巳酉로 금국을 지으려 하므로 유부남만 상대하게 되는 여자다.

일간 庚金의 입장에서 보면 왕한 金을 녹여서 그릇을 만들어 줄 시간의 丁火 정관을 얻었다. 그러나 그 뿌리가 약한것이 불만인데 년지에 巳가 있어 내 용신인 丁火의 뿌리가 될 만하다고 생각하게 된다. 그래서 년간의 乙木과 합하려 하게되나 巳는 월지 酉와 巳酉로 금국을 지어 배임한다.

이는 庚일간이 문밖의 여자(년간 乙木)에게 정을 맺어야만 내 삶이 더욱 좋아지리라고 생각하고 합정(乙庚)하지만 결국은 그 여성(년간 乙木)에게 배신당함을 나타내는 것이다.

도화살인 午대운에 연애 결혼했다. 午는 丁火의 뿌리되어 좋은 운이다. 辛대운은 월지 酉에서 투출되었으므로 먼저 월간 乙木(본처)을 충극한다. 따라서 辛겁재 대운에 본처 등지고 두 번째 여자(년간 乙木)만났다.

그러나 辛金은 먼저 월간 乙木을 극하여 년간 乙木과 일간 庚이 합하게하는 작용도 하지만 결국은 년간 乙木도 충극하게 된다. 따라서 편재(甲)가 역마(申)에 앉게되는 甲申년(40세)이 되자 두 번째 여자가 재물을 챙겨 야반도주하고 말았다.

흔히 대부분의 역인(易人)들은 대운이 원명에 작용하는 순서는 연월일시 순으로 진행된다고 알고 있다. 그러나 이 사주처럼 대운간이 월지에서 나오면 먼저 월간부터 극하고 그 다음에 년간으로 간다. 이것은 생극을 막론하고 가까운 것부터 먼저 작용하기 때문이다.

예53) 내 이름은 푸른 제비, 죽고 싶으면 내게 오라.

```
                31 21 11  1
丙 乙 壬 庚   남   丙 乙 甲 癸   대운
戌 未 午 子        戌 酉 申 未
```

乙木 午月生으로 午中丙火가 시간에 투출되어 그 강열한 열기를 내뿜고 있다. 따라서 조후가 시급하다. 다행히 월간에 壬水있어 쓸만하나 그 뿌리되는 년지 子水가 子午충으로 상해있어 불미스럽다. 그러하지만 찬밥 더운밥 가릴 처지가 아닌 乙木으로서는 부서진 년지 子水(도화살)에 의지하지 않을 수 없다. 이리되면 子水를 극하는 재성과 沖子하는 午火 식상이 기신이고 병이 된다.

따라서 여자와 돈, 그리고 도박과 색정(홍염)을 멀리해야하며 그렇지 않을 땐 개망신 당하는 것뿐 아니라 관형(戌未刑)까지 오게 되며 신세 망치게 된다.

乙木일주의 처는 시지 戌中戊土 정재이다. 그런데 戌中戊土는 乙木에게 전연 도움 안 되는데다가 뿌리 없는 년간의 庚金 나타나 乙木과 합하자며 손짓한다. 즉 년간 庚金은 나와 합정하는 사람이나 그 어디에도 뿌리 내리지 못한 가신(假神)이므로 임시로 빌려다 쓰는 가짜 배우자이다.

그런데 이것이 子水도화에 앉아 子水를 생하며 죽게되고 그

子水는 나에게 생기를 얻게 해준다. 따라서 나(乙木일간)와 합하는 사람을 색정으로 녹초를 만들어 놓고 내게 필요한 것을 토해내도록 하는 제비족이다. 甲申, 乙酉대운엔 별 어려움 없이 지냈으나 丙戌대운부터 홍염(午)기가 발동되어 여자를 꼬시는 제비족이 되었다.

戌대운에 이르러 戌未형이 발동되므로 쇠고랑 차게 된 사람의 명조다.

※ 시간 丙火상관(기술)이 월지 午(홍염)에 양인을 얻으므로 색정에 대한 기술 하나는 끝내준다.

예54) 딸과 함께 시동생에게…

```
                    34 24 14  4
乙 丁 戊 壬   여   甲 乙 丙 丁   대운
巳 酉 申 辰        辰 巳 午 未
```

20여년전 癸亥년 초겨울 비 내리는 오후에 검은 투피스를 입은 30대 초반으로 보이는 여성이 문을 두드렸다. 굳은 표정으로 자리에 앉은 그녀가 힘없는 목소리로 말했다. '선생님! 제 운명이 어떤지 좋던 나쁘던간에 자세히 말씀해 주세요.' '그럽시다.'

丁火일간 申月生으로 신약하다. 따라서 년지 辰에 뿌리든 시간의 乙木으로 약한 丁火를 도와야 된다.

그렇지만 乙木의 뿌리인 辰이 저 멀리 년지에 있으므로 무엇 하나 쉽게 되지 않고 힘들게 끌어와야 되는 안타까운 팔자다. 그리고 이 사주의 구조는 년지 辰과 시지 巳에 뿌리를 둔 월간 戊土 상관이 일간과 년간 사이에 앉아 丁壬합을 방해하고 있다. 지지 역시 일지와 년지가 辰酉합하고 있는 그 사이에 申이 끼어

들어 申辰으로 삼합수국을 이루려 하면서 辰酉 육합을 깨고 있다. 따라서 남편(壬)과는 찰싹 들어붙는 유정함이 있으나 그 사이에 태산이 가로막혀 있어 견우직녀처럼 만나야 되는 안타까운 관계가 되어있다.

즉 남편인 壬水의 직장은 월간 戊土인데 이것이 큰 물(申辰水局) 위에 앉아 있으므로 남편의 직업은 큰 바다 위를 향해하는 선원이었다. 그런데 남편인 壬水가 앉아있는 년지 辰은 水庫로써 남편의 집이고 여기엔 남편의 동생인 癸水와 乙木이 들어있다. 그리고 여기서 투출된 시간의 乙木은 시동생(癸)의 행동이고 표출신이다.

허약한 丁火일간은 乙木을 필요로 하는데 이 乙木은 내 육신인 일지 酉와 명암합(乙庚)하면서 巳酉로 지지끼리도 합을 맺고 있다. 뿐 아니라 시동생이 있는 년지 辰이 일지 酉와도 辰酉로 도화합을 맺고 있다. 여기까지 살핀 필자는 속으로 중얼거렸다.

'여자 팔자에 합이 많으면 여기저기 정을 많이 맺는 것이 되어 정숙하지 못하다는데… 시동생과도 합을 맺고 있으니 심상치 않은 문제가 있겠군. 먼저 한 가지 사실부터 확인해 봐야겠군.'

'아주머니! 22~23세경에 연애했고 24살이나 25살에 결혼했습니까?'

'예! 그렇습니다. 24살에 연애결혼 했습니다.'

'그런데 혹시 남편이 장남이라 시동생과 함께 살고 있지 않습니까?'

'예 남편의 시부모는 일찍 돌아가시고 올해 25살되는 시동생과 같이 살고 있습니다.' 대답하는 그녀의 눈동자에 불안한 빛이 어려 있었다.'

'그랬구나, 그렇다면 사주에 나타나 있는 것이 사실이겠군.' 확신을 얻은 필자는 착 가라앉은 목소리로 입을 열었다.

'아주머니 한시바삐 시동생을 내보내던지 하세요. 그렇지 않으면 아주머니 신상뿐 아니라 딸아이 신상에도 좋지 않은 문제가 생기게 됩니다. 내가 까놓고 말하지 않아도 잘 아실테니 빨리 처리하세요.' 한참동안 눈을 껌뻑거리며 필자의 입만 쳐다보던 그녀가 한숨을 크게 쉬며 말했다.

'선생님! 나이든 사람들이 말하길 팔자도망 못한다하더니 모두가 팔자 때문이군요.' 해서는 안 될 일을 하게 된 것도 팔자 탓으로 돌려 마음의 죄책감을 씻어 보려는 듯한 어투였다.

午대운은 일지 酉에서 도화살되므로 연애사가 들어온다. 乙대운에 결혼하게 된 것은 남편궁(辰)에서 乙木이 투출되었기 때문이다. 그리고 시동생이 그녀의 딸마저 건드리게 된 것은 乙木(시동생의 표출신)에서 보면 월간 戊土상관(딸자식)이 정재에 해당되며 乙巳와 戊申이 巳申으로 지지 육합하기 때문이다.

그리고 戊土가 申에 앉아 있는데 戊土에서 보면 월지 申은 식신이며 아랫도리이다. 그런데 이것을 년지 辰中乙木이 乙庚으로 암합하고 있어서이다.

巳대운 壬戌년에 시동생과 밀통하게 되었고 癸亥년에 그 시동생이 그녀의 딸을 건드리고 되었고 결국 들통이 나게 되었는데 辰中癸水가 나타나 월간 戊土상관과 간합해서이다.

예55) 형수와 조카딸도…

```
            28 18  8
壬 乙 戊 乙   남   乙 丙 丁   대운
午 丑 寅 未       亥 子 丑
도화홍염              도화
```

乙木일간 寅月生으로 寅中戊土가 월간에 투출되어 있어 정재격이다. 그러나 년간에 乙木 비견있어 정재파격되었다. 그리고 일지 丑中己土 있어 정편재 혼잡되어 있다. 그런데 乙木일주가 신약하여 비견에 의지한다. 그렇지만 월간 戊土정재는 나의 처이기도 하고 년간 乙木형의 처이기도 하다. 그뿐 아니라 戊寅이 나의 도화홍염살이 있는 시주 壬午로 동순이면서 4급 상순관계 되어 찾아오고 있다(戊寅→ 己卯 庚辰 辛巳 壬午)이것은 형수 및 형제의 처가 나와 색정을 맺으려 찾아오는 상이다.

子대운은 인수이고 도화살을 띠고 있으면서 나의 일지 丑과 합하고 있다. 원래 인수도화되면 친척간에 애정 맺게 된다(추명가) 했는데 이것이 일지 丑과 합하여 도화살이 발동된다.

따라서 대운지 子中壬癸水가 투출되는 세운에 그런 일이 발동되어 나타나게 되므로 壬戌 癸亥년에 있어서는 안 될 일이 벌어지게 된 것이다.

그러나 아무리 사주가 그렇다고 해도 똑바른 정신을 지닌 사람이라면 어떻게 해서든 그런 불미스런 일을 저지르지 않아야 할것이다. 그렇지만 이 사주는 년월지간에 寅未, 일시지간에 丑午로 귀문살을 이루고 있음으로 해서 또라이 기질을 지니고 있기에 그런 일을 벌리게 된 것으로 보인다.

예56) 자매가 동시에 부부이별 겪는다.

```
          28 18  8
庚 戊 戊 乙   여    辛 庚 乙   대운
申 子 寅 卯         巳 辰 卯
```

년간 乙木 정관이 첫 남자이다. 그러나 나의 일지와는 子卯형되어 있고 乙卯년주와 일주 사이엔 편관(寅)과 비견이 있어 친밀하지 못하다. 乙木정관(첫 남자) 입장에서 보면 월간의 戊土 정재가 있고 일간 戊土 정재가 또 있는 상이다. 이리되면 남편 과 나 사이엔 딴 여자가 끼어있어 나와의 친밀을 깨고 있는 현 상으로 나타난다.

辰대운이 일간의 홍염살지이고 辰中에서 년간 乙木이 투출되 었으므로 연애하여 결혼하는 운이다. 辛대운은 상관운되어 년간 乙木 정관을 충극하므로 남자와 불화이별 따른다. 壬午년(28살) 만나 일지 子를 충하여 이별했다.

시주의 庚申은 년간 乙木과 합하므로 첫 남편과의 사이에서 태어난 자식이다.(자식 둘) 월지 寅中戊土와 일지 子가 암합하 므로 寅中甲木이 두 번째 남자이다. 월간 戊土는 언니이기도 하 고 두 번째 남자의 표출신이기도 하다.

신약사주에 寅中丙火는 따뜻한 부모역할하며 戊土는 비견되 어 일주를 돕는다. 따라서 두 번째 남자는 친구같고 따뜻하게 보살펴주는 부모같은 역할을 하는 남자다. 癸未년(29살)은 일지 子(도화)中癸水가 투출된 세운이라 나의 도화가 발동된다. 그리 고 이것이(癸) 월간 戊土(월지 寅의 표출신)를 합하므로 후부(後 夫)와 합정 결혼했다.

월간 戊土(後夫의 표출신)의 입장에서 보면 일지 子中癸水가 처인데 일간 戊와 쟁탈전을 벌리고 있다. 이것은 남(일간)이 차 지하고 있던 여자(日支 子)를 두고 쟁탈전을 벌린다는 뜻이다. 즉 남과 살고있던 여성을 나의 처로 하게 되며 나의 처 또한 남 따라 간다는 말이다.

그리고 월간 戊土 비견은 언니이기도 하다. 그런데 이 戊土가 편관인 寅에 앉아있는데다가 년주 乙卯정관을 보고 있다. 이는 언니가 많은 남자에게 둘러싸여 있음이다. 그 언니는 남자에 인 기 많고 2번 결혼하게 됨을 나타낸다. 그리고 辛대운은 년간 乙

木 정관을 극하는 상관운인데 년간 乙木은 언니의 정관(本夫)도 되므로 언니 역시 부부불화 이별을 겪게 된다.

　　甲申년에 월주 戊寅을 천충지충하므로 그 언니(月干戊)에게 부부불화 및 이별사가 있었다.

七. 개인의 사주를 통해
미래의 사회상을 알 수 있나?

이때까지 많은 사람은 이렇게 말했다. '시대가 영웅을 만든다.' 이 말은 인간은 환경적인 영향을 받으므로 그에 따라 크게 두각을 나타내는 사람도 있고 뜻을 펴지 못하는 사람도 있게 된다. 는 뜻이다. 그러나 이렇게 말하기도 했다. '영웅이 시대를 만든다.' 이 말은 인간사회라는 것은 결국 인간들이 만들어가는 것이므로 걸출한 능력을 지닌 사람에 의해 한 시대의 역사가 만들어진다는 뜻이다. 인간은 환경의 지배를 받기도 하지만 주위환경을 바꿀 수 있는 능력을 지니고 있으므로 위의 견해들은 모두 일리가 있다.

그러나 한 개인이 살아가는 삶의 모습을 파악하려는 사주 명리학을 공부한 필자의 견해는 이렇다. 그 시대가 요구하는 명조(命造)를 타고난 사람은 그 시대의 주인공이 될 수 있다. 이 말은 하늘(天道)은 사람을 통하여 하늘의 뜻이 이뤄지도록 하며 용사(用事)할 하늘의 부름을 받은 자가 곧 한 시대의 영웅으로 일컬어지게 된다는 뜻과 같다. 그러므로 위 두 견해의 절충융합형 같으나 그 핵심은 '시대가 영웅을 만든다.'는 견해와 다름없다.

이러므로 우리들은 세상을 깜짝 놀라게 할 능력과 지혜를 지녔지만 시대의 요구에 맞지 않아 쓰이지 못하는 사람을 볼 수 있고 별다른 능력은 없으나 한 시대를 풍미한 영웅으로 추앙받는 사람들도 숱하게 보게 된다.

따라서 우리들은 소위 대격(大格)이라 부르는 성공한 사람들의 사주팔자를 통해 그 시대상을 살펴 볼 수 있으며 아직은 아니지만 대격(大格)사주로 태어난 사람의 명조를 통해 앞으로 도래할 시대상(時代相)을 살펴 볼 수 있다.

이에 따른 연구는 이때껏 시도된바 없으므로 명리학도 여러분은 매우 황당하게 생각 할 수도 있다. 그러나 일간(日刊)을 중심으로 한 7자와 대 세운은 모두가 일간에게 이런저런 영향을 끼치는 시간과 공간 그리고 인사(人事)적인 환경들이다. 이러므로 우리 명리학도들은 그것의 작용을 살펴 어떤 환경에서 어떻게 살아오고 가는가 하는 삶의 모습들을 파악할 수 있는 것이다.

따라서 소위 영웅 및 위대한 사람이란 평가를 받고 있는 인물들의 사주를 들어 그 시대적 공간적 환경을 살펴보기로 한다.

예1) 쌍용이 토해낸 여의주 같은 재능

					53	43	33	23	13	3	
甲	壬	乙	丁	남	己	庚	辛	壬	癸	甲	대운
辰	辰	巳	丑		亥	子	丑	寅	卯	辰	

壬水 巳月生이나 일시지 辰에 통근했고 년지 丑에도 통근하여 不弱인데다 월지 巳가 년지 丑과 巳丑 반금국을 형성하려 함으로 년간 丁火에 임할 수 있다. 이 사주의 귀한 점은 일시지 辰中의 乙木이 월간에 투출되어 나의 재성인 丁火를 생하고 있음이다.

그런데다가 시간 甲木과 壬일간의 관계도 좋고 壬과 乙의 관계도 물속에서 연꽃이 피어난 격이므로 아주 좋다. 이렇게 천간의 관계가 좋고 신약하지 않게 되면 귀명(貴命)이 되고 청격(淸格)이 된다. 특히 일시지 辰에서 투출된 乙木 상관은 쌍용(龍)이 뿜어내는 창조력이고 재능이라 총명 특달할 뿐 아니라 창의적인 능력을 지니게 된다. 卯대운에 乙木상관이 득록하므로 그 재능을 인정받아 22세에 왕위에 올랐다. 이후 金水운을 만나 일주가 강해짐에 따라 乙木상관의 힘도 강해져 창의적인 많은 일을 했으며 훈민정음까지 반포하는 크나 큰 업적을 남기게 되었다.

己대운에 시간의 식신 甲木을 합거하여 종명했으나 그 이름은 천추만대에 전하게 되었다. 세종대왕의 명조이다.

　※ 신약한 사주가 힘을 ■는 卯상관운에 등극할 수 있느냐고 생각하는 역인(易人)들이 많다. 억부법으로만 보면 당연한 의문이다. 그러나 사주는 억부법으로만 봐서는 안되고 그 흐름을 읽을 줄 알아야 한다. 즉 이 사주처럼 월간 乙木이 그 재능이 될 때는 그것이 힘을 얻을 때 재능을 인정받게 되고 그 능력이 발휘되는 것이다.

예2) 三山峯의 여의주를 잡았다.

```
戊 戊 戊 辛     여    癸 壬 辛 庚 己
午 申 戌 亥            卯 寅 丑 子 亥
```

　戊土 戌月生으로 신왕하다. 년지 辛金 상관이 용신인데 戌과 일지 申에 뿌리 있어 용신의 힘이 아주 강하다. 따라서 총명영리하며 그 활동력이 웅장하다. 그런데다 천관(戌亥) 있고 지축(地軸)인 申이 있어 귀함을 갖추었고 일시지 사이에 天乙貴人인 未가 숨어 있으며 월일지 사이에도 酉가 있어 午未申酉戌亥로 지지연여격도 구성하고 있다. 그러므로 일국의 황후로 간택되어 귀함을 누리게 되었다.

　庚子, 辛丑, 壬대운까지 영화를 누리다가 寅대운 乙未년(44세)에 일본낭인의 손에 피살되었다. 寅대운은 午未申酉戌亥로 구성되어 있는 그 중심인 일지 申을 충하여 연여격이 부서져 대혼란이 생기게 되었다. 그리고 乙未년은 상관격에 乙木정관을 만나게 되어 크게 불길한데다 대운지 寅에 충맞은 일지 申中庚金 식신(명줄)이 충출되어 세운간 乙木에 합거되었기 때문이다.

　이 사주는 다음과 같이 물상(物象)적인 통변을 할 수 있다. 높고 높은 삼산(三山) 봉우리위에 황금빛 나는 보물이 있다. 그 보물(辛)은 제일 높은 어른자리(年干)에 앉아 호숫물(亥)같은 돈을 만들 수 있고(辛金生亥水) 만 사람을 지배할 수 있는 힘(亥中甲木 편관)을 만들 수 있는 여의주 같은 것이다.

그런데 이것을 누런 개(戊戌) 누런 말(戊午) 누런 털을 지닌 원숭이(戊申)같은 세 사람이 서로 차지하려 산위로 달려 올라가고 있다. 살찐 말(戊午)과 지구력 있는 삽살개(戊戌)는 원래부터 달리기엔 이력이 나 있으나 높은 산봉우리를 오르는 재주는 수척하게 보이는 잔나비(戊申)를 따를 수 없다.

결국 여의주(辛)는 보잘것없어 보이는 잔나비 차지가 되었다. 그러하지만 그 보물(辛)은 비견인 戊戌 시아비가 품고 있던 것이었다.(戌中辛金이 년간에 투출) 명성황후라고도 불리웠던 본명(本命)은 민씨(閔氏) 가문에 태어나 8세경에 양친을 잃고 어렵게 성장했다.

대원군(大院君)으로 불리게 된 이하응은 자기 아들이 조선의 군왕으로 받들어지자 일부러 가세 빈곤한 민씨 가문의 규수를 간택하여 왕후로 삼았다. 이는 외척의 발호를 막기 위한 하나의 선택이었다. 즉 가난하고 잘나지도 못한 가문을 사돈으로 삼아야만 국정에 관여치 못하리라 생각했기 때문이다.

그러나 본명(本命)은 대원군이란 칭호로 왕을 대신해 섭정하고 있던 시아비 이하응을 몰아내고 자신이 모든 권세를 휘두르게 된다. 그러다가 결국 동쪽나라(日本)의 낭인(浪人)에게 피살당하게 된다.

예3) 부친과 처가 나를 끼고 힘 겨룬다.

```
            41 31 21 11  1
己 癸 己 壬   남   甲 癸 壬 辛 庚    대운
未 酉 酉 子        寅 丑 子 亥 戌
```

癸일주 酉月生으로 년주에 壬子있어 신왕이다 시지 未에 뿌리 둔 己土로 제습해야 좋아지니 火와 조토(戌未)운이 와야 좋아진 다. 시지 未中丁火 편재있고 일지 酉와 암합(未中乙木과 酉中庚 金이 乙庚合)하므로 丁火편재는 처성(妻星)이고 未는 처궁이다. 따라서 처궁(未)에서 투출된 월시간의 己土는 처의 표출신이다. 따라서 좌우에 처(妻)가 있어 나를 보필하는 상이다.

그러나 사주에 未土외에 火氣없어 己未土를 생해 주지 못하고 木氣약해 火가 외로우므로 처는 일찍 부모 이별하여 외로운 사 람이다. 즉 식신상관이 없고 시지 未中에 입고되어 있으므로 처 의 부모(식상)는 일찍 죽었다. 그리고 시지 未中丁火 편재는 부 친이고 처인데 이것이 권세(편관)가 되어 월시간에 나타나 나 (癸)를 가운데 두고 서로 다투고 있다.

따라서 월간 己土는 부친의 표출신이고 시간 己土는 처의 표출 신되어 나를 끼고 권세(편관)부린다. 월간 己土는 식신문창인 酉 에 앉아 있어 그 부친은 총명하고 붓재주 있으며 말 잘한다. 시간 己土는 음인(陰刃)인 未에 앉아 고집 세고 성격강한 여자다.

일간 癸水는 시지 未에 입묘하므로 처와 부친에게 꼼짝 못하 는데 처(시간 己土)에게 더욱 쩔쩔맨다. 유약한 癸水가 己未土 의 기세에 눌려서이다.

시상일위귀격(時上一位貴格)되어 넓은 땅(己土)의 권세를 지 닌 임금이 되었으나 일간이 유약한데다 대운이 좋지 못해 좋은 역할 못한다. 만일 癸酉일주가 아니고 癸亥일주 였다면 불운중세서도 그것을 타개해 나가려는 강한 힘을 발휘했을 것이다. 이리되면 왼쪽에 있는 부친의 뛰어난 두뇌와 오른쪽에 있는 마누라의 강한 기질을 두 손에 들고 잘 활용했을 것이다. 어쨌든 월간과 시간의 己土가 나를 가운데 두고 서로 싸우는데 결국은 시간의 己土처가 칼을 잡게 된다.

丑대운에 시지 未를 충하므로 이때부터 나의 운세가 기울기 시작했고 충맞은 땅덩어리(己未土)가 지진을 만나 무너지는 격되어 국운(國運)이 기울어 졌다. 甲寅대운되어 월시간의 己土가 합거되니 부친(월간 己土)과 처(시간 己土)에 불상사 생긴다. 이런 대운에 乙未년(43세)만나 己土를 충극하므로 그만 그 처(妻)가 동쪽사람(甲寅木; 日本)에게 칼 맞고 원통하게 숨졌다. 뿐 아니라 甲寅대운은 己土(땅덩어리)가 합거되므로 삼천리강산마저 동쪽사람(甲寅)에게 넘어가게 되었다.

이 사주는 다음과 같이 물상적 통변을 할 수 있다. 중추(仲秋) 넓은 벌판(己己土)엔 거둬들일 곡식(木)하나 없는데 땅 밑에 있는 보화(寶貨; 未中丁火편재)를 노린 칼든 도둑(壬子겁재)이 들판(己)에 쳐들어와 진흙땅을 만들고 있다. 이를 두 개의 己土(월시간)로 막아보려 하나 역부족이다. 이씨조선의 마지막 황제였던 고종(高宗)의 사주팔자이다.

※ 흔히 癸酉일은 일지 酉金이 일간 癸水를 생해주므로 일간 癸水가 강해진다로 알고 있다. 그러나 酉金은 겉껍질을 강하게 하여 내부의 힘을 보존하려하는 상태이므로 밖으로 힘을 내보내 水를 생하려 하지 않는다. 그러나 酉中庚金이 천간에 투출되어 있다면 壬癸水를 생할 수 있다. 하지만 辛金이 천간에 투출된다면 역시 壬癸水를 생하는 작용이 미약하다.

이것은 다같이 酉에서 투출되었더라도 양(陽庚)은 활동적이고 음(陰辛)은 비활동적인 그 성질에 따른 것이다. 만일 辛金으로 하여금 水를 생하게 하려면 충하고 극하는 자극을 주어야 되는데 이는 강한 겉껍질을 깨어야만 그 속에 있는 액즙을 먹을 수 있는 과일에 비유할 수 있다.

예4) 흑룡 백룡이 여의주를 다툰다.

```
                62 52 42 32 22 12  2
癸 壬 己 庚    남   丙 乙 甲 癸 壬 辛 庚    대운
卯 辰 丑 辰        申 未 午 巳 辰 卯 寅
```

壬일주 丑月生으로 辰丑土에 뿌리있고 癸水 투출되어 불약(不弱)이다. 월정관격이나 丑中癸水가 시간에 투출되었다. 그러므로 시간 癸水는 나의 귀기(貴氣)인 관성을 겁탈하는 기신이다. 그런데다가 이 사주엔 일점의 화기(火氣)가 없어 그야말로 한습태다하다. 따라서 조후해주고 음양의 균형을 잡아주는 남방(南方) 화운(火運)이 와야 좋아진다. 여기까지의 해설은 일반적인 것이고 다음과 같은 사실을 감추고 있다.

시간의 癸水겁재(겁탈의 神)는 추위에 얼어있는 대지(大地)위에 눈보라를 퍼붓는 격이다. 따라서 춥고 배고픈(財없어) 상황에서 찬 눈보라까지 만난 격이다. 그런데 이 癸水 겁탈지신은 년지 辰, 월지 丑, 일지 辰에서 투출된 것이며 나에겐 며느리(아들의 처)가 된다. 그런데다가 나와 같은 영역에 있는 유정한 관성(己丑)을 년주의 庚辰(白龍)이 癸水겁재를 투출시켜 뺏으려 하고 있다(년주 庚辰은 며느리의 집이고 사돈집).

또 시간의 癸水는 일지 辰에서 투출되었으므로 나의 표출신이기도 하다. 그러므로 이 사주 주인공의 성질 역시 겁재의 성격인 저돌적 투쟁적인 성향을 나타낸다. 즉 이렇게 겁재가 두 집

(년일지 辰)에서 투출되어 정관인 己土의 귀기(貴氣)를 쟁탈함은 며느리(癸水)와 내가 己土관성을 뺏기 위해 투쟁함을 나타낸다. 바로 흑룡(壬辰)과 백룡(庚辰)이 여의주(如意珠)인 己土 관성을 서로 차기하기 위해 상쟁하는 격국이다.

癸대운까지 춥고 배고픈 세월을 울분을 삭이며 이겨냈고 巳대운부터 한가닥 빛이 보이기 시작했다. 그러다가 午대운 들어 자신의 아들이 군왕(君王)으로 옹위되자 크게 좋아지기 시작했다.

대원군(大院君)으로 책봉되어 아들을 대신하여 겨울 땅(己丑)을 다스리게 되었던 것이다. 그러다가 보잘것없어 보이는 가문의 규수를 발탁해 며느리로 삼았는데 외척의 정치관여를 못하도록 하기 위해서였다. 그러했지만 결국은 며느리와 정권을 두고 쟁탈전을 벌이게 되었고 끝내 실각하게 까지 되었다.

이 사주처럼 일점의 火氣마저 없어 지극히 한습한 것이 남방화운을 만나게 되면 갑자기 좋아진다.

※ 월주 己丑은 추위에 얼어있는 땅덩어리로 나라를 뜻하며 이것이 정관성이 됨은 그 나라를 다스리는 권리를 뜻한다. 따라서 춥고 배고픈 나라를 다스리는 권리가 월주 己丑정관에 대한 통변이다. 재(財)는 재물뿐 아니라 음식과 물질을 의미하는데 위 사주엔 일점의 火氣가 없으므로 춥고 배고프다고 한 것이다.

예5) 辛亥 혁명을 이룬 中山선생

```
壬 丁 丁 乙   남   辛 壬 癸 甲 乙 丙   대운
寅 酉 亥 丑        巳 午 未 申 酉 戌
```

丁火일주 亥月生으로 신약이다. 이러면 대부분의 역자(易者)

들은 월간 丁火비견을 희신으로 보게 된다. 그러나 재, 관(財官) 위의 비견겁재는 나와 재관을 두고 다투는 경쟁자이므로 좀체로 희용신이 되기 어렵다. 이것은 오행의 생극 강약보다 합(合)이 중요하기 때문이다. 이 사주 역시 월지 亥中壬水 정관을 두 개의 丁火가 쟁합하므로 월간 丁火는 나의 경쟁자 일뿐이다.

이렇게 두 丁火가 경쟁 상태에 있으면 년간 乙木은 월간 丁火의 후원세력이며 시지의 寅木은 나와 가까우므로 나의후원 세력이 된다. 그런데 월지 亥中壬水가 시간에 투출되어 나와 유정하며 시주 壬寅과 일주 丁酉는 동순(同旬)에 있다. 이것은 남(월간 丁火)의 정관을 내가 빼앗아 나의 것으로 하게 됨을 뜻한다.

월지 亥中壬水는 먼저 월간 丁火와 명암합했던 관계이기 때문이다. 그리고 동북쪽의 위치에 있는 년간 乙木은 월간 丁火의 후원세력이다. 그러나 년주에서 보면 월지 亥水가 공망이므로 丁火는 이미 후원세력을 잃어버린 상태로 심히 허약해져 있다. 이에 비해 일간 丁火는 동순(同旬)으로 유정 친밀한 시지 寅의 생을 받고 있다. 따라서 일간 丁火는 월간 丁火의 관성을 빼앗을 힘을 갖추고 있다.

시지 寅中甲木이 대운에 나타나는 甲대운에 후원세력의 협조를 얻어 혁명을 시도했으나 대운지 申이 시지 寅을 충하므로 실패했다. 그러나 午대운이 되자 일간 丁火가 득록하고 시지 寅과 寅午 반합화국을 이루므로 성공하게 되었는데 辛亥년 이었다. 辛亥년은 월간 丁火의 후원세력인 乙木을 충극하였고 시지 寅과 합을하여 목기(木氣)를 강화시켰기 때문이다.

중국인들은 청(淸)나라 세력을 몰아낸 이 혁명을 辛亥혁명이라 부른다. 여기서 한 가지 의문점은 午대운은 월간 丁火와 일간 丁火 모두가 득록하는데 어째서 일간 丁火만이 그 혜택을 받느냐하는 점이다. 이는 일간의 동조세력인 시지 寅이 대운지 午

를 寅午 반삼합으로 일간 쪽으로 이끌어 왔기 때문이다.

　무릇 큰일을 이루는 사람은 항상 대중의 지지를 얻어야 하는데 사주에서도 이런 현상을 살펴볼 수 있다. 즉 위 사주처럼 동순(同旬)관계가 되면서 나와 유정한 것이 있다면 나를 따르고 지지하는 세력이 있는 것이다. 그러나 상대가 그러하고 나는 그렇지 않으면 반대로 해석하면 된다.

　특히 재와 관성이 일주와 동순(同旬)또는 상순(相順)관계가 되어 합하면 재물과 권세 및 귀(貴)가 나를 따르는 격이다. 옛말에 '돈(재물)이 나를 따라야 부자가 되지 내가 돈을 따르면 돈에 농락만 당한다.' 했는데 사주의 이치와 동일하다.

예6) 공자(孔子)를 질책 비판한 사나이

　　癸 丙 甲 癸　 남　　戊 己 庚 辛 壬 癸　 대운
　　巳 午 寅 酉　　　　申 酉 戌 亥 子 丑

　丙火일간이 寅月에 태어났고 일지 午 시지 巳를 얻어 신왕하다. 따라서 재관을 좋아하고 재관에 임할 수 있다. 그러나 재관은 년주에 멀리 떨어져 있는데다가 일주 丙午와는 유정하지 못하다. 월주 甲寅인수만이 일주와 寅午합을 지어 유정하다. 그러므로 재물과 권세보다 명예와 이름(학문)이 더 크게 나타나는 팔자다.

　丑대운에 과거 합격했고 壬대운까지 빛이 났다. 子대운은 년간 癸水 관성의 록지되어 길할 것 같으나 일지 午양인을 충하므로 불길하다. 子대운에 戊戌년(25세)에 정변을 일으켜 정권을 장악하려 했으나 세운간 戊가 년간 癸水를 합거하였고 세운지 戌이 원국과 寅午戌 火局을 지어 실패하고 말았다.

辛亥, 庚대운에 대학의 총장직을 맡아 중국 근대 사학(史學)의 선구자가 되었다. 만이활하(蠻夷猾夏; 미개한 夷족이 夏중국을 침범한다)를 주장한 공자(孔子)를 호되게 비판한 것으로 유명하다.

공자가 그의 책(尙書)에 순임금(舜)의 입을 빌려 '만이(蠻夷)가 하(夏)중국을 침범해 오는데 이를 어찌할꼬…. 호도여 너는 사(土)가되어 이를 막아라.' 해 놓았는데 이를 엉터리로 보고 비판한 것이다. 즉 순임금이 집권하던 4200여 년 전에는 하(夏)라는 이름을 지닌 국가뿐 아니라 하(夏)라는 글자도 없었는데 어떻게 「만이활하」가 될 수 있다는 말인가! 역사를 잘 모르면 그대로 두면 될 것을 잘 아는 척 엉뚱한 소리를 한 것은 후학(後學)을 혼란시키는 좋지 못한 행동이다. 로 질책 비판했던 것이다.

중국의 역사는 오제(五帝)시기인 순(舜)임금 때를 거쳐 하(夏)나라가 들어섰고 이를 멸망시킨 상(商)나라가 천하의 종권을 잡게 되었다. 그러므로 본명(本命)의 주인공인 양계초선생의 질책과 비판은 당연한 것이다. 아득한 옛날부터 중국 땅의 이족(夷族)은 태행산(太行山) 동쪽에 있는 산동(山東)지방을 주근거지로 하여 살고 있었다. 그리하여 서쪽지역에 웅거하던 한족(漢族)의 선조로부터 동이(東夷)라고도 불리어졌다.

중국 땅에 살던 이들이 한반도로 흘러들어 지금의 우리를 있게 했다. 그러므로 중국역사 책에도 우리를 가리켜 동이(東夷)라 했으며 우리들도 자신을 일러 우리는 동이의 후예라 칭했던 것이다.

중국의 상고사(上古史)는 동이의 역사였다. 이것은 중국의 역사를 폭넓고 깊게 연구해본 사람이면 누구나가 수긍할 수 있는 사실이다. 따라서 중국땅 역사를 연 복희씨, 신농씨 뿐 아니라 오제(五帝)시기의 소호금천씨(小昊金天氏), 고양씨(高陽氏), 고신씨(高新氏) 그리고 순(舜)임금 역시 동이(東夷)였다.

이후 그 종권(宗權)을 하족(夏族; 漢族의 조상)에게 뺏기게 되어 비로소 하(夏)라는 글자와 하(夏)라는 나라가 있게 된 것이다. 그 이후 순임금의 자손들과 고신임금의 자손들이 힘을 합해 상(商)나라를 이루었고 끝내 하(夏)를 멸망시키고 천하의 종권을 되찾게 되었다.

이러한 동이의 자랑스런 중국땅에서의 발자취를 왜곡시켜 지워 버리려한 역사왜곡의 원조(元祖)가 바로 공자(孔子)인 것이다. 이것도 모르고 우리는 제 할아비보다 더 공자를 받들어 왔으니 참으로 어처구니없는 일이 아닐 수 없다. 따라서 우리들은 비록 중국인이지만 그러한 사실을 바로 밝혀준 양계초 선생에게 큰 감사의 마음을 지녀야 할 것이다.

예7) 무법자를 잘 다루는 사나이

```
庚 己 庚 丁   남      癸 甲 乙 丙 丁 戊 己   대운
午 巳 戌 亥            卯 辰 巳 午 未 申 酉
西 南 東 北
```

동북쪽 戌亥는 원래 임금님이 계시는 곳인데 공망되어 비어있네. 이러한 때에 나(일간)는 그것을 밟고선 큰 땅덩어리가 되었네(己土가 干에 있고 戌은 支에 있다.) 그런데 그 위를 칼 든 무법자(庚戌, 庚午의 상관)들이 동서로 말달리며 뿌연 흙먼지만 자욱하게 일으켜 놓네.

먼저 제멋대로 기고만장인 이것들을 제압해야만 대지(己土)가 평안해 질것이고 그리되어야 북극성(亥는 北, 丁火는 별) 아래에 있는 왕관(亥中甲木 정관)을 쓸 수 있겠네.

다행히 나에겐 그것들을 제압하고 길들일 수 있는 활활 타오르는(午時의 丁火) 불덩이가 있네. 이제 활활 타오르는 불덩이

를 그린 깃발을 들고 그것을 제압하러 길 떠나야겠네.

이 사주의 주인공은 동북이 근거지인 만주 청나라가 중원에서 그 세력을 잃고 망해가던 무렵에 태어났다. 辛亥혁명을 일으켜 중화민국을 이룬 손문(中山)선생 밑에 있던 그는 국민당을 이끌고 여기저기서 내노라며 날뛰던 군벌들을 진압하여 자신의 천하를 이루게 된다. 바로 자신의 용신인 丁火와 상통되는 청천백일기(靑天白日旗)를 앞세웠는데 巳午未대운 때였다.

그러다가 모택동이 이끄는 공산당과 천하를 놓고 한판싸움을 벌리게 되었고 결국 대만으로 쫓겨가게 되었다. 바로 대만의 종신 총통이었던 장개석 선생이다. 태어난 곳은 절강성이었는데 상해에 임시 정부를 두고 있던 김구선생과 만났을 때 이런 문답이 있었다 한다. 물론 김구선생이 지원을 얻고자 만나보기를 청한 자리였다. '왜놈은 저희나라 뿐아니라 중국까지 침탈하려하므로 공동의 적이 됩니다. 그러니 저희들을 지원해 주십시오.' 머리를 끄덕거리며 듣고 있던 장개석이 입을 열었다. '제가 태어난 절강성은 원래 당신들의 나라인 백제의 땅이었지요. 따라서 그대와 나는 어쩌면 한 핏줄 일수도 있을 것이오. 그러니 힘 닿는데로 무엇이던 도와주겠소이다.' 지원약속을 얻어낸 김구선생은 자신의 거처로 돌아와 남들이 알고 있는 우리의 옛 역사를 왜 나는 모르고 있었던가? 하며 심히 부끄러워했다 한다.

옛 날에 백제가 중국대륙에까지 그 세력을 뻗어 하나의 나라를 세웠다는 것은 중국의 역사책인 만주원류고(富春저)에 명확하고 세세하게 나와 있다. 그런데 대부분의 우리들은 이를 모르고 있다.

일본사람들이 이 땅을 지배하기 위해 만든 황국사관(皇國史觀)에 교육받은 사람들이 이 땅 역사 교육의 중책을 맡게 된 연유 때문이 아닐까 생각된다. 이 세상엔 엉터리와 거짓이 너무 많다. 특히 거짓이 진실의 탈을 덮어쓰고 행세하는 일이 여기저기에 너무 많다.

백(白)자만해도 그렇다. 이 글자의 고체(古体)는 등잔의 불꽃을 그린 글자인데 이를 일본의 문자 학자들은 '도토리 모양을 그린 것이다. 손톱의 모양을 상형한 것이다.' 로 해석한다. 그리고 대부분의 한국사람 역시 위 글자를 단지「희다 」는 뜻으로 받아 들일뿐 그 원류와 뜻을 잘 모르고 있다.

십 여 년전 어느 날 새해였다. TV에서 백두산(白頭山)의 명칭에 대해 서울 모대학 국문학 교수가 출연해 다음과 같이 설명했다. '본래 백두산 머리엔 하얀 눈이 쌓여 있기에 흰백(白) 머리 두(頭) 뫼산(山)이 되었답니다.' 참으로 무식해도 한참 무식한 소견이 아닐 수 없었다. '이런 사람이 일류라 소리 듣는 대학의 유명한 선생이라니 이것도 모르고 그런 것을 진실이라 믿고 배우는 사람들이 정말 안타깝구나.' 필자의 심정이었다.

백(白)자의 원래 뜻은 밝다. 밝히다 였다. 그러므로 백서(白書), 백야(白夜)등의 말을 이룬다. 그리고 밝은 색은 흰색이고 흰색은 밝은색 이므로 「희다」는 뜻이 따르게 된 것이다. 우리들은 자칭 백의(白衣)민족이라 하며 우리가 딛고 사는 땅을「밝(박)달」이라 했다.

「밝(박)달」은 밝은 땅이란 말로 나중엔 배달(倍達)로 변음되었다. 백(白)자를 지방에 따라 사람에 따라「바이」「배」「빼」등으로 읽었기 때문이나 원래의 음은 박(밝)이었다. 이르므로 백하(白河)를 「바이허」로 읽었고 이에서 「바이칼」로 변음된 것이다.

따라서 백두산(白頭山)의 뜻은 「밝(박)의 머리 되는 산」 즉 「박달(배달)」의 머리되는 산으로 밝은 땅에 밝은 옷 입고 살아온 우리들의 정신적 지주며 우리 모든 땅의 시원처 임을 말하는 것이다.

예8) 애타는 조국사랑.

| 庚 | 丁 | 己 | 乙 | 남 | 辛 | 壬 | 癸 | 甲 | 乙 | 丙 | 丁 | 戊 | 대운 |
| 子 | 亥 | 卯 | 亥 | | 未 | 申 | 酉 | 戌 | 亥 | 子 | 丑 | 寅 | |

丁火일주가 卯月에 태어났으나 신약이다. 그러므로 일간을 생해주는 년간의 乙木편인으로 용신해야 한다. 또 천간에 투출된 오행중에서 오로지 乙木의 뿌리만이 강하므로 乙木을 따르는 종강격이다. 이 논리는 초심자 대부분이 전개하는 것이다. 그러나 목다화식(木多火息) 되는데다 물에 불어터진 乙木으로 丁火를 생할 수 있을까? 이 사주의 주인공은 대한민국 초대 대통령을 지냈으나 일찍이 미국으로 건너나 항일운동을 전개했다. 따라서 癸酉대운까지 큰 고생을 하다가 申대운 들어 조국이 광복을 맞게 되어 귀국했고 몇 년 뒤 미국의 도움으로 대통령직에 올랐다.

즉 金運에 성공을 했으며 서방(西方)세력인 미국의 도움을 아주 많이 받았다. 그러므로 신약(身弱)용인격과 종강격으로 보면 오류가 분명하다. 이 사주는 오히려 왕한 木이 병이고 시간의 庚金이 약신이며 병중(病重)할 때 그것을 제압해주는 약신운을 만나면 성공하는 것이다는 오언독보의 '병중이라야 크고 귀하게 된다.'는 논리와 일치된다.

위 사주를 물상적으로 보면 다음과 같다. 월간 己土식신은 내가 태어난 땅(月干에 있으므로)이다. 이것이 큰 바다 한가운데 있는 木(亥卯亥)에게 극(乙尅己土)됨은 내가 태어난 땅(己)이 동쪽 섬나라 일본에게 침탈당하고 있음을 말한다. 일간 丁火는 한

밤중(子時)을 밝히는 등불이며 조국(己土)을 살리려는 하나의 불(丁火)이다. 그러므로 조국에 대한 안타까운 사랑(丁火生己土)을 알 수 있고 민중계몽 운동을 하게 된 그의 내력과 일치된다.

그러나 그 어디에도 발붙일 수 없는 미약한 丁火로서는 도저히 뜻을 이룰 수 없어 시간의 庚金을 이용하여 乙木을 제압하려는 방법밖에 생각나지 않는다. 그리하여 丑대운이 들어와 시지 子와 합하고 丑은 庚金의 뿌리가 되므로 이때에 서방세력인 미국으로 갈 생각을 하게 된 것이다.

丙子, 乙亥, 甲戌, 癸酉대운까지 엄청난 고생을 했다. 그러나 酉대운에 미국측의 인정을 받게 되었고 申대운에 시간의 庚金이 득록하여 乙卯木을 제압하므로 욱일승천으로 나아가던 일본은 패망의 길로 접어들게 되었다. 해방된 乙酉년은 년간 乙木의 중심세력인 월지 卯木이 충을 받아 깨어지는 운이고 그에 따라 꿈에 그리던 조국 땅을 밟게 되었다.

예9) 물 돼지 잡아먹고 정권 잡으려 하나…

乙甲辛甲　남　丁丙乙甲癸壬　대운
亥寅未午　　　丑子亥戌酉申

甲木일주가 未月 염천에 태어나 午未, 寅午의 반화국까지 있어 한모금의 물이라도 절실히 필요하다. 이러한데 亥時를 만나 갈증으로 허덕이던 범(寅)이 기력을 차린 격이 되었고 더하여 육갑추건격까지 이루니 귀격 팔자가 되었다. 아쉬운 것은 천간에 癸水가 없음이다.

이 사주의 구조는 월간 辛金 정관 하나를 사이에 두고 지지에 뿌리내린 甲乙의 비견 겁재가 있다. 그런데다 년주 甲午는 월주

辛未를 午未로 합하고 있고 일주 甲寅은 시주 乙亥와 寅亥로 합하면서 월지 未와 암합 및 명암합하고 있다.

따라서 다음과 같은 통변이 된다. 백양(辛未)이 사는 바짝 말라 갈증을 느끼게 하는 땅(나라)에 태어난 나와 비견겁재들은 모두들 그 땅(未)위에 여의주같은 보물인 辛金(정권)을 노린다.

그러나 정권(辛정관)은 이미 년간 甲木 비견이 차지하고 있다.(甲午와 辛未는 午未合) 따라서 목마른 한 마리 호랑이인 나 (甲寅)는 물돼지(亥)를 잡아먹고 기운을 차린 다음 그 위태로운 정권(뿌리없는 辛金)을 탈취(乙木겁재)하려 한다. 바짝 마른 땅덩이(나라)에서 투출된 乙木이 시간에 앉아 내편이 되어 더욱 정권탈취하길 부추기고 있다.

※ 겁재(劫財)는 재물을 탈취하는 역할 뿐 아니라 정관을 보면 그 귀기(貴氣)마저 탈취하는 역할을 한다. 본명(本命)은 부패한 자유당이 정권을 잡고 있을 때 그 정권을 무너트리기 위해 야당 지도자로 활동한 신익희 선생의 사주다. 그때 많은 국민들의 지지를 받아 틀림없이 대통령에 당선 될 줄 알았는데 그만 유세도중 심장마비로 급사하고 말았다.

예10) 동토를 황금 밭으로 만들자.

					71	61	51	41	31	21	11	1	
壬	丙	己	乙	남	辛	壬	癸	甲	乙	丙	丁	戊	대운
辰	申	丑	丑		巳	午	未	申	酉	戌	亥	子	

이 사주는 시간에 있는 壬水에 종하는 사주다. 상관이 왕하고 편관을 용신으로 하게 되어 군인 출신이다. 일지 申金은 土水간의 싸움을 해소해주는 통관신인데 여기서 투출된 壬水 편관이

있으므로 협상력(통관)이 뛰어나다. 물론 己土상관이 왕하고 월지 상관격이므로 언변 또한 청산유수이다.

이 사주도 물상적으로 통변하면 다음과 같다. 내(丙)가 태어난 월주는 겨울추위에 꽁꽁 얼어 있는 큰 땅덩이다. 월지 丑이 金 재성의 고(庫)이므로 언 땅을 녹이고 곡괭이질(乙木剋己土)만 잘하면 황금(丑中辛金)이 쏟아질 땅이다. 이러한데 나(丙)는 차디찬 대지를 비춰주는 태양이 되었으며 호수(壬)에 찬란한 빛을 반영시키고 있다. 그리고 호수 밑에 웅크리고 있던 용(辰)에게서 땅을 쪼아줄 乙木을 빼내어 황금을 깨내기 시작한다.(년간 乙木은 시지 辰에서 투출되었다.)

드디어 때가 오자 금수강산 여기저기서 '일하러 가세. 일하러 가세…'하는 노래 소리와 함께 부지런히 쪼아대는 곡괭이질 소리가 온천지를 진동시켰다.

본명(本命)은 고 박정희 대통령의 조카사위이며 혁명동지였던 김종필씨의 것이다. 그의 큰 업적은 박정희 전대통령을 도와 이 땅에 새마을 사업을 일으킨 것과 농업국이었던 이 나라를 산업국가로 변모시킨 것이라 생각된다.

예11) 혁명가로 태어났다.

					62	52	42	32	22	12	2	
戊	庚	辛	丁	남	甲	乙	丙	丁	戊	己	庚	대운
寅	申	亥	巳		辰	巳	午	未	申	酉	戌	

이 사주는 5. 16군사 혁명으로 집권하여 이 땅에 새마을 운동을 일으켜 국민들의 삶을 향상 시켰으며 농업에 의존하던 한국 경제를 산업국가로 바꾼 고(故)박정희 대통령의 것이다.

이 팔자에 대해 '지지에 寅申巳亥가 모두 있으면 대성(大聖)격으로 남명은 큰 업적을 세우나 여명은 음란하고 분주하기만한 천한 삶을 살게된다.'로 말한다.

또 '庚일주가 亥月에 태어나 金水상관격이고 이리되면 조후되는 木火운이 좋고 관성을 용신으로 한다.'로 말하고 있다. 모두 옳은 말이다. 그러나 좀 더 자세하게 살펴보자 원래 庚, 辛일주가 겨울에 태어나면 맺고 끊는 결단력이 뛰어나며 개혁적 성질이 강하다. 그리고 나라를 생각하고 국민을 근심하는 마음을 지니게 되며 시국(時局)에 대한 많은 울분을 느끼게 된다.

그리고 이 사주는 일시가 寅申충되어 부부궁에 흉조를 감추고 있으며 년주인 丁巳정관과는 동순(同旬)에 3급 상순(相順)되어 유정 친밀한 관계다. 일간 庚金과 합하는 乙木 정재가 없으므로 일지 申과 합하는 년지 巳가 첫째 부인이며 시지 寅木 편재는 두 번째 부인이다. 그리고 시간의 戊土는 년지 巳, 시지 寅에서 투출된 것으로 처의 표출신이다.

그런데 이 戊土는 丁火에겐 없어서는 안되는 역할을 한다. 즉 丁火는 쇠를 녹이는 불, 추위를 쫓아주는 난로 및 장작불이고 戊土는 이를 담아 불길을 조절해주는 화로 역할을 하기 때문이다. 따라서 丁火는 戊土가 있어야만 비화(飛火)되어 사라지지 않고 불길이 조절된다. 이러하므로 이 사람의 처(戊土)는 이 사람의 행동(丁火 용신)을 보살피고 조절해주는 좋은 역할을 하게 된다.

년지 巳가 첫 번째 처를 뜻하므로 巳中戊土가 나오는 戊대운에 결혼했다. 그러다 申대운에 이별했는데 년지 巳와 巳申刑되어서이다. 丁未대운은 용신운이라 발전되었고 이때에 두 번째 부인을 맞았다. 丙午대운은 기신인 辛金이 합거되어 최고로 좋은 운이라 혁명에 성공하여 최고자리에 오르게 되었다.

巳대운은 丁火용신이 뿌리 얻는 운이라 길하다 할 것이나 일 시지와 더불어 삼형(三刑)을 구성하므로 아주 불길하다. 이런데 다 甲寅년을 만나 시간 戊土(처표출신)는 甲에 충극되고 일지와 는 寅申충되어 그만 그 부인이 동쪽(甲寅)에서 온 사람에게 총 맞고 죽게 되었다.

甲대운은 년간 丁火를 생하여 길하다 할 것이나 甲木(장작)으로 丁火를 생하도록 하기 위해선 일간인 庚金의 도끼질이 있어야만 丁火가 생을 받을 수 있다. 따라서 강권(强權)을 강화시키기 위해 분주한 도끼질이 시작된다.

그러나 甲木은 월지 亥와 시지 寅에서 투출된 것이므로 아랫 사람(亥水 식신)이고 내가 부리는 하인(下人)같은 사람(寅은 財인데 財는 내가 부리는 사람)이다. 이것이 불(丁)을 담아 보존하는 戊土를 충극하므로 나의 용신이며 권세인 丁火가 흩어져 아주 불길하다. 이르므로 믿었던 자신의 부하(김재규)에게 모든 것을 다 잃게 된 것으로 보여진다. 이 사주가 혁명가가 된 것은 이런 연유에서다.

나(庚)는 원래 우국(憂國) 우민(憂民)의 생각을 지니고 있는 개혁성 강한 무쇠같은 사나이(庚申)다. 내가 태어나 머물고 있는 시점은 추운계절의 땅(월지 亥)인데 되먹지 못한 겁재(辛)가 앉아 더욱 춥게 만들고 있다.(辛金이 亥水를 生) 철추(庚) 한방이면 떡이 될 몰쌍한 탐욕 많은 놈(辛金 겁재)들(庚과 辛의 관계)을 조상(년주)이 내게 맡겨준 병권(兵權)으로 싹 쓸어 없애 버려야겠다.(丁剋辛)

※ 丁火정관이 제왕지인 巳에 앉아 있으므로 병권이 되고 이것이 나와는 巳申合이고 동순(同旬) 상순관계이나 辛金에 게는 무서운 칠살이 된다. 원래 庚金은 丁火를 만나야 쓰일 수 있는 그릇이 되므로 병권(丁巳)으로 辛金 겁재 기신을 제

거하여 성공할 수 있었던 것이다.

예12) 천하가 내손에 굴러들어왔다.

甲 丁 甲 癸　　남　　丁 戊 己 庚 辛 壬 癸　　대운
辰 酉 子 巳　　　　　巳 午 未 申 酉 戌 亥

丁火일주 子月生으로 신약하다. 이리되면 월시간의 甲木인수로 용신해야 한다. 그러나 子月 甲木이 癸水를 만나 물에 젖어 있는데다가 이것을 쪼갤 도끼 노릇하는 庚金이 불투되었다. 그러므로 벽갑인정(나무를 쪼개 불을 붙인다)이 안 되어 좋은 팔자라 할 수 없다. 그렇지만 이 사주의 주인공은 남방 火운에 크게 성공하여 그 이름을 천추만대에 전하게 되었는데 바로 중화인민 공화국을 이룬 모택동님이다. 어째서일까?

첫째 이 사주는 관성과 인성이 모두 나와 유정하며 나를 따르고 있다. 즉 년간의 癸水편관은 월지 子에 득록하여 강한데다 나(丁酉일주)와는 癸巳 甲午 乙未 丙申 丁酉로 타순(他旬)이나 4급 상순관계로 나를 찾아오고 있다. 타순(他旬)은 딴세계 및 나와는 다른 영역 그리고 나와는 다른 환경을 뜻한다. 그런 년간의 癸水편관(권세)은 겁재인 丙火가 들어있는 년지 巳에 앉아 자좌(自坐) 명암합하고 있다. 이는 남(巳中丙)이 쥐고 있던 권세(癸)가 시대를 바꿔(他旬관계) 나에게로 오게 됨을 나타내고 있다.

그리고 월주 甲子는 만물진행의 첫 순서인데 이것이 이름과 명예(甲木인수)가 되어 나를 생하고 있으며 시주의 甲辰 인수도 나와 辰酉합을 맺어 유정 친밀하다. 그러므로 남이 쥐고 있던 권위와 권세가 나에게로 오게 되었고 중국땅에 새로운 질서와 그 진행을 이루게 되어 최고라는 이름을 전하게 된 것이다.

※ 벽갑인정도 중요하지만 그보다 더 중요한 것은 癸水生甲木 甲木生丁火로 전해지는 기의 운행이 더 중요하다.

이런 얘기가 전해지고 있다. 모택동선생이 아직도 뜻을 못 이루고 그 당시 최강의 세력을 지니고 있던 장개석선생과 대치하고 있을때였다. 장개석과 친밀한 인연을 지니고 있던 주은래(周恩來) 선생이 모택동과 만나 사주(四柱)를 물어봤다.

모택동이 불러준 사주를 본 주은래씨는 장개석의 사주와 비교해 본 후 주위사람에게 다음과 같이 말했다. '장개석님은 서산에 지는 태양이나 모선생(모택동)의 사주는 솟아오르는 태양으로 앞으로 춥고 배고픈 이 대륙을 따뜻하게 해 줄 것이다. 그러니 사사로운 친분관계보다 대의(大義)를 위해 나는 이제부터 모선생의 뒤를 받쳐 줄 것이다.'

주위 사람들은 현실과 너무나 동떨어진 주은래의 예언을 쉽게 믿지 않았다. 그러나 나중에 가서 중국천하가 모택동의 손에 떨어지자 모두들 주은래 선생의 탁월한 안목에 새삼 경탄했다한다. 주은래 선생의 탁월한 역(易)실력을 말해주는 다음과 같은 이야기도 전해지고 있다.

주은래가 장개석을 도와주고 있을 때 만주 군벌인 장작림이 장개석과 회담하기를 청한 후 찾아온 그를 감금시켜 버렸다. 잔치를 벌려논 자리에서 이뤄진 이 사건을 세인들은 「홍문지연」이라 했는데 옛날 항우가 유방을 청하여 잔치를 벌인 다음 죽일려한 일(홍문지연)을 빗댄 것이다. 급보를 접한 주은래가 장작림을 찾아가 설득하여 장개석을 구하게 되었다. 풀려난 장개석은 군사를 동원하여 장작림을 잡아 죽이려했다. 그러자 주은래가 장개석을 만류했다.

'그자는 ○년 ○월 ○일에 여행중에 흉사할 것인데 뭣 때문에 대규모의 군사를 동원할 것입니까? 몇 달 가지 않으니 조금만

기다려 봅시다.' 주은래의 말을 들은 장개석은 분기를 삭이며 그 날을 기다렸는데 결국 주은래의 예언대로 장작림은 일본군이 설치한 폭탄에 의해 기차에서 폭사하고 말았다. 물론 예언한 그 시간대였다.

예13) 光明으로 조국을 밝히리라.

```
                    60 50 40 30 20 10
 丙 壬 己 辛   남   癸 甲 乙 丙 丁 戊   대운
 午 子 亥 卯        巳 午 未 申 酉 戌
```

壬水일간이 겨울인 亥月에 태어났고 일지에 子水양인을 얻어 신왕하다. 이리되면 당연히 재관을 용신으로 하게 되는데 월간 己土는 壬水일간과 좋지 못한 관계이다. 그런데다가 아주 허약 하여 시지 午와 시간 丙火의 생을 받아야 제구실을 할 수 있다.

따라서 丙午의 재로 약한 己土를 생해주는 격이다. 시간의 丙 火편재는 겨울 논밭(己)을 따뜻하게 해줄 뿐 아니라 월일지 亥 子水와 년지 卯木에까지 혜택을 베푸는 존재이다. 그러므로 만 사람에게 광명과 따뜻함을 베풀 수 있는 운명을 지니고 있다.

이렇게 쓸모 있는 丙午는 일주와 동순(同旬)에 있으면서 丙午 丁未 戊申…. 壬子로 나를 향해 찾아오고 있다. 즉 만 사람을 이 롭게 할 丙午편재가 나를 따르고 있으므로 아주 큰일을 할 수 있는 좋은 팔자다. 壬子와 丙午가 상충한다지만 일지 子中癸水 는 시간 丙火의 관성이고 시지 午中丁火 己土는 일간 壬의 재관 이다. 이렇게 서로간에 귀한 것을 교환하므로 꺼리지 않는다. 다 만 일시충이므로 부부간에는 이별과 갈등이 있다.

월간 己土는 겨울의 땅인데다 약해 빠져 있다. 그런데다가 亥

卯로 왕해진 년지 卯木의 극(剋)마저 받고 있다. 다행히 년간 辛金이 미약한 힘으로나마 卯木의 머리 내밈을 제극하고 있다. 이럴 땐 辛金이 극되거나 합되는 운에 卯木이 고개를 내밀고 올라와 己土를 극하게 된다. 따라서 내가 태어난 땅(월간 己土; 나라)은 겨울 추위에 얼어 있는데다 바다(亥子) 한가운데 있는 나라(卯木)인 일본이 집어 삼키려 노리고 있는 나라(己土)다.

이러한 때 일지 子水가 월지 亥와 합세하여 년지 卯木을 생한다. 그러므로 나도 친일(親日)하려는 사람(월지 亥가 卯와 亥卯合)들에 동조하기도 한다. 그러나 丙午시가 壬子일주를 충함에 따라 춥고 배고픈 땅(己)에 한 가닥 광명과 따뜻함을 베풀어야 되겠다는 생각이 번쩍 들어와 애국애민(愛民)의 길을 가게 된다.

丁대운은 일간 壬의 정재운이고 간합하므로 결혼하게 되며 재운 또한 좋다. 그러나 丁火가 년간 辛金을 극함에 따라 호시탐탐 노리고 있던 亥卯木이 머리를 내밀어 己土를 제극하게 된다. 이것은 나의 땅이고 조국인 己土가 섬나라 일본에 의해 강탈되어진 시대적 환경적 사실을 나타낸다. 따라서 이 사주 주인공이 20살 때인 庚戌년에 이 나라(己)는 일본에 의해 강제합병 당했다.

酉대운은 년간 辛金이 록을 얻어 왕해지며 년지 卯木을 충한다. 따라서 이때부터 일본에 저항하려는 생각과 행동을 보이게 되었을 것이다. 丙대운은 시간의 丙火가 발동되어 己土를 생해주는 역할을 하게 되므로 나라(己)와 동포(同胞; 亥)를 위해 광명과 따뜻함을 베푸는 일을 하게 된다. 그리고 丙火가 발동되어 년간의 辛金과 합하는데 이리되면 丙이 없어지는 것이 아니고 辛金만 없어진다. 따라서 내 재물(丙火)을 교육문화 등(辛)의 일에 쓰게 되며 거울(辛)을 만난 丙火는 빛이 나게 된다.

그러므로 이때에 고려대학의 전신(前身)인 보성전문을 설립하게 되었다. 그리고 辛金이 합거 되었으므로 卯木은 발호하게 되

는데 이 卯의 기운을 丙火로 돌려 己土를 생하려는 생각을 지니
고 그런 행동을 나타낸다. 申대운은 년간 辛金이 뿌리를 얻게
되므로 卯木에 저항하려하나 일지 子와 申子로 水局을 이룬다.
  따라서 항일의 뜻은 감추고 대세에 순응하는 듯한 이중적인
활동을 하게 된다. 乙未대운의 乙木은 壬水일주의 상관이므로
언론계통에 관여하며 시간의 丙火를 생하므로 개인적으로 좋은
세월이다. 그러나 원명의 亥卯가 亥卯未로 완전한 木局이 되었
고 그 기운이 乙木천간으로 나타났다. 그러므로 내나라(己土)는
일제(日帝)의 극심한 수탈을 당하게 되는 때다.
  甲대운은 월간 己土와 甲己합을 맺어 己土가 합거될 것 같다.
그러나 甲木이 앉아있는 대운지 午가 己土의 록이 되므로 없어
질것 같은 己土가 힘을 얻어 되살아나게 된다.
  물론 시간의 丙火 역시 午대운에 더욱 강왕해져 己土에게 환
한 광명의 빛을 던져준다. 그러하지만 이 午대운은 亥卯木에게
사지(死地)가 된다. 이러므로 년지 卯木을 충거시키는 乙酉년(54
세)에 일본(卯)은 망하게 되고 조국은 광복(光復)을 맞이하게 된
것이다. 癸대운은 겨울에 쏟아지는 비요, 검은 구름이다. 따라서
나라(己土)는 춥고 배고프게 되며 丙火가 빛을 잃음에 따라 본
인 역시 두각을 못 나타내게 되며 손재 및 실패가 따르게 된다.

예14) 한 방울의 피가 다할 때까지

```
戊 戊 壬 己    남    戊 己 庚 辛    대운
午 子 申 卯          辰 巳 午 未
```

  이 사주의 천간에는 戊, 戊, 己의 土가 있으며 그 사이에 월간
壬水가 월지 申에 장생하며 일지 子에 양인을 얻고 있다. 그러

므로 어떤 이는 '재다신약하므로 비견겁재를 써서 약한 일주를 도와야 한다' 로 말하기도 한다. 그러나 이 사주는 군비쟁재격이 되어 년시간의 戊己土는 나의 재물을 노리는 도적이 되어 있다. 따라서 戊,己土를 제거해야 하는데 년지 卯木은 월지 申에 암합 되었고 극당하고 있다. 그런데다 지지의 木은 천간의 土를 극할 수 없으므로 쓸 수 없을 뿐 아니라 오히려 나쁜 작용만 한다.

이것은 卯木이 水氣를 누설시키기도 하지만 水를 생하는 월지 申金을 암합시켜 水를 생하지 못하게끔 하고 있어서이다. 그러므로 도적인 戊己土를 제압할 수 있는 유일한 방법은 일지 子水 로서 戊己土의 뿌리가 되는 시지 午火를 충하여 그 뿌리를 뽑는 길 밖에 없다. 일지 子水는 戊土일간의 재성이므로 일간의 피요 살(肉)이다. 따라서 다음과 같은 물상적 통변이 이뤄진다.

감로수 꽐꽐 솟아나는 옹달샘(壬申; 壬은 申에 長生)있는 곳 에서 나는 태어났다. 시원한 맑은 물(壬)은 일지 子에서도 투출 되었으므로 나의 몸(財星)이며 피(血)다. 그런데 토끼(卯)같은 도둑놈(己土)이 내 몸이며 내가 태어난 곳(申)을 암암리에 감고 들어와(卯申 암합) 맑은 물을 흙탕으로 만들고 있다.(己土탁壬)

그런데다가 등 뒤엔 칼든 놈(戊午)마저 내 육신(申子;壬)같은 내 고향을 노리고 있다. 이것들을 없애려면 먼저 그 뿌리부터 잘라야하니 나의 한 방울의 피(子申)까지 모두 다하여 그 뿌리 를 쳐야 하겠네(子午沖) 그리되면 나의 육신마저 없어질 것임을 알고 있네(子午沖되면 子中壬癸水도 상한다.) 그러하지만 나는 그 길로 가겠네.

이 사주 주인공은 辛未, 庚대운까지는 壬水가 생을 받으므로 무난했다. 그러나 午대운이 되어 일지 子水를 충하게 되자 위태 로운 조국 땅을 뒤로한 채 만주땅과 중원을 떠돌았다. 그러다가 己巳대운에 일본국의 수괴중의 한명인 이토히로부미를 저격하려 했다. 대운이 나빠 거사는 결국 실패했고 일본 헌병에게 붙잡히게 되었고 여순 감옥에 수감되어 있다가 천추의 한을 품고 총살당하고 말았다. 안중근 의사의 명조인데 천간에 기신인 戊己土가 가까이 있고 약신은 없어 흉명(凶命)이다. 그러나 개인적으론 흉한 운명이지만 그 뜻이 숭고하여 만세에 그 이름을 전할 수 있게 되었다.

예15)

```
                45 35 25 15  5
己 辛 戊 戊   남   癸 壬 辛 庚 己   대운
丑 丑 午 午        亥 戌 酉 申 未
```

이 사주는 년월지 午火의 화기가 직상하여 戊土를 생하고 있다. 그리고 午午와 일시지 丑에 뿌리 둔 시간의 己土가 辛金일간을 생하고 있다. 왕한 午火는 土를 생하고 土는 辛金일주만을 생하므로 모든 기운이 일간에게로 집중되고 있다.

이리되면 천하 만민의 인기를 얻게 되고 신망을 얻게 된다. 그러나 土多하여 주옥같은 辛金이 흙더미에 깔려있어 숨도 못 쉴 지경으로 답답하게 되어있다. 그러므로 이 사주의 병은 土多함이고 조열함이다. 따라서 조후시켜주는 水가 좋으며 旺土의 기세를 설하게 해주는 金운이 좋다. 그러나 土病을 제거해준답시고 甲木을 쓸 수는 없다. 乙木은 旺土를 충동시키지 못하나 甲木은 旺土를 제거하기보다 왕신발동 시키기 때문이다.

일시지 丑中辛金과 癸水는 희신이니 辛金은 왕토의 기운을 설해주고 癸水는 바짝 마른 흙을 윤택하게 해주어서이다. 년월주의 戊午는 기신이므로 부모덕 없으나 일시지 丑中辛癸는 희신이므로 또래와 아랫사람의 덕은 있다. 사주천간에 정편인 있고 일시지 丑이 辛金일간의 양(養;12운)이 되므로 두 어머니 있게 되며 남에게 키움을 받게 된다. 또 명성을 뜻하는 인수가 午양 인을 지니고 일간을 생하므로 칼(주먹)로 이름 떨치게 되나 辛 金과 戊己土의 관계는 깨끗한 거울(辛)에 먼지와 흙덩이(戊己) 가 묻게 되므로 오명도 있게 된다.

그런데 이 사람이 태어난 계절은 염천인 午月인데다 년지 午 까지 가세하여 그야말로 불가마 속 같은 뜨거움이다. 이런데다 午午丑丑으로 자형살과 탕화살을 이루어 불꽃마저 펑펑 튀고 있다. 이런탓으로 우뚝 솟은 산(戊)과 넓은 들판(己)은 황무지처 럼 황폐하여 초목하나 자랄 수 없게 되어 있으며 재성(財星; 먹 거리)하나 없다.

이런 상황은 나(辛)와 나의 또래(丑中辛金)들이 땡볕에 앉아 갈증과 배고픔을 당하고 있는 모습을 나타내고 있다. 그리고 우 뚝 솟아올라 잘난척하는 놈들(戊戊)이 휘두르는 칼바람(午午自 刑)과 화약 냄새 가득한 살벌한 분위기가 감도는 시공간적 환경 에서 태어났음을 말하고 있다.

14살까지의 己未대운 역시 기신(忌神)이다. 그러므로 더욱 왕 해진 조토에 파묻힌 辛金과 그 또래(丑中辛金; 同胞)들은 가쁜 숨만 할딱거리며 간신히 연명하고 있게 될 수밖에 없다. 즉 이 사람이 태어나서 14세까지의 기간은 나뿐만 아니라 내가 태어 난 곳에 살던 여러 사람(同胞)에게도 전쟁터같은 어려움을 가져 다준 세월이었다. 이 사주 주인공은 청산리 전투의 영웅인 김좌 진 장군의 아들로 태어난 김두환씨이다.

그는 일제(日帝)가 이 땅을 군화발로 집어 삼키고 중국과 만 주대륙을 침탈하기 위해 삼천리강토를 전진기지로 삼을 때인 1918년에 태어났다. 따라서 이 땅 대부분의 사람들은 그들이 들이미는 총칼앞에 벌벌 떨며 헐벗고 굶주리며 살았다.

항일독립운동 때문에 가정을 돌볼 수 없었던 그의 부친(김좌진) 때문에 김두환씨는 유아기에 남에게 맡겨졌고 己未대운까지 굶주림에 허덕이는 또래들과 함께 거지생활로 연명했다. 庚申대운은 왕토의 기운을 설하게 되어 또래들의 신망과 원조로 인하여 주먹세계의 왕초로 발돋움하게 되었다.

대운지 申中에 일점의 壬水가 있으므로 헐벗은 산과 들에겐 하나의 희망이 보이기 시작했다. 즉 김두환씨의 나이가 24세경 되던 1942년에 일제는 대동아 전쟁을 일으켜 스스로 멸망의 길로 빠져들었던 것이다.

辛酉대운은 일시지 丑中에 있던 辛金이 투출되는 운으로 왕토의 기세는 더욱 설기되어 약해지므로 좋은 운이다. 따라서 辛대운 乙酉년(1945년)에 辛金과 그 또래(丑中辛金; 同胞)들은 비로소 그 지긋지긋한 왕토의 억눌림 속에서 벗어나게 되었다.

김두환씨의 나이 27세되던 해였다. 그러나 기쁨도 잠시였다. 庚寅년(1950년)이 되자 세운지 寅이 년월지 午와 쌍으로 寅午火局을 이루고 일시지 丑과 寅丑午와 극심한 탕화살을 이루어 동족상잔의 처절한 비극을 맞게 되었다. 그렇지만 대운지 酉가 일시지 丑과 쌍으로 酉丑金局을 이루어 좋아지므로 火를 제거해주는 壬辰년(1952년)에 병화(兵火)의 불길은 사라지게 되었다. 따라서 오랜 고난 속에 찌들은 동포들의 얼굴에도 일점의 생기가 나타나게 되었다.

癸亥대운의 운간 癸는 일시지 丑中에 암장되었던 癸水가 투출되는 운으로 오뉴월 가뭄에 소낙비 만나는 격이다. 따라서 바짝메말라 헐벗고 있는 산과 들도 새싹이 돋아나는 옥토로 바뀌기 시작한다. 이 대운에 박정희 정권이 시행한 경제개발 정책으로 동포들은 왜놈날일 하듯 하는 게으름과 나태함에서 벗어나 옥토가 된 산과들을 가꾸기 시작했다.

　甲子대운은 병이되는 戊土와 午火를 충거시키므로 좋은 것으로 보기 쉽다. 그러나 왕신을 충극하면 왕신격발하게 되어 종명하게 되었다.

예16) 思父曲

```
                         44 34 24 14  4
壬 庚 戊 戊    남    癸 壬 辛 庚 己    대운
午 辰 午 子          亥 戌 酉 申 未
```

　庚金일주가 午月 염천에 태어나 편인(戊)이 기세를 얻고 있는 사주다. 따라서 더위를 식혀주고 갈증을 풀어줄 시간의 壬水가 용신이고 일지 辰(습토)는 희신이다. 壬水용신은 년지 子에 강한 뿌리를 두었으나 子午沖으로 상실되었다. 그렇지만 일지 辰에 통근하므로 힘이 있다. 따라서 남의 도움없이 자신만의 역량으로 세상에 두각을 나타내게 된다. 이런 사주 정황은 다음과 같이 물상적 통변을 할 수 있다.

　오월 염천에 태양마저 중천에 떠있어(午時) 무덥기 짝이 없는 때 에 개혁성을 지닌 무쇠(庚)같은 사나이가 북향하고 있는 북산(北山)과 남향하고 있는 동산(東山)이 내려다보고 있는 마을에서 태어났다. 이글이글 치솟는 지열(地熱)에 높이 솟은 산봉우리마저 벌겋게 타들어가고 있는데 창조와 조화의 신(神)인 한 마리 백룡(庚辰)이 감로수같은 시원한 물줄기(壬)를 내뿜어 갈증에 허덕이던 모든 것(사람들)에게 한 가닥 시원한 생기를 넣어주고 있다.

　이 사주의 특징과 성격은 이렇다. 庚辰 괴강일 생이고 일지

辰中에서 투출된 두 개의 편인이 강하며 양인까지 얻고 있다. (戊는 午에 羊刃) 따라서 과단성과 고집이 강하며 자신이 내놓은 학문(戊)에 대한 자부심이 칼(午羊刃) 같다. 壬水식신이 戊土에 극되어 쉽게 입을 열지 않으나 한번 입을 열면 흐르는 물처럼 조리정연하고 끊임없다. 월지 午火 관성이 子午충으로 상처 받았으므로 관계(官界)로의 진출은 어려우며 자신의 뜻과 사상 등을 나타내는 자유분방한 삶(壬水)을 지향하게 된다.

일지 辰이 희신이고 용신의 뿌리인데 여기서 戊土편인이 투간 되었으므로 철학, 종교, 예술, 문학등으로 진출하게 된다. 이 사주의 주인공은 유명한 소설가인 이문열씨인데 어떤것이 그의 삶에 영향을 미쳤는지 이 사주의 구성으로 찾아 볼 수 있다.

즉 한 인간이 어떻게 삶 하느냐 하는 것은 그 출생과 가족관계 및 성장환경에 큰 영향을 받게 되므로 먼저 가족 관계부터 살펴보자. 이 사주엔 부친성을 뜻하는 편재가 없다. 일지 辰中에 乙木 정재가 있으나 이는 일간과 명암합하므로 처성(妻星)이지 부친성은 아니다. 따라서 먼저 모친성을 찾은 다음 그 합신을 찾아보자.

이 사람의 모친성인 인수는 월지 午中에 己土이다. 己土와 합하는 甲木이 없으므로 암합하는 것을 찾아보면 년지 子中壬水가 있고 이것이 시간에 투출되어 午위에 앉아있다. 따라서 년지 子水가 부친성이다. 그런데 子水의 본기는 癸水상관이고 부친성 壬水는 子에 양인이 된다. 그러므로 그 부친의 본성은 기존의 법과 질서에 반발하는 성격(癸水상관의 성질)이며 아주 성질강한 사람(壬이 子에 羊刃)이다.

그런데 강력한 午火와 子午로 충돌하고 있다. 이리되면 원칙적으론 子水가 午火에게 이길 수 있으나 午火가 왕강할 경우엔 子水가 튕겨나가거나 증발되어 없어진다. 子水부친의 입장에서 보면 午中丁火재성은 돈이고 자본이며 午中己土 관성은 재성을 지켜주는 법이며 권력이고 정부이다. 따라서 子水(부친성)는 자본주의 권력과 싸우는 사람이며 결국은 강한 자본주의 세력에 두들겨 맞아 증발되던지 튕겨나갈 수밖에 없다.

따라서 子水가 살 수 있는 유일한 방법은 水旺한 곳인 북방(北方)으로 달아나는 길밖엔 없다. 그런데 그 부친이 죽어 없어지지 않았던 것은 시간에 壬水가 있기 때문이다. 즉 이 사주의 구성이 壬午시가 아니고 庚辰 및 辛巳시 또는 戊寅, 己卯시 였다면 그 부친이 일찍 사망했을 것이다. 따라서 튕겨져 북쪽으로 넘어가 죽은 줄 알았던 부친이 뒤늦게나마 나타난 것도 壬水가 시간에 있어서이다. 그리고 시지 午中己土는 부친의 두 번째 부인이 된다.

이 사주의 병은 치열한 火이므로 갈증해소를 위해선 水가 절실히 필요하다. 따라서 이 사주 주인공은 부정(父情)에 목말라하게 되며 부친의 반골(反骨)성향을 이어받게 되어 그것을 문필로 표현해 내게 된 것이다. 또 일주 庚辰은 시주 壬午를 향해(庚辰 辛巳 壬午) 나아간다. 즉 동순이며 2급 상순관계로 친밀유정한데 이는 내가 나아가는 방향이다. 그러므로 부친에 대한 갈증해소의 수단으로서 자신의 내면세계를 표현해내는 작가가 되었을 것으로 추리할 수 있다.

己未대운은 土剋水하므로 부친(子)과 이별하는 운이며 壬水용신을 극하므로 어렵고 힘든 세월이었다. 庚申대운은 壬水용신을 생하므로 새로운 각오로 살아보고자 애쓰는 세월이다. 물론 좋은 운이라 학업 우수하여 명문대에 입학했다. 그러나 대운지 申이 사주원국의 子辰과 삼합수국을 형성하여 월지 午火(정관)를 충하므로 관계(官界) 진출문인 사법고시는 실패했다.

戌대운은 좋지 못하니 이때에 부부간의 갈등과 이별등의 일들이 있었을 것으로 추리된다. 일지 辰中乙木이 부인인데 여기서 년월간의 戊土가 투출되었으므로 재혼격 사주다.

예17) 말 탄 호랑이가 쌍룡을 조절하네.

```
                   52 42 32 22 12  2
丙 戊 壬 壬    여    丙 丁 戊 己 庚 辛    대운
辰 午 寅 辰         申 酉 戌 亥 子 丑
```

戊日干 寅月生에 寅中丙火와 일지 午中丙火가 시간에 투출되어 유정하다(丙辰과 戊午는 1급 상순이고 동순이다). 그런데다 가 신왕, 재왕, 관왕(官旺)하여 부귀(富貴)의 팔자다. 따라서 다음과 같은 물상적 통변이 된다.

큰 산(戊)아래에 두 개의 호수(壬, 壬)가 있는데 떠오르는 태양빛이 호수에 반영되어 더욱 아름답다. 북쪽 호수(壬辰)에는 검은 용이 웅크리고 있어 서로 힘겨루기 하려 하는데 나는 말 탄 호랑이(寅午)를 부려 그것들은 감시한다. 우리나라 최초로 헌법재판관에 임명된 여성의 팔자다. 丙대운 癸未년(52세)에 되었다.

대운간 丙은 월일시 寅午에서 투출되었고 시간의 丙火가 발동된 것이므로 관직(寅)의 명예가 따른 것이다. 癸未년의 癸는 년시지 辰中에서 투출되었으므로 쌍룡(双龍)이 구름을 토해낸 격이고 이것이 산봉우리(戊)에 걸려(戊癸合) 丙火 태양빛을 받아 무지개를 피워 낸 형상이 되었다.

원래 丙火가 희용신일 때 癸水가 오면 흑운(黑雲)이 태양을 가린 격되어 좋지 못하나 이 사주는 癸水가 일간 戊土와 합을 탐해 丙火를 극하지 않게 된 것이다.

癸未년엔 북서쪽에 있던 저습한 땅(辰)이 지가상승으로 돈 되는 운이고 동서쪽의 두 사람이 나를 천거했을 것으로 추리된다. 흔히 용띠로 태어나고 말날(午日)에 태어나면 팔자 세다고 하는데 사주의 구성과 조화를 먼저 살펴야 하니 그런 단견은 믿을 것이 못된다.

예18) 네 것이 내 것이고 내 것이 네 것이다만…

```
                    71 61 51 41 31 21 11  1
壬 甲 己 乙   남   辛 壬 癸 甲 乙 丙 丁 戊   대운
申 午 卯 丑        未 申 酉 戌 亥 子 丑 寅
```

북한에서 오랫동안 공산주의(共産主義) 이론과 사상 질서를 연구 강의해 오다가 72살되는 丁丑년에 남한으로 도피해온 황장엽씨의 명조다. 그의 입장에선 기존의 질서와 법을 등진 것이고 사상적 변화를 이룬 것이나 북한 당국의 입장에서 보면 배신자이다.

오랜 세월동안 철저한 공산주의 이론가였던 그가 어째서 하루 아침에 깜짝 놀랄 그런 전향을 하게 되었을까?

甲木일간이 卯月에 태어났으나 월간에 己土정재있고 년간에 乙木 겁재 있으므로 정재파격이 되었다. 따라서 처 이별에 재산 상실되는 팔자다. 여기까진 누구나가 읽을 수 있는 일차적 통변이다. 그러나 이 사주는 다음과 같은 구성으로 숨겨져 있는 그 내면적 정황을 살필 수 있다.

甲일간과 합하고 있는 己土는 년지 丑의 본기(本氣)이고 그 위에 乙木 겁재가 앉아 있으며 己土 역시 乙木의 본거지인 卯위에 앉아 있다. 따라서 나와 합하여 나의 것이라 생각되는 己土

(땅, 돈, 기반)는 원래 나의 것이 아니고 乙木 겁재의 것이다. 그러한 己土는 축축한 땅덩어리 되어 온기를 필요로 하는데 일지 午火 상관으로 己土를 생하여 乙木이 잘 자랄 수 있는 옥토(沃土)를 만들고 있다. 즉 아직도 한기가 남아있고 본래부터 음습했던 己土를 나의 재주와 활동(午火상관)으로 온기 있도록 만들어 乙木겁재가 잘 자랄 수 있도록 하는 것이 나에게 주어진 역할이다.

따라서 그렇게 되어진 땅덩이에 일간 甲木과 겁재 乙木이 사이좋게 공생(共生)하고 있다. 그러나 나의 노력(午火)으로 예쁘고 비옥하게 가꾼 己土는 일지 午에 득록하고 또 일지 午에서 투출되어 나(甲)와 합(甲己)을 맺으므로 원래부터 내 것인양 생각되어 한번씩 乙木 겁재가 미워진다.

그렇지만 이것을 제거할 힘(官星)이 나에겐 없다. 丑, 申에 관성있지만 不透되었고 대운에서도 관성이 나타나지 못했기 때문이다. 따라서 언젠가 천간에 관성이 나타난다면 나는 잡초같은 乙木을 제거하고 그 땅(己土)을 내 것으로 할 것이다.

또 시간 壬水 편인(사상, 정신)은 申(역마)에 앉아 장생수(옹달샘)되어 일간 甲木을 생해준다. 그러므로 이 사람의 사상과 정신은 마르지 않는 샘물 같다. 그리고 이것으로 년간 乙木을 키워주므로 나의 사상과 정신을 민초(民草)들에게 전해줄 수 있게 된 것이다.(乙丑과 壬申은 同旬에 있다.)

즉 민초로 나타낼 수 있는 乙木이 잘 자라기 위해선 이 사람의 샘솟는듯한 사상과 정신을 받아들인다는 말이다. 대운 또한 水木으로 흘러 壬申대운까진 별문제 없이 乙木(民草)을 내려다보며 공생(共生)했다. 그러다가 辛대운이 와 乙木을 충극하므로 그들과의 공존관계를 끊고 내 것을 챙기자는 마음이 들게 된 것이다.

그런 중에 丁丑년(72살)의 丁火상관은 기존질서와 법에 거역되는 운이고 그것을 실행에 옮기는 때인데 일지 午中丁火가 세운간에 투출 발동되어서이다. 그리고 일주 甲午와 시주 壬申은 2급 소용돌이를 형성하는데 이는 말년(시주)에 처자식과의 갈등 및 이별을 의미한다. 그리고 자신의 사상과 정신(壬水편인)에 대한 갈등이 있음을 나타낸다.

원래 정재 하나를 가운데 놓고 나와 겁재가 있으면 서로간에 시기 질투 등의 감정이 생기게 되고 의심마저 생기게 되어 항상 불안한 마음을 지니고 살게 된다. 이 사주의 주인공 역시 나에게 득록했고 저(乙木)에게 뿌리를 둔 己土를 두고 네 것이 내 것이고 내 것이 네 것이다는 공생(共生) 공산(公産)관계를 이루었지만 저것(乙木)이 언젠가는 내 것(己土; 귀중한 재산, 땅, 육신)을 빼앗아 가겠지. 하는 불안한 마음으로 생활했을 것이다.

그러다가 辛대운 丁丑년이 되자 북쪽에 있는 소 같은(丑) 민초(乙木)들을 배신하고 남쪽으로 도망 오게 된 것으로 보인다.

예19)

```
                 51 41 31 21 11  1
癸 戊 辛 辛   여   丁 丙 乙 甲 癸 壬   대운
丑 寅 丑 卯        未 午 巳 辰 卯 寅
```

戊土 일간이 丑月에 태어나 丑中辛癸가 투출 되었으므로 상관생재격을 이룬다. 월시지 丑이 일간의 天乙귀인이고 여기서 투출된 辛, 癸가 격을 이루어 일간 역시 월일시지에 통근하여 약하지 않으며 癸水정재가 일간과 합정하므로 귀명이다.

戊土일간이 비록 겨울인 丑月에 태어났으나 丑月은 이양지절

(二陽之節)인데다가 입춘(立春)을 코앞에 두고 있으며 일지 寅中丙火가 있다. 그러므로 추위에 웅크리고 있던 木이 지상으로 고개를 내밀 찰나에 와있다. 따라서 내가 태어난 땅(月支丑) 뿐 아니라 戊土 일간 역시 나무가 뿌리박고 꽃을 피울 수 있는 배양지토(培養之土)가 될 수 있다.

그러나 월시지 丑에 뿌리를 둔 년월간의 辛金이 솟아오르는 봄(木을 억누르며 잘라 버리는 면도칼 역할을 하고 있다. 그러므로 辛金이 사주의 병이다. 따라서 辛金을 제거하는 운을 만나지 못하면 남편복 뿐아니라 사회에 두각을 나타내지 못하게 된다. 그러나 辛金 병이 중하므로 이것을 제거하는 丙丁의 火를 만나는 운에 대발하게 된다.

여기까지는 사주 주인공인 戊土일간에 대한 해설이다. 그러나 인간의 삶은 자신 의지에 의해 결정되기도 하지만 주위환경에 따라 영향을 받는다. 즉 태어난 시점 뿐 아니라 가족 및 타인에 의해 그 운명이 영향을 받는다. 그러므로 사주팔자를 살펴 자신에게 제일 큰 영향을 끼치고 있는 육친을 찾아 볼 수 있다.

이 사주의 가족관계를 보면 다음과 같다. 양간(陽干)은 편재가 부친이고 이와 간합하는 인수가 모친이다. 그런데 이 사주는 양간(戊)으로 태어나 편재성도 없고 정인(正印)도 없다. 그러므로 나와 제일 유정한 일지 寅中丙火 편인을 모친으로 하며 이것과 甲己, 丙辛으로 암합하는 월지 丑中癸水를 부친성으로 잡는다. 그러나 부친에 대한 이모저모는 먼저 월지 丑을 기준으로 한다.

따라서 丑中己土와 甲己로 암합하는 년지 卯木이 부친의 첫 번째 합신(첫 여자)이고 일지 寅(모친궁)은 부친의 두 번째 여자며 나의 친모이다. 그리고 년월간 辛은 부친궁인 월지 丑에서 투출되었으므로 부친의 표출신이다.

년지 卯木은 습하여 火를 생하기 어려워 土를 만들지 못하는 나무이므로 부친과 卯木사이엔 자식을 두지 못했다. 이런데다가 부친의 표출신인 辛金이 卯木의 싹을 자르므로 부친은 첫 여자를 싫어하게 되며 끝내 버리게 되었다.

이런 卯木과는 달리 丙火를 간직한 寅木은 사주전체를 조후해 주며 土를 생할 수 있으므로 일간 戊土 월지 丑中己土 시지 丑中己土등으로 3남매를 낳을 수 있었다. 그런데 일간 戊土는 일지 寅中丙火(모친)의 표출신이기도 하다. 그러므로 나는 모친의 품성과 생김새까지도 이어받게 되며 모친대신 부친을 내조하는 역할까지 하게 된다.

즉 시간의 癸水 부친성과 일간이 합을 하고 있는 것을 말함이다. 원칙적으론 시간의 癸水를 부친으로 봐야하나 부친궁인 월지 丑에서 辛金이 먼저 투출되었고 시간의 癸水는 그 이후에 투출된 것이므로 부친에 대한 이모저모는 먼저 辛金의 역할작용에서 찾아야 한다. 이는 월지에서 월간 및 년간으로 힘이 진행이 되고 그 다음으론 일간과 시간으로 진행되기 때문이다.

따라서 부친(월지 丑)은 귀인(天乙)으로 코앞에 찾아온 봄을 맞아 성급하게 고개 내밀려는 卯木을 억제하고 잘라버리기까지 하는 쌍칼(辛辛)잡이이다. 그러나 시간 癸水로 나타나 관법(官法)인 戊土를 잡게 되면(戊癸合) 온천지에 빛과 따뜻함을 나타내고자하는 마음으로 바뀌게 된다. 즉 癸水는 이 사주의 기신에 해당되는데 丙丁火의 희용신을 극하며 겨울의 癸水는 꽃샘추위가 되고 눈보라가 되기 때문이다. 그런데 癸는 戊를 만나 戊癸合化火가 되므로 관법(官法)을 잡게 되면 그 심성이 변하게 되는 것이다. 또 癸水부친은 모친과 나(戊)를 만나면 그 차디찬 마음이 풀어지게 된다.

癸水가 戊土를 만나 이처럼 순화되면 戊癸합을 깨는 운이 오면 癸는 그 본성인 차디찬 눈보라로 되돌아가므로 甲己의 운을 크게 꺼린다. 일간이 癸水부친의 관이 되고 법이 되는 이런 관법은 일간 위주의 해석만 일삼는데 익숙해진 사람들에겐 무척 생소하게 느껴질 것이다. 그러나 깊고 폭넓은 통변은 이런 변화에 익숙해져야만 가능하다. 이젠 또다시 일간의 입장으로 되돌아가서 사주상황을 살펴보자.

일지 寅中丙火 모친의 표출신이기도 한 戊土일간은 시간의 癸水 부친성과 합하여 무지개 같은 빛이 되고 따뜻한 열이 되어 두 개의 거울(辛辛)에 그 빛을 찬란하게 반조(反照)시킨다. 이는 戊土일간이 그 부친과 부친의 행동(癸辛)으로 인해 자신의 존재가 부각되어 널리 그 이름이 알려지게 됨을 뜻한다. 즉 부친덕이 지대하다 할 것이나 辛癸(부친)는 사주전체의 기신이고 병이기도 하므로 부친의 오명까지도 짊어져야 된다. 덧붙인다면 봄이 왔다며 성급하게 고개내민 卯木에겐 부친(辛癸)은 더없는 악질이고 폭군인데 이런 부친의 오명까지도 평생 짊어져야 된다는 말이다.

癸대운은 원명의 戊癸가 발동되는 때이며 두 개의 癸水가 戊土(官法)를 서로 차지하려 경쟁하는 운이다. 이때에 이 사람의 부친은 쿠데타를 일으켜 정권을 탈취했다. 그렇지만 성공한 쿠데타였기에 군사혁명이라 일컬어졌다. 천하의 공도(公道)를 부르짖으며 고개내민 사람들(卯木)에겐 매서운 꽃샘추위와 눈보라가 퍼부어지는 때였다.

※ 봄이 가까워지면 지하에 있는 생명의 기운(木氣)들이 파릇파릇 그 싹을 내보이고 꽃봉오리를 퍼트리는 것이 자연의 도리이다. 그런데 시리고 시린 한바가지 물만을 뒤집어 쓴 卯木들은 저마다 '봄은 언제 오는가?' 하며 외쳤다. 그런데 왜 癸水부친은 솟아나오려는 봄기운을 싫어할까? 물론 癸水 자체가 겨울의 물이 되어 卯木에겐 꺼리는 존재이지만 卯中에

는 乙木도 있고 甲木도 있기 때문이다. 즉 여린 乙木은 문제 안되지만 甲木이 커지면 戊癸합을 깨기 때문이다. 즉 癸水의 관성인 戊土를 극하여 자신이 잡고 있던 정권(官法)을 잃게 되기 때문이다.

甲대운은 년지 卯 일지 寅중의 甲木의 투출신이다. 그러므로 웅크리고 있던 卯木이 고개를 내미는 운이라 이에 대한 문제가 발생되고 본인 및 모친에 대한 문제가 발생된다. 그런데 이 甲木은 일간 戊土를 극하여 戊癸합을 깨게 된다. 이리되면 합으로 묶여있던 癸는 제 본성을 찾아 겨울의 눈보라로 변해 卯木에게 꽃샘추위를 안겨주게 되고 충극 당한 戊土는 깨어지고 상하게 된다.

이것은 癸水에겐 자신의 정권이 위태로워지게 되며 자신의 처 및 자식이 다치는 현상으로 나타나게 된다. 이런 운에 甲寅년(24세) 만나 또 한번 일간 戊土를 충극했다. 그리하여 사주 주인공의 모친이 총 맞고 세상 뜨게 되었다. 온 세상을 경악케한 이 사건에 따른 역술 이야기가 부산의 역술인 사이에 전해지고 있어 소개한다. 甲寅년 정초 이미 작고한 박재현 선생(박도사)를 비롯한 몇몇 역술인들이 자리를 같이했다. 어떤 이가 사주하나를 내놓으며 올해의 운을 물었다. 그 명조는 아래와 같다.

戊 庚 辛 丁　남　박정희 전 대통령의 명조였다.
寅 申 亥 巳

박도사가 말했다. '甲寅은 동쪽이고 이것이 일주 庚申을 천지 충하며 시간의 戊土를 충극하므로 동쪽(日本)에서 화액이 찾아와 본인이나 그 처에게 크게 흉한일이 발생될 것 같소.' 워낙 유명한 사람의 말이라 금방 여러 사람에게 입에서 입으로 전달되었다. 甲寅년 양력 8. 15일 경축행사장에서 일본에서 건너온 문세광의 총탄에 육여사가 쓰러졌다. 철저한 수사가 진행되었고 박도사도 관계기관에 연행되었다. 역학을 미신시 하던 심문 책임자가 박도사를 추달했다. '당신은 그날 사건이 터질 것을 어떻게 알고 그런 말을 지껄였소?' 혹시 일본 쪽 조총련 사람들과 어떤 연계가 있지 않을까 하여서이다. '우리 역학하는 사람들은 그 정도는 알 수 있소이다.' '그래요? 그렇다면 당신이 여기서 언제 나갈 것인지 안다면 어디 말해보시오.' 보잘것없는 역술인 하나 풀어주고 잡아 둘 수 있는 것 정도는 자신의 손아귀에 달려 있기에 자신의 마음에 따라 처리할 수 있다고 생각한 오만한 말투였다. '오늘 오후 2-3시 경이면 나는 이 자리를 벗어날 것이오.' 박도사의 말을 들은 담당자는 코웃음을 쳤다.

그러나 그날 오후 2시가 되자 서울 쪽에서 그 사람을 정중히 올려 보내라는 지시가 떨어졌다. 포항제철 회장이었던 박태준씨와의 만남이 기다리고 있었다.

辰대운은 시간의 癸水 부친이 입고되는 운인데 己未년(29세) 만났다. 세운간 己土는 癸水를 충극하고 세운지 未는 월시지 丑을 충하여 癸水의 뿌리를 뽑으며 입묘(入墓; 癸는 未에)시킨다. 이리되어 그 부친이 믿었던 부하에게 총 4방 맞고 저승갔다. 부모 모두 총 맞고 흉사했는데 그 까닭은 다음과 같은 사주구조 때문이다.

癸丑이 백호살인데 丑中辛金이 년월간에 두 개나 투출되어 백호살이 발동되어서이다. 즉 辛金이 두 개이므로 두 번의 흉한일이 발생되었고 월일시 丑寅丑으로 탕화살까지 구성되어 총 맞게 되었던 것이다.

乙巳대운은 일주 戊寅과 3급 소용돌이를 구성하는데다 상관이 정관을 만나게 되어 좋지 않다. 이런 운엔 결혼, 연애, 사회진 출등이 어렵다. 자신의 운은 이러하나 자신이 살고 있는 땅에는 다음과 같은 일들이 벌어진다. 乙木대운은 지하에서 웅크리고 있던 木이 고개를 내밀고 세상 밖으로 나온다. 그러나 년월간의 辛金과 부딪쳐 결국 乙木이 상하게 된다. 이것은 꽃샘추위(癸) 가 없어져 이젠 봄노래를 부를 수 있겠구나며 머리 내민 생명력 (卯木)이 총칼(丑탕화 辛칼)에 의해 무자비하게 꺾어지고 잘라 지는 전두환 정권의 등장과 그에 따른 일들을 나타낸 것이다.

丙午대운은 일지에 웅크리고 있던 丙火가 투출되어 천지를 따 뜻하게 해주니 얼었던 대지(丑)는 풀리고 그에 따라 寅卯中의 甲乙木들이 이젠 봄이 왔다며 다투어 고개를 내민다. 본인에게 는 빛남이 있고 좋은 운이나 辛辛丙의 구조가 되어 쟁합하므로 辛金(구설)이 분분하게 따르는 운이다. 그러나 조후되어 나쁜 일보다 좋은 일이 많이 따른다 丁未대운은 辛金을 제거하고 그 뿌리(丑)까지 뽑아 최고의 길운이다.

이렇게 辛金이 제거되면 木이 올라와 들(丑)과 산(戌)엔 개나 리꽃이 만발하니 비로소 戌土는 제 역할을 할 수 있게 된다. 이 러므로 丁대운 乙酉년에 한나라당 당수로 발돋움하게 되었다. 丙戌, 丁亥년까지 좋은 운이다. 그러나 戊子년 되면 癸戌戊의 쟁 합 구조가 되어 치열한 경쟁사가 있게 되고 시간 癸水는 비견인 세운간 戊土와 합하여 나를 떠난다.

예20)

					53	43	33	23	13	3		
己	丁	丁	乙	여	癸	壬	辛	庚	己	戊	대운	육영수
酉	巳	亥	丑		巳	辰	卯	寅	丑	子		

丁火일간이 월시지 財官에 천을귀인을 얻었고 이들이 모두 나와 유정하다. 즉 巳酉로 천을 財는 나와 합했고 월지 亥水 天乙官은 丁壬으로 명암합이다. 따라서 귀격을 구성했다. 丁火 일간 역시 일지에 巳를 얻어 제왕지(帝旺地)에 임했고 월간 丁火가 도우며 년간 乙木 역시 때만 되면 나를 생해주려 하고 있으므로 크게 신약하지 않다. 그러므로 재관에 임할 수 있다.

구조를 살펴보면 월일지가 巳亥충하고 있으나 일지 巳가 시지 酉와 합을 맺어 충을 해소하고 있다. 그러나 이런 구조가 되면 巳酉합이 풀리는 때에 巳亥충이 발동되게 되므로 흉함이 잠재되어 있다. 그리고 년주 乙丑과 월주 丁亥는 2급 소용돌이를 구성했고 월주 丁亥와 시주 己酉 역시 2급 소용돌이를 이루므로 일주는 큰 회오리 바람속에 들어 앉아 있는 격이다.

따라서 대운과 세운이 또다시 소용돌이를 일으키게 되면 흉함을 당하게 된다. 육친관계는 이렇다. 월지 亥中壬水 정관 하나를 두고 월일간 丁火가 쟁합하고 있다. 따라서 월간 丁火가 夫의 첫 여자이고 나는 남편의 두 번째 여자다. 이처럼 월일간에 두 개의 丁火가 월지 亥中壬水와 합을 다투게 되면 亥中壬水는 財星을 안고 있는 일주 丁巳에게로 가게 된다. 정관은 재성에 의해 생조 받아야 하기 때문이다. 즉 관성은 재(財)가 있어야만 힘을 쓸 수 있어서이다. 그러므로 亥中壬水는 본처와 헤어지고 나를 만난후부터 발전된다. 丁亥월주와 乙丑년주가 2급 소용돌이를 형성했고 그 사이에 북풍(乙木; 風)이 몰아치니 촛불같이 연약한 월간 丁火는 년지 丑에 입묘(入墓) 할 수밖에 없어 夫의 본처는 머리깍고 중이 되었다.

庚대운에 결혼했다. 庚寅대운 역시 일간 丁巳와 3급 소용돌이를 이뤄 불길할것 같으나 대운지 寅이 월지 亥水와 합했고 寅中

丙火가 조후역할하여 대흉함을 면했다.

辛대운은 년간 乙木 편인을 충극하여 겨울바람(乙)을 잠재웠으며 丁火가 辛金거울을 얻은 격이 되어 평안해졌으며 빛이 났다. 재물운도 좋았는데 시지 酉金 天乙財가 투출되어서이다. 卯대운은 월지 亥와 亥卯로 합국하여 乙木편인은 甲木정인으로 변하니 대길한데 이때에 夫가 쿠데타를 일으켜 정권을 장악했다.

卯대운은 시지 酉를 충하여 巳酉合을 깬다. 이리되면 巳亥충이 발동되어 亥中壬水 夫는 巳中戊土에 상하게 되어 그에 따른 부부이별이 오게 된다. 그러나 卯(대운지)가 酉를 충하기보다. 월지 亥와 先合하여 탐합망충하므로 흉하지 않았던 것이다.

壬대운은 월지 亥中에 있던 壬水가 투출되어 월일간의 丁火와 쟁합한다. 이리되면 夫가 이것저것을 찝쩍거리게 되고 쟁합에 눈이 뒤집힌 丁火가 발동하므로 심한 구설과 쟁투사가 벌어지게 된다. 이때에 夫가 장기집권의 야망을 나타내게 되었고 많은 사람들의 저항과 구설이 따르게 되었다.

辰대운은 월지 亥水 정관격이 입고(入庫)되며 辰亥로 원진살까지 이룬다. 그런데다가 정관격이 제일 싫어하는 상관을 만났고 년주 乙丑과 壬辰대운이 3급 소용돌이를 이룬다. 이러므로 원수(辰亥원진)가 찾아와 내 남편(亥中壬水)을 죽이려하는 일이 발생되는 큰 회오리바람이 불게 된다. 또 辰대운은 시지 酉와 辰酉 합을 맺어 巳酉金局을 깨어 巳亥충이 발동되게 한다.

이런 대흉한 운중에 甲寅년을 만나 년주 乙丑과 또 한번 1급 소용돌이를 이루면서 생명줄인 시간의 己土식신을 합거시킨다. 또 세운지 寅은 겁살(敵將;적장)이고 일간 丁火의 사지(死地)이며 충(巳亥)에 합(寅亥)을 만나는 운이다. 이리되어 남편을 죽이려온 동쪽(甲寅) 흉적(凶敵) 문세광에게 총 맞고 그만 저승가게 되었다.

예21)

					73	63	53	43	33	23	13	3	
甲	己	丙	丙	남	甲	癸	壬	辛	庚	己	戊	丁	대운
子	巳	申	子		辰	卯	寅	丑	子	亥	戌	酉	
天乙		天乙	天乙										

己土 申月생이라 土金 상관격이 된다. 그러나 申이 子와 申子 합하여 水局이 되므로 편재격으로 변했다. 이렇게 변격이 되면 변화 많은 삶을 살게 된다. 어떤 이는 이 사주를 土金상관격으로 보고 시간의 甲木정관을 기신으로 子水를 희신으로 말한다. 그러나 이 사주는 시주 甲子가 己土일간의 天乙귀인 財가 되어 동순(同旬)으로 甲己합한다. 그러므로 내게 유정한 관성이 되므로 용신이 된다. 또 초가을의 전토(己)인데다 윤습하므로 甲木을 키울 수 있다. 즉 己土는 나무를 키울 수 있는 전토(田土) 역할이다. 따라서 자식이 귀하게 되며 효순하며 권력 지향적이며 대관(大官)에 오르게 된다. 일지 巳는 己土의 음인(陰刃)이고 여기서 투출된 년월간의 丙火는 음인(陰刃)의 인수이다. 그러므로 명예와 명분을 강하게 내세우며 財보다 印星을 더욱 소중하게 생각하게 된다.

그러나 丙火가 두 개나 되어 一天兩日의 상이므로 어지러운 천하(天下)에 구설시비가 분분히 따르며 여러 가지 일을 하게 된다. 따라서 丙火를 제거하는 壬癸 水가 약신이 되나 지지의 子水는 큰 도움이 못된다. 이는 지지의 물로서는 천간의 불을 끌 수 없기 때문이다. 이 사주의 물상은 초가을의 들판(己)위에 곡식(甲)이 익어가고 있는데 두 개의 丙火가 너무 강열하여 곡식의 성장을 돕기는커녕 말라죽게 하고 있다. 즉 대지(己)위의 태양은 임금이고 정부인데 두 개의 임금이 있어 익어가는 곡식을 타버리게 하고 있다.

이는 우리 땅 나의 땅(己)에 본래의 임금외에 또 하나의 임금이 나타나 천하창생이 먹고 살 곡식을 못 쓰게 함을 나타내니 바로 대한제국 말기에 일본(日本)이 이 나라를 집어 삼키려 하고 있는 상황과 일치된다.

따라서 나의 행동(申 상관)은 子水를 생하여 丙火를 극하는 것이다.(剋日) 이러므로 선생의 극일(剋日: 丙) 운동은 주로 물(水; 氵)을 뜻하는 곳에서 이뤄지게 되었다.

戊대운 丙申년(21세)때 大同江 하류 치하포(浦)에서 일본 육군중위 쓰시다를 살해했고 체포되어 인천(仁川)감옥에 2년간 옥고를 치루었다. 출옥후 己亥대운에 잠시 교편을 잡고 항일 자주정신을 가르침과 동시에 황해도(黃海道) 각지를 돌아다니며 항일운동을 전개했다. 그러다가 체포되어 8년의 옥고를 치뤘다.

辛대운에 상해(上海)로 망명하여 독립운동에 헌신했다. 壬寅대운에 상해 임시 정부의 경무국장이 되었으며 癸卯대운에 임시정부의 주석에 추대되었다. 癸대운은 년간 丙火를 극하므로 이때부터 일본(日本)이 그 빛을 잃게 되었고 卯대운 乙酉년에 끝내 패망하고 말았다. 丙火는 卯에 욕패지(浴敗地)이고 세운지 酉에 사지가 되어서이다. 그 후 귀국하여 경교장에 있다가 甲대운 己丑년(74살)에 안두희의 총탄에 맞아 서거했다. 庚午月 이었다.

甲대운에 서거한 것을 보고 선배 역술인(박도사)이 甲木을 기신으로 잡았던것 같다. 그러나 이는 잘못된 것으로 대운간 甲木이 기신인 丙火를 생했고 또 甲甲己의 구조가 되어 甲己合을 깨어서이며 甲木이 己土의 사신(死神)이기 때문이다. 즉 己土는 寅에 사(死)하는데 寅이 발동되는 甲대운은 사신이 발동된 것이다.

己丑년에 응하게 된 것은 己土는 丑에 입묘되는데 대, 세운에서 사묘(死墓)운이 동시에 찾아왔기 때문이다. 이 사주가 일국의 영수가 된것은 년월시에 天乙귀인인 있고 재관(甲子)이 나를 찾아와 합을 맺었기 때문이다. 그러나 甲정관은 귀기(貴氣)이긴 하지만 사신(死神)이 되므로 결국 정권(甲) 때문에 죽게 된 것이다. 그리고 己丑년은 己甲己의 구조가 되므로 정권(甲官) 탈취하려는 己(세운간)에 의해 입묘(丑)된 것이므로 정적(政敵)에 의해 피살당한 것이다.

丙 戊 丙 丙　남
辰 寅 申 戌

이 사주 역시 하늘에 3개의 丙火 태양이 떠있다. 그러므로 구설시비속에 생활했으며(변호사) 대통령이 된 후에도 이를 인정치 않으려는 무리들에 의해 큰 곤욕과 시비구설을 초래하게 되었다. 노무현대통령의 명조다.

癸 丙 辛 丙　남　丁 丙 乙 甲 癸 壬　대운
巳 申 丑 戌　　　未 午 巳 辰 卯 寅

이 사주 역시 천간에 2개의 丙火가 떠있다. 丙辛丙의 구조로 년간의 丙火가 나의 재성을 합하려하고 있으므로 동업 또는 남의 말을 듣다가 시비구설과 대손재를 겪게 된다. 따라서 쟁합이 발동되는 丙午대운에 동업하다가 큰 재산을 깡그리 날리게 되었다. 따라서 월지 격(格) 위주의 해석이나 단순한 억부법에 따른 풀이로서는 큰 오류를 범하게 되니 반드시 십간의 성질과 그 물상적 작용변화를 살펴야만 정확한 해석을 할 수 있는 것이다.

예22)

					65	55	45	35	25	15	5	
辛	壬	丁	甲	남	甲	癸	壬	辛	庚	己	戊	대운
丑	戌	卯	午		戌	酉	申	未	午	巳	辰	

壬水 일간이 卯月 중춘(仲春)에 태어나 아주 신약하다. 丁壬合 卯戌合으로 월일주가 천간 지합하므로 왕한 세력을 지닌 木火 에 종할것 같다. 그러나 양간인 壬水는 일시지에 뿌리 둔 시간 의 辛金인수가 있으므로 종하지 않는다. 시간 辛金 인수는 일지 戌中에서 투출되었으므로 자신의 표출신이며 정신이므로 희신 이고 용신이다.

따라서 辛金에 의지하여야 할 것이나 일주의 정은 이를 등지 고 기신인 丁火와 卯木에게로 정을 주고 있다. 즉 자신의 표출 신이며 정신이 되는 辛金 인수를 외면하고 빨갛게 웃으며 유혹 하고 있는 현실적인 풍요와 물질(財는 物質)에 끌려간다는 말이 다. 그리고 卯月은 년간에 있는 甲木이 강왕해지는 때이고 이에 월간 丁火가 있음은 甲木이 강왕해져 그 내부의 힘을 빨갛게 꽃 피우고 있는 때다.

따라서 丁壬 卯戌로 일주가 월주와 합을 맺음은 甲木이 내뿜 는 유혹에 빠져듬을 말하고 이리되면 「탐재괴인」이 되면서 일 간은 죽을 욕을 보게 된다. 이런 합을 년간 甲木의 입장에서 보 면 이렇다. 강왕하게 자란 나무(甲)는 일간인 壬水가 있어야 더 크게 자랄 수 있다. 그러므로 꽃처럼 달콤하고 아름다운 소리

(丁火는 甲木의 상관)로 유혹하여 부려 먹으려 한다. '壬水야! 내(甲)가 베풀어 주는 돈과 여자(丁은 壬의 정재)는 너에게 황홀하고 즐거운 삶(卯 도화)이 될꺼야. 그리되면 너(壬)와 나(甲)는 똑같은 나무(丁壬 木)가 되어 한 세상을 푸르고 빨갛게 공생공사(共生共死) 할 수 있단다.'는 유혹의 속삭임이다.

이 사람은 1894년경에 태어났는데 일제(日帝)가 이 땅을 몽땅 집어 삼키려는 야욕을 부리던 때였다. 그러므로 위 사주의 구조와 맞춰보면 甲은 東쪽이며 나라로는 일본(日本)이다. 그리고 시간의 辛金은 木의 왕세를 제압하는 역할을 하므로 극일(剋日. 辛剋甲)의 정신으로 내가 의지해야 될 자신의 주체적 정신이다.

따라서 辛金인수를 등지고 丁卯월주와 천간 지합을 맺게 됨은 자주정신을 버리고 일제(日帝)와 야합함을 나타낸다. 그러나 丁壬 卯戌로 합이 되었지만 종(從)하지 않으므로 결국은 그들과의 관계를 끊게되고 자주적인 민족정신을 되찾게 된다. 대운으로 보면 庚辛대운엔 극목(剋木)하므로 왕목(旺 甲木)인 일본의 세력에 항거하려는 주체적 정신을 지니게 된다.

그러나 午未(대운지)가 木火의 기세를 돕고 金의 기운을 약하게 하므로 일제에 아부하여 달콤한 세월을 보냈다. 壬대운은 壬丁壬의 구조가 되어 이럴까 저럴까 하는 갈등이 있으나 丁壬합이 발동되므로 일제의 그늘에서 벗어나지 못했다.

申대운 들어 시간의 辛金은 강해지고 甲木은 절지가 되어 약해진다. 그리고 壬水일간 역시 申에 장생이 되어 새로운 삶(長生)이 찾아오는 운이다. 그러므로 서방(西方)인 미국의 힘에 의해 일본이 망하자 미군정(美軍政)에 협력하여 고위직에 올라 새 삶을 살게 되었다.

癸대운은 丁火가 꺼지므로 자신이 누리던 물질적 풍요는 사라지고 丁火에 제극되고 있던 辛金(민족정신)이 되살아난다. 그러므로 이 때는 국가와 민족을 위한다는 명분으로 설쳤다. 酉대운은 卯木은 충거되어 사라지고 辛金은 득록한다. 그러므로 비로소 민족자주 정신을 되찾게 되었다. 일시지 丑戌이 형관(刑官)이고 여기서 辛金인수(결제권)가 투출되었으므로 일제 때와 해방 후에도 형법관으로 재직했다.

※ 이때까지의 역서(易書)에는 '대운에서 오는 월지 충은 충이 아니다.'로 되어 있다. 이는 여섯 번째 대운은 반드시 월지를 충하기 때문이며 월지를 격(格)으로 하여 이를 아주 큰 영향을 지닌 것으로 파악하는 사주 감정법에 따른 것이다. 즉 월지(格)는 아주 중요한 것인데 이를 충파함은 사주 전체를 뒤흔드는 일이다.

그래서 여섯 번째 대운의 월지 충을 불충(不冲)이다.로 말한다. 일본의 역학자인 「아베」선생이 그 대표적 인물이다. 그러나 실례 감정상 그렇지 않음을 누누이 경험했다. 따라서 월지가 기신이면 충되어도 좋으나 희신일 경우엔 나쁜 것으로 하여 감정함이 정확할 것이다.

예23)

```
                81 71 61 51 41 31 21 11 1
丁 壬 丁 壬   남   丙 乙 甲 癸 壬 辛 庚 己 戊   대운
未 子 未 子        辰 卯 寅 丑 子 亥 戌 酉 申
```

壬水 일간이 未月에 태어나 월지 정관격으로 재관의 세력에 비해 일간의 세력이 약간 약하다. 따라서 신왕해지는 금수(金水)운이 발전운이고 목운(木運)도 좋다. 그러나 丁壬간합을 깨는 운은 불미하다. 이 사주는 연월일시가 모두 丁壬合木이 되어 수

기(秀氣)가 되었기 때문에 천간의 庚金 癸水 丙火운은 木氣를 깨고 합을 깨므로 불길한 것이다.

이 사주의 귀함과 묘함은 월시주 丁未(財官)가 동순(同旬)에 있으면서 丁未 戊申 己酉 庚戌 辛亥 壬子로 5급 상순으로 나를 찾아오고 있음에 있다. 그리고 壬日干은 년 일지 子에 양인을 얻어 강한 세력을 지니고 찾아오는 재관에 임할 수 있어서이다. 따라서 크나큰 부귀(富貴)를 지닐 수 있는 대귀격(大貴格)이다.

庚戌대운까지 큰 고생을 하다가 辛亥대운에 북한의 통치권을 쥐게 되었다. 소련군정으로부터 정권을 넘겨받았다. 김일성(金日成)의 명조인데 어째서 남이 쥐고 있던 정권을 물려받게 되었으며 공산(共産)주의자로서 황제 못지않은 부귀를 누리게 되었을까?

공산(共産)주의 및 사회를 한마디로 표현한다면 '네 것이 내 것이고 내 것이 네 것이다.'가 될 것이다. 이는 많은 일을 하는 사람도 밥 한 그릇 뿐이고 적게 일해도 똑같은 한 그릇의 밥을 차지할 수 있는 먹어도 똑같이 먹고 굶어도 똑같이 굶는다는 공생공사(共生共死)의 정신이요 사회다. 따라서 평등 이라하지만 모순적인 평등을 안고 있다.

김일성의 사주는 위 말과 같은 뜻을 지닌 구조이면서도 모든 것이 오직 주체인 일주에게로만 집중되는 구조이다. 그러므로 주체성을 부르짖는 공산사회의 절대 실력자가 될 수 있었다. 즉 년주 壬子는 월주 丁未와 丁壬으로 합하고 있으며 일주 壬子는 시주 丁未와 丁壬으로 합하고 있다.

이런 구조는 너(년주 壬子)와 내(일주 壬子)가 서로 다투지 않고 공평하게 서로의 몫을 지닐 수 있음을 말하고 있다. 따라서 평등과 화합의 정신을 지니고 있다. 그러나 일주는 주체이고 년주보다 더 강한 힘을 지니고 있다. 그러므로 시주 丁未 뿐 아니라 년주 壬子가 먼저 합을 맺고 있는 월주 丁未에게까지 합을 하고 있다.

이는 네 것이 내 것이고 내 것이 네 것이라는 말을 나타내고 있다. 즉 월지 未土라는 권력의 땅에서 솟아오른 재물과 밥(丁)을 동일한 힘을 지닌 년 일주의 壬子가 사이좋게 나눠먹는 모습이다. 그리고 시간의 흐름은 년에서 월로 월에서 일(日)에게로 진행된다. 그러므로 권력의 땅(未土)과 그 곳에서 나오는 재물(丁)은 원래 남(년주 壬子)의 것이었으나 시간의 흐름에 따라 나의 것이 된다. 이는 아무런 다툼없이 순조롭게 나에게로 권력과 재물이 넘어 옴을 나타낸다.

그런데 壬子 일주에서 보면 년주가 먼저 합하고 있던 丁未월주도 내 것이요, 시주 丁未 역시 내 것이다. 년주 壬子가 시주 丁未와 合할수 있지만 년과 시로 멀리 떨어져 있음으로 합을 맺기는 어렵다. 따라서 김일성의 사주는 네 것이 내 것이고 내 것이 네 것이지만 모두가 내 것이다는 구조이다.

이러므로 일부일처(一夫一妻)가 원칙인 사회에서 자신만은 여러명의 처와 그에 따른 자식들을 두게 되었으며 축첩까지도 하게 된 절대자의 위치를 향유하게 되었던 것이다. 또 월간 丁火가 처성이며 월지 未土는 그녀에게서 태어난 자식이다. 그리고 시간의 丁火는 후처이며 시지 未土는 그에게서 태어난 자식이다.

丙대운은 壬水와 충극되어 丁壬合이 깨어지고 壬水일간의 기가 끊어지는 절(絶)이 발동되는 때다. 즉 壬은 巳에 절(絶)인데 巳中丙火가 대운간에 나타난 것은 절신(絶神)이 발동된 것이다. 또 巳는 겁살이므로 丙은 겁살발동이다. 따라서 생명의 위험이 오게 되는데 甲戌년을 만났다. 甲戌년은 년주 일주와 2급 소용돌이를 이루고 월주 시주와도 3급 소용돌이를 이루어 사주 전국이 극심한 소용돌이에 휩싸인다. 그런데다가 세운지 戌은 월시지 未를 형하고 년일지 子水를 극하여 일주의 뿌리를 뽑으며 명줄인 丁火를 입고 시킨다. 이리되어 영원한 태양이며 아바이 수령으로 북한 인민들에게 추앙받던 그도 불귀의 객이 되고 말았다.

1993년 癸酉년 2月에 성명학 원고를 쓰고 있는 필자에게 고삼(高三)이던 아들이 물었다. '아버지! 이름이 그 사람의 운명에 영향을 미친다면 김일성의 이름을 풀어 그 사람이 언제 황천으로 갈지 예측할 수 있습니까?' '일반 사람의 평범한 이름이면 어려우나 김일성(金日成)의 이름은 특이하므로 예측할 수 있겠구나.'

'그러면 한번 말씀해 보세요.' 호기심이 많은 아들의 눈동자를 한 번 쳐다본 필자는 다음과 같이 풀었다. '金日은 쇠(새) 날(日)로 옮길 수 있고 숙살(肅殺)의 날이란 뜻이 있다. 따라서 金日成은 숙살의 날을 이루며 새로운 날(세상)을 이룬다는 뜻이다. 이 이름의 중심은 태양, 날(시간)을 뜻하는 日에 있다. 따라서 여성편력이 심하고 자신이 이룬 그 세계에서는 태양(日)처럼 군림할 수 있다. 그런데 이 태양(日)은 구름과 비(癸水)를 만나면 그 빛이 어둡게 되고 戌에 입고하는데 이름 끝자인 成자가 戌자와 비슷하므로 올해(癸酉)는 건강에 적신호가 오게 되며 내년(甲戌년)엔 반드시 죽는다. 아마도 여름의 끝자락인 음력 未月이나 申月이 될 것 같다.'

나라 안팎의 굵직한 사건들에 대한 필자의 예언을 경험한바 있는 아들의 눈은 '요번에도 맞는지 어디 두고 봐야지' 하는 말이 새어 나오고 있었다.

1994년(甲戌) 여름더위도 한풀 꺾인 어느 날 아들이 내 방으로 들어오더니 약간 들뜬 목소리도 말했다. '아버지! 아버지 말씀대로 김일성이가 죽었다고 방송하고 있네요, 아버지께서 하고 있는 역학을 저도 배우고 싶네요.'

김일성의 이름 풀이는 서운관에서 펴낸 「측자법과 성명학」 158P에 자세하게 설명되어 있다. 성명학에 관심있는 분은 증보판으로 나오는 「한밝 新姓名學 바움출판사」를 읽어보기 바란다.

예24)

```
                  71 61 51 41 31 21 11  1
丁 乙 乙 癸   남   丁 戊 己 庚 辛 壬 癸 甲   대운
丑 酉 丑 亥       巳 午 未 申 酉 戌 亥 子
급각   급각
```

乙木일주가 겨울의 막바지(丑月)에 태어났다. 그런데다 丑中 癸水가 년간에 투간되어 눈보라가 되어 있다. 따라 음습하기 그지없는데다가 일지 酉金이 酉丑으로 합하여 달갑지 않은 癸水를 생해주고 있다. 여기까지의 구조로 보면 간난신고를 수없이 겪어야하는 흉명(凶命)이다. 그러나 乙木은 차디찬 바위 위에서 그 삶을 이어가는 이끼 같은 끈덕진 생명력을 지니고 있다. 그리고 다행히 월간 乙木이 있고 시간에 丁火가 있어 한가닥 광명이 비추고 있다.

흔히 뿌리없이 미약하기 그지없는 것은 용신으로 쓸 수 없다고 말하기도 한다. 그러나 여기서의 丁火는 겨울밤을 밝혀주는 광명으로서의 역할을 한다. 일간 乙木이 가는 길은 당연히 丁火에게로인데 酉丑합하여 유정하므로 그 뜻이 변하지 않고 오직 서쪽에 있는 광명을 향하여 달리고 있다.

월간 乙木은 酉丑으로 나와 유정하므로 나와 함께 광명을 향해 달리는 동지가 되며 후원자이다. 그리고 등불인 丁火와 미약한 乙木의 관계는 乙木에서 보면 내가 지향하는 길이다. 그렇지만 丁火입장에서 보면 등불을 살리는 기름이고 심지의 역할이다.

따라서 이 사람의 가는 길은 캄캄한 어둠을 밝혀주는 등불이 되고 희망의 빛이 되는 것이리라. 그러나 癸水 기신은 강하고 丁火는 미약하여 차디찬 겨울바람 앞의 등불 같은 위험과 역경이 기다리고 있는 길이다.

이렇게 험난한 구조를 지닌 사주는 크게 되기는커녕 찬바람 한 번에 홀연히 사라지고 마는 단명의 팔자이다. 그러하지만 이 사주는 다음과 같은 잘 보이지 않는 구조가 숨어 있으므로 대업을 이룰 수 있었다.

년주 癸亥는 甲子순중(旬中)의 끝이다. 그러므로 하나의 질서 하나의 세계가 끝남을 뜻한다. 그런데 묘하게도 癸亥년주와 월주 乙丑사이에 甲子가 협공되어 있고 일주 乙酉와 합하여 그 기운을 연결시키고 있다. 즉 甲子 乙丑으로 진행하여 일주 乙酉와 酉丑으로 합하여 그 기운이 연결되고 있다. 이는 하나의 질서, 하나의 세계가 끝나고 새로운 세계 새로운 질서로 가는 그 시대적 흐름의 중앙에 일간인 내가 위치하고 있다는 말이다.

그런데다가 협공된 甲子는 乙木일간의 천을귀인이며 내가 의지할 수 있는 큰 나무(甲)이다. 그러므로 시대말의 캄캄하고 차디찬 눈보라(癸亥)속에서도 귀인의 도움을 입어 자신이 지향하는 길을 갈 수 있었던 것이다.

즉 이 사람의 운명은 하나의 질서로 진행되었던 한 시대를 마감하고 새로운 시대를 여는 징검다리이며 북(癸亥)과 남(丁火)을 연결하는(癸水 生 乙木, 乙木 生 丁火) 역할인 것이다.

개인적으로 보면 년주에 癸亥 기신이 강하여 초년은 춥고 배고픈 세월이었다. 그리고 丑酉丑의 구조이므로 재혼하게 되었다. 그리고 丑이 급각살이고 丑中癸水가 기신이 되어 나타났으므로 다리 저는 불구가 되었던 것이다. 71세부터의 丁대운에 대통령으로 당선된 김대중 선생의 명조다.

박정희 정권 때 수없이 감옥생활 했으며 고문 후유증으로 다리 불구되었음은 천하가 알고 있는 사실이다. 일본에 망명해 있을 때 중앙정보부에 의해 수장 당할 뻔 했는데 미국과 일본 쪽 지지자들에 의해 구조되었다.

대통령이 된 후 남북간에 화해의 물꼬를 트기위해 노력했다. 물론 막대한 재정적 지원을 북한측에 제공함으로써 이루었다. 이 때문에 자신이 노벨 평화상을 받기위해 국민의 돈을 썼다는 오해를 많이 받았다. 선생이 옥고를 많이 겪게 된 것은 선생의 사상 때문이었다.

그래서 그 정적들은 선생을 빨갱이라고 매도하기도 했다. 좌(左)다, 우(右)다. 검다 희다의 이분법(二分法)적 사고방식에 길들여진 사람들에게 쉽게 먹혀들 수 있어서였다. 음습한 기운으로 덮여있는 또 하나의 사주와 비교해보기 바란다.

예25)

甲 丁 甲 癸　　　남　　戊 己 庚 辛 壬 癸　　대운
辰 酉 子 巳　　　　　　午 未 申 酉 戌 亥

丁火 일주가 음습한 겨울철인 子月에 태어났다. 따라서 편관격으로 월간 甲木을 용신으로 한다. 즉 살인상생격(殺印相生格)이다. 그런데 子月의 甲木인데다 눈보라(癸)까지 뒤집어쓰게 되어 음습해진 甲木이 丁火를 생할 수 있을까? 하는 의문이 남는다.

사주를 잘 볼려면 어떤 것이 병(病)이고 어떤 것이 약이 되며 일간은 어떤 역할을 하는가 하는 것을 제일 먼저 살펴야 한다. 따라서 이 사주의 병은 음습하므로 기신은 년간 癸水이고 약은 년지 巳中戊土와 시지 辰中戊土이고 월시간의 甲木이다. 여기서의 甲木은 丁火를 생해주기 보다 음습한 癸水의 기운을 설기시켜 주는 역할을 하게 된다. 그러므로 년시지에 있는 약신이 발동 투출되어 나타나는 戊대운에 큰 발전이 있게 되는 것이다.

이 사주역시 '병중(病重)한데다 약신을 만나 병을 제거하면 크게 된다.'는 역서(오언독보)의 구절에 부합된다. 그러나 이 사주가 천추만대에 그 이름을 크게 떨칠 수 있게 된 것은 위 구절(오언독보)에 부합될 뿐 아니라 남다른 기의 운행에 있다.

즉 병이 되는 년간 癸水는 권력이고 권력에 따른 횡포인데 년지 巳中戊土와 명암합하므로 남(巳中丙火)이 휘두르던 권력이고 그 횡포다. 그런데 년주 癸巳는 甲午순중(旬中)의 끝이고 이것이 癸巳 甲午 乙未 丙申 丁酉로 나에게로 巳酉合을 맺으면서 찾아오고 있다. 이것은 남이 쥐고 휘두르던 권력(癸)의 시대가 끝나고 그것이 나에게로 찾아와 나의 권력이 된다는 뜻이다. 그런데다가 일주와 년주 사이엔 모든 운동의 시원(始元)임을 나타내는 甲子가 앉아 있으면서 나(丁火)의 명예요 이름(印綬)이 되고 있다.

여기에 시주의 甲辰 역시 새로운 순(旬)을 여는 이름(印綬)이 되어 일주와 유정하게 합(辰酉)하고 있다. 이런 구조는 암흑 같은 시대가 끝나고 새로운 역사의 기원을 이룰 수 있는 사명을 타고 났음을 나타낸다. 일찍이 이 사주를 감정한 주은래 선생이 이렇게 말했다.

'춥고 배고픈 중국 인민의 광명이 될 수 있는 솟아오르는 태양이다.' 이 감정은 사주의 체용(体用)을 아주 잘 살핀 결과로 이뤄진 것이다. 이때까지 대부분의 역술가들은 무조건적으로 일간을 체(体)로하고 일간에 필요한 것을 용(用)으로 하는 관법에 익숙해져 있다. 이것은 사주 상황이 일간에게 어떤 작용을 하고 있느냐 하는 것만을 살핀 것이다.

그러나 역(易)은 항상 변한다는 것이 본뜻이다. 그러므로 사주 상황을 체(体)로 본다면 일간이 용(用)이 된다. 이것은 사주 간지가 나타내고 있는 시대적 환경적 상황에서 일간은 어떤 역할을 하고 있느냐 하는 점을 나타낸다. 그러므로 이런 관법에 따르면 사주 주인공이 어떤 일을 하며 어떻게 살아가는가 하는 것을 알 수 있다. 즉 일제(日帝)때 어떤 이는 민족과 나라를 위해 모든 것을 바쳤으나 어떤 이는 일제와 손잡고 자신의 영달만을 꾀하기도 했는데 이런 역할을 알 수 있다는 말이다.

따라서 위 사주의 주체는 음습한 子月에 앉아 눈보라(癸)까지 뒤덮어 쓰고 있는 월시간의 甲木이다. 이 甲木은 중국 인민들을 의미하는데 甲木이 뿌리박을 흙(土)은 년지 巳中戊土가 있고 시지 辰中戊土가 있다. 이 중에서 甲木이 좀 더 확실하게 뿌리박을 수 있는 흙은 년지 巳中戊土보다 시지 辰中戊土이다.

이는 巳의 본기는 丙이고 辰의 본기는 戊土이기 때문이다. 그리고 辰은 여하한 경우에도 甲木의 튼튼한 뿌리가 된다. 그런데 이렇게 음습해진 甲木에게 제일 필요한 것은 광명이고 열(熱)이다. 따라서 丁火일간은 甲木에겐 더없이 필요한 존재이다. 이러므로 丁火일간은 甲木(중국인민)의 사랑과 지지(甲木 生 丁火)를 받게 되었던 것이다. 바로 丁火일간은 甲木을 살리는 쓰임(用)을 하기위해 태어난 존재인 것이다.

공산주의자(共産主義者)가 된 것과 공산주의 국가를 이룬 것은 다음과 같은 사주 구조 때문이다. 甲木이 먹고 살아야 되는 확실한 밥(財)은 시지 辰中戊土이다. 그런데 甲이 辰을 타고(甲辰) 와 일지 酉와 합했고 이리되면 월시로 멀리 떨어져 있던 월간 甲木 역시 가까이 다가온(辰酉合引) 辰中戊土에 뿌리박을 수 있다. 즉 새로운 시대 새로운 혁명(甲辰旬의 甲辰)을 만들어 두 개의 甲木(중국인민들)이 나란히 밥(辰土) 하나를 나눠먹고 있게끔 하고 있다.

공산주의 및 사회주의는 재물이 있는 자의 것을 빼앗아 없는 자에게 나눠주는 것을 원칙으로 한다. 즉 재물은 똑같이 나눠야 하고 공유(共有)해야 한다는 것이 본래의 근본이념이다.

이러므로 공산사회가 되면 많이 가지고 있는 사람의 것을 강제로 몰수하여 없는 자에게 나눠주었으며 집단 농장제같은 사업체를 만들게 된 것이다. 좀 더 설명하면 시간의 甲木은 시지 辰에 뿌리 박고 있으므로 유산(有産)계급이며 있는 자이다. 그리고 월지 子水에 앉아있는 월간 甲木은 뿌리박을 땅이 없어 표류하고 가진 것 없는 사람이다.

그런데 일주 丁酉가 辰酉로 합을 맺어 월주 쪽으로 시지 辰土를 가까이 당겨 월간 甲木 역시 辰土에 뿌리박도록 하고 있다. 즉 이는 권력(甲木에겐 일지 酉가 官)으로 시간 甲木의 재산인 辰을 몰수(辰酉合)하여 월간 甲木 역시 辰土를 먹도록 해주고 있다는 말이다. 이리되면 월시간의 甲木들이 한 그릇의 밥(辰)을 나눠 먹을 수 있게 되니 바로 이것이 사회주의요 공산주의인 것이다.

그리고 辰時의 丁火이므로 주은래 선생이 '솟아오르는 태양'으로 말했던 것이다. 지금의 중화인민 공화국을 연 모택동 선생의 명조이다. 모 선생은 북쪽에 있는 이족(夷族)인 애신각라씨가 중국 땅을 차지하고 있을 청나라 말기에 태어났다.

하나의 권력 또는 왕조(王朝)가 멸망할 때쯤이면 천하는 시끄러워지고 민생은 도탄에 빠지는 것이 역사의 정리이다. 사주 년간에 기신인 癸水가 있음은 선생의 초년운이 아주 힘들었음을 나타낸다. 뿐 아니라 중국인민(甲) 역시 제일 힘들 때에 선생이 태어났음을 나타낸다. 그러다가 癸水는 년지 巳中戊土의 것이 되는데 이는 국민당 정권을 장악했던 장개석을 뜻한다. 그러나 년지에 있는 巳中丙火와 戊土는 너무나 미약하여 甲木을 따뜻하게 해줄 수도 없으며 배부르게 먹일 수도 없는 한계를 지니고 있다.

월지 子水의 힘이 너무 강해 기운 없는 년지에 앉아있는 丙火는 힘을 쓸 수 없고 戊土는 甲木의 확실한 뿌리가 될 수 없어서이다. 그런데다가 년지 巳가 일지 酉와 巳酉로 합을 하여 巳中丙火가 죽기 때문에 장개석 정권의 부패로 인해 국공(國共)상전에서 이길 수 있었던 것이다.

즉 태양을 상징하는 청천백일기(靑天白日旗)를 휘두르던 장개석 정권(丙)은 물질(酉)적 탐욕(巳酉)으로 인해 대중의 지지기반을 잃게 되었고 그 권력(癸)이 나에게로 시대를 바꾸어 넘어오게 된 것이다. 선생의 사주대운으로 중공(中共)의 운세를 보면 다음과 같다.

癸亥대운은 겨울철에 눈보라 퍼붓는 운이 되어 선생뿐 아니라 중국인민(甲) 역시 청나라 말기의 어수선한 정국으로 인해 크게 고통스런 암흑기였다. 壬대운 역시 마찬가지였다. 戊대운은 따뜻한 흙이 되어 북방의 한기인 癸水를 제거 할 수 있다. 그러므로 이 때에 중국인민들과 모선생에게도 희망이 보이기 시작했다. 따라서 선생의 나이 19세 때에 辛亥혁명이 일어나 청나라 애신각라씨에게 뺏겼던 나라를 회복할 수 있었다. 그러나 辛酉대운은 불길하므로 선생과 중국 인민 모두가 어려운 세월을 보냈다.

庚申대운 역시 癸水 기신을 생하여 甲木을 충극하므로 중국인민들의 고난은 극심해졌고 선생역시 불우한 세월을 보냈다. 己未대운은 癸水를 제거하므로 서광이 보이기 시작했고 드디어 癸水를 합거시키는 戊午대운에 이르러 천하의 대권을 잡았다. 중국인민들에게도 희망이 보였고 조금의 경제적 안정이 이뤄졌다. 丁巳대운은 모선생의 위광이 전 세계에 퍼져 나갔다. 甲木역시 따뜻함을 만나 활발하게 그 힘을 발하기 시작했다.

丁火는 甲木의 활동력이고 생산력이다. 丙대운 역시 겨울 추위를 녹여주는 태양이므로 甲木(중국인)에겐 더없이 좋은 운이다. 그러나 丁火(모택동)는 丙火를 만나면 물러가 쉽게 되는 운이다.

乙卯대운은 甲木은 양인을 얻어 강해졌으나 일지 酉를 충하여辰酉合을 깬다. 그러므로 이때에 공산 사회주의에 저항하는 천안문 사태가 일어나 천하가 흔들렸다. 甲寅대운은 甲木이 득록하므로 발전운이다. 癸丑대운은 불미스럽다 할것이나 대운지 丑이 甲木의 천을귀인 재성이 되어 월지 子와 子丑으로 합한다. 그러므로 중국의 경제적 발전이 최고로 치솟는다. 丑대운은 서기 2010년경까지다.

壬子대운은 甲木에겐 정편인이 혼잡되는 운이다. 중국 인민들의 사상적 혼란이 오게 된다. 그리고 丁火일간이 합거되므로 인해 밝음이 없어진다. 이리되면 모선생의 공산사회주의자가 빛을잃고 개인 자본주의가 스며들어 극심한 부패가 발생되고 정권다툼에 따른 혼란이 오게 될 것이다. 그러다가 庚戌대운(서기2040~2050)에 중국 땅에 자리 잡았던 공산주의 정권은 사라지고 대륙은 분열될 것으로 보인다.

예26)

					71	61	51	41	31	21	11	1	
天乙		天乙		남	壬	癸	甲	乙	丙	丁	戊	己	대운
辛	丁	庚	辛		午	未	申	酉	戌	亥	子	丑	
丑	未	寅	亥										
		天乙											

丁火일간이 입춘 후 3일째에 태어났다. 월지 정인격이 되나 월간 庚金이 있으므로 인수 파격이다. 이 사주를 모씨는 이렇게 풀었다. '丁火가 일지 未에 통근했고 월지 寅에서 생을 받으므로 신왕이다. 따라서 천간의 庚辛財를 도와줘야 하므로 土金水는 희신이고 木火는 기신이다.'

그러나 위 풀이는 申酉 壬癸운에 좋아진 것을 보고 그에 끼워 맞춘 것으로 근본부터가 잘못되었다. 丁火가 일지 未에 통근하나 시지 丑의 충을 맞아 未中丁火가 상했다. 그리고 입춘 후 3일째의 寅木은 여리고 약한데다 년지 亥水가 寅亥合하며 습목이 되었고 천간의 庚辛金에 억눌려 있으므로 丁火를 생 할 수가 없다.

따라서 뿌리 없는 음간인 丁火는 왕한 세력을 지닌 천간의 庚辛金에 종할 수밖에 없다. 바로 종재격이 구성되나 월지 寅中丙 있고 일지 未中丁火가 있으므로 가종격이다. 그러므로 丙丁火가 첫째 기신이고 寅木이 두 번째 기신이다.

그리고 년지 亥水정관은 희신이며 庚辛金이 용신이다. 그런데 이 사주는 희용신이 천을귀인을 띤 채 일주와 동순(同旬)에 있으며 4급 상순관계되어 유정하다. 즉 년주 辛亥(財官)가 天乙貴人을 띤 채 일주와 한 테두리에서 유정하므로 남이 지니고 있던 재물과 권력(亥官)이 내 것이 되는 대귀(大貴)의 명이다.

좀 더 설명하면 월지 寅中丙火는 타인인데 년주 辛亥가 월지 寅과 寅亥合을 맺으므로 辛亥 財官은 남이 지니고 있던 것이 된다. 따라서 남이 먼저 합했던 여자(과부)와 결혼하여 해로하게 되며 그 덕도 입게 된다.(辛은 酉고 酉는 丁火의 天乙貴人) 그리고 남이 쥐고 있던 권력(亥官) 역시 내게 오게 된다.

십간끼리의 작용력에 따라 분석하면 월간 庚金 정재가 부친이고 일지 未中乙木이 모친이다. 초년대운 己丑이 未를 충하므로 10여세 전에 모친이별이다. 시간 辛金은 첫 여자로 귀인이다. 丑未

충하므로 이별하게 된다. 년간 辛金이 두 번째 여자인데 과부다.

일반적으로는 정재인 월간 庚金이 정처(正妻)가 된다. 그러나 이 사주에서의 丁火일간은 뿌리를 상실하므로 인해 광명(光明)의 역할만을 하게 되고 庚金을 녹여 그릇을 만드는 열화(烈火)의 작용은 못한다. 따라서 야밤 丑時의 어둠을 밝혀주는 丁火는 투박한 庚金보다는 반질반질하고 매끈한 辛金을 좋아하게 된다.

이는 광명(丁)이 거울(辛)을 만나 그 빛을 널리 반영시킬 수 있음으로 해서 庚金을 버리고 辛金을 취하는 것이다. 그런데 辛丁辛의 구조이므로 丁火 광명이 두 개의 거울을 만나고 있다. 이리되면 丁火의 빛은 천지사방으로 널리 비춰게 되며 두 여자(辛辛) 모두 내 존재를 널리 알려주는 유용한 그릇이 된다.

그리고 이리되면 하는 일 역시 여러 개가 된다. 특히 丁火가 辛을 만나면 은막(辛)에 빛(丁)이 비치는 형상이므로 영화, T.V 등에 인연있다. 그리고 未中丁火 깨어지고 寅中丙火 맥 못 추므로 일인자(一人者)의 위치를 차지 할 수 있으니 바로 독존(獨存)의 형국이다.

丁대운은 두 개의 광명이 두 개의 거울(辛)에 그 빛을 반영시키므로 23세 癸酉년에 아나운서를 했다. 癸년은 丁火일간을 극하여 광명이 크게 나진 않으나 년지 酉가 일간 丁火의 천을귀인이고 장생지이므로 초기엔 고난 많았으나 후반기엔 재록이 따랐다.

甲戌년 24세는 월지 寅(기신)이 발동되어 골치 아픈 일이 생겼으나 甲木이 등불의 기름 역할을 하므로 이름이 크게 났다. 그러나 세운지 戌이 丁火 일간의 고(庫)가 되면서 월지 寅과 寅戌로 작합하여 火氣를 형성하므로 인해 퇴직하게 되었다.

乙亥년(25세)의 乙木은 일지 未(홍염살)의 투출신이므로 자신의 뜻이 홍염살의 영향을 받는다. 즉 乙년은 丁火등불이 아름답고 요염한 기름을 얻어 더 밝게 타오르려 한다. 그런데다가 乙木이 월간 庚을 합하여 방해물을 제거하므로 은막(辛)에 그 빛을 아름답게 비출 수 있었다. 즉 영화계로 진출하여 배우가 되었다.

亥대운은 天乙貴人 관성이 발동하여 寅亥合을 작용케 한다. 이리되면 경쟁자(丙)를 제거할 수 있으므로 경쟁사엔 이기게 된다. 그리고 년지 亥가 발동되면 월지 寅中丙火를 제거시킴과 동시에 일간 丁火와 명암합 한다. 즉 남과의 경쟁사에 이김과 동시에 여자와 재물(辛) 역시 내 것이 된다. 천을귀인이 일간과 유정해지는 이럴 땐 남의 도움을 많이 입게 된다. 이런 대운에 庚辰년(30살) 만났다.

사주에 庚金 있을 때 庚년을 만나면 쓸모없이 되어 있던 바이올린(一名 깽깽이)이 줄(絃)을 만나 아름다운 선율을 토해내게 된다. 정재년인데다 깽깽이(庚庚)가 줄(乙)을 만나 아름다운 곡을 연주하므로 여러 경쟁자를 물리치고 인기 여배우와 결혼하게 되었다. 庚이 있을 때 庚년이 오면 乙木이 암래(暗來)하는데 이런 문제에 대한 설명은 기회 닿는 데로 하겠다.

丙대운은 월지 寅中에서 투출되었으므로 기신 발동운이다. 따라서 경쟁사있게 되고 丁火는 그 빛을 잃게 되므로 불미스런 운이다. 그러나 辛金의 입장에서는 丁火보다 더 힘차고 강열한 광명(丙)을 만나 丙辛合을 짓게 된다. 이는 처(辛)가 오스카상을 받아 천하에 그 이름을 널리 날렸고 처가 변심하여 타남과 합하여 이혼이라는 현실로 나타나는 운이다.

戌대운은 丁火일간의 뿌리가 생겼고 寅戌로 월지와 합을 맺어 기신인 寅中丙火가 살아나 종격에 거역되므로 하는 일마다 실패했다. 乙대운은 일지 未(홍염살)中乙木이 발동된다. 그리고 월간 庚金을 합하여 잡됨을 없앴다. 그리고 乙木은 丁火 등불의 기름이 되어 丁火를 더욱 타오르게 한다. 그러므로 연애의 즐거움이 따르고 분발심이 다시 생겨나며 결혼까지 하게 되었다.

　즉 정편재가 혼잡일 땐 하나를 제거해야 맑아지며 결혼이 이뤄진다. 따라서 壬辰년(42살)에 돈 많은 과부(낸시 여사)와 결혼식 올렸다. 酉대운은 辛金 편재가 득록이므로 재산 증식되는 좋은 운이다. 甲대운엔 문서(매매계약등)로 인한 골치 아픈일 생기나(寅未귀문 작용) 丁火를 생하는 기름 역할하므로 결국 좋게 되었다.

　申대운은 월지 寅中丙火를 寅申충으로 제거함으로 경쟁에 이겨 주지사가 되었다. 未대운은 丁火의 뿌리 생겨 종격에 거역되어 불길한데다 제일 기신인 丙辰년(66세)을 만나 대권 출마했으나 낙선했다. 未운말 壬운과 교차시기인 庚申년에 드디어 대권을 잡았으니 역시 월지 寅中丙火를 제거하는 때였다. 辛酉년(71세)에 저격당했으나 대운 壬과 세운 酉가 모두 天乙貴人이라 손가락하나 다치지 않았다.

　종재격에 있어 辛酉년은 좋은 운인데 어째서 남이 노리는 표적이 되었을까? 이 문제 역시 庚이 있을 때 庚년이 오면 乙木이 암래(暗來)하는 것과 같은 이치이다. 즉 辛辛이 되어 丙火 기신을 합인(合引)해왔기 때문이다. 합인(合引)되는 이런 변화는 보이지 않는 것을 보는 관법인데 이것도 여러 가지 조건과 상황에 따라 해석해야 한다. 이런 변화법은 곧이어 발간될 「종합편」에서 다루기로 하겠다.

예27)

戊 甲 己 丁　　남　　癸 甲 乙 丙 丁 戊　　대운
辰 子 酉 卯　　　　　卯 辰 巳 午 未 申

甲木일주가 중추인 酉月에 태어나 월지 정관격이다. 통상적으로 정관격은 상관을 보는 것을 싫어한다. 그런데 이 사주의 년간에 丁火상관이 나타나 있고 년지에 卯양인이 있다. 그러므로 정관파격이 되어 불미스런 팔자라 하기 쉽다. 그러나 이 사주를 물상적으로 보면 다음과 같다.

일간인 甲木은 중추(仲秋)에 태어났고 월간과 시간 戊土에 뿌리 내리고 있으므로 큰 나무(巨木)이다. 즉 오곡백과가 익어 결실을 맺게되는 중추(酉)의 큰 나무로 태어나 가지마다 먹음직스런 열매가 달려있다. 그런데다가 년간의 丁火는 열매를 더욱 영글어지게 하는 빛이 되어 있고 윤습한 사주를 도와주는 역할을 하고 있다. 따라서 많은 사람의 배고픔과 갈증을 풀어줄 수 있는 거목(巨木)의 운명으로 태어났다.

그리고 월지 酉金은 년지 卯木 양인을 제극하여 겁재(劫財)의 흉성을 순화시키며 재물(戊, 己)을 보호하고 있다. 이런 물상만으로도 이 사주가 하나의 영역 중에 우뚝 자리 잡고 있는 거목(巨木)임을 알 수 있다. 정관격에 상관을 본다하지만 년간 丁火는 월지 酉金을 극할 수 없고 그 뿌리가 없으므로 강한 金을 녹이는 불길이 아니고 주렁주렁 매달린 열매의 결실을 재촉하는 광명이다.

甲子는 60갑자의 으뜸이고 시발처이며 시원(始元)인데 년주 丁卯와 시주 戊辰은 동순(同旬)에 있으면서 2급 3급으로 상순관계에 있다. 그리고 월주 재관(己酉)은 일간과 甲己로 합을 맺어 나에게 유정하니 사주의 모든 기운이 일간 甲子에게로 집중되고 있다. 이러므로 한영역의 우두머리(甲子) 역할을 하게 되며 만 사람의 갈증과 배고픔을 달래주는 신기원을 열게 된다.

포철 회장을 역임했던 박태준씨의 명조다 정관격에 양인 있고 년간에 상관있으므로 군인 출신이고 정편재가 합신(合身)하므로 여러 가지 일을 하게 되며 많은 이성이 따르게 된다. 월일지가 酉子로 귀문살을 이루어 신비세계 및 정신세계에 흥미 많고 역술(易術)을 신봉한다.

예28)

				남	56	46	36	26	16	6	
乙	己	己	辛		癸	甲	乙	丙	丁	戊	대운
丑	巳	亥	卯		巳	午	未	申	酉	戌	
墓	馬	馬									

己土일간이 亥月에 태어나 월지 정재격을 이룬다. 그러나 亥水는 년지 卯와 합을 맺어 亥卯로 관국(官局)을 이루었고 卯中 乙木이 시간에 투출하여 시상일위귀격(時上一爲貴格)을 이루었다. 이 사주를 월지 정재격으로 보는 사람들이 있지만 이는 고정된 관점으로 합의 작용력을 무시한 오류다.

사주 지지에 삼합을 이루고 그 원신(元神)이 투출되면 그것을 수기(秀氣)라 한다. 따라서 이 사주가 귀하게 된 것은 亥卯木局의 원신인 乙木이 시간에 앉아 독살(獨殺)이 당권(當權)함에 있다. 편관의 세력보다 일주의 힘이 약하고 겨울생이므로 남방 화운에 조후되고 신왕해져 편관을 감당할 수 있어 부귀명이 되었다.

월지 亥中壬水가 부친인데 이것이 년지 卯와 亥卯合하여 시간에 그 원신을 투출시켜 나에게 유정한 권위(乙 편관)가 되므로 부친이 만들어 준 귀함이요 권위(乙木)다. 이 사주의 구성구조는 己亥월과 己巳일이 巳亥冲을 하고 있음에 있다. 즉 월일간의 己己가 월지 亥水(재물)중의 甲木(재물에 대한 권세)을 두고 서로 차지(甲己合)하려 하고 있다. 이리되면 亥中甲木은 먼저 월간 己土에게로 가게 된다. 그런데 亥水가 년지 卯와 亥卯로 合을 지어 亥中甲木은 월간에게 주고 卯中乙木은 일간에게 주고 있다.

즉 그 부친(亥中壬水)이 형제(己己)들에게 자신이 지니고 있던 재물에 대한 권력을 나눠 주고 있는 형상이다. 이럼으로 이 사람은 부친이 이뤄 논 그룹(현대)중의 하나를 이어 받을 수 있었다.

이리되어 10여세 전에 형제 사별하게 되었고 癸未년(53살)에 戊子生 이복형님과 사별하게 되었다. 남방운이 시작되는 乙未대운부터 좋아졌다. 월간 己土와 쟁합하는 甲대운은 권력 및 명분을 두고 경쟁하게 되나 합거되는 것은 약한 월간 己土이므로 이기게 된다. 午대운은 약한 己土일간을 도와주므로 좋은 세월이다.

癸대운은 시지 丑(墓)이 발동되며 겨울에 내리는 비(癸)이므로 심신의 고초가 심하며 입원 및 캄캄한 곳(墓)으로 들어 갈 수 있다. 그러나 己巳일주는 강하고 월간 己는 약하므로 나는 모면하나 형제에게 액이 닥친다.

丙戌년(56살)에 형님되는 분이 관재수를 지고 구속되었음도 이 때문이다. 편관은 군경, 스포츠, 武道등인데 시주 乙丑편관이 己巳일과 동순(同旬)이면서 乙丑 丙寅 丁卯 戊辰 己巳로 나를 향해 찾아와 巳丑으로 암합 유정하다. 그러므로 한국 축구 협회장을 역임했고 세계 축구 협회 부회장직에 선출되게 되었던 것이다. 아쉬운 것은 좀 더 이른 시간인 甲子시에 태어나지 않음이다. 甲子는 만물 진행 시원(始元)이고 으뜸이므로 甲子時에 태어났다면 신기원을 열 수 있는 큰 권력을 잡을 수 있었을 것이다.

현재의 한국 역학자들은 일본의 아베 선생의 이론인 월지 격국론을 신봉하여 여섯 번째 대운의 충을 보지 않으며 사흉신(四

凶神) 사길신(四吉神)에 따른 판단을 하고 있다. 역(易)이란 말은 변화를 뜻한다. 그러므로 월지도 주위 상황에 따라 변할 수 있다. 그런데 고정적인 월지 격국론에만 치우치면 사주의 본모습을 볼 수 없음은 자명한 일일 것이다.

즉 이 사주를 월지 정재격으로만 보면 亥水는 공망이며 일지 巳에 沖받았고 亥卯로 합하여 亥水의 기운이 죽게 된다. 그런데다 월간 己土의 기운이 하강하여 亥中壬水를 흐리게 한다. 이리 되면 만신창이가 된 亥中壬水가 되어 귀하게 되기는커녕 분란 속에 한 평생을 보낼 수밖에 없을 것이다. 거듭 말하지만 역자(易者)의 안목은 고정된 틀에서 벗어나 변화를 살펴야만 된다. 그렇지 못하면 영원한 하수(下手)로 남을 수밖에 없을 것이다.

예29)

				남							대운
					53	43	33	23	13	3	
壬	乙	癸	丙		己	戊	丁	丙	乙	甲	
午	酉	巳	戌		亥	戌	酉	申	未	午	

乙木 일주가 巳月에 태어나 午時를 얻었고 丙火 투출되어 상관이 발호하고 있다. 일주 乙木은 지지엔 일점의 뿌리 없고 壬, 癸水의 生을 받고 있다. 이리되면 상관격에 용인(用印)한다고 말하기 쉽다. 그러나 壬癸水 역시 지지에 뿌리없어 그야말로 적수오건(한 방울의 물이 바짝 말라있다)이다. 따라서 종아격을 이룬다. 이리되면 壬, 癸水가 병(病)이고 일지 酉金 편관은 기신이 된다.

인수성은 정신이고 사상(思想)인데 월간 癸水는 乙酉일주와 癸巳월주가 동순(同旬)이므로 본래의 사상이다. 그리고 시주 壬

午는 타순(他旬)이면서 일주에게로 3급으로 진행하여 오므로 딴 세계의 사상이며 새로운 사상(진보주의)이다. 壬水가 최대 기신이며 乙木일간은 亥에 사(死)가 되므로 壬水는 사신발동(死神發動)이 된다. 따라서 이 사람은 자신이 습득한 진보적인 사상 정신 때문에 죽게 된다.

일지 酉金 편관은 종아격의 두 번째 기신이다. 기신이 일지에 있으므로 평생 관재의 위험 건강의 위험이 따른다. 마치 호랑이 꼬리를 밟고 앉아 있는 격이다. 따라서 강한 火 상관으로 이것을 제거해야 하니 입만 열면 잘못된 관권(官權;酉)에 대한 공격이다. 상관은 언어요, 행동력이며 나의 용신이고 가는 길이기 때문이다. 즉 밉게 보이는 잘못된 관권(官權)에 저항하여 입만 열면 관(酉)를 친다. 그러나 상관 본거지인 월지 巳는 일지와 巳酉로 합을 맺어 기반 되고 있다.

이는 나의 행동과 몸이 관(酉)에 의해 묶이게 되고 활동력이 상실됨을 말한다. 따라서 巳酉合이 발동되는 운이 오면 관권(官權;酉)에 묶여 죽을 고생하게 된다. 이런 상관격은 의협심 있고 반골(反骨) 기질 강하며 언어 청산유수다. 그런데다가 상관의 본거지인 월지 巳는 운동장이고 정류소의 물상이다.

이러므로 이 사람은 사람 많이 모이는 정거장, 운동장, 공원등에서 부당한 관권에 대해 신랄한 공격을 퍼붓는 일(연설)을 하다가 관(酉)에 묶여 들어가게 된다. 즉 巳酉 合하면 巳中丙火는 酉에 사(死)되기 때문이다.

未대운에 년지 戌을 刑하여 부모 구몰했다. 火旺하게 되면 반드시 이것을 담아주는 土(화로)가 필요한데, 이럴때의 土(화로)는 나를 담아주므로 부모가 된다. 그리고 년주 丙戌은 백호살이고 년지 戌中戊土는 부친이며 월간 癸水는 모친이다.

戌未형되면 戌中戊土 형출되어 월간 癸와 戊癸合되어 부친 사라지고 약한 모친(癸)마저 사라지게 되는 것이다. 丙대운은 월지 巳 지살, 시지 午 도화살이 발동이다. 즉 丙은 월지 시지의 투출신이다. 그러므로 바쁘게 활동하며(巳 지살) 연애사 및 결혼사 이뤄진다.

申대운은 역마운이고 시간 壬水가 장생한다. 그리고 월지 巳와 巳申合한다. 따라서 새로운 사상을 배우고 받아들이게 되며 여기 저기 분주하게 다니면서 활동한다. 물론 여행, 이동수 빈번하다. 그러나 巳申合되었고 乙酉 일주와 丙申대운이 1급 소용돌이가 되어 갈등과 번민 많으며 정든 사람과 이별까지 하게 된다.

戊戌대운의 戊는 년지 戌(화로)중에서 투출되었으므로 旺火가 화로를 얻어 안정된다. 따라서 이때에 중앙(戊)일보사의 주간으로 있으며 언론 활동했다.

己대운은 시지 午도화살이 투출된 것이므로 여자 생겨 연애사 있게 된다. 또 己土가 癸水를 극하므로 좋은 운이다. 亥대운은 사신발동을 나타내는 시간의 壬水가 득록하고 월지 巳를 충하여 격파(格破)하며 乙木이 亥(死)에 임한다. 따라서 생명에 위험이 따르는데 丁亥년을 만나 또 한 번 월지 巳를 冲하여 암살당하고 말았다.

亥年은 겁살년인데 월지 巳 망신과 충돌함은 적(劫殺)이 찾아와 내 몸을 망(亡身; 亡神)치게 함을 나타낸다. 故 夢陽 여운형의 명조다.

◎ 仙人指路(仙人이 길을 가르쳐준다)

속(俗)자를 제시하며 그 뜻을 물어보면 대부분의 사람들은 이렇게 말한다.

'그것은 속인(俗人) 속(俗)자입니다.'

그러나 이렇게 말하는 사람도 있다.

'속(俗)자는 「사람인(人) + 골짜기 곡(谷)」의 구조로 이뤄진 회의문자(會意文字)입니다. 따라서 원래 뜻은 골짜기(谷)에 사는 사람이며 여기서 속인, 풍속, 세상, 평범하다 등의 뜻이 파생된 것입니다. 그리고 속(俗)자를 통해 옛날 인간들의 주거주지가 골짜기였음을 알 수 있습니다.'

문자학에 달통한 것 같으며 제법 똑똑하다 소리 듣는 지식인 계층에 속하는 사람들 인 것 같다. 그래서 대부분의 사람들은 이 답변이야말로 참으로 정확한 것이라 믿고 따른다.

하지만 극소수에 불과한 어떤 사람은 다음과 같이 설명한다.

'속(俗)자를 좀 더 잘 이해하려면 이 글자와 상대적인 구조와 뜻을 지닌 글자를 찾아 서로 대비해봐야 하겠지요. 검은색을 좀 더 명확하게 보려면 흰색과 대비 해봐야 하는 것처럼 말입니다. 그래서 속(俗 ; 亻 + 谷)자와 대비 할 수 있는 글자를 찾아보면 「사람 인(人) + 산(山)」의 구조인 선(仙)자가 되겠지요. 따라서 선(仙)과 속(俗) 이 두 글자의 뜻을 보면, 높은 산 위에 사는 사람이 선(仙)이고 꽉 막힌 골짜기에 사는 사람이 속(俗)입니다. 하지만 이것은 외형적인 뜻에 불과하고 더 깊은 뜻이 있습니다.

즉 골짜기(谷)는 둘러싸여 막혀있는 공간이므로 그 속에 있는 사람의 시야는 흡사 우물안 개구리처럼 한정되어 있을 수밖에 없습니다. 그러므로 그 생각과 생활태도 역시 좁고 하나밖에 못 보는 외곬 일수밖에 없을 것입니다. 반대로 높은 산에 사는 사람의 시야는 막힌 곳 없이 두루 널리 그리고 멀리까지 잘 살펴 볼 수 있습니다.

이러므로 그 생각과 행동 역시 넓고 크며 막힘이 없을 것이고 멀리에서 다가오는 길흉의 모습까지 살필 수 있을 것은 당연한 일일 것입니다.

이것은 우리 인간들의 의식과 관점은 한정된 경계(아집, 고지식, 편견)와 통제된 틀 속에서 벗어 날수 있어야만 참답고 지혜로운 삶을 꾸려 갈수 있음을 말해주는 것이기도 합니다. 따라서 선인(仙人)이란 두루두루 멀리까지 볼 수 있는 안목과 이에서 비롯된 지혜를 갖춘 사람이라 할 수 있습니다.

한 점의 어둠도 없이 한없이 밝은 세상을 이루는 것을 최대의 이상으로 여긴 우리 박달(밝달) 겨레는 이 점에 주목해 왔습니다. 그리하여 그 가르침을 신선도(神仙道) 및 풍류도(風流道)라 했으며 그런 경지에 이른 사람을 신선 혹은 선인이라 했습니다.

중국 도학(道學)의 원조로 일컬어지는 「광성자」를 일러 「자부선인」이라 부르는 것이 그 예입니다. 역학(易學)은 우리 겨레의 신선도(神仙道)에서 유래된 것으로 선인(仙人)이 될 수 있는 문이기도 합니다. 따라서 모든 역학인들은 밝고 넓은 마음으로 역(易)의 진수를 깨달아 부디 선인의 반열에 올라 골짜기(谷)에 사는 사람들을 잘 이끌어 주길 빕니다.

〈 곧이어 발간될 주요 내용 〉

一. 十干의 역할 작용에 따른 사주풀이
월지 격국론보다 정확하고 쉽게 희기 및 성패를 알 수 있다.

二. 오행체국(五行体局)과 일간 대행격(日干 代行格)
한밝 선생이 창안 개발한 새로운 격(格)으로 획기적 이론이다. 이때까지 풀 수 없었던 특이한 사주들을 풀 수 있다.

三. 十干 十二支의 向背와 유정무정.

四. 물상(物象)론과 궁합 인연법(속칭 박도사 비법)

※ 나이만 알면 현재 무슨 문제가 있으며 과거 현재의 상황과 진로 및 성패여부와 시기를 알 수 있는 한밝 내정법은 사주(四柱) 실력이 약한 사람이라도 쉽게 써먹을 수 있는 감명비법이라 책으로 널리 공개 못하게 되었습니다. 양해 바랍니다.

그러나 〈한밝 신사주학〉 수강생 및 독자들에 한해 동영상으로 볼 수 있도록 강의 내용을 D.V.D로 제작하였습니다.

필요하신 분은 예약하셔요. 測字 성명학 강의 D.V.D도 있습니다.

한밝 김용길 010 - 4119 - 5482
　　　　　　　051 - 891 - 5482

통변의 새 경지를 연
한밝 新四柱學 정상으로 가는 길

초판 발행일 / 2021년 5월 31일
지은이 / 김용길
발행처 / 뱅크북
출판등록 / 제2017-000055호.
주소 / 서울시 금천구 가산동 시흥대로 123 다길
전화 / 02-866-9410
팩스 / 02-855-9411
email / san2315@naver.com
ISBN / 979-11-90046-23-7 (03810)